KB058055

밤의 새가 말하다

2

2

밤의 새가 말하다

Speaks the Nightbird

로버트 매캐먼 지음 | 배지은 옮김

22

매튜가 쉴즈의 진료소를 방문하고 저택에 돌아오자 네틀즈 부인이 계단에서 매튜를 불러 세웠다.

"도착하면 판사님이 바로 들르라고 하셨어요. 미리 말하자면, 목사님이 여기 왔었어요. 목소리가 꽤 크더군요."

"알고 있었어요. 감사합니다."

매튜는 앞으로 일어날 일에 대비해 마음을 다잡고 계단을 올랐다.

"아, 코빗 씨!"

계단을 반 정도 올라갔을 즈음 네틀즈 부인이 매튜를 불러세웠다.

"코빗 씨가 흥미로워할 만한 것이 생각났어요. 그로브 신부님에 관한 내용이에요."

"말씀하세요."

"그게…… 일전에 신부님에게 적이 있느냐고 물었잖아요. 그래서 제가 아는 바로는 없다고 했고요. 그런데 그 문제에 대해서 생각을 해보다가, 이상한 일이 있었던 게 떠올랐어요. ……그게, 그분이 돌아가시기 사흘인가 나흘 전에 있었던 일이에요."

"어떤 일인데요?"

"그분이 저녁 식사에 오셨었어요."

네틀즈 부인이 말했다.

"교회 문제로 비드웰 시장님이랑 윈스턴 씨와 말씀을 나누실 게 있었나 봐요. 그래서 사모님은 오지 않으셨고요. 거실에서 난롯불을 피워놓고 말씀을 나눴어요."

네틀즈 부인은 고갯짓으로 거실을 가리켜 보였다.

"비드웰 시장님이 윈스턴 씨를 마차까지 배웅하고 오신다고 해서, 제가 신부님께 잔을 새로 채워드릴지 여쭤보니 괜찮다고 하셨어요. 그래서 돌아 나오려는데 그러시더라고요. '네틀즈 부인, 부인이 무언가를 알고 있고, 그걸 발하는 것이 옳은 일일 텐데, 말해봤자 별로 달라지는 게 없다면 어쩌시겠소?'라고요."

"그게 무슨 뜻인지 여쭤보셨어요?"

"아뇨. 그건 신부님에 대한 예의가 아니죠. 제가 하느님의 사람에게 충고를 할 만한 자격은 없지만, 그래도 그 알고 있는 것이 무엇인지에 따라 다를 거라고는 대답해드렸어요."

"그 말을 듣고 신부님은 뭐라고 하시던가요?"

"그냥 그 자리에 앉아 계셨어요. 난롯불만 바라보면서요. 그래서 부엌에 가려고 다시 나오는데, 그분이 말씀하시는 걸 들었어요. **'라틴어가 아니야.'** 그게 다예요. 들릴락 말락 한 소리로 조용히 말씀하셨어요. 그래서 '네?' 하고 되물었죠. 그분 말씀이 무슨 뜻인지 알 수가 없어서요. 하지만 그분은 대답을 안 하셨어요. 그냥 그 자리에 앉아서 난롯불을 바라보며 생각에 잠기셨어요."

"흠."

매튜가 신음했다.

"신부님이 그 말씀을 하신 뒤, 다른 말씀은 안 하신 게 확실한가요?"

"네, **'라틴어가 아니야.'** 그 말뿐이었어요. 적어도 저에겐 그렇게 들렸어요. 그때 비드웰 시장님이 돌아오셨고, 저는 제 일을 하러 갔어요."
"그리고 사나흘 뒤에 그로브 신부님이 돌아가셨단 말이죠?"
"네, 사모님이 교회 바닥에 쓰러져 있는 신부님을 발견하셨죠."
네틀즈 부인이 눈살을 찌푸렸다.
"그분 말씀이 무슨 뜻이었을까요?"
"모르겠어요."
매튜가 말했다.
"하지만 신부님이 부인에게 한 질문만 보면, 영혼의 속성보다는 육체적 속성을 지닌 누군가가 그분께 위해를 가하려 했다고 생각되네요. 신부님이 알고 있었던 게 무엇인지 정말 궁금해요. 이 일이 왜 전에는 생각이 안 나셨어요?"
"잊고 있다가 오늘 아침에야 기억이 났어요. 하시는 일이 그렇다 보니 신부님은 많은 사람들의 많은 일을 알고 계셨죠."
네틀즈 부인이 말했다.
"하지만 전에도 말했듯이, 그분은 적은 없었어요."
"분명히 있었어요. 다만 그 적이 친구의 탈을 썼을 뿐이죠."
"그래요. 그런 것 같군요."
"얘기해주셔서 고맙습니다. 저는 올라가보는 게 좋겠어요."
매튜는 이 정보를 잠시 접어뒀다가 나중에 추적해보기로 결심했다. 지금 당장은 판사와의 문제를 해결해야 했다. 그는 우울한 얼굴로 계단을 올랐다.
매튜는 우드워드의 상태에 관해서 이미 쉴즈와 긴 얘기를 나눴고, 병이 심각해 보이기는 하지만 잘 관리되고 있다는 얘기를 들었다. 의사는 피를 몇 번 더 빼야 한다고 했고, 다 낫기 전까지 몸이 좋아졌다가 나빠졌다가 하는 현상이 반복될 것이라고 했다. 하지만 회복되기는 결코 쉽지 않으며, 특히 이런 해안가의 열병은 더욱 그러하다고 했다. 우드워드는 체질이 강하거나 아니면 평소 건강 상태가 좋은 사람이라고 쉴즈는 말했다. 그러니 피를 빼는 데 몸에 반응이 없을 리 없으며, 병은 한두 주면 떨어져나갈 거라고 했다.

우드워드의 방 앞에 도착한 매튜는 주저하다가 문을 두드렸다.

"누구요?"

우드워드의 목소리가 들렸다. 힘없고 목에 무인가가 걸린 듯한 목소리였지만 알아들을 정도는 되었다.

"접니다, 판사님."

날카로운 침묵이 흘렀다.

"들어와라."

매튜는 방 안으로 들어갔다. 우드워드는 베개 두 개를 등에 받치고 누워 있었다. 서류 상자가 침대 옆에 놓여 있었고, 담요 위에는 서류 다발이 펼쳐져 있었다. 침대 옆 탁자에서는 촛불 세 개가 타올랐다. 판사는 읽던 서류에서 눈을 들지 않았다.

"문을 닫아라."

매튜는 그 말에 문을 닫았다. 우드워드는 매튜를 그 자리에 잠시 세워두었다. 목이 다시 판사를 괴롭혔다. 콧속은 부어올랐고 머리는 아팠으며 오한과 열이 뒤섞여 기분이 지독히 나빴다. 엑소더스 예루살렘이 매튜의 행동을 일러바쳤을 때 우드워드의 몸 상태와 기분은 급격히 더 나빠졌다. 하지만 우드워드는 아직까지는 화가 난 기색을 조금도 내보이지 않았으며, 냉정을 유지하고 계속 서류를 읽었다.

"판사님? 그 사람이 판사님께 들른 건……."

"지금은 할 일이 있다."

우드워드가 말허리를 잘랐다.

"이 장을 마저 읽게 해다오."

"네, 판사님."

매튜는 뒷짐을 진 채 마루를 내려다보았다. 마침내 우드워드가 서류들을 옆으로 치우고 목을 가다듬었다. 소리로 판단해보건대 대단히 괴로운 듯했다.

"늘 그렇듯……."

우드워드가 말문을 열었다.

"……이번 일도 감탄할 정도로 잘해냈구나. 이 기록들은 아주 훌륭해."

"감사합니다."

"난 이걸 오늘 밤까지 다 읽어야 한다. 늦어도 내일 아침까지는 다 끝내야지. 아, 여길 떠나게 된다면 정말 기쁠 거야!"

우드워드는 손으로 쓰라린 목을 주물렀다. 그는 자신의 모습이 얼마나 흉한지 면도 거울을 보고 알고 있었다. 창백한 얼굴, 눈가의 검은 그림자, 뺨과 이마에서 번들거리는 땀. 우드워드는 기력이 쇠한 데다가 줄곧 피를 빼야 했기 때문에 극도로 피곤했다. 그는 그저 이 침대에 누워 자고 싶을 뿐이었다.

"너도 기쁠 거라고 생각하는데. 안 그러냐?"

속임수다. 굳이 피할 필요까지는 없는.

"정의가 구현되면 정말 기쁠 겁니다, 판사님."

"글쎄다. 정의는 곧 구현될 거야. 내일 판결을 내릴 테니까."

"실례지만, 보통은 기록을 검토하시는 데 적어도 이틀은 걸리지 않습니까?"

"그러라고 어디 석판에 새겨놓기라도 했느냐? 아니. 이 기록들은 읽어볼 필요가 없어."

"혹시 제가 아주 강력하게, 레이첼 호워스는 살인자도 아니고 마녀도 아니라고 주장한다면, 판사님의 판결에 영향을 미칠 수 있겠습니까?"

"증거다, 매튜."

우드워드는 서류 다발을 툭툭 건드렸다.

"증거가 여기에 있어. 네가 듣고 네가 기록했다. 인형들은 저기 옷장 서랍 위에 있고. 진술을 반박하는 증거가 뭔지 내게 말할 수 있느냐?"

매튜는 침묵을 지켰다.

"없다. 그건 네 생각이야. 네 생각일 뿐이다."

"하지만 진술 중 일부에 의심스러운 부분이 있다는 점은 동의하시지 않습니까?"

"증인들은 신뢰할 만한 사람들이야. 증인들의 이야기에 공통된 부분이 있다는 점은 어떻게 설명하겠느냐?"

"못 합니다."

우드워드는 침을 삼켰고, 고통에 몸을 움찔했다. 하지만 목소리가 조금이라도 나올 수 있을 때 말을 해야만 했다.

"무엇이 이 마을에 최선인지, 너도 나만큼이나 잘 알고 있다. 나도 이 일이 썩 즐겁지는 않아. 하지만 해야 할 일이다."

"제가 질문을 좀 더 할 수 있게 시간을 주시겠습니까, 판사님? 제 생각엔 바이올렛 애덤스가……."

"안 돼."

돌아온 대답은 단호했다.

"그 아이는 내버려둬라. 그리고 나는 네가 감옥에 가까이 가지 않기를 바란다. 지금 이 순간 이후로."

매튜는 크게 숨을 들이마시고 말했다.

"저는 제가 원하는 곳에 갈 수 있습니다, 판사님."

몸이 정말 좋지 않음에도 불구하고, 우드워드의 눈에 불꽃이 일었다.

"만일 엑소더스 예루살렘이 판사님께 한 얘기를 들으시고 저에게 그런 규제를 내리시는 거라면, 그 목사가 호워스 부인에게 더러운 계획을 품고 있다는 걸 알려드리고 싶습니다. 그자는 호워스 부인이 자백을 하고 판사님의 자비를 구하면, 그 틈에 끼어들어 부인이 새로 얻게 될 기독교인의 영혼을 보증하려고 합니다. 그자는 부인을 데리고 다니면서 창녀로 삼으려고 한다고요."

우드워드는 입을 벌렸지만, 목소리가 갈라져서 잠시 입을 다물어야 했다. 다시 말할 수 있게 되자 우드워드가 말했다.

"엑소더스 예루살렘은 상관없어! 물론 그자는 건달이다. 나도 보자마자 알았어. 내가 염려하는 건 네 영혼이다."

"제 영혼은 제가 잘 보호하고 있습니다."

"그래? 정말이냐?"

우드워드는 한동안 천장을 올려다보며 생각을 가다듬었다.

"매튜."

우드워드가 말했다.

"난 네가 걱정된다. 그 여자는…… 그 여자는 원한다면 너에게 해악을 끼칠 수도 있어."

"저는 스스로를 돌볼 수 있습니다."

이 말에 우드워드는 지독히 아프고 고통스러웠음에도 불구하고 껄껄거리며 웃었다.

"온 세상의 아들들이 아버지들에게 하는 유명한 대사로구나!"

"저는 판사님 아들이 아닙니다."

매튜가 이를 악물며 말했다.

"판사님은 제 아버지가 아니고요. 저희는 직업상 맺어진 관계입니다, 판사님. 그게 전부라고요."

우드워드는 대답하지 않고, 그저 베개 위에 머리를 둔 채 눈을 감고 몸의 긴장을 풀었다. 호흡은 고르지 않았지만 느리고 규칙적이었다. 그는 다시 눈을 뜨고 매튜를 똑바로 보았다.

"때가 된 것 같구나."

우드워드가 말했다.

"네?"

"때가 됐어. 너에게 얘기해줄 때가……. 진작 말했어야 했는지도 모르지. 앉아라."

우드워드는 침대 옆에 놓인 의자를 향해 고갯짓을 했고, 매튜는 의자에 앉았다.

"무슨 얘기부터 해야 하나?"

그것은 우드워드가 스스로에게 던진 질문이었다.

"물론 처음부터 얘기해야겠지. 내가 성공한 변호사였던 시절, 나는 아내 앤과 함께 런던에서 살고 있었다. 아주 멋진 집이었지. 뒤뜰에는 정원과 분수가 있었어. 나는 옥스퍼드를 졸업한 촉망받는 젊은이였으니까."

우드워드는 매튜에게 희미하고 슬픈 미소를 지어 보였다. 이야기는 계속되었다.

"결혼한 지 이 년쯤 됐을 때 아들이 태어났다. 내 아버지의 이름을 따서 토머스라고 지었어."

"아들이요?"

매튜에겐 놀라운 이야기였다.

"그래. 아주 착한 아이였다. 아주 똑똑했고, 아주…… 현명했지. 그 아이는 내가 책을 읽어주는 걸 좋아했고, 엄마가 노래 불러주는 걸 좋아했어."

우드워드의 마음속에 아내의 달콤한 소프라노 목소리가 들리고, 분수를 장식하고 있는 이탈리아제 초록색 타일의 그림자가 보였다.

"그때가 내 인생에서 가장 좋은 날들이었다."

우드워드는 괴로운 목으로 낼 수 있는 가장 부드러운 목소리로 말했다.

"결혼 오 주년이 되던 날, 나는 앤에게 은으로 만든 뮤직 박스를 선물했지. 앤은 나에게 금실로 무늬를 새긴 조끼를 주었어. 포장을 풀던 그 순간을 기억한다. 그때 나는…… 세상에 나보다 더 운 좋은 남자는 없을 거라고 생각했어. 살아 있는 것이 그렇게 영광스러울 수가 없었지. 사랑하는 사람들과 함께 있고, 집과 재산과 직업이 있었어. 나는 인생의 탐스러운 열매를 맛본 사람이었다. 여러 면에서 부자였지."

매튜는 아무 말도 하지 않았다. 이제야 그 보물과도 같은 조끼를 쇼컴의 손에 잃었을 때 봤던 판사의 분노를 제대로 이해할 수 있었다.

"그로부터 사 년이 지나서……."

우드워드는 고통스럽게 침을 삼키고 이야기를 계속했다.

"……앤과 내 동료들이 법복을 입어보라고 용기를 북돋워주었어. 나는 필요한 시험들을 모두 통과해서…… 사법 견습생이 되었다. 자리가 나면 곧 승진하게 될 거라고 통보를 받았어."

우드워드는 길고 괴로운 숨을 들이마셨다가 내뱉었다.

"그리 오래 기다리지 않았다. 그해 여름에 전염병이 돌았거든. 빈자리가 많이 생겼지."

우드워드는 그때의 기억이 속삭이는 유령들처럼 자신의 주위를 맴돌자 침묵에 잠겼다.

"전염병……."

우드워드가 말했다. 그의 시선은 어디에도 머물러 있지 않았다.

"여름이 끝났어. 그해 가을은 고약할 정도로 축축했고, 전염병은 계속 기승을 부렸다. 살갗에 수포가 잡히고, 그다음에는 발작을 하고 끔찍한 고통을 겪다가 죽는 거지. 나와 가장 가까운 친구가 그해 9월에 죽었다. 튼튼한 운동선수 같던 친구가 두 주 만에 흐느끼는 해골이 되어서 죽더구나. 그러다가…… 10월 어느 아침에…… 하녀가 토머스의 침실에서 비명을 질렀어. 나는 뛰어 들어갔지. 무슨 일인지 이미 알고 있었으면서. 내가 목격하게 될 것을 두려워하면서."

우드워드의 말소리는 이제 거의 속삭이는 듯했다. 목이 지옥의 구덩이처럼 활활 타오르는 것 같았다. 하지만 우드워드는 계속 이야기를 해야만 했다.

"토머스는 열두 살이었어. 전염병은 나이를 가리지 않는다. 사회적 지위가 낮은지 높은지, 부자인지 아닌지…… 어떤 것도 가리지 않아. 병이 토머스를 덮쳤다……. 그 아이만 파괴하기로 한 것이 아니라, 내 아내와 나까지 파괴하려 했지. 의사들이 할 수 있는 최선의 방법은 아편으로 아이를 진정시키는 것뿐이었어. 그것도 아이의 고통을 달래는 데 충분치 않았지. 충분하기는커녕."

우드워드는 다시 한 번 침을 삼키기 위해 말을 멈췄다. 고름 덩어리가 목을 타고 넘어가는 것이 느껴졌다.

"마실 것을 좀 드릴까요?"

매튜가 일어서면서 물었다.

"아니, 앉아라. 얘기할 수 있을 때 얘기해야 한다."

우드워드는 매튜가 다시 자리에 앉을 때까지 기다렸다.

"토머스는 맞서 싸웠어."

우드워드가 말했다.

"하지만 물론…… 이기진 못했다. 그 아이는 피부가 다 벗겨져서 침대에서 돌아누울 수도 없게 되었어. 한 번은…… 발작이 찾아왔을 때, 하도 심하게 몸부림을 쳐서 살갗이…… 썩은 나무의 젖은 껍질이 벗겨지듯이 등에서 벗겨져 내리는 걸 봤어. 온통 피범벅에, 역병의 냄새가…… 그 냄새…… 죽음의 썩은 냄새, 그 끔찍한 냄새가……."

"판사님, 더 말씀하시지 않아도……."

매튜의 말에 우드워드가 손을 들어 올렸다.

"끝까지 들어라. 토머스는 병에 걸리고 열흘을 더 살았어. 아니, '살았다'는 말은 정확한 표현이 아니다. '견딘' 거지. 그 열흘은 우리 모두에게 낮과 밤도 구분할 수 없는 저주였다. 그 아이는 피를 마구 토해냈어. 눈은 부어올라 뜨지도 못한 채 우리가 어찌 해줄 수 없는 그 더러운 곳에 누워 있었다……. 제때 시트를 세탁할 수가 없었거든. 마지막 날에…… 토머스는 스스로 제어가 안 되는 발작에 사로잡혀 있었어. 아이가 침대의 창살을 아주 세게 거머쥐고, 몸을 요동치니까…… 침대 전체가 위아래로 흔들리더구나……. 악마의 장난감이라도 되는 것처럼. 나는 그 아이의 얼굴을, 그 마지막 순간의 얼굴을 기억해. 그 아이의 얼굴을."

우드워드는 눈을 질끈 감았다. 땀에 젖은 뺨이 번들거렸다. 매튜는 우드워드를 쳐다볼 수가 없었다. 그의 영혼이 갇힌 슬픔이 너무나 지독해서.

"오, 하느님. 그 아이의 얼굴."

우드워드의 목소리는 쉬어 있었다. 그는 눈을 떴고, 매튜는 그 고통을 기억하느라 우드워드의 눈이 빨개진 것을 보았다.

"물집들이…… 토머스의 얼굴을 거의 집어삼켰어. 마지막에는, 그 아이는…… 거의 사람처럼 보이질 않았다. 죽어가면서…… 발작에 몸이 뒤틀리면서…… 그 아이는 남아 있는 모든 힘을 다해 침대의 창살을 붙잡았다. 나는 작은 손가락이 창살을 꼭 잡는 것을…… 꼭 잡는 것을 봤어. 그리고 그 아이는 나를 봤다."

우드워드가 잠시 말을 멈추고 고개를 끄덕였다.

"토머스는 말을 할 수 없었어. 하지만 나는 그 아이가 내게 묻는 것을 봤다. 마치 내가 전능하신 하느님인 것처럼, 나에게 물었어. **왜?** 그리고 그 질문에…… 답을 알 수 없는, 불가해한 그 질문에…… 나는 할 말이 없었다. 십 분이나 지났을까…… 그 아이는 신음을 한 번 토하더니 마침내 우리를 떠났다. 나는 그 아이에 대한 계획이 있었어. 계획들이. 그리고 나는 그 아이를 사랑했어. 내가 알던 것보다 훨씬 더. 아이의 죽음은…… 아이의 그런 죽음은…… 우리의 남은 날들을 파괴할 수밖에 없었지."

우드워드가 말했다.

"앤은 마음이 약했어……. 아내의 마음은 엉망이 되고 말았지. 그녀의 영혼은 암울해졌어. 나도 마찬가지고. 아내는 내게 등을 돌렸다. 아내는 그 집에서 사는 걸 견딜 수 없어 했고, 치밀어 오르는 분노 때문에 괴로워하기 시작했어……. 아내는 몹시 화를 냈어……. 하느님에게 몹시 화가 났던 거야……. 그래서 아내는 충동적인 짐승처럼 변하게 되었지."

우드워드는 말을 멈추고 침을 삼켰다.

"아내는 술을 마셨어. 좋지 않은 곳에서…… 좋지 않은 사람들과 함께 어울리다가 발견됐지. 나는 아내에게 손을 내밀었다. 교회로 데려오려고. 하지만 일을 더 그르치기만 했지. 아마…… 아내는 주님을 미워하는 것만큼 이 세상에서도 누군가 미워할 사람이 필요했던 것 같아. 결국 아내는 집을 나갔다. 앤이 평판이 좋지 않은 남자와 어울려 술을 마시는 걸 봤다는 얘기가 들렸어. 그게 내 일에도 좋지 않은 영향을 미치기 시작했지. 나도 술을 마신다는 소문이 돌았다. 가끔은 사실이긴 했어. 내가 뇌물을 받는다는 소문도 있었지만, 그건 결코 사실이 아니었어. 나를 모함하고 싶었던 누군가의 편리한 거짓말이었지. 몰락한 내게, 빚의 지불 기한이 다가왔다. 나는 소유한 물건 거의 대부분을 팔았어. 그 집을……. 정원과 분수와 토머스가 죽은 침대……. 나에겐 전부 역겨운 것들이었지, 어쨌든."

"조끼는 간직하셨잖아요."

매튜가 말했다.

"그래. 그건…… 나도 왜인지는 모른다. 어쩌면 알고 있는지도 몰라. 그건 깨끗하게, 티끌 하나 묻지 않고 남은, 내 과거의 유일한 물건이었어……. 그건…… 온 세상이 향기로웠을 때의 마지막 숨결이었지."

"죄송해요. 전혀 몰랐어요."

"네가 어떻게 알 수 있었겠니? 시간이 흐르면서…… 내가 맡는 사건이 점점 줄어갔어. 대부분의 불명예는 내 잘못이라고 해야겠지. 나의 형제 럼주와 함께 자리에 올랐으니. 런던에서의 내 미래는 불투명해 보였다. 나는 마지막 기회를 식민지에서 시험해보기로 결심했지. 하지만 떠나기 전에…… 앤을 찾으려고 애썼어. 아내는 비슷한 처지의 여자들과 함께 타락했다고 하더구나. 그 여자들은…… 전염병으로 남편을 잃은 여자들이었고, 이후…… 주정뱅이가 되어 필요할 때마다 몸을 팔았지. 그 무렵에 앤은 완전히 나를 떠나 있었어. 그녀 자신에게서도 떠나 있었고."

우드워드는 힘겹게 한숨을 내쉬었다.

"그게 아내가 원하던 것이었을 거야. 스스로를 잃어버리는 것. 그렇게 해서 과거도 함께 잃어버리는 것."

우드워드는 매튜 너머로, 가늠할 수 없는 먼 곳을 바라보았다.

"앤을 봤던 것 같아. 항구의 인파 속에서. 확실하진 않았어. 확인하고 싶지도 않았고. 나는 걸어갔다. 배에 올랐고…… 신세계로 향했지."

우드워드는 머리를 뒤로 기대고 다시 눈을 감았다. 그는 고름을 삼키고 목청을 가다듬으려 애썼지만 소용없었다. 목소리는 이제 거의 들리지 않았지만, 우드워드는 매튜의 영혼을 염려했고 매튜가 이 모든 일들을 이해하기를 원했기 때문에 남은 힘을 쥐어짰다.

"맨해튼이 금으로 포장된 낙원이 아니라는 걸 알게 되었을 때…… 내가 얼마나 실망했을지 상상해봐라. 신세계는…… 구세계와 다를 게 없었어. 똑같은 욕망과 범죄가 있었지. 똑같은 죄악과 똑같은 악당들이. 그러나 이곳은…… 죄를 저지를 기회가 훨씬 더 많아……. 그 죄를 저지를 공간도 훨씬 넓고. 다음 세기에 무슨 일이 닥칠지는 신만이 아실 거다."

"구드와도 그런 얘기를 했어요."

매튜가 미소를 지으며 말했다.

"구드의 아내는 이 세상이 불에 타 멸망할 거라고 믿고 있어요. 구드는 새 세기가 '놀라운 한 세기'가 될 거라고 생각하고요."

우드워드는 핏발이 선 눈을 떴다.

"모르겠구나……. 하지만 파운트로열이 이대로 살아남아 새로운 세기를 맞이한다면 분명히 놀라운 일이 될 거다. 레이첼 호워스가 처형되지 않는다면 이 마을은 분명히 죽고 말 거야."

매튜의 미소가 사라졌다.

"한 여자를 죽음으로 몰아넣는 게 이 정착지의 미래 때문인가요, 판사님?"

"물론 아니다. 내 말은, 전부는 아니라는 거야. 하지만 증거가 있고…… 증인들…… 인형…… 그 여자가 보인 신성모독적인 행동까지 있어. '너'를 장악한 건 차치하고 말이다."

"장악이라뇨? 어떻게 진실에 대한 제 관심을 그렇게 이해하실 수 있는지 도무지……."

"이제 단념하고 그만둬라."

우드워드가 말했다.

"부탁이다. 더 깊이 파고들수록 사람들은 점점 너를 신뢰하지 않게 될 거야. 특히 내가 그럴 거다. 예루살렘만 그 여자에게 딴마음을 품고 있는 게 아니다……. 그 여자도 확실히 너에 대해 다른 생각이 있어."

매튜는 고개를 저었다.

"판사님은 완전히 잘못 판단하고 계십니다."

"나는 지금까지 많은 사건을 다뤄왔다. 욕망의 불이 어떻게 사람 눈을 멀게 하는지 충분히 봤어. 그 불길이 얼마나 뜨거운지도."
우드워드는 다시 한 번 목을 주물렀다.
"목소리가 이제 안 나올 모양이다. 하지만 이건 꼭 말해야겠어."
우드워드는 말했다.
"열심히 일하는 부지런한 젊은 상인이 있었다. 일을 하기 위해 일찍 일어나고 일찍 잠자리에 들어야 했지. 그런데 어느 날 밤…… 그는 평소 잠자리에 드는 시간보다 늦게까지 깨어 있었어……. 그러다가 이전에 한 번도 들어본 적 없는 신비한 노랫소리를 들었지. 밤의 새였다. 다음 날 밤에도 그는 늦게까지 깨어 있으려고 애를 썼다……. 그 새의 노랫소리를 들으려고. 그리고 그다음 날 밤에도. 그는 점점…… 점점 밤의 새의 노랫소리에 취해서 낮에도 그 생각만 하게 되었어. 그러다 그 노래를 듣기 위해 온밤을 지새우게 되었지. 해가 떠 있는 동안에도 전혀 일을 할 수가 없었어. 곧 그는 한낮의 모든 것에 등을 돌리고 밤의 새의 아름다운 노랫소리에 온전히 모든 것을 바치게 되었다……. 일도, 건강도…… 그리고 마침내 그의 삶에도 슬픈 종말이 찾아왔지."
"괜찮은 우화네요."
매튜가 퉁명스럽게 말했다.
"무슨 의미인가요?"
"의미는 너도 알고 있어. 그래, 우화가 맞다. 하지만 그 안에 엄청난 진실과 경고가 담겨 있지."
우드워드는 매튜를 뚫어져라 쳐다보았다.
"밤의 새의 노래를 사랑하는 것만으로는 충분하지 않아. 결국은 밤의 새를 사랑하게 돼. 그리고…… 마침내는 밤 그 자체를 사랑하게 되는 거다."

"판사님은 제 동기를 잘못 이해하고 계세요. 제가 관심이 있는 건 단지……."

"그 여자를 돕는 일이지."

우드워드가 말을 잘랐다.

"진실을 찾는 것. 누군가에게 쓸모 있는 존재가 되는 것. 네가 그걸 무슨 말로 표현하든 상관없어……. 레이첼 호워스는 너에게 밤의 새다, 매튜. 어둠이 너를 삼키려 하는데 그걸 못 본 체하며 너에게 경고도 하지 않는다면 나는 보호자로서 자격이 없다."

"어둠이 저를 삼킨다고요? 너무 과장된 말씀 같은데요, 판사님."

매튜는 눈썹을 치켜세웠다.

"나는 오히려 절제된 표현인 것 같다."

우드워드가 천장을 올려다보았다. 기력이 거의 다 소진되었다. 우드워드는 자신의 몸이 불 위에서 구워지는 크고 무거운 도기 항아리 같다고 생각했다. 그의 진정한 자아가 그 안에 갇혀서 신선하고 시원한 공기를 갈망하고 있었다.

"그 여자는 자신의 목적을 위해 널 사로잡았어. 그 여자가 너에게 바라는 건…… 화형대에서 탈출할 수 있게 도와달라는 것 외에는 없다……. 그 죄악으로 말미암아 너는 영원히 하느님의 눈 밖에 나게 될 거야."

매튜는 그런 말도 안 되는 이야기를 더 듣고 싶지 않아서 자리에서 일어났다. 방을 당당히 걸어 나가야겠다고 생각했지만, 그러지는 않았다. 우드워드의 태도는 진심이었고, 앞뒤 안 가리고 그렇게 행동하면 자신이 곧 후회하리라는 것을 잘 알았기 때문이다.

"판사님? 제가 한 가지 여쭤봐도 될까요? 그리고 대답하시기 전에 진지하게 생각해주십사 부탁해도 되겠죠?"

우드워드는 승낙의 표시로 고개를 끄덕였다.

"정말 진심으로, 판사님의 온 마음과 영혼으로, 레이첼이 마녀라고 믿으십니까?"

"네 질문은…… 감정적인 측면이 강조되어 있구나."

우드워드가 대답했다.

"나는 법을 옹호하고 실행할 책임이 있어. 모든 증거가 그 여자를 마녀라고 지목하고 있다……. 따라서 나는 엄격하게 법을 적용해야만 해."

"법복을 잠깐만이라도 잊으시고, 그러고 나서 대답해주세요."

"나는 만족한다."

단호한 대답이 돌아왔다.

"그래, 사소한 점들이 빠져 있긴 해. 내가 답을 해야 하는 질문들이 있고, 신문을 할 증인들도 더 필요하지. 하지만…… 지금은 내가 가진 것만으로 진행해야 해. 그리고 내가 가진 것들은…… 모두가 알다시피…… 진술과 물리적 증거들이고, 그거면 어떤 판사라도 그 여자를 화형에 처하기에 충분하다. 그 여자도 그걸 알고 있어. 그 여자는 빠져나갈 길을 찾아야 했고…… 그래서 너를 끌어들인 거다."

"만일 그 여자가 정말로 사탄의 종이라면, 사탄이 그 여자를 풀어주겠죠."

"종은 값이 싸다."

우드워드가 말했다.

"내가 볼 땐…… 한옆으로 비켜선 채 밤의 새를 통해 말하는 것이 사탄에게 더 적합한 방식이야."

매튜는 판사의 공격을 거세게 반박하려 했지만, 소용없다는 것을 깨달았다. 두 사람은 교착 상태에 도달했고, 그 지점을 넘어선 곳으로는 둘은 함께 갈 수 없었다.

"기록들을 마저 읽어야겠다. 판결문을 허둥지둥 작성하고 싶진 않으니까."

우드워드가 말했다.

"다 읽으신 기록은 제가 읽어봐도 될까요?"

"원한다면."

우드워드는 종이 다발을 들어 매튜의 손에 건네주었다.

"하지만 명심해라……. 이 일에 관해 더 이상의 의견은 없다. 내 말 알겠지?"

"네, 판사님."

비록 씁쓸한 동의였지만 매튜는 대답했다.

"호워스 부인을 다시 보러 가지는 않겠지?"

이 문제는 더 어려웠다. 매튜는 생각할 필요가 없었다.

"죄송합니다. 그건 약속하지 못하겠어요."

우드워드는 입술을 꼭 깨물고 씁쓸한 한숨을 내쉬었다. 하지만 그도 매튜의 복종에 한계가 있다는 걸 알고 있었다.

"네 선택이…… 현명한 것이기를 하느님께 기도하마."

우드워드가 힘없이 말했다. 그는 문을 가리켰다.

"나가라. 쉬어야겠다."

"네, 판사님."

매튜는 우드워드의 얼굴을 찬찬히 살펴보았다.

"뭐냐?"

우드워드가 물었다.

"한 가지 여쭤보고 싶습니다, 판사님. 그때 고아원에 오셨을 때,

서기를 구하러 오신 겁니까, 아니면 아드님을 대신할 사람을 찾으러 오신 겁니까?"

"내 아들은…… 대신할 사람이 없다."

"저도 압니다. 하지만 판사님도 저도, 법률 사무소에서 경험 있는 서기를 구할 수 있다는 걸 잘 알고 있으니까요. 여쭤봐야 했습니다. 그게 전부예요."

매튜는 몸을 돌려 문 쪽으로 향했다.

"매튜?"

우드워드가 베개에서 몸을 일으켰다. 그의 얼굴은 고통으로 창백해져 있었다.

"나도 모르겠다…… 내가 아들을 찾으려던 건지 아닌지. 어쩌면 그랬을지도 몰라. 누군가를 키우고 싶었어. 나는…… 이 더러운 세상에서…… 누군가를 보호하고…… 깨끗하게 지켜주고 싶었다. 이해하겠니?"

"네."

매튜가 대답했다.

"판사님이 저를 보살펴주신 데 대해 감사하고 싶습니다. 그곳에서 저를 꺼내주시지 않았다면, 제가 어떻게 되었을지 생각만 해도 끔찍해요."

우드워드는 다시 자리에 누웠다.

"온 세상이 네 앞에 있다. 너에게는 밝은 미래가 있어. 제발…… 그걸 파괴하려는 사람을 조심해라. 부탁이다."

매튜는 서류를 팔 아래 끼고 방을 나섰다. 그러고는 자기 방에 돌아와서 초에 불을 붙이고 차가운 물로 얼굴을 씻은 뒤 창의 덧문을 열었다. 햇빛은 거의 사라졌다. 매튜는 노예 구역 너머 있는 감시탑과 그 너머의 늪지대를 바라보았다. 지금 시간이라면 누구든 저 늪을 겁내지 않고 돌아다닐 수 있을 것 같았다. 이 세상의 어떤 질문에도 쉬운 답이 없었고, 날이 갈수록 질문들은 점점 더 복잡해졌다.

매튜는 판사가 아들을 찾기 위해 고아원에 왔다고 믿었다. 그리고 아들 대신 보살펴온 매튜를 잃게 될 거란 생각에, 판사는 정말 괴로워할 것이었다. 하지만 매튜는 판사를 향한 마음과 동일하게, 레이첼에 대한 마음도 없애버릴 수가 없었다. 매튜는 어쩌면 아들을 대신할 사람일지도 몰랐다. 그랬다……. 하지만 매튜는 남자였고, 옳다고 생각하는 일을 해야만 했다.

그 말은, 그녀의 무죄를 입증하기 위해, 그녀가 처형당하는 순간까지 싸워야 한다는 뜻이었다.

밤의 새든 아니든, 그녀는 정말로 매튜에게 말을 걸어왔다. 그는 새장의 어둠 속에서 고통받는 그녀를 지금도 듣고 있었다. 판사가 내일 그에게, 사형 판결문을 준비하고 판사의 봉인 아래 증인으로서 서명하라고 지시하면, 그는 어떻게 해야 할까?

매튜는 양초를 내려놓고, 아직도 따가운 등의 상처를 조심하며 침대에 비스듬히 기댔다. 그러고 나서 무언가 놓친 것이 있지는 않을지, 그것이 레이첼을 자유롭게 해줄 열쇠가 되지는 않을지 기대하며 서류를 읽기 시작했다.

하지만 그런 것은 없었다.

이제 시간이 얼마 없었다. 사탄이 정말로 파운트로열에 산다면, 매튜는 그가 웃고 있을 것이라고 생각했다. 혹시 사탄이 아니라면…… 그렇다면 다른 누군가가 웃고 있겠지. 네틀즈 부인이 말한 진짜 여우가.

하지만 아무리 교활한 여우라도 지나간 자리에 흔적을 남기기 마련이다. 그 흔적을 찾는 것은 사냥개의 본능을 지닌 매튜에게 달려 있다. 만일 그 본능이 매튜를 저버린다면 그는 레이첼을 잃게 될 것이다. 그리고 결국 지옥의 불보다도 더 끔찍할 운명의 저주를, 무덤에 들어갈 때까지 답이 없는 질문들과 씨름하는 저주를 받게 될 것이다.

23

사탄이 말했다.

“너에게 줄 선물이 있다.”

매튜는 말할 수도 움직일 수도 없었다. 입은 얼어붙고 몸도 뻣뻣이 굳어 있었다. 그러나 매튜는 활활 타오르는 붉은 화염 속에서, 세 개씩 두 줄로 금단추가 달린 검은 외투를 입은 사탄의 모습을 보았다. 악마는 머리를 두건으로 가리고 있었고, 얼굴이 있어야 할 곳은 그저 깊은 어둠뿐이었다.

“선물이 있다.”

사탄이 다시 말했다. 그 목소리는 엑소더스 예루살렘의 것과 비슷했다. 사탄은 핏기 없는 기다란 손가락으로 외투 자락을 열고는 그 아래 입은 금실로 짠 조끼를 드러냈다. 그러더니 조끼 안에서 물이 뚝뚝 떨어지는 거북을 꺼냈다. 사탄은 짙은 초록색 등껍데기 아래에서 꿈틀대는 거북을 매튜 앞으로 내밀었다.

사탄은 등껍데기의 가장자리를 잡고 별로 힘도 들이지 않고 그것을 쪼갰다. 껍데기는 총소리를 내며 둘로 갈라졌다. 지옥의 두 손이 진저리가 나도록 느리게 비틀리면서 거북의 드러난 몸을 반으로 찢었고, 거북은 고통스러워하며 입을 벌렸다. 몸 안의 창자가 천천히 흘러 나왔다. 창자의 색은 영국 국기처럼 빨갛고 파랗고 하얬다.

면도날로 그은 지갑에서 돈이 쏟아지는 것처럼, 금화와 은화가 엉망이 된 창자에서 쏟아지기 시작했다. 사탄은 왼손으로 거북의 내장을 뒤지더니 피투성이 손바닥을 매튜에게 내밀었다. 그 위에는 학살로 더럽혀진 금화가 있었다.

"그대의 것이다."

사탄이 말했다. 그는 왼손의 엄지와 검지로 금화를 집고 매튜를 향해 서서히 움직였다. 매튜는 팔다리를 묶인 듯 뒤로 물러설 수가 없었다. 사탄은 사냥감을 덮치는 검은 새처럼 매튜를 덮쳤다. 그러고는 금화의 가장자리를 매튜의 입술에 가져다댔다.

천천히, 냉혹하게, 금화는 매튜의 입안으로 밀려들어왔다. 매튜의 눈이 크게 떠졌고, 입안에서는 쓴 피 맛이 났다. 지옥의 주인 바로 뒤에서 불길이 치솟았다. 불타오르는 화형대가 보이고, 거기에 묶여 불에 타는 물체는 차마 말로 다 할 수 없는 살덩어리의 저주 안에서 몸을 비틀고 있었다.

매튜는 자신의 신음 소리를 들었다. 금화가 매튜의 목 안에 있었다. 금화가 목에 걸렸다. 두건 안에서 사탄의 얼굴이 떠오르기 시작하더니 매튜 얼굴에서 불과 몇 센티미터 떨어진 앞까지 다가왔다. 드러난 턱뼈에 박힌 송곳니, 개의 주둥이뼈, 텅 빈 개의 안와가 그 뒤를 따랐다. 개의 머리뼈가 매튜의 얼굴을 짓누르며 혐오스러운 납골당 냄새가 나는 뜨거운 숨을 내뿜었다.

매튜는 신음을 뱉으며 깨어났다. 지금 여기가 어딘지, 그리고 악마를 알현한 것이 유별나게 생생한 꿈이었음을 깨닫기까지 몇 번인가 심장이 뛰었다. 아직도 입안에서 피 맛이 나는 것 같았지만, 그것은 저녁 식사 때 비드웰이 권했던 후추를 잔뜩 뿌린 소시지의 맛이었다. 어쩌면 그 소시지가 이 모든 상황에 가장 큰 책임이 있는

지도 몰랐다. 심장 박동은 여전히 빨랐고, 얼굴과 가슴에서는 땀이 흘러내렸다. 맨 먼저 이 어둠을 몰아내야 했다. 매튜는 침대 옆 탁자 위에 놓아둔 성냥갑과 부싯돌을 찾아 불을 켰다. 성냥이란 정말이지 필요할 때 한 번에 켜지는 법이 없었다. 매튜는 잠자리에 들 때 껐던 등잔에 불을 붙였다. 그러고 나서 침대에서 나와 주전자에 물을 한잔 따라 단번에 들이켰다.

"휴!"

매튜는 안도의 탄식을 내뱉었다. 아직도 감각들이 악몽에서 깨어나지 못했는지, 방의 벽들이 그를 짓누르는 것만 같았다. 매튜는 방을 가로질러 창문의 덧문을 활짝 열고, 혼란스러운 머릿속을 비우기 위해 길고 깊은 숨을 내뱉었다.

멀리서 짖는 개 한 마리를 빼면 밤은 조용했다. 노예 구역에도 불이 켜진 등잔은 없었다. 바다 위에서 번쩍거리는 번개가 보였지만, 폭풍은 아주 멀리 있는 것 같았다. 곧이어 매튜는 영혼마저 기쁘게 할 만한 무언가를 보았다. 천천히 움직이는 구름 사이로 별들이 반짝이고 있었다. 우울한 날씨가 이제 끝날 거라고 감히 바라도 되는 것일까? 냉기와 더위를 품은 이 이상한 5월은 강인한 사람의 체력도 고갈시키기에 충분했다. 아마도 한결같은 햇살을 품고 다가오는 6월은 파운트로열에 좀 더 친절한 달이 될 것이다.

하지만 그렇더라도 그것이 매튜와 무슨 상관인가? 그와 판사는 곧 이 마을을 떠날 테고 다시는 돌아오지 않을 텐데. 이 마을과 비드웰에게서 벗어나는 거다. 저녁 식사 때, 비드웰은 레이첼을 언급하면서 매튜에게 시비를 걸었다. 예를 들면, 그 지독히도 기분 나쁜 소시지를 먹으면서 이런 말을 했다.

"이봐, 서기. 그 마녀가 그렇게 좋다면, 마녀가 화형을 당하는 동안 그 여자의 손을 잡고 있을 수 있도록 자리를 마련해주겠네!"

매튜는 화를 부추기는 그런 조롱에 침묵으로 대답했다. 그 뒤로 한동안 비드웰은 집적거림을 멈추고 배를 채우는 일에 집중했다. 매튜는 차라리 음식을 위층으로 가지고 가서, 아픈 목구멍에 죽 한 그릇과 뜨거운 차를 억지로 들이밀고 있는 판사 옆에서 식사를 하는 편이 나았으리라고 후회했다. 곧 쉴즈가 왔고, 메스와 피를 받는 접시를 이용해 피를 빼는 작업에 들어갔다. 매튜는 함께 우드워드의 방에 올라갔다가 그 소름 끼치는 과정의 중간쯤에 방을 나왔다. 창자가 꼬이는 것 같았다. 붉은 액체가 방울져 떨어지는 그 장면도 자신의 악몽에 한몫했다는 생각이 들었다.

매튜는 구름이 계속 움직이며 별들이 숨었다 나타났다 하는 모양을 바라보았다. 그는 우드워드가 다 읽은 버크너의 진술 기록을 읽었지만, 그를 여우에게 데려다줄 만한 것은 아무것도 찾지 못했다. 내일 우드워드가 다 읽고 나면 개릭과 바이올렛 애덤스의 진술 기록도 가져다 읽겠지만, 그때쯤이면 판사가 판결을 내릴 시간에 훨씬 가까워져 있으리라.

악몽에서 봤던 몇 가지 사실들이 매튜를 사로잡았다. 여섯 개의 금단추가 달린 검은 옷을 입은 사탄……. 얼굴이 있어야 할 자리에 그저 어둠만 있던 것……. 갓 잡은 거북……. 초록색 등껍데기를 쪼개어 열던 근육질의 손……. 쏟아져 내리던 피 묻은 주화들…….

주화. 금화와 은화. 그는 마음의 눈으로 구드가 보여준 거북 배 속의 내용물을 본 것이다. 거북이 삼킨 스페인 금화. 그것들은 어디에서 왔을까? 어떻게 인디언과 거북이 그런 것을 공유할 수 있었을까?

스페인 염탐꾼에 대한 매튜의 가설은 여전히 살아 있었다. 비록 페인의 이야기로 심한 타격을 입긴 했지만, 그래도 쇼컴이 그 금화를 인디언에게서 얻었으며 인디언은 그것을 스페인 사람에게서 얻었다는 가설은 여전히 존재했다. 하지만 어떤 스페인 사람이 거북에게 금화와 은화를 먹인단 말인가?

매튜는 밤공기를 실컷 들이마셨지만, 침대로 돌아가려고 서두르지는 않았다. 그는 별들이 춤추는 모습을 한참 동안 더 바라보다가, 덧문을 닫으려 손잡이를 잡았다.

문을 닫기 직전에, 매튜는 눈부신 주황색 불꽃을 보았다. 순간 꿈에서 보았던 불타오르는 화형대가 연상되어 기분이 나빠졌다. 실제로 보인 것은 불이 붙은 현장이 아니라 서쪽 방향에서 반사된 불빛이었다. 십여 초가 흘렀을까, 멀리서 들리는 남자의 외침에 매튜는 이미 의심하고 있던 사실을 확인했다.

"불이야! 불이야!"

또 다른 남자도 그 외침을 이어받아 소리쳤다. 곧바로 문이 열리는 소리가 났다. 자다가 일어난 비드웰이었다. 경보 종이 울리기 시작하고, 사람들이 더 많이 나와 소리를 지르고, 파운트로열의 개들이 화가 나서 짖어댔다. 매튜는 어제 입었던 옷을 서둘러 입고, 등잔으로 계단을 비추며 내려가 집 밖으로 나갔다. 붉은색과 주황색 불꽃들이 트루스 거리의 건물을 공격하고 있었다. 감옥과 엄청나게 가까운 곳이었다.

매튜는 주먹으로 배를 한 방 맞은 듯한 아픔을 느꼈다. 만일 감옥에 불이 났다면, 그리고 레이첼이 감방 안에 갇혀 있다면…….

매튜는 겁에 질린 얼굴로 트루스 거리를 향해 뛰기 시작했다. 그가 호수를 지날 때, 말 한 마리가 끄는 마차가 물통들을 싣고 불이 난 곳으로 출발하는 중이었다. 곧이어 두 번째 마차가 도착했다.

"어디에 불이 났어요?"

매튜가 어느 집 앞을 지나는데 한 여자가 그를 향해 소리쳐 물었다. 하지만 매튜는 대답할 엄두가 나지 않았다. 주민 스무 명 정도가 현장에 모여 있었고, 그중에는 잠옷을 입고 나온 사람도 몇 명 있었다. 매튜는 물을 실은 마차를 앞질러 달렸다. 그리고 곧 감옥에 불이 난 것이 아니라 학교 건물이 무너지고 있다는 사실을 깨닫고 커다란 안도감을 느꼈다.

뜨거운 화염이 엄청난 속도로 번지고 있었다. 비드웰이 눈에 들어왔다. 파란색 실크 잠옷과 슬리퍼를 걸쳤고, 분을 뿌린 가발을 용케 쓰고 있었다. 비드웰은 구경꾼들에게 마차가 접근할 수 있게 길을 비키라고 소리를 질러댔다. 말들이 사람들을 헤치며 들어왔고, 마차에 타고 있던 소방수 여섯 명이 마차에서 뛰어내려 물통을 끌어내리기 시작했다. 소방수 중 한 사람이 양동이에 물을 떠서 불꽃을 향해 달려갔지만, 전에 매튜가 목격했던 화재 때와 마찬가지로, 학교 건물이 종말을 맞이했다는 사실은 분명해 보였다.

"저 불을 꺼! 서둘러, 모두들!"

반은 명령이고 반은 애원인 외침이 들려왔다. 맨머리에 노란색 장식이 달린 짙은 초록색 옷을 입은 존스톤이 보였다. 그는 활활 타오르는 불꽃에 위태로울 정도로 가까이 서서, 한 손으로는 지팡이를 짚고 다른 손으로는 소방수들에게 연신 손짓을 하고 있었다. 불티들이 존스톤의 주위를 붉은 말벌처럼 날아다녔고, 그의 얼굴은 절박함으로 일그러져 있었다.

"서둘러요. 부탁이야, 제발!"

"앨런, 뒤로 물러서게! 거긴 위험해!"

비드웰이 말했다. 한 남자가 존스톤의 팔을 잡고 그를 불에서 끌어내려 시도했지만, 분노로 입이 일그러진 존스톤은 팔을 억지로 잡아 뺐다.

"이런 제기랄!"

존스톤은 소방수들을 향해 소리쳤다. 소방수들은 누가 봐도 최선을 다해 물을 뿌리고 있었지만, 잔인한 열기 때문에 주춤거릴 수밖에 없었다.

"불을 끄라고, 이 바보들아! 더 빨리 못 움직이나?"

불행하게도 그들은 더 빨리 움직일 수 없었다. 그리고 존스톤을 제외한 모든 사람들은 싸워봤자 소용없다는 사실을 깨닫고 있는 듯했다. 비드웰조차 허리에 손을 짚고 가만히 서서, 소방수들에게 빨리 움직이라고 다그치는 수고를 하지 않았다.

학교 건물은 작았고 불은 맹렬해서, 매튜는 예순 명의 소방수가 예순 개의 양동이를 가져온들 불을 끌 수 있을지 의심스러웠다. 두 번째 마차가 도착하고 소방수가 세 사람 더 추가되었다. 군중들 중에 몇몇 충실한 사람들이 불 끄는 일을 돕기 위해 앞으로 나섰지만, 이건 인력과 열의의 문제가 아니라 양동이 개수와 시간의 문제였다.

"제기랄!"

존스톤은 이제 더 이상 애원하지 않았고, 대신 눈에 띄게 격분했다. 그는 다리를 절룩이며 앞뒤로 서성거렸고, 가끔씩 꿈지럭거리는 소방수들에게 비아냥거리거나 혐오감이 섞인 고함을 날렸다. 그러더니 결국은 불 자체에 저주를 퍼부었다. 불은 학교 지붕을 물어뜯기 시작했다. 조금 더 시간이 흐르자 열변을 토하던 존스톤도 잠잠해졌다. 그는 이 싸움에 진짜로 졌다는 것을, 심지어 처음부터 진

게임이었다는 사실을 받아들인 듯 불과 연기로부터 뒤로 물러났다. 소방수들은 작업을 계속했지만 그저 자신들의 존재를 정당화하기 위한 움직임처럼 보였다. 존스톤은 패배자처럼 어깨를 늘어뜨리고 멍한 눈으로 불을 바라보았다.

오른쪽으로 고개를 돌린 매튜는 심장이 입 밖으로 튀어나올 뻔했다. 3미터도 떨어지지 않은 곳에 세스 헤이즐턴이 서 있었다. 부상당한 얼굴에 여전히 붕대를 감고 있는 대장장이는, 불에 온 정신이 팔려서 자신의 적을 미처 보지 못한 듯했다. 매튜는 헤이즐턴이 지금 제정신이긴 한지조차 의심스러웠다. 남자는 손에 갈색 도기병을 들고 있었는데, 매튜가 관찰하고 있는 동안에도 병에 든 것을 한참이나 벌컥벌컥 들이켰다. 천천히 끔벅거리는 눈과 늘어진 턱으로 보아 병 안에 든 내용물이 무엇일지 충분히 짐작이 갔고, 그의 더러운 셔츠와 바지를 보니 그가 분명히 물보다는 포도주에 관심이 있다는 사실을 알 수 있었다.

매튜는 신중하게 뒤로 몇 걸음을 옮기면서, 혹시라도 헤이즐턴이 주위를 둘러볼 경우에 대비해 구경꾼 두 사람 사이로 들어갔다. 그러다 어떤 생각이, 사악하면서도 강렬한 생각이 떠올랐다. 지금이 바로 헤이즐턴의 창고를 뒤져볼 완벽한 기회다. 불구경을 하러 온 데다가, 독한 술에 취해 있다면…….

아니, 아니다! 매튜는 스스로에게 말했다. 그 창고 포대 자루 안에 무엇이 있는지는 모르겠지만, 그것 때문에 나는 이미 충분히 시련을 겪었다! 그만둬! 그냥 내버려둬!

하지만 매튜는 자기 천성을 알았다. 그는 숨겨놓은 포대 자루를 찾으러 그 대장장이의 창고에 가지 말아야 할 이유를 무한정 댈 수도 있었다. 하지만 알고 싶은 외곬의 욕망이, 판사의 말을 빌자면

'모든 이성을 넘어 취해버리고 마는' 매튜의 천성이 그의 안에서 이미 슬슬 동하기 시작했다. 매튜에게는 등잔도 있고 기회도 있었다. 만일 숨겨놓은 자루를 찾아야만 한다면, 지금이 바로 그때였다. 한 번 시도해볼까? 아니면 등에 난 상처를 교훈삼아 마음속에서 들리는 작은 경고에 귀 기울여야 할까?

매튜는 몸을 돌려 빠른 걸음으로 화재 현장을 떠났다. 뒤를 돌아보니 헤이즐턴은 매튜의 존재를 전혀 눈치채지 못한 것 같았고, 다시 병에 든 것에 탐닉하고 있었다. 매튜는 어떻게 해야 할지 깊은 고민에 빠졌다. 이 일에 대해 우드워드가 뭐라고 할지, 비드웰이 뭐라고 할지 눈에 선했다. 그러다가 다시, 둘 중 누구도 레이첼의 유죄를 의심하지 않는다는 데 생각이 미쳤다. 헤이즐턴이 숨기고 있는 것이 무엇이든, 그것이 만에 하나라도 레이첼 사건과 관계가 있다면…….

매튜는 이 생각이 맨 처음 그 곡물 포대 자루를 열어보도록 그를 유혹하던 생각과 같다는 것을 깨달았다. 이것은 정황상 타당한 추론이다. 그렇다면 어떤 결정을 내려야 하는가?

교차로에 이르자 운명의 저울은 이미 그가 알고 있는 방향으로 기울었다. 매튜는 뒤돌아보고 대장장이가 뒤쫓지 않는다는 걸 확인했다. 그는 등잔을 앞세워 헤이즐턴의 창고를 향해 달음질쳤다.

창고에 도착한 매튜는 문을 잠그고 있는 빗장을 들어 올리고, 안으로 들어갈 수 있을 만큼만 문을 당겨 열었다. 그가 등불을 들고 들어서자 안에 있던 말 두 마리가 불편한 듯 툴툴거렸다. 매튜는 전에 자루가 있었다고 기억하는 곳으로 곧장 가서 바닥에 등잔을 내려놓은 채 짚 더미 속을 찾기 시작했다. 그러나 그곳엔 짚뿐이었다. 헤이즐턴이 자루를 창고 안 다른 곳에 옮겨놓았거나, 어쩌면 집 안에 둔 모양이었다. 매튜는 다시 오른쪽에 있는 다른 짚 더미를 뒤졌지만, 역시 아무것도 없었다. 매튜는 엄청난 양의 짚과 호스애플을 쌓아놓은 창고의 맨 뒤쪽까지 계속해서 뒤졌다. 악취를 풍기는 짚 더미 안을 손으로 휘저으며 거친 포대 자루를 찾았지만 허사였다.

마침내 그는 떠날 시간이 되었다는 것을 깨달았다. 이미 적정 시간을 넘긴 지 오래였다. 자루가 짚 더미 안에 있다 해도 오늘 밤에는 찾을 수 없을 것이다. 이쯤에서 탐사는 접어야 한다!

무릎을 꿇고 있던 매튜는 일어서서 등잔을 집어 들고 문 쪽으로 걸음을 옮겼다. 그가 문에 다다랐을 때, 조심해야겠다는 본능이 발동했는지 아니면 그의 목 뒷덜미의 털이 곤두섰는지 모르겠지만 아무튼 무언가가 그의 발걸음을 잡아끌었다. 매튜는 범죄 행위에 더 이상 필요 없어진 촛불을 불어 껐다.

그것은 행운이 내린 축복이었다. 매튜가 창고를 막 나서려는 순간 비틀거리는 물체가 보인 것이다. 거리가 너무 가까워서 매튜는 헤이즐턴이 분노로 고함을 지르며 술병으로 자신을 공격하는 게 아닐까 두려웠다. 매튜는 달아나야 할지 물러나야 할지 판단을 내리지 못한 채 문가에 섰다. 몇 초 안에 결정을 내려야 했다. 헤이즐턴이 바로 코앞에 있었다. 고개를 숙인 헤이즐턴은 다리가 풀려 있었다.

매튜는 뒤로 물러나서 창고 안으로 들어가 팔다리를 펴고 납작 누웠다. 그러고는 등잔을 손에 든 채 미친 듯이 짚 더미 안으로 파고들었다. 하지만 반도 들어가기 전에 문이 활짝 열리고 거대한 검은 형체가 들어왔다.

"안에 누구야?"

헤이즐턴이 술에 취한 소리로 으르렁거렸다.

"이 쥐새끼 같은 놈. 내가 죽여버린다!"

매튜는 움직임을 멈추고 그 자리에 꼼짝 않고 버텼다. 숨이 폐에 걸렸다.

"안에 있는 거 다 알아! 내가 이 망할 문을 닫아놨었다고!"

지푸라기 하나가 성가시게 윗입술을 간지럽혔지만 매튜는 감히 움직일 수 없었다.

"닫았다고! 내가 닫았다니까!"

헤이즐턴이 술병에 든 것을 꿀꺽대며 마시는 소리가 들렸다. 그는 소매로 입을 훔치며 말했다.

"내가 문을 닫았지. 안 그러냐, 루시?"

그의 말들 중 한 마리에게 말하는 것이었다.

"닫은 것 같았는데. 이런, 우라질. 내가 취했나!"

그는 거칠게 웃었다.

"술 취한 양반님처럼 취했어. 그게 바로 나야! 어떻게 생각하느냐, 루시?"

헤이즐턴이 어둠 속에서 비틀거리며 말에게 다가가더니, 말의 뒷다리와 궁둥이를 토닥거렸다.

"우리 이쁜이, 널 사랑한다. 아무렴, 사랑하지."

말을 쓰다듬는 헤이즐턴의 손이 멈췄다. 대장장이는 입을 다물고, 창고 안에 숨어 있는 침입자의 소리에 귀를 기울였다.

"누구야?"

하지만 헤이즐턴의 목소리에는 확신이 없었다.

"만일 누구든 안에 있으면, 내가 빌어먹을 도끼를 휘두르기 전에 나가는 게 좋을 거야!"

창고 한가운데에서 휘청거리는 헤이즐턴의 모습이 매튜의 시야에 들어왔다. 헤이즐턴은 머리를 한쪽으로 기울이고 술병을 느슨하게 들고 있었다.

"보내줄게!"

헤이즐턴이 외쳤다.

"어서, 나가라고!"

매튜는 망설였지만, 아무리 술에 취해 비틀거린다고 해도 매튜가 문까지 가기 전에 헤이즐턴이 그를 붙잡을 것 같았다. 그냥 여기 누워 헤이즐턴이 떠나기를 기다리는 쪽이 나았다.

헤이즐턴은 족히 일 분 이상 말도 하지 않고 움직이지도 않았다. 마침내 그는 술병을 들어 술을 마셨고, 바닥에 남은 몇 방울까지 마시려 몸을 뒤로 한껏 젖히더니, 술병을 벽에, 거의 매튜의 머리 위에 직각으로 던졌다. 술병은 벽에 세게 부딪힌 뒤 바닥에 떨어지면서 산산조각이 났다. 놀란 말들이 울면서 칸막이 안에서 날뛰었다.

"맘대로 해라, 씨팔!"

헤이즐턴은 소리를 지르고는 몸을 돌려 창고를 나갔다. 문은 열어둔 채였다.

이제 매튜는 위험한 선택에 직면했다. 헤이즐턴이 문 바로 밖에서 그가 나오기를 기다릴지도 모르는 위험을 감수하면서 가능할 때 이곳을 빠져나가야 할까, 아니면 지금까지처럼 그냥 그 자리에 누워 있어야 할까? 그는 잠시만 더 이 자세를 유지하는 게 좋겠다고 결심하고, 그 기회를 이용해 짚 더미 안으로 더 완벽하게 숨어들었다.

일이 분 정도가 흐른 뒤, 헤이즐턴이 불을 켠 등잔을 들고 돌아왔다. 하지만 등잔은 유리가 너무 지저분해서 별 소용이 없어 보였고, 오른손에 쥔 자루가 짧은 손도끼에 비하면 그리 무시무시한 물건도 아니었다.

매튜는 숨을 깊이 들이마셨다가 다시 내쉬고, 짚과 호스애플 더미 밑에서 몸을 더 낮게 하려고 애썼다. 헤이즐턴은 희미한 불빛으로 구석구석을 살피며, 들고 있는 손도끼로 머리를 단번에 쪼갤 준비 자세를 취하고는 휘청거리며 창고 안을 돌아다니기 시작했다. 그러다 가장 가까이에 있는 짚 더미를 걷어찼다. 그 발에 맞았으면 매튜의 갈비뼈가 부러졌을 것이다. 헤이즐턴은 저주의 말을 중얼거리면서 쿵쾅거리며 짚 더미를 짓밟았다. 그러더니 잠시 서서 등잔을 들어 올렸다. 매튜는 얼굴을 덮은 지푸라기 틈으로 사납게 번득이는 대장장이의 눈을 보았다. 그리고 헤이즐턴이 그가 숨은 곳을 똑바로 보고 있다는 것을 알아차렸다.

움직이지 마! 매튜는 스스로에게 경고했다. 제발, 가만히 있어!

내 머리통을 위해서라도. 매튜는 가만히 덧붙였다.

헤이즐턴은 묵직한 부츠로 지푸라기들을 뭉개며 매튜의 은신처로 점점 다가왔다. 공포에 질린 매튜는 이 남자가 곧 자신의 몸을 밟게 되리라는 사실을 깨달았고, 짚 더미 밖으로 뛰쳐나갈 준비를 했다. 벌떡 일어나면서 비명을 지르면, 헤이즐턴이 놀라 뒤로 물러서거나 적어도 손도끼를 휘두를 때 헛손질이라도 하게 할 수는 있으리라 생각했다.

준비가 됐다. 두 걸음만 더 다가오면 대장장이가 매튜를 밟을 것이다.

빠직! 헤이즐턴이 걸음을 멈췄다. 짚 더미는 헤이즐턴의 무릎 높이까지 올라와 있었다. 그는 비어 있는 손으로 바닥을 뒤지기 시작했다. 매튜는 그 소리가 무슨 소리인지 알았다. 자기가 오른손에 쥐고 있던 등잔의 유리였다. 아까 움직이느라 등잔이 매튜의 오른손

끝에서 20센티미터 정도 떨어진 곳에 놓여 있었던 것이다. 매튜는 반사적으로 주먹을 쥐었다.

대장장이는 자신이 밟은 것이 무엇인지 발견했다. 그는 깨진 등잔을 들어 올려 그것을 살펴보았다. 길고도 끔찍한 침묵이 흘렀다. 매튜는 이를 악물고 기다렸다. 이제 인내심이 한계에 이르려 했다.

마침내 헤이즐턴이 투덜거렸다.

"루시, 빌어먹을, 등잔을 찾았어!"

헤이즐턴이 말했다.

"좋은 거였는데! 에이 씨팔!"

헤이즐턴은 그것을 경멸하듯 한옆으로 집어 던졌다. 술에 취해서 예전에 자기가 잘못 놔둔 등잔이라고 생각하는 모양이었다. 만일 그가 정신이 조금이라도 남아 있어서 깨진 유리 조각을 만져보았다면 그 유리 조각들이 아직도 따뜻하다는 것을 눈치챘을 것이다. 하지만 대장장이는 곧바로 몸을 돌려 짚 더미 사이 창고의 맨바닥에 쪼그리고 앉았다. 대재앙을 아슬아슬하게 벗어난 매튜를 그 자리에 남겨둔 채.

하지만 이러나저러나 결과는 마찬가지였다. 매튜는 숨을 조금 더 편하게 쉬긴 했지만, 헤이즐턴이 완전히 떠날 때까지는 제대로 숨을 쉴 수 없었다. 그때 한 가지 생각이 머릿속에 떠올랐고, 그 생각은 휘둘리는 도끼에 맞은 것만큼이나 매튜를 충격에 빠뜨렸다. 만일 헤이즐턴이 밖으로 나가 문을 잠근다면, 매튜는 이곳에 갇히게 된다. 그랬다가 해 뜰 무렵이나 그 후에 헤이즐턴이 창고로 돌아오면, 어쨌든 그와 마주쳐야 한다! 할 수 있을 때 달아나는 쪽이 낫겠다고 매튜는 결심했다. 하지만 이제는 지푸라기가 문제였다. 지금까지 그를 보호해주던 것이 이제는 그가 달아나는 것을 막고 있었다.

매튜는 다시 한 번 대장장이에게 주의를 기울였다. 헤이즐턴은 등잔을 먼 벽의 못에 걸고, 그가 좋아하는 말을 향해 말을 걸고 있었다.

"우리 예쁜 루시!"

헤이즐턴이 웅얼거리는 듯한 목소리로 말했다.

"우리 예쁜, 어여쁜 아가! 날 사랑하지, 그렇지? 그래, 그래. 내가 안다!"

대장장이는 말에게 속삭였다. 매튜는 그가 하는 말들을 제대로 듣지는 못했지만, 헤이즐턴의 애착이 일반적으로 사람이 말에 갖는 애정보다는 조금 더한 것 같다는 생각이 들었다.

헤이즐턴이 시야에 들어왔다. 그는 도끼를 문 옆의 벽에 툭 던지더니 문을 닫았다. 헤이즐턴이 다시 돌아왔을 때 얼굴은 온통 땀투성이였다. 그리고 루시를 향한 그의 눈은 짙은 보라색 구멍 안으로 푹 꺼져 있었다.

"우리 정숙한 숙녀."

헤이즐턴이 색을 밝히는 미소라고밖에 설명할 수 없는 웃음을 지으며 말했다. 매튜의 등줄기로 서늘함이 훑고 내려갔다. 그는 대장장이가 무엇을 하려는지 그제야 깨달았다.

헤이즐턴은 루시의 마구간으로 들어갔다.

"착한 루시. 우리 어여쁘고 사랑스러운 루시. 이리 와! 옳지, 옳지!"

매튜는 조심스럽게 고개를 들어 대장장이의 움직임을 눈으로 좇았다. 불빛은 희미했고 시야는 가려 있었지만, 헤이즐턴이 말을 칸막이 안에서 한 바퀴 돌려 말의 엉덩이가 문 쪽으로 향하도록 하는 것을 볼 수 있었다. 여전히 취해 있었지만, 헤이즐턴은 나지막한 목소리로 루시를 진정시켰다. 그러고는 말굽을 박을 때 말의 목을 고정시키는 나무 도구에 루시의 머리와 목을 부드럽게 집어넣었다. 헤이즐턴이 도구를 잠그자 말은 단단히 고정되었다.

"착하지. 그래야 예쁜 숙녀지!"

헤이즐턴은 칸막이 안 구석으로 가서 루시의 먹이통에 쌓인 건초 더미를 파헤치기 시작했다. 매튜는 그가 무엇인가를 끄집어내는 모습을 보았다. 곡물 자루인지 아닌지는 알 수 없었다. 하지만 적어도 그가 가져오는 것이 그때 그 자루 안에 들어 있던 물건이리라고 매튜는 추측했다.

헤이즐턴은 무두질한 소가죽으로 만든 정교한 마구처럼 생긴 것을 들고 칸막이를 나왔다. 그는 비틀거리며 거의 넘어질 뻔했지만, 자신이 하려는 일에 몹시 흥분해서 힘이 솟는 듯했다. 마구의 양쪽 끝에는 쇠로 만든 고리가 달려 있었다. 그 두 개의 둥그런 물체가 매튜가 자루 겉에서 만진 것이었다. 헤이즐턴은 그중 하나를 벽의 못에 고정하고, 두 번째 고리는 근처 기둥에 걸어 마구가 루시의 칸막이 입구를 가로질러 걸리게 했다.

매튜는 헤이즐턴이 무엇을 고안해냈는지 깨달았다. 귀넷 린치가 대장장이에 대해 한 말이 떠올랐다. **그 사람은 한번 일할 마음만 생기면 훌륭한 발명가가 된다고.** 하지만 지금 일을 하려고 하는 건 헤이즐턴의 마음이 아니었다.

마구처럼 생긴 발명품의 중간 부분에는 가죽으로 만든 격자무늬 방석이 있었다. 막대기들에 의해 쇠고리가 팽팽하게 당겨지면 방석에 앉은 사람은 바닥에서 수십 센티미터 뜬 모양새로 루시의 꼬리 바로 아래까지 올라가게 되었다.

"착한 루시."

헤이즐턴이 흥얼거리며 부츠 위까지 바지를 완전히 내렸다.

"우리 착하고 예쁜 아가."

그의 엉덩이는 완전히 드러났고 성기는 우뚝 솟아 있었다. 헤이즐턴은 근처에 놓여 있던 빈 물통을 가져왔다. 그는 물통 위를 딛고 가죽 방석 위에 앉아 말의 꼬리를 쳐들었다. 말은 앞으로 일어날 일을 예상하며 꼬리를 앞뒤로 흔들었다.

"아아!"

헤이즐턴이 자기 성기를 루시의 그곳에 집어넣었다.

"착한 아가!"

육덕진 헤이즐턴의 엉덩이가 앞뒤로 흔들리기 시작했다. 그는 얼굴이 불그레해진 채 눈을 감았다.

매튜는 네틀즈 부인이 대장장이의 죽은 아내에 관해 했던 말이 떠올랐다. **그리고 제가 알기로는 헤이즐턴은 소피가 죽기 전에 소피를 마치 다리가 세 개 달린 말처럼 다루었어요.** 저 남자가 내는 열정적인 소음으로 미루어 보아 헤이즐턴이 다리가 네 개 달린 말들을 훨씬 더 좋아한다는 건 분명했다.

그리고 이제 왜 헤이즐턴이 이 특이한 쾌락의 도구를 그토록 기를 쓰고 숨겼는지도 알 수 있었다. 대부분의 식민지에서 수간(獸姦)은 교수형으로 다스리고, 곳에 따라 익사형과 사지절단형으로 다스리기도 한다. 드문 범죄지만, 도덕적으로는 용서받을 수 없는 죄이다. 실제로 이 년 전쯤 우드워드는 닭, 돼지, 암말과 항문 성교를 한 노동자에게 교수형을 선고한 적이 있었다. 법에 따라 그 동물들도 함께 죽여 인간 범죄자와 같은 무덤에 매장했다.

매튜는 이 혐오스러운 광경에서 시선을 돌리고 얼굴을 바닥으로 향했다. 하지만 헤이즐턴이 애인 말과 쾌락을 나누며 내는 소리까지 듣지 않을 방법은 없었다.

마침내 끝나지 않을 것만 같던 시간이 흐르고, 창고의 바람둥이는 절정에 이른 듯 신음을 내뱉고 몸을 떨었다. 루시도 콧김을 내뿜었지만, 루시의 반응은 자기 상대가 끝났다는 데 느끼는 안도감 때문인 것 같았다. 헤이즐턴은 말의 엉덩이에 기대어 연인들이나 주고받는 친근한 말을 루시에게 속삭이기 시작했고 매튜는 머리털의 뿌리까지 새빨개졌다. 그런 말은 남자와 여자가 주고받아도 외설적인데, 하물며 남자가 암말에게 하는 말이라니 듣기만 해도 수치스러웠다. 확실한 것은 이 대장장이가 달궈진 모루 위에 올린 수많은 편자 중 하나에게 한 방을 먹인 것이었다.

헤이즐턴은 마구에서 일어날 생각을 안 했다. 그의 목소리는 점점 더 나지막해지고 불분명해졌다. 잠시 뒤, 그는 중얼대는 것을 완전히 멈추고 그의 애정의 대상을 향해 코를 골기 시작했다.

창고에 들어올 기회를 잡았던 것처럼, 이제 매튜는 떠날 기회를 잡았다. 그는 천천히, 깨진 등잔의 유리 조각에 베이지 않도록 주의하면서 짚 더미 밖으로 나왔다. 헤이즐턴의 코 고는 소리는 일정하게 들려왔다. 루시도 잠든 자기 주인을 뒷다리에 기대게 한 채 거기서 있는 것에 만족하는 듯했다. 매튜는 짚 더미를 빠져나와 쪼그리고 앉아 있다가 천천히 일어섰다. 헤이즐턴이 잠에서 깨어 매튜를 본다고 해도 저 장비에서 즉시 일어서지는 못할 것 같았고, 매튜를 쫓아올 마음이 들 것 같지도 않았다. 하지만 매튜는 헤이즐턴에게 무언가 생각할 거리를 남겨주지 않을 만큼 착한 사람은 아니었다. 매튜는 헤이즐턴의 더러운 바지를 집어 들고, 서두르지 않고 문을 열고 부도덕한 범죄의 현장을 빠져나왔다. 매튜는 헤이즐턴이 아니라 루시가 가엾었다.

트루스 거리의 화재는 이미 진압이 끝난 뒤였다. 매튜가 창고에 들어간 것이 약 한 시간쯤 전이었으니, 학교 건물은 이제 대부분 타 버렸을 터였다. 아침이면 사탄의 불의 손에 대한 추측이 난무할 것이다. 아마도 내일 낮이면 파운트로열을 떠나는 마차를 두어 대 보게 되겠지.

매튜는 헤이즐턴의 바지를 인더스트리 거리 한복판에 던져놓고, 홀가분한 마음으로 근처에 있는 말구유에서 손을 씻었다. 그러고 나서 비드웰의 저택을 향해 걸어갔다. 숨겨진 곡물 자루에 대한 호기심은 이제 완전히 풀렸다.

시간이 많이 늦었고 화재에 대한 흥미도 가라앉아 거리에는 아무도 없었다. 두 집이 등불을 켜고 있었다. 아마도 부부가 앉아 사탄이 불지른 이 마을을 언제 떠날지를 놓고 의논하고 있는 것이리라. 그 두 집을 제외한 파운트로열은 다시 잠에 빠져들었다. 나이 든 남자 하나가 문 앞 계단에 앉아 긴 도기 파이프로 담배를 피우고 있었다. 그의 옆에서는 흰 개가 사지를 쭉 뻗고 있었다.

매튜가 다가가자 남자는 무심히 말했다.

"날이 개는구먼."

"네."

매튜는 대답하고 가던 길을 계속 갔다. 광활한 하늘을 올려다보니 구름들이 점점 열어지면서 수많은 별들이 반짝반짝 모습을 드러내고 있었다. 낫처럼 생긴 호박색 달이 나타났다. 공기는 여전히 축축하고 냉랭했지만, 부드러운 바람이 실어오는 향은 고인 늪의 냄새가 아닌 소나무 숲의 향기였다. 매튜는 날씨가 개고 그대로 유지만 된다면, 판사의 건강에도 분명히 좋은 영향을 미치리라 생각했다.

매튜는 대장장이의 행동을 우드워드에게 알리지 않기로 결심했다. 그런 범죄를 보고하는 것은 그의 의무였고, 분명히 헤이즐턴은 교수대에 매달려 나부끼게 되겠지만, 판사의 머릿속을 지금보다 더 복잡하게 해줄 필요는 없었다. 게다가 대장장이마저 잃게 된다면 파운트로열은 견디기 힘들 것이었다. 조만간 누군가가 헤이즐턴의 기이한 취미를 발견하고 문제 삼겠지. 하지만 매튜는 입을 다물고 있기로 했다.

저택 안의 쉼터에 다다르기 전에, 매튜는 호수로 가서 풀이 덮인 호숫가 참나무 옆에 섰다. 개구리 떼가 어둠 속에서 합창을 하고, 거북 같아 보이는 한 무리가 매튜의 오른쪽에서 호수 속으로 들어갔다. 잔잔한 파문이 이는 수면에 달과 별이 비쳤다.

어떻게 거북이 스페인 금화와 은화를, 은 숟가락과 도자기 조각을 배 속에 간직할 수 있었을까? 매튜는 바닥에 앉아 풀을 뽑으며 검은 호수 너머를 바라보았다.

'너에게 줄 선물이 있다.' 악마는 꿈에서 그렇게 말했다.

매튜는 거북의 내장에서 쏟아지던 동전들을 생각했다. 구드가 자신이 찾은 것을 그에게 보여주던 일을 떠올렸다. 구드는 말했다. '이게 뭔지 알아내야 하고, 이분도 알고 싶어 하실 거야.'

정말로 그렇다고, 매튜는 생각했다. 거북은 어디에서 그런 동전들을 구했을까? 물론 삼킨 것이다. 아마도 호수가 거북들의 세계의 경계일 것이고, 그리고…….

오, 오!

한 가지 생각이 매튜의 머릿속에서 대포처럼 터졌다. 구드가 그 동전들을 매튜에게 보여주자마자 그 포탄 터지는 소리를 들었어야 했지만, 그때는 너무 많은 질문들이 마음속에 뒤죽박죽 섞여 있었다. 하지만 지금, 조용한 어둠 속에 이렇게 앉아 있으니, 그 생각으로 인한 충격이 천둥처럼 다가왔다.

구드는 스페인 금화와 은화를 호수에 사는 거북의 배 속에서 발견했다……. 그건 스페인 금화와 은화가 호수 안에 있기 때문이었다.

매튜는 벌떡 일어섰다. 그는 생각을 진정시키려는 듯 뒤에 서 있는 참나무에 손을 짚었다. 이 생각은 꿈에서 거북을 찢어 열던 것처럼, 눈부신 가능성으로 가득 차 있었다.

금화 한 닢과 은화 한 닢, 도자기 조각 그리고 은 숟가락 한 개로는 보물 더미라고 할 수 없었다……. 하지만 파운트로열의 중심, 바로 그 아래 진흙 바닥에 무엇이 있는지 누가 알겠는가?

매튜는 정신이 번쩍 들어 니콜라스 페인이 한 말을 기억해냈다. 쇼컴의 여관에서, 쇼컴의 금화를 보면서 했던 말이었다. **제정신인 블랙 플래거라면 자기 노획물을 인디언들의 황무지에 묻진 않겠지. 보통은 찾기 쉬운 곳에 숨기겠지만, 이 불쌍한 해적은 어쩌다 보니 숨겨놓은 보물을 저 야만인들에게 들킨 걸 거야.**

숨겨놓았다고? 그렇다면 이 깨끗한 호수 바닥은 어떨까?

매튜의 뇌가 활활 타올랐다. 비드웰은 파운트로열을 호수 주위에 세우기로 결심했다. 인도 제국에서 온 상업용 선박들에 신선한 물을 공급하기가 편리하다는 장점 때문이었다.

하지만 상인들에게 신선한 물은 해적 깃발을 날리는 자들에게도 신선한 물이다. 그렇지 않은가? 비드웰이 이곳을 염두에 두기 훨씬 전에 이 호수가 발견되어 다른 어떤 용도로 사용되었을 가능성이 없을까? 만일 그것이 사실이라면 호수는, 페인이 말한 대로, 노획물을 숨겨두기에 아주 훌륭한 금고 역할을 할 것이었다.

이 모든 것은 막연한 추측일 뿐이었다. 그렇지만…… 거북 배 속에서 나온 동전들을 달리 어떻게 설명할 것인가? 거북들은 호수 바닥에서 먹을 것을 찾다가 바닥의 진흙과 함께 동전들을 삼켰거나, 반짝이는 것에 홀려 그것들을 삼켰을 것이다. 은 숟가락이나 도자기 조각도 마찬가지다. 그래도 여전히 의문이 남았다. 그럼 저 아래에는 안전하게 숨겨두기 위해 묻어둔 다른 무엇이 더 있을까?

하지만 인디언이 스페인 금화를 가지고 있었던 건 어떻게 설명할까? 만일 실제로 호수 아래에 해적이 숨긴 보물이 있다면, 파운트로열이 만들어지기 전에 인디언들이 그것을 찾아 꺼냈을까? 만일 그렇다면, 인디언들이 자질구레한 몇 개를 흘리고 간 것인지도 모른다. 매튜는 일단 잠을 좀 잔 뒤에 내일 이 문제를 조용히 추적해보기로 했다. 비드웰이 뭔가를 알지도 몰랐지만, 이건 신중하게 접근해야 할 문제였다.

매튜는 생각을 잠시 멈추고, 많은 수수께끼를 품고 있는 호수를 바라보았다. 오늘 밤에는 더 이상 답할 것이 없었다. 잠이 올 것 같지는 않았지만 잠을 자야 할 시간이었다.

매튜는 피스 거리를 따라 계속 걸어갔다. 저택은 캄캄했다. 자정은 한참 전에 지난 것 같은데, 몇 시인지는 알 수 없었다. 다음 한 걸음을 내딛었을 때 매튜는 갑자기 걸음을 멈추고 그 자리에 얼어붙은 듯 서서 똑바로 앞을 쳐다보았다.

삼각 모자를 쓰고 검은 외투를 입은 사람이 빠르게 저택을 지나쳐 노예 구역 쪽으로 걸어가고 있었다. 그 사람이 시야에서 사라지는 데는 채 오륙 초도 걸리지 않았다. 그 남자가 불을 켜지 않은 등잔을 가지고 있었는지 아닌지는 보지 못했지만, 매튜는 그가 등잔을 가지고 있을 거라고 생각했다. 여우가 돌아다니고 있다. 어디로 가는 걸까? 무슨 목적으로?

오늘 밤은 정말 기회의 밤이다. 그리고 지금 이 기회는, 대장장이가 잘못 내리쳤던 손도끼보다 훨씬 믿을 수 없는 것이었다.

입이 마르고, 피가 빠르게 돌았다. 매튜는 주위를 둘러보았지만 거리에는 아무도 없었다. 학교 건물이 타다 남은 불만 여전히 희미하게 붉은색으로 빛났다. 바람이 불티를 하늘로 휘감아 올리고 있었다.

매튜는 따라가야 한다는 걸 알았다. 여우가 늪으로 가버리기 전에 찾으려면 서둘러야 했다. 여우는 감시탑 근처에서는 경계를 할 것이다. 감시꾼이 자고 있을지 아닐지 알 수 없었기 때문에 매튜도 그래야 했다.

날카로운 공포가 매튜의 가슴을 찔렀다. 저 한밤의 여행자가 누구든, 자신을 쫓아오는 사람이 있다면 가만히 두지 않을 터였다. 저 늪 밖에서는 무슨 일이라도 일어날 수 있었고, 아주 안 좋은 일이 일어날 수도 있었다.

하지만 꾸물거릴 시간이 없었다. 공포심을 극복해야 했다. 여우는 빠르게 움직였고, 매튜도 그래야 했다.

24

격정적인 파도 소리가 들렸다. 파도는 늪에서 어느 정도 떨어진 섬들과 드러난 모래톱들을 때리고 있었다. 매튜는 힘들게 늪을 지나는 중이었다. 매튜의 앞, 눈으로 볼 수 있는 한계선쯤에 한밤의 여행자가 있었다. 희미한 주황색 달빛이 아니었다면 짙은 어둠 속에서 움직이는 검은 반점을 완전히 놓쳐버렸을 터였다. 그 희미한 빛마저도 움직이는 구름이 빈틈없이 감시하고 있었다.

저 남자는 전에도 이 길을 와본 적이 있는 것이 분명했다. 적어도 한 번 이상. 남자는 등불 없이도 확신에 차서 빠르게 걸어갔다. 매튜는 허리 높이까지 오는 풀을 헤치고 신발을 잡아당기는 갯벌을 가로지르며 그를 쫓았다. 대단히 힘들고도 수고로운 여행이었다.

그들은 파운트로열에서 멀리 벗어나 있었다. 매튜는 감시탑에서부터 적어도 400미터는 멀어졌으리라고 가늠했다. 감시탑은 소나무 숲을 걸으면서 간단히 피할 수 있었다. 물론 그럴 리는 없겠지만 만일 감시꾼이 깨어 있었다고 해도 그는 바다 쪽을 보고 있었을 것이다. 제정신인 사람이라면 누가 이런 칠흑 같은 어둠을 뚫고 늪으로 나가겠는가?

한밤의 여행자는 분명한 목적을 가지고 있었고, 그 목적을 위해 걷는 속도를 높이고 있었다. 오른쪽 풀숲 사이에서 무언가가 부스

럭거리는 소리가 크게 들렸다. 불길한 느낌에 매튜는 조금 더 빠른 속도로 걸었다. 하지만 다음 순간에 그는 가장 최악의 적은 늪 그 자체라는 것을 깨달았다. 얕은 웅덩이라고 생각해 걸어 들어갔는데 무릎 근처까지 빠지더니 거의 넘어질 뻔했다. 웅덩이 바닥에 있는 진흙이 그의 신발을 붙들고 놓질 않아서, 죽도록 애를 쓴 뒤에야 자유로이 풀려날 수 있었다. 웅덩이를 빠져나오니 더 이상 사냥감의 움직임이 감지되지 않았다. 오른쪽에서 왼쪽으로 훑어보고 다시 뒤를 돌아보았지만, 암흑이 완전하게 주위를 뒤덮고 있었다.

매튜는 남자가 가던 방향으로 계속 갔을 거라고 추측했다. 매튜는 발을 디디는 지점에 좀 더 신경을 쓰면서 다시 걷기 시작했다. 늪은 정말로 알 수 없는 곳이었다. 한밤의 여행자는 이곳을 여러 번 다니면서 이러한 위험을 파악하고 있는 것이 분명했다. 어쩌면 남자는 자기가 다니는 길을 지도로 만들어 기억하고 있을지도 몰랐다.

삼사 분 정도가 흘렀지만 매튜는 어둠 속에서 움직이는 물체라고는 전혀 발견하지 못했다. 매튜는 뒤를 흘깃 돌아보고 자신이 곶을 돌았다는 걸 알게 됐다. 매튜가 서 있는 곳과 감시탑 사이에는 소나무와 떡갈나무가 이루는 검은 선이 자리하고 있었다. 매튜 뒤쪽으로 1킬로미터 정도는 아마 숲이 펼쳐져 있을 것이다. 눈앞에 펼쳐진 것은 늪뿐이었다. 그는 되돌아갈지 앞으로 더 나아갈지를 고심했다. 이곳은 약간의 차이가 있을 뿐 모든 것이 어둠의 그림자에 가려져 있었다. 그러니 이렇게 헤매도 별 소용이 없었다. 하지만 매튜는 몇 걸음을 더 나아갔고, 다시 한 번 걸음을 멈추고 지평선을 훑어보았다. 피에 굶주린 모기들이 귓가에서 앵앵거렸다. 개구리들은 골풀 숲 사이에서 울어댔다. 하지만 인간에게서 오는 신호는 없었다.

이곳에 사람이 구태여 올 만한 이유가 있을까? 이곳은 거친 황야였다. 지금 매튜가 서 있는 곳과 찰스타운 사이에 문명인이라고는 하나도 존재하지 않을 것이다. 그렇다면 한밤의 여행자는 무엇을 하려는 걸까?

매튜는 은하수를 올려다보았다. 하늘은 무척이나 광활하고 지평선은 무척이나 넓어서 두려운 마음이 들었다. 바다도 검은 대륙이었다. 이 해안가에서 미지의 세계를 등 뒤에 두고 서 있자니 마음의 평정이 흐트러졌고, 지금 서 있는 바로 이곳이 거대한 자연에 의해 시험을 받기라도 한 듯 상당히 괴로웠다. 매튜는 그 순간 왜 인간이 마을과 도시를 짓고 그 주위를 벽으로 두르는지를 이해할 수 있었다. 인디언이나 들짐승들의 위협을 막기 위한 것일 뿐만 아니라, 다스리기에는 너무 거대한 이 세상을 자신들이 통제할 수 있다는 환상을 유지하기 위해서이기도 했다.

순간 매튜는 사색에서 깨어났다. 바다 저 멀리에서, 불빛 두 개가 빠르게 연속적으로 깜빡였다. 매튜는 파운트로열 쪽을 다시 살필 참이었지만, 생각이 바뀌었다. 그 자리에 꼼짝 않고 서서 몇 초가 흘렀다. 그러더니 다시 한 번, 불빛 두 개가 반짝였다.

다음 순간 매튜의 심장은 덜컹 내려앉았다. 매튜가 서 있는 곳에서 50미터도 떨어지지 않은 곳에서 불을 켠 등잔이 스윽 나타나더니 위로 번쩍 올라갔다. 등잔은 앞뒤로 흔들리다가 사라졌다. 매튜는 한밤의 여행자가 등잔을 외투로 덮었을 거라고 추측했다. 남자는 바닥에 쪼그리고 앉아서 외투 자락으로 등잔을 가린 채 성냥을 켜고 등잔에 불을 붙였을 것이다. 불을 어떻게 켰든 불을 가린 게 무엇이든, 신호에 대한 답이 왔다.

매튜는 자신을 보호하기 위해 늪의 풀숲에서 몸을 낮추고 눈만 밖으로 내놓았다. 그리고 좀 더 가까이에서 보려고 등불이 나타났던 곳으로 조심스럽고 조용하게 움직이기 시작했다. 만일 지금 이 자세로 가다가 독사라도 밟는다면, 송곳니가 그의 가장 소중한 곳에 박히게 될 터였다. 매튜는 검은 옷을 입은 남자의 10미터 옆 정도까지 접근했지만, 풀숲이 그곳에서 끝나는 바람에 어쩔 수 없이 멈춰야 했다. 남자는 거품이 이는 대서양의 파도에서 몇 미터 떨어지지 않은, 단단히 굳은 모래 위에 서 있었다. 남자는 바다 쪽을 바라보며 기다리고 있었다. 등잔은 외투 안에 숨겨둔 채였다.

매튜도 기다렸다. 남자는 앞뒤로 서성거리긴 했지만 절대 그 자리를 떠나지 않았다. 그러는 동안 십여 분이 흘렀고, 곧 어두운 바다에서 어떤 물체가 솟아나는 모습이 보였다. 그 물체가 육지에 닿을 무렵이 되어서야 매튜는 그것이 거룻배라는 걸 알았다. 배는 검은색인지 짙은 파란색인지 모를 색으로 칠해져 있었다. 배에는 세 사람이 타고 있었는데, 모두 어두운 색 옷을 입고 있었다. 그중 두 사람이 배에서 내려 배를 해안으로 끌어당겼다.

매튜는 이 거룻배가 더 먼 곳에 있는 큰 배에서 왔음을 깨달았다. 매튜는 생각했다. **내가 스페인 염탐꾼을 찾은 거야.**

"안녕하쇼! 잘돼갑니까?"

배에 남아 있던 남자가 말했다. 그 남자의 억양은 그레이브젠드가 발렌시아에서 떨어져 있는 만큼이나 스페인 억양과는 거리가 멀었다. 남자가 모래 위로 내려왔다. 한밤의 여행자가 그의 말에 대답했지만, 목소리가 너무 낮아서 매튜의 귀에는 그저 웅얼거리는 소리로만 들렸다.

"이번엔 일곱 개요."

배를 타고 온 남자가 말했다.

"이거면 충분할 거요. 가지고 와!"

마지막 말은 다른 두 남자에게 한 것이었다. 그들은 나무 양동이 같은 것을 배에서 내리기 시작했다.

"같은 곳에?"

남자가 한밤의 여행자에게 물었고, 그는 고개를 끄덕였다.

"당신은 습관에 따라 움직이는 사람이군요."

한밤의 여행자는 등잔을 외투 자락에서 들어 올렸고, 매튜는 그때 노란 불빛에 비친 남자의 옆얼굴을 볼 수 있었다.

"좋은 습관이죠."

에드워드 윈스턴이 단호하게 말했다.

"이제 그만 지껄이고 이걸 파묻어요. 빨리 끝내라고요!"

그는 자신이 꾸물거릴 기분이 아니라는 것을 보여주기 위해 들어 올렸던 등잔을 다시 내렸다.

"알았어요, 알았어!"

배를 타고 온 남자는 배 바닥에서 삽 두 개를 꺼냈고, 키 큰 풀숲의 가장자리를 따라 해안으로 걸어갔다. 남자는 매튜가 숨은 곳에서 15미터 정도 떨어진 곳까지 접근했다. 그는 가시 달린 야자나무로 만든 덮개 앞에서 걸음을 멈추고 물었다.

"여기 맞죠?"

"그래요."

뒤따라온 윈스턴이 대답했다.

"이리 가져와!"

남자가 선원들에게 명령했다.

"서둘러! 밤샐 거냐?"

뚜껑이 닫힌 양동이들이 남자가 명령한 곳으로 운반되었다. 남자는 삽 두 개를 선원들에게 주었고, 그들은 곧 모래를 파기 시작했다.

"세 번째 삽이 어디 있는지 알잖소. 그걸 쓰시죠, 롤링스 씨."

윈스턴이 말했다.

"난 빌어먹을 인디언이 아니오! 난 대장이란 말요!"

롤링스가 신랄하게 대답했다.

"내 생각은 좀 달라요. 당신은 인디언이고, 댄포스 씨가 당신 대장이지. 그 사람이 주는 동전을 받고 있을 텐데."

"정말 푼돈이오! 이런 밤일에 비하면 푼돈이라고!"

"저걸 빨리 묻으면 빨리 갈 수 있어요."

"그나저나 저걸 도대체 왜 묻는 거요? 도대체 누가 이런 데까지 와서 저걸 찾는다고?"

"나중에 후회하는 것보다 안전한 게 낫지요. 양동이 하나만 남겨두고 나머지는 잔소리 말고 묻어요."

입속으로 불평의 말을 중얼거리며, 롤링스는 조심스럽게 야자나무 아래로 다가가 그곳에 숨겨두었던 자루가 짧은 삽을 꺼냈다. 매튜는 롤링스가 동료들과 함께 리듬을 타며 땅을 파는 모습을 지켜보았다.

"마녀는 어찌 되었소?"

롤링스가 일을 하면서 윈스턴에게 물었다.

"언제 목을 매달 거요?"

"매달지 않아요. 화형에 처할 겁니다. 며칠 안으로 될 것 같소."

"그때쯤이면 당신 일도 끝나겠지? 당신과 댄포스 둘 다!"

"땅 파는 거나 신경 써요."

윈스턴이 간단하게 대답했다.

“깊이 묻을 필요는 없어요. 하지만 확실히 덮이도록 해요.”

“알았소! 열심히들 해라! 이 사탄의 땅에서 오래 지체하고 싶지 않으면. 안 그래?”

윈스턴이 코웃음을 치며 대꾸했다.

“여기나 저기나, 사탄의 땅 아닌 곳이 있소?”

그러고는 왼쪽 목을 찰싹 소리가 나게 때려 피를 빠는 곤충을 처형했다.

구덩이가 열리고 양동이 여섯 개가 구덩이 안으로 들어간 뒤, 모래로 그 위를 덮는 데는 몇 분밖에 걸리지 않았다. 롤링스는 일을 열심히 하는 것처럼 보이는 데 달인이었다. 얼굴을 일그러뜨리고 힘들게 숨을 내쉬었다. 하지만 옮겨놓는 모래 양으로 봐서는 숟가락만 한 삽으로 땅을 파는 듯했다. 양동이들이 구덩이로 들어가자, 롤링스는 뒤로 물러서서 팔로 이마의 땀을 훔치고 마치 스스로를 칭찬하는 것처럼 말했다.

“잘했어, 잘했어!”

롤링스는 삽을 원래 있었던 곳에 가져다놓고 윈스턴을 향해 활짝 웃었다. 윈스턴은 근처에 서서 아무 말 없이 그를 바라보았다.

“그럼 이번이 마지막 여행이 되겠군요!”

“한 달 정도는 더 계속해야 할 것 같은데요.”

윈스턴이 말했다.

롤링스의 웃음이 사라졌다.

“그 여자가 곧 불에 타버릴 텐데 뭐가 더 필요합니까?”

“필요하게 될 겁니다. 댄포스 씨에게 내가 그 시간에 여기 와 있을 거라고 전해요.”

“원하신다면요, 폐하!”

롤링스가 윈스턴을 향해 과장되게 우스꽝스러운 절을 하자, 다른 두 남자가 웃었다.

"전하실 말씀이 또 있는지요?"

"여기 일은 끝났소."

윈스턴이 차갑게 말했다. 그는 옆에 따로 빼놓은 일곱 번째 양동이를 집어 들고는 갑자기 매튜 쪽으로 몸을 돌렸다. 매튜는 즉시 몸을 숙여 땅 위로 납작 엎드렸다. 윈스턴은 풀숲을 헤치고 걷기 시작했다.

"난 화형을 한 번도 본 적이 없어요!"

롤링스가 윈스턴에게 외쳤다.

"잘 봐뒀다가 나한테 얘기해줘요!"

윈스턴은 대답하지 않고, 매튜가 바짝 엎드린 곳에서 서쪽으로 30미터 정도 떨어져 대각선 방향으로 걸어갔다. 매튜는 그제야 마음을 놓을 수 있었다. 이제 윈스턴은 떠났고, 외투 아래로 낮게 숨긴 등잔 불빛만이 희미하게 그가 있는 곳을 알려주었다. 매튜는 윈스턴이 감시탑의 감시꾼 시야에 들기 한참 전에 등잔불을 끌 거라고 예상했다.

"저런 꽉 막힌 좀생이 같으니! 저런 놈은 새끼손가락으로도 때려눕힐 수 있어!"

윈스턴이 떠나자 롤링스는 동료들에게 허풍을 늘어놓았다.

"형님이라면 저런 놈쯤이야 한번 훅 불기만 해도 날려버릴 수 있죠!"

선원 중 하나가 맞장구를 치니 옆에 있던 다른 남자가 큰 소리로 웃었다.

"맞아! 이제 어서 여길 뜨자고! 오늘 밤에는 바람 방향이 제대로 바뀌었어. 주님께 감사해야겠군!"

매튜는 고개를 들고 남자들이 배로 돌아가는 모습을 바라보았다. 배를 해안에서 밀어낸 다음, 롤링스가 배의 옆면으로 먼저 기어오른 뒤 두 남자가 배에 올랐다. 노가 위로 들어 올려지고, 배는 거품이 이는 파도를 뚫고 움직여 갔다. 물론 대장은 노를 잡지 않았다. 어둠이 순식간에 배를 삼켰다.

매튜는 그곳에서 날카로운 눈으로 계속 지켜본다면 저 멀리에 닻을 내리고 있는 더 큰 배를 직접 볼 수도 있겠다고 생각했다. 어쩌면 배 위에서 파이프에 불을 붙이는 성냥불을 볼 수도 있고, 아니면 부풀어 오른 돛 위에 얼룩처럼 묻은 달빛을 볼 수도 있다. 하지만 그럴 시간도, 그러고 싶은 마음도 없었다. 지금은 거룻배가 먼 거리의 항해에 적합한 배가 아니었다는 것만 기억해두었다.

매튜는 윈스턴이 간 파운트로열 쪽을 바라보았다. 혼자 있다는 것에 만족하며, 매튜는 방어적인 자세에서 일어나 즉시 공격적인 자세를 취했다. 그는 야자나무 뒤쪽에서, 양동이들을 묻느라 파헤쳐놓은 흔적이 있는 땅을 발견했다. 야자나무 가시 두 개에 찔려 괴로워하면서 매튜는 숨겨놓은 삽을 쥐었다.

윈스턴이 지시한 대로 양동이들은 깊이 묻혀 있지는 않았다. 매튜는 양동이 하나면 족했다. 구덩이에서 들어 올린 양동이는 평범했다. 타르를 굳혀 뚜껑을 밀봉해놓았고, 무게는 3, 4킬로그램 정도 되는 것 같았다. 그는 다시 삽으로 구멍을 메우고, 삽을 원래 자리에 가져다놓은 다음 양동이를 들고 파운트로열로 향했다.

돌아가는 길은 오던 길과 마찬가지로 결코 수월하지 않았다. 갑자기 매튜는 비드웰의 저택에 다시 들어가려면 종을 울려야 한다는 사실을 깨달았다. 그 집에 있는 사람들이 자신이 이 양동이를 들고 있는 모습을 보여줘야 할까? 윈스턴이 벌이고 있는 게임이 무엇이든, 자기 테이블이 엎어졌다는 걸 윈스턴이 눈치채게 하고 싶지 않았다. 네틀즈 부인이라면 신뢰할 수 있겠지만, 아직은 이 빌어먹을 마을에 있는 모두가 의심스러웠다. 그렇다면 이 양동이를 어쩔 것인가?

한 가지 생각이 떠올랐다. 그러나 그러려면 한 사람을 무조건적으로 믿어야 했다. 구드의 아내까지 포함하면 두 사람이다. 매튜는 양동이에 든 내용물이 궁금해 죽을 지경이었고, 구드라면 이것을 강제로 열 만한 도구를 가지고 있을 터였다.

고맙게도 매튜는 드디어 늪을 빠져나왔고, 감시탑을 피하기 위해 소나무 숲을 지났다. 그리고 곧 존 구드의 집 앞에 도착했다. 매튜는 최대한 조용히 문을 두드렸지만, 소리가 어찌나 크게 울리는지 근처에 사는 사람들이 모두 깨어날 것 같았다. 그럼에도 불구하고 유감스럽게 그는 두 번째로 더 세게 노크를 해야 했고, 곧 방수포를 덮은 창문에 불빛이 비쳤다.

문이 열렸다. 촛불이 밖으로 나오고, 그 위로 졸린 눈을 한 구드의 얼굴이 나타났다. 그는 이런 시간에 문을 두드린 사람에게 그다지 예의를 갖출 준비를 하지 않았지만, 하얀 피부를 보고 누구인지를 확인하자 곧바로 자기 신분으로 돌아왔다.

"오…… 나리?"

"확인해봐야 할 물건을 가지고 왔어요."

매튜가 양동이를 들어 보였다.

"들어가도 될까요?"

물론 매튜는 거절당하지 않았다.

"그게 뭐야?"

구드가 매튜를 방 안으로 들이고 문을 닫자, 잠자리에 누워 있던 메이가 물었다.

"당신하고는 상관없는 일이야."

구드는 자기가 든 촛불로 다른 양초에 불을 옮기며 말했다.

"가서 다시 자."

메이는 뒤로 돌아누워 올이 다 풀린 담요를 목까지 덮어 썼다. 구드는 양초 두 개를 탁자 위에 놓았고, 매튜는 양동이를 그 사이에 놓았다.

"어떤 신사가 조금 전에 늪으로 나가는 걸 뒤쫓았어요."

매튜가 말했다.

"자세한 얘기는 하지 않을게요. 그 남자는 그곳에 더 많은 양동이를 묻어놓았어요. 이 안에 뭐가 있는지 보고 싶어요."

구드는 타르로 봉인한 뚜껑을 손가락으로 훑었다. 그러고는 양동이를 들더니 거꾸로 뒤집어 바닥을 불빛에 비춰보았다. 나무 바닥에 불로 낙인을 찍은 상표가 있었는데, 알파벳 K와 그 아래에 CT라는 글자가 새겨져 있었다.

"제조자 상표군요. 찰스타운의 통 만드는 사람 같은데요."

구드가 말했다. 구드는 도구를 찾아 두리번거리다가 단단한 칼을 집었다. 매튜는 구드가 칼로 타르를 깎아내는 것을 부푼 기대를 안고 바라보았다. 타르가 어느 정도 떨어져나가자, 구드는 칼날을 뚜껑 아래로 밀어 넣어 위로 들어 올렸다. 잠시 뒤 뚜껑이 헐거워졌고, 구드가 뚜껑을 열었다.

양동이에 든 내용물이 눈앞에 보이기에 앞서, 냄새가 먼저 자신의 정체를 한껏 드러냈다.

"후아!"

구드가 코를 찡그렸다. 매튜는 코를 찌르는 냄새를 맡고 그것이 유황 물질에 송유(松油)와 갓 추출한 타르를 섞은 물질이라고 추측했다. 실제로 양동이에 든 것은 진득한 검은색 페인트 같아 보였다.

"칼 좀 빌려주시겠어요?"

매튜는 구드가 건넨 칼로 지독한 냄새가 나는 혼합물을 휘저었다. 유황이 노란색 무늬를 그리며 떠오르기 시작했다. 매튜는 자신이 마주하고 있는 것이 지닌 의미를 헤아려 보았다. 썩 좋은 그림은 아니었다.

"이걸 조금 올려놓을 프라이팬이 있을까요? 숟가락도요."

유능한 하인답게 구드는 철제 프라이팬과 나무 국자를 냉큼 가지고 왔다. 매튜는 그 물질을 한 국자 떠서 팬으로 옮겼다. 팬의 바닥을 덮기에 충분한 양이었다.

"좋아요. 이게 뭔지 한번 보자구요."

매튜는 양초를 하나 집어 불꽃을 팬에 가져다댔다. 심지가 닿자마자 그 물질에 불이 붙었다. 푸른빛을 띤 불이었다. 불기운이 너무 뜨거워서 매튜와 구드는 뒤로 물러서야 했다. 혼합물에 불이 더 번지자 작은 불티와 불똥들이 타닥거리며 튀어 올랐다. 매튜는 연기가 굴뚝으로 빠지도록 팬을 난로로 가져갔다. 그 작은 양으로도 손에 전해지는 열기가 상당했다.

"이건 악마가 만든 건가요?"

구드가 물었다.

"아니, 인간이 만든 거예요."

매튜가 대답했다.

"악마 같은 화학자들이겠죠. 이건 '지옥의 불'이라고 불리는 물질이에요. 고대의 해상 전쟁에서 사용된 오랜 역사가 있죠. 그리스인들이 이걸로 폭탄을 만들어서 투석기로 쐈어요."

"그리스인? 지금 뭐라고 지껄이는 거요? 어…… 죄송합니다, 나리."

"아, 괜찮아요. 이 물질의 용도는 대단히 명백해요. 늪을 여행하던 신사는 불에 대한 열정이 있었군요."

"네?"

"우리의 신사는……."

매튜가 팬에서 환하게 타오르는 불꽃을 바라보며 말했다.

"……집들이 불에 타는 걸 좋아해요. 이 화학 물질을 써서 젖은 나무에도 확실히 불을 붙일 수 있었던 거예요. 그 남자는 벽이나 마루에 붓으로 이 물질을 발랐겠죠. 그렇게, 전략적으로 중요한 자리에 이걸 바르면…… 소방수들은 불가피하게 늦을 수밖에 없었던 거죠."

"지금 나리 말씀은……."

사건의 진상이 구드의 머릿속에 그려졌다.

"그 남자가 집들을 불태우기 위해 이걸 사용했다는 겁니까?"

"정답이에요. 가장 최근의 공격 대상은 학교 건물이었죠."

매튜는 팬을 벽난로의 재 위에 올려놓았다.

"왜 그랬는지는 저도 모르겠어요. 하지만 이 양동이가 찰스타운에서 제작되었고 바다를 건너왔다는 건, 그 사람의 충성심이 좋지 않다는 증거예요."

"바다를 건너와요?"

구드는 매튜를 오랫동안 진지하게 바라보았다.

"그 남자가 누구인지 아시는군요?"

"알아요. 하지만 아직 이름을 밝힐 단계는 아니에요."

매튜는 탁자로 돌아와서 양동이 뚜껑을 다시 단단히 닫았다.

"부탁드릴 게 있어요. 이걸 잠시 동안만 안전한 곳에 보관해주시겠어요?"

구드는 두려운 눈빛으로 양동이를 바라보았다.

"터지지는 않겠죠?"

"네, 불만 붙이지 않으면 괜찮아요. 이렇게 뚜껑을 닫아서 불에서 멀리 떨어진 데 두세요. 바이올린을 다루는 것처럼 무언가로 싸서 주의해서 두시면 될 거예요."

"네, 나리. 그래도, 바이올린 음악은 터지진 않아요."

구드는 확신 없는 목소리로 말했다. 문가에서 매튜는 주의를 주었다.

"이 일은 누구에게도 말하지 마세요. 저는 여기에 절대로 온 적이 없는 사람이에요."

구드는 초 두 개를 그 파괴력 있는 물질 옆에서 즉시 치웠다.

"네, 나리. 저…… 이걸 가지러 다시 오실 거죠?"

"그럴게요. 이게 필요한 일이 곧 생길 것 같아요."

정확히 말하자면 왜 에드워드 윈스턴이 자기 고용주의 마을을 태워버리려고 하는지 알아내고 나서. 매튜는 속으로 덧붙였다.

"빨리 가져가실수록 좋을 것 같습니다."

구드는 벌써 그 공격적인 손님을 둘러쌀 삼베를 찾는 중이었다.

매튜는 구드의 집을 나와서 저택으로 걸어갔다. 실제 거리는 짧았지만 노예 구역과는 우주만큼 떨어져 있는 세상이었다. 매튜는 낮에 할 일이 많으니 빨리 잠자리에 들어야 한다는 것을 알고 있었다. 하지만 어둠이 몇 시간 남지 않은 지금 잠들기가 어려우리라는 것도 잘 알았다. 새로이 발견한 상황을 충분히 이해하려면 마음속으로 이리저리 비틀어봐야 하기 때문이었다. 세스 헤이즐턴이 말에 대해 품은 욕정은 이제 매튜의 머릿속에서 완전히 사라졌고, 에드워드 윈스턴의 범죄가 훨씬 더 큰 자리를 차지하게 되었다. 그 남자는 방화를 저지르고, 비드웰이나 다른 모든 이들과 마찬가지로, 기꺼이 그 죄를 레이첼과 악마가 맺은 협약의 탓으로 돌리려 했다.

매튜는 필요하다면 저택의 초인종을 울리고 들어갈 생각이었지만, 생각과 실행 사이에서 방향을 약간 옆으로 틀었다. 그는 곧 호수의 풀이 덮인 기슭에 다시 서 있는 자신을 발견했다. 매튜는 바닥에 주저앉아 무릎이 턱에 닿게 끌어안고, 매끄러운 수면을 바라보았다. 그의 마음속에서는 그것이 무엇인지 그리고 그것이 결국 무엇이 될지에 대한 질문들이 요동쳤다.

곧 매튜는 사지를 쭉 뻗고 풀밭에 드러누워, 움직이는 구름 사이로 흐르는 별들을 바라보았다. 잠들기 전 마지막으로 든 생각은, 감방의 어둠에 갇힌 레이첼이었다. 시간이 얼마 남지 않은 가운데 목숨을 매튜에게 의존하고 있는 레이첼이었다.

레이첼이었다.

25

수탉들의 울음소리가 승리의 나팔 소리처럼 울려 퍼졌다. 매튜가 눈을 뜨니 세상은 온통 장밋빛이었다. 머리 위로 연한 분홍빛 하늘에 보랏빛 테두리를 두른 구름이 얼룩져 있었다. 그는 일어나 앉아, 5월의 진정한 첫 아침이 주는 달콤한 공기를 들이마셨다.

누군가 종을 치기 시작했다. 그 뒤를 이어 높은 음의 종소리가 또 울렸다. 매튜는 일어섰다. 한 남자가 하모니 거리에서 기쁨에 넘쳐 소리를 지르고 있었다. 매튜는 어쩌면 그의 인생에서 가장 아름다운 장면으로 남을 광경을 보았다. 해가, 황금색 불공이, 바다 위로 떠오르고 있었다. 그것은 창조의 태양이었고, 단순한 손길만으로도 온 세상을 깨우는 힘을 가지고 있었다. 매튜가 고개를 드는데 세 번째 종이 울렸다. 새 두 마리가 호수 옆 참나무에 앉아 지저귀기 시작했다. 안개가 아직도 바닥에 낮게 드리워 있었지만, 그토록 오래 이곳을 지배하던 거대한 폭풍 구름에 비하면 곧 사라질 가련한 운명이었다. 매튜는 일어서서 지금까지 봄의 향기가 어떠했는지 잊고 있었다는 듯 공기를 들이마셨다. 실제로도 그랬다. 늪지대의 축축하고 고약한 냄새가 아닌, 깨끗하고 부드러운 바람이 새로운 시작을 약속하고 있었다.

사탄이 달아나버리는 아침이 있다면, 오늘이 바로 그런 날이었다. 매튜는 팔을 하늘로 쭉 뻗어 뻣뻣한 등의 근육을 풀었다. 그래도 풀밭에서 자는 것이 감옥에서 잠의 신에게 붙들리는 것보다는 훨씬 나았다. 매튜는 파운트로열의 지붕들과 마당과 들판으로 뻗어가는 햇빛을 바라보고, 안개가 걷히는 모습을 보았다. 물론 이런 청명한 날씨는 오늘 하루뿐이고 내일은 다시 비가 올지도 몰랐다. 하지만 그는 자연의 주기가 비드웰이 바라는 대로 나아가고 있다고 생각했다.

오늘 아침에는 파운트로열의 영주를 만나야 했다. 매튜는 호수를 떠나 저택 쪽으로 걸어갔다. 저택 현관문은 벌써 활짝 열려 있었다. 매튜는 자신이 손님 이상의 존재라고 여겼기 때문에 초인종을 울리지 않고 문을 열고 들어서서 판사의 방으로 향했다.

우드워드는 잠들어 있었지만 네틀즈 부인이나 다른 하인 중 한 사람이 이미 창의 덧문을 열어놓은 듯했다. 매튜는 침대 옆에 서서 우드워드를 내려다보았다. 우드워드는 입을 조금 벌린 채 고장 난 기계의 녹슨 톱니바퀴를 긁는 것 같은 숨소리를 냈다. 우드워드의 베개 위에 보이는 갈색 핏자국이, 이제는 밤의 의식처럼 돼버린 피를 빼는 처치가 어젯밤에도 있었음을 알려주었다. 코가 절로 찡그려지는 독한 연고 냄새가 났고, 붕대가 우드워드의 맨가슴에 감겨 있었다. 녹색 딱지가 앉은 코와 윗입술 주위에는 끈끈한 기름이 발라져 있었다. 간밤에 기록을 더 읽었는지 침대 옆 탁자 위에는 양초 세 개가 도막만 남아 있었고, 종이들이 침대와 마룻바닥에 어지러이 흩어져 있었다.

매튜는 서류들을 집어 조심스럽게 순서대로 정리해 상자에 도로 넣어두었다. 매튜가 자기 방으로 가져가서 읽었던 부분은 실망스럽게도 다시 읽은 흔적이 없었다. 그는 우드워드의 얼굴을 바라보았다. 누렇게 된 살갗이 두개골 위로 덮여 있고, 옅은 보라색 눈꺼풀 아래로 튀어나온 안구가 보였다. 붉고 가느다란 핏줄이 거미줄처럼 우드워드의 코 양쪽으로 비쳐 보였다. 아마 불빛의 방향이 바뀌어서 그랬겠지만, 우드워드는 매튜가 지난번 봤을 때보다 더 마른 것 같았다. 게다가 고통 때문에 주름이 깊어져 더 늙어 보이기도 했다. 피부가 창백해지니 두피의 반점도 더욱 짙어 보였다. 우드워드는 무척이나 쇠약해 보였고, 찰흙으로 만든 컵처럼 금방이라도 깨질 것 같았다. 판사의 이런 모습을 보니 매튜는 겁이 났지만, 그래도 억지로 그 모습을 지켜보았다.

매튜는 이전에 죽음의 가면을 본 적이 있었다. 그는 그것이 지금 눈앞에, 바로 판사의 얼굴에 씌워져 있음을 알았다. 우드워드의 피부는 쪼그라들고, 두개골은 금방이라도 살을 뚫고 튀어나올 듯 도드라져 보였다. 당혹감이 단검처럼 배를 꿰뚫고 창자를 꼬이게 했다. 매튜는 우드워드를 흔들어 깨워서 걷게 하고, 말하게 하고, 춤추게 하고 싶었다……. 이 병을 몰아낼 수 있다면 무엇이라도 시키고 싶었다. 하지만, 아니다……. 판사는 휴식이 필요했다. 그리고 연고를 바르고 피를 뺐으니 더 오래, 더 깊이 자야 했다. 지금은 최선의 결과를 바랄 만한 타당한 이유가 있다. 공기가 신선해지고, 해가 뜬 것이다! 그렇다. 판사님이 스스로 일어날 때까지, 얼마나 걸리든 상관없이, 자게 하는 것이 제일 좋다. 그리고 대자연이 이 병을 치료하게 두자.

매튜는 손을 뻗어 우드워드의 오른손을 부드럽게 만졌다가 즉시 뒤로 물러섰다. 뜨거우면서도 축축하고 미끈거리는 피부에서 불길한 예감을 느꼈기 때문이다. 우드워드는 가볍게 앓는 소리를 냈다. 눈꺼풀이 떨렸지만 잠에서 깨지는 않았다. 매튜는 문으로 갔다. 당혹감이 여전히 배 속을 날카롭게 쑤시는 듯했다. 그는 조용히 복도로 나왔다.

계단을 내려와 나이프와 포크가 접시에 부딪히는 소리를 따라가자, 비드웰이 식탁에서 아침 식사로 옥수수빵과 통감자 튀김과 골수 요리를 공격하는 모습이 보였다.

"아, 하느님이 내려주신 이 화창한 아침에 서기가 오셨군!"

비드웰은 이렇게 말하고 다시 음식으로 입을 채웠다. 그는 공작을 연상시키는 파란 옷과 레이스가 달린 셔츠를 입고, 공들여 빗질을 한 곱슬머리 가발을 쓰고 있었다. 그는 먹은 음식을 사과술로 씻어 내리고 매튜를 위해 차려놓은 자리를 향해 고갯짓을 했다.

"앉아서 들게!"

매튜는 초대를 받아들였다. 비드웰은 옥수수빵이 든 접시를 매튜 쪽으로 밀었고, 매튜는 그중 두 개를 칼로 찍었다. 골수 요리가 뒤따라 나왔다.

"네틀즈 부인이 자네 방문을 노크했을 때 방에 없었다고 하던데."

비드웰은 말하면서 계속 음식을 먹었다. 그 바람에 반쯤 씹은 음식이 입에서 흘러나왔다.

"어디 있었나?"

"밖에요."

"밖이라."

비드웰이 비꼬는 투로 말했다.

"그래, 나도 자네가 밖에 있었던 건 알아. 하지만 밖 어디? 뭘 하면서?"

"학교에 불이 난 걸 보고 밖으로 나갔어요. 그리고 남은 밤을 밖에서 보냈습니다."

"아, 그래서 얼굴이 그렇게 안 좋아 보이는 게로군!"

비드웰은 튀긴 통감자를 칼로 쿡쿡 쑤시더니 손을 멈췄다.

"잠깐, 또 무슨 짓을 벌이고 다니는 건가?"

비드웰이 눈을 가늘게 떴다.

"무슨 짓이라뇨? 나쁜 일을 상상하시는 것 같군요."

"상상이 아니라 사실을 말하는 거야. 이번엔 또 누구네 창고를 들쑤시고 다니는 거야?"

매튜는 비드웰의 눈을 똑바로 쳐다보았다.

"물론 대장장이의 창고에 다시 갔었지요."

죽은 듯이 고요한 시간이 흘렀다. 비드웰은 곧 웃음을 터뜨렸다. 그의 칼이 감자를 관통했다. 그는 감자를 접시에서 들어 올리고 나머지 음식이 담긴 접시를 매튜 쪽으로 밀었다.

"오, 오늘은 아주 악의로 가득 차 있구나? 뭐, 네가 꼬마 바보인 건 알지만, 그렇다고 헤이즐턴의 창고에 다시 갈 정도로 바보는 아니겠지! 절대 아니지! 그랬다간 헤이즐턴이 너를 기둥에 묶어버릴 걸!"

"내가 암말이 아닌 이상 그렇게 하지 않을걸요."

매튜가 조용히 옥수수빵을 씹으며 말했다.

"뭐라고?"

"제 말은…… 충분히 조심할 거라는 거죠. 헤이즐턴을."

"그래. 그거야말로 네 입에서 나온 말 중 가장 현명한 말이로구나."

비드웰은 마치 왕이 내일 금식을 명하기라도 할 것처럼 맹렬히 음식을 먹느라 잠시 더 시간을 보냈다. 그러다가 다시 말했다.

"등은 좀 어떤가?"

"조금 아프지만 괜찮습니다."

"음, 잘 먹어둬. 배가 든든해야 아픈 게 덜하니까. 내가 네 나이였을 때 우리 아버지가 늘 하던 말이야. 물론 내가 네 나이일 때는 부두에서 하루에 열네 시간씩 일했고, 어쩌다 배라도 한 개 훔쳐 먹을 수 있는 날이면 귀족이 된 것처럼 행복했지."

비드웰은 잔을 들어 벌컥벌컥 마셨다.

"지금껏 살면서 온종일 일해본 적이 있나?"

"육체적인 일 말씀인가요?"

"젊은 남자가 하는 일이 달리 뭐가 있겠어? 당연히 육체노동이지! 십장 개새끼가 안 하면 죽여버리겠다고 으르는 탓에 산더미처럼 쌓여 있는 무거운 나무 상자를 6미터나 옮기느라 땀을 흘려본 적 있나? 밧줄을 잡아당기다가 손이 까져서 피가 나고, 어깨가 부서지고, 그래서 아기처럼 엉엉 울면서도 그래도 계속 잡아당겨야 했던 적이 있어? 무릎을 꿇고 배의 갑판을 솔로 문지르고, 계속 문지르고 또 문지르는데 십장 새끼가 그 위에 침을 뱉은 적이 있어? 어때? 그런 적 있어?"

"아뇨."

매튜가 대답했다.

"하!"

비드웰이 고개를 끄덕이며 웃었다.

"난 있어. 그것도 아주 많이! 그리고 난 그 염병할 경험이 자랑스럽다고! 왠지 알아? 그 덕에 내가 남자가 됐거든. 그리고 그 십장 새끼가 누구였는지 알아? 우리 아버지였어. 그래, 아버지. 신이시여, 아버지를 돌보소서."

비드웰은 힘주어 통감자를 찔렀다. 매튜는 비드웰의 칼에 접시와 식탁이 모두 뚫리지는 않을까 염려스러웠다. 비드웰이 이를 갈면서 감자를 씹었다.

"아버님이 일을 많이 시키는 감독이셨나 보네요."

매튜가 말했다.

"아버지는…… 런던의 먼지 구덩이에서 자수성가했어. 내가 그랬듯 말이야. 아버지에 대한 첫 기억은 강 냄새였지. 아버지는 거기 부두와 배들을 전부 알고 있었어. 하역 인부로 출발했지만, 목재를 다루는 데 재능이 있어서 배의 선체를 보수하는 일을 누구보다도 잘했어. 그렇게 시작된 거야. 여기에 배 한 척, 저기에 또 다른 배. 점점 많은 배들. 그리고 곧 아버지는 자신의 건선거(큰 배를 만들거나 수리할 때 배가 드나들 수 있게 땅을 파서 만든 구조물-옮긴이)를 소유하게 되었지. 그래, 아버지는 지독한 십장이었지만 자기 자신에게도 다른 사람에게 하는 것과 마찬가지로 지독했어."

"그럼 아버님의 사업을 물려받으신 건가요?"

"물려받아?"

비드웰은 경멸하는 시선을 던졌다.

"나는 아버지한테서 비참함 말고는 물려받은 게 없어! 아버지는 인양된 폐선을 점검하다가 썩은 널빤지를 밟고 아래로 떨어져버렸지. 그전에도 수십 번은 했던 일인데. 무릎이 산산조각 났고, 그 바람에 괴저가 생겼어. 의사는 목숨은 살려야 한다고 두 다리를 잘랐지. 나는 그때 열아홉 살이었는데, 갑자기 불구가 된 아버지에, 어머니, 어린 두 여동생까지 떠맡았어. 동생들 중 하나는 병에 걸려 비실비실했는데 말이야. 참 나, 그리 되고 나서 보니 아버지는 십장으로는 지독했지만 회계에는 완전 젬병이었더라고. 수입과 부채 상황이 완전히 최악이었고, 과연 기록을 남겼는지조차도 확실치 않았어. 채권자들은 아버지가 침대에 갇혀 있으니 작업장을 팔아야 한다고 생각했지."

"하지만 안 파셨나요?"

매튜가 물었다.

"아, 뭐 괜찮게 팔았어. 제일 좋은 값을 부른 사람한테. 나한텐 선택의 여지가 없었지. 회계 장부가 그 지경이었으니. 아버지는 호랑이처럼 화를 냈어. 나더러 바보에 약골이라고, 자기 사업을 망쳤다며 무덤에 묻힌 다음까지도 나를 증오할 거라고 해댔지."

비드웰은 잠시 말을 멈추고 잔을 들어 벌컥벌컥 마셨다.

"하지만 빚쟁이들한테 빚도 다 갚고 싹 정산을 했다고. 집에 음식을 가져오고 여동생에게 약도 사줬어. 그러고도 돈이 좀 남았지. 그때 마침 투자자를 구하는 작은 해운 목공소가 있었는데, 작업장을 확장하려고 했어. 그래서 내가 가진 남은 돈을 몽땅 거기에 투자하고 소유권을 좀 갖기로 결심했지. 비드웰이란 이름은 이미 잘 알려져 있었으니까. 제일 먼저 닥친 가장 큰 문제는 사업에 투자할 돈을 더 끌어 모으는 거였는데, 그건 다른 데서 일을 해서 벌기도 하고 도박장에서 허풍을 좀 치면서 충당했지. 그러고 나서는 소심한 사람들을 해고해야 하는 문제가 있었어. 그 사람들은 신조가 신중함이라, 뭘 잃어버릴까봐 겁이 나서 절대 싸움에 이길 수가 없는 사람들이었지."

비드웰은 눈을 감고 골수에 붙은 고기를 씹었다.

"불행하게도 그런 사람들 중 하나의 이름이 작업장 간판에 새겨져 있었어. 나는 장기적 안목으로 생각하는데 그는 눈앞의 것에만 연연했지. 그 사람은 목공소를 중요하게 생각했고, 나는 조선업을 중요하게 생각했어. 그 사람은 나보다 서른 살이나 많고, 그 작업장이 맨 처음 시작될 때부터 있었지만, 내가 볼 때 그 사람에게 어울리는 건 목장 생활이고 미래는 나의 것이었지. 나는 그 사람이 내가 세운 사업 계획을 절대 용납하지 않으리라는 걸 알았어. 그래서 손익계산서와 비용 추정을 준비했지. 목재 하나 못 하나까지 다 헤아려서. 그리고 그걸 직원들과의 회의에서 내놓았어. 내가 그들에게 던진 질문은 이거야. 나의 지도 아래 위대한 미래로 나갈 위험을 감수하겠는가, 아니면 켈링즈워스 씨 아래에서 느릿느릿 걷기를 계속하겠는가? 직원들 중 두 사람은 나를 문 밖으로 집어 던지자고 투표했고, 나머지 넷은, 대장 목수를 포함해서, 새 일을 받아들이자고 투표했지."

"그럼 켈링즈워스 씨는요?"

매튜가 눈썹을 치켜세웠다.

"그분도 뭔가 할 말이 있었을 것 같은데요?"

"처음에는 화가 나서 침묵을 지키더군. 그러다가…… 결국엔 안심한 것 같아. 그 사람은 책임지는 역할을 원치 않았거든. 그는 성공에 덧씌워진 실패의 망령에서 멀리 벗어나 조용히 살고 싶어 했어."

비드웰이 고개를 끄덕였다.

"그래. 그 사람은 오랫동안 목가적인 삶을 살고 싶어 했지만, 누군가가 등을 떠밀어주는 게 필요했던 거지. 내가 그걸 해준 거야. 넉넉한 인수 비용과 미래에 발생할 소득 일부까지 쳐서……. 물론 시간이 지나면서 줄어들도록 해놓긴 했지만. 하지만 내 이름이 간판에 걸렸어. 내 이름. 오직 내 이름만이. 그게 시작이었지."

"아버지가 자랑스러워하셨겠어요."

비드웰은 말없이, 그러나 매서운 눈으로 허공을 응시했다.

"나는 내가 번 돈으로 제일 먼저 나무다리 한 쌍을 샀어. 영국을 다 뒤져서 산 최고급 나무다리였지. 그걸 아버지에게 가져다드렸더니 말없이 쳐다보더군. 나는 걷는 연습을 도와드리겠다고 했어. 전문가를 고용하겠다고도 했지."

비드웰은 천천히 윗입술을 핥았다.

"아버지는…… 설령 내가 진짜 다리를 한 쌍 사 와서 다시 이어 준다고 해도 절대 그걸 걸치지 않겠다고 했어. 아버지는 나더러 그걸 악마에게나 가져다주라고, 배신자가 불에 타기 위해 가야 할 곳은 그곳뿐이라고 하더군."

비드웰은 숨을 길게 들이마시더니 다시 내뱉었다.

"그게 나에게 한 마지막 말이었어."

매튜는 특별히 비드웰을 좋아하지는 않았지만, 슬픈 감정이 솟아오르는 것은 어쩔 수 없었다.

"유감이네요."

"유감? 왜?"

비드웰이 쏘아붙였다. 그는 음식이 묻은 턱을 앞으로 내밀었다.

"내가 성공해서? 내가 자수성가한 사람이라서? 내가 부자이고, 이 집과 마을을 지었고, 앞으로도 지을 것이 더 많아서? 파운트로열이 해상 무역의 중심지가 될 거라서? 아니면 마침내 날씨가 개고 내 주민들의 기운도 함께 솟아오를 거라서?"

비드웰은 칼로 감자 조각을 쿡쿡 찌른 다음 그것을 입안으로 밀어 넣었다.

"내 생각에……."

비드웰은 감자를 씹으며 말했다.

"……네가 유감을 느껴야 할 일은 그 저주받은 마녀가 곧 처형될 거라는 사실뿐이야. 이젠 더 이상 그 여자의 치맛자락을 들출 수 없게 될 테니까!"

사악한 생각이 비드웰의 머릿속에 떠올랐는지 눈이 반짝거렸다.

"아하! 네가 거기서 밤을 지냈을지도 모르겠구나! 그 여자와 감옥에 같이 있었지? 뻔하다! 예루살렘 목사가 어제 너한테 한 대 맞았다고 그러던데!"

비드웰은 음흉한 웃음을 지었다.

"뭐냐. 목사에게 한방 먹이고 대신 마녀한테 한방 얻어먹은 거냐?"

매튜는 천천히 나이프와 숟가락을 내려놓았다. 얼굴에서는 불이 활활 타올랐지만, 매튜는 냉정하게 말했다.

"예루살렘 목사는 레이첼에 대한 계획을 가지고 있어요. 마음대로 생각하세요. 하지만 그자가 비드웰 씨 코에 코뚜레를 꿰는 건 주의하세요."

"아, 그래. 물론 그렇겠지! 그리고 네 코에는 그 여자가 코뚜레를 꿰지 않았을까? 아냐, 어쩌면 그 여자가 네 불알에 허락의 키스를 한 건 아닐까? 어때? 그 모습이 눈에 선한데. 여자가 무릎을 꿇고, 너는 창살에 바짝 가까이 서 있고! 아, 소중한 장면이구나!"

"진짜 소중한 장면은 어젯밤에 있었어요!"

불꽃이 매튜의 자제력을 뚫고 나오기 시작했다.

"밖에 나갔을 때……."

매튜는 말이 더 나오기 전에 입을 다물었다. 윈스턴의 무모한 장난과 지옥의 불을 담은 양동이에 대해 거의 입을 열 뻔했으나, 제대로 준비가 되기도 전에 떠밀려서 아는 것을 누설할 생각은 없었다.

매튜는 턱을 실룩거리며 접시를 내려다보았다.

"너처럼 속에 짜증과 똥이 가득 들어찬 사람은 본 적이 없어."

비드웰이 계속했다. 아까보다는 좀 더 차분해졌지만 매튜가 무언가 말하려 했던 건 의식하지 못했다.

"너한테 맡겼으면 내 마을이 마녀의 안식처가 되었겠다. 안 그러냐? 너는 그 여자의 목숨을 구한답시고 심지어 네 가엾은 병든 주인마저도 거역하고 있어! 네 영혼을 구제하려면 넌 나중에 찰스타운에 있는 수도원에 가서 수도사가 되어야 할 거다. 아니면 매음굴에서 눈알이 튀어나올 때까지 창녀들하고 뒹굴게 되겠지!"

"롤링스."

매튜가 낮은 목소리로 말했다.

"뭐?"

"롤링스 씨요."

매튜는 한쪽 발을 늪에 들여놓았음을 깨달았다.

"아는 이름인가요?"

"아니. 내가 알아야 하는 사람인가?"

"댄포스라는 사람은 아세요?"

비드웰은 턱을 긁었다.

"그 사람은 알아. 올리버 댄포스라고, 찰스타운의 항만 관리인이지. 물자를 공급받는 것 때문에 그 사람하고 전에 문제가 좀 있었어. 그 사람이 왜?"

"누군가 그 이름을 언급했어요."

매튜가 말했다.

"그런데 전 여기서 그런 이름을 가진 사람을 만난 적이 없어서요. 누구일까 궁금했죠."

"누가 그 사람 얘기를 하더냐?"

매튜는 머리 위로 미로가 점점 형태를 갖춰가는 것을 보았다. 재빨리 거기에서 빠져나와야 했다.

"페인 씨가요. 제가 감옥에 들어가기 전에요."

"니콜라스가? 그거 이상한데."

비드웰이 눈살을 찌푸렸다.

"그래요?"

매튜의 심장이 쿵쾅거렸다.

"그래. 니콜라스는 올리버 댄포스를 보는 것조차 못 참는데. 물자 공급 문제로 둘이 말다툼을 한 적이 있었거든. 그래서 댄포스를 만나야 할 때는 에드워드를 보냈어. 니콜라스도 함께 가기는 했지. 여행 중에 에드워드를 보호해야 하니까. 하지만 외교 면에서는 에드워드가 훨씬 훌륭하지. 왜 니콜라스가 너에게 댄포스 얘기를 했는지 이해가 안 가는구나."

"정확히 저에게 말한 건 아니었어요. 제가 엿들은 거예요."

"아, 그래. 네 귀가 좀 크긴 하지. 그런 거였나? 진작 알아차렸어야 했는데!"

비드웰이 툴툴거리며 술잔을 다 비웠다.

"윈스턴 씨는 정말 어디에도 없는 사람인 것 같아요."

매튜는 모험을 해보았다.

"비드웰 씨와 오래 함께 있었나요?"

"팔 년간. 자, 그래서 이 질문들은 다 뭐 하자는 거냐?"

"제 호기심 때문이에요. 그게 다예요."

"우리 주님을 위해서 그 호기심 좀 자제하시지! 난 이미 네 호기심에 물렸어!"

비드웰은 자리를 뜨려고 의자를 뒤로 밀고 일어섰다.

"조금만 더 계세요."

매튜도 일어서며 말했다.

"몇 가지만 더 대답해주시면 더 이상 귀찮게 하지 않겠다고 하느님 앞에서 맹세할게요."

"왜? 에드워드에 관해 뭘 더 알고 싶은데?"

"윈스턴 씨에 관한 게 아니에요. 호수에 관한 거죠."

비드웰은 웃어야 할지 울어야 할지 모르겠다는 듯 매튜를 쳐다보았다.

"호수? 정신이 나간 거 아냐?"

"호수요."

매튜는 단호하게 반복했다.

"그 호수를 어떻게, 그리고 언제 찾으셨는지 알고 싶습니다."

"너 진담이구나. 그렇지? 오, 주여. 정말이지 너는!"

비드웰은 매튜를 향해 분노를 폭발시키려 했지만, 다시 정신을 수습할 무렵에는 모든 기운이 빠진 듯했다.

"너 때문에 녹초가 됐다. 날 완전히 누더기로 만들었어."

결국 비드웰이 두 손을 들었다.

"조금만 봐주세요. 이렇게 아름다운 아침인데."

매튜가 변함없는 목소리로 말했다.

"그 호수를 어떻게 찾게 되셨는지 말씀해주신다면, 다시는 괴롭히지 않겠다고 약속할게요."

비드웰은 조용히 웃으며 고개를 저었다.

"그럼, 알았다. 먼저, 왕실에서 지원을 받는 탐험가들 외에도 개인이나 회사를 위해 사적으로 탐사를 해주는 사람들이 있다는 걸 알아둬라. 나는 찰스타운에서 남쪽으로 65킬로미터 정도 떨어진 곳에 담수를 공급할 수원이 있는지 찾고 있었어. 개척할 만한 땅이 있는지 말이야. 그래서 사람을 고용했지. 바다에 접해야 한다는 점을 강조했지만, 그렇다고 꼭 해안에 면해 있을 필요는 없었어. 늪 정도는 내가 해결할 수 있었으니까 크게 상관없었고. 또 단단한 목재가 많이 필요했고, 해적과 인디언 같은 침입자들로부터 방어할 수 있는 지형이 필요했다. 그래서 이곳을 찾았을 때 적당한 장소라고 생각해 왕실에 탐사 결과와 내 계획을 보고했고, 그러고 나서 이 땅을 구매하는 승인을 받기까지 두 달을 기다렸어."

"승인은 순조롭게 받으셨나요? 아니면 누군가 방해하려던 사람이 있었나요?"

매튜가 물었다.

"찰스타운에 소문이 퍼졌지. 돈을 먹은 속이 시커먼 것들이 떼거지로 덮쳐오더니 그 계약을 엎으려고 애썼어. 하지만 나는 그들보다 한발 앞서 있었지. 이미 수많은 손바닥에 기름칠을 해준 뒤였고, 심지어는 식민지 관리의 요트에 금박도 입혀줬어. 그래서 그 관리가 템스 강을 여행할 때 고개를 빳빳이 들 수 있게 해줬지."

"그럼 이 땅을 사기 전에 여기에 와보신 적이 없었나요?"

"안 왔어. 애런젤 헌을 믿었지. 내가 고용했던 남자 말이야."

비드웰은 코담배 갑을 외투 주머니에서 꺼내 연 뒤, 담배를 코에 대고 요란스럽게 킁킁거렸다.

"물론 지도는 봤지. 내 요구 조건에 잘 맞더군. 그거만 알면 충분했으니까."

"호수는요?"

"호수가 뭐?"

비드웰의 인내심이 지저깨비가 인 나무에 비벼대는 밧줄처럼 해어지고 있었다.

"이곳을 지도로 그린 건 알겠어요. 하지만 호수는요? 헌이라는 사람이 수심 측량을 했나요? 얼마나 깊은지, 물이 어디에서 오는지 하는 것들이요."

"물은…… 나도 모르겠군. 어디선가 오는 거겠지."

비드웰이 코담배를 더 집었다.

"저 황무지 쪽에 이보다 작은 호수들이 더 있는 건 알아. 솔로몬 스타일즈가 사냥을 나갔을 때 그런 호수들을 봤고, 물맛도 봤다더군. 아마 지하에서 모두 연결되어 있지 않을까? 수심에 관한 건……."

비드웰이 코담배를 집은 손가락을 코로 가져가다 말고 멈췄다.

"그런데 좀 이상하군."

비드웰이 말했다.

"뭐가요?"

"이렇게 호수에 관해서 말하는 게. 어떤 사람도 나한테 비슷한 걸 물었는데."

그 즉시 매튜의 사냥개 본능이 경계 자세를 취했다.

"그게 누구였는데요?"

"그게…… 이 마을에 들른 측량사였어. 마을을 짓기 시작하고 일 년쯤 뒤의 일이었지. 그 사람은 찰스타운과 이 지역 사이의 지도를 만들고 있었고, 파운트로열도 지도에 올리고 싶어 했어. 그 사람이 호수의 수심에 관심을 가졌던 게 기억난다."

"그래서 그 사람이 수심을 측량했나요?"

"그랬지. 그 사람은 성문 몇 킬로미터 밖에서 인디언들의 습격을 받았다고 했어. 야만인들이 그 사람 장비를 모조리 훔쳐갔다고 해서, 헤이즐턴을 불러 밧줄 끝에 추를 묶어 수심을 측량하는 도구를 만들어주라고 했지. 뗏목도 하나 지어줬어. 그걸 타고 호수의 여러 지점에서 측량을 해보라고."

"아, 장비가 없는 측량사라고요. 그 사람이 호수의 수심을 알아냈나요?"

매튜가 조용히 물었다. 입안이 바짝 말랐다.

"내 기억으로는, 가장 깊은 지점이 12미터 정도였다던데."

"그 측량사는 혼자 여행하고 있었나요?"

"혼자였어. 말을 타고 왔지. 야만인들이 그 사람 가방을 가지고 노는 동안 도망쳐 다행히 목숨만 건졌다고 하더군. 수염이 무성했지. 그 사람 목을 따려면 아마 수염부터 깎아야 했을걸."

"수염."

매튜가 말을 이었다.

"그 사람은 젊었나요, 늙었나요? 키가 커요, 작아요? 뚱뚱한가요, 아니면 말랐나요?"

비드웰은 멍하니 매튜를 바라보았다.

"네 생각은 바퀴벌레처럼 종횡무진이구나. 도대체 그딴 게 무슨 상관이지?"

"꼭 알고 싶어요."

매튜가 집요하게 물었다.

"키는 얼마 정도였나요?"

"글쎄……. 나보다는 컸던 것 같은데. 수염 말고는 별로 기억나는 게 없어."

"수염 색깔은요?"

"그게…… 진갈색이었던가. 간간히 회색이 좀 섞였던 것 같기도 해."

비드웰은 매튜를 노려보았다.

"사 년 전에 이곳을 잠깐 지나쳐 간 사람을 제대로 기억해내라는 건가? 도대체 이런 바보 같은 질문들은 왜 하는 거야?"

"그 사람은 어디서 묵었나요? 이 저택에서 지냈나요?"

매튜는 비드웰의 분노는 깨닫지 못한 채 물었다.

"내가 방을 하나 마련해주겠다고 했지. 기억하기로는, 그 사람은 그걸 거절하고 천막을 하나 빌려달라고 청했어. 이틀인가 사흘 밤을 밖에서 잤지. 9월 초였던 것 같은데. 날씨가 따뜻했으니까."

"천막을 어디에 쳤는지 맞춰볼게요. 호숫가였죠?"

"그랬던 것 같군. 그게 뭐?"

비드웰이 코담배 부스러기를 코 주위에 묻힌 채 고개를 한쪽으로 기울였다.

"가설을 하나 세우는 중이에요."

매튜의 대답에 비드웰이 킬킬거리며 웃었다. 여자 웃음소리같이 빠르고 날카로운 웃음이었다.

"가설이라."

비드웰은 다시 웃음을 머금고 말했다. 웃음을 억지로 참느라 늘어진 턱과 옥수수빵이 들어찬 배가 떨렸다.

"맙소사, 이건 뭐 가설이 하루에 하나씩 생기는군. 안 그래?"

"마음껏 웃으세요. 하지만 이건 대답해주셔야 해요. 그 측량사는 누구를 위해 일하고 있었나요?"

"누구를 위해? 그래…… 잠깐만, 나한테 가설이 있어!"

비드웰이 조롱하듯 눈을 크게 떴다.

"그 남자는 땅투기 위원회를 위해 일하고 있었던 것 같아! 너도 알겠지만 그런 기관이 있거든!"

"그 사람이 자기가 그런 위원회를 위해 일하고 있다고 말하던가요?"

"이런 젠장!"

비드웰이 외쳤다. 그의 거대한 인내심의 범선이 암초에 부딪혔다.

"이제 그만하면 됐어!"

비드웰은 매튜를 지나쳐 식당 밖으로 나갔다. 매튜는 즉시 그를 쫓아갔다.

"제발요, 비드웰 씨!"

계단으로 걸어가는 비드웰을 향해 매튜가 소리쳤다.

"중요한 일입니다! 그 측량사가 자기 이름을 알려줬나요?"

"하! 완전히 미쳤군!"

비드웰이 계단을 오르며 말했다.

"그 사람 이름은요! 기억할 수 있으세요?"

비드웰은 걸음을 멈췄다. 그는 자신을 미치도록 간지럽히는 벼룩을 떨쳐버릴 수 없다는 것을 깨달았다. 비드웰은 활활 타오르는 눈으로 매튜를 돌아보았다.

"아니, 기억 안 나! 윈스턴이 그 사람을 데리고 마을을 안내해줬으니 윈스턴에게 가서 물어보고 날 좀 내버려둬! 내가 장담하는데, 너는 사탄도 자기 동네로 쫓아 보낼 수 있을 거다!"

비드웰은 매튜에게 삿대질을 했다.

"하지만 나의 이 영광스러운 날을 망치지는 못해! 절대 못하지! 해가 떴고, 오, 하느님 찬양받으소서, 그리고 저 저주 받은 마녀가 재가 되는 즉시 이 마을은 다시 번성할 거야! 그러니 감옥으로 가서 당당히 그 여자에게 로버트 비드웰은 절대, 절대로, 실패하지 않는다고 말해라! 앞으로도 절대 실패란 없을 거라고!"

갑자기 누군가가 계단 꼭대기에 나타났다. 매튜가 당연히 먼저 보았고, 매튜의 놀란 표정에 비드웰도 고개를 홱 돌렸다.

우드워드가 벽에 몸을 기대고 서 있었다. 그의 피부는 죽이 묻은 면 가운과 거의 같은 색이었다. 병색이 짙은 얼굴에는 땀이 번들거렸고 눈 주위는 붉게 물들어 있었으며 고통으로 힘겨워 보였다.

"판사님!"

비드웰이 계단을 뛰어올라가 우드워드의 팔을 잡고 부축했다.

"주무시는 줄 알았는데요!"

"그랬었죠."

우드워드는 거친 목소리로 말했다. 조금이라도 말을 하면 목에 엄청난 통증이 느껴졌다.

"이렇게 포탄이 난무하는 결투가 진행 중인데…… 누가 잘 수 있겠소?"

"죄송합니다. 판사님 서기가 제 성미를 또 긁어놓아서요."

판사는 매튜의 얼굴을 바라보았고, 그 즉시 매튜는 우드워드가 무언가 중요한 일로 자리에서 일어났음을 눈치챘다.

"생각을 마쳤다."

우드워드가 말했다.

"펜과 종이를 준비해 와라."

"그 말씀은…… 그 말씀은……."

비드웰은 감정을 참기 힘들었다.

"……결정을 내리셨다는 말씀입니까?"

"올라와라, 매튜."

우드워드는 다시 비드웰에게 말했다.

"침대까지 갈 수 있게 좀 도와주시겠소?"

비드웰은 판사를 번쩍 안아 들고 갈 수도 있었지만, 예의상 자제하기로 했다. 매튜는 계단을 올라가 파운트로열의 주인과 함께 우드워드를 부축해 방으로 데려갔다. 우드워드는 다시 침대에 누워 피가 얼룩진 베개 위에 몸을 기댄 뒤 말했다.

"고맙소, 비드웰 씨. 이제 가셔도 좋습니다."

"상관없으시다면 여기 남아 판결을 듣고 싶습니다."

비드웰은 이미 문을 닫고 침대 옆에 자리를 마련해 앉아 있었다.

"상관이 있습니다. 판결은 피고에게 낭독되기 전까지는……."

우드워드는 숨을 고르기 위해 잠시 멈췄다.

"……법정의 소관이오. 그 외의 경우는 허용되지 않습니다."

"네, 하지만……."

"나가요. 이곳에 있으면 일이 지연될 뿐입니다."

우드워드는 신경질적으로 침대의 발치에 서 있는 매튜를 흘깃 쳐다보았다.

"펜과 종이! 당장!"

매튜는 새 종이와 펜, 잉크병이 들어 있는 상자를 가지고 왔다.

비드웰은 문으로 향했지만, 나가기 전에 한 번 더 시도해보았다.

"그럼 이것만 말씀해주십시오. 제가 나가서 나무를 자르고 기둥을 세워야 합니까?"

우드워드는 비드웰의 끈질긴 불복종에 눈을 질끈 감았다. 그러고는 다시 눈을 뜨고 말했다.

"비드웰 씨, 피고에게 판결문을 낭독할 때 매튜와 함께 가셔도 좋습니다. 이제 제발…… 나가주세요."

"좋습니다, 그럼. 갑니다."

"그리고…… 비드웰 씨……. 복도에서 서성거리는 일도 자제해 주시기 바랍니다."

"신사의 명예를 걸고 말씀드리죠. 저는 아래층에서 기다리고 있겠습니다."

비드웰은 방을 나가며 문을 닫았다.

우드워드는 창문 너머로 금빛 햇살이 비치는 아침을 바라보았다. 오늘은 아름다운 하루가 되겠다고 그는 생각했다. 좋았던 시절에 봤던 아침보다 더 사랑스러운 아침이다.

"판결 날짜."

거의 필요 없는 일이었지만, 우드워드는 매튜에게 말했다.

매튜는 침대 옆 의자에 앉아서 임시변통으로 서류 상자를 무릎 위에 올려놓고 탁자로 삼았다. 그는 펜을 잉크에 담그고 종이 맨 위에 '1699년 5월 17일'이라고 적었다.

"준비해라."

우드워드는 바깥세상에 시선을 고정한 채 말했다.

매튜는 서문을 썼다. 지금껏 수없이 다양한 환경에서 수없이 반복하여 외우다시피 한 것이었다. 짧은 시간에 펜을 몇 번 잉크에 담그는 것으로 서문이 완료되었다. '정의롭고 고귀하신 왕의 법령에 따라 치안 판사 아이작 템플 우드워드는, 금일 캐롤라이나 식민지 파운트로열에서 발생한 살인과 마녀 혐의 기소 사건에 관하여, 여성 시민인 피고 레이첼 호워스에 대해 다음과 같이 판결한다…….'

매튜는 글씨를 쓰는 손을 풀어주기 위해 잠시 멈췄다.

"계속해라. 끝을 내야 한다."

우드워드가 말했다. 매튜의 입안에서 재 맛이 났다. 그는 다시 펜을 잉크에 담갔고, 이번에는 글을 쓰면서 큰 소리로 읽었다.

"벌튼 그로브 신부의 살인 건에 대하여, 앞서 말한 피고는……."

매튜는 다시 한 번 멈췄고, 펜은 판사의 판결을 적기 위해 준비 자세를 취했다. 매튜의 얼굴이 견딜 수 없이 팽팽해졌고, 머릿속은 불타듯 뜨거워졌다.

갑자기 우드워드가 손가락을 튕겼다. 매튜는 약간 놀라서 우드워드를 바라보았다. 우드워드가 손가락을 입술에 가져다대며 문 쪽을 가리키자, 매튜는 우드워드가 무엇을 말하려는지 알아챘다. 매튜는 조용히 필기도구와 서류 상자를 한옆으로 치우고, 의자에서 일어나 문으로 가서 재빨리 문을 열어젖혔다.

비드웰이 복도에서 한쪽 무릎을 꿇고 공작 날개 같은 푸른 소매로 부산스럽게 오른쪽 신발을 문지르고 있었다. 그는 고개를 들어 매튜를 바라보면서 왜 서기가 판사의 방에서 이렇게 슬그머니 뛰쳐나오는지 묻기라도 하는 듯 눈썹을 치켜세웠다.

"당신이 신사라고요!"

우드워드는 피식 코웃음을 쳤다.

"아래층에서 기다리시는 줄 알았는데요."

매튜가 비드웰에게 말했다. 비드웰은 사납게 신발 코의 광을 내다가 화를 내며 벌떡 일어섰다.

"내가 서둘러서 내려가겠다고 했나? 가던 길에 신발의 얼룩을 발견했을 뿐이야!"

"비드웰 씨의 맹세에도 얼룩이 졌군요!"

우드워드가 불같이 호통을 쳤다. 순간 그의 몸 상태를 착각하게 만들 정도였다.

"좋아요, 그럼! 가겠소."

비드웰은 마루에서 벌떡 일어서느라 조금 틀어진 가발을 손을 올려 매만졌다.

"그걸 좀 알고 싶어 한다고 날 비난할 수 있소? 그토록 오래 기다려왔는데!"

"그럼 조금 더 기다려도 되겠지요."

우드워드는 어서 내려가라는 몸짓을 했다.

"매튜, 문을 닫아라."

매튜는 다시 자리를 잡고, 서류 상자를 무릎 위에 올려두고 필기도구를 앞에 펼쳐놓았다.

"다시 읽어라."

"네, 판사님."

매튜는 깊은 숨을 들이마셨다.

"벌튼 그로브 신부의 살인 건에 대하여, 앞서 말한 피고는……."

"유죄."

판결이 작은 목소리로 들려왔다.

"단서 조항. 피고는 실제로 살인을 저지르지 않았으나…… 말과 행동 그리고 그것이 연상시키는 바는 살인을 저질렀다고 판단하게 한다."

"판사님!"

매튜의 심장이 두방망이질 쳤다.

"제발요! 그럴 만한 증거가 전혀……."

"정숙!"

우드워드는 팔꿈치로 몸을 일으켜 세웠다. 그의 얼굴은 분노와 좌절, 그리고 고통이 뒤섞여 비틀려 있었다.

"너의 다른 견해는 더 이상 받아들이지 않겠다. 알겠느냐?"

우드워드는 매튜를 뚫어져라 쳐다보았다.

"다음 죄목을 기록해라."

매튜는 펜을 집어 던지고 잉크병을 뒤엎을 수도 있었지만 그러지 않았다. 그가 판사의 결정에 동의하든 안 하든, 그는 자신의 의무를 알고 있었다. 매튜는 씁쓸함을 목으로 삼켜 넘기고, 펜을, 그 눈멀고 파괴적인 빌어먹을 무기를, 다시 잉크병에 담갔다. 그리고 그는 다시 쓰면서 내용을 읽었다.

"대니얼 호워스의 살인 건에 대하여, 앞서 말한 피고는……."

"유죄. 단서 조항. 위와 동일."

매튜가 손을 움직이지 못하자 우드워드는 매튜를 노려보았다.

"이 일을 오늘 중으로는 끝냈으면 좋겠구나."

매튜에게는 판결문을 받아 적는 것 외에 달리 선택의 여지가 없었다. 수치심의 열기가 뺨을 달궜다. 이제는 물론, 다음 판결이 어떠할지도 알고 있었다.

"마녀 혐의에 대하여…… 앞서 말한 피고는……."

"유죄."

우드워드가 빠르게 말했다. 그는 눈을 감고 얼룩진 베개에 머리를 기댔다. 숨소리가 거칠었다. 폐 깊은 곳에서 그르렁거리는 소리가 났다.

"선고의 서문을 적어라."

매튜는 최면에라도 걸린 듯 적어 내려갔다. '식민지의 판사로 나에게 주어진 권한에 의하여, 피고 레이첼 호워스에게…….' 매튜는 펜을 종이에서 떼고 기다렸다.

우드워드는 눈을 뜨고 천장을 올려다보았다. 잠시 시간이 흐르는 동안 봄날의 햇살 아래 새들의 노랫소리가 들려왔다.

"국법에 의거 화형을 선고한다."

우드워드가 말했다.

"형은 1699년 5월 22일 월요일에 집행한다. 날씨가 여의치 않을 경우에는…… 상황이 좋아지는 대로 최대한 빠른 날짜에 집행한다."

우드워드의 시선은 매튜를 향했다. 매튜는 움직이지 않았다.

"적어라."

또다시 매튜는 단순히 도구 뒤에 앉은 의식 없는 살덩어리가 되었다. 아무튼 선고문은 종이 위에 기록되었다.

"이리 다오."

우드워드가 손을 내밀어 종이를 받았다. 판사는 눈을 가늘게 뜨고 창을 통해 흘러드는 빛으로 그것을 읽은 뒤, 만족스럽게 고개를 끄덕였다.

"펜."

매튜는 제정신이 들어, 혹은 자신의 업무를 존중했기 때문에, 펜을 잉크병에 담갔다가 과하게 묻은 잉크를 잘 닦은 다음 판사에게 넘겼다.

우드워드가 서명을 하고 그 아래 식민지 판사라는 직함을 적었다. 일반적으로는 공식 밀랍 봉인이 있어야 하지만, 봉인은 악마 같은 윌 쇼컴이 훔쳐갔다. 우드워드는 종이와 펜을 매튜에게 다시 건넸다. 이제 매튜는 무엇을 해야 하는지 잘 알고 있었다. 여전히 회색 미로에 갇힌 것처럼 움직이며, 매튜는 우드워드의 서명 아래에 자신의 서명을 하고 '판사의 서기'라고 직함을 적었다.

이제 끝이 났다.

"피고에게 가서 낭독해라."

우드워드가 말했다. 그는 매튜의 얼굴을 보는 것을 피했다. 거기에서 무엇을 보게 될지 잘 알았기 때문이었다.

"비드웰 씨도 같이 가도록 해라. 그 사람도 들어야 할 테니."

매튜는 피할 수 없는 일을 지체해봤자 아무 소용이 없음을 깨달았다. 마음은 여전히 안개에 싸인 채, 매튜는 천천히 일어서서 판결문을 손에 들고 문 쪽으로 향했다.

"매튜?"

우드워드가 말했다.

"이 일이 지닌 가치가 무엇이든…… 네가 나를 무정하고 잔인한 사람이라고 생각하리라는 걸 안다."

우드워드는 주저하며 끈끈한 고름을 삼켰다.

"하지만 적절한 판결을 내린 거야. 마녀는 화형에 처해야 한다……. 모두를 위해서."

"그 여자는 죄가 없어요."

시선을 바닥에 고정시킨 채 매튜가 간신히 말했다.

"아직은 아무것도 증명할 수 없지만, 저는 계속……."

"넌 스스로를 속이고 있어……. 그리고 그 망상은 이제 접을 때가 됐다."

매튜는 판사를 향해 돌아섰다. 차가운 분노가 눈에 깃들어 있었다.

"판사님이 틀렸습니다."

매튜가 말했다.

"레이첼은 마녀가 아닙니다. 누군가의 노리개가 된 거예요. 아, 그래요. 화형대에 올라 불에 탈 모든 조건이 충족되었지요. 그리고 법에 의해 모든 게 잘 정리되었고요. 하지만 무죄인 걸 제가 똑똑히 아는데, 그녀가 소문과 환상 때문에 목숨을 잃게 된다면 저는 저주를 받을 겁니다!"

우드워드가 쉰 목소리로 말했다.

"네 임무는 판결문을 읽는 것이다! 그 이상도 이하도 아니야!"

"읽을 겁니다."

매튜가 고개를 끄덕였다.

"그러고 나서 럼주로 입을 씻어낼 거예요. 하지만 저는 굴복하지 않겠습니다! 만일 월요일에 화형이 진행된다면, 그 여자의 무죄를 증명하기까지 닷새가 남았죠. 신께 맹세코 저는 그 여자의 무죄를 증명할 겁니다!"

우드워드는 매튜의 말에 신랄하게 대답하고 싶었지만, 이미 기력이 쇠한 상태였다.

"할 일을 해라."

우드워드는 말했다.

"나는…… 너의 밤의 새로부터 너를 지킬 수가 없구나. 그렇지?"

"제가 두려워하는 건 단 하나, 누가 레이첼의 남편과 그로브 신부님을 죽였는지 찾아내기 전에 그녀가 화형을 당하는 겁니다. 그런 일이 일어난다면, 어떻게 저 자신을 용납하고 남은 인생을 살아가야 할지 모르겠습니다."

"오, 주여."

이 말은 거의 신음에 가까웠다. 우드워드는 어지러움을 느끼고 눈을 감았다.

"그 여자가 너를 깊이 가졌구나……. 너는 그걸 깨닫지도 못하고 있어."

"그 여자는 제 신뢰를 가졌습니다. 하시려는 말씀이 그것이라면요."

"그 여자는 네 영혼을 빼앗았어."

우드워드가 눈을 떴다. 두 눈은 푹 꺼지고 핏발이 서 있었다.

"나는 이곳을 떠날 날만 고대하고 있다. 찰스타운으로…… 분별력 있는 문명 세계로 돌아가는 거다. 내가 다 나아서 건강을 회복하면, 이 모든 일은 접어두겠다. 그러고 나서…… 네가 분명하게 볼 수 있게 되면…… 어떤 위험이 너를 유혹했는지 이해하게 될 거다."

매튜는 나가야 했다. 판사가 횡설수설하기 시작했기 때문이다. 매튜는 그토록 자신만만하고 근엄하고 정확한 사람이 열에 들뜬 얼간이가 되어가는 모습을 차마 보고 있을 수가 없었다.

"저 나갑니다."

그러나 방을 나가기 전 매튜는 망설였다. 매튜의 목소리가 조금은 부드러워졌다. 지금은 매몰차게 구는 게 별 의미가 없었다.

"뭘 좀 가져다드릴까요?"

우드워드는 고통스럽게 숨을 들이마셨다가 내쉬었다.

"나는……."

우드워드는 운을 뗐지만, 고통스러운 그의 목은 다시 닫힐 위기에 처해 있었다. 그는 말을 이었다.

"나는…… 우리 사이가…… 이전처럼 되었으면 좋겠구나. 우리가 이 빌어먹을 마을에 오기 전으로. 나는 우리가 찰스타운으로 돌아갔으면 좋겠어. 그리고…… 이런 일들이 전혀 일어나지 않았던 것처럼 지냈으면 좋겠다."

우드워드는 희망이 깃든 눈으로 매튜를 바라보았다.

"이해하겠니?"

매튜는 창가에 서서 햇볕이 내리쬐는 마을을 내다보았다. 하늘은 파랗게 물들어갔지만, 마치 음산한 비가 주룩주룩 내리고 있기라도 한 것 같은 기분이었다. 매튜는 판사가 무슨 대답을 듣고 싶어 하는지 알고 있었다. 그 대답은 판사를 안심시키겠지만, 그건 거짓말이었다.

"저도 그렇게 되기를 바라요, 판사님. 하지만 판사님이나 저나 그런 일은 일어나지 않을 거라는 걸 잘 압니다. 저는 판사님의 서기이지만…… 판사님의 보호를 받고 판사님의 집에서 살지만…… 저는 남자입니다. 제가 보고 있는 진실을 위해 싸울 수 없다면, 제가 어떤 남자가 되겠습니까? 분명한 사실은 판사님이 가르치신 사람처럼 되지는 않을 거라는 거죠. 그러니…… 지금 제가 드릴 수 없는 걸 달라고 요구하시는 겁니다, 우드워드 씨."

매튜는 조용히 말했다. 길고 고통스러운 침묵이 흘렀다. 우드워드는 마르고 쉰 목소리로 말했다.

"나가라."

매튜는 증오스러운 판결문을 들고 걸어 나와 비드웰이 기다리는 곳으로 향했다.

26

"판사님께서 판결을 내리셨습니다."

매튜가 말했다.

거친 옷을 두르고 두건으로 얼굴을 가린 채 의자에 앉아 있던 레이첼은 매튜와 비드웰이 감옥에 들어오는 걸 보면서도 움직이지 않았다. 그녀는 그저 가볍게 고개만 끄덕하면서, 곧 읽을 판결문에 대해 준비가 되었음을 알렸다.

"어서 읽게. 들어보자고!"

마차를 준비하는 시간도 못 기다리고 걸어올 정도로 서두른 비드웰이 안달을 했다.

매튜는 열린 천창 아래에 섰다. 그는 돌돌 말린 서류를 풀어 차분하고 감정 없는 목소리로 서문을 읽기 시작했다. 그의 뒤에서 비드웰이 앞뒤로 서성거렸다. 파운트로열의 주인은 매튜가 이 부분을 읽기 시작하자 갑자기 멈춰 섰다.

"벌튼 그로브 신부의 살인 건에 대하여……."

매튜의 등 뒤에서 비드웰의 늑대 같은 숨소리가 들려왔다.

"……앞서 말한 피고는 유죄이다."

철썩하는 소리가 들렸다. 비드웰이 승리의 몸짓으로 주먹으로 손바닥을 친 소리였다. 매튜는 주춤했지만, 다시 레이첼에게 주의를 집중했다. 레이첼은 반응이라 할 만한 것은 전혀 보이지 않았다.

"단서 조항."

매튜가 계속 읽었다.

"피고는 실제로 살인을 저지르지 않았으나 말과 행동 그리고 그것이 연상시키는 바는 살인을 저질렀다고 판단하게 한다."

"그렇지. 하지만 아무튼 그게 그거 아니냐? 그렇지? 저 여자 손으로 직접 한 거나 다를 바 없다고!"

비드웰이 떠들어댔다.

매튜는 순전히 의지의 힘만으로 계속 읽어나갔다.

"대니얼 호워스의 살인 건에 대하여, 앞서 말한 피고는 유죄이다. 단서 조항."

'유죄'라는 말에, 이번에는 레이첼이 조용한 탄식과 함께 머리를 떨어뜨렸다.

"피고는 실제로 살인을 저지르지 않았으나 말과 행동 그리고 그것이 연상시키는 바는 살인을 저질렀다고 판단하게 한다."

"훌륭해, 훌륭해!"

비드웰은 신이 난 듯 손뼉을 쳤다.

매튜는 웃음이 만연한 비드웰의 얼굴을 매섭게 쏘아보았다.

"좀 자제해주시겠습니까? 이건 바보 관객의 추임새가 필요한 5펜스짜리 연극이 아닙니다!"

비드웰은 더 활짝 웃었다.

"아, 맘대로 지껄여라! 그 축복받은 판결문이나 계속 읽어!"

지금껏 판사의 명에 따라 일반범과 특수범에게 수도 없이 행해왔던 매튜의 임무가, 지금은 인내심 시험처럼 되어버렸다. 그는 계속 읽어야 했다.

"마녀 혐의에 대하여……."

매튜는 레이첼에게 판결문을 읽어주었다.

"앞서 말한 피고는……."

이 대목에서 매튜의 목은 말을 잇지 못할 정도로 조여들었다. 하지만 끔찍한 그 단어를 말해야 했다.

"……유죄이다."

"아, 달콤한 구원이여!"

비드웰의 말은 거의 외침에 가까웠다.

레이첼은 아무 소리도 내지 않았다. 하지만 그녀는 이미 예상했던 그 말이 몸에 직접 가해진 일격이라도 되는 듯 두건으로 가린 얼굴로 떨리는 손을 가져갔다.

"식민지의 판사로 나에게 주어진 권한에 의하여, 피고 레이첼 호워스에게……."

매튜는 계속 읽었다.

"……국법에 의거 화형을 선고한다. 형은 1699년 5월 22일 월요일에 집행될 것이다."

혐오스러운 일이 끝나자, 판결문이 매튜의 손에서 떨어졌다.

"이제 얼마 안 남았어!"

비드웰이 매튜의 뒤에 서서 말했다.

"네년 주인이 간밤에 학교를 불태웠지. 하지만 우리가 다시 세울 거야!"

"여기서 나가시는 게 좋을 것 같습니다."

매튜는 목소리를 높일 힘도 없어서 기진맥진한 채 비드웰에게 말했다.

"내 마을을 파괴하려던 네년의 노력이 모두 허사가 되었다는 걸 알고 저세상으로 가게 되겠지!"

비드웰이 열변을 토했다.

"네년이 죽으면 파운트로열은 영예로운 영광 위에 우뚝 솟을 거야!"

가슴을 찌르는 이런 말들이 그녀를 둘러싼 비참함의 방패를 뚫는 것을 느꼈지만, 레이첼은 아무 대꾸도 하지 않았다. 비드웰은 멈추지 않았다.

"오늘은 진성으로 하느님이 만드신 날일세!"

비드웰은 의식하지 못한 채 손을 뻗어 매튜의 등을 두드렸다.

"자네와 판사님이 훌륭한 일을 해냈네! 정말 멋들어진 결정이었어! 자, 이제…… 준비에 착수하러 가야지! 화형대도 만들어야 하니까. 하느님께 맹세코 지금껏 저주받은 마녀들이 올랐던 어떤 화형대들 중에서도 최고의 화형대를 만들거야!"

비드웰은 창살 너머로 레이첼을 바라보았다.

"네 주인이 자기 창고에 데리고 있는 모든 악령들을 보내서 월요일 아침까지 우리를 굴복시키려 한다 해도 우리는 견뎌낼 거다! 맹세한다, 마녀! 그러니 너의 그 검은 거시기가 달린 개에게 가서 로버트 비드웰은 인생에서 어떠한 것에도 실패하지 않았고, 파운트로열도 결코 예외가 되지 않을 거라고 말해! 내 말 들었나?"

비드웰은 이제 더 이상 레이첼에게 말하는 것이 아니었다. 그는 감옥을 둘러보았다. 그의 목소리는 우렁차면서도 오만해서 마치 악마의 귀에 직접 대고 경고를 날리는 것 같았다.

"우린 이곳에서 번창할 거야. 네년이 우리를 배신하더라도!"

가슴을 울리는 연설을 마치고, 비드웰은 으스대며 문으로 걸어갔다. 하지만 매튜가 뒤를 따르지 않는 것을 알고는 멈춰 섰다.

"어서 오게! 그 판결문을 거리에서 읽어야지!"

"저는 판사님의 명령을 수행하는 사람입니다. 만일 판사님이 공공장소에서 판결문을 읽으라고 명하신다면 그렇게 할 겁니다. 하지만 그렇게 명령하시기 전까지는 하지 않을 겁니다."

"자네하고 말다툼할 시간도 의지도 없네!"

비드웰의 입가에 보기 흉한 비웃음이 깃들었다.

"오오…… 알겠다. 왜 여기에서 어슬렁거리려는지! 저 여자를 위로하려는 거로구나! 우드워드 판사가 이 애절한 장면을 본다면 죽음에 두 발짝은 더 다가가겠구나!"

매튜는 비드웰의 얼굴을 세게 후려쳐 뇌가 두 귀 사이를 왔다 갔다 하게 만들어주고 싶었지만, 그 뒤에 이어질 결투는 무덤 파는 사람에게 일거리를 주는 것 말고는 좋을 게 없었으며, 묘비에 이름도 철자가 틀리게 새겨질 게 뻔했다. 그래서 매튜는 한 대 치려는 생각을 접고 그저 매섭게 눈을 부라리며 비드웰을 노려보았다.

비드웰은 웃었다. 매튜의 분노에 열기를 더 풀무질하는 웃음이었다.

"마녀와 그의 마지막 정복자 사이의 다정하고도 감동적인 순간이구나! 내가 장담하는데, 차라리 네틀즈 부인의 무릎 위에 눕는 편이 더 나을 거다! 하지만 뭐, 자네 마음대로 하시게!"

비드웰은 레이첼을 겨냥하여 모욕을 날렸다.

"악마, 노인들, 그리고 숲의 아기들, 네년 취향이 어떤지는 상관없어! 황홀경을 만끽해. 월요일이 오면 그 대가를 톡톡히 치르게 될 테니!"

비드웰은 요란한 푸른색 옷을 입은 새처럼 으스대며 감옥을 나갔다.

비드웰이 떠난 뒤, 매튜는 자신의 슬픔을 표현하는 도구로 언어는 충분치 않다는 사실을 깨달았다. 그는 판결문이 적힌 종이를 다시 집어 들었다. 판결문은 찰스타운의 공식 문서철에 끼워 넣어야 했다.

레이첼이 여전히 얼굴을 가린 채 말했다.

"당신은 할 수 있는 일을 다 했어요. 고마워요."

레이첼의 목소리는 약하고 무기력했지만 여전히 품위가 있었다.

"내 말 들어요!"

매튜가 한 발 앞으로 나서며 손으로 창살을 잡았다.

"월요일까지는 아직 멀었어요……."

"얼마 안 남았어요."

레이첼이 말을 잘랐다.

"아무튼 시간이 남아 있어요. 판사님은 판결을 내리셨을지 몰라도, 나는 아직 조사를 끝낼 생각이 없어요."

"끝내는 게 좋아요."

레이첼은 일어서서 얼굴을 가리고 있던 두건을 뒤로 젖혔다.

"끝났어요. 당신이 받아들이든 아니든 간에."

"받아들일 수 없어요! 절대 받아들이지 않을 거예요!"

매튜가 외쳤다. 순간 그는 자제력을 잃은 것을 부끄러워하며 입을 다물었다. 그는 자신의 내면에서 떠오르고 있는 답의 구체적인 모습을 찾으려 더러운 바닥을 내려다보았다.

"그런 걸 받아들이는 건…… 내가 거기에 동의한다는 뜻이고, 그건 불가능해요. 나는 절대, 내가 살아 있는 한 절대로, 이 판결문에 동의할 수 없어요……. 무고한 희생자에게 잘못된 형을 집행하는 걸요."

"매튜?"

레이첼이 부드럽게 매튜를 불렀다. 두 사람은 서로를 잠깐 동안 바라보았다. 레이첼은 그에게 다가갔지만 창살이 둘을 가로막고 있었다.

"이제 당신의 인생으로 돌아가요."

레이첼이 말했다. 매튜는 차마 대답을 하지 못했다.

"난 죽어요."

레이첼이 매튜에게 말했다.

"죽는다고요. 월요일에 이곳에서 나가 화형을 당하면, 내 몸은 불꽃 속에 있겠죠……. 하지만 대니얼이 죽기 전에 존재했던 나란 여자는 더 이상 이곳에 없어요. 내가 이 감옥에 끌려온 뒤로, 나는 사라지고 없었어요. 한때는 희망이 있었는데, 그게 어떤 것인지 이젠 기억도 안 나요."

"희망을 버리면 안 돼요."

매튜가 말했다.

"단 하루가 남았다고 해도, 난 계속……."

"그만."

레이첼이 단호하게 말했다.

"제발…… 이제 그만해요. 당신은 지금 올바른 일을 하고 있다고 생각하겠죠. 내 기운을 북돋우면서……. 하지만 그렇지 않아요. 현실을 받아들일 때가 왔어요. 그리고 그런…… 내 목숨을 구할 수 있다는 환상을 버릴 때가 됐어요. 살인을 저지른 사람은 너무 똑똑해요, 매튜. 어쩔 땐 진짜 악마가 아닐까 하는 생각도 해요. 난 그런 사악한 힘에 대항하고 싶지 않고, 희망이 있는 척하고 싶지도 않아요. 그런다고 해서 화형을 당할 준비가 되는 게 아니에요. 지금 내가 무엇보다도 해야 할 일은 바로 준비란 말이에요."

"무언가를 알아내려는 참이에요."

매튜가 말했다.

"그게 당신과 어떻게 관련이 있는지는 아직 모르겠지만, 어쨌든 대단히 중요한 거라고 확신해요. 밧줄을 꼬고 있는 실 한 가닥을 푼 것 같은데, 그 줄이 아마도……."

"제발 부탁이에요."

레이첼이 속삭였다. 그녀의 얼굴에는 아무 감정도 떠올라 있지 않았지만 눈에는 눈물이 고여 있었다.

"운명과 씨름하는 걸 그만둬요. 당신은 날 자유롭게 해주지 못해요. 내 목숨을 구할 수도 없고요. 끝이 왔다는 게 이해가 안 돼요?"

"끝은 아직 오지 않았어요! 다시 말하지만 내가 찾은 건……."

"무언가 의미 있는 걸 찾은 거겠죠."

레이첼이 말했다.

"그리고 월요일이 지난 뒤에도 계속 그걸 조사해볼 수 있을 거예요. 하지만 나는 더 이상 자유를 바라지 않아요, 매튜. 나는 화형을 당할 테고, 나는…… 나는…… 나에게 남은 시간을 기도와 준비로 보내야 해요."

레이첼은 천창에서 흘러드는 햇빛과 그 너머 구름 한 점 없는 하늘을 바라보았다.

"그 시간이 나에게 오면…… 무서울 거예요. 하지만 사람들에게 두려워하는 모습을 보여줄 순 없어요. 그린, 페인…… 특히 비드웰에게는 더욱더. 나는 울지 않을 거고, 비명을 지르지도 몸부림을 치지도 않겠어요. 그자들이 반 군디의 주점에 앉아서 자기들이 나를 어떻게 무너뜨렸는지 축배를 들게 하고 싶지 않아요. 웃고 마시며 마지막에 내가 자기들한테 어떻게 자비를 구걸했는지를 떠들어대게 하진 않을 거예요. 절대 그러지 않을 거예요. 천국에 하느님이 계시다면, 그분이 그날 아침에 내 입을 봉해주실 거예요. 그자들이 나를 감옥에 가두고 옷을 벗기고 더럽히고 나를 마녀라고 불러도…… 나를 울부짖는 짐승으로 만들지는 못해요. 화형대 말뚝 위에서도."

레이첼의 눈이 다시 매튜의 눈과 마주쳤다.

"소원이 하나 있어요. 들어줄래요?"

"해줄 수 있는 거라면요."

"할 수 있어요. 당신이 이곳을 나가 다시는 돌아오지 않았으면 해요."

매튜는 전혀 예상하지 못한 말을 듣자 갑자기 뺨을 맞은 것처럼 놀랍고도 고통스러웠다.

레이첼은 매튜가 답을 못하자 그를 뚫어져라 바라보며 말했다.

"아니, 소원보다 더한 거예요. 명령이에요. 나는 당신이 이곳을 당신 뒤에 남겨두면 좋겠어요. 내가 아까 말한 것처럼, 당신의 인생으로 돌아가요."

여전히 매튜는 할 말을 찾지 못했다. 레이첼은 앞으로 다가와 창살을 잡고 있는 매튜의 손을 어루만졌다.

"날 믿어줘서 고마워요."

레이첼이 말했다. 그녀의 얼굴이 매튜의 얼굴 가까이 다가왔다.

"내 말을 들어줘서 고마워요. 하지만 이제 끝났어요. 제발 그걸 알아줘요. 그리고 받아들여요."

매튜는 거의 꺼져 들어가는 듯하긴 했지만, 가까스로 목소리를 되찾았다.

"내가 어떻게 내 인생으로 돌아갈 수 있겠어요? 이런 불의가 일어나고 있는 걸 알면서?"

레이첼은 매튜에게 희미하고 여린 미소를 지었다.

"불의는 어디에선가 매일 일어나요. 그게 현실이에요. 당신이 그걸 모르고 있었다면, 당신은 내가 생각했던 것보다 훨씬 세상을 모르는 거예요."

레이첼은 한숨을 쉬고, 매튜의 손을 어루만지던 손을 뗐다.

"가요, 매튜. 당신은 최신을 다했어요."

"아니, 다하지 않았어요."

"다했어요. 상상 속의 구속에서 풀려나기 위해 내 힘이 필요하다면…… 자."

레이첼은 매튜의 얼굴 앞에서 손을 흔들었다.

"당신은 풀려났어요."

"난 이렇게 여기서 그냥 걸어 나갈 수 없어요."

매튜가 말했다.

"당신에겐 선택권이 없어요."

다시 한 번, 레이첼은 매튜를 바라보았다.

"가요, 이제. 날 혼자 내버려둬요."

레이첼은 몸을 돌려 의자로 돌아갔다.

"난 포기 안 할 거예요. 당신이 포기하더라도…… 난 그러지 않을 거라고 맹세해요."

매튜가 말했다.

레이첼은 앉아서 물이 담긴 양동이 위로 몸을 굽혔다. 그러고는 손을 모아 물을 떠 입으로 가져갔다.

"포기 안 해요. 내 말 듣고 있어요?"

매튜가 말했다. 레이첼은 머리 위로 두건을 써 다시 얼굴을 가리고, 그녀만의 고독의 저택으로 돌아갔다.

매튜는 원한다면 여기에 계속 서 있을 수도 있었지만, 레이첼이 그녀만이 사는 성소로 들어가버렸음을 깨달았다. 매튜는 그곳이 오랜 수감 기간 동안 그녀를 미치지 않게 해준 성찰의 공간이 아닐까 생각했다. 어쩌면 행복했던 순간으로 이루어진 기억의 공간인지도 몰랐다. 매튜는 자신이 더 이상 그녀에게 환영받지 못한다는 사실을 깨닫고 비뚤어진 분노를 느꼈다. 레이첼은 죽음과 나누는 내면의 대화에만 집중했고, 정신을 흩트리고 싶어 하지 않았다.

정말로 그녀에게서 떠나야 할 시간이었다. 매튜는 여전히 서성이면서 움직이지 않는 레이첼의 모습을 바라보았다. 매튜는 그녀가 무언가를 더 말해줬으면 하고 바랐지만, 그녀는 말이 없었다. 잠시 뒤, 매튜는 문으로 향했다. 레이첼은 어떠한 움직임도 반응도 보이지 않았다. 매튜는 뭔가 말을 하려 했지만 무슨 말을 해야 할지 몰랐다. '안녕' 정도가 적절할 것 같았지만, 그 말을 입 밖으로 내고 싶지는 않았다. 매튜는 감옥 밖의 잔인한 햇빛 속으로 걸어 나왔다.

감옥을 나오자마자 불에 탄 나무 냄새가 코를 찔렀다. 매튜는 검게 탄 잔해 앞에서 걸음을 멈췄다. 그곳이 학교였다는 것을 알 수 있을 만한 것은 거의 남아 있지 않았다. 네 벽은 완전히 사라졌고, 지붕도 무너져 내렸다. 매튜는 이 잔해 속 어딘가에 한때 양동이의 손잡이였던 철사 가닥이 있지 않을까 궁금했다.

매튜는 간밤에 발견한 것을 레이첼에게 말할 뻔했지만, 비드웰에게 알리지 않은 것과 같은 이유로 그러지 않기로 결심했다. 지금 당장은, 이 비밀은 자신만의 금고에 넣어두는 것이 최선이었다. 매튜는 왜 윈스턴이 찰스타운에서 지옥의 불을 가져와 비드웰의 꿈에 불을 지르고 있는지를 알아내야 했다. 또 파운트로열에 왔던 그 측량사라는 남자에 관해서도 최대한 더 자세한 정보를 알아내야 했다. 따라서 오늘 아침 매튜가 해야 할 일은 분명했다. 에드워드 윈스턴을 찾는 것이다.

매튜는 길을 걷다가 노란색 곡물이 든 작은 병을 들고 파이프를 피우고 있는 농부를 만났다. 농부에게 윈스턴의 집이 어딘지 물으니 하모니 거리의 공동묘지에 조금 못 미친 곳에 있다고 대답해주었다. 매튜는 목적지를 향해 걸음을 재촉했다.

윈스턴의 집은 무덤의 묘비 첫 번째 줄에서 돌을 던지면 닿을 만한 곳에 있었다. 집에 덧문이 닫혀 있는 걸 보니 윈스턴은 집에 없는 모양이었다. 결코 큰 집이라고 할 수는 없었고, 안에는 방이 두세 칸 정도 있을 것 같았다. 집 벽은 예전엔 흰색이었던 것 같지만 지금은 색이 바래서 벽에 얼룩덜룩한 반점만 흰색으로 남아 있었다. 윈스턴의 집은 비드웰의 저택이나 견고하게 지은 농장의 주택들과는 달리 조잡하면서도 임시변통으로 지은 듯한 모양새라서 노예 구역에서 본 것과 비슷한 느낌이었다. 매튜는 다진 모래와 잘게 부순 굴 껍데기로 포장한 좁은 길을 걸어가 묵직한 문을 두드렸다.

기다림은 잠깐이었다.

"누구요?"

불명확하고 거친 윈스턴의 목소리가 집 안에서 들려왔다.

"매튜 코빗입니다. 잠깐 얘기 좀 나눌 수 있을까요?"

"무슨 일로?"

윈스턴은 흐트러진 상태를 애써 위장하고 있었다.

"마녀 일 때문에?"

"아뇨. 사 년 전에 파운트로열을 찾아왔던 측량사에 관해 좀 여줘보려고요."

침묵이 흘렀다.

"비드웰 씨께서 그러시는데 윈스턴 씨가 그 사람과 함께 마을을 한 바퀴 둘러보았다고 하던데요."

매튜가 밀어붙였다.

"그 사람에 대해서 기억하고 계신 걸 듣고 싶습니다."

"나는…… 그런 사람에 대해서는 기억나는 게 없는데. 실례가 안 된다면…… 장부 정리를 좀 할 게 있어서."

매튜는 윈스턴이 술을 마시며 방화를 더 계획하는 것 말고 다른 일이 있으리라고는 생각지 않았다.

"레이첼 호워스에 관한 정보가 있습니다. 판사님의 판결문을 보고 싶지 않으세요? 방금 그 여자에게 읽어주고 오는 길입니다."

그 말이 떨어지자마자 곧바로 빗장이 풀리는 소리가 들리고 문이 빼꼼히 열렸다. 햇빛 한 자락이 집 안으로 흘러들어 면도하지 않은 윈스턴의 초췌한 얼굴 위를 비췄다.

"판결문?"

윈스턴이 햇빛에 눈이 부신지 얼굴을 찡그리며 물었다.

"지금 가지고 있다고?"

"네."

매튜가 돌돌 만 서류를 들어 보였다.

"들어가도 될까요?"

윈스턴은 망설였지만 매튜는 이미 주사위가 던져졌다는 걸 알았다. 문이 매튜가 들어갈 수 있을 만큼 열리더니 다시 매튜의 뒤에서 닫혔다.

작은 현관에 들어서니 고리버들 탁자 위에서 초 두 개가 타는 게 보였다. 촛불 너머 윈스턴이 앉아 있던 긴 의자 앞에 땅딸막한 파란색 술병과 나무 술잔이 놓여 있었다. 매튜는 그동안 윈스턴이 평소 보여준 깔끔한 모습과 절도 있는 태도로 미루어 그를 유능함의 화신으로 생각했었다. 그러나 바로 이 순간 매튜의 생각은 180도로 뒤집혀버렸다.

이 방에서 살면 돼지라도 병이 날 것 같았다. 바닥에는 치우지 않은 셔츠, 양말, 바지들이 흩어져 있었다. 눅눅하고 퀴퀴한 옷에서 나는 냄새는 시큼한 체취와 합쳐져 결코 매력적이지 않았다. 마룻바닥에는 둥글게 구겨서 뭉친 종이와 쏟아진 담뱃가루, 깨진 도기 파이프 같은 것들이 여기저기 널려 있었고, 수명이 다했지만 쓰레기통으로 가지 못한 잡다한 물건들도 있었다. 심지어 작은 난로마저 식은 재와 쓰레기 조각들로 막혀 있었다. 방 전체가 쓰레기장이라고 해도 과언이 아닐 정도였다. 이런 식이라면 침실에는 과연 무엇이 있을지, 상상만 해도 절로 몸서리가 쳐졌다. 유황 화합물이 담긴 양동이가 이 집에서 제일 덜 유독한 물건일지도 몰랐다.

옆에는 윈스턴이 감옥에서 다시 가져온 책상이 있었다. 이제 매튜는 윈스턴이 책상을 감옥에 가져왔을 때, 왜 책상을 그토록 완벽하게 닦아야 했는지 이해할 수 있었다. 책상 표면에는 잉크 얼룩이 묻은 종이들이 구겨진 채 엉망으로 놓여 있었고, 양초들이 도막이 될 때까지 타서 눌어붙은 자국이 무수히 많았으며, 장부책들이 뒤죽박죽 쌓여 있었다. 매튜는 윈스턴이 이런 쥐 소굴 같은 곳에서 깨끗한 종이 다발과 쏟아지지 않은 잉크병을 찾아 쓸 수 있다는 사실이 놀라웠다. 잠깐이지만 집중적으로 그곳을 훑어보는 동안, 윈스턴이 비드웰과의 업무를 모두 비드웰의 저택에서 처리한다는 것이 떠올랐다. 아마 윈스턴이 자기가 사는 모습을, 그리고 분명 자신의 정신 상태도, 고용주에게 보여주고 싶지 않기 때문이리라.

윈스턴은 파란 병에 든 액체를 술잔에 따랐다. 그는 긴 회색 잠옷 가운을 입고 있었다. 가운에는 기운 흔적이 여기저기 보였고, 군데군데 불에 탄 구멍도 있었다. 그걸 보니 윈스턴이 불을 다룰 수 있는 한계는 담배 파이프를 다루는 정도를 넘지 못하는 것 같았다.

"그래서, 선고가 내려졌나?"

윈스턴이 그의 쾌락을 조금 마셨다. 매튜는 그것이 진한 사과술이거나 럼주일 거라고 추측했다.

"여기 가져다가 펼쳐서 보여주게."

매튜는 판결문을 펼쳤다. 하지만 공식적으로 그가 문서를 책임져야 하기 때문에 한 손은 문서 위에 올려두었다. 윈스턴은 몸을 앞으로 기울여 화려하게 장식된 손 글씨를 읽었다.

"놀라운 내용은 없는 것 같은데. 그 여자는 그럼 월요일에 화형당하는 건가?"

"네."

"좋을 때야. 사실은 한 달 전에 불태웠어야 했어. 그랬으면 모두 다 지금보다는 조금 더 나았을 텐데."

매튜는 판결문을 다시 말았다. 그러고는 경멸하는 시선으로 주위를 둘러보았다.

"항상 이런 식으로 지내시나요?"

윈스턴은 술잔을 다시 입에 가져가다가 손을 멈췄다.

"아니."

윈스턴은 빈정거리는 말투로 말했다.

"원래는 하인 하나랑 객실 하녀, 실내용 변기 닦는 아이를 두고 있는데, 지금은 다른 일 때문에 불려갔어."

술잔이 입으로 갔고 그는 손등으로 입술을 닦았다.

"레버런스 경(Sir Reverence), 이제 가도 좋네."

매튜는 엷은 미소를 지었지만, 얼굴은 굳어 있었다. 레버런스 경은 인간의 배설물에 관한 저속한 말이었다.

"어제, 밤늦게 주무셨죠?"

"밤늦게?"

윈스턴의 눈썹이 올라갔다.

"무슨 뜻이지?"

"무슨 뜻이냐 하면…… 밤늦게 주무셨다는 거죠. 윈스턴 씨는 주로 밤에 일하는 사람이라고 생각했거든요. 그러니 당연히 늦은 밤까지 일을 하셨겠죠."

"일이라."

윈스턴은 고개를 끄덕였다.

"그래. 난 항상 일을 하지."

윈스턴은 장부가 흩어진 책상 쪽을 가리켰다.

"저기 보이나? 그자의 돈을 관리하는 거야. 그자의 펜스와 기니와 달러, 개 같은 돈을. 입금과 출금을 전부. 그게 내가 하는 일이야."

"비드웰 씨를 위해 하는 일에 특별히 자부심을 느끼는 것 같지는 않네요. 비드웰 씨는 당신에게 상당히 의존하고 있을 텐데요. 아닌가요?"

매튜가 대담하게 말했다. 윈스턴은 매튜를 바라보았다. 핏발 선 눈에 경계의 빛이 서렸다. 그가 험악한 목소리로 말했다.

"이제 가게."

"그럴 겁니다. 하지만 비드웰 씨가 직접 윈스턴 씨를 찾아가서 측량사에 관해 물어보라고 권하던걸요. 윈스턴 씨가 그 남자를 에스코트했으니, 아마…….”

“측량사? 그런 사람은 기억 안 나!”

윈스턴은 다시 술잔을 들어 벌컥벌컥 마셨고, 이번에는 술 몇 방울이 반짝거리며 턱을 따라 흘러내렸다.

“그게 뭐? 사 년 전이라고?”

“그쯤 되었을 겁니다.”

“가! 나가라고! 나는 이런 바보짓에 휘말릴 시간이 없어!”

매튜는 크게 숨을 들이마셨다.

“아니, 있을걸요.”

“뭐라고? 이런 제길. 자넬 밖으로 집어 던져야 되겠나?”

매튜는 조용히 말했다.

“당신이 밤에 한 일을 알고 있어요.”

순간 신의 손이 내려와 시간을 멈추고 모든 소리를 죽인 것 같았다. 매튜는 이때를 틈타 계속 말을 했다.

“그뿐 아니라, 롤링스 씨와 그 일행이 묻은 양동이 여섯 개 중에 한 개는 제가 가지고 있어요. 그러니 오늘 밤에 나가서 양동이들을 전부 옮긴다 해도 소용없어요. 당신이 가져온 일곱 번째 양동이는 여기 어딘가에 숨겨놓았겠죠?”

신의 손은 강력한 도구였다. 그것은 에드워드 윈스턴을 입을 헤벌린 조각상으로 바꾸어놓았다. 잠시 뒤, 술잔이 윈스턴의 손에서 빠져나와 바닥에 떨어져 깨졌다.

“그럴 거라고 예상했어요.”

매튜가 말했다.

“당신은 불을 지를 집 벽에 그 물질을 붓으로 칠했어요. 제 말이 맞죠? 아주 강력한 화합물처럼 보이던데요."

윈스턴은 움직이지 않았고, 말하지 않았고, 거의 숨도 쉬는 것 같지 않았다. 그의 얼굴빛이 입고 있는 잠옷 가운의 어둠침침한 줄무늬 색처럼 변했다.

매튜는 잠시 동안 어수선한 방을 둘러보다가 다시 입을 열었다.

"이건 제 가설인데, 당신은 물자를 구하러 니콜라스 페인과 찰스타운으로 몇 번 갔었고, 그때 한 번은 그곳 관리에게 접근했을 거예요. 어쩌면 항만 관리인인 댄포스 씨였을 수도 있고, 어쩌면 파운트 로열이 비드웰 씨의 야심대로 성장하는 걸 보고 싶지 않았던 누군가일 수도 있겠죠. 당신은 페인 씨에게 심부름 같은 걸 시켜서 다른 곳으로 보내놓고 페인 씨가 없는 동안 계약을 성사시켰을 거예요. 페인 씨는 이 일을 모르죠?"

매튜는 윈스턴이 대답을 하리라고는 기대하지 않았다. 그래서 대답이 없어도 실망하지 않았다.

"페인 씨가 알고 있을 것 같지는 않아요. 이건 당신 혼자만의 음모겠죠. 당신은 레이첼 호워스가 마녀로 몰리는 상황을 이용하기로 마음먹고 수많은 빈집에 불을 질렀어요. 그래서 사람들이 떠나는 걸 더욱 부채질했죠. 지금까지는 제 말이 맞죠?"

윈스턴은 여전히 입을 벌린 채로 긴 의자에 천천히 주저앉았다.

"그런데 이 축축한 날씨에 불을 붙이려면 불쏘시개가 필요했겠죠."

매튜는 널브러진 옷가지들을 오른쪽 발끝으로 쿡쿡 쑤셨다.

"그 양동이에 담긴 화학 물질은 찰스타운에서 제조해 배로 이곳까지 은밀하게 가져와야 했어요. 선원들은 거친 항해를 해야 했을 거예요. 하지만 롤링스 씨는 위험을 무릅쓴 대가로 다른 이익을 남겼겠죠. 당신도 위험을 무릅쓴 결과로 대가를 챙겼을 거예요. 아니면 혹시 파운트로열이 망한 다음에 찰스타운에서 한 자리를 약속받은 건가요?"

윈스턴은 손을 들어 이마를 짚었다. 충격으로 눈이 멀겠다.

"발뺌을 해서 체면을 망쳐봤자 좋을 게 없어요."

매튜가 말했다.

"그래도 좀 궁금하네요. 팔 년 동안이나 비드웰 씨를 위해서 일했다면서요. 그런데 왜 그에게 등을 돌린 거예요?"

윈스턴은 두 손으로 얼굴을 가렸다. 그는 거칠게 숨을 쉬었고 어깨는 축 늘어져 있었다.

"그동안 인간 본성의 여러 면을 봐와서, 한 가지 생각이 떠오르네요."

매튜는 어수선한 책상으로 가 장부책을 한 권 펼쳤다. 매튜는 페이지를 넘기며 말을 이어갔다.

"당신은 비드웰 씨가 얼마나 부자인지 다른 누구보다도 잘 알고 있죠. 눈에 보이는 재산도 알고, 그가 품은 미래에 대한 계획도 알고, 그리고 당신은…… 당신 자신의 현실도 알죠. 이런 식으로 살아서는 가망이 없다는 걸. 나는 당신의 배신이, 당신 스스로가 느낀 비참함 때문이라고 감히 말하겠어요. 그들이 찰스타운에 집을 지어주겠다고 약속하던가요? 아니면 당신의 동상을 세워주겠다고? 정확히 그들이 무엇을 약속했나요, 윈스턴 씨?"

윈스턴은 떨리는 손을 푸른 병으로 뻗어 입으로 가져갔다. 그러고는 용기를 내기 위해 길게 한 모금 마셨다. 병을 내려놓으면서, 그는 눈을 깜박여 눈물을 짜냈다.

"돈."

"비드웰이 주는 돈보다는 상당히 많은 액수겠죠?"

"아마도…… 인생을 두 번 살면서 벌 돈보다도 많아."

다시 그는 병을 들어 엄청난 양의 술을 들이마셨다.

"넌 몰라. 그자를 위해서 일하는 게 어떤지. 그자 옆을 맴돌고…… 그자가 가진 것들. 그자는 매년 가발 하나에도 내가 왕자처럼 살 수 있는 돈을 쏟아부어. 그리고 그 옷들과 음식! 너도 그 액수가 얼마인지 안다면 이해하게 될 거야. 그리고 그 남자의 철학에 대해서 나만큼 구역질이 나겠지. 하인들이 필요한 것에는 단 1실링도 더 내주지 않으면서 자기가 원하는 것에는 전혀 아끼지 않아!"

"비드웰 씨 편을 들지는 않겠어요. 하지만 그게 주인의 권리라고 말하고 싶네요."

"그건 누구의 권리도 아니야!"

윈스턴이 열을 올리며 말했다.

"난 교육을 받았어. 읽고 쓸 수도 있고. 나는 총명한 사람이라고! 하지만 그자의 일을 할 때는 노예나 마찬가지야! 차라리 노예가 낫지! 적어도 비드웰은 구드에게는 바이올린을 사줄 만큼 너그럽잖아!"

윈스턴은 거칠게 웃었다.

"그래도 구드는 노예고 당신은 자유인이에요. 당신은 고용주를 선택할 수 있어요. 그렇다면 결국……."

매튜는 고개를 끄덕이고 말을 이었다.

"당신의 선택인 거죠."

"아, 맘대로 우쭐대라고!"

윈스턴은 극도로 역겹다는 표정으로 매튜를 돌아보았다.

"내 집을 봐. 그리고 그 작자의 집도! 그러고 나서 장부를 들춰 누가 그자 돈의 흐름을 감독하고 있는지 보라고! 내가 해! 그자는 스스로 훌륭한 사업가인 척하고 있지만, 사실 그자가 잘하는 건 두 가지뿐이야. 위협과 큰소리치기. 나는 그자의 사업 파트너가 되어야 했어. 그게 내가 하려고 했던 일이야! 하지만 그자는 내가 낸 좋은 아이디어를 가져다가 마치 자기 생각인 양 내세워왔어. 이젠 모든 게 분명하고 명백해."

윈스턴은 자신의 말을 강조하기 위해 손가락을 치켜들었다.

"이제, 모험에 실패하면…… 상황이 달라지겠지. 실패는 언제나 다른 사람의 탓이야……. 누군가 반드시 왕국에서 쫓겨나야 할 사람의 잘못인 거지. 항상 그랬어. 파운트로열이 실패한다면…… 물론 그럴 거야, 내가 집에 불을 놓거나 마녀가 장작불 위에서 구워지거나 하는 것과는 상관없이. 그렇게 파운트로열이 망하면, 비드웰은 모든 목표물에 대포를 겨냥해 포탄을 날리며 책임을 묻기 시작할 거야. 여기 이 사람도 포함해서."

윈스턴은 주먹으로 자신의 가슴을 쳤다.

"내가 그자가 명령만 하면 쪼르르 달려가고, 미래의 가난으로 굴러떨어지기를 기다려야 한다고 생각하나? 아니야. 이 얘기를 어떻게 받아들이든 상관없지만 참고로 말해주지. 내가 먼저 접근한 게 아니야. 그쪽에서 나한테 접근했어. 페인과 내가 찰스타운에서 따로 볼일을 보고 있을 때. 처음에 난 거절했어……. 하지만 그쪽에서 집도 지어주고 선박 위원회에 한자리를 마련해준다고 구슬렸지. 방화는 내 생각이었지만."

"똑똑한 생각이었어요."

매튜가 말했다.

"레이첼 호워스의 치맛자락과 악마의 그림자 뒤에 숨은 거죠. 방화의 책임이 그 여자에게 돌아갈 것이라는 데 대해 조금이라도 죄책감이 들진 않았나요?"

"아니."

윈스턴은 망설임 없이 대답했다.

"자네가 들고 있는 그 판결문을 읽어봐. 방화에 관한 기소는 없어. 그 여자는 인형을 만들고, 살인을 저지르고, 자청해서 사탄과 어울린 거야. 나는 단순히 그 상황을 나에게 유리하게 이용한 것뿐이고."

"단순히?"

매튜가 말을 받았다.

"당신에 관해 어떤 것도 단순한 건 없다고 생각해요, 윈스턴 씨. '냉혈한처럼'이 더 걸맞은 단어 같은데요."

"맘대로 생각해."

윈스턴이 씁쓸한 미소를 보냈다.

"나는 비드웰에게 불에는 불로 얼음에는 얼음으로 맞서 싸우는 법을 배웠어."

윈스턴의 눈이 가늘어졌다.

"그래. 네가 양동이를 가지고 있다고 했지. 그걸 저 밖에 숨겨두었나?"

윈스턴은 매튜가 고개를 끄덕이기를 기다렸다.

"또 누가 알지?"

"이 문제를 해결하려고 폭력을 쓰려 한다면, 달리 생각하시는 편이 좋아요. 누군가 알고 있는 사람이 있지만, 당신의 비밀은 지금으로서는 위험하지 않으니까요."

윈스턴은 눈살을 찌푸렸다.

"뭐냐, 그럼? 비드웰한테 달려가서 일러바치려는 게 아니야?"

"아뇨. 당신이 지적한 대로, 방화는 호워스 부인에 대한 죄목 중 부수적인 것이었어요. 나는 당신보다 더 영리하고, 더 냉철한 여우를 쫓고 있어요."

"내가 눈치가 없는 건가. 지금 도대체 무슨 소리를 하고 있는 거야?"

"당신이 비드웰 씨에 대해서 품고 있는 불만은 내 알 바 아니에요. 당신이 지금 이 순간부터 어떻게 하기로 선택할지도 내 관심사가 아니고요. 앞으로 방화 사건이 더 발생하지 않는 한, 이라고 덧붙여야겠지만."

윈스턴은 안도의 한숨을 내쉬었다.

"서기 양반. 당신의 자비에 고개 숙여 감사드립니다."

"제 자비에는 대가가 있어요. 저는 그 측량사라는 사람에 대해서 알고 싶어요."

"측량사라."

윈스턴이 되뇌었다. 그는 두 손으로 관자놀이를 문질렀다.

"아까도 말했지만…… 그 사람에 관해서는 거의 기억나는 게 없어. 왜 그렇게 그 사람에 관해서 알고 싶어 하는 거지?"

"개인적인 문제예요. 그 사람 이름을 기억하세요?"

"아니……. 잠깐…… 잠깐만 시간을 다오."

윈스턴은 눈을 감았다. 분명히 최선을 다해 집중하고 있었다.

"그러니까 그게…… 스펜서…… 스파이서…… 뭐 그런 이름이었던 것 같은데."

윈스턴이 눈을 떴다.

"그 남자가 수염을 길렀나요?"

"그래…… 아주 덥수룩했지. 모자도 썼었다."

"삼각 모자요?"

"아니. 그건…… 햇빛을 가리는 챙이 넓은 모자였어. 농부나 여행자들이 쓸 법한 그런 거. 내 기억으로…… 옷도 투박했던 것 같은데."

"그 사람을 데리고 파운트로열을 한 바퀴 돌았다고 했죠. 그 사람과 얼마나 오랫동안 같이 있었나요?"

윈스턴이 어깨를 으쓱했다.

"오후 대부분을 함께 보냈던 것 같다."

"그 사람 인상을 기억할 수 있나요?"

"수염과 모자. 그게 내가 기억하는 전부야."

"그리고 아마도 그게 기억하고 싶은 전부겠죠."

윈스턴이 의문 어린 표정을 지었다.

"그게 무슨 말이냐?"

"그건 기억의 조작과 관련이 있어요."

매튜가 대답했다.

"그 여우가 무언가 대단히 많이 알고 있는 것 같아요."

"네가 제정신으로 얘기하는 거라면, 나는 네 얘기를 못 쫓아가겠어."

"정보는 충분히 얻은 것 같군요. 시간 내주셔서 감사합니다."

매튜는 문으로 향했고, 윈스턴은 자리에서 일어섰다.

"잠깐만!"

윈스턴의 목소리에 다급함이 서려 있었다.

"네가 내 처지라면…… 어쩌겠나? 여기 남아 끝을 기다리겠나? 아니면 찰스타운으로 가서 미래를 위한 구조 요청을 하겠나?"

“어려운 질문이군요.”

매튜가 잠깐 생각하더니 말했다.

“당신의 현재가 불안정한 건 인정해요. 그리고 비드웰 씨에게 애정도 충성심도 없으니 다른 곳에서 행운을 찾을 수도 있겠죠. 하지만…… 당신이 비드웰 씨를 개라고 생각하는 것만큼, 찰스타운에 있는 당신 주인들도 비슷한 종류의 개들일 거예요. 그 사람들이 당신의 영혼을 먹어치운 탐욕을 보면 당신도 그걸 알 수 있겠죠. 그러니…… 동전을 던져 결정해보세요. 행운을 빌게요.”

매튜는 등을 돌려, 스스로 만든 혼란에 빠져 쓸쓸히 홀로 서 있는 에드워드 윈스턴을 남겨둔 채 그곳을 떠났다.

27

윈스틴의 배신에 대한 생각으로 여전히 멍한 채, 매튜는 우드워드를 만나기 위해 계단을 올랐다. 그러다 죽 그릇을 받쳐 든 쟁반을 들고 내려오는 네틀즈 부인과 부딪힐 뻔했다.

"좀 어떠세요?"

매튜가 물었다.

"썩 좋지 않아요. 이제는 죽을 삼키기도 힘들어하세요."

부인이 낮은 목소리로 말했다. 매튜는 우울하게 고개를 끄덕였다.

"그렇게 피를 빼는 게 무슨 소용이 있을지 의심이 드네요."

"그래도 저는 그게 기적을 행하는 걸 본 적이 있어요. 더러워진 피는 제거해야 해요."

"제발 부인 말씀이 맞았으면 좋겠어요. 저는 그렇게 피를 빼도 판사님의 상태가 더 나빠지지 않을 거란 확신이 안 들어요."

매튜는 부인 곁을 스치며 계단을 오르려 했다. 계단에 난간이 없는데다 넉넉한 부인의 체격 때문에 동작이 상당히 불안정했다.

"잠깐만요! 손님이 있어요."

"손님? 누군데요?"

"바이올렛 애덤스예요. 지금 도서실에서 기다리고 있어요."

"그래요?"

매튜는 즉시 계단을 내려가 도서실로 향했다. 소녀는 체스판에서 비숍을 들어올려 살펴보고 있었는데, 매튜가 갑자기 들어가자 깜짝 놀란 듯 구석에 몰린 사슴처럼 뒤로 물러났다.

"미안."

매튜가 차분히 말을 걸었다. 그는 위협하지 않는다는 몸짓으로 한 손을 들어 보였다. 돌돌 만 판결문은 옆구리에 끼고 있었다.

"미리 기척을 했어야 했는데."

바이올렛은 가만히 매튜를 바라보았다. 아이의 몸은 매튜를 지나쳐서 달아나거나 창밖으로 뛰어내릴 결심이라도 한 듯 뻣뻣이 굳어 있었다. 바이올렛은 지난번처럼 단장을 하고 있지는 않았다. 옅은 갈색 머리는 느슨하게 어깨 위로 드리워져 있었고, 누덕누덕 기워진 체크무늬 원피스를 입고 있었다. 신발은 거의 구멍이 나기 직전이었다.

"날 기다렸다고?"

매튜가 물었다. 아이가 고개를 끄덕였다.

"네 아버지나 어머니의 심부름은 아닌 것 같은데?"

"아니에요. 부모님은 저한테 물을 좀 길어 오라고 하셨어요."

바이올렛이 대답했다. 소녀의 발 옆에 빈 양동이 두 개가 놓여 있었다.

"그래. 하지만 넌 먼저 여기에 오기로 결심했던 거지?"

"네."

"무슨 이유로?"

바이올렛은 조심스럽게 체스 말을 체스판 위 제자리에 놓았다.

"이건 뭐예요? 장난감인가요?"

"체스라고 불리는 게임이야. 여기 있는 말들은 각기 다른 패턴으로 체스판 위를 움직인단다."

"오오, 너클 앤 스톤 같은 거네요. 그건 흙 위에서 하는 거라 좀 다르지만."

아이는 대단히 감명을 받은 것 같았다.

"그런 것 같네."

"예뻐요."

아이가 말했다.

"비드웰 시장님이 깎으신 거에요?"

"아닐걸."

바이올렛은 체스판을 계속 들여다보았다. 아이의 윗입술에 가벼운 경련이 시작되었다.

"어젯밤에…… 쥐가 제 침대에 들어왔어요."

매튜는 아무 감정 없이 사실을 전달하는 이 말에 어떻게 대응을 해야 할지 알 수 없었다. 그래서 그는 아무 말도 하지 않았다.

"이불을 모두 헝클어놓았어요."

바이올렛은 계속 말을 이었다.

"쥐는 밖으로 빠져나가질 못했어요. 그게 발아래에서 버둥대는 게 느껴졌는데, 저도 벗어날 수가 없었어요. 우리 둘 다 밖으로 나가려고 몸부림을 쳤죠. 물릴까봐 겁이 나서 막 소리를 질러댈 때 아빠가 들어왔어요. 아빠는 시트 아래에 있는 쥐를 잡아서 촛대로 마구 때렸어요. 그걸 본 엄마도 소리를 지르기 시작했어요. 사방에 피가 번지고 시트가 더러워졌거든요."

"유감이구나."

매튜가 말했다.

"트라우마가 심하겠네."

특히 이렇게 예민한 천성을 가진 아이라면 더더욱. 매튜는 그렇게 속으로 덧붙였다.

"트라…… 뭐라고요?"

"아주 무서운 경험이었겠다고."

"네."

바이올렛은 고개를 끄덕였다. 그러고는 체스판에서 폰을 집어 햇볕에 비추어 살펴보았다.

"하지만 그게…… 거의 아침이 다 되어서, 무언가가 기억나기 시작했어요. 해밀턴 씨 집에서 들었던 노래하는 남자 목소리요."

매튜의 심장이 갑자기 목으로 솟구쳐 올랐다.

"뭐가 기억났다고?"

"그게 누구 목소리였는지요."

아이는 폰을 내려놓고 매튜의 눈을 바라보았다.

"여전히 희미해요……. 그리고 그걸 생각하면 머리가 끔찍하게 아파요. 하지만…… 그 사람이 뭘 노래했는지 기억났어요."

아이는 숨을 들이마시고 달콤하고 또렷한 음색으로 부드럽게 노래하기 시작했다.

"나와라, 나와라, 귀여운 아가들아. 나와라, 나와라, 와서 사탕 먹어라."

"쥐잡이꾼."

매튜가 말했다. 매튜의 마음속에 린치가 감옥에서 쥐를 학살할 때 불렀던 섬뜩한 노래가 들려왔다.

"네, 제가 들은 것은 린치 씨의 목소리였어요. 그 뒷방에서요."

매튜는 바이올렛의 눈을 뚫어지게 쳐다보았다.

"말해봐라, 바이올렛. 그게 린치의 목소리였다는 걸 어떻게 알았지? 그 노래를 전에도 들은 적이 있니?"

"전에 아빠가 쥐 소굴을 발견해서 린치 씨가 죽이러 온 적이 있었어요. 그 쥐들은 엄청나게 컸고, 밤처럼 새까맸어요. 린치 씨는 약이랑 칼을 가져왔는데, 그때 쥐들이 약에 취하기를 기다리면서 그 노래를 불렀어요."

"이 얘기를 다른 사람에게 했니? 엄마나 아빠에게?"

"아뇨. 부모님은 제가 이 일에 대해 얘기하는 걸 싫어하세요."

"그럼 날 보러 여기 왔었다는 얘기도 부모님께 비밀로 해줄래?"

"안 해요. 절대. 그랬다간 엄청 맞을 거예요."

"그래, 이제 물을 길어서 집으로 가렴."

매튜가 말했다.

"한 가지만 더. 해밀턴 씨 집에 들어갔을 때 무슨 냄새 같은 게 났었니? 아주 고약한 냄새 같은 거."

매튜는 썩어가던 사체를 생각했다.

"아니면 개를 보았거나 개의 소리를 듣거나 했어?"

바이올렛은 고개를 저었다.

"아뇨. 아무것도요. 왜요?"

"글쎄다……."

매튜는 체스판으로 손을 뻗어 왕의 기사와 비숍의 위치를 바꿨다.

"이 방에 없는 누군가에게 이 판과 판 위의 말들에 대해 설명한다면, 어떻게 하겠어?"

아이는 어깨를 으쓱했다.

"글쎄요……. 흰색과 검은색 사각형이 있는 나무판이 있고 그 위에 조각들이 놓여 있다고 하겠죠."

"게임이 시작될 준비가 되었다고 말할까?"

"모르겠어요. 저라면…… 그렇다고 하겠어요. 하지만 다시 말씀드리는데 전 자세한 건 몰라요."

"그래."

매튜는 가볍게 미소를 지었다.

"그리고 그 자세한 것이 모든 차이를 만든단다. 여기 와서 기억난 걸 내게 말해줘서 고마워. 너에게 정말 어려운 일이었을 거라는 거 잘 안다."

"네. 하지만 엄마는 마녀가 불에 타버리고 나면 내 머리가 더 이상 아프지 않을 거라고 했어요."

바이올렛은 양동이들을 집어 들었다.

"저도 뭐 좀 물어봐도 돼요?"

"그러렴."

"린치 씨가 왜 그 어두운 데에서 그런 노래를 불렀을까요?"

"나도 모르겠다."

"오늘 아침 내내 그걸 생각해봤어요."

바이올렛은 창밖을 내다보았다. 노란 햇빛이 아이의 얼굴을 물들였다.

"그랬더니 머리가 너무 아파와서 울 뻔했어요. 그렇지만 왠지 계속 생각해야만 할 것 같았어요."

바이올렛은 잠깐 동안 말이 없었다. 하지만 매튜는 아이의 턱이 굳어지는 모습을 보며 아이가 중요한 결론을 내렸다는 걸 알 수 있었다.

"제 생각에…… 린치 씨는 사탄의 친구인 게 틀림없어요. 그게 제 생각이에요."

"어쩌면 네 말이 맞을지도 모르지. 어디 가면 린치 씨를 만날 수 있는지 아니?"

놀란 바이올렛의 얼굴이 굳어졌다.

"린치 씨에게 가서 얘기하려는 건 아니죠?"

"안 해. 약속할게. 난 그냥 린치 씨가 어디 사는지 알고 싶을 뿐이야."

바이올렛은 잠깐 동안 망설였지만, 매튜가 결국 어떻게든 알아내리라는 걸 알았다.

"인더스트리 거리 끝에요. 린치 씨는 맨 마시막 집에 살아요."

"고맙다."

"여기 온 게 잘한 일이었는지 모르겠어요."

바이올렛은 눈살을 찌푸리며 말했다.

"제가 하려고 한 말은…… 만일 린치 씨가 악마의 친구라면, 불러서 사실을 얘기하라고 해야 하지 않을까요?"

"린치 씨는 해명을 하기 위해 소환될 거야. 믿어도 좋아."

매튜는 바이올렛의 어깨를 다독였다.

"여기 온 건 잘한 일이었어. 이제 가렴. 물을 길어야지."

"네."

바이올렛은 양동이들을 지고 도서실을 나섰다. 잠시 뒤 매튜는 창가에 서서 바이올렛이 호수로 걸어가는 모습을 지켜보았다. 그리고, 이 새로운 정보에 한껏 들떠서는 판사를 보기 위해 서둘러 위층으로 올라갔다.

우드워드는 다시 잠들어 있었다. 어쩌면 그게 최선일 것이었다. 판사의 얼굴은 땀으로 번들거렸다. 침대로 다가가자 손으로 뜨거운 이마를 짚어보기도 전에 몸의 열기가 느껴졌다.

우드워드가 몸을 뒤척였다. 입이 열렸지만, 눈은 여전히 감긴 채였다.

"어쩌지."

우드워드가 괴롭게 속삭였다.

"앤…… 저 애가 저렇게 괴로워해……."

매튜는 손을 뒤로 뺐다. 손가락 끝에 마치 용광로를 만진 것 같은 느낌이 남았다. 매튜는 돌돌 만 판결문을 옷장 서랍 위에 놓고, 남은 법정 기록문이 든 상자를 들었다. 밤에 계속 읽을 생각이었다. 하지만 지금은 다른 할 일이 있었다. 매튜는 방으로 돌아가 서류 상자를 침대 옆 탁자 위에 놓아두고, 대야에 담긴 물을 얼굴에 뿌려 축 처진 기운을 되살리고 다시 밖으로 나왔다.

정말로 아름다운 날이었다. 밝은 푸른색 하늘에는 구름 한 점 없었고 햇볕은 놀랄 만큼 따스했다. 서쪽에서 불어오는 따뜻한 바람 안에서 야생의 인동덩굴, 수정란풀, 그리고 대지의 풍부한 향을 감지할 수 있었다. 매튜는 다른 시민들처럼 호숫가에 앉아서 따스함을 즐기고 싶었지만, 그런 단순한 기쁨을 누릴 여유를 허락하지 않는 중요한 임무가 눈앞에 있었다.

이제는 익숙한 길이 되어버린 인더스트리 거리를 따라가는 동안, 매튜는 엑소더스 예루살렘의 캠프를 지나게 되었다. 사실 그곳에 다다르기 전부터 예루살렘의 우렁찬 설교 소리가 들려서, 이 부근의 산들바람이 뜨겁고 악취를 풍기는 폭풍으로 변하지 않는 것이 경이롭게 여겨질 지경이었다. 여동생이라는 말이 혈연관계를 말하는지 아니면 외설적인 후원을 의미하는지 알 수 없었지만, 아무튼 예루살렘의 여동생은 커다란 대야를 앞에 놓고 마차 옆에 앉아 옷을 비비고 있었고, 젊은 조카는(여기에 대해서는 언급하지 않는 것이 좋을 듯하다) 근처 그늘에 자리를 깔고 누워서 노란 꽃잎을 뜯어 한가로이 옆으로 던지고 있었다. 하지만 검은 옷을 입은 행사의 주관자는 열심히 일을 하는 중이었다. 그는 뒤집어놓은 상자 위에 올라서서, 두 명의 남자와 한 명의 여자로 이루어진 음침한 관중에게 연신 몸짓을 해가며 연설을 했다.

매튜는 예루살렘의 눈에 띄지 않기를 바라며 똑바로 앞을 보고 걸어갔지만, 곧 그렇게 되지 않았다는 사실을 깨달았다.

"아!"

하늘을 찢을 듯한 외침이 들렸다.

"아, 저기 죄인이 걸어가고 있소! 바로 저기! 여러분, 모두 보시오! 저자가 이 훤한 대낮에 도둑처럼 총총거리며 가는 걸 보시오!"

예루살렘은 총총거린다고 말했지만, 매튜는 속도를 내어 걷고 있는 중이었다. 그는 멈춰서 예루살렘의 갈고리를 되돌려주는 짓은 감히 하지 않았다. 그랬다간 이 얼간이 유사 성인에게 걸려 난도질을 당할 것이다. 그래서 목사가 내지르는 고함과 열변에 피가 끓어올랐음에도 매튜는 변함없는 속도로 계속 걸었다.

"그래요. 저자를 보시오. 마녀와 잠자리를 함께한 저 자부심 넘치는 젊은이를 보시오! 오, 여러분은 그 부도덕한 사실을 모르고 있었습니까? 정의로운 사람의 영혼에 들려오는 하느님의 말씀만큼이나 분명한 사실입니다! 저 죄인은 나를 쳤습니다. 진짜로 나를 때렸다는 말입니다! 저 사악한 마녀를 보호하고 지켜주기 위해서! 그리고 그냥 보호에만 그치는 것이 아닙니다! 순한 양 떼여, 저 죄인의 마음이 어둠의 여인을 얼마나 갈망하고 있는지를 안다면, 그대들은 놀라 무릎을 꿇고 쓰러질 것입니다! 저자는 그 여자의 육체를 탐하여 손에 넣기를 원하고, 차마 입에 담을 수도 없는 욕구를 위해 그 여자의 입을 벌리기를 원하고, 그 여자 몸에 있는 모든 구멍을 자신의 사악한 욕정을 담는 그릇으로 삼기를 원합니다! 죄인이 저기에 가고 있소. 눈먼 비참한 짐승이 하느님의 말씀으로부터 총총거리며 달아나고 있어요! 말씀이 눈에 불을 지르고, 저 돌진해 가고 있는 여정에 저주를 내릴까봐!"

매튜가 돌진하는 여정은 엑소더스 예루살렘으로부터 멀어지려는 길뿐이었다. 드디어 목사의 새된 외침을 뒤로하게 되었을 때, 매튜는 어쩌면 순한 양들이 몸의 모든 구멍과 사악한 욕정과 그 욕정을 담을 그릇에 대한 이야기를 더 듣기 위해 동전을 토해낼지도 모르겠다는 생각이 들었다. 어쩌면 그 이야기가 오늘 저 모임에 참여한 핵심적인 이유일지도 모를 일이었다. 매튜는 예루살렘이 육감적인 그림을 그리는 데 능한 재주를 가지고 있음을 인정해야 했다. 하지만 지금은, 끔찍스러운 이 길을 되돌아오기 전까지, 쥐잡이꾼의 거주지를 찾는 데 온 정신을 집중해야 했다.

매튜는 해밀턴의 집과 바이올렛의 집을 지나, 잡초가 무성한 넓은 밭을 지나쳤다. 울타리가 무너져 황폐해 보였다. 좀 더 가니 사과 과수원으로 보이는 터가 있었는데, 키 작고 비비 꼬인 나무들의 그루터기만 남아 도끼날이 자비를 베풀기를 애걸하고 있는 것처럼 보였다. 인더스트리 거리의 반대편으로는, 마찬가지로 운이 좋지 않았던 말라빠진 나무들이 한눈에도 불쌍할 정도로 축 늘어져 있었다. 얼마 남지 않은 잎사귀들은 갈색과 황토색으로 얼룩져 있었다. 이 구역에서는 태양이 빛나더라도 크게 기뻐할 일은 없어 보였다.

비드웰의 과수원은 긴 폭풍으로 인해 고통받고 있었다. 모래가 많은 거친 토양은 나무의 가지보다 뿌리가 더 많이 드러나 보일 정도로 씻겨나가버렸고, 가지들은 애처로울 만큼 부족한 햇볕을 쬐며 쪼글쪼글한 모습으로 비비 꼬여 있었다. 여기저기 땅에서 혹처럼 무언가가 솟아나 있었는데, 먹을 수 있는 작물이라기보다는 초록색 곰팡이처럼 보였다. 이렇게 엉망이 된 농작물들이 지옥의 추수 장면처럼 끝없이 펼쳐져 있었다. 매튜는 비드웰과 주민들이 이 황폐함의 책임을 자연이 아닌 악마의 의도로 돌리고 싶어 하는 마음을 충분히 이해할 수 있었다.

버려진 밭 사이로 계속 걸어가는 동안, 매튜는 한 가지 가능성을 생각해보았다. 폭우로 인한 피해뿐만 아니라 이곳의 기후와 토양 자체가 비드웰이 원하는 작물을 기르는 데 적합하지 않은 것이 아닐까 하는 생각이었다. 물론 비드웰은 그에게 돈을 벌어다주고 고국에서 관심을 가질 만한 작물, 예를 들면 사과 같은 작물을 재배하고 싶겠지만, 사과는 이런 습기 많은 환경에서는 살아남지 못한다. 그 초록색 곰팡이 같은 것도, 그게 무엇이었든 살아남지 못한 것이리라. 그렇다면 파운트로열의 수익원이 될 수 있는 적합한 작물은 아직 찾지 못한 셈이다. 그 부분에 있어서는 전문적인 식물학자의 도움을 구하면 된다. 하지만 식물학자는 상당한 액수의 수수료를 요구할 것이다. 윈스턴이 비드웰의 인색함과 과도한 자부심을 정확히 파악한 것이라면(이것은 딱히 의심할 근거가 없다), 파운트로열의 영주는 스스로를 조선업과 마찬가지로 농업의 전문가로 여기고 있을 가능성이 컸다.

곧 매튜는 인더스트리 거리의 마지막 집에 도착했다. 그 너머로는 성벽이 서 있었다.

쥐잡이꾼이 사람들과 거리를 두고 살기를 원한 것이었다면, 그냥 바닥에 구덩이를 파고 그 위에 진흙을 이겨 지붕을 덮기만 했어도 됐을 것이다. 눈앞에 있는 이 집을 집이라고 부를 수 있다면, 윈스턴의 판잣집도 비드웰의 저택과 어깨를 견줄 만해 보였다. 잡목이 집 주위로 무성하게 자라 있었지만 그저 시야를 가리는 역할만 할 뿐이었다. 포도나무가 회색 물막이 판자를 휘감고 담쟁이덩굴은 지붕 위로 무성하게 자라 있었다. 집의 창문들은 페인트도 칠하지 않은 조잡한 덧문으로 가려져 있었다. 매튜는 이 빈약한 집이 폭우에 무너져 완전히 바닥에 주저앉지 않은 것이 놀랍다고 생각했다.

매튜는 진흙이 덮여 발밑을 알 수 없는 마당을 지나 문으로 향했다. 문 위에는 커다란 쥐 머리뼈 세 개가 가죽 끈으로 묶여 걸려 있었는데, 마치 자기 직업을 온 세상에 선포하려는 것 같았다. 이 세상의 어느 누가 그의 집에 오고 싶어 할지는 모르겠지만. 하지만 다시 보니 린치가 투지를 일깨우기 위해 트로피처럼 그것들을 걸어 놓은 건지도 모르겠다는 생각이 들었다. 매튜는 욕지기를 삼키고 주먹으로 문을 두드렸다.

기다렸지만 반응이 없었다. 매튜는 다시 노크를 하고, 이번에는 소리 내어 불렀다.

"린치 씨? 얘기 좀 나눌 수 있을까요?"

여전히 대답이 없었다. 쥐잡이꾼은 아마 긴 꼬리가 달린 신사 숙녀들을 추적하러 나간 모양이었다.

매튜는 린치를 만나기 위해 먼 길을 왔고, 이곳에 다시 오고 싶은 마음은 전혀 없었다. 그래서 쥐잡이꾼이 언제 돌아온다는 기약은 없었지만 여기서 린치를 기다리자고 생각했다. 매튜는 그저 상징적으로 세 번 노크를 하고, 어설프게 만든 빗장에 손을 올렸다. 매튜는 잠시 멈추고, 허락 없이 남의 집에 들어가는 문제에 관해 자신의 도덕심의 무게를 저울질해보았다.

손을 뒤로 뺀 매튜는 문에서 한 걸음 물러나 허리에 손을 얹고 빗장을 바라보며 서 있었다. 어떤 게 옳은 일일까? 매튜는 자신이 걸어온 인더스트리 거리를 돌아보았다. 사람의 흔적은 보이지 않았다. 물론 가장 옳은 일은 이곳을 떠났다가 나중에 다시 오는 것이다. 지금 해야 하는 일은…… 그것과 완전히 상반되는 일이다.

린치의 성역에 들어가기를 스스로 원하는지도 확실하지 않았다. 어디든 죽은 쥐 냄새를 풍기는 곳이 있다면 바로 여기일 거라고 그는 확신했다. 그리고 저 머리뼈들로 미루어 볼 때, 문 너머에 또 다른 무엇이 있을지도 알 수 없는 노릇이었다. 매튜는 다시 한 번 인더스트리 거리를 바라보았다. 여전히 아무도 없었다. 만일 쥐잡이꾼의 숙소를 탐험할 기회를 원한다면, 지금이 바로 그 순간이었다.

매튜는 숨을 깊이 들이마셨다. 허락 없이 남의 집에 들어가는 것은 창고에 들어가는 것과는 상당히 다른 일이었다……. 정말 그런가? 그는 그 차이를 논의하고 싶지 않았다.

매튜는 마음이 바뀌기 전에 재빨리 빗장을 들어 올리고 문을 밀어 열었다. 경첩에 기름칠을 해놓았는지 문이 부드럽게 열렸다. 그와 동시에 햇빛이 집 안을 비추면서, 매튜는 대단히 이상한 광경을 목격했다.

문턱에서 매튜는 지금 자기가 제정신인지, 정리 정돈에 대한 자신의 의식이 제대로인지 궁금해졌다. 눈앞에 펼쳐진 광경이 그를 안으로 끌어들였다. 매튜는 주위를 돌아보았다. 이제 매튜의 호기심이 제대로 자극을 받았다.

책상과 매트리스가 있었고, 난로와 조리 기구가 선반에 놓여 있었다. 의자가 하나 있고 그 옆에는 등잔을 올려둔 탁자가 있었다. 그 근처에 기름종이에 싸인 양초가 대여섯 개 있었다. 실내용 변기는 잠자리의 발치에 놓여 있었다. 더러운 신발 두 켤레가 난로 옆에 줄지어 서 있었는데, 난로에는 재가 전혀 없었다. 빗자루는 벽에 기대 놓여 있어서 언제라도 사용할 준비가 되어 있었다.

그리고 바로 이 점이 매튜를 깜짝 놀라게 한 것이었다. 린치의 집은 깔끔함 그 자체였다.

매트리스는 말끔하고 정확하게 잘 정돈이 되어 있었다. 실내용 변기에는 티끌 하나 묻어 있지 않았다. 냄비와 조리 기구들도 마찬가지였다. 등잔 유리에는 검댕의 흔적을 찾아볼 수 없었다. 마루와 벽들은 최근에 솔질을 한 듯 했고, 집 안에서는 소나무 기름으로 만든 비누 냄새가 났다. 매튜는 바닥 위에 음식을 차려놓고 먹더라도 먼지를 먹을 일은 전혀 없겠다고 생각했다. 모든 것이 질서정연하게 정리되어 있는 광경에 매튜는 윈스턴의 집에서 끔찍한 혼돈 상태를 접했을 때보다 더한 무서움을 느꼈다. 그 이유는, 단 하나였다. 윈스턴의 경우에서도 그랬듯, 쥐잡이꾼은 전혀 그럴 것 같지 않은 사람이었던 것이다.

"음."

매튜의 목소리가 떨렸다. 매튜는 다시 한 번 마을 쪽을 바라보았다. 고맙게도 인더스트리 거리는 여전히 텅 비어 있었다. 매튜는 집 안을 계속 둘러보았다. 밖에서 보면 돼지우리처럼 보이지만 안은 완벽하게…… 매튜의 머릿속에서 맴돈 단어는 '통제'였을까?

이 광경은 매튜가 지금껏 본 것 중에 가장 터무니없는 것이었다. 이 집의 유일한 흠이라면 더러운 신발 네 짝이었는데, 그 신발들은 아마 린치가 쥐를 잡을 때 사용하는 의상 중 일부일 것이었다. 매튜는 좀 더 본격적으로 뒤져보기로 마음먹고 트렁크를 열어보았다. 그 안에는 셔츠, 바지, 양말 같은 옷가지가 모두 깨끗이 세탁되어 완벽하게 개켜져 있었다.

등잔과 양초 꾸러미 옆에는 상아로 만든 작은 상자가 있었다. 열어보니 성냥과 부싯돌이 훈련된 병사들처럼 줄지어 놓여 있었다. 구석에는 좀 더 큰 상자가 있었는데, 거기에는 소금에 절인 쇠고기, 옥수수 자루, 밀가루 단지와 곡물 단지, 럼과 포도주가 든 술병, 그리고 각종 식료품이 들어 있었다. 책상 위에는 흙으로 빚은 파이프와 조심스럽게 포장을 해놓은 담배가 있었다. 잉크병, 펜, 그리고 무언가를 쓸 준비가 되어 있는 종이도 놓여 있었다. 매튜는 책상의 맨 위 서랍을 열었다. 그 안에는 두 번째 잉크병과 종이 묶음, 가죽 게이스와…… 정말이지 놀랍게도…… 책이 있었다.

얇은 책의 표지가 닳아서 찢어진 것으로 보아 많이 읽히고 또 손을 많이 거친 책이었다. 매튜는 조심스럽게 책의 겉표지를 넘겼다. 손가락을 잘못 놀려 표지가 떨어져나갈 것 같아 겁이 났다. 그리고 그와 동시에 의아함을 느꼈다. 두 번째 장에는 희미하게 닳은 글씨로 《파라오의 생애, 고대 이집트의 상상의 사건들에 관하여》라는 책 제목이 쓰여 있었다.

매튜는 모세의 고난을 통해 알려진 이집트 문화가 영국과 유럽의 특정 계층, 즉 시간 여유가 있고 신비로운 문명에 관한 담론과 학설에 매료될 의향이 충분한 상류층들에게는 엄청난 환상의 근원으로 받아들여진다는 것을 알고 있었다. 이런 책이라면 비드웰의 도서실을 장식하는 게 마땅했다. 단순한 장식용으로, 전혀 손대지 않을 그런 책으로. 쥐잡이꾼이 파라오의 생애에 관심을 가진다는 것부터가, 책의 내용이 아무리 환상적으로 묘사되었다고 해도, 그저 놀라울 따름이었다. 매튜는 책장을 넘겨 내용을 보고 싶었지만, 책장이 너무 낡아 그 특별한 탐험은 포기하기로 마음먹었다. 지금은 귀넷 린치가 스스로 남들에게 보이고 싶어 하는 그런 사람이 아니라는 사실을 파악한 것으로도 충분했다.

하지만 그런 사람이 아니라면…… 그럼 그는 누구란 말인가?

매튜는 책을 덮고 원래 있던 자리에 책이 정확히 놓이도록 주의를 기울였다. 만일 책이 머리카락 한 올만큼이라도 움직였다간 린치가 알아챌 것 같은 느낌이 들었기 때문이다. 다음으로 매튜는 케이스를 들어 펼쳤다. 그 안에는 갈색 면직물로 싼 뒤 노끈으로 묶어놓은 작은 물건이 있었다. 더욱 흥미가 일었다. 하지만 문제는 노끈을 푸는 게 아니라 풀었다가 다시 묶어놓는 일이었다. 그런 시간과 노력을 들일 만한 가치가 있을까?

매튜는 그렇다고 판단했다.

매튜는 매듭의 구조를 눈여겨보면서 조심스럽게 끈을 풀었다. 그러고 나서 천을 펼쳤다.

그것은 보석이었다. 둥근 모양의 금 브로치에 짙은 파란색 사파이어가 박혀 있었는데, 뒤의 고정 핀은 없었다. 매튜는 브로치를 집어 들어 햇빛에 비춰보았다. 그리고 차갑게 불타는 듯한, 엄지손톱만 한 사파이어를 경탄하는 눈으로 바라보았다.

뒷덜미의 머리털들이 쭈뼛 섰다. 매튜는 눈을 크게 뜨고 고개를 돌렸지만, 문가에는 아무도 없었다.

린치, 아니면 자신을 린치라고 소개한 그 남자는 거기에 없었다. 매튜가 서 있는 곳에서는 누구도 보이지 않았다. 하지만 린치가 이 어마어마한 보석을 손에 들고 있는 매튜를 발견한다면 매튜는 분명 린치의 피 묻은 칼날에 배를 찔린 쥐처럼 단명하게 될 것이다.

갈 시간이다. 나갈 때가 되었다. 갈 수 있을 때 가야 한다.

하지만 먼저 브로치를 다시 싸서, 가죽 케이스에 집어넣고 그것을 정확히, 정확히, 있던 자리에 두어야 한다. 매튜의 손이 떨렸다. 고도의 정확성이 필요한 작업이었다. 케이스를 정확한 자리에 놓은 매튜는 서랍을 닫고 뒤로 물러서서 땀이 밴 손바닥을 엉덩이에 문질렀다.

서랍들도 더 보고 싶고 린치의 매트리스 아래와 집 안도 더 살펴보고 싶었지만, 그것은 운명에 도전하는 행위였다. 매튜는 문으로 물러났다. 문을 닫으려는 순간, 매튜는 티끌 하나 없이 깨끗한 바닥에 젖은 마당에서 묻혀온 진흙 덩어리가 묻어 있는 모습을 발견하고 충격에 빠졌다.

매튜는 몸을 굽혀 손으로 진흙을 닦아냈다. 어느 정도는 성공했지만 여전히 숨길 수 없는 흔적이 남아 있었다. 린치는 자신의 성역이 침범당했음을 바로 알게 될 것이었다.

멀리서 종이 울리기 시작했다. 그때까지도 침을 묻혀가며 자신이 존재했던 흔적을 지우는데 열중했던 매튜는, 누군가의 도착을 알리기 위해 성문의 파수꾼이 종을 치고 있다는 것을 깨달았다. 매튜는 최선을 다했다. 마루의 작은 얼룩 따위는 린치가 이곳에 있는 매튜를 발견했을 때 자신이 흘리게 될 피에 비하면 아무것도 아니었다. 매튜는 일어서서 밖으로 나가 문을 당겨 닫고 빗장을 내려 걸었다.

매튜가 인더스트리 거리를 따라 되돌아 걷기 시작하는데 종소리가 멈췄다. 매튜는 새로 도착한 사람이 파운트로열 안으로 들어온 것이리라고 짐작했다. 그 사람이 의사라면 얼마나 좋을까. 약을 더 많이 가지고 있고, 출혈법을 덜 쓰는 의사라면!

햇볕이 매튜의 얼굴을 따스하게 데우고 산들바람이 부드럽게 등 뒤로 불었다. 그러나 마치 어둡고 냉랭한 길을 걷고 있는 것처럼 매튜는 햇볕과 바람을 전혀 느끼지 못했다. 그 브로치에 박힌 사파이어는 엄청난 값어치가 있었다. 그런데 왜 린치는 생계를 위해서 쥐를 죽이고 있을까? 그리고 그는 왜 질서와 통제를 선호하는 원래의 천성을 더러움의 가면 뒤에 숨기려고 그토록 애쓸까? 매튜가 볼 때 린치는 자신의 집이 겉에서는 완전히 낡은 것처럼 보이기를 원했고, 또 그렇게 하려고 상당히 애를 쓰고 있었다.

이 속임수의 구덩이는 매튜가 기대했던 것보다 훨씬 더 깊었다. 하지만 그것이 레이첼과 무슨 상관이 있을까? 린치는 분명히 펜으로 글을 쓸 줄 알고 관념적인 주제의 책을 읽을 만큼 교육을 받은 지적인 남자였다. 사파이어 브로치로 미루어 경제적으로도 여유가 있는 사람이었다. 그런데 그는 도대체 왜 그런 불쌍한 사람 역할을 연기하고 있을까?

또한, 생각해봐야 할 노래도 있었다. 바이올렛은 해밀턴의 집에 들어갔던 것일까, 아닐까? 만일 그 아이가 정말로 그 집에 들어갔다면, 왜 죽은 개가 풍기는 불쾌한 냄새를 눈치채지 못했을까? 만일 그 아이가 안으로 들어가지 않았다면, 어떤 이상한 힘이 아이가 그곳에 들어갔었다고 믿게 만들었던 것일까? 글쎄, 모르겠다. 고도의 지적 훈련을 받은 매튜에게도 이 문제는 혼란스러웠다. 바이올렛이 그 집에 들어갔다고 할 때 가장 문제가 되는 것은 흰 머리의 도깨비와 사탄의 외투에 붙은 여섯 개의 금단추에 관한 그 아이의 기억이었다. 버크너와 개릭이 말한 것과 일치하는 그런 자세한 사항들이 레이첼에게 가장 불리한 증거가 되었다. 하지만 매튜가 암캐와 강아지들을 발견했던 그 어두운 방에서 쥐잡이꾼이 불렀다는 노래는 무슨 관계가 있는 걸까? 어쩌면 바이올렛이 상상을 했는지도 모른다. 하지만 그렇다면 그 아이가 기억하는 모든 것이 모두 상상이라고 봐야 하지 않을까? 그러나 바이올렛이 버크너와 개릭이 각각 얘기한 내용들을 상상할 수는 없다!

그래서. 만일 바이올렛이 그 집에 들어갔다면, 왜 쥐잡이꾼은 어두운 뒷방에서 노래를 부르고 있었을까? 그리고 만일 그 아이가 집에 들어가지 않았다면, 왜, 그리고 어떻게, 그 아이는 그 집에 들어갔었다고 그토록 확신할까? 그리고 흰 머리 도깨비와 여섯 개의 금단추에 관한 세부적인 내용은 어디에서 왔을까?

매튜는 이러한 문제들을 너무 열심히 생각하느라 엑소더스 예루살렘과 다시 만날 마음의 준비를 하지 못했다. 다행히 목사는 더 이상 구멍들에 대해 침을 튀기며 열변을 늘어놓고 있지 않았다. 뿐만 아니라 예루살렘과 세 명의 청중 그리고 여동생이라는 여자와 조카 모두 그곳에 없었고 어디에도 보이지 않았다. 매튜는 곧 무슨 일인가가 하모니 거리에서 진행되고 있다는 걸 알게 되었다. 유개마차 넉 대와 마을 주민들 스무 명 정도가 한 군데 몰려 있었다. 초록색 삼각 모자를 쓰고 회색 수염을 기른 홀쭉한 남자가 맨 앞 마차의 마부석에 앉아서 비드웰과 대화를 나누느라 여념이 없었다. 윈스턴도 자기 주인 옆에 서 있었다. 그 비겁한 인간은 다른 사람들 앞에서 그럴싸한 그림을 보여주기 위해 애써 면도를 하고 깨끗한 옷을 차려입고 있었다. 윈스턴은 마부석에 앉은 남자의 동료로 보이는 젊은 금발 머리 남자와 얘기를 나누는 중이었다.

매튜는 근처에 서 있는 농부에게 다가갔다.

"무슨 일인가요?"

"광대들이 왔소."

이가 세 개 정도밖에 없어 보이는 남자가 대답했다.

"광대요? 배우들 말인가요?"

"맞아요. 해마다 와서 공연을 하죠. 한여름이 될 때까지는 안 올 줄 알았는데."

매튜는 찰스타운에서 이곳까지 온몸이 덜컹대는 그 길을 넘어온 유랑극단의 불굴의 의지가 놀라웠다. 그는 비드웰의 도서실에서 본 영국 희곡에 관한 책을 떠올렸고, 비드웰이 매년마다 유흥거리를, 그러니까 이를테면 한여름의 페스티벌 같은 것을 주민들을 위해 기획해왔다는 사실을 알아차렸다.

"이제 좋은 시간을 보내겠구먼! 아침에 마녀를 태워버리고 저녁에는 공연을 보는 거야!"

농부가 휑뎅그렁한 입으로 웃음 지으며 말했다.

매튜는 아무 대답 없이 회색 수염의 남자를 관찰했다. 극단의 우두머리로 보이는 그는 비드웰에게 무언가를 묻고 있는 듯했다. 파운트로열의 주인은 잠시 윈스턴과 상의를 했다. 윈스턴은 비드웰의 충직한 종이라고 여길 수밖에 없는 모습을 보여주고 있었다. 상의가 끝나자 비드웰은 다시 수염 난 남자에게 돌아서서 인더스트리 거리를 따라 서쪽을 가리켰다. 배우들이 캠핑할 곳을 알려주는 모양이었다. 배우들이 이웃으로 들어온다는 사실을 알게 된다면 목사가 어떤 말을 할지 듣기 위해 매튜는 기꺼이 주머니에서 돈을 꺼낼 마음이 있었다. 어쩌면 예루살렘은 배우들에게 연기 수업을 해주고 추가로 돈을 벌 수 있을지도 모른다.

매튜는 비드웰과 비드웰의 그늘에 숨은 건달과 마주치지 않으려고 신경을 쓰며 가던 길을 갔다. 호숫가에 이르자 잠시 걸음을 멈추고, 수면에 일렁이는 황금빛 햇살을 바라보았다. 감옥에 가서 레이첼을 만나볼까 하는 생각이 들었다. 사실은 한시바삐 달려가서 그녀를 만나고 싶었지만, 엄청난 의지력으로 참는 중이었다. 그녀는 매튜가 오는 것을 원치 않는다는 의사 표시를 분명히 했으니, 아무리 고통스럽다 하더라도 매튜는 그녀의 바람을 존중해줘야 했다.

매튜는 집으로 돌아와 네틀즈 부인에게 점심을 좀 차려달라고 부탁했다. 옥수수 수프와 버터 바른 빵으로 간단히 점심을 해결한 매튜는 계단을 올라 자기 방으로 갔다. 그러고는 열린 창문 옆에 놓인 의자에 앉아 지금까지 자신이 발견한 것을 정리하고 서류를 마저 읽기로 했다.

매튜는 자신이 던졌던 질문의 대답들을 읽으면서 진실이 그의 손 가까이에 있다는 느낌을 떨쳐버릴 수가 없었다. 모든 주의를 그 진실에만 집중시키고 있자니 새들의 노랫소리도 따스한 햇살도 어렴풋하게만 느껴졌다. 이 기록에 무언가가 있어야만 했다. 무언가 작은 것, 무언가 자신이 간과한 것이, 레이첼의 무죄를 입증할 열쇠가 될 무언가가. 하지만 기록을 읽는 그의 집중을 방해하는 것이 두 가지 있었다. 첫 번째는 판사의 판결을 축하하며 울리는 종소리와 떠들썩한 사람들의 소리였는데, 이 소리는 심지어 노예 구역에서도 들려왔다. 그리고 두 번째는 저택과 해안 지대 늪 사이의 숲에서 나무를 베는 도끼질 소리였다.

매튜는 기록을 끝까지 읽었지만 아무것도 찾을 수 없었다. 매튜는 자신이 존재하거나 혹은 존재하지 않는 어떤 그림자를 찾고 있음을 깨달았다. 그 그림자가 찾을 수 있는 것이라면 행간에 집중해야 한다는 것도 알았다. 매튜는 힘없이 손으로 얼굴을 부비고, 다시 한 번 처음부터 기록을 읽기 시작했다.

28

파운트로열에는 등불이 빛났고, 별빛이 쏟아져 내렸다.

아이작 우드워드는 황혼과 지옥 사이의 어딘가를 헤매고 있었다. 부어오른 목의 고통은 이제 모든 신경과 조직으로 퍼졌고, 숨을 쉬는 행위는 그 자체로도 신의 뜻을 거스르는 반항처럼 보였다. 살갗은 땀으로 번질거렸고 열 때문에 불그스름했다. 무거운 장막처럼 잠이 그를 덮치면서 축복받은 무의식을 선사했지만, 잠에서 깨었을 때의 시야는 검댕 묻은 유리 뒤의 촛불처럼 뿌옇게 흐렸다. 그 모든 고통 중에서도 최악인 것은 그가 자신의 상태를 완전히 파악하고 있다는 사실이었다. 정신은 아직 몸처럼 악화되지 않았지만, 그렇기 때문에 우드워드는 자신이 무덤 입구에 위태롭도록 가까이 다가와 있다는 사실을 충분히 깨닫고 있었다.

"판사님을 뒤집게 좀 도와주시겠어요?"

쉴즈가 매튜와 네틀즈 부인에게 말했다.

매튜는 망설였다. 양초 불빛이 밝히고 있는 반사경에 비친 매튜의 얼굴이 창백했다.

"뭘 하시려고요?"

쉴즈는 안경을 콧대 위로 추켜올렸다.

"더러운 피가 이분 몸 안에 고이고 있어."

쉴즈가 대답했다.

"그 피를 옮겨야지. 고인 연못을 휘젓는 거야."

"휘저어요? 어떻게요? 피를 더 흘리게 해서요?"

"아니. 지금 할 일에 메스는 필요하지 않아."

"그럼 어떻게요?"

매튜가 고집스럽게 물었다.

"네틀즈 부인, 저를 좀 도와주시겠어요?"

쉴즈는 매튜를 무시한 채 말했다.

"네, 선생님."

부인은 우드워드의 한쪽 팔과 다리를 잡았고 쉴즈는 반대편을 잡았다.

"좋아요, 그럼. 내 쪽으로 돌려요."

쉴즈가 지시했다.

"판사님도 좀 도와주세요."

"해보겠소."

우드워드가 작은 목소리로 말했다.

의사와 네틀즈 부인이 함께 뒤집자, 우드워드는 배를 깔고 엎드린 상태가 되었다. 매튜는 도와줘야 할지 말아야 할지 망설였다. 쉴즈가 하려는 일이 두려웠기 때문이다. 판사는 몸을 뒤집는 동안 신음을 한 번 했지만, 그것 말고는 신사답게 고통과 수치심을 참아냈다.

"아주 좋아요."

쉴즈가 침대 너머로 네틀즈 부인을 보았다.

"이분 가운을 걷어 올려야 합니다. 등이 나오도록."

"뭘 하려는 건가요? 꼭 알아야겠어요!"

매튜가 소리쳤다.

"오해하는 것 같아서 말해두는데, 젊은이. 이건 오랜 세월에 걸쳐 입증된 방법으로, 몸 안에 있는 피를 움직이게 하는 거야. 열과 진공의 효과를 이용해서. 네틀즈 부인. 미안하지만 나가주시겠습니까? 판사님의 품위에 관한 문제라서요."

"밖에서 기다릴까요?"

"아뇨, 그러지 않으셔도 됩니다. 필요하면 부르겠습니다."

쉴즈는 네틀즈 부인이 방을 나갈 동안 잠시 기다렸다. 방문이 다시 닫히자 그는 우드워드에게 말했다.

"아이작 판사님, 이제 가운을 어깨까지 걷어 올릴 겁니다. 저를 어떻게든 도와주시면 고맙겠습니다."

"그래요."

억눌린 목소리로 대답이 돌아왔다.

"해야 할 일을 하시오."

의사는 우드워드의 엉덩이와 등을 모두 드러냈다. 매튜는 판사의 척추 아래쪽에 지름이 6센티미터 정도 되는 욕창이 생긴 걸 봤다. 가운데는 선명한 빨간색이었고 주위는 감염으로 누렇게 변해 있었다. 그보다 조금 작지만 결코 덜하지는 않은 두 번째 욕창도 우드워드의 오른쪽 허벅지 뒤쪽에 있었다.

쉴즈는 가방을 열어 사슴 가죽 장갑을 한 켤레 꺼내 손에 꼈다.

"비위가 약하다면 네틀즈 부인을 따라가게. 상황이 더 복잡해지는 건 원하지 않으니까."

쉴즈가 조용히 매튜에게 말했다.

"제 비위는 괜찮아요."

매튜는 거짓말을 했다.

"그래서…… 어떻게 하시려는 건가요?"

쉴즈는 다시 가방에 손을 넣어 작은 유리 구(球)를 꺼냈다. 한쪽에 둥글게 뚫린 부분이 있어 곡선의 윤곽이 뚜렷이 보였다. 매튜는 메스꺼움을 느끼며 그것을 뚫어지게 바라보았다. 유리 구의 주둥이는 불에 여러 번 달구었는지 짙은 갈색으로 색이 변해 있었다.

"내가 좀 전에 말했듯이…… 열과 진공이네."

색이 바랜 조끼 주머니에서 쉴즈는 향기가 나는 사사프라스 뿌리 조각을 꺼냈고, 그것을 솜씨 좋게 판사의 입술 사이로 밀어 넣었다.

"약간의 통증이 있을 겁니다. 그때 혀를 다치면 안 되니까요."

우드워드는 조각을 받아 물고 낯익은 잇자국에 자신의 이를 박아 넣었다.

"자네는 초를 좀 잡아주겠나?"

매튜는 우드워드의 침대 옆 탁자에 놓여 있던 촛대를 들었다. 쉴즈는 앞으로 몸을 숙여 유리 구의 주둥이를 촛불 가까이에 대고 원을 그리며 움직였다. 그러는 내내 매튜의 불안감을 가늠하기 위해 그의 눈을 바라보았다. 쉴즈가 유리 구의 주둥이를 계속 데우며 말했다.

"판사님, 제가 판사님 등에 유리컵 같은 걸 가져다댈 겁니다. 여섯 개 중 첫 번째예요. 느낌이 별로 안 좋겠지만, 더러운 피가 내부 장기들로부터 피부 표면으로 올라오게 하는 게 목표입니다. 준비되셨습니까?"

우드워드는 눈을 꼭 감고 고개를 끄덕였다. 쉴즈는 촛불 바로 위에서 약 오 초 정도 컵을 잡고 그대로 있었다. 그러고 나서 망설임 없이 신속하게, 뜨거운 유리컵 입구를 욕창 몇 센티미터 위쪽의 흰 살갗 위에 내리눌렀다.

작은 소음이 들렸다. 뱀이 쉿쉿거리는 소리와 비슷했다. 그리고 컵 안의 데워진 공기가 그 안에서 수축하면서 피부를 꽉 죄었다. 그 끔찍한 접촉이 이루어진 바로 다음 순간, 우드워드의 목 안쪽 사사프라스 뿌리 너머에서 비명이 터져 나왔고, 그의 몸은 순수한 동물적 고통으로 인한 발작을 일으키며 경련했다.

"가만히."

쉴즈가 판사와 그의 서기를 향해 말했다.

"이제 자연에 맡깁시다."

매튜는 유리컵 안에 갇힌 살이 빨갛게 부풀어 오르는 모습을 볼 수 있었다. 쉴즈는 가방에서 두 번째 컵을 꺼냈고, 다시 촛불이 그 잔혹한 주둥이를 핥게 했다. 컵 안의 공기를 데우는 과정이 끝나자 쉴즈는 컵으로 우드워드의 등을 눌렀다. 매튜가 예상했던 대로 그 결과는 등골이 쭈뼛 서는 것이었다.

세 번째 컵이 부착될 즈음에는, 첫 번째 컵 안의 살은 빨간색에서 짙은 자주색을 지나 마치 병든 독버섯처럼 피를 잔뜩 머금은 갈색으로 변해 있었다. 쉴즈는 장갑 낀 손으로 네 번째 컵을 촛불에 가져다댔다.

"곧 연극을 보게 될 거야."

쉴즈가 지금 하는 일과는 완전히 동떨어진 말을 꺼냈다.

"주민들은 매년 광대들을 즐기곤 했지."

매튜는 대답하지 않았다. 그는 첫 번째 갈색 버섯이 점점 더 색이 짙어지고, 다른 두 곳도 부어올라 변색의 과정을 따르는 모습을 지켜보았다.

"보통은……."

의사가 말을 이었다.

"……그 사람들은 7월 중순 무렵이 될 때까지는 여기 안 오거든. 브라이트먼 씨에게 듣기로는…… 아, 극단의 우두머리 말이다. 그 사람들이 늘 공연을 했던 마을 두 곳이 전염병 때문에 심각한 피해를 입었고, 세 번째 마을은 아예 사라져버렸다더구나. 그래서 올해는 이곳에 빨리 도착하게 된 거야. 어쨌든 감사할 일이지. 우리에겐 기분 전환 거리가 필요하니까."

쉴즈는 네 번째 컵을 우드워드의 등 위에 눌렀다. 우드워드는 몸부림을 쳤지만 신음은 삼켰다.

"아내와 나는 보스턴에서 극장에 자주 갔었어."

쉴즈가 다섯 번째 도구를 준비하며 말했다.

"오후의 연극…… 포도주 한 잔…… 거리에서 열리는 연주회."

쉴즈는 희미하게 미소를 지었다.

"좋은 시절이었지."

매튜는 이 시점에서 평정심을 회복하고 자연스럽게 질문을 던졌다.

"그런데 왜 보스턴을 떠나셨어요?"

쉴즈는 다섯 번째 컵이 부착될 때까지 기다렸다가 대답했다.

"글쎄다……. 도전이 필요했다고 할까. 아니면, 어쩌면…… 성취하고 싶은 것이 있었다고 할까."

"그럼 이루셨어요? 성취하고 싶은 걸 성취하셨나요?"

쉴즈는 여섯 번째 컵을 촛불 위에서 움직이면서 그 테두리를 바라보았고, 매튜는 그의 안경에 반사된 불빛을 보았다.

"아니. 아직."

"그게 파운트로열과 관련이 있나요? 선생님의 진료소도?"

"음…… 관련된 것이 있긴 하겠지."

쉴즈는 매튜의 눈을 흘깃 보고는 시선을 돌렸다.

"자네는 질문하는 데 집착하는 경향이 있군. 안 그런가?"

매튜의 입을 봉하고 그의 호기심을 돌리기 위한 말이었다면, 오히려 역효과만 낳았을 뿐이었다.

"답하지 못하는 질문들에 대해서만요."

"투셰('대단해'라는 뜻의 프랑스어-옮긴이)."

쉴즈가 말했다. 그러고는 여섯 번째 컵을 우드워드의 등에 단단히 붙였다. 판사는 다시 한 번 고통에 몸을 떨었지만 여전히 소리는 내지 않았다.

"좋네, 그럼. 보스턴을 떠난 까닭은 그곳에서 개업에 실패했기 때문이야. 변호사나 성직자처럼 도시에는 의사가 넘쳐 났거든. 외과의사만 해도 열두 명은 있었을걸. 약초학자랑 기도 치료사는 제외해도 말이야! 그래서 잠시 동안 보스턴을 떠나 다른 곳에서 일을 해야겠다고 결심했지. 아내는 재봉 사업이 꽤 잘되고 있어서 거기 남기로 하고."

"파운트로열은 보스턴에서 꽤 멀잖아요."

"아, 곧장 여기로 온 건 아니야. 한 달 정도는 뉴욕에 있었고, 필라델피아에서 여름을 보냈지. 그런 다음엔 다른 더 작은 지역에서 살았어. 계속 남쪽을 향해 온 것 같군."

쉴즈는 사슴 가죽 장갑을 벗었다.

"이제 초를 내려놓아도 좋네."

매튜는 촛대를 탁자에 다시 놓았다. 그 뒤로 보지 않았는데도 그의 상상력이 그것에 계속 붙들려 있었는지, 매튜는 첫 두 개의 컵에 담긴 살이 흉측한 검은 수포가 되어 있는 것을 본 기분이었다. 다른 컵들도 마찬가지로 소름 끼치는 과정을 따르고 있었다.

"피가 솟아오르도록 한동안 둬야 할 거야."

쉴즈가 장갑을 가방에 집어넣었다.

"이렇게 해서 몸 안에 고여 있는 피가 순환하도록 하는 거지."

매튜의 눈에는 그저 흉측하게 살갗이 부어오른 것으로 보일 뿐이었다. 판사의 뼈에 가해질 고통스러운 압력에 대해서는 차마 생각할 수조차 없었다. 매튜는 괴로운 상상에서 벗어나기 위해 물었다.

"파운트로열에 오랫동안 머물 계획이세요?"

"아니, 그렇진 않아. 비드웰이 나에게 봉급도 주고, 내가 사용할 수 있는 훌륭한 진료소도 지어줄 거야. 하지만…… 난 아내가 그리워. 보스턴도. 그래서 이 마을이 다시 발전하고 사람들이 건강해지고 사람 수도 많아지면, 날 대신할 사람을 찾으려고 하네."

"그러면 성취하시려고 갈망했던 건 뭔가요?"

쉴즈는 고개를 옆으로 기울였다. 입가에는 미소가 서려 있었지만 부엉이를 닮은 눈은 싸늘했다.

"자넨 마치 장미 덩굴을 휘젓고 다니는 염소 같군. 그렇지 않나?"

"저는 제 자신이 집요하다는 점에 자부심을 느껴요. 그게 지금 하시는 말씀이시라면."

"아니, 내 말은 그게 아니야. 자네 호기심에 솔방울을 넣어 불을 더 지피고 싶지는 않지만 그래도 그 오지랖 넓은 질문에 대답을 하지. 나의 성취는, 그러니까 내가 이루고 싶은 건 두 가지야. 하나는 정착지의 건설을 도와 도시로 성장하도록 하는 것이고. 두 번째는 파운트로열의 진료소 간판에 내 이름이 영원히 새겨지는 것이지. 이 두 가지가 이루어지는 모습을 볼 때까지는 이곳에 머물 계획이야."

쉴즈는 손을 뻗어 첫 번째 유리컵을 엄지와 검지로 부드럽게 잡고 잘 부착되었는지를 확인했다.

"레이첼 호워스의 파괴력은 파운트로열이 앞으로 나아가는 데 분명히 큰 장애였지. 그 여자의 재가 땅에 묻히기만 하면, 아니면 어딘가에 흩뿌려지거나 비드웰이 어떻게든 처분하고 나면, 우리는 이 재앙에 마침표를 찍게 될 거야. 날씨가 이미 좋아졌고, 늪지대의 축축한 공기도 사라졌어. 그러니 곧 늘어나는 인구를 보게 될 거야. 사람들이 다른 곳에서 들어오기도 할 거고, 건강한 아기들이 태어나기도 할 테니까. 파운트로열은 일 년이 지나기도 전에 이 흉악한 사건이 일어나기 전의 모습으로 돌아가게 될걸세. 그렇게 될 때까지 나도 최선을 다해 도울 테고. 내 이름과 상징을 후대에 남기고, 아내가 있는 보스턴으로 돌아갈 거야. 도시의 안락함과 문명 생활로."

"훌륭한 목표네요."

매튜가 말했다.

"선생님 이름을 진료소 간판에 새길 수 있다면 보스턴에서 개업을 하실 때도 도움이 되겠는데요."

"그렇겠지. 비드웰이 여기에서 있었던 일들과 내 노고에 대한 감사 편지를 써주면 그동안 날 거절했던 의료조합 같은 데 자리를 마련할 수 있겠지."

쉴즈의 그런 의도를 비드웰도 알고 있는지 물어보려고 했을 때, 누군가 노크를 했다.

"누구요?"

쉴즈가 말했다.

"니콜라스입니다. 판사님을 좀 뵙고 싶어서."

그 순간 매튜는 쉴즈의 변화를 눈치챘다. 아주 뚜렷한 건 아니었지만 그래도 눈치챌 수는 있었다. 쉴즈의 얼굴이 굳어지는 듯했다.

마치 보이지 않는 손이 뒷덜미를 붙잡은 것처럼 그의 온몸이 팽팽히 긴장되었다.

"판사님은 지금 몸이 안 좋아요."

쉴즈의 목소리마저도 날카로웠다.

"음…… 그렇다면 나중에 다시 오겠습니다."

"잠깐!"

우드워드가 사사프라스 뿌리를 입에서 뱉고, 매튜 쪽을 향해 작은 목소리로 말했다.

"페인 씨에게 들어오시라고 해라."

매튜가 나가서 페인이 계단에 이르기 전에 그를 붙들었다. 페인이 방으로 들어왔을 때 매튜는 쉴즈의 표정을 살폈다. 쉴즈는 동료 주민 쪽으로는 눈길도 주지 않았다.

"좀 어떠신가요?"

페인이 문가에 서서 물었다.

"말했잖아요. 몸이 안 좋으시다고. 직접 보면 알 수 있을 텐데."

쉴즈는 드러내놓고 냉랭하게 굴었다.

페인은 여섯 개의 유리컵과 컵 안으로 보이는 검은 수포에 조금 움찔했지만, 매튜가 서 있는 침대 옆으로 다가가 판사의 얼굴을 살펴보았다.

"안녕하십니까."

페인이 최대한 미소를 끌어내어 말했다.

"쉴즈 선생이 판사님을 돌보고 있었군요. 기분은 좀 어떠십니까?"

"훨씬…… 나아졌소."

우드워드가 말했다.

"그러셔야지요."

페인의 미소가 흔들렸다.

"이 말을 드리고 싶어서…… 진심으로 판사님의 판결을 받아들인다고 말하고 싶어서 찾아왔습니다. 그리고 판사님의 노고는 물론, 판사님의 서기의 노고에 감사드린다고 말하려고요. 찬사를 받으시기에 결코 부족함이 없었습니다."

"고맙소."

대답하는 우드워드의 눈꺼풀이 무겁게 내려왔다.

"제가 뭘 좀 가져다드릴까요?"

"그냥 가는 게 좋을 것 같군요. 지금 이분을 힘들게 하고 있소."

쉴즈가 말했다.

"아, 미안해요. 피곤하게 하려던 건 아닌데."

"피곤하지 않아요."

우드워드가 숨을 헐떡였다. 초록색 딱지가 코 주위에 붙어 있었다.

"나를 보러…… 이렇게 시간을 내서…… 와주어…… 고맙소."

"또 드리고 싶었던 말씀이 있는데, 나무를 베기 시작했습니다. 비드웰 씨가 아직 어디에서 처형을 할지 결정을 못 내린 것 같은데, 아마 인더스트리 거리의 사용하지 않는 밭 중 한 군데가 되겠지요."

"그래요. 그렇겠지요."

우드워드가 힘겹게 말을 삼켰다.

쉴즈는 첫 번째 유리컵을 잡고 떼어냈다. 우드워드는 움찔 놀라면서 아랫입술을 깨물었다.

"이제 가셔야 할 것 같습니다. 아니면 이걸 좀 도와주시든지요."

쉴즈가 페인에게 말했다.

"음…… 그래요. 가는 게 좋겠군요."

남자다운 경험이 그렇게 많은데도, 페인은 안색이 조금 좋지 않아 보였다.

"판사님, 나중에 다시 찾아뵙겠습니다."

페인은 고통과 동정이 섞인 표정으로 매튜를 바라보고는 문 쪽을 향해 걸어갔다.

"페인 씨?"

우드워드가 힘을 짜내어 말했다.

"잠깐만…… 내가 뭘 좀 물어봐도 되겠소?"

"네, 물론이죠."

페인은 침대 맡으로 돌아와 우드워드가 하는 말을 더 잘 듣기 위해 그에게 가까이 몸을 숙였다. 쉴즈가 두 번째 컵을 떼어냈다. 다시 우드워드가 움찔했고, 이번에는 눈에 눈물도 보였다.

"우리는…… 공통점이 있어요."

우드워드가 말했다.

"우리가요?"

"당신 부인이 발작으로 죽었다고 들었소. 내 아들도…… 발작으로 죽었어요……. 페스트로. 당신 부인도…… 페스트였소?"

쉴즈의 손이 세 번째 컵을 잡았지만 아직 떼지는 않았다. 니콜라스 페인은 우드워드의 얼굴을 바라보았다. 페인의 관자놀이에서 맥박이 뛰었다.

"잘못 아신 것 같은데요, 판사님."

페인의 목소리는 이상하게 힘이 없었다.

"저는 결혼한 적이 없습니다."

"쉴즈 선생이 말해줬어요."

우드워드가 힘을 들여 계속 말했다.

"나도 압니다……. 그런 일은 말하기가 어렵죠. 정말이에요. 나도 잘 압니다."

"쉴즈 씨가…… 말했다고요."

페인이 말했다.

"그래요. 부인께서 돌아가실 때까지 발작으로 고생하셨다고. 그리고…… 아마 페스트였을 거라고."

쉴즈는 세 번째 컵을 떼어낸 뒤 요란스럽게 가방에 넣었다.

페인은 아랫입술을 핥았다.

"죄송합니다. 하지만 쉴즈 선생이 아마 착각을……."

페인은 그 순간 쉴즈의 얼굴을 보았고 매튜는 그다음에 무슨 일이 일어났는지 똑똑히 목격했다.

무엇인가가 페인과 쉴즈 사이를 지나갔다. 딱히 뭐라 표현할 수 없는 것이었지만, 어쨌든 대단히 무시무시한 것이었다. 짧은 순간 동안 쉴즈의 눈빛이 모든 이성과 논리를 거스르며 증오로 불타올랐고, 페인은 물리적인 어떤 것으로부터 위협을 받기라도 한 듯 뒤로 몇 발짝 물러섰다. 매튜는 자신이 쉴즈와 페인 사이의 아주 미묘하면서도 직접적인 커뮤니케이션을 목격했다는 것을 깨달았다. 매튜는 그동안 쉴즈가 페인으로부터 거리를 두고자 했지만, 그런 감정이 너무 잘 위장되어 있어서 페인은 쉴즈와의 거리 자체를 인식조차 못하고 있었던 게 아닐까 하는 생각을 했다.

그 험악한 적대감은 짧은 순간 분명히 드러났다. 페인은 아마도 그것을 지금 처음으로 인식했고, 거기에 대해 뭔가를 주장하거나 반박하려는 듯 입을 벌렸다. 그러나 다음번 심장이 뛰는 순간 페인의 얼굴은 쉴즈의 얼굴과 마찬가지로 굳게 얼어버렸고, 하려던 말이 무엇이었는지는 모르지만 그 말은 입 밖으로 나오지 못한 채 묻혀버리고 말았다.

쉴즈는 둘 사이의 어두운 유대감을 잠시 동안 더 유지하다가, 아주 조용히 환자에게로 주의를 돌렸다. 그는 네 번째 컵을 떼어낸 뒤 가방에 집어넣었다.

매튜는 수상쩍은 시선으로 페인을 보았지만, 페인은 낯빛이 창백해져서 매튜의 시선을 피했다. 매튜는 그 짧은 증오의 눈길을 통해 무언가가 쉴즈에게서 페인에게 전달되었음을 눈치챘다. 그것이 무엇이든 페인의 무릎을 조이고 있었다.

"내 아내."

감정에 사로잡혀 페인의 말이 목에 걸렸다.

"……내 아내."

"내 아들이…… 죽었소."

우드워드는 눈앞에서 펼쳐진 드라마를 눈치채지 못했다.

"발작으로. 페스트 때문에. 실례인 건 알지만…… 그래도 나는 당신에게…… 그런 슬픔을 가진 게 혼자가 아니라는 걸…… 알려주고 싶었어요."

"슬픔."

페인이 반복했다. 그의 눈두덩에 그림자가 드리우고 얼굴은 더 수척해진 것이, 일 초가 지날 때마다 오 년씩 늙는 것 같았다.

"그래요, 슬픔."

페인이 조용히 말했다.

쉴즈가 다섯 번째 유리컵을 그다지 부드럽지 않게 떼어냈다. 우드워드는 움찔했다.

"제…… 아내에 대해 말해야 할 것 같군요."

페인이 창문 쪽을 바라보며 말했다.

"아내는 발작으로 죽었습니다. 하지만 페스트는 아니었어요. 아뇨."

페인은 고개를 저었다.

"굶주림 때문이었습니다. 굶주림…… 그리고 치명적인 절망. 우린 아주 젊었습니다. 아주 가난했고요. 아픈 아기도 있었어요. 딸이었죠. 저는 마음이 무척 아팠고…… 아주 절박했습니다."

아무도 입을 열지 않았다. 의식을 잃기 직전의 상태에 있는 우드워드조차, 페인이 견고한 자기 통제의 가면을 떨어뜨리고 심장의 피와 갈라진 뼈를 드러내 보이려 한다는 것을 깨달았다.

"이제 이해할 것도 같습니다."

페인의 이 이상한 말은 매튜에겐 난해한 수수께끼였다.

"나는…… 상당히 극복했어요……. 하지만 꼭 할 말이 있는데…… 여러분들 모두에게요……. 난 그럴 생각이 전혀 없었고…… 그렇게 된 결과에 대해서 말입니다. 말했듯이 저는 어렸습니다……. 저는 경솔했고, 겁에 질려 있었습니다. 제 아내와 우리 아기는 먹을 것과 약이 필요했습니다. 저는 가진 것이 아무것도 없었고…… 잔인하고 폭력적인 사람들을 사냥하면서 터득했던 능력만 남아 있었죠."

페인은 잠시 동안 입을 다물었고, 그동안 쉴즈는 여섯 번째 컵을 뚫어져라 노려보았지만 그것을 떼려고 하지는 않았다.

"제가 먼저 쏘지는 않았습니다."

페인이 계속 이야기를 이어나갔다. 그의 목소리는 지쳐 있었고 무거웠다.

"첫 발은 제가 맞았어요. 다리에. 이미 알고 있겠죠. 제 상사에게서 배운 것은…… 바다에서 일하는 동안…… 그건 일단 무기가 나를 겨누면, 그게 피스톨이든 칼이든, 무조건 집중해서 되쏘든 베든 하라는 것이었죠. 그게 우리의 신조였어요. 그 덕에 우리가, 우리들 대부분이, 살아남을 수 있었던 겁니다. 자기가 흘린 피에 젖어 뒹굴며 죽어가는 옆 사람을 보며 배운 자연스러운 반응이었어요. 그게 내가 쿠엔틴 서머스를 결투에서 살려주지 않았던, 아니, 살려주지 못했던 이유입니다. 늑대로 살아가는 법을 배운 사람이 어떻게 양떼와 함께 살 수 있겠어요? 특히…… 굶주리고 무언가가 절실히 필요할 때에는…… 그리고 죽음의 망령이 문을 두드리고 있을 때에는 더더욱."

매튜의 호기심은 불꽃에서 출발해 이제는 장작불이 되었고, 페인에게 지금 도대체 무슨 얘기를 하는 것이냐고 묻고 싶어 미칠 지경이었다. 그러나 자부심 강한 남자가 과거의 실수를 털어놓고 안식을 구하려는 열망으로 자존심을 버리는 모습은, 그 자기 고백의 순간은 거의 성스러워 보이기까지 했다. 그래서 매튜는 입을 열어 영혼을 고백하는 이 주문을 깨려는 생각을 접었다.

페인은 창가로 걸어가 불빛이 반짝이는 마을을 내다보았다. 인더스트리 거리에서 조금 떨어진 두 개의 모닥불이 엑소더스 예루살렘과 새로 도착한 배우들의 캠프가 있는 자리를 알려주었다. 따뜻한 밤공기를 통해 희미한 웃음소리가 퍼지고, 반 군디의 주점에서 경쾌한 리코더 소리가 들려왔다.

"대단하군요."

페인이 말했다. 얼굴은 여전히 창밖을 향한 채였다.

"내 부상 때문에 흔적이 남았던 건가요. 그걸로 날 쫓은 겁니까?"

쉴즈는 마침내 검은 살을 여섯 번째 컵에서 자유롭게 풀어주었다. 그는 사사프라스 뿌리와 함께 도구들을 가방에 집어넣었다. 그러더니 천천히, 그리고 차근차근, 가방의 단추와 고리들을 잠그기 시작했다.

"내 질문에 대답 안 할 겁니까? 아니면 침묵으로 고문을 하는 겁니까?"

페인이 물었다.

"내 생각엔……."

쉴즈는 이를 악물고 말했다.

"……떠날 시간이 된 것 같소."

"떠나? 지금 무슨 게임이라도 하는 겁니까?"

"게임이라니. 나는…… 게임 같은 건 안 합니다."

쉴즈는 우드워드의 등에 끔찍하게 부풀어 오른 검은 부분 중 하나를 손가락으로 누르며 매튜에게 말했다.

"아, 지금은 아주 단단하군. 보다시피 고인 피를 내부 장기들에서 위로 끌어 올린 거지."

쉴즈는 매튜를 흘긋 보고는 다시 고개를 돌렸다.

"이 방법은 정화 효과가 있네. 아침 무렵엔 판사님의 상태가 상당히 호전되어 있을 거야."

"만일 아니면요?"

매튜는 물었다.

"아니면…… 다음 단계로 가야지."

"다음 단계는 뭔데요?"

"다시 이걸 쓸 거야."

쉴즈가 메스를 가리키며 말했다.

"부풀어 오른 부분을 째서 피를 내는 거지."

매튜는 물어본 것을 즉시 후회했다. 메스가 그 부어오른 살을 째는 모습은 상상만으로도 버거웠다. 쉴즈는 판사의 가운을 내렸다.

"오늘 밤엔 엎드려서 주무셔야 할 겁니다, 판사님. 이 자세가 썩 편하지 않다는 건 알지만, 그래야 할 것 같아요."

"견뎌보겠소."

우드워드가 다시 잠에 빠져들며 쉰 목소리로 말했다.

"좋아요. 열을 식히게 하인 아이에게 차가운 물수건을 가져오라고 네틀즈 부인에게 일러두셨습니다. 아침이 되면……."

"쉴즈 씨, 나한테 원하는 게 뭡니까?"

페인이 말을 가로막았다. 이번에는 쉴즈를 똑바로 보았다. 이마와 뺨이 땀으로 번들거렸다.

쉴즈가 눈썹을 치켜세웠다.

"이미 말했을 텐데요. 여기서 나가주길 원합니다."

"내 남은 생 동안 그걸 계속 내 머리 위에 붙들고 있으려는 건가요?"

쉴즈는 대답 없이 안경알 너머로 자신의 적을 뚫어져라 바라보았다. 이 말없는 비난이 너무 강렬해서, 페인은 그 시선에 밀려 한동안 눈을 마루로 떨어뜨려야 했다. 그러더니 갑자기 페인은 문 쪽으로 몸을 돌려 늑대가 자기 존재를 주장하듯 당당하게 걸어 나갔다. 하지만 늑대의 꼬리는 이미 예상하지 못한 칼날에 베어져나간 뒤였다.

페인이 떠나자, 쉴즈가 참고 있던 숨을 내뱉었다.

"자."

쉴즈가 말했다. 안경알 너머 확대된 그의 눈은 빠른 상황 전개에 놀란 듯 보였다. 그는 천천히 눈을 몇 번 깜박거렸다. 시야와 함께 마음도 환하게 하려는 듯.

"내가 무슨 말을 하고 있었지? 아…… 아침이 되면 관장을 하고 붕대를 새로 갈 겁니다. 그러고 나서 뭐가 더 필요한지 볼 거예요."

쉴즈는 웃옷 안자락에서 손수건을 꺼내어 이마를 닦았다.

"자네도 여기가 더운가?"

"아뇨, 딱 좋은 것 같은데요."

매튜는 기회를 포착했다.

"페인 씨와 무슨 얘기를 하셨던 건지 여쭤봐도 될까요?"

"네틀즈 부인에게 오늘 밤 판사님을 가끔 들여다보라고 얘기해 놓으마."

쉴즈가 말했다.

"자네도 그렇게 하는 편이 좋을 거야. 응급 상황이 발생하면 언제라도 오겠네."

쉴즈는 안심시키려는 듯 우드워드의 어깨에 손을 올렸다.

"이제 가겠습니다, 판사님. 푹 쉬고 좋은 기운을 유지하세요. 내일은 일어나서 걷는 연습을 좀 하게 될지도 모릅니다."

우드워드로부터는 아무 대답이 없었다. 그는 잠들어 있었다.

"그럼 잘 자라."

쉴즈는 매튜에게 인사한 뒤 가방을 들고 방을 나섰다. 매튜가 총알처럼 쉴즈의 뒤를 따랐다.

"잠깐만요, 선생님!"

매튜가 복도에서 쉴즈를 불렀다. 그토록 왜소한 체구의 쉴즈가 갑자기 경주마처럼 걸음이 빨라졌다. 쉴즈가 계단에 이르기 직전에 매튜가 말했다.

"말씀 안 해주시면, 제가 직접 알아내겠습니다."

이 말은 즉각적인 반응을 일으켰다. 쉴즈는 걸음을 멈추고 몸을 홱 돌리더니 매튜에게 한 방 날릴 것처럼 맹렬한 속도로 돌진했다. 땀을 흘리며 꽉 다문 이를 드러내고 얼굴을 일그러뜨린 쉴즈는 복도를 비추는 주황색 불빛을 받아 몸서리가 쳐질 만큼 으스스했다. 가늘게 뜬 눈은 매튜가 방금 전까지 본 사람과 전혀 다른 사람의 눈처럼 보였다. 변신의 마지막 단계로, 쉴즈는 매튜의 멱살을 한 손으로 잡고 거세게 밀어 벽으로 밀어붙였다.

"잘 들어!"

쉴즈가 나지막이 말했다. 그는 매튜의 멱살을 더 꽉 죄었다.

"너는 절대로, 절대로 내 일에 간섭할 권리가 없어. 오늘 밤 페인과 나 사이에 있었던 일은 그자와 나 사이의 일이야. 다른 누구도 상관할 수 없어. 특히 너는 더 그래. 내 말 알겠냐, 꼬마야?"

쉴즈는 자신의 분노를 강조하기 위해 매튜를 거칠게 흔들었다.

"대답해!"

매튜는 쉴즈보다 키가 한참이나 더 컸음에도 불구하고 공포에 사로잡혔다.

"네, 선생님. 알겠습니다."

"알아듣는 게 좋아. 아니면 신께 맹세하건대 그때 그 말을 들었어야 했는데 하고 후회하게 될 거야."

쉴즈는 매튜를 벽에 짓누른 채 몇 초간 더 있었는데, 그 시간이 매튜에게는 영원처럼 느껴졌다. 쉴즈가 매튜의 셔츠 앞섶을 놓았다. 그러고는 다른 말 없이 계단을 내려갔다.

매튜는 완전히 혼란에 빠진 채 겁에 질렸다. 사람을 이토록 거칠게 다룰 수 있다니, 윌 쇼컴의 형제라도 되는 것인가. 매튜는 셔츠를 펴고 정신을 가다듬으면서, 진짜로 위험한 어떤 일이 쉴즈와 페인 사이에서 일어나고 있다는 사실을 깨달았다. 실제로 쉴즈가 보여준 폭력은 의사의 정신 상태에 대해 상당히 많은 것을 보여주었다. 부상과 무기와 페인의 죽은 아내라니, 그것들이 도대체 다 뭘까? 페인은 말했다. '내 부상 때문에 흔적이 남았던 건가요. 그걸로 날 쫓은 겁니까?'

그 문제가 어떤 것이든 간에, 그것은 페인의 과거와 관련이 있었다. 하지만 매튜는 레이첼의 곤경에 관해 풀어야 할 퍼즐이 너무 많은 데다가 시간도 충분치 않았기 때문에, 이 새로운 상황이 흥미롭기보다는 지엽적인 문제처럼 느껴졌다. 매튜는 두 남자의 불화에 레이첼이 관련이 있다고는 생각하지 않았다. 그래서 그보다는 사탄이 해밀턴의 집에서 바이올렛 애덤스의 발 앞에 최후통첩을 던지는 동안 어둠 속에서 들려온 귀넷 린치의 노랫소리에 신경이 쓰였다.

따라서 매튜는 오늘 밤 목격한 두 사람의 관계에 무슨 비밀이 있는지 무척이나 알고 싶었지만, 레이첼의 무죄를 증명하는 데 집중해야 한다는 시간의 압박을 느꼈고, 해묵은 문제는 잠시 옆으로 치워둬야겠다고 생각했다. 적어도 지금 당장은.

매튜는 다시 한 번 판사를 들여다보고 하녀가 찬 물수건을 가져오기를 기다렸다. 하녀가 오자 매튜는 감사의 말을 하고 하녀를 보낸 뒤, 직접 물수건으로 잠든 판사의 얼굴과 열이 가장 많이 나는 목 뒤를 눌러 식혀주었다. 그 뒤 아래층으로 내려가 문단속을 하며 덧문을 닫고 있는 네틀즈 부인을 만났다. 매튜는 차와 비스킷을 좀 준비해줄 수 있는지를 묻고, 곧바로 음식을 담은 쟁반을 받았다. 그 기회를 이용해 매튜는 네틀즈 부인에게 쥐잡이꾼에 대해 아는 것이 있는지 물었으나, 네틀즈 부인은 린치가 다른 사람들과 잘 어울리지 않으며, 꼭 필요한 사람이긴 하지만 직업적 특성 때문인지 마을에서 천덕꾸러기 취급을 받고 있다는 것 말고는 아는 바가 없다고 말했다. 또 매튜는 최대한 아무렇지도 않게, 네틀즈 부인이 쉴즈와 니콜라스 페인 사이의 긴장을 눈치챘는지, 아니면 서로가 서로를 대할 때 문제의 원인이 될 만한 것을 아는 바가 있는지 물었다.

네틀즈 부인은 문제 같은 것은 아는 바가 없지만, 그 좋은 의사 선생님이 페인 씨를 대할 때는 왠지 냉랭하다는 걸 느꼈다고 말했다. 대조적으로 윈스턴 씨나 비드웰 시장을 대할 때는 상냥했는데, 부인이 보기에도 분명히 쉴즈는 페인이 있는 곳에는 함께 있으려고 하지 않는 것 같았다고 했다. 그밖에 다른 사람들이 특별히 눈치챌 만한 극적인 상황은 없었지만, 부인의 생각으로는 쉴즈가 페인에게 뚜렷하게 불쾌감을 가지고 있는 듯하다고 했다.

"감사합니다."

매튜가 말했다.

"아…… 한 가지만 더요. 누가 더 먼저 파운트로열에 도착했나요? 페인 씨랑 쉴즈 선생님 중에요."

"페인 씨요."

부인이 말했다.

"음…… 쉴즈 선생님이 오기 한 달인가 두 달 전이었어요."

네틀즈 부인은 이런 질문에 타당한 이유가 있으리라고 생각했다.

"레이첼 호워스와 관계된 일인가요?"

"아뇨, 그런 것 같지는 않아요. 그냥 단순히 궁금해서 그래요."

"아, 그것뿐만은 아니겠죠!"

부인은 다 안다는 듯한 미소를 매튜에게 지어 보였다.

"실마리를 발견하고는 그냥 둘 수가 없는 거죠?"

"양탄자 짜는 일을 구해야겠네요. 그게 부인이 말씀하시는 뜻이라면."

"하하하!"

부인은 큰 웃음을 터뜨렸다.

"그래요. 꼭 기대할게요!"

하지만 부인의 웃음은 곧 사라지고 표정에는 예의 그 엄숙함이 떠오르면서 어두워졌다.

"그럼 호위스 부인 일은 다 정리한 거군요. 그렇죠?"

"뚜껑은 아직 안 닫혔어요."

매튜가 말했다.

"무슨 뜻이에요?"

"화형대의 장작에 아직 불을 붙이지는 않았다는 뜻이에요……. 읽어야 할 게 좀 있어요. 저는 이만 물러갈게요. 안녕히 주무세요."

매튜는 차와 비스킷이 담긴 쟁반을 들고 자기 방으로 향했다. 그는 방에 들어가서 찻잔에 차를 따르고 창문 옆에 앉았다. 창틀에 올려놓은 등잔이 불을 밝히고 있었다. 매튜는 상자에 든 기록을 꺼내 처음부터 읽어 내려가기 시작했다.

이제는 진술들을 암송할 수도 있을 지경이었다. 여전히 매튜는 말의 덤불 속에서 뭔가가 튀어나와 그에게 방향을 지시하는 이정표처럼 다음에 갈 길을 알려줄 거라고 생각했다. 아니, 그러기를 간절히 바랐다. 매튜는 차를 마시고 비스킷을 씹었다. 비드웰은 반 군디의 주점에서, 윈스턴과 다른 사람들과 함께 술잔을 높이 들고 식사를 하며 즐거운 축배를 들고 있었다.

매튜는 버크너의 진술까지 읽고 나서 잠시 멈추고 눈을 쉬게 했다. 술이 필요하다고 느꼈지만, 독한 술은 그의 결심을 무디게 하고 시야를 흐리게 할 터였다. 아, 화형대에서 레이첼이 불타는 상상을 하지 않는, 순수한 잠을 잘 수 있는 밤이 필요했다!

아니면 적어도 레이첼의 생각만이라도 나지 않는 밤.

매튜는 우드워드가 한 말을 떠올렸다. **그 여자를 돕는 것. 진실을 찾는 것. 누군가에게 쓸모 있는 존재가 되는 것. 네가 그걸 무슨 말로 표현하든 상관없어……. 레이첼 호워스는 너에게 밤의 새다, 매튜.** 어쩌면 판사의 말이 맞을지도 모른다. 하지만 판사가 생각하는 것처럼 사악한 종류의 것은 아니었다.

매튜는 잠시 쉬기 위해 눈을 감았다. 곧 그는 눈을 뜨고, 힘을 내기 위해 차를 조금 더 마신 뒤 기록을 계속 읽어나갔다. 이제 일라이어스 개릭의 진술로 접어들어 그날 밤 잠에서 깬 부분을 읽는데…… 잠깐. 뭔가 이상했다.

매튜는 방금 읽은 부분을 다시 읽었다. '그날 밤 저는 속이 너무 안 좋아서, 밖으로 나가서 토하려고 일어났지요. 고요했습니다. 모든 게 고요했어요. 마치 온 세상이 숨 쉬기를 두려워하는 것처럼요.'

의자에 기대 있던 매튜는 똑바로 일어나 앉았다. 그러고는 손을 뻗어 등잔을 가까이 끌어당겼다. 매튜는 제러마이어 버크너의 진술 첫 부분을 찾아 페이지를 넘겼다.

'나와 페이션스는 여느 때와 같이 밤에 잠자리에 들었소. 아내가 불을 껐고요. 그러고 나서…… 시간이 얼마나 지났는지는 모르겠는데…… 내 이름을 부르는 소리를 들었습니다. 눈을 떴지요. 사방이 캄캄했고, 고요했어요. 나는 다시 소리가 날 때까지 기다렸습니다. 그냥 고요했어요. 꼭 온 세상에 내 숨소리 말고 다른 소리는 전혀 없는 것 같았습니다. 그러다가…… 다시 내 이름을 부르는 소리를 들었고, 침대 발치를 보았는데 그 여자가 있었습니다.'

간절한 손으로, 매튜는 바이올렛 애덤스가 해밀턴가로 들어가는 부분을 이야기한 진술 첫 머리로 페이지를 넘겼다. 손가락으로 그 부분을 짚었고, 그의 심장은 몸 안에서 거세게 뛰기 시작했다.

'아무 소리도 들리지 않았어요. 고요했어요. 마치…… 나 혼자만 숨을 쉬고 내 숨소리만이 유일한 소리인 것처럼요.'

세 명의 증인.

세 개의 진술.

하나의 단어. **고요.**

숨소리만이 유일한 소리였다는 것……. 이것이 우연의 일치일까? 또 버크너와 개릭이 똑같이 반복한 단어, **온 세상.** 두 사람이 정확히 같은 말을 한다는 건 논리적으로 불가능하다.

만일…… 세 명의 증인들이 모두…… 스스로 깨닫지 못한 채…… 정해진 것을 말했다면.

매튜는 냉기가 등골을 훑으며 올라오는 것을 느꼈다. 목덜미의 머리털이 쭈뼛 섰다. 그는 자신이 방금 그토록 찾아 헤매던 것의 그림자를 흘깃 보았음을 깨달았다.

무서운 깨달음이었다. 그 그림자가 매튜가 생각했던 것보다 훨씬 더 크고 어둡고 강한 힘을 갖고 있었기 때문이다. 그림자는 감옥 안에 있던 제러마이어 버크너, 일라이어스 개릭, 그리고 바이올렛 애덤스의 뒤에, 그들이 이야기를 하던 내내 서 있었던 것이다.

"오, 하느님."

매튜는 눈을 크게 떴다. 그림자가 그들의 마음속에서 그들의 말과 감정과 기억을 조종했음을 깨달았기 때문이다. 세 명의 증인들은 매튜의 상상을 뛰어넘는 악마의 손으로 만들어진, 살과 피로 이루어진 인형이나 다름없었다.

하나의 손. 같은 손. 여섯 개의 금단추를 사탄의 외투에 붙인 손. 흰머리의 도깨비와 도마뱀 가죽 같은 피부의 반인반수, 그리고 남자의 성기와 여자의 유방을 가진 기이한 생물체를 만든 손. 바로 그 손이 그런 구역질나는 타락의 장면을 만들어내고, 그 장면을 버크너와 개릭과 바이올렛과, 그리고 아마도 온전한 정신을 지키기 위해 달아난 다른 주민들 눈앞의 허공에 그려놓은 것이다. 바로 그거다. 허공의 그림. 아니면 적어도, 사람들의 마음속에서 생생히 되살아나 그것을 진실로 받아들이도록 주문을 거는 그림.

그래서 버크너는 지팡이 없이는 돌아다닐 수도 없으면서 지팡이를 어디에 두었는지를 정확히 기억하지 못하고, 그 추운 2월 밤에 밖에 나가면서 외투를 입었는지를 기억하지 못하고, 침대에 오를 때 신발을 벗었는지를 기억하지 못했던 것이다.

그래서 개릭은 토하러 밖에 나갈 때 무슨 옷을 입었는지, 신발을 신었는지 부츠를 신었는지, 여섯 개의 금단추 개수는 정확히 기억하면서도 어떤 모양으로 배열되어 있었는지는 기억하지 못했던 것이다.

그래서 바이올렛 애덤스는 썩어가는 개의 시체에서 풍기는 악취를 눈치채지 못했고, 해밀턴의 집이 들개들에게 점령당했던 사실을 몰랐던 것이다.

세 명의 증인들 모두 실제로 무엇을 목격했던 것이 아니라 머릿속에서 그림을 본 것이다. 그림자 손이 충격과 혐오감을 빚어낼 목적으로 세세한 부분들을 강조하여 만든 그림, 그에 따라 유력한 법정 증언을 지어낼 수 있는 그림을. 그러나 그 손은 다른 세부적인 내용들은 생략하고 만 것이다. 외투에 붙은 금단추의 배열만 제외하고. 그 그림자 손은 정말…… 여기에서 매튜가 유일하게 떠올릴 수 있는 단어는 '대단하다'였다.

그 손은 버크너나 개릭에게는 단추의 배열을 자세하게 정해주지 못하는 실수를 저질렀다. 그러나 단추 수집이 취미라서 그쪽으로 관찰력이 훨씬 뛰어난 바이올렛에게는 배열을 알려줌으로써 만회를 시도했다.

그 그림자 손이 레이첼의 집 마루 아래에 인형들을 가져다놓았을 거라는 생각이 들었다. 그리고 카라 그룬왈드에게 중요한 물건이 그곳에 숨겨져 있다는 꿈을 꾸게 만든 것이다. 매튜는 그룬왈드 부인에게 그날 밤 잠자리에 들었을 때 모든 것이 고요했는지, 온 세상이 숨 쉬는 것을 두려워했는지를 물어보고 싶었다.

매튜는 개릭의 이야기에서 지금 이 내용을 다시 확인하기 위해 페이지를 넘겼다. 매튜가 개릭에게 혼란스럽고 불안한 마음이 들도록 여섯 개의 금단추의 배열에 관해 강압적으로 질문할 때였다.

개릭은 작은 목소리로 이렇게 대답했다. **고요했습니다. 모든 게 고요했어요. 마치 온 세상이 숨 쉬기를 두려워하는 것처럼요.**

매튜는 개릭이 그림자 손의 주인이 들려줬던 문장을 그대로 읊었다는 것을 깨달았다. 개릭은 질문에 답을 할 수 없었고, 강한 스트레스를 받자 자신도 모르게 몽유병 환자처럼 그 문장을 되뇐 것이다. 그것이 그가 기억하는 가장 분명한 것이었기 때문이다.

그리고 이제, 해밀턴의 집 안쪽 어두운 방에서 노래를 하던 린치의 목소리에 관한 문제가 남았다. 만일 바이올렛이 정말로 그 집 안에 발을 들여놓은 게 아니었다면, 그 아이는 어떻게 뒷방에서 쥐잡이꾼의 기이한 노래를 들을 수 있었을까?

매튜는 서류를 옆으로 치우고 차를 마저 마셨다. 그러고는 창밖 노예 구역과 그 너머의 어둠을 바라보았다. 다른 것들과 마찬가지로 린치에 관해서도, 바이올렛이 꿈을 꾼 것이라는 결론을 내릴 수도 있었다. 하지만 린치의 집을 직접 뒤져본 결과 쥐잡이꾼은 자신의 정체를 영리하게 꾸민 겉모습 뒤에 숨기고 있었다.

린치는 글을 읽을 줄 아는 똑똑한 사람이었다. 그렇다면 그가, 세 명의 증인들을 이끈 그림자 손일 가능성이 있을까?

하지만 왜? 그리고 어떻게? 어떤 마법으로 린치는, 아니 그게 누구든 간에, 세 사람이 비슷한 허깨비를 보면서 자신이 진실을 보고 있다고 추호의 의심도 없이 믿게 만들었을까? 그것은 흑마술이거나 그런 종류의 것이어야 했다. 지금 사람들이 믿고 있는 사탄에 관한 것이 아니라, 부패하고 뒤틀린 인간의 정신과 관련된 마법. 하지만 그러한 인간의 정신은 동시에 잘 정리되고 정확해야만 했다. 린치가 그렇듯이.

매튜는 어떻게 린치가, 아니 누군지 알 수 없는 그 사람이, 그렇게 할 수 있었는지 이해할 수가 없었다.

그런 일은, 세 영혼을 똑같은 허구로 이끄는 일은, 절대 불가능하다. 그럼에도 불구하고 매튜는 정확히 그런 일이 일어났음을 확신했다.

동기는 무엇일까? 왜 그렇게까지 해서, 엄청난 위험을 무릅쓰고 레이첼을 악마의 종으로 덧칠하려는 걸까? 그것은 단순히 그로브 신부와 대니얼 호워스의 살인에서 레이첼에게 시선을 돌리게 하려는 건 아니었다. 오히려 두 건의 살인은 매튜가 보기엔 레이첼에 대한 의심을 가중시키기 위해서 저질러진 것처럼 보였다.

중요한 건 마녀를 만드는 것이라고, 매튜는 생각했다. 그로브 신부가 살해당하기 전부터 많은 주민들은 레이첼을 싫어했다. 그녀의 검은 아름다움은 여자들 사이에서 인기에 도움이 되질 않았고,

포르투갈 혈통은 남자들에게 자기 소유의 농장이 스페인 영토에서 얼마나 가까이 있는지를 끊임없이 상기시켰다. 그녀는 달변가에다 고집이 셌고, 교회의 보호를 받는 암탉들의 깃털을 헝클어뜨릴 만한 용기도 있었다. 따라서 레이첼은 처음부터 완벽한 표적이었다.

매튜는 비스킷을 또 하나 씹었다. 그는 하늘에서 반짝이는 별을 올려다보고, 등잔의 유리병 안에서 타오르는 촛불을 보았다. 그는 지성의 빛을 찾고 있었지만, 베일로 감싸인 그 빛을 찾아내기란 쉽지 않은 일이었다.

왜 마녀를 만들어야 할까? 거기에 어떤 이유가 있을까? 비드웰에게 타격을 입히려고? 이 모든 것이 찰스타운의 질투심 많은 까마귀들이 파운트로열이 경쟁상대로 성장하기 전에 무너뜨리려고 꾸민 일일까?

그렇다면 윈스턴은 레이첼이 무죄라는 걸 알지 못했을까? 아니면 찰스타운의 원로들이 안전을 위해 윈스턴 모르게 다른 배신자들을 한두 명쯤 더 파운트로열의 한복판에 심어놓은 걸까?

의문의 측량사 문제도 있다. 호수의 진흙 바닥에 무엇이 있는가 하는 문제도. 매튜는 내일 아주 늦은 밤에, 모든 등불이 꺼지고 반군디의 주점에서 마지막 축배를 드는 사람이 물러간 이후에, 호수에서 잠수를 하며 스스로의 힘을 시험해봐야겠다는 생각이 들었다.

차는 꽤 진했지만, 매튜는 여전히 무기력이 자신을 잡아당기는 것을 느꼈다. 그의 정신은 몸만큼이나, 어쩌면 몸보다도 더 휴식을 필요로 하고 있었다. 매튜는 침대에 올라가 새벽까지 자야 했다. 그가 의심하는 것과 알고 있는 것, 그리고 그가 알아야 하는 것에 대해 새로운 평가를 내릴 준비가 되었을 때 일어나야 했다.

매튜는 실내용 변기에 볼일을 본 뒤 옷을 갈아입고 침대에 누웠다. 등불은 그대로 내버려두었다. 그림자 손의 이상하고도 강력한 힘을 깨닫고 나니 어둠이 조금 불편해졌던 것이다.

매튜는 머릿속 뜨거운 톱니바퀴와 씨름하며 한동안 뒤척였다. 그러나 마침내 잠들기에 충분할 만큼 긴장을 풀었다. 가끔씩 들리는 개 짖는 소리를 제외하면 마을은 고요의 지배 속으로 빠져들었다.

29

동이 틀 무렵 수탉들의 합창 소리에 잠이 깬 매튜는 서둘러 바지를 입고 복도를 건너 판사를 보러 갔다.

우드워드는 여전히 엎드려 자고 있었고, 숨소리는 거칠긴 했지만 규칙적이었다. 매튜는 우드워드의 등에 컵을 붙였던 자리가 궁금해서 조심스럽게 가운을 걷어 올렸다.

매튜는 즉시 후회했다. 컵을 붙였던 자리는 이제 평평해졌지만 흉측하게 검은 멍이 들어 있었고 얼룩덜룩한 살이 그 주위를 감싸고 있었다. 피부 아래를 가로지른 줄무늬는 우드워드의 몸이 견뎌야 했던 압력을 보여주었다. 매튜는 컵으로 열을 가하는 이 방법은 병상에서보다는 고문대 위에서 더 적절하겠다는 생각이 들었다. 매튜는 우드워드의 가운을 다시 내리고, 물이 담긴 대야에 천을 담갔다가 판사의 코 주위에 붙은 초록색 딱지를 한동안 닦아냈다. 땀에 젖은 판사의 얼굴은 부어 있었고, 몸에서 발산되는 열은 풀무로 달궈놓은 칼에서 뿜어져 나오는 열기처럼 뜨거웠다.

"오늘……."

말하는 우드워드의 눈꺼풀이 떨렸다.

"……오늘이 무슨 요일이냐?"

"목요일입니다."

"일어나야……겠다. 좀 도와다오."

"아직 누워 계시는 편이 좋겠습니다. 오후쯤에 일어나시지요."

"말도 안 돼. 일어나지 않으면…… 법정에 늦겠다."

날카로운 얼음 단검 같은 것이 매튜의 내장을 뚫는 듯했다.

"그 사람들은…… 내가…… 일을 대충한다고…… 생각해."

우드워드가 계속 말했다.

"그 사람들은…… 내가 법정 일보다…… 술을 더 좋아한다고…… 생각해. 그래, 어제 멘덴홀을 만났지……. 그 건방진 놈. 손으로 입을 가리고…… 날 비웃었어. 오늘이 무슨 요일이라고 그랬지?"

"목요일이요."

매튜의 목소리가 잠겼다.

"절도죄 재판이 있는데……. 오늘 아침에. 내 부츠는 어디 있느냐?"

"판사님."

매튜가 말했다.

"그게…… 그 재판은 연기되었습니다."

우드워드가 잠잠해졌다.

"연기?"

"네, 판사님. 날씨가 너무 안 좋아서요."

그 순간에도 새들이 호수 주위의 나무에 앉아 노래하는 소리가 들려왔다.

"아아, 날씨."

우드워드가 말했다. 그의 눈은 제대로 떠지지 못하고 여전히 열에 들뜬 눈꺼풀 뒤에 가려져 있었다.

"그럼 오늘은 집에 있어야겠다."

우드워드가 말했다.

"난롯불을 피워놓고…… 뜨거운 럼주를 마셔야지."

"네, 판사님. 그게 좋을 것 같아요."

우드워드는 제대로 된 말이라기보다는 횡설수설에 가까운 몇 마디를 중얼거렸다. 마치 언어 능력을 상실한 것 같았다. 하지만 곧 매튜가 충분히 알아들을 수 있는 말을 분명하게 했다.

"등, 등이 아프다."

"곧 좋아질 거예요. 누워서 쉬셔야 합니다."

"술병을…… 가져다주겠니?"

우드워드가 다시 잠에 빠져들면서 말했다.

"그럴게요. 네, 판사님."

작지만 도움이 되는 거짓말이었다. 눈꺼풀이 중력과의 전쟁을 멈췄다. 우드워드는 다시 조용히 누웠다. 호흡은 여느 때처럼 녹슨 경첩이 천천히 앞뒤로 움직일 때 나는 듯한 거친 소리로 돌아왔다.

매튜는 우드워드의 코 주위를 조심스럽게 전부 닦았다. 방을 나온 매튜는 엄청나게 무거운 것이 어깨를 짓누르는 듯한 고통 때문에 복도 한복판에 멈춰 섰다. 그와 동시에 그의 내장을 뚫었던 얼음 단검이 심장을 향해 몸을 비틀며 올라갔다. 매튜는 자기 방문 앞에 서서 한 손으로 입을 막았다. 크게 뜬 눈에 눈물이 고여 흘렀다.

몸이 떨렸다. 멈추고 싶었지만 그럴 수 없었다. 완전한 무력감이 그를 장악했다. 모진 바람을 맞고 나무에서 떨어져 번개와 비바람이 몰아치는 저 높은 곳까지 휘날려 가는 나뭇잎이 된 느낌이었다.

매튜는 하루하루가 지날수록, 매 시간이 흐를수록, 판사가 점점 죽음에 가까워지고 있음을 깨달았다. 이제는 죽을지 아닌지가 문제가 아니라, 언제 죽을지가 문제였다. 죽은 피를 빼내거나 순환하게 하는 처치로는 충분치 않았다. 설령 판사보다 병세가 가벼운 환자였다고 해도, 쉴즈가 과연 치료할 수 있는 능력이 있는지조차도 솔직히 의심스러웠다. 만일 우드워드를 찰스타운에 데려갈 수만 있다면, 완전한 장비를 갖춘 진료소와 의약품이 있는 도시 의사들의 진료를 받는다면, 이 잔인한 병을 치료할 기회가 미미하긴 해도 있기는 있을 것이다.

그럼에도 매튜는 이곳의 누구도 우드워드를 데리고 찰스타운까지 그 먼 길을 가겠다고 나서지 않으리라는 것을 잘 알았다. 특히 그것이 자기들 의사의 실력을 깎아내리는 것을 의미한다면. 만일 매튜가 직접 우드워드를 데리고 간다면, 그는 조사에 쏟아야 할 소중한 시간을 적어도 이틀은 잃게 된다. 그리고 이곳에 돌아올 무렵에는 레이첼은 검게 그을린 기둥 위의 얼룩이 되어 있을 게 뻔했다. 우드워드는 그의 아버지가 아니었다. 그건 사실이다. 하지만 우드워드는 사람의 힘으로 할 수 있는 한에서는 그와 비슷한 역할을 해주었다. 매튜를 끔찍한 빈민구호소에서 구제해주었고, 그에게 목표로 향하는 길을 열어주었다. 그렇다면 그는, 판사에게 적어도 무언가를 빚지고 있는 것이 아닌가?

아니면 그 문제의 양동이를 까발리겠다고 윈스턴을 위협해서 우드워드를 찰스타운으로 데려가달라고 구슬릴 수도 있었다. 하지만 그런 충실하지 못한 개에게 사람의 생명을 믿고 맡길 수 있을까? 윈스턴은 자신의 의무를 길옆에 버려두고 짐승의 먹이가 되도록 남겨놓은 뒤에 영원히 돌아오지 않을지도 모른다.

아니, 윈스턴은 안 된다. 그러면…… 니콜라스 페인에게 그 일을 맡겨도 될까?

처음에는 하나의 불꽃이었지만, 그것은 곧 불길로 번졌다. 매튜는 몸을 추스르고 손등으로 눈가를 훔친 뒤 방으로 들어가서, 면도를 하고 양치질을 하고 옷을 갈아입었다. 아래층으로 내려가니 라임색 옷을 입은 비드웰이 음식이 수북이 쌓인 식탁에 앉아 있었다. 가발은 에메랄드색 리본으로 묶어 늘어뜨려져 있었다.

"앉게, 앉아!"

오늘도 어제만큼이나 햇살이 따스하고 아름다운 날이 될 것 같다는 생각에, 비드웰은 아주 기분이 좋았다.

"와서 아침 들게. 가설 문제에 관해서는 휴전을 선포하도록 하지."

"저는 아침을 먹을 시간이 없습니다. 지금 저는……"

"시간이 없긴! 그럼 앉아서 이 선지 소시지라도 좀 들게!"

비드웰은 소시지가 쌓인 접시를 가리켰다. 그러나 소시지 색깔이 판사의 등에 남은 자국의 검은색과 무척이나 비슷해서 매튜는 목에 총이라도 맞은 듯 삼킬 수가 없었다.

"아니면, 자, 절인 멜론을 좀 먹든지!"

"감사합니다만 됐습니다. 저는 페인 씨를 만나러 가려던 참입니다. 페인 씨가 어디 사는지 알려주실 수 있나요?"

"니콜라스를? 왜?"

비드웰이 절인 멜론 조각을 칼로 찍어서 입으로 가져갔다.

"상의하고 싶은 일이 있어서요."

"무슨 일인데?"

비드웰은 수상쩍어했다.

"페인과 볼일이 있다면 나와도 볼일이 있는 건데."

"좋아요. 그럼!"

매튜는 짜증의 절정에 달했다.

"페인 씨에게 판사님을 찰스타운으로 데려다달라고 부탁할 생각입니다! 판사님을 거기 진료소에 모시고 싶어서요!"

비드웰은 소시지를 두 동강 낸 뒤 그 반쪽을 신중하게 씹었다.

"그러니까 너는 쉴즈 선생의 치료법을 믿지 못하는구나? 그게 지금 하려는 말이냐?"

"그래요."

"한 가지 말해주마."

이 말을 하며 비드웰은 칼끝을 매튜에게 겨눴다.

"벤은 찰스타운의 어떤 돌팔이들보다도 유능한 의사야."

이 말이 자신의 의도를 충분히 담지 못했는지 비드웰은 눈살을 찌푸렸다.

"내 말은, 쉴즈는 실력 있는 의사라는 거다. 그 사람이 아니었으면 판사님은 벌써 며칠 전에 이 세상 사람이 아니었을 거야!"

"바로 그 며칠 때문에 제가 걱정하는 겁니다. 판사님은 전혀 나아지질 않고 있어요. 이제는 헛소리까지 하신다고요!"

비드웰은 두 번째 소시지 반쪽에 칼을 밀어 넣고 그 기름진 검은 음식을 입으로 가져갔다.

"그럼 무슨 수를 쓰든 네 마음대로 하려무나."

비드웰은 소시지를 씹으며 말했다.

"니콜라스를 보러 갈 게 아니라 마녀를 보러 가야지."

"왜 그래야 하는데요?"

"이유가 분명하지 않느냐? 판사님이 판결을 내린 바로 다음 날 죽음의 문턱에 가 있는 걸 봐라. 네 여자 친구가 그에게 저주를 내린 거다, 꼬마야!"

"말도 안 돼요! 판사님은 과도한 출혈 때문에 상태가 악화된 겁니다! 그리고 침대에 누워서 쉬셔야 했을 시간에 그 차가운 감옥에서 몇 시간이나 앉아 계셔야 했기 때문이고요!"

"오호! 판사님이 병이 난 게 이젠 내 탓이라는 건가? 정말 책임이 있는 사람만 빼고 모든 사람들에게 책임을 돌리고 있군! 그렇지만…… 네가 세스 헤이즐턴에게 그런 멍청한 짓만 저지르지 않았어도, 마녀 재판은 공공 예배당에서 열렸을 거야. 거기엔 훌륭한 난로가 있다는 사실을 덧붙여야겠군. 그러니 누군가를 비난하고 싶다면, 가서 거울을 보고 얘기해!"

"저는 다만 니콜라스 페인이 어디 있는지만 알면 됩니다."

이를 악문 매튜의 뺨이 붉게 달아올랐다.

"당신과 논쟁하고 싶지 않아요. 멍청이에게 목소리를 높여봤자 소용없으니까. 집을 가르쳐줄 거예요, 말 거예요?"

비드웰은 접시의 스크램블 에그를 휘젓느라 바빴다.

"나는 니콜라스의 고용주야. 그 사람이 가고 오는 걸 지시하지."

비드웰이 말했다.

"니콜라스는 찰스타운에 안 간다. 그 사람은 여기에서 준비 작업을 도와야 해."

"맙소사! 판사님을 살릴 수 있는 기회를 버리려는 겁니까?"

매튜가 외쳤다. 그 소리에 비드웰은 의자에서 벌떡 일어섰다.

"흥분 가라앉혀라."

비드웰이 경고했다. 하녀 아이가 부엌에서 빼꼼히 내다보다가 다시 잽싸게 안으로 들어갔다.

"내 집에서 누구도 나에게 소리를 지를 수 없어. 만일 감옥 벽에다 대고 소리를 지르고 싶다면, 내가 그렇게 하게 해주마."

"판사님은 지금보다 더 나은 치료를 받아야 해요. 지금 즉시 찰스타운으로 옮겨야 합니다. 가능하다면, 오늘 아침이라도 당장."

"네가 틀렸어. 찰스타운까지 여행을 했다간 그 불쌍한 인간은 죽고 말 거야. 하지만…… 네가 그걸 그렇게 원한다면 직접 그 사람을 마차에 싣고 모시고 가려무나. 장부에 서명만 하면 마차와 말 두 마리를 기꺼이 빌려주지."

매튜는 이 말에 고개를 아래로 떨구고 마루를 내려다보았다. 그러고는 숨을 깊이 들이마시고 무언가를 결심한 뒤 식탁의 끝 쪽으로 걸어갔다. 그의 걸음걸이나 행동에 깃든 어떤 것이 비드웰에게 위험 경고를 보냈다. 비드웰은 의자를 뒤로 밀고 일어서려 했다. 그러나 그전에 매튜는 비드웰의 옆에 섰다. 매튜는 한 팔로 아침 식사를 담은 접시들을 식탁에서 훑어 밀어버렸다. 접시들은 무시무시한 소리를 내며 바닥에 떨어져 깨졌다.

비드웰은 분노로 얼굴을 검게 물들이고 불룩한 배를 출렁이며 일어서려 했지만, 매튜에게 제지당했다. 매튜는 한 손으로 그의 오른쪽 어깨를 잡아 온몸의 무게를 실어 내리눌렀다. 그리고 비드웰의 얼굴에 자기 얼굴을 바짝 들이밀었다.

"당신이 불쌍한 인간이라고 부른 그 사람은……."

매튜의 목소리에는 으스스한 속삭임 이상의 것이 담겨 있었다.

"……온 마음과 영혼을 다해 당신에게 봉사했어."

매튜의 눈이 비드웰을 태워버릴 듯이 이글거렸다. 파운트로열의 주인은 순간 얼어붙었다.

"당신이 불쌍한 인간이라고 부른 그 사람은 당신에게 충실히 봉사했기 때문에 죽어가고 있는 거야. 그리고 당신은, 그 많은 돈과 훌륭한 옷과 허풍들을 가지고 있어도, 그 더러운 혓바닥으로 판사님의 부츠를 닦을 만큼의 가치도 없어."

비드웰이 갑자기 웃음을 터뜨리는 바람에 매튜는 뒤로 물러섰다.

"그게 네가 할 수 있는 최악의 모욕이냐?"

비드웰이 눈썹을 치켜세웠다.

"이봐. 넌 아마추어야! 어쨌든 부츠에 관해서는, 그 부츠가 판사의 것이 아니라는 점을 상기시켜줘야겠구나. 사실 네가 지금 입고 있는 옷가지들도 다 내가 준 것이지. 너는 이 마을에 거의 벌거벗은 채 들어왔어. 두 사람 다 말이야. 그러니 네가 내 면전에서 모욕을 날리는 바로 이 순간에도 내가 너를 입혀주고, 먹여주고, 재워주고 있다는 점을 기억해라."

비드웰은 곁눈질로 네틀즈 부인이 들어온 것을 보고, 고개를 부인 쪽으로 돌려 말했다.

"괜찮소, 네틀즈 부인. 우리 젊은 손님이 꼬리를 드러내는 바람에……."

현관문 쪽에서 문이 벌컥 열리는 소리가 그의 말을 방해했다.

"이런 우라질, 또 뭔 일이야?"

비드웰이 매튜의 손을 옆으로 치우고 벌떡 일어섰다.

에드워드 윈스턴이 식당으로 뛰어 들어왔다. 지금까지 보아왔던 윈스턴과는 다른 사람이었다. 여기까지 달려왔는지 숨을 몹시 헐떡이고, 얼굴은 뭔가 충격적인 것을 본 듯 창백하게 질려 있었다.

"무슨 일이야? 자네 얼굴이 꼭……."

비드웰이 말을 끝맺기도 전에 윈스턴이 소리쳤다.

"니콜라스가!"

윈스턴은 손으로 이마를 짚었다. 기절하지 않으려 애쓰는 것 같았다.

"니콜라스가 왜? 정신 차리고 말을 해!"

"니콜라스가…… 죽었어요."

윈스턴의 입은 헤벌어진 채 다음에 나올 적당한 말을 찾으려 애썼다.

"살해당했어요."

비드웰은 한 대 맞은 듯 휘청거렸다. 하지만 곧장 자세를 바로잡고 통제력을 발휘했다.

"더 이상 말하지 말게!"

비드웰은 네틀즈 부인에게도 말했다.

"하인에게도, 누구에게도 절대 말하지 마시오! 내 말 알겠소?"

"네, 알겠습니다."

네틀즈 부인도 자기 주인만큼이나 충격을 받은 듯 보였다.

"어디 있나?"

비드웰이 윈스턴에게 물었다.

"시체 말이야! 어디 있냐고?"

"페인의 집에요. 지금 거기에서 오는 길입니다."

"확실해?"

윈스턴은 비참함과 메스꺼움이 뒤섞인 미소를 희미하게 지어 보였다.

"가서 직접 보십시오. 그러면 그 광경을 쉽게 잊을 수 없을 겁니다."

"같이 가세. 서기, 너도 따라와라. 네틀즈 부인, 명심해요. 이 일에 대해서 누구에게도 한 마디도 하지 마시오!"

이른 햇살을 받으며 걷는 동안, 비드웰은 그 정도 덩치의 남자로서는 꽤 빠른 걸음을 유지했다. 몇몇 주민들이 아침 인사를 했고,

비드웰은 최대한 근심 걱정 없는 태도로 대꾸를 했다. 한 농부가 비드웰을 불러 세우고 다가올 처형에 대해 얘기하려고 할 때에서야 비드웰은 개가 벼룩을 귀찮아하는 표정으로 잠깐 멈춰 일갈을 했다. 얼마 뒤 비드웰과 윈스턴, 매튜는 니콜라스 페인의 집에 도착했다. 하모니 거리에 있는 윈스턴의 덧문 달린 돼지우리로부터 북쪽으로 네 번째 집이었다.

페인의 집은 문이 모두 닫혀 있었다. 윈스턴은 문에 가까워질수록 걸음이 차차 느려지더니, 마침내 완전히 멈춰 섰다.

"얼른 와! 왜 그래?"

비드웰이 말했다.

"저는…… 여기 있겠습니다."

"얼른 오라고 했잖나!"

"아뇨."

윈스턴이 완강하게 대답했다.

"맹세컨대 저는 저곳에 다시는 들어가지 않을 겁니다!"

비드웰이 윈스턴의 무례한 태도에 벼락을 맞은 듯 놀라 입을 벌리고 그를 바라보았다. 매튜는 두 사람을 지나쳐 빗장을 들어 올리고 문을 밀어 열었다. 그가 문을 여는 동안 윈스턴은 고개를 돌리고 몇 걸음 뒤로 물러섰다.

가장 먼저 어마어마한 피비린내가 훅 끼쳤다. 다음으로 분주하게 날아다니는 파리들이 눈에 띄었다. 세 번째로 보인 것은, 닫힌 덧문 틈새로 주황빛 햇살이 비스듬히 흘러드는 가운데 놓여 있는 시체였다.

네 번째로, 속에 든 것이 올라왔다. 만일 매튜가 아침을 먹었다면 분명히 그것을 토해냈을 것이다.

"오…… 예수님."

매튜 뒤에 서 있던 비드웰이 나지막하게 내뱉었다. 비드웰은 눈앞에 펼쳐진 장면에 완전히 압도당한 듯했다. 그는 허둥지둥 밖으로 나가서는 집 뒤로 돌아가 지나가는 사람들이 보지 않는 곳에서 소시지와 절인 멜론을 토했다.

매튜는 집 안으로 들어가 이 광경이 거리에서 보이지 않도록 문을 닫았다. 그는 문에 등을 기대고 섰다. 상쾌한 아침 햇살이 페인이 앉아 있는 의자를 둘러싼 거대한 피 웅덩이에 반사되어 반짝거렸다. 남자의 혈관에서 마지막 피 한 방울까지 모조리 쏟아져 마루 위로 흘러내린 것인지, 시체는 밀랍처럼 누르께한 색을 띠고 있었다. 페인은 똑바로 앉은 자세였고, 팔은 등 뒤에서 밧줄로 묶이고 발목은 의자 다리에 묶여 있었다. 신발과 양말은 보이지 않았고, 발목과 발은 동맥이 길게 베여 있었다. 양팔의 안쪽도 그와 비슷하게 팔꿈치부터 절단되어 있었다. 매튜는 자리를 옮겨 깊게 베인 상처가 손목까지 이어진 것을 확인했다. 그는 붉은 피바다에 발이 빠지지 않도록 주의하며 시체에 조금 더 가까이 다가갔다.

페인의 머리는 뒤로 젖혀져 있었다. 입안에는 노란색 천이 틀어박혀 있었는데, 양말 같았다. 그의 눈은 다행스럽게도 감겨 있었다. 목 주위로는 올가미 매듭이 지어져 있었다. 이마 오른쪽에 잔인하게도 검은 멍이 들어 있었고, 양쪽 코에서 흘러나온 피가 흰 셔츠를 물들이고 있었다. 파리 열댓 마리가 시체의 상처 주위를 기어 다녔고, 발 근처에서도 피의 성찬을 즐기고 있었다.

문이 열리고 비드웰이 들어왔다. 그는 손수건으로 입을 막은 채 얼굴에는 땀을 방울방울 흘리고 있었다. 비드웰은 재빨리 문을 등 뒤로 닫고 멍하니 서서 학살 현장을 바라보았다.

"또 토하지 마세요."

매튜가 경고했다.

"그러면 저도 같이 할 것 같거든요. 그렇게 한다고 이곳이 더 예빠지는 것도 아니니까요."

"이제 괜찮아."

비드웰이 꺽꺽거리는 소리로 대답했다.

"나는…… 오, 하느님…… 오, 주여…… 도대체 누가 이런 짓을 했을까?"

"누군가 살해당했다는 것은 누군가가 처형을 했다는 거죠. 이게 바로 증거입니다. 저기 교수대의 올가미 보이세요?"

"그래."

비드웰이 재빨리 시선을 돌렸다.

"저자는…… 저자는 피를 전부 다 흘린 거지? 그렇지?"

"동맥이 전부 잘린 것 같아요. 맞아요."

매튜는 시체의 등 쪽으로 돌아가서 피 웅덩이에 발이 닿지 않는 곳까지 최대한 가까이 다가갔다. 페인의 정수리 부근에 피와 조직이 붉게 엉겨 있는 모습이 보였다.

"페인 씨를 죽인 사람은 먼저 뭉툭한 물체로 머리를 가격해서 의식을 잃게 만들었어요."

매튜가 말했다.

"페인 씨는 뒤에 서 있던 사람에게 머리를 맞았어요. 꼭 그랬어야만 했을 거예요. 그렇지 않았다면 페인 씨가 훨씬 더 강한 상대였을 테니까요."

"이건 악마의 소행이야!"

비드웰의 눈빛에는 생기가 없었다.

"사탄이 직접 이런 일을 한 게 틀림없어!"

"만일 그랬다면, 사탄은 사람 혈관에 대해 의학적인 지식이 있는 거예요. 보시면 아시겠지만 페인 씨의 목은 절단되지 않았어요. 제가 알기론 그로브 신부님과 대니얼 호워스의 경우는 그런 식으로 죽었죠. 페인을 살해한 사람은 페인이 천천히, 처형당하는 식으로 피를 흘리며 죽기를 바랐던 거예요. 아마 페인은 그러는 과정에서 의식을 되찾았을 거예요. 그래서 다시 이마를 맞은 거죠. 만일 그 뒤에 다시 의식을 찾았다면, 그때쯤에는 저항하기엔 너무 약해져 있었을 거예요."

"오오…… 속이. 오, 하느님…… 또 토할 것 같다."

"나가세요, 그럼."

하지만 비드웰은 고개를 숙이고 올라오는 것을 막으려 애썼다. 매튜는 방을 둘러보았다. 소란이 일어났던 흔적은 없었다. 매튜는 근처의 책상을 살펴보았다. 의자가 없는 걸로 봐서 페인이 지금 앉아 있는 의자가 책상 의자 같았다. 책상의 압지 위에는 종이가 한 장 있었고, 거기에 몇 줄이 적혀 있었다. 잉크병은 열려 있었고, 마루에는 펜이 놓여 있었다. 초에서 흐른 촛농이 매튜의 시선을 끌었다. 매튜는 의자가 있던 곳과 책상 사이의 마룻바닥에서 핏방울과 피가 스민 흔적을 발견했다. 그는 책상으로 걸어가 종이에 적힌 내용을 소리 내어 읽었다.

"나, 니콜라스 페인은…… 1699년 5월 18일에 건전한 정신과 자유 의지로 다음의 살인을 자백……."

여기에서 잉크가 번져 있고 글은 끝났다.

"자정이 지나서 썼나보네요. 아니면 오늘 날짜를 쓸 만큼 자정 무렵에 가까웠을 때였거나."

매튜가 말했다.

방에는 매튜의 시선을 끄는 다른 것도 있었다. 침대 위에 트렁크가 열려 있고 그 안에는 옷가지들이 들어 있었다.

"파운트로열을 떠날 생각이었나 보네요."

비드웰은 두려운 눈빛으로 홀린 듯 시체를 바라보았다.

"이자가…… 무슨 살인을 고백하려던 걸까?"

"예전 일이겠지요. 페인 씨는 과거에 죄를 좀 지었잖아요. 그중 하나가 이 사람을 붙잡은 것 같은데요."

매튜는 침대 쪽으로 걸어가 트렁크에 든 물건을 살펴보았다. 옷이 아무렇게나 던져져 있는 것으로 보아 서둘러 떠나려던 것 같았다.

"악마가 이런 일을 했다고는 생각하지 않는 거냐? 마녀가 그랬거나?"

"네. 신부님과 대니얼 호워스의 살인은, 사람들이 설명해준 걸로 이해한 바로는 빨리 죽일 목적이었어요. 하지만 이번엔 질질 끌며 죽였고요. 그리고 비드웰 씨도 눈치챘겠지만 다른 살인과는 달리 동물의 앞발로 공격한 흔적이 없어요. 이건 복수심에 찬 손이 아주 날카로운 칼로…… 뭐랄까요…… 절단에 능한 숙련된 손이 한 짓이에요."

"오, 나의 하느님…… 이제 어쩌지?"

비드웰은 떨리는 손으로 이마를 짚었다. 가발은 정수리에서 한쪽으로 흘러내려 있었다.

"사람들이 이걸 알게 된다면…… 우리 가운데 또 다른 살인자가 있다는 걸 알게 된다면…… 오늘이 다 가기도 전에 파운트로열에는 쥐새끼 한 마리 남지 않을 거야!"

"그 말씀은 맞아요. 이 사건은 알려봐야 좋을 게 없어요. 그러니 공개하지 마세요."

"그럼 어쩌라는 거냐? 시체를 숨기라고?"

"자세한 건 비드웰 씨가 정해야죠. 하지만, 네, 시체를 시트로 싸서 시간이 좀 흐를 때까지 숨겨둘 것을 권합니다. 물론 더 오래 둘수록…… 불쾌한 일이 되겠지만요."

"페인이 아무도 몰래 파운트로열을 떠난 것처럼 꾸밀 수는 없어! 이 사람은 여기에 친구들이 있다고! 그리고 적어도 기독교인으로서 장례를 치를 권리가 있어!"

매튜는 비드웰을 똑바로 쳐다보았다.

"그건 비드웰 씨 선택입니다. 당신 책임이기도 하고요. 아무튼 비드웰 씨가 이 사람의 고용주이고 오가는 걸 지시하잖아요."

매튜는 다시 시체 주위를 돌아 걸어 문으로 향했다. 문 앞에는 비드웰이 버티고 서 있었다.

"좀 나가도 될까요?"

"어딜 가는데? 못 간다!"

비드웰의 눈에 공포의 빛이 서렸다.

"아니, 갈 수 있어요. 제가 누구한테 이 얘기를 할 걱정은 안 하셔도 좋아요. 그러지 않겠다고 맹세해요."

한 사람만 빼고. 지금 가서 대면할 한 사람. 매튜는 속으로 덧붙였다.

"제발…… 자네 도움이 필요해."

"그 말씀이 침대 시트를 벗기고, 시체를 시트로 둘둘 감고, 마루를 재와 타르 비누로 문지르는 도움의 손길이 필요하다는 뜻이라면…… 저는 비드웰 씨의 고귀한 요청을 거절해야겠습니다. 윈스턴 씨가 도와드릴 수 있을 거예요. 하지만 아무리 강요하고 협박해도 윈스턴 씨가 저 문턱을 넘어 여기 들어올 수 있을지는 심히 의심스럽네요."

매튜가 딱딱한 미소를 지었다.

"그러니…… 실패를 혐오하는 분께 한 말씀드리자면…… 눈앞의 도전에 성공하기를 진심으로 바랍니다. 그럼 안녕히 계세요."

매튜는 비드웰을 문에서 떼어내기 위해 헤라클레스가 가진 힘만큼의 노력이 필요할 거라고 생각했지만, 파운트로열의 주인은 결국 옆으로 비켜섰다.

매튜가 문을 열자, 비드웰이 작은 목소리로 말했다.

"아까…… 재와 타르 비누라고 했나?"

"모래도 약간요."

매튜가 충고했다.

"그게 선원들이 갑판에 묻은 피를 닦을 때 쓰는 방법 아닌가요?"

비드웰은 대답하지 않고, 손수건으로 입을 막은 채 시체를 바라보며 서 있었다.

바깥 공기는 그 이상 달콤할 수가 없었다. 매튜는 다시 문을 닫았다. 배 속은 여전히 요동을 쳤고, 식은땀이 등골을 타고 흘러내렸다. 매튜는 윈스턴에게 다가갔다. 윈스턴은 몇 미터 떨어진 참나무 그늘에 서 있었다.

"페인 씨를 어떻게 발견하신 거예요?"

매튜가 물었다.

윈스턴은 여전히 멍한 채, 낯빛이 돌아오지 않은 상태였다.

"나는…… 그게…… 니콜라스에게 찰스타운까지 나를 에스코트해달라고 할 생각이었어. 물자 공급 협상을 하러 간다고 속여서."

"그다음에 돌아오지 않을 생각이었어요?"

"응. 니콜라스와 헤어져서 댄포스를 보러 갈 계획이었다. 그러고 나서…… 그냥 찰스타운에서 길을 잃어버리는 거지."

"글쎄요. 원하던 일의 절반은 이루어졌네요. 실제로 윈스턴 씨는 갈 곳을 잃었으니까요. 그럼 안녕히."

매튜는 윈스턴에게서 돌아서서 하모니 거리를 따라 왔던 길을 되짚어 걸어갔다. 그 길에 진료소가 있었다.

곧 매튜는 진료소 문 앞에 서서 초인종 줄을 잡아당겼다. 다섯 번째 종이 울릴 때까지도 대답이 없었다. 매튜는 문을 흔들어보았다. 빗장은 걸려 있지 않았다. 매튜는 의사의 집으로 들이갔다.

현관에는 금색 새장에 든 카나리아 두 마리가 있었다. 카나리아들은 덧문을 통해 새어드는 빛줄기를 향해 행복하게 지저귀고 있었다. 매튜는 다시 문을 발견하고 노크를 했지만, 여전히 대답이 없었다. 매튜는 그 문을 열고 과감하게 복도로 들어섰다. 안쪽으로 세 개의 방이 있었는데, 앞의 두 방은 문이 조금 열려 있었다. 첫 번째 방에는 이발소에 놓는 의자와 면도날을 가는 가죽띠가 있었다. 두 번째 방에는 말끔하게 정리된 빈 침대가 세 개 놓여 있었다. 매튜는 복도를 따라 세 번째 방을 향해 갔고, 문 앞에서 다시 노크를 했다.

대답이 없자 매튜는 문을 열고 들어갔다. 신기한 병과 비커들로 미루어보아 의사의 화학 실험실인 듯했다. 하나뿐인 덧문 틈으로 새어 들어온 환한 빛줄기들이 푸르스름한 연기 구름에 흐려졌다.

벤자민 쉴즈는 클램프처럼 생긴 작은 물건을 오른손에 쥐고 벽에 등을 기댄 채 의자에 앉아 있었다. 그 물건이 가는 연기 기둥을 만들고 있었다. 구름 같은 연기에서 불에 태운 땅콩과 불붙은 밧줄의 냄새를 섞은 듯한 향이 났다.

의사의 얼굴은 그림자에 가려져 있었고, 더러운 빛줄기가 빛바랜 옷의 오른쪽 어깨와 팔 위를 가로질렀다. 쉴즈의 안경은 그의 오른쪽에 있는 책상 위에 놓여 있었다. 다리는 발목께에서 무심한 자세로 교차되어 있었다. 매튜는 쉴즈가 아무 말 없이 둘둘 만 담배 막대기처럼 생긴 물체를 들어 입술로 가져가 천천히 연기를 들이마시는 모습을 바라보았다.

"페인 씨가 발견되었어요."

매튜가 말했다. 연기를 들이마실 때처럼 천천히 쉴즈는 그 물체를 입에서 뗐다. 비스듬히 비치는 햇살에 연기가 반짝이며 떠돌았다.

"의사의 강령은 사람의 목숨을 살리는 것인 줄 알았는데요, 빼앗는 게 아니라."

매튜가 말을 이었다. 다시 한 번, 쉴즈는 막대기에서 연기를 들이마시고 잠시 머금었다가 연기를 뿜어냈다.

매튜는 유리병과 물약병, 비커 같은 것들을 둘러보았다.

"선생님, 선생님은 이 도구들만큼이나 투명한 사람입니다. 도대체 무슨 이유로 그런 잔혹한 짓을 저지른 겁니까?"

여전히 대답이 없었다.

매튜는 자신이 호랑이 굴에 들어온 것처럼 느껴졌다. 호랑이는 먹잇감에게 송곳니와 앞발을 드러내고 덤벼들기 전에, 고양이처럼 먹잇감을 가지고 놀고 있었다. 매튜는 뒤에 있는 문의 위치를 마음속에 단단히 새겼다. 페인이 살해당한 방법의 잔인성은 부인할 수 없었고, 매튜에게서 3미터도 떨어져 있지 않은 곳에 있는 저 남자가 그 잔인성의 소유자였다.

"제가 가능한 이야기를 만들어볼까요?"

쉴즈는 여전히 아무 말이 없었지만 매튜는 이야기를 계속했다.

"페인 씨가 몇 년 전 당신에게, 아니면 당신 가족에게 끔찍한 일을 저질렀습니다. 가족 중 누구를 죽인 건가요? 아들? 아니면 딸?"

잠시 기다렸지만 아무 반응도 없었고, 연기 구름만 더 뿜어져 나올 뿐이었다.

"분명히 페인 씨가 그런 짓을 저질렀어요."

매튜가 말했다.

"총을 쐈겠죠. 하지만 그가 먼저 다쳤고, 따라서 제 생각엔 페인 씨의 희생자는 남자였을 것 같아요. 페인 씨는 다친 곳을 치료하기 위해서 의사를 찾아야 했을 거예요. 그렇게 해서 그의 뒤를 쫓았나요? 그자를 치료해준 의사를 찾아서, 페인 씨를 그 시점부터 쫓은 건가요? 그렇게 하는 데 몇 달이 걸렸나요? 그보다 더 걸렸을까요? 몇 년?"

매튜가 고개를 끄덕였다.

"네. 몇 년은 걸렸을 거예요. 지겨운 증오의 계절이 수없이 지나갔겠죠. 한 남자가 절망의 끝에서 완전히 치유되어 일어설 수 있기까지 그 정도는 걸릴 거예요."

쉴즈는 불이 붙은 담배 막대기의 끝을 바라보았다.

"그러다가 페인 씨의 아내가 죽은 상황도 알게 되었던 거죠."

매튜가 말했다.

"하지만 페인 씨는 과거를 뒤에 남겨두기를 원했기 때문에, 파운트로열의 누구에게도 자신이 결혼했었다는 사실을 말하지 않았어요. 그는 당신이 자기 과거를 알고 있다는 사실을 알고 정말 깜짝 놀랐을 겁니다……. 그리고 그는 똑똑한 사람이었기 때문에, 당신이 그걸 왜 알고 있는지도 깨달았겠죠. 그래서 당신은 자정 무렵에 그의 집으로 갔죠. 맞나요? 제 생각엔 밧줄과 칼 같은 것들은 모두 가방에 넣어 가지고 갔지만, 그건 밖에 남겨두었을 것 같아요. 페인 씨가 자백서를 쓰고 곧바로 파운트로열을 떠나면 침묵을 지키겠다고 제안했나요?"

연기가 천천히 불빛 속을 떠돌았다.

"페인 씨는 당신이 자기를 죽이기 위해 그곳에 왔다고는 상상도 하지 못했어요. 그는 당신이 비드웰과 온 마을 앞에서 자신의 가면을 벗기는 데만 관심이 있다고 생각했을 테고, 자백이 전부라고 생각했을 거예요. 그래서 당신은 페인 씨가 의자에 앉아 글을 쓰게 만들었고, 뭉툭한 둔기로 그자의 머리를 후려칠 기회를 잡은 거예요. 그 무기는 숨겨 가지고 갔나요? 아니면 원래 그곳에 있던 건가요?"

아무 대답이 없었다.

"그러고 나서 당신이 즐긴 순간이 왔죠."

매튜가 말했다.

"분명히 즐겼을 거예요. 그렇게 예술적으로 처리하다니. 그의 동맥을 자르면서 그를 조롱했나요? 페인 씨의 입에는 재갈이 물려 있었고, 머리는 깨지기 직전이었고, 피는 세차게 뿜어져 나왔어요. 페인 씨는 의자를 뒤집기에는 힘이 너무 약했을 거예요. 하지만 상관없었겠죠. 그자는 아마도 죽어가는 동안 당신이 자기를 조롱하는 소리를 들었을 거예요. 그 생각을 하면 대단히 흡족한 기분이 드시나요, 선생님?"

매튜는 눈썹을 치켜세웠다.

"당신이 그토록 오랫동안 꾸준히 추적했던 남자가 이제 피가 모두 빠져나간 껍데기가 되었으니, 오늘 아침은 당신 인생에서 가장 행복한 아침인가요?"

쉴즈는 막대기를 한 모금 빤 뒤 연기를 뿜어내고는 앞으로 몸을 기울였다. 불빛이 땀에 젖은 쉴즈의 얼굴을 어루만졌고, 그의 눈 아래로 거의 광기에 가까운 짙은 보라색 그림자를 만들었다.

"젊은 친구."

쉴즈가 감정을 억제한 목소리로 나지막하게 말했다.

"한 가지 말해줄 게 있는데…… 근거 없는 비난은 대단히 분별 없는 짓이야. 내 관심은 오로지 판사님의 건강뿐이다……. 다른 어떤 정신적인 압박보다도 더. 그러니…… 판사님이 오늘 밤을 넘기고 일어서길 바란다면…… 네가 해야 할 일은……."

쉴즈는 점점 짧아지는 막대기에서 또 한 번 연기를 빨았다.

"……내가 자유롭게 판사님을 돌볼 수 있도록 확실하게 보상해 주는 거다."

쉴즈는 다시 뒤로 기대어 앉았고, 그림자가 그의 얼굴에 드리워졌다.

"하지만 이미 그렇게 결심을 한 것 같은데? 안 그러냐? 아니면 여기에 이렇게 혼자 오지는 않았을 테지."

매튜는 방 안을 천천히 가로질러 움직이는 연기를 바라보았다.

"그래요."

매튜는 자신의 영혼이 저 작은 연기 구름들보다도 더 불안정하다고 느꼈다.

"이미 결심했어요."

"아주 훌륭한…… 멋진 결정이다. 오늘 아침엔 좀 어떠셨냐?"

"나빠요."

매튜가 바닥을 내려다보았다.

"헛소리를 하셨어요."

"음…… 좋아지다가 나빠지다가 하는 거야. 너도 알다시피 열이 심하니까. 하지만 그 유리컵 요법이 효과가 있을 거다. 오늘은 관장을 할 생각이야. 그게 회복에 도움이 될 거다."

"회복?"

매튜는 비웃는 기색으로 말했다.

"정말로 판사님이 회복하실 거라고 믿나요?"

"나는 판사님에게 가능성이 있다고 진심으로 믿어."

쉴즈가 대답했다.

"보잘것없는 가능성이긴 하지만. 그건 맞다……. 하지만 그런 좋지 않은 상태에서도 일어난 환자들을 봐왔어. 그러니…… 우리가 할 수 있는 최선은 처치를 계속하고 판사님이 반응을 보이기를 기도하는 것뿐이다."

미친 짓이라고 매튜는 생각했다. 여기 서서 반쯤 미친 백정과 치료법을 얘기하다니! 기도에 관해 얘기를 하다니! 참 고상하기도 한 미친 짓이었다! 하지만 달리 무슨 선택을 할 수 있단 말인가? 매튜는 비드웰이 한 말을 떠올렸다. 그 말에 버럭 화를 내긴 했지만 그 말은 진실이었다. **찰스타운까지 여행을 했다간 그 불쌍한 인간은 죽게 될 거야.**

화창한 봄날이건 아니건, 바깥 공기와 그 공기가 품고 있는 늪지대의 기운은 우드워드의 남은 기력에 치명적이었다. 그런 길 위로 마차를 타고 여행하는 것은 아무리 몸을 단단히 감싸더라도 우드워드에게는 고문일 것이다. 그토록 간절히 우드워드를 찰스타운에 데려가기를 원하지만, 매튜는 우드워드가 과연 살아서 그곳에 도착하게 될지 진심으로 의심스러웠다.

그러니 이 남자를 신뢰할 수밖에 없는 것이다. 이 의사를. 이 살인자를. 매튜는 선반에서 모르타르와 작은 공이를 발견하고는 말했다.

"판사님을 위해 약을 좀 조제해줄 수 없나요? 열을 다스릴 수 있는 약을요."

"신열은 혈류에 무반응인 것만큼이나 약에도 반응을 안 해."

쉴즈가 말했다.

"그리고 정확히 해두려고 말하는데, 찰스타운에서 의약품이 아주 찔끔찔끔 오고 있어서 말라죽게 생겼어. 하지만 이곳에 식초랑 우산이끼, 리모늄(레몬 껍질에서 추출한 기름을 뜻하는 라틴어-옮긴이)이 좀 있어. 그걸 럼주 한 컵과 아편하고 좀 섞어서 드시게 할 수 있다……. 그러니까…… 하루에 세 번. 그러면 피가 충분히 데워져서 염증을 이겨낼 수 있을 거야."

"지금은 무엇이든 시도해볼 가치가 있어요……. 판사님을 독살하는 것만 아니라면요."

"난 내 약에 대해 잘 알고 있어, 젊은 친구. 그 점은 확신을 가지고 안심해도 돼."

"안심은 하지 않아요. 확신하지도 않고요."

"맘대로 하려무나."

쉴즈는 막대기가 꽁초가 다 되었는데도 계속 피웠다. 푸른 구름이 뿜어져 나오면서 얼굴을 가려 쉴즈의 표정을 더 이상 살펴볼 수 없게 되었다. 매튜는 길고 무거운 한숨을 내쉬었다.

"당신이 페인 씨를 죽일 충분한 이유가 있다는 점은 알아요. 하지만 당신은 분명히 그 과정을 즐겼던 것 같아요. 교수대의 올가미는 좀 너무했다고 생각지 않아요?"

쉴즈가 말했다.

"판사님의 치료에 대한 우리의 토론은 끝났다. 가봐라."

"네, 갈 겁니다. 하지만 개업이 실패해서 보스턴을 떠났다는

니…… 정착지의 건설을 도와서 당신 이름을 영원히 이 진료소에 걸게 하고 싶다느니…… 그런 얘기들은 전부 거짓말이었죠. 안 그래요?"

매튜는 기다렸지만 답이 없으리라는 것을 잘 알았다.

"단 하나 당신이 진정으로 성취하고 싶었던 건 니콜라스 페인을 죽게 하는 것이었어요."

이 말은 질문으로 끝맺지 않았다. 매튜가 알고 있는 사실이라 굳이 답이 필요 없었기 때문이었다.

"그럼 가라. 나가는 곳은 알려주지 않아도 되겠지."

쉴즈가 조용히 말했다.

더 이상 할 말이 없었고, 더 이상 얻을 것도 없었다. 매튜는 의사의 서재에서 물러나 문을 닫고, 멍한 상태로 복도를 따라 걸어 나왔다. 그 담배 막대기가 뿜어내는 밧줄 타는 냄새가 매튜의 코에 달라붙어 있었다. 그는 밖에 나와서 맨 먼저 고개를 하늘로 쳐들고 크게 숨을 들이마셨다. 그러고 나서 비드웰의 저택 쪽으로 걸어갔다. 이 투명하고 완벽한 날에 그의 머리는 여전히 안개 속에 싸여 있었다.

30

매튜의 방문을 두드리는 소리가 들렸다.

"코빗 씨?"

네틀즈 부인이었다.

"본 씨가 모시러 왔어요."

"본 씨요?"

의자에 앉아 초저녁의 황혼 아래 졸고 있던 매튜는 벌떡 일어나 문을 열었다.

"무슨 일인데요?"

네틀즈 부인은 매튜의 모자란 기억력을 조용히 나무라는 듯 입술을 오므렸다.

"저녁 식사에 모셔 가려고 왔어요. 식사는 6시에 있을 거라던데요."

"아, 잊고 있었어요! 지금 몇 시죠?"

"벽난로 시계를 보니 거의 5시 반이 다 되었더군요."

"오늘 같은 밤엔 정말로 저녁 식사를 하러 나가고 싶지 않네요."

매튜가 흐릿한 눈을 비비며 말했다.

"그렇겠죠."

네틀즈 부인이 말했다.

"비록 제가 루크리셔 본을 좋아하진 않지만, 코빗 씨에게 호의를 베풀기 위해 노력을 했다는 건 저라도 알 수 있어요. 그 사람들을 실망시켜서는 안 돼요."

매튜는 고개를 끄덕였지만, 찡그린 얼굴을 숨길 수는 없었다.

"부인 말씀이 옳아요. 알겠어요, 그럼. 본 씨에게 곧 내려가겠다고 전해주세요."

"네. 아…… 오늘 아침 이후에 비드웰 시장님을 본 적 있나요?"

"아뇨."

"항상 저녁 식사를 드실지 말씀해주시는데. 어떻게 할지 말을 안 해주시면 닻 없이 표류하는 기분이에요."

"비드웰 씨는…… 페인 씨와 관련된 불상사를 마무리하고 계실 거예요."

매튜가 말했다.

"부인이나 다른 사람들 모두 그분이 한번 일에 몰두하면 어떻게 되는지 잘 알 테지요."

"아, 그래요. 정말로! 하지만 내일 저녁에 파티 비슷한 것이 있어서요. 비드웰 시장님이 배우들을 몇 명 저녁 식사에 초대하셨거든요. 그런 비극이 일어나긴 했어도, 저녁 식탁에 뭘 올리고 싶어 하시는지는 알아야 하는데."

"밤에 돌아오실 거 같은데요."

"그러시겠죠. 살인 사건에 대해서는 아무에게도 말 안 했어요. 그분이 바라는 대로요. 혹시 코빗 씨는 누가 그런 짓을 했는지 짚이는 데가 있어요?"

"레이첼도 아니고, 악마도 아니고, 상상 속의 악마도 아니에요. 궁금하신 게 그거라면요. 이 사건은 인간의 소행이에요."

매튜는 더 이상은 말하지 않았다.

"실례할게요. 이제 준비를 해야겠네요."

"그래요. 본 씨에게 전할게요."

낮에 자란 수염을 서둘러 깎고 얼굴을 씻으면서, 매튜는 혼자 있고 싶은 생각이 간절했음에도 친목 관계를 위해 마음을 다잡았다. 매튜는 그날 하루 종일 판사를 돌보면서 보냈다. 쉴즈가 판사에게 고통스러운 관장을 하는 것을 지켜보았고, 새 붕대에 송유를 발라 우드워드의 가슴에 붙이고 송유 연고도 코 주위에 발라주었다. 의사는 아침에 걸쭉한 호박색 액체를 가져왔고, 판사는 그걸 무척이나 힘들어하며 삼켰다. 쉴즈는 오후 4시쯤에 다시 그 약을 먹도록 지시했다. 매튜는 쉴즈의 손을 보며 그 손이 간밤에 했던 소름 끼치는 행동을 연상할 수밖에 없었는데, 어쩔 수 없는 일이었다.

만일 빠른 결과를 기대했다면 실망이었다. 우드워드는 하루의 대부분을 인사불성 상태로 지냈고 열은 그야말로 무자비했다. 하지만 한 번 깨어서 매튜에게 호워스 부인의 처형 준비가 잘 되어가느냐고 물었다. 그러니 적어도 섬망 상태에서는 벗어난 듯 보였다.

매튜는 새 셔츠를 꺼내 입고 목까지 단추를 채웠다. 그러고 나서 방을 나와 계단을 내려갔다. 그를 기다리고 있던 사람은 마르고 체구가 작은 남자로, 회색 옷을 입고 흰 양말과 앞코가 각진 번쩍이는 검은 구두를 신고 있었다. 머리에는 갈색 삼각 모자를 쓰고 초가 두 개 들어 있는 등잔을 들고 있었다. 매튜는 남자가 입은 바지의 무릎 부분에 천 조각이 덧대어져 있고 웃옷의 치수가 두 치수는 크다는 사실을 금방 눈치챘다. 아마도 빌린 옷이거나 교환한 옷일 것이다.

"아, 코빗 씨!"

남자는 힘 있게 미소를 지어 보였지만, 다소 수척해 보이는 얼굴과 푹 꺼진 엷은 푸른색 눈에 깃든 무언가가, 그의 무기력한 기질을 암시했다.

“스튜어트 본이라고 합니다. 만나서 반갑습니다.”

매튜는 손을 잡고 건성으로 악수를 했다.

“안녕하세요. 저녁 식사에 초대해주셔서 감사합니다.”

“초대에 응해주셔서 저희가 감사하죠. 숙녀분들이 기다리고 있습니다. 가실까요?”

매튜는 안짱다리로 걷는 남자의 뒤를 따랐다. 하늘은 서쪽에서부터 붉은색으로 파운트로열의 지붕들을 물들였다. 가장 먼저 뜬 별이 머리 바로 위 불그스름한 주황색 하늘에서 빛났다. 바람은 부드럽고 따스했으며, 귀뚜라미들은 풀숲에서 요란스럽게 울어댔다.

“기분 좋은 저녁이죠? 이렇게 멋진 태양을 다시 보기 전에 물에 빠져 죽는 줄 알았습니다.”

본이 피스 거리를 벗어나 하모니 거리를 따라 걸어가면서 말했다.

“네, 힘든 시간이었을 겁니다. 당분간 구름이 오지 않을 테니 하느님께 감사할 일입니다.”

“마녀가 곧 죽게 될 것도 하느님께 감사해야죠! 마녀는 그 폭우에도 손을 뻗쳤을 거예요. 장담합니다!”

매튜는 신음으로 대답을 대신했다. 그는 오늘 밤이 아주 길 거라는 걸 깨달았다. 또한 그는 아직도 본이 했던 말을 가늠하는 중이었다. ‘숙녀분들이 기다리고 있습니다.’

두 사람이 반 군디의 주점을 지나는 동안, 안에서는 사람들의 소음과 기타와 드럼을 연주하는 패기 넘치는 두 음악가들의 카랑카랑한 노랫소리가 들려왔다. 혈기왕성하고 기운 넘치는 장소였다. 그곳을 지나치기가 아쉬운지 본이 애석해하는 눈빛으로 주점을 바라보았다. 잠시 뒤 그들은 니콜라스 페인의 집을 지났다. 매튜는 덧문 틈새로 보이는 불빛이 흥미로웠다. 비드웰이 무릎을 꿇고 앉아 마룻바닥의 피를 타르 비누와 재, 모래로 문지르고, 페인의 시체를 나중에 처리하기 위해 시트로 싸서 침대 밑에 쑤셔넣으며 운명을 저주하는 모습이 눈에 선했다. 윈스턴은 분명히 비드웰에게 왜 그 이른 아침에 페인을 보러 갔는지 그럴싸한 이유를 만들어냈을 것이다. 윈스턴은 영리한 거짓말쟁이니까.

"저희 집은 여기입니다."

페인의 집에서 길 건너 북쪽으로 두 집 더 가서, 불이 환하게 켜진 집을 가리키며 본이 말했다. 매튜는 페인이 루크리셔 본과의 육체관계를 인정했던 사실이 기억났고, 본 부인이 뜨거운 빵이 든 바구니를 들고 페인의 집으로 향하는 모습과 그 대가로 페인이 주머니에 피스톨을 넣고 부인의 문을 두드리는 장면이 떠올랐다.

집의 대문 위에는 '빵과 파이 매일 굽습니다'라고 쓴 작은 간판이 걸려 있었다.

"손님 모셔왔소!"

본이 문을 열며 소리쳤다. 매튜는 집으로 들어섰다.

집 안은 맛있는 냄새로 가득 차 있었다. 방금 구운 빵과 파이 냄새도 있었지만, 그와 함께 오랫동안 쌓인 과거의 향도 뒤섞여 있었다. 본 부인은 극도로 깔끔하고 수고를 아끼지 않는 손을 가진 것 같았다. 마루는 티끌 하나 없이 닦여 있었고, 흰색으로 칠한 벽은 난로의 검댕이나 연기의 흔적이 전혀 없었으며, 가구 표면도 매끈하고 광이 났다. 돌로 만든 커다란 난로 주위로 수많은 냄비와 그릇들이 줄지어 있고, 고리에 걸린 냄비 아래에서는 난롯불마저도 고상하게 타오르고 있었다. 조리 기구들도 깨끗이 닦여 있었다. 유쾌하고 따뜻한 분위기에 더하여, 야생화 몇 송이가 망치로 두들겨 만든 양철 그릇에 담겨 있었고, 초 열두 개가 이루는 사치가 황금색 빛을 드리우고 있었다. 방의 구석 난로 맞은편에 놓인 식탁에 눈처럼 흰 리넨 식탁보가 깔려 있고 네 자리가 마련되어 있었다.

여주인은 집 뒤쪽 침실로 보이는 곳에서 들어왔다.

"코빗 씨!"

본 부인은 이를 활짝 드러내며 미소를 지었다. 찬란한 태양마저 부끄러워질 미소였다.

"우리 집에 와주시다니 정말 기뻐요!"

"감사합니다. 본 씨께도 말씀드렸지만, 초대해주셔서 감사합니다."

"저희가 영광이죠!"

환한 불빛 아래에서 보니, 루크리셔 본은 정말로 아름다운 여인이었다. 레이스로 장식한 장밋빛 가운을 입은 모습은 멋졌고, 옅은 갈색 곱슬머리는 구릿빛으로 다채롭게 빛났다. 매튜는 페인이 어쩌다 그녀의 주문에 걸렸는지 훤히 알 수 있었다. 저 꿰뚫을 듯한 푸른 눈의 시선을 받으면 피가 끓는 것 같은 기분이 들었을 것이다. 실제로 매튜는 그녀의 당당한 존재 앞에서 녹아내리는 듯한 느낌을 받았다.

매튜의 기분을 알아챘는지, 본 부인은 자신의 개성이 가진 힘을 더욱 증폭시키는 것 같았다. 부인은 매튜에게 더 가까이 다가갔고, 매튜의 눈을 똑바로 쳐다보았다. 매튜는 향수에서 풍기는 복숭아 향을 느꼈다.

"저녁 식사 초대를 많이 받으셨겠죠."

본 부인이 말했다.

"우리 마을에 이런 지적인 신사를 모시는 건 흔히 있는 일이 아니랍니다. 스튜어트, 재킷 입고 있어요. 우리는 코빗 씨가 이런 변변찮은 식탁에 모습을 드러내주셔서 굉장히 기쁘게 생각하고 있어요."

마치 면도칼을 날렵하게 휘두르는 것처럼 본 부인이 남편을 보지도 않고 명령을 내렸다. 매튜의 왼쪽에 서 있던 스튜어트가 거의 다 벗은 재킷을 들고 있다가 어깨를 으쓱했다.

"모자는 벗고요."

스튜어트의 손이 즉시 아내의 명령에 복종했다. 숱이 적은 금발 머리가 드러났다.

"지성은 이런 시골 마을에서는 갈망의 대상이죠."

매튜는 본 부인이 자기에게 더 가까이 다가왔다고 느꼈지만, 그녀가 실제로 움직이는 모습을 본 것은 아니었다.

"셔츠 단추를 목까지 다 채우셨네요. 그게 찰스타운에서 지금 유행하는 방식인가요?"

"어…… 아뇨. 그냥 별생각 없이 한 건데요."

"아! 앞으로는 그게 유행이 될 거예요."

본 부인이 명랑하게 말하고는 고개를 돌려 뒷문을 바라보았다.

"셰리스? 얘야? 손님이 널 보고 싶어 하시는데!"

아무 대답이 없었다. 본 부인의 미소가 조금 날카로워진 것 같았다. 그녀의 목소리가 조금 더 높고 날카롭게 올라갔다.

"셰리스? 기다리고 있다니까!"

"아마…… 아직 준비가 안 된 걸 거요."

스튜어트가 온순하게 한마디 던졌다. 아내는 남편을 잡아먹을 듯이 노려보았다.

"가서 도와줘야겠어요. 잠시 실례해도 괜찮겠지요, 코빗 씨? 스튜어트, 손님께 와인이라도 좀 대접해드려요."

본 부인은 마지막 명령을 채 끝맺기도 전에 문으로 나가버렸다.

"와인……."

스튜어트가 말했다.

"그래, 와인! 맛을 좀 보시겠습니까, 코빗 씨?"

스튜어트는 다소 값비싸 보이는 초록색 유리 디캔터와, 에메랄드빛 유리로 만든 유리잔 세 개가 놓인 둥근 탁자로 다가갔다. 매튜가 "네"라고 대답하기도 전에, 스튜어트는 디캔터 뚜껑을 열고 와인을 따르기 시작했다. 스튜어트는 잔을 매튜에게 건네주고, 목구멍에 소금이 들어찬 선원과도 같은 열정으로 자신의 잔에도 와인을 따랐다.

매튜는 곧장 첫 모금을 마셨다. 약간 씁쓸한 맛이 나는 빈티지 와인이었다. 그때 뒷문 쪽에서 두 여자의 목소리가 들렸다. 한 목소리가 다른 한 목소리를 압도했는데, 두 목소리들이 점차 높아지고 하피들의 비명처럼 서로 얽히다가 마치 날개 달린 괴물들이 뾰족한 바위에 스스로 들이박기라도 한 듯 갑작스런 침묵이 흘렀다.

스튜어트가 목청을 가다듬었다.

"저는 한 번도 채찍을 맞아본 적이 없습니다. 결코 유쾌한 경험은 아닐 것 같은데요?"

"절대 아니죠."

매튜가 말했다. 그러면서 지옥의 몸부림이 맹렬히 계속되고 있을 뒷문 너머를 바라보았다.

"하지만 꽤 유익한 경험이었습니다."

"아, 그래요! 저도 그렇게 생각합니다! 그 대장장이를 다치게 하신 거죠? 글쎄요. 그렇게 하신 데에는 분명 이유가 있을 거라고 확신합니다. 말들을 학대하는 장면이라도 보셨나요?"
"음……."
매튜는 와인을 한 모금 제대로 마셨다.
"아뇨. 헤이즐턴 씨는 말들을 아주 아끼더군요. 말하자면…… 그런 일은 마구간에 두는 게 가장 안정적이죠."
"네, 물론입니다! 남의 사생활을 캐고 싶은 마음은 없으니까요."
스튜어트는 다시 한 모금 마셨고, 몇 초의 시간이 흐른 뒤 웃었다.
"아, 마구간에! 이제야 농담을 알아들었어요(매튜는 '마구간'과 '안정적인'의 뜻을 가진 stable이라는 단어를 이용해 말장난을 했다-옮긴이)!"
본 부인이 다시 나타났다. 그녀의 광채는 방금 문 뒤에서 일어났던 언쟁에도 전혀 훼손되지 않은 상태였다.
"죄송해요."
본 부인이 여전히 미소를 지으며 말했다.
"셰리스는…… 머리 손질하는 걸 좀 어려워하고 있어요. 좋은 모습을 보이고 싶어 해서요. 그 아이는 완벽주의자랍니다. 작은 흠도 아주 크게 생각하죠."
"그 엄마에 그 딸이야."
스튜어트가 잔을 입술에 가져다대기 전에 중얼거렸다.
"하지만 완벽주의자들이 없다면 이 세상이 어떻게 되겠어요?"
본 부인이 못마땅한 듯 남편의 말에는 대꾸하지 않고 매튜를 향해 말했다.
"제가 말씀드리죠. 온 세상이 온통 먼지와 더러움과 완벽한 혼란에 빠지게 될 거예요. 그렇지 않나요, 코빗 씨?"
"대재앙이 될 것은 뻔하죠."
매튜가 대답했다. 이 말만으로도 여자의 눈에 종교적인 광채를 띠게 하기에 충분했다. 본 부인은 손을 펼쳐 식탁을 가리켰다.

"셰리스는 시간이 좀 걸릴 테니까 식탁으로 자리를 옮기죠. 코빗 씨, 코빗 씨의 자리는 백랍 접시가 놓인 곳이에요."

식탁 위에는 정말로 백랍 접시가 놓여 있었다. 지금까지 몇 번 본 적도 없는 것이었다. 다른 접시들은 평범한 나무 접시인 걸로 보아, 본 가족이 그의 방문에 중요한 의미를 두고 있음을 알 수 있었다. 실제로 매튜는 본 가족이 자신을 왕족이라고 생각하는 게 아닐까 하는 느낌을 받았다. 매튜는 본 부인이 지정한 의자에 앉았고, 그 왼쪽으로 스튜어트가 앉았다. 본 부인은 재빨리 앞치마를 입고 국자로 냄비에 담긴 음식을 흰 그릇에 옮겨 담았다. 곧 돼지기름으로 요리한 깍지콩과 감자와 베이컨을 넣은 닭고기 스튜, 크림을 넣어 구운 옥수수 케이크, 그리고 뭉근히 끓인 토마토 수프가 차려졌다. 거기에 회향 씨앗을 넣은 황금빛 빵까지 곁들이니 진정으로 왕의 성찬이었다. 매튜의 잔에는 와인이 찰랑거렸다. 곧 루크리셔 본이 앞치마를 벗고 식탁의 상석에 손님을 마주 보고 앉았다. 그 자리는 결혼의 권리로 보나 가장의 권리로 보나 남편이 앉아야 할 자리였다.

"제가 감사 기도를 하겠어요."

본 부인이 말했다. 남편의 의무에 대한 또 다른 모욕이었다. 매튜는 눈을 감고 고개를 숙였다. 본 부인은 매튜의 이름을 언급하며 감사를 드렸고, 화형이 끝난 뒤 레이첼 호워스의 사악한 영혼이 분노한 하느님을 만나게 되기를 바라는 그녀의 소망을 말했다. 그러더니 강렬한 "아멘"으로 끝을 맺었다. 눈을 뜬 매튜는 셰리스 본이 그의 옆에 서 있는 것을 보았다.

"우리 사랑스러운 딸이에요!"

본 부인이 외쳤다.

"셰리스, 자리에 앉으렴."

레이스 달린 상의와 소매가 달린 흰 리넨 가운을 입은 소녀는 그 자리에 계속 서서 매튜를 내려다보았다. 그녀는 열여섯이나 열일곱쯤 되어 보이는 매력적인 소녀였다. 구불거리는 금발은 작은 나무 핀으로 고정되어 있었다. 매튜는 소녀의 엄마가 그 무렵이었을 때와 소녀가 무척 닮았을 거라고 생각했다. 다만 소녀의 턱이 더 길었고 다소 각이 져 있었으며, 눈은 아버지처럼 옅은 푸른색에 가까웠다. 하지만 그 눈빛에는 부기력한 기질은 보이지 않았고 대신 오만한 냉기가 있어, 매튜는 5월의 밤에 12월의 바람을 맞고 몸을 떨지 않기 위해서 즉시 소녀에게서 시선을 돌렸다.

"셰리스?"

본 부인이 부드럽지만 단호하게 말했다.

"어서. 자리에. 앉아라."

소녀는 천천히, 하지만 스스로 판단한 바에 따라 매튜의 오른쪽 자리에 앉았다. 그녀는 지체하지 않고 손을 뻗어 닭고기 스튜를 자기 접시에 옮겨 담았다.

"코빗 씨에게 인사도 안 하니?"

"안녕하세요."

소녀는 대답하고 큐피드의 활처럼 생긴 입으로 음식을 밀어 넣었다.

"셰리스가 스튜 만드는 걸 도와주었답니다. 만들면서 코빗 씨의 마음에 들었으면 좋겠다고 하더라고요."

본 부인이 말했다.

"정말 훌륭합니다."

매튜가 대답했다. 매튜는 스튜가 보이는 것만큼이나 진짜 훌륭하다는 사실을 깨닫고, 빵을 찢어 진하고 맛있는 국물을 듬뿍 찍었다.

"코빗 씨는 정말 매력적인 분이셔."

본 부인은 계속 매튜를 보고 있었지만, 이 말은 셰리스에게 하는 말이었다.

"찰스타운에서 오신 지적인 신사이자 사법견습생이셔. 그뿐 아니라 판사님을 공격한 살인자와 도둑들의 무리에 맞서 싸워 물리치셨지. 결투용 칼 한 자루만 가지고 말이야. 제 말이 맞죠?"

매튜는 토마토 스튜를 한 입 먹었다. 그는 자신을 쳐다보는 여섯 개의 눈을 느낄 수 있었다. 이제 그 '무리'들이 악당 한 명, 못생긴 노파, 그리고 노쇠한 영감으로 구성되어 있음을 설명할 순간이었다……. 하지만 대신 그의 입이 열리고 나온 말은…….

"아뇨……. 저는…… 칼을 가지고 있지 않았어요. 옥수수 케이크 좀 건네주시겠어요?"

"맙소사! 기사나 다름없었군요!"

스튜어트는 상당히 감동을 받은 듯했다.

"무기가 전혀 없었다는 말씀입니까?"

"저는…… 그게…… 부츠를 사용했지요. 이건 정말 제대로 된 훌륭한 스튜인데요! 비드웰 씨의 요리사도 이 요리법을 배워야겠어요."

"우리 셰리스는 훌륭한 요리사랍니다."

본 부인이 대답했다.

"제가 지금 제일 잘나가는 파이를 굽는 비법을 셰리스에게 전수하고 있어요. 그렇게 쉬운 일은 아니에요."

"그렇겠죠."

매튜는 소녀에게 미소를 지어 보였지만 소녀는 거들떠보지도 않았다. 셰리스는 그저 자기 앞에 놓인 음식을 먹으면서 앞만 똑바로 바라보았고, 그 표정에는 완벽한 지루함만이 떠올라 있었다.

"그리고…… 코빗 씨가 발견한 그 금화가 가득 찬 보물 상자 말이에요."

본 부인이 숟가락과 나이프를 우아하게 접시에 걸쳐놓았다.

"그건 찰스타운으로 돌려보내셨나요?"

이쯤에서는 선을 그어야 했다.

"보물 상자 같은 건 없었어요. 금화 한 닢만 찾은 겁니다."

"네, 네……. 물론이죠. 금화 한 닢만요. 비밀을 잘 지키는 분이네요. 그런데 마녀에 대해서는 들려주실 얘기가 없나요? 화형을 앞두고 울고불고 난리를 부리진 않나요?"

막 삼키려던 스튜에서 갑자기 가시가 돋아나 목에 걸렸다.

"본 부인."

매튜가 최대한 예의 바르게 말했다.

"괜찮으시다면…… 레이첼 호워스에 관한 얘기는 하고 싶지 않습니다."

갑자기 셰리스가 매튜를 보며 웃었다. 그녀의 파란 눈이 빛났다.

"오, 그 얘기야말로 내가 제일 관심 있는 건데!"

셰리스의 목소리는 즐거운 음악 소리처럼 울렸지만, 동시에 사악하면서도 날카로운 날이 서 있었다.

"마녀에 대해서 말해주세요! 그 여자가 두꺼비와 개구리를 똥으로 싼다는 게 사실인가요?"

"셰리스!"

본 부인이 새된 소리로 외쳤다. 이를 악문 부인의 눈이 놀라움으로 커졌다. 그러나 곧 부인은 곧바로 카멜레온의 보호색이 바뀌는 속도로 마음의 평정을 찾았다. 본 부인의 미소가 조금 갈라지긴 했지만 다시 돌아왔고, 매튜 쪽으로 고개를 돌리고 테이블을 내려다보았다.

"우리 딸은…… 대중적인 유머 감각을 가지고 있답니다, 코빗 씨. 아시겠지만 우아하고 고상한 숙녀들 중에는 그런 대중적인 유머 감각을 가진 아가씨들이 있잖아요. 이런 이상한 시절에 너무 뻣뻣하고 융통성 없이 굴면 안 되지 않겠어요?"

"뻣뻣하고 융통성 없이."

셰리스가 되풀이했다. 그녀는 토마토를 입에 쑤셔넣고 쿡쿡거리며 작게 웃었다. 본 부인은 대응하는 대신 계속 먹는 쪽을 택했지만, 붉은 소용돌이가 뺨으로 올라오고 있었다. 스튜어트는 그새 와인 잔을 비우고 다시 디캔터로 손을 뻗었다.

한동안 아무도 말을 하지 않았다. 그때 매튜는 희미한 웅웅거림을 들었지만, 정확히 어디에서 나는 소리인지는 알 수 없었다.

"그리고 한 가지 참고하시라고 말씀드리자면……."

매튜는 차가운 침묵을 깨보려고 입을 열었다.

"……저는 아직 사법견습생이 아닙니다. 판사님의 서기일 뿐이에요."

"아, 하지만 머지않아 사법견습생이 되실 거잖아요. 안 그래요?"

본 부인이 다시 환한 얼굴로 물었다.

"매튜 씨는 젊고, 마음가짐도 반듯한데다가 일에 대한 욕심도 있으니까요. 법률가가 안 될 이유가 없지요."

"글쎄요…… 아마 될 거예요. 언젠가는요. 그러려면 공부도 더 해야 하고 경험도 쌓아야 합니다."

"겸손하시기도 하지!"

본 부인은 마치 성배를 찾은 듯이 말했다.

"저분 말씀 들었니, 셰리스? 저분은 정치적 권력과 부의 가장자리에 서 있으면서도 저렇게 겸손하구나!"

"가장자리에 서 있다는 것의 문제는 높은 곳에서 떨어질 수도 있다는 점이죠."

매튜가 말했다.

"게다가 유머 감각도 있네!"

본 부인은 기쁨으로 거의 기절할 것처럼 보였다.

"너도 유머가 얼마나 매력적인지 알지, 셰리스!"

셰리스는 다시 매튜의 눈을 쳐다보았다.

"저는 마녀에 대해서 더 알고 싶어요. 그 여자는 흑염소의 자지를 입에 넣고 빤다고 들었는데요."

"읍!"

스튜어트의 턱으로 와인이 주르륵 흘러 회색 재킷을 더럽혔다. 그의 얼굴은 창백해졌고 본 부인의 얼굴은 붉어졌다. 본 부인이 막 쉿소리로 고함을 지르려던 참에 매튜가 소녀의 시선을 똑같은 힘으로 맞받으며 조용히 말했다.

"그건 거짓말입니다. 그리고 누가 그런 얘기를 당신에게 했든 간에 그 사람은 거짓말쟁이일 뿐만 아니라 비누로 입을 닦아야 할 필요가 있는 영혼입니다."

"빌리 리드가 그 얘기를 해주었어요. 내일 걔를 찾아가서 당신이 비누로 입을 닦아줄 거라고 말할까요?"

"이 집에서 그 불한당의 이름은 입에 올리지도 마! 절대 안 돼!"

본 부인의 목에 핏대가 섰다.

"내일 빌리 리드를 만날 거예요."

셰리스가 반항적으로 계속했다.

"당신이 비누를 들고 올 거죠? 걔한테 어디에서 만나자고 할까요?"

"죄송해요, 코빗 씨! 정말로 죄송해요!"

너무 당황한 나머지 본 부인은 가운 앞자락에 옥수수 케이크를 흘리고는, 그 얼룩을 식탁보로 닦았다.

"그 불한당은 제임스 리드의 개망나니 아들이에요! 그 바보놈은 나무늘보처럼 살고 싶어 해요……. 게다가 내 딸에게 사악한 계획도 품고 있어요!"

셰리스는 음흉하게 웃으며 매튜의 얼굴을 보았다.

"빌리는 저한테 우유 짜는 법을 가르쳐줬어요. 오후에 걔네 집 창고에서요. 자기 물건을 어떻게 잡는지도 보여줬어요. 손을 어떻게 움직이는지도요……. 위로 아래로…… 위로 아래로……."

셰리스는 그 동작을 매튜에게 보여주었다. 매튜는 불편해졌고 그녀의 엄마는 숨을 쉬지 못했다.

"그러면 크림이 위로 솟아 나와요. 아주 근사하고 따뜻한 크림 말이에요."

매튜는 대답하지 않았다. 문득, 정말로, 진짜로, 헤이즐턴의 창고가 아니라 이쪽 창고에 숨었더라면 좋았을걸 하는 생각이 들었다.

"저기……."

스튜어트가 위태롭게 일어서며 말했다.

"럼주 병을 따야겠는데."

"제발, 럼주에는 가까이 가지 말아요!"

본 부인이 고함을 질렀다. 그러고는 그들의 영예로운 손님 쪽을 보며 말했다.

"그게 우리가 가진 모든 문제의 원인이에요! 술이랑, 그 변변찮은 목공소가 문제라고요!"

매튜가 셰리스를 흘긋 보니 그녀는 만족스럽게 히죽히죽 웃으며 음식을 먹고 있었다. 그 모습은 사랑스러움 근처에도 미치지 못했다. 매튜는 자신의 숟가락과 나이프를 내려놓았다. 식욕이 싹 달아나버렸다. 스튜어트는 선반을 더듬거렸고, 본 부인은 앙갚음이라도 하듯 자기 앞에 놓인 음식을 공격했다. 그녀의 눈은 멍했고 얼굴은 뭉근히 끓인 토마토처럼 벌겠다. 침묵 속에서, 매튜는 그 기이한 웅웅거리는 소리를 다시 들었다. 그는 고개를 들었다.

그리고 화들짝 놀랐다.

식탁 바로 위 천장에 간수 그린의 주먹만 한 크기의 벌집이 매달려 있었다. 거기에는 말벌이 새까맣게 붙어 있었고, 말벌의 날개는 벌침 방향으로 뒤로 접혀 있었다. 매튜가 믿을 수 없다는 눈으로 바라보자, 벌떼 위로 작은 물결이 이는 모습이 보였다. 그중 몇 마리가 화가 난 듯 웅웅대는 소리를 내고 있었다.

"저…… 본 부인."

매튜가 잠긴 목소리로 말했다.

"저기에……."

매튜가 천장을 가리켰다.

"그래요. 말벌. 그게 왜?"

본 부인의 태도는 엄청나게 악화되어 있었다. 이미 평정심을 잃었고 가족과 저녁 식사도 눈에 들어오지 않는 듯했다. 매튜는 왜 거기에 벌집이 있는지 깨달았다. 그런 얘기를 들어본 적은 있었지만, 직접 본 적은 한 번도 없었다. 그가 들은 바로는 어떤 약을 사거나 아니면 만들어서 방 안의 천장에 바르면, 말벌이 거기에 취해 그곳에 벌집을 짓는다고 했다.

"해충 구제 때문인가요?"

매튜가 물었다.

"물론이죠."

본 부인이 마치 이 세상 어느 바보라도 안다는 듯 말했다.

"말벌은 시기심 많은 곤충이에요. 이 집에는 모기라고는 없답니다."

"아무튼 저 여자를 물 수 있는 건 세상에 없지."

스튜어트가 덧붙였다. 그러고는 연신 술병을 빨아댔다.

여기 있는 사람들에게서 수난만 당하지 않았으면, 오늘 저녁 식사는 익살극으로 이름 붙여도 좋을 뻔했다는 생각이 들었다. 어머니는 포기했다는 듯 음식을 삼켰고, 그 딸은 숟가락이나 나이프보다는 손을 이용해서 입가와 턱에 기름을 마구 문지르며 음식을 먹고 있었다. 매튜는 와인을 비우고 훌륭한 스튜를 마지막으로 한 입 떠먹고, 저 소녀가 음식 접시를 머리에 뒤집어쓰는 꼴을 보기 전에 일어나야겠다고 생각했다.

"저는…… 저…… 이제 가야 할 것 같습니다."

매튜가 말했다. 본 부인은 아무 말도 하지 않았다. 딸의 악의적인 행동을 보고 있자니 속에서 천불이 나는 모양이었다. 매튜는 의자를 뒤로 밀고 일어섰다.

"저녁 식사와 와인을 대접해주셔서 감사드립니다. 저…… 돌아가는 길은 안내해주지 않으셔도 됩니다, 본 씨."

"그럴 생각도 없었어."

스튜어트가 술병을 가슴에 끌어안고 말했다.

"본 부인? 저기…… 저…… 이 맛있는 빵을 조금 싸주실 수 있을까요?"

"맘대로 해요. 남은 거 다 가져가요."

본 부인은 허공을 응시하며 중얼거렸다. 매튜는 빵 반 덩어리 정도를 집어 들었다.

"감사합니다."

본 부인은 매튜를 올려다보았다. 그녀의 시야가 또렷해지고, 매튜가 정말로 떠나려 한다는 것을 깨달았다. 희미한 미소가 입가에서 떨렸다.

"오…… 코빗 씨……. 내 태도가 이게 뭐람. 저는…… 식사가 끝나고…… 랭티 루 게임을 할까 했었는데요."

"저는 카드 게임에는 재능이 없습니다."

"하지만…… 코빗 씨와 나누고픈 얘기가 많아요. 판사님의 건강 얘기도 그렇고. 찰스타운에서 일어나는 일이라든가. 정원이나…… 파티 같은 얘기도요."

"죄송합니다. 정원이나 파티에 대해서는 제가 경험이 별로 없습니다. 찰스타운에서 일어나는 일에 관해서라면…… 파운트로열보다 재미가 없다고 말씀드리겠어요. 판사님은 아직 편찮으시지만, 쉴즈 선생님이 새로 제조한 약을 쓰고 있습니다."

"물론 아시겠지만, 마녀가 판사님께 저주를 건 거예요. 유죄 판결을 받아서요. 그런 저주를 받고 살아나실 수 있을지 의문이에요."

본 부인이 음울하게 말했다. 매튜의 얼굴이 굳어졌다.

"저는 달리 생각합니다, 부인."

"오…… 제가…… 제가 너무 눈치가 없었죠. 예루살렘 목사님이 오늘 오후에 하신 말씀을 전한 것뿐이에요. 용서해주세요. 저는 단지……."

"혀에 칼이 달렸죠."

여전히 품위 없이 손가락으로 음식을 먹고 있던 셰리스가 끼어들었다.

"엄마는 그 혀가 엄마 자신을 벨 때만 사과를 해요."

본 부인은 고개를 딸 쪽으로 돌렸다. 흡사 일격을 준비하는 뱀의 자세였다.

"너는 이제 일어나는 편이 좋겠다."

그녀가 냉랭하게 말했다.

"너 스스로와 우리 모두의 체신을 깎아내리려는 목적을 달성해서 만족스럽겠구나."

"만족스러워요. 그런데 아직 배가 고파요."

셰리스는 자리에서 일어서기를 거부했다.

"당신이 여기에 저를 구원하러 불려온 건 알고 있어요?"

셰리스는 기름이 묻은 손가락을 빨며 매튜를 힐끔 보았다.

"여기 파운트로열과 우리 엄마가 혐오하는 멍청한 시골 촌구석에서 나를 구조해 가라고 말이에요. 아, 당신이 그렇게 지적인 사람이라면 이런 것쯤은 이미 알고 있었겠죠!"

"재 좀 말려요, 스튜어트! 입 좀 다물게 해봐요!"

본 부인의 목소리가 올라갔다. 하지만 스튜어트는 병을 입으로 가져가더니 웃옷을 벗기 시작했다.

"그래요. 사실이에요."

셰리스가 말했다.

"엄마는 사람들에게 빵과 파이를 팔고 빵 조각이 사람들 목에 걸리기를 바라죠. 엄마가 그 사람들 등 뒤에서 얘기하는 걸 들어야 하는데!"

매튜는 소녀의 얼굴을 내려다보았다. 스튜어트는 '그 엄마에 그 딸이야'라고 말했다. 매튜는 그 둘의 사악한 기질을 파악했다. 그럼에도 딱한 점은 셰리스 본이 사실은 대단히 똑똑한 아이 같다는 것이었다. 예를 들면 셰리스는 레이첼 호워스에 대해 언급하는 것이 매튜를 대단히 불편하게 만든다는 것을 정확히 파악하고 있었다.

"제가 알아서 갈게요. 다시 한 번, 저녁 식사 감사드립니다."

매튜가 본 부인에게 말했다. 그러고는 회향 씨가 든 빵 덩어리를 들고 문 쪽으로 걸어갔다.

"코빗 씨? 잠깐만요!"

본 부인이 일어섰다. 가운에 커다란 크림 자국이 남아 있었다. 그녀는 다시 시작된 딸의 공격 때문에 생명이 고갈된 듯 멍한 표정이었다.

"잠깐…… 여쭤볼 게 하나 있어요."

"네?"

"마녀의 머리카락이요. 그건 어떻게 될까요?"

부인이 말했다.

"그녀의…… 머리카락? 죄송합니다만 무슨 말씀이신지 모르겠는데요."

"마녀는 그게…… 어떻게 말해야 하나…… 매력적인 머리카락을 가지고 있잖아요. 아름답다고 말할 수 있겠죠. 그런 숱 많고 아름다운 머리카락이 불에 타버리는 건 안타까운 일이에요."

매튜는 대답을 하고 싶어도 할 수가 없었다. 본 부인의 생각에 몸이 굳어버린 것이다. 하지만 본 부인은 계속 말했다.

"만일 마녀의 머리를 깨끗이 감겨서…… 그런 뒤에 잘라놓으면…… 처형 날 아침에요. 그러면 제가 장담하건대 많은 사람들이…… 그 머리 타래에 돈을 낼 거예요. 생각해보세요. 행운의 상징으로 마녀의 머리카락을 판다면요."

그 생각만으로 본 부인의 얼굴은 환하게 밝아졌다.

"그건 신께서 악마를 물리친 굳건한 증거가 될 거예요. 제 말뜻을 아시겠어요?"

매튜의 혀는 여전히 얼은 듯 굳어 있었다.

"그래요. 수입의 일부는 코빗 씨에게 드릴 수도 있어요."

부인은 그의 놀란 표정을 승인의 표시로 오해했다.

"제 생각엔 코빗 씨가 직접 머리를 감기고 자르는 게 제일 좋을 것 같아요. 무슨 구실이든 대고요. 우리 파이에 다른 손들이 너무 많이 들어오는 건 원하지 않으니까요."

매튜는 구역질이 나는 것을 느끼며 그 자리에 그냥 서 있었다.

"어때요? 우리가 동업을 하는 걸로 생각해도 될까요?"

본 부인이 재촉했다.

그럭저럭 매튜는 그녀에게서 벗어나 밖으로 나섰다. 하모니 거리를 따라 걸어가는데 차가운 물기가 그의 얼굴에 뒤덮였다. 본 부인이 문가에서 그를 부르는 소리가 들렸다.

"코빗 씨? 코빗 씨?"

목소리는 점점 크고 날카로워졌다.

"코빗 씨?"

31

니콜라스 페인의 집을 지나고, 흥청거리는 술꾼들이 즐거워하는 빈 군디의 주점을 지나고, 쉴즈의 진료소와 에드워드 윈스턴의 지저분한 집을 지났다. 매튜는 고개를 숙이고 빵 덩어리를 손에 든 채 계속 걸었다. 머리 위의 밤하늘은 별들의 밭이었지만, 그의 마음은 무겁고 단단한 어둠이었다.

매튜는 트루스 거리에서 왼쪽으로 향했다. 좀 더 걸으니 검은 폐허가 된 존스톤의 학교가 그의 시선을 사로잡았다. 그것은 악마 같은 불의 힘의 증거이자 악마 같은 인간들의 힘의 증거이기도 했다. 매튜는 그날 밤 불길이 걷잡을 수 없이 번질 때 존스톤이 무기력하게 분노를 터뜨리던 모습을 떠올렸다. 존스톤은 얼굴에 흰 분을 바르고 무릎이 기형인 기이한 사람이긴 하지만 교육에 대한 소명을 분명히 깨닫고 있는 사람이었다. 학교를 잃는 것이 그에게 끔찍한 비극이라는 것은 확실했다. 매튜는 존스톤을 의심했었지만, 존스톤이 레이첼이 마녀가 아니라고 믿는다는 점, 그리고 마녀라는 근거가 견고하지 못하다고 실제로 주장하는 점을 보면 미래의 교육에 희망이 있다고 생각했다.

매튜는 계속 걸어 마음속으로 가고자 하는 그곳으로 향했다.

감옥이었다. 매튜는 망설이지 않고 조용히 어두운 감옥 안으로 들어섰다.

최대한 조용히 들어가려 했지만, 문을 여는 소리에 레이첼이 놀라고 말았다. 매튜는 레이첼이 짚으로 만든 잠자리에서 뒤척이는 소리를 들었다. 좀 더 단단히 방어 자세를 취하는 것 같았다. 쇠사슬을 아직 고치지 않았으니 누구라도 이곳에 들어와 그녀를 비웃고 조롱할 수 있겠지만, 대부분의 사람들은 감히 두려워서 그렇게 하지 못할 것이라는 생각이 들었다. 그런 것을 두려워하지 않는 사람이 있다면 바로 예루살렘 목사일 것이고, 아마도 보는 사람이 없을 때 그 사악한 뱀은 한두 번 정도 이곳에 왔었으리라.

"레이첼, 나예요."

레이첼이 대답을 하거나 그가 온 것을 나무라기 전에 매튜가 먼저 말했다.

"내가 여기 오지 않기를 바랐던 것 알아요. 당신의 생각을 존중해요……. 하지만 말하고 싶은 게 있는데…… 내가 당신의…… 당신 편에서 일하고 있다는 걸 알려주고 싶어요. 아직은 내가 뭘 찾았는지 말해줄 순 없지만, 그래도 뭔가 진전이 있었다고 생각해요."

매튜는 말을 멈추기 전에 레이첼의 감방으로 몇 걸음 더 다가갔다.

"무슨 결론에 도달했다거나 증거를 찾았다는 말은 아니에요. 하지만 내가 당신을 늘 생각하고, 포기하지 않을 거라는 걸 알아주었으면 했어요. 아…… 그리고 여기 회향 씨가 든 빵을 가져왔어요. 정말 맛있어요."

매튜는 감방으로 가 창살 틈으로 빵을 밀어 넣었다. 완전한 암흑 속에서 다가오는 레이첼의 희미한 형체가 보였다. 꿈에서 잠깐 보고 어렴풋이 기억했던 그 모습이었다.

아무 말 없이 레이첼은 빵을 받아 들었다. 그러더니 다른 손으로 매튜의 손을 잡았고, 그 손을 꼭 쥐어 자신의 뺨에 가져다댔다. 매튜는 따스하고 촉촉한 눈물을 느꼈다. 레이첼은 울음을 애써 참는 듯 깰깩거렸다.

매튜는 무슨 말을 해야 할지 몰랐다. 하지만 이런 예상치 못한 그녀의 감정에 그의 심장에 피가 흐르고 그의 눈도 함께 젖어들었다.

"나는…… 계속 싸울 거예요."

매튜가 약속했다. 목소리가 잠겨 나왔다.

"낮이고 밤이고. 만일 답을 찾는다면…… 아니, 꼭 찾을 거라고 맹세해요."

레이첼은 이에 대한 대답으로 매튜의 손등에 입술을 눌렀다. 그러고는 다시 한 번 매튜의 손을 눈물로 얼룩진 자신의 뺨에 가져다 댔다. 두 사람은 그렇게 서 있었다. 레이첼은 지금 이 순간 그 무엇보다 다른 사람의 온기, 그리고 보살핌을 원한다는 듯 매튜를 붙들었다. 매튜는 다른 손을 들어 그녀의 얼굴을 만져주고 싶었지만, 대신 그는 둘 사이에 놓여 있는 쇠창살을 붙들었다.

"고마워요."

레이첼이 속삭였다. 그러고는 순간적으로 보인 약한 모습을 애써 지우려는 듯, 매튜의 손을 놓고 빵을 받아 짚 더미 위 자기 자리로 돌아갔다.

이곳에 오래 머물러봤자 자신과 레이첼의 마음을 아프게 할 뿐이었다. 특히 시간이 갈수록 떠나는 것이 더욱 고통스러워질 것이다. 매튜는 레이첼에게 그녀를 잊지 않았다는 걸 알리고 싶었고, 그렇다면 이것으로 충분했다. 그래서 매튜는 감옥을 나와 트루스 거리를 따라 서쪽으로 빠르게 걸어갔다. 고개를 떨군 매튜의 눈썹이 생각에 잠겨 찡그려졌다.

사랑.

그것은 단단한 일격이 아니라 부드러운 그림자처럼 다가왔다.

사랑. 그것은 정말로 무엇일까? 소유하고픈 욕망일까, 아니면 자유롭게 놓아주고픈 욕망일까?

매튜는 여태껏 자신이 사랑에 빠지게 되리라고는 생각하지 않았다. 사실 지금까지 사랑에 빠져본 적이 없다는 걸 스스로부터가 잘 알고 있었다. 따라서 아무 경험도 없었기 때문에, 매튜는 자신 안의 감정을 면면히 들여다보고는 어찌할 바를 모르게 되었다. 그것은 아마도 외부에서 들여다볼 수 없는 감정이고, 이성이라는 사각형 상자에 제대로 들어맞지 않는 감정이었다. 그렇기 때문에 거기에는 무언가 두려운 것이 있었다……. 무언가 거칠고 통제할 수 없는, 이성으로 제지할 수 없는 것이.

그렇지만 매튜는 만일 사랑이 누군가를 소유하고픈 욕망이라면, 그것은 자기애의 불쌍한 실체에 불과하다고 생각했다. 매튜에게 있어 더 위대하고 더 진실한 사랑은 새장의 문을 열어주는 것, 고통스러운 부당함의 창살을 열고, 밤의 새를 자유롭게 풀어주는 것이었다.

매튜는 자기가 생각하는 것이 무엇인지, 왜 그것을 생각하고 있는지 스스로도 분명히 알지 못했다. 라틴어와 프랑스어, 영국 역사와 법률 판례 같은 과목들은 지식을 축적하면서 편안함이 느껴졌지만, 사랑이라는 이 이상한 과목에서 그는 완전히 바보였다. 판사가 지금의 매튜를 보면, 분명 신을 불쾌하게 할 위험이 있는 잘못된 길에 접어든 젊은이라고 말할 것이었다.

매튜는 이곳에 있다. 레이첼도 이곳에 있다. 사탄은 불과 얼마 전 이곳에서 허구의 그림을 만들었다. 또한 지금도 엑소더스 예루살렘의 욕망 안에, 그리고 인형을 조종하는 줄을 움직이는 여우의 타락한 영혼 안에 악은 깃들어 있다.

그런데 여기에서, 신은 어디에 있는가?

만일 신이 매튜에게 불쾌함을 표명하고 싶다면, 신이야말로 먼저 책임을 져야 한다고 매튜는 생각했다.

매튜는 이런 생각들이 구름 한 점 없는 마른하늘에 번개를 일으켜 그의 머리를 꿰뚫어놓을지도 모른다는 것을 잘 알고 있었다. 그러나 인간의 근원적인 모순은, 인간이 신의 형상으로 만들어진 존재이면서도 인류에게 행동과 결의를 부여하는 것은 악마의 생각이라는 점이었다.

매튜는 비드웰의 저택으로 돌아왔다. 네틀즈 부인은 비드웰이 아직 하고 있는 일을 끝마치지 못했다는 소식을 전했다. 쉴즈는 우드워드에게 세 번째 약을 복용시키고 돌아갔고, 판사는 정말로 푹 잠들어 있었다. 매튜는 배우들의 작품에 대해 더 잘 이해해보기 위해 도서실에서 영국 희곡과 극작가들에 관한 책을 골라 들고 위층으로 올라갔다. 우드워드의 고른 숨소리를 확인한 뒤 매튜는 쉬고, 읽고, 생각을 하고, 기다리기 위해 자기 방으로 들어갔다.

힘든 하루였고, 도살당한 페인의 형상이 여전히 마음속에 생생하게 남아 있었지만 매튜는 토막잠을 이룰 수 있었다. 한 시간쯤 지나 매튜는 자정이 지났으리라고 판단하고, 등잔에 불을 붙인 뒤 등잔을 들고 복도로 나섰다.

아주 늦은 밤이었지만 여전히 집 안에는 사람들의 움직임이 있었다. 단호한 비드웰의 목소리가 2층 서재에서 작게 들려왔다. 매튜는 문 밖에 잠시 서서 누가 또 있는지를 살폈다. 윈스턴이 기가 죽어 대답하는 소리가 들렸다. 페인의 이름도 언급하는 것 같았다.

문이 두껍긴 했지만, 자칫하면 시체 매장 계획에 참여하는 일원이 될 수도 있겠다 싶어 매튜는 조용히 계단을 내려갔다.

거실 벽난로 위의 시계는 12시 38분을 가리키고 있었다. 매튜는 만일의 경우 대문이 안에서 잠겼을 때 네틀즈 부인을 깨우지 않고 들어올 수 있도록 도서실로 들어가 덧문을 열어놓았다. 그러고 나서 등잔을 낮게 들고 호수를 향해 출발했다.

매튜는 호수의 동쪽 둑 위에서 커다란 떡갈나무 옆에 등잔을 놓아두고 신발, 양말, 셔츠를 벗었다. 밤공기는 따뜻했지만 발을 물에 슬쩍 넣어보니 차가워서 절로 몸서리가 쳐졌다. 저 물에 들어가는 것만으로도 불굴의 용기를 가늠하는 일일 텐데, 하물며 어둠 속에 들어가 헤엄을 치는 것은 더했다.

하지만 그것이 바로 매튜가 이곳에 온 목적이었다. 그래, 만일 저 아래에 숨겨져 있을 거라고 의심했던 것의 일부만이라도 찾는다면, 의문의 측량사에 관한 수수께끼를 푸는 데 상당한 진전을 볼 수 있을 것이다.

매튜는 얕은 곳에서부터 천천히 들어갔다. 차가운 물 때문에 숨이 막혔다. 찰랑거리는 물이 그의 사타구니에 닿았고, 곧 그의 물건이 돌처럼 딱딱해졌다. 매튜는 물이 허리 높이까지 차오르는 곳에서 잠시 서 있었다. 발아래는 부드러운 진흙이었다. 그는 곧 시작할 잠수에 대비해 마음을 다잡았다. 매튜는 생각보다 금방 물에 적응을 했고, 거북이와 개구리가 할 수 있다면 자신도 할 수 있다고 나름의 이유를 세웠다. 다음 단계는 앞으로 더 나아가서 더 아래로 내려가는 것이었다. 매튜는 이를 악물었다.

매튜는 둑에서 점점 멀어졌다. 곧 발밑의 바닥이 기울어져 내려가는 것을 느꼈다. 세 걸음을 더 걷자 물이 목까지 차올랐다. 그러고 나서 두 걸음을 더…… 그러더니 갑자기 발이 바닥에 닿지 않게 되었다. 음, 때가 됐다.

그는 숨을 깊이 들이마시고 숨을 참은 뒤, 잠수했다.

어둠 속에서 매튜는 경사진 바닥을 따라 내려가면서 손가락으로 진흙을 거머쥐었다. 점점 더 깊이 들어가자 심장이 뛰고 입에서 물거품이 뿜어져 나왔다. 바닥은 계속 아래쪽으로 경사가 져 있었고 각도는 아마도 30도 정도 되는 것 같았다. 매튜의 손이 진흙에서 솟아 있는 바위의 가장자리를 잡았다. 부드럽게 깔린 이끼 비슷한 풀이 만져졌다. 더는 폐가 견딜 수 없어서 매튜는 수면으로 올라와 공기를 채워야 했다.

매튜는 다시 잠수했다. 이번에는 팔과 다리를 저어 더 깊이 들어갔다. 얼굴로 수압이 가해졌다. 아래로 계속 내려가자 압력이 점점 더 심해졌다. 이렇게 내려가는 동안 매튜는 물의 흐름이 호수의 북서쪽 사분면 방향에서부터 그를 잡아당기는 것을 느꼈다. 그 와중에도 진흙을 한 움큼 움켜쥘 시간이 있었다. 그러고 나서 매튜는 다시 수면으로 떠올랐다.

수면에 도달하자 그는 다리로 헤엄을 치면서 손에 쥔 진흙을 손가락 사이로 흘려보냈다. 손안에는 아무것도 남지 않았다. 매튜는 다시 숨을 들이마시고, 숨을 참고, 세 번째로 물 밑으로 내려갔다.

대략 물 밑 6미터 정도 지점까지 내려갔을 때, 그는 다시 고집스런 물의 흐름이 자신을 잡아당기는 것을 느꼈다. 흐름은 깊이 헤엄쳐 들어갈수록 더 거세졌다. 그는 경사진 진흙 바닥에 닿았다. 손가락이 평평한 바위에 닿았다……. 바위가 갑자기 움직이며 매튜의 아래에서 달아나버렸다. 매튜는 놀란 나머지 입에서 거품을 뿜어내며 곧장 위로 올라가야만 했다.

물 위에 떠오른 매튜는 다시 잠수를 하기 전에 놀란 마음을 진정시켜야 했다. 거북을 깨울 수 있다는 것을 예상했어야 했는데. 네 번째 잠수에서 진흙을 두 주먹 정도 가지고 올라왔지만 그 안에도 금화나 은화의 흔적은 전혀 없었다.

다섯 번째 잠수를 할 때는 최대한 오래 견디면서 진흙 바닥을 훑어보리라고 결심했다. 그는 다시 숨을 들이마시고 내려갔다. 매튜의 몸이 결심을 거부했고, 그의 마음은 어둠의 비밀로부터 움츠러들기 시작했다. 그는 바닥을 몇 주먹 움켜쥐고 흙을 걸러냈지만 여전히 아무 소득이 없었다.

여덟 번째 잠수가 끝난 뒤, 매튜는 자기가 지금 호수 물을 진흙탕으로 만들고 있을 뿐이라는 결론을 내렸다. 폐가 화끈거렸고, 머리는 위태롭게 어지러웠다. 만일 저 아래에 금화와 은화가 정말로 수북이 있더라도, 그것들은 거북들에게만 알려진 영역에 존재하는 것이리라. 물론 매튜는, 자신과 같은 육지 생물 중 누구도 헤엄쳐 내려가서 보물을 거둬올 수 없다면 해적의 보물 금고는 금고라고 할 수 없다는 것을 잘 알고 있었다. 매튜는 12미터쯤 된다는 호수의 가장 깊은 지점에 도달할 수 있으리라고는 생각도 안 했고, 그러고 싶지도 않았다. 하지만 어쩌다 흘린 주화 정도는 찾을 수 있을 거라고 기대했었다. 매튜는 보물을 회수하려면 항해하는 선박에서 해저의 갑각류들을 훑을 수 있을 정도로 숙련된 잠수부가 몇 명은 있어야 할 거라고 생각했다. 정말 제대로 하려면 숨겨진 보물 양에 따라 갈고리와 체인도 필요하고, 촘촘한 그물과 지렛대 같은 장비가 필요할지도 몰랐다.

매튜는 마지막 잠수를 끝내고 호수의 거의 정가운데 수면으로 올라왔고, 기슭으로 헤엄쳐가기 시작했다. 매튜는 수심 4.5미터쯤 되는 곳에서 느꼈던 흐르는 물살에 흥미가 생겼다. 물살은 깊이 들어갈수록 더욱 거세졌으니, 12미터 깊이까지 가면 그 흐름이 얼마나 흉포할지 궁금했다. 물은 분명 저 아래에서, 알려지지 않은 자연의 메커니즘의 명령에 따라 움직이고 있었다.

다음 순간 발이 진흙 바닥에 닿아 매튜는 일어섰다. 그는 물 속에서 둑 쪽으로 천천히 걸어갔고, 옷과 등잔을 놓아둔 나무 아래쪽으로 다가갔다.

등잔이 거기에 없었다.

순간 경고의 종소리가 매튜의 마음속에서 쨍그랑 울렸다. 매튜는 물이 허리 높이까지 오는 곳에 서서 불청객의 흔적을 찾기 위해 둑을 살펴보았다. 그때 누군가가 나무 뒤에서 나타났다. 양손에 등잔을 들었지만 너무 낮게 들고 있어서 얼굴은 볼 수 없었다.

"누구세요?"

매튜가 몸만큼이나 떨리는 목소리를 최대한 태연하게 유지하며 말했다. 누군가의 목소리가 들려왔다.

"지금 뭐 하는 거지?"

"수영하고 있어요, 윈스턴 씨."

매튜는 둑 쪽으로 계속 걸어 올라갔다.

"보면 아시잖아요?"

"그래, 알겠다. 하지만 내 질문은 여전히 유효해."

답을 꾸밀 시간은 몇 초뿐이었다. 그래서 매튜는 최선을 다해 미사여구를 동원했다.

"윈스턴 씨가 건강에 대해 조금이라도 아신다면…… 아, 물론 윈스턴 씨의 평소 생활 습관을 보면 그러실 것 같지는 않네요. 아무튼 밤에 수영하는 것이 심장에 얼마나 좋은지 몰라요."

"아, 그러냐! 여기 거름 더미를 나르게 마차라도 매어줄까?"

"쉴즈 선생님도 야간 수영의 효과를 기꺼이 설명해주실 거예요."

매튜는 호수에서 나와 물을 뚝뚝 흘리며 윈스턴에게 다가갔다. 그는 윈스턴이 내민 등잔을 받아 들었다.

"찰스타운에 있을 때는 밤에 곧잘 수영을 하곤 했어요."

점점 수렁에 빠져 드는 것을 느끼며 매튜는 계속 애를 썼다.

"말해."

"하잖아요."

매튜는 몸을 숙여 셔츠를 집어 들고 눈을 감고 얼굴의 물기를 닦았다. 다시 눈을 떴을 때, 셔츠를 집을 때 분명히 바닥에 놓여 있던 신발 한 짝이 없어진 것을 발견했다. 그와 동시에 그는 윈스턴이 그의 뒤에 가서 서 있는 것을 알아챘다.

"윈스턴 씨? 지금 생각하는 걸 정말로 하실 생각은 아니겠지요."

매튜가 조용히, 하지만 분명하게 말했다. 윈스턴은 아무 말도 하지 않았다.

매튜는 윈스턴 쪽으로 고개를 돌릴 때 단단한 나무 굽이 날아온다면 그 일격은 두개골로 전해지리라고 판단했다.

"주인에 대한 불충을 살인으로 마무리할 필요는 없어요."

매튜는 무심하게 가슴과 어깨의 물기를 닦았지만, 속으로는 어디로 달아나야 할지를 고민했다.

"주민들이 내일 물에 빠져 죽은 희생자를 발견하겠죠……. 하지만 당신은 자신이 한 짓이라는 걸 알 거예요. 당신이 그런 행동을 감당할 수 있으리라고는 생각지 않아요."

심장이 가슴을 뚫고 나올 것처럼 뛰는 가운데, 매튜는 침을 삼키고 윈스턴을 돌아보았다. 일격은 없었다.

“나는 당신이 처한 곤경과는 상관이 없어요. 제 신발을 돌려주시겠어요?”

윈스턴은 무겁게 한숨을 쉰 뒤 고개를 떨구고 신발을 들고 있던 손을 내밀었다. 신발 뒤꿈치가 먼저 보였다.

“당신은 살인자가 아니에요. 제 머리를 정말로 부수고 싶었다면, 등불을 움직여서 당신 존재를 알리면 안 되죠. 이곳엔 어쩐 일로 나오셨어요?”

“나는…… 방금 비드웰을 만나고 왔어. 비드웰이 페인의 시체를 처리하는 일을 맡기고 싶어 하더군.”

“그래서 호수를 살피러 오신 거예요? 저라면 그러지 않겠어요. 시체가 가라앉으려면 추를 충분히 매달아야 하는데, 그랬다간 물이 오염될 거예요. 그게…… 당신이 의도하는 바가 아니었으면 좋겠네요.”

“아니, 그런 의도는 없어. 시체를 처리할 곳으로 잠깐 호수를 생각하긴 했어. 하지만 나는 이 마을이 몰락하기를 바라긴 해도 주민들이 죽기를 바라지는 않아.”

“그런가요.”

매튜가 말했다.

“사실은 파운트로열의 파멸에 대한 비난을 받고 싶지 않은 거겠죠. 비드웰 씨와 함께 경제적, 사업적 성과도 이루고 싶은 거고요. 그렇죠?”

“그래, 맞아.”

“음, 당신이 지금 비드웰 씨를 선택의 여지가 없는 상황으로 몰아넣으신 건 알고 계시겠지요?”

윈스턴이 눈살을 찌푸렸다.

"뭐?"

"당신과 비드웰 씨는 중요한 정보를 공유하고 있어요. 비드웰 씨가 주민들에게 공개하고 싶어 하지 않는 정보를요. 내가 당신이라면 그걸 십분 활용하겠어요. 당신은 계약서를 작성하는 데 능숙하잖아요. 안 그래요?"

"그렇지."

"그럼 비드웰 씨와 시체 처리 작업에 관한 계약을 맺으세요. 당신이 원하는 것, 협상하고 싶은 것을 모두 적어서요. 물론 당신이 마땅히 차지해야 한다고 생각하는 모든 것을 얻을 수는 없겠죠. 그래도 생활은 좀 나아질 거예요. 그리고 그…… 미묘한 계약서에 비드웰 씨의 서명을 받으시고 나면, 비드웰 씨의 회사에서 자리를 잃을 걱정은 안 하셔도 되는 거죠. 어쩌면 승진을 할지도 몰라요. 시체는 지금 어디 있어요? 아직도 그 집에?"

"그래, 침대 밑에 숨겨놨다. 비드웰이 하도 앓는 소리를 해대서…… 내가 거기 두는 걸 도와줬지."

"그때가 첫 번째 협상 기회였어요. 다음 기회는 놓치지 않으시길 바라요."

매튜는 풀밭에 앉아서 양말을 신었다.

"비드웰이 살인의 증거를 숨기는 데 자기가 연루되었다는 계약서에 서명을 할 것 같으냐?"

"기꺼이 하지는 않겠죠. 하지만 할 거예요, 윈스턴 씨. 특히 당신이, 자신의 신실한 사업 관리자가 다른 누구도 끌어들이지 않고 문제를 처리하려 한다는 사실을 이해하면요. 그게 그 사람의 가장 큰 고민이에요. 당신이 아니면 그 일은 끝날 수도 완성될 수도 없다는 점을 이해한다면 비드웰 씨는 서명을 할 거예요. 그 점을 단호하면서도 정치적으로 잘 전하셔야겠죠. 비드웰 씨의 서명이 있는 계약서가 당신이 받을 법적 보호의 최소한의 형식이라는 점을 강조해야죠."

"그래, 말이 된다. 하지만 그는 내가 그 계약서를 나중에 자기를 이용할 지렛대로 써먹으리라는 걸 알겠지!"

"물론 그렇겠죠. 제가 말했듯이, 그렇기 때문에 앞으로 비드웰 씨의 회사에서 자리를 잃을 일은 없을 거예요. 어쩌면 당신을 자기 배 중 한 척에 태워 영국으로 돌려보낼지도 몰라요. 그게 당신이 원하는 거라면요."

매튜는 양말과 신발을 다 신고 일어섰다.

"원하시는 게 뭔가요, 윈스턴 씨?"

"더 많은 돈."

윈스턴은 잠시 생각에 잠겼다.

"그리고 공정한 처우. 내가 일을 잘하면 그에 대한 보상을 받아야 해. 그리고 그가 호주머니를 두드릴 수 있도록 도와주기 위해 내가 사업적 결정을 내리면, 나를 신뢰해주어야 하고."

"뭐라고요?"

매튜가 눈썹을 치켜세웠다.

"저택이나 동상이 아니고?"

"난 현실적인 사람이야. 지금은 비드웰을 밀어붙이기만 해도 충분해."

"아, 적어도 저택 정도는 시도해볼 만하다고 생각했는데. 저 이제 가도 되나요?"

"기다려!"

윈스턴은 매튜가 떠나려 하자 소리쳤다.

"페인의 시체를 어떻게 처리하면 좋을까?"

"사실 저는 아무 생각도 없고 어떻게 할지 알고 싶지도 않아요."

매튜가 대답했다.

"다만 제 생각은…… 페인 씨 집 바닥 아래 흙이 공동묘지의 무덤을 채우는 흙과 같더군요. 윈스턴 씨는 성경도 가지고 있고 스스로를 기독교인으로 생각하고 있다는 걸 알아요."

"그래, 맞아. 아…… 한 가지 더 있다."

윈스턴이 매튜가 떠나기 전에 급히 말했다.

"페인이 사라진 걸 어떻게 설명하면 좋을까? 그리고 살인자를 찾으면 어떻게 하지?"

"설명은 당신 몫이에요. 살인자를 찾으면…… 제가 아는 바로는 페인은 다른 남자들의 아내들을 조금씩 건드렸어요. 아마 자기가 감당할 수 있는 것보다 더 많은 적들이 있었을 거예요. 하지만 저는 판사가 아니니까요. 사건을 다루는 것은 이 마을의 시장인 비드웰 씨의 책임이에요. 그때까지는……."

매튜는 어깨를 으쓱했다.

"안녕히 계세요."

"그래. 수영이 네 건강에 도움이 되었길 빈다."

윈스턴이 떠나는 매튜에게 말했다.

매튜는 곧장 비드웰의 집으로 돌아갔다. 그러고는 열어놓았던 도서실 창문으로 가서 체스판을 뒤집지 않도록 주의하며 조심스럽게 창문을 넘어갔다. 해적이 숨겨둔 보물의 증거를 찾지 못해 실망했지만 내일은 아니, 이제 자정이 지났으니 정확히 말해서 오늘은, 그가 마주하고 있는 의문의 미로에서 어떤 길을 볼 수 있게 되길 바랐다.

닭들이 합창으로 금요일의 해가 뜨는 것을 알렸을 때, 매튜는 깨어나면서 희미해지는 꿈의 영상을 보았다. 그중에 대단히 또렷한 이미지 하나가 기억 속에 남았다. 존 구드가 자기가 발견한 동전에 대해 알려주면서 말했었다. **메이는 플로리다로 도망갈 생각을 하고 있어요.**

매튜는 침대에서 일어나 창밖 동쪽 지평선의 붉은 해를 내다보았다. 구름이 조금 끼어 있었지만 먹구름도 비를 머금은 구름도 아니었다. 구름은 위풍당당한 범선처럼 보랏빛 하늘을 가로지르며 흘러갔다.

플로리다. 스페인의 영토. 영국인들이 경멸하는 위대한 도시 마드리드, 바르셀로나와의 연결 고리. 그리고 레이첼의 고향인 포르투갈과의 연결 고리.

매튜는 쇼컴의 말을 떠올렸다. **스페인 놈들이 저기 플로리다 쪽에, 여기에서 70리그도 안 되는 곳에 죽치고 있는 건 알고 있겠지. 그자들은 모든 식민지에 염탐꾼을 심어놨어. 그러고는 어떤 검둥이 까마귀라도 주인에게서 도망쳐 플로리다로 날아오면 자유인으로 만들어주겠다는 말을 퍼뜨리는 거야. 이런 얘기 들어본 적 있어? 스페인 놈들은 범죄자, 살인자 같은 인간쓰레기들한테도 똑같은 걸 약속하고 다닌다고.**

70리그. 대략 300킬로미터 정도 되는 거리다. 그냥 300킬로미터 여행이 아니다. 야생 짐승들과 인디언들은 어쩔 것인가? 물은 큰 문제가 안 되겠지만 음식은 어떤가? 만일 하늘이 다시 수문을 연다면 어디에서 쉬어갈 것인가? 그런 여행에 비교하면 매튜와 판사가 쇼컴의 여관에서 이곳까지 했던 오지 여행은 목가적인 산책에 불과했다.

하지만 분명히 어떤 사람들은 그 여행을 하고 살아남았다. 300킬로미터보다 훨씬 더 먼 거리를 걸어서. 메이는 나이가 많은 여자임에도 떠나기를 전혀 두려워하지 않는다. 그것은 자유에 대한 그녀의 마지막 희망인 것이다.

마지막 희망.

매튜는 대야에 담긴 물을 얼굴에 적셨다. 자기가 무슨 생각을 하고 있었는지 확실치 않았지만, 그것이 무엇이든 그 생각은 그가 지금껏 했던 생각 중에 가장 비논리적이고 미친 생각이었다. 매튜는 야외 생활에 익숙한 사람도 아니고 모험가 같은 유형도 아니었으며, 자신이 영국 국민이라는 사실을 자랑스러워하는 사람이었다. 따라서 그런 잘못되고 현명하지 못한 생각의 움직임은 마음속에서 모두 지우기로 했다.

매튜는 면도를 하고, 옷을 입고, 복도를 건너 판사를 보러 갔다. 쉴즈가 가장 최근에 처방한 약이 상당히 강했던지, 우드워드는 여전히 잠의 나라에 있었다. 하지만 판사의 팔을 만져보고 매튜는 기쁨과 안도감을 느꼈다. 간밤에 우드워드의 열이 내린 것이다.

아침 식사는 매튜 혼자 했다. 달걀 요리와 햄을 먹고, 진한 차로 입가심을 했다. 그러고는 해결해야 할 임무를 위해 밖으로 나섰다. 잘 정돈된 둥우리에서 살고 있는 쥐잡이꾼을 대면하는 것이었다.

그날 아침은 상쾌하고 따스하고 맑았다. 인더스트리 거리에 접어들자 매튜는 서둘러 엑소더스 예루살렘의 캠프를 지나쳤다. 목사나 그의 친척들은 보이지 않았다. 매튜는 곧 해밀턴가 근처에 있는 배우들의 캠프를 지나게 되었다. 몇몇 배우들이 모닥불 위에 둘러앉아 있었고 불 위에는 냄비 세 개가 걸려 있었다. 뚱뚱한 폴스타프(셰익스피어의 희곡에 등장하는 몸집이 큰 늙은 기사-옮긴이) 같은 사람이 연신 몸짓을 해가며 두 동료들과 대화를 나누는 모습이 보였다. 허리둘

레가 그보다 크면 컸지 결코 적지는 않은 여자가 붉은 깃털 달린 모자를 깁느라 정신이 없었고, 그보다 좀 호리호리한 여자는 부츠의 광을 내고 있었다. 매튜는 연기에 대해서는 거의 아는 바가 없었지만 배우들은 모두 남자라는 것은 알고 있었다. 따라서 그 두 여자는 극단과 함께 여행하는 배우의 아내들일 거라고 생각했다.

"안녕하쇼, 젊은이!"

배우들 중 한 사람이 매튜에게 손을 들며 인사를 건넸다.

"안녕하세요!"

매튜도 고개를 끄덕이며 인사를 했다.

몇 분 뒤 매튜는 기형이 되어버린 칙칙한 과수원 땅에 들어섰다. 이곳에서 레이첼의 화형이 거행되는 것은 타당한 일이었다. 정의를 졸렬하게 모방한 화형이라는 제도도 정상은 아니지 않은가. 매튜는 황량한 갈색 들판을 바라보았다. 들판 위에는 화형대를 만들기 위해 갓 베어낸 나무들이 세워져 있었다. 그 밑에는 소나무 장작과 솔방울들이 무더기로 쌓여 있었다. 거기에서 약 20미터 떨어진 곳에 장작 한 더미가 더 쌓여 있었다. 축제를 즐기는 주민들을 모두 수용하면서도 불똥이 근처 지붕에 튀지 않을 만한 곳으로 선택된 것이다.

월요일 아침 첫 햇살이 비치면 레이첼은 마차에 실려 이곳으로 옮겨와 말뚝에 묶일 것이다. 그리고 비드웰의 주관 아래 혐오스러운 의식이 열릴 것이다. 그러고 나서 군중들의 열기가 충분히 고조되면 장작더미에 불꽃이 붙을 것이다. 사람을 태울 만큼 온도를 충분히 올리기 위해 장작에 연료를 더 들이붓겠지. 매튜는 화형을 한 번도 본 적이 없었지만, 아마도 느리고, 어수선하고, 지극히 고통스러운 일일 것이라 상상했다. 레이첼의 머리카락과 옷에 불이 붙고 살도 그을리겠지만, 실제로 몸이 탈 만한 온도까지 올라가려면 몇 시간은 걸릴 것이다. 아무튼 화형은 하루 종일 걸리는 일이다. 아무리 활활 타오르는 불이라고 해도 사람의 몸을 뼈만 남을 때까지 태우는 것은 어렵기 때문이다.

어느 시점에서 레이첼이 의식을 잃을지 그는 알 수 없었다. 레이첼이 품위를 지키며 죽기를 원하고 인간으로서 생각할 수 있는 가장 큰 고난에 대비해 마음의 준비를 끝냈다고 하더라도, 그녀의 비명 소리는 파운트로열의 한쪽 성벽에서 다른 쪽 성벽까지 들릴 것이다. 불이 그녀를 삼키기 전에 연기에 질식해 숨을 거둘 가능성도 있었다. 만일 레이첼이 현명하다면 불꽃 속에 서서 어마어마한 연기를 들이마셔 서둘러 죽을 수도 있었다. 하지만 누구든 그런 고통스러운 순간을 맞게 되면 공포에 휩싸여 울부짖고 몸부림치는 것 외에 달리 뭘 할 수 있겠는가?

불은 밤까지 계속 타오를 것이다. 그리고 주민들은 마녀가 소름끼치는 본연의 모습으로 꺼져들어가는 것의 증인이 되려 할 것이다. 점차 타들어가는 화형대가 쓰러지는 것을 지연시키기 위해 장작을 계속 공급할 것이다. 화요일 아침이 되면, 아무것도 남지 않고 오직 재와 검게 탄 뼈만 남게 되면, 아마도 세스 헤이즐턴이 망치를 가져와 해골을 부수고 불에 탄 뼈들을 잘게 조각낼 것이다. 그러면 루크리셔 본이 매처럼 달려들어 마차로 실어 온 수많은 양동이와 병과 그릇에 재와 뼛조각들을 떠 담아 악마에 대항하는 부적으로 팔려고 할 것이다. 매튜는 문득 그런 잔머리와 탐욕을 지닌 본 부인이라면 비드웰이나 예루살렘 목사와 성스럽지 못한 동맹을 맺기에 걸맞겠다는 생각이 들었다. 비드웰은 마을의 경제적 측면에서 혐오스러운 것을 치워주는 데 대해 기꺼워할 것이고, 예루살렘은 본 부인의 부적들을 해안 지역의 도시와 마을을 돌며 팔아줄 수 있을 것이다.

이런 생각들은 접어야 했다. 더 생각할수록 그 끔찍스러운 월요일 새벽이 오기 전에 답을 찾을 수 있다는 믿음이 약해질 뿐이었다.

매튜는 인더스트리 거리를 따라 서쪽으로 계속 걸어갔다. 곧 린치의 집에서 피어오르는 흰 연기가 보였다. 쥐들의 왕은 아침 식사를 요리하고 있었다.

덧문이 활짝 열려 있었다. 린치는 분명 방문객을 예상치 못하고 있을 것이다. 매튜는 문으로 걸어가 문에 걸린 쥐 머리뼈의 아래쪽을 망설이지 않고 노크했다.

몇 초가 흘렀다. 그러더니 갑자기 문에서 가장 가까운 창의 덧문들이 닫혔다. 서두르거나 큰 소리를 내지 않고 조용히, 의도적으로. 매튜는 주먹을 좀 더 단단히 쥐고 다시 노크를 했다.

"누구요?"

린치의 경계하는 목소리가 들렸다. 매튜는 희미하게 웃었다. 분명 창문 너머로 매튜를 보았을 것이다.

"매튜 코빗입니다. 잠시 얘기 좀 나눌 수 있을까요?"

"지금 식사 중이야. 아침 수다는 떨고 싶지 않아."

"일 분이면 됩니다."

"일 분도 안 돼. 가."

"린치 씨, 당신과 얘기를 해야 합니다. 지금 안 된다면 계속 이렇게 기다리겠어요."

"맘대로 하시지. 난 관심 없어."

문에서 발소리가 멀어졌다. 두 번째 창문의 덧문들이 닫혔고, 곧이어 세 번째 창문의 덧문들도 닫혔다. 그러더니 마지막 창문도 매튜를 업신여기는 듯 쿵 소리와 함께 닫혔다.

린치가 문을 열게 할 한 가지 확실한 방법이 있었다. 동시에 위험하기도 한 방법이었다. 매튜는 그 방법을 쓰기로 결심했다.

"린치 씨?"

매튜가 문에 가까이 다가서서 말했다.

"이집트 문명에 관해 어쩌다 그렇게 관심을 갖게 되셨나요?"

안에서 냄비가 바닥에 떨어지는 소리가 났다.

매튜는 문에서 몇 걸음 뒤로 물러선 뒤, 뒷짐을 진 채 기다렸다. 빗장이 거칠게 올라가는 소리가 들렸지만 문은 매튜의 예상과는 달리 쉽게 열리지 않았다. 그 대신 잠시 정적이 흘렀다.

통제. 매튜는 생각했다. 통제는 린치의 종교야. 그는 자신의 신에게 기도를 하고 있어.

문이 열렸다. 천천히.

하지만 그저 작은 틈만 벌어졌을 뿐이었다.

"이집트 문명? 무슨 소리를 지껄이는 거냐, 꼬마야?"

"무슨 말인지 아시잖아요. 당신 책상 위에 있는 그 책을 봤어요."

다시, 정적. 이번에 흐르는 정적에는 다소 불길한 구석이 있었다.

"오오, 내 집에 들어와서 물건을 뒤진 놈이 너였구나. 응?"

이제 문이 활짝 열리고, 깨끗하지만 면도는 하지 않은 린치의 얼굴이 밖으로 나왔다. 창백한, 얼음 같은 회색 눈이 칼날과도 같은 힘으로 매튜를 쏘아보았고, 히죽 웃는 웃음에 이가 드러나 보였다.

"바닥에 네 신발에서 떨어진 진흙이 있더구나. 트렁크도 완전히 잠겨 있지 않았고 말이야. 그게 0.5센티미터 정도 열려 있는 것을 못 본다면 장님이나 다름없지."

"관찰력이 대단하시네요. 쥐를 잡다가 그런 능력이 생긴 건가요?"

"그렇지. 그래도 두 다리 달린 씨벌놈의 쥐새끼가 들어와서 내 치즈를 갉아 먹게 됐는걸."

"재미있는 치즈이기도 하죠."

매튜가 문에서 거리를 유지하며 말했다.

"저는 당신이…… 어떻게 말해야 할까요? ……이런 고결한 질서 속에서 살리라고는 생각해본 적이 없어요. 집 바깥은 난파선처럼 보이게 해놓고서 말이에요. 또 당신이 고대 이집트 학자일 거라고도 상상해본 적이 없어요."

"법에 보면 말이야."

린치는 여전히 웃으며 시선을 매튜에게 겨누었다.

"남의 집에 허락 없이 들어가면 안 된다고 되어 있어. 이 마을에서는 그게 채찍 열 대에 해당할걸. 비드웰에게 네가 가서 말할래? 아니면 내가 할까?"

"채찍 열 대라."

매튜는 눈살을 찌푸리고 고개를 저었다.

"저는 채찍 열 대는 맞고 싶지 않아요, 린치 씨."

"만일 뭐든 훔쳐갔다는 것을 증명할 수 있다면 열다섯 대야. 그리고 그거 아냐? 내가 분명히 뭔가를 잃어버린 것 같은……."

"사파이어 브로치요?"

매튜가 말을 잘랐다.

"아뇨. 그건 서랍 안에 그대로 뒀어요."

매튜는 린치에게 딱딱한 미소를 지어 보였다.

쥐잡이꾼의 표정은 변하지 않았지만, 눈은 조금 가늘어진 것 같았다.

"아주 자신만만한 개새끼구나. 하지만 훌륭하다. 인정하겠어. 노끈을 다시 잘 묶어놓아서 나도 깜빡 속았어……. 난 어지간해선 속지 않는데."

"아, 제 생각에 속이는 쪽은 당신인 것 같은데요, 린치 씨. 그 가면은 무슨 용도인가요?"

"가면? 무슨 수수께끼 놀이냐?"

"방금 재미있는 단어를 말씀하셨어요, 린치 씨. 린치 씨야말로 수수께끼고, 저는 그걸 풀어야 해요. 당신은 왜 마을 사람들에게…… 그냥 직설적으로 말해보죠……. 왜 더러운 얼간이의 모습을 마을 사람들에게 보여주고 있을까요? 사실은 글도 읽을 줄 알고 질서를 좋아하는 사람인데? 아, 그건 치밀한 질서라고 말하고 싶네요. 그리고 경제적 상태도 짚고 넘어가고 싶은데…… 그 브로치가 당신 것이라면 말이에요."

린치에게서는 어떤 말도 반응도 나오지 않았다. 하지만 그의 특별한 눈이 반짝거리는 것을 보아 하니, 그의 머리가 분주히 돌아가고 있으며 매튜가 한 말들을 먼지가 되도록 바수어 무게를 재고 가늠하고 있음을 알 수 있었다.

"항구 지역의 억양도 가짜겠죠. 그렇죠?"

린치의 웃음소리는 낮고 조용했다.

"꼬마야. 네 머리가 찌그러지기라도 한 거냐? 나 같으면 가서 술을 빨거나 마을 돌팔이한테 가서 아편이나 달라고 하겠다."

"당신은 지금 당신이 그런 척 하는 사람이 아녜요."

매튜가 남자의 날카로운 시선에 맞서며 말했다.

"도대체…… 당신은 누굽니까?"

린치는 잠시 멈추고, 생각에 잠겼다. 그러고는 아랫입술을 깨물며 말했다.

"들어와라. 얘기 좀 하자."

"아뇨, 고맙지만 됐어요. 여기 있으니 햇볕이 따뜻한데요. 아, 그리고 오는 길에 배우들의 캠프를 지나면서 그 사람들 중 한 명하고 대화를 나눴어요. 제가 만일…… 이를테면, 사고 같은 걸 당하게 된다면 말이에요…… 그 사람이 내가 이쪽으로 걸어갔다는 것을 기억해줄 거예요."

"사고를 당해? 무슨 바보 같은 소리를 지껄이는 거냐? 그런 게 아니야. 들어오면 네가 알고 싶어 하는 걸 얘기해주마. 들어와."

린치는 매튜에게 손짓을 했다.

"여기서도 안에서와 마찬가지로 내가 알고 싶은 걸 말해줄 수 있잖아요."

"아니, 못 해. 게다가 아침 식사가 식어간다고. 그럼 이건 어떠냐. 덧문을 모조리 다 열어두고 문도 활짝 열어놓지. 그럼 됐냐?"

"아뇨. 이 근처에 이웃이 없다는 걸 이미 눈치챘는걸요."

"그럼, 들어오든 말든 나는 이제 가봐야겠다."

린치는 문을 최대한 활짝 열어놓고 걸어가버렸다. 곧 제일 가까운 창문이 열렸고, 덧문도 경첩이 허용하는 만큼 최대한 열어젖혀졌다. 그러더니 그다음 창문이 열렸고, 세 번째와 네 번째 창문도 열렸다.

매튜는 린치를 볼 수 있었다. 린치는 빛바랜 바지와 헐렁한 회색 셔츠를 입고 난로 주위에서 분주히 움직이고 있었다. 집 안은 전에 봤던 대로 공을 들여 말끔하게 치워놓은 상태였다. 매튜는 자신이 쥐잡이꾼과 정신적 결투를 벌이고 있음을 깨달았다. 집에 들어오라는 이 도전은 이집트 문명에 관한 린치의 관심에 대해 매튜가 먼저 날린 공격에 대한 대응이었다.

린치는 긴 손잡이가 달린 냄비를 잡고 안에 든 내용물을 젓다가 양념으로 보이는 것을 단지에서 꺼내 냄비에 넣었다. 그러더니 매튜를 전혀 신경 쓰지 않는다는 듯 나무 접시를 집어 그 위에 음식을 담았다.

매튜는 린치가 테이블에 앉아 접시를 놓고 격식을 차리며 절도 있게 음식을 먹는 모습을 지켜보았다. 이렇게 밖에 서 있어서는 아무것도 얻을 게 없다는 사실을 알았지만, 문과 창문이 모두 활짝 열려 있음에도 쥐잡이꾼의 집에 들어가기가 두려웠다. 여전히…… 도전은 유효했고, 받아들여야만 했다.

천천히 그리고 조심스럽게, 매튜는 문 쪽을 향해 한 발을 뗐다. 그러고는 린치의 반응을 가늠하기 위해 멈춰 섰다. 쥐잡이꾼은 달걀과 소시지, 감자를 한데 섞어 요리한 음식을 먹고 있었다. 매튜는 더욱 조심스럽게, 집 안으로 들어갔다. 하지만 문턱 앞 린치의 팔이 닿지 않는 곳에 멈춰 섰다.

린치는 계속 음식을 먹으며 갈색 냅킨으로 가끔씩 입가를 닦았다.

"신사의 매너를 지키시는군요."

매튜가 말했다.

"어머니가 나를 올바르게 키우셨지."

린치가 대답했다.

"내가 남의 집에 몰래 들어가서 물건을 뒤지는 모습은 절대 볼 일이 없을 거다."

"책에 대한 설명을 하실 수 있겠죠? 브로치에 관해서도?"

"그래."

린치는 창밖을 내다보았다.

"하지만 내가 그걸 왜 너한테 설명해야 하지? 그건 내 일인데."

"그 말씀이 옳아요. 하지만 그게 얼마나…… 저…… 이상해 보이는지 모르시겠어요?"

"이상하다는 건 그걸 이상하게 보는 사람의 눈구멍 너머에 있는 거지. 안 그래?"

린치는 숟가락과 나이프를 내려놓고 의자를 몇 센티미터 돌려 매튜를 좀 더 바로 보았다. 린치가 움직이자 매튜는 재빨리 뒤로 물러섰다. 린치가 웃었다.

"내가 널 겁준 거냐?"

"네, 그랬어요."

"음, 왜 나한테 겁을 먹지? 내가 너한테 뭘 했다고. 감옥에 있을 때 쥐들한테 잡아먹힐 뻔한 걸 구해준 것밖에 없는데 말이야."

"저한텐 아무것도 안 하셨죠."

매튜는 다음 공격을 날릴 준비가 되어 있었다.

"전 그냥, 당신이 바이올렛 애덤스에게 무슨 짓을 했는지 궁금해요."

그와 그의 강철 신경에 다행스럽게도, 린치는 그저 눈썹만 조금 찡그렸다.

"누구?"

"바이올렛 애덤스요. 분명히 그 아이와 가족을 아실 텐데요."

"안다. 저 위쪽에 살지. 얼마 전에 그 집에서 쥐를 좀 잡아줬어. 자 그럼, 내가 그 어린아이한테 무슨 짓을 했다는 거냐? 치마를 들춰 올리고 거기를 들쑤시기라도 했단 거냐?"

"아뇨, 그런 상스러운 짓 말고…… 그리고 그렇게 뚜렷하게 눈에 보이는 짓도 아니고요."

매튜가 말했다.

"하지만 당신이 무슨 짓인가를 했다고 제가 믿을 만한 이유가……."

린치가 갑자기 일어섰다. 그 바람에 매튜는 거의 문 밖으로 뛰쳐나갈 뻔했다.

"바지에 실례하지는 마라."

린치가 빈 접시를 집어 들었다.

"좀 더 먹으려고 그러니까. 너한테 아무것도 대접 안 해도 용서하겠지?"

린치는 난롯가로 가서 음식을 접시에 옮겨 담고 다시 자리로 돌아왔다. 린치는 자리에 앉아서 의자를 매튜 쪽으로 몇 센티미터 더 돌렸고 이제 두 사람은 거의 정면으로 마주 보게 되었다. 한줄기 햇빛이 린치의 가슴 위로 흘렀다.

"계속해봐."

린치는 접시를 무릎 위에 두고 음식을 먹으며 말했다.

"뭐라고 했었지?"

"어…… 그래요. 아까 말하던 게…… 바이올렛 애덤스를 물리적인 방식 말고 다른 식으로 더럽혔을 거라고 믿을 만한 근거가 있어요."

"다른 식으로 어떻게?"

"정신적으로 더럽히는 거죠."

린치는 씹기를 멈췄다. 그 공간에 움직이는 것이라곤 뛰고 있는 두 개의 심장뿐이었다. 린치는 둘 사이에 가로놓인 마루 위 햇빛의 무늬를 바라보며 다시 음식을 먹기 시작했다.

매튜의 검이 겨눠졌다. 이제는 심장을 향해 일격을 날리고, 어떤 색깔의 피가 뿜어져 나올지 볼 차례였다.

"저는 당신이 그 아이에게 해밀턴의 집에서 사탄을 만났다는 허구를 만들어 심어주었다고 생각해요. 당신은 제러마이어 버크너와 일라이어스 개릭을 포함해서 주위 많은 사람들의 마음속에 그런 이야기를 만들어 심을 수 있는 재주를 가진 것 같아요. 그리고 레이첼 호워스의 집 마룻바닥 아래에 인형을 숨기고 카라 그룬왈드가 그 '계시'를 꿈으로 꾸게 만들어서 인형이 발견되도록 했죠."

린치는 매튜의 말이 아예 들리지 않는다는 듯 시간을 허비하는 일 없이 계속 아침을 먹었다. 그러나 린치가 다시 입을 열었을 때, 그의 목소리는…… 조금 변해 있었다. 매튜는 단지 목소리가 약간 낮아졌다는 것 외에는 뭐가 달라졌는지 설명할 수 없었다.

"그런 일을 내가 어떻게 했다는 거냐?"

"모릅니다."

매튜가 말했다.

"당신은 마법사인가요? 아니면 악마의 무릎에서 마법을 배웠나요?"

린치는 진심으로 웃으며 접시를 옆으로 밀었다.

"야, 그거 정말 재미있구나! 내가 마법사라고! 아, 그렇다면! 너한테 불타는 구슬이라도 한 방 날려주랴?"

"그러실 필요는 없어요. 당신이 쓴 가면에 대해 해명을 하고 제 가설을 무너뜨리겠다면, 어서 해보세요."

린치의 미소가 엷어졌다.

"내가 그렇게 하지 않으면 네 계집이 화형당하는 자리에서 나도 같이 불태워버리겠구나. 꼬마야, 가는 길에 쉴즈 선생한테 들러서 아편 한 통이 필요하다고 부탁하는 게 어떻겠냐?"

"비드웰 씨도 아마 당신에 관한 호기심이 저만큼이나 불타오를 거예요. 책과 브로치에 관한 얘기를 해드리면요."
매튜가 차분하게 말했다.
"그럼 아직 말을 안 했단 말이냐?"
린치가 사악하게 희미한 미소를 지었다.
"안 했어요. 다시 말씀드리는데, 배우들이 캠프를 지나치는 제 모습을 봤어요."
"배우!"
린치는 다시 웃었다.
"얘야. 배우들은 쥐만큼도 센스가 없어! 그 사람들은 사소한 일에는 신경도 안 써. 그냥 거울에 비친 자기들의 빌어먹을 얼굴만 들여다볼 뿐이라고!"
이 말에는 거친 조롱이 담겨 있었다……. 매튜는 불현듯 깨달았다.
"아아."
매튜가 말했다.
"그랬군요. 당신은 전문 배우예요. 그렇죠?"
"내가 서커스에서 한동안 일했다고 이미 말했잖냐."
린치가 부드럽게 말했다.
"훈련받은 쥐들과 하는 연기였지. 애석한 일이지만 배우들하고도 좀 엮였었고. 그 거짓말이나 늘어놓는 도둑놈들한테는 모두 지옥으로 꺼지라고 말해주겠어. 그건 그렇고, 여길 봐라."
린치는 서랍을 열고 이집트 책과 사파이어 브로치를 숨겨둔 케이스를 꺼냈다. 린치는 두 물건을 책상 위에 올려놓고, 노끈으로 묶어놓은 갈색 면직물을 지갑에서 꺼내더니 날렵한 손가락으로 풀기 시작했다.

"일종의 설명 같은 것을 해야 할 것 같구나. 이것들에 대해서."

"그러신다면 대단히 감사하겠어요."

매튜는 린치가 무엇을 내놓을지 대단히 궁금했다.

"사실…… 난 내 주제보다는 더 많이 배웠어. 하지만 내 억양에 대해서는 숨긴 게 없다. 나는 템스 강의 젖줄에서 태어났고, 그걸 자랑스럽게 여기지."

린치는 노끈을 풀고, 천을 펼쳐 사파이어 브로치를 오른손 엄지와 검지로 집어 들었다. 그는 브로치를 햇빛의 물결 안에 잠기도록 위로 들고, 옅은 색의 강렬한 눈으로 그것을 들여다보았다.

"이건 내 어머니 것이었어. 하느님, 어머니의 영혼을 돌보소서. 그래, 이건 돈으로 치면 상당히 값이 나가겠지만, 절대로 팔지 않았지. 절대. 이 브로치는 어머니를 추억할 수 있는 단 하나뿐인 물건이야."

린치는 브로치를 살짝 회전시켰다. 그러자 햇빛이 그 금색 테두리에서 부서지면서 매튜의 얼굴 위에서 반짝거렸다.

"정말 아름다운 물건이지. 안 그러니? 아주 아름다워. 어머니처럼. 아주, 아주 아름다워."

다시 한 번 브로치가 돌고 다시 한 번 반짝이는 빛이 매튜의 눈을 찔렀다. 린치의 목소리는 거의 들리지 않을 만큼 부드러워졌다.

"나는 이걸 절대 팔지 않아. 돈을 얼마를 준다고 해도. 정말 아름다워. 정말, 정말로 아름다워."

브로치가 돌고…… 빛이 반짝였다…….

"절대. 돈을 얼마를 준다고 해도. 이게 빛나는 게 보이지? 아주, 아주 아름다워. 어머니처럼. 아주, 아주 아름다워."

브로치…… 빛…… 브로치…… 빛…….

매튜는 반짝이는 금빛을 바라보았다. 린치는 천천히 브로치를 햇빛 안에 넣었다 뺐다 하며 브로치를 일정하게, 고정된 속도로 돌렸다.

"그래요."

매튜가 말했다.

"아름답군요."

매튜는 간신히 시선을 브로치에서 뗐다. 그러기가 어찌나 어려운지 매튜는 깜짝 놀랐다.

"책에 대해서 알고 싶어요."

"아아, 책!"

린치는 천천히 왼손 검지를 들어 올렸다. 매튜의 시선이 그곳으로 향했다. 린치는 허공에서 손가락으로 작은 원을 그렸고, 그 원이 점점 브로치 쪽으로 다가갔다. 매튜의 눈이 그 느린 하강을 좇았고, 갑자기 그는 다시 한 번 빛을…… 브로치를…… 빛을…… 브로치를…….

"책."

린치가 부드럽게 되뇌었다.

"책…… 책…… 책."

"네, 책."

매튜가 말했다. 그리고 다시 브로치에서 시선을 떼려고 애썼다. 린치는 그것을 햇빛 속에 움직임 없이 삼 초 정도 들고 있었다. 움직이지 않는 것이 이상하게도 움직임만큼이나 눈을 뗄 수 없게 만들었다. 린치는 다시 브로치를 햇빛 속에 넣었다 뺐다 하면서 시계 방향으로 서서히 움직이기 시작했다.

"책이요."

정말 이상했다. 자신의 목소리가 마치 저 멀리 다른 방에서 들려오는 것처럼 울려서 들렸다.

"왜……."

브로치…… 빛…… 브로치…… 빛…….

"왜 이집트 문명인가요?"

"매력적이니까."

린치가 말했다.

"이집트 문명은 매력적이야."

브로치…… 빛…….

"매력적이야."

린치가 다시 말했다. 이제 린치도 멀리서 말하는 것 같았다.

"그들이 어떻게…… 제국을 세웠는지…… 무너지는 모래 위에……. 무너지는 모래…… 그 모든 걸…… 무너지는 모래…… 흘러간다…… 부드럽게, 부드럽게……."

"네?"

매튜가 작은 목소리로 물었다. 브로치…… 빛…… 브로치…….

"무너지는…… 무너지는 모래……."

린치가 말했다.

……빛…….

"잘 들어, 매튜. 잘 들어라."

매튜는 듣고 있었다. 자신이 있는 방 주위가 어두워지는 것 같았고, 방 안의 빛이라고는 오로지 린치의 손에 들린 브로치에서 나오는 빛뿐인 것 같았다. 매튜는 린치의 낮고 낭랑한 목소리 말고는 다른 소리는 들을 수 없었고, 린치의 다음 말을 기다리고 있었다.

"잘 들어…… 매튜……. 무너지는 모래…… 무너지는…… 아주, 아주 아름다운……."

목소리가 그의 귓가에서 속삭이는 듯했다. 아니, 아니다. 린치는 그보다도 더 가까이에 있었다. 그보다 더 가까이…….

……브로치…… 빛…… 브로치…….

더 가까이.

"잘 들어."

목소리를 낮춘 린치의 명령이 들렸다. 매튜는 이제 그 목소리가 누구의 것인지 거의 알아챌 수가 없었다.

"이 고요함을…… 잘 들어봐……."

……빛…… 무너지는, 무너지는 모래…… 브로치…… 아주아주 아름다운 빛…….

"잘 들어, 매튜. 이 고요함을. 모든. 것이. 고요해. 모든. 것이. 아주아주 아름다워. 무너지는, 무너지는 모래가. 고요하고, 고요하고. 마을은…… 고요해. 마치…… 온 세상이…… 숨을 죽이고……."

"아!"

매튜가 소리쳤다. 그것은 헤엄치는 사람이 물에 빠지며 공기를 찾을 때 내는 공포의 소리였다. 그의 입이 더 크게 벌어졌다……. 그는 자신의 헐떡거리는 소리를…… 끔찍한 소리를 들었다…….

"고요하고, 고요해."

린치가 말하고 있었다. 낮고 느린 노래하는 듯한 목소리로.

"모든. 것이. 고요해. 모든 것이…… 마치……."

"아냐!"

매튜가 뒤로 물러서며 문틀에 부딪혔다. 그는 반짝이는 브로치로부터 시선을 홱 돌렸지만, 린치는 여전히 그것을 햇빛 안으로 넣었다 뺐다 하며 돌리고 있었다.

"아냐! 당신은…… 당신이……."

"뭐가, 매튜?"

린치가 미소를 지었다. 그의 눈빛이 매튜의 머릿속을 뚫고 마음속까지 깊이 찔렀다.

"내가 뭘?"

린치는 의자에서 일어섰다……. 천천히…… 부드럽게…… 무너지는 모래처럼…….

매튜는 그의 안에서 이전에 한 번도 경험해보지 못한 공포가 솟아나는 것을 느꼈다. 그의 다리는 쇠로 만든 신발을 신은 듯이 무거웠다. 린치가 그를 향해 다가오고 있었다. 이상하고 느린 동작으로, 희극의 한 장면처럼 움직이며 그의 팔을 잡기 위해 다가오고 있었다. 매튜는 린치의 눈에서 시선을 뗄 수가 없었다. 그 눈은 온 세상의 중심이었고, 다른 모든 것은 고요하고…… 고요했다…….

린치의 손가락이 매튜의 옷소매를 막 잡으려 할 때였다.

낼 수 있는 모든 힘을 다해, 매튜는 "안 돼!" 하고 린치의 얼굴에 대고 외쳤다. 린치는 눈을 깜빡였다. 그의 손이 잠시, 아마도 몇 분의 일 초쯤 주춤했다.

그거면 충분했다.

매튜는 몸을 돌려 그 집에서 뛰쳐나왔다. 눈은 잔뜩 부어서 핏발이 서 있었지만, 도망쳤다. 다리는 무겁고 목은 무너지는 모래처럼 건조했지만, 도망쳤다. 귓가에 천둥처럼 울리는 고요함을 들으며, 몇 초 전까지만 해도 도둑맞았던 공기를 헐떡거리며 폐에 욱여넣으면서 도망쳤다.

매튜는 인더스트리 거리를 따라 달렸다. 따스한 햇살이 근육과 뼈에 스민 냉기를 녹였다. 그는 뒤돌아보지 않았다. 감히 뒤돌아볼 수 없었다. 감히.

하지만 그렇게 달리는 동안, 거의 걸리기 직전까지 갔던 부드러운 덫과 자신의 거리가 상당히 벌어지는 동안, 매튜는 린치가 휘두르는 심각하고 기이한 능력이 지닌 힘을 깨달았다. 그런 자연스럽지 못하고…… 괴물 같은…… **무너지는 모래…… 무너지는……** 마법과 **고요하고 고요한……** 악마에 대해.

그것은 그의 머릿속에 남아 있었다. 그는 그것을 끄집어낼 수 없었고, 그의 영혼이, 그가 가장 의지해야 하는 자원이, 상상도 할 수 없이 더럽혀졌다는 생각에 더더욱 공포에 질렸다.

그는 뛰고 또 뛰었다. 얼굴에 땀이 흐르도록, 가슴이 터지도록.

32

매튜는 햇살이 비치는 호수가 풀 위에 앉아 떨고 있었다.

린치의 집에서 달아난 지 삼십 분은 되었지만, 아직도 그 만남의 후유증 때문에 괴로웠다. 매튜는 피곤하고 몸이 무거웠고, 그럼에도 존재의 근원에서부터 두려웠다. 매튜는 생각을 했다. 지금껏 살면서 생각을 하는 데 지금처럼 힘을 들여야 했던 적이 없었던 것 같았다. 린치는 그의 마음에, 그가 린치의 집에 했던 것과 똑같은 짓을 한 것이었다. 허락을 받지 않고 들어와서 여기저기 기웃거리고, 린치의 존재를 각인하는 작은 진흙 얼룩을 남긴 것이다.

두말할 것도 없이 결투의 승자는 린치였다.

하지만 역시 두말할 것도 없이, 매튜는 이제 린치가 사람의 마음에 닿을 수 있고 원하는 대로 허구를 만들어낼 수 있는 그 그림자 손의 주인임을 알게 되었다. 매튜는 스스로를 지적이고 경계심이 많은 사람이라고 생각했다. 그런 자신이 쥐잡이꾼의 주술에 그렇게 쉽게 영향을 받았다면, 그보다 더 순박하고 정신적인 기민성이 떨어지는 버크너나 개릭, 다른 목표물들은 압도당하기가 얼마나 쉬웠겠는가. 실제로 매튜는 린치가 사람들의 감수성을 먼저 보고, 타락한 장면을 마음속에 심을 인물들을 신중하게 골랐으리라고 추측했다. 린치는 분명 이런 기이한 작업을 해본 경험이 상당할 것이고, 그런 조작의 대상으로 누가 적합할지 알아보는 기준이 있을 것이다. 매튜의 경우에는 린치가 정신적 방어선을 건드렸을 뿐, 경계를 무너뜨리는 데에는 실패했다는 생각이 들었다. 아마 린치도 꼭 필요하지 않은 상황에서 그런 일을 시도해본 적은 없었을 것이다.

매튜는 고개를 들어 기억의 저장소에서 마지막으로 무너지는 모래의 흔적을 태워 없애기 위해 온 얼굴로 햇빛을 받았다.

린치가 바이올렛 애덤스를 과소평가했다고 매튜는 생각했다. 바이올렛은 수줍음을 타는 겉모습보다는 훨씬 더 지적이었다. 그 아이가 사탄과 흰머리의 도깨비를 보았다고 묘사했던 집은 사실은 해밀턴의 집이 아니라 아이의 마음속에 있던 집이었을 것이다. 그리고 그 어두운 방의 뒤쪽이 그녀에게 주술을 걸던 린치에 대한 기억이다. 린치가 주술을 거는 동안 실제로 그 노래를 불렀던 게 아니라, 아마도 린치에 대한 기억이 바이올렛의 안에 잠겨 있었고, 린치가 바이올렛의 집에 쥐를 잡으러 왔을 때 들었던 그 노래가 대체 열쇠가 되어 기억을 푼 것이리라.

그렇다면 의문이 생긴다. 그럼 바이올렛은 언제 어디에서 주술에 걸렸을까? 아마도 린치는 버크너와 개릭의 집에 쥐를 잡으러 갔거나, 아니면 단순히 '예방' 차원에서 쥐약을 놓아주러 갔었을 것이다. 린치가 두 사람에게 창고에 가서 쥐들의 흔적을 같이 살펴보자고 말하고, 그러고 나서 아내나 다른 사람이 없는 곳에서 그 기이한 무기를 그들의 눈앞에서 휘둘러 현실을 지우고 실제 같은 허구를 구축했을 모습이 눈에 선했다. 매튜를 특히 경탄하게 만든 것은 그 힘의 효과가 일정 시간 뒤에 나타나도록 했다는 사실이었다. 린치는 그 허구를 즉시 기억해내는 것이 아니라, 며칠이 지난 뒤 불러내도록 하는 어떤 정신적 명령을 내렸다. 그리고 주술에 걸린 기억

자체는 모조리 지워버렸다……. 바이올렛 애덤스의 경우는 예외였다. 그 아이의 방어기제가 린치의 목소리로 노래를 불렀던 것이다.

매튜가 지금껏 들어본 것 중에 가장 빌어먹을 상황이었다. 그것은 분명 어떤 형태의 마법이었다! 하지만 그것은 현실이고, 그것은 여기에 있고, 그것은 레이첼이 월요일 아침에 화형을 당하게 되는 이유였다.

이제 뭘 할 수 있을까?

아무것도 없다. 아, 비드웰에게 가서 말해볼 수는 있겠다. 하지만 매튜는 그 결과가 어떠할지 잘 알았다. 비드웰은 매튜를 위해 족쇄를 준비하고 다른 사람들에게나 자기 자신에게 더 이상 위험한 존재가 되지 못하도록 그를 가둘 것이다. 우드워드에게 털어놓는 것도 두려웠다. 행여 우드워드가 듣고 대답을 할 수 있다고 해도, 그는 매튜가 대단히 심각한 마법에 걸려 무덤으로 가라앉게 될 거라고 믿을 것이다.

쥐잡이꾼은 단순히 결투에서 이긴 것 이상이었다. 린치는 전쟁이 끝났으며 자신이 완전하면서도 영리한 승자라는 사실을 입증해 보였다.

매튜는 무릎을 끌어안고 파란 물 위를 바라보았다. 그는 스스로에게 가장 기본적이면서도 동시에 가장 복잡한 질문을 던져야만 했다. **왜?**

무엇 때문에 린치는 레이첼을 마녀로 덮어씌우기 위해 그런 노력을 들였단 말인가? 그리고 왜, 그런 사악한 천성의 남자가 파운트로열에 있을까? 그가 그로브 신부와 대니얼 호워스도 죽였을까? 만일 레이첼이 이 이상한 게임에서 단순한 폰에 불과하고, 그래, 일단 비드웰이 실제 목표물이라고 가정을 해보면, 그렇다면 왜 파운트로열을 무너뜨리기 위해 이렇게 극한까지 가야 하는가? 찰스타운에서 이런 악행을 저지르라고 린치를 보냈다는 게 가능한 일일까?

매튜 생각에 찰스타운의 질투심 많은 감시견들은 빈집 몇 채를 불태우라고 부추길 수는 있어도, 살인을 지원할 만큼 타락했을 것 같지는 않았다. 하지만 다시 생각해보자. 사람의 마음을 지배하는 것이 무엇인지 누가 알겠는가? 쏟아진 붉은 피의 대가로 금화가 지불된 것이 처음 있는 일은 아닐 것이다.

매튜는 실눈을 뜨고, 산들바람에 일렁이는 호수의 물결을 바라보았다.

금화. 그래. 금화. 금과 은. 그거다. 스페인의 상징이 찍힌.

매튜의 머릿속에서 점점 형체를 갖춰가는 가설은 숙고해볼 가치가 있었다. 이를테면 어젯밤 아무것도 찾지 못하긴 했지만, 호수 바닥에 정말로 해적의 돈이 한 재산 있다고 해보자. 그리고 린치가, 그가 정말로 누구인지는 모르겠지만, 아마도 이곳에 도착하기 몇 달 전이나 몇 년 전쯤에 보물의 존재를 어떻게 알게 되었다고 하자. 린치가 이곳에 왔을 때, 그는 보물 금고를 둘러싸고 마을이 생겼음을 알았다. 그렇다면 보물을 차지하기 위해 혼자서 무슨 일을 할 수 있었을까?

답은 이렇다. 마녀를 만들어내고, 파운트로열이 시들어 말라 죽게 만드는 것이다.

아마도 린치는 한 번 이상, 늦은 밤, 헤엄을 쳐서, 발견했을 것이다……. 아, 그리고 한 가지 깨달음이 펀치처럼 다가왔다……. 금화와 은화만 발견한 것이 아니라…… 사파이어 브로치도.

보물 금고 안에 금화와 은화만 있는 것이 아니라 보석도 함께 있다면 어떨까? 아니면 원석들도? 실제로 린치가 그 브로치를 호수 바닥에서 건져왔다면, 그는 인양 작업을 하기 전에 먼저 마을을 깨끗이 없애버려야 한다는 걸 잘 알고 있을 것이다.

그렇다. 그것이다. 그것이야말로 두 남자를 죽이고 마녀를 만들어내야 했던 이유다. 하지만 잠깐……. 그렇다면 린치는 레이첼이 화형을 당하지 않도록 해야 하는 것 아닌가? '마녀'를 제거해버리고 나면 파운트로열은 다시 건강하게 발전할 테니까. 그럼 마을의 쇠퇴가 계속되도록 하려면 무엇을 할 것인가? 두 번째 마녀를 만드는 것? 그것은 엄청난 위험을 야기하면서도 계획을 세우는 네에만 몇 달이 걸릴 일이었다. 아니, 레이첼은 이미 완벽한 '마녀'였다. 좀 더 이성적으로 굴려면 그녀의 죽음을 어떻게든 활용하는 편이 옳다.

아니면…… 다른 살인으로? 그럼 누가 '사탄'의 복수심에 의해 어둠침침한 방이나 복도에서 어느 날 저녁 목이 베인 채로 발견될 것인가?

매튜는 이번에는 린치가 파운트로열의 경정맥을 노릴 것이라고 생각했다. 쉴즈 씨가 피바다에 누워 있게 될까? 존스톤 씨가? 에드워드 윈스턴? 아니다. 이 세 사람은 매우 중요하긴 했지만, 파운트로열의 미래에 있어 대체가 가능한 사람들이다.

다음 희생자는 비드웰이다.

매튜는 일어섰다. 살갗에 소름이 쭉 돋았다. 매튜 옆에서 한 여자가 양동이 두 개로 호수의 물을 길으면서 작은 통에 물을 채우는 남자와 대화를 나누고 있었다. 그들의 얼굴은 삶의 고단한 무게로 주름이 깊긴 했지만, 근심 걱정으로부터는 자유로웠다. 그 얼굴에는 마녀의 처형과 함께 파운트로열의 모든 것이 다 좋아질 거라는…… 적어도 곧 괜찮아질 거라는 희망이 담겨 있었다.

저들은 거의 아는 게 없다. 아무도 아는 게 없다. 린치만 빼고. 그중에서도 특히 비드웰은 아는 게 없었다. 레이첼이 불에 휩싸여 고통 속에 죽어갈 때, 다른 희생자들과 같은 방식으로 자신의 목을 벨 계획이 세워진다는 것을.

그럼 그 일이 일어나기 전에 뭘 할 수 있는가?

매튜는 조언이 필요했다. 사파이어 브로치 하나로는 충분치 않았다. 게다가 린치는 이제 그것을 쥐들도 찾을 수 없는 곳에 숨길 게 뻔했다. 구드가 찾은 주화를 공개하면 도움이 되겠지만, 그것은 구드의 신뢰를 배신하는 일이다. 분명 린치는 그날 밤 비드웰의 집에 침입해서 매튜의 방에서 금화를 집어갔을 것이다. 아마도 그것이 보물의 일부이므로 어디에서 왔는지 확인하기 위해서였을 것이다. 그런데 또 다른 의문이 생긴다. 인디언은 어떻게 그 스페인 금화를 갖게 되었을까?

매튜는 이제 좀 더 자기 자신으로 돌아왔다고 느꼈다. 이제는 금화를 통으로 한가득 준다고 해도 다시는 린치의 집에 혼자 들어가지 않으리라. 하지만 만일 린치가 범인이라는 사실을 보여주는 증거를 찾을 수 있다면…… 비드웰에게 보여줄 수 있는 좀 더 확고한 증거를…….

"여기 있었군요! 안 그래도 지금 막 코빗 씨를 만나러 가던 참이에요!"

그 목소리, 높은 톤에 성깔 있는 그 목소리는, 그에게 새로운 공포로 다가왔다.

매튜는 루크리셔 본 쪽으로 고개를 돌렸다. 그녀는 뻣뻣한 흰 보닛 안에 머리카락을 감추고, 라일락 색깔의 옷을 입고 환하게 미소를 지었다. 팔에는 작은 바구니가 걸려 있었다.

"오늘도 활기찬 하루가 되길 바라요!"

"음…… 네. 활기차게……."

매튜는 이미 본 부인에게서 멀어지고 있었다.

"코빗 씨, 제가 선물로 드릴 게 있어요! 저도 알아요…… 그게, 어제 우리 집에서의 식사가 좀 불편하셨을 거예요. 그래서 제가……."

"괜찮습니다. 선물은 필요 없어요."

매튜가 말했다.

"아, 필요 있어요! 코빗 씨가 음식을 얼마나 맛있게 드셨는지 잘 알았는걸요. 제 딸이 일부러 저지른 품위 없는 행동에도 불구하고 말이에요……. 그래서 저는 파이를 좀 구워드려야겠다고 생각했어요. 고구마는 좋아하시죠?"

본 부인은 바구니에서 바삭바삭한 황금색 파이를 들어 매튜에게 보여주었다. 파이는 빨간 하트가 그려진 흰색 도기 접시에 담겨 있었다.

"그거…… 정말 멋지네요."

매튜가 말했다.

"하지만 받을 수 없습니다."

"말도 안 돼요! 당연히 받을 수 있어요! 접시는 다음번 저녁 식사 때 오시면서 가져다주시면 돼요. 그러니까…… 화요일 저녁 6시 어때요?"

매튜는 본 부인의 눈을 들여다보고 그 안에 탐욕과 두려움이 슬프게 어우러진 것을 발견했다. 매튜는 최대한 부드럽게 말했다.

"본 부인, 저는 파이를 받을 수 없습니다. 저녁 식사 초대도 역시 받아들일 수 없고요."

본 부인은 멍하니 매튜를 바라보았다. 그녀의 입이 조금 벌어졌다. 파이 접시는 여전히 내밀어진 채였다.

"부인 따님을 돕는 건 제 능력 밖의 일입니다."

매튜가 계속했다.

"따님은 세상에 대한 견해가 확고한 것 같고, 부인도 그러시죠. 그래서 충돌이 있는 겁니다. 부인 집안에 문제가 있는 것은 유감입니다만, 제가 부인을 위해 그 문제를 해결해줄 수는 없습니다."

본 부인의 입이 조금 더 벌어졌다.

"다시 말씀드리지만, 저녁 식사에 초대해주셔서 감사했습니다. 가족분들과 어울릴 수 있어서 정말로 즐거웠어요. 이제 실례가 안 된다면……."

"너…… 이 돼먹지 못한…… 애송이 새끼야!"

본 부인이 갑자기 열을 냈다. 뺨이 붉게 물들고 눈은 분노로 반쯤 미쳐 있었다.

"널 만족시키려고 얼마나 노력을 들였는지 알아?"

"저…… 그게…… 죄송합니다. 하지만……."

"죄송해?"

본 부인은 격하게 흥분해 소리쳤다.

"죄송하다고! 셰리스의 가운에 돈과 시간을 얼마나 쏟아부었는지 알아? 너 때문에 그 난롯불 앞에서 얼마나 열심히 일하고 집을 공들여 청소했는지 알아? 그것도 죄송해? 응?"

매튜는 호수에 물을 길으러 온 주민 몇 명이 이쪽을 바라보고 있다는 것을 눈치챘다. 만일 루크리셔 본이 눈치챘대도, 매튜에게 연속 포격을 날리고 있었기 때문에 어차피 달라지지는 않았을 것이다.

“그래도 우리 집에 와서는 배가 터지게 잘 처먹었지. 안 그래? 꼭 연회에 온 귀족처럼 앉아 가지고! 게다가 남은 빵까지 싸 갔지! 그러면서 이제 와서 죄송해!”

분노의 눈물이 그녀의 눈을 적셨다. 분노가 엉뚱한 데서 터졌다고 매튜는 생각했다.

“난 네가 신사인 줄 알았어! 그래. 제대로 ‘죄송한’ 신사로구나. 응?”

“본 부인.”

매튜가 단호하게 말했다.

“저는 부인께서 생각하시는 대로 따님을 구원해드릴 수는…….”

“누가 너더러 구원해달라고 그랬어? 이 혼자 잘난 꼰대 같은 새끼야! 어떻게 감히 나를 무슨 젖 짜는 여자를 대하듯 할 수가 있어! 나는 이 마을에서 존경받는 사람이야! 알아들어? 존경받는다고!”

본 부인은 매튜의 얼굴에 대고 소리를 질러댔다. 매튜는 조용히 말했다.

“네, 듣고 있습니다.”

“내가 남자였으면 너 같은 새끼가 이따위로 무례하게 굴진 못했겠지! 나가 죽어라, 이 새끼야! 너랑 찰스타운이랑 자기가 잘난 줄 아는 모든 인간들 다 나가 죽어버려!”

“실례합니다.”

매튜는 말하고, 저택 쪽으로 걸어가기 시작했다.

“그래, 얼른 뛰어가!”

본 부인이 소리를 질렀다.

“찰스타운으로 뛰어가! 네 족속들이 있는 곳으로! 이 도시 개새끼!”

목소리가 잠깐 갈라졌지만, 그녀는 다시 목소리를 가다듬었다.

"그 터무니없는 정원놀이나 하든지, 죄악이 넘치는 파티장에서 춤이나 추든지! 가! 뛰어가!"

매튜는 뛰지 않았지만 그의 걸음걸이는 충분히 빨랐다. 그는 비드웰의 집 위층의 서재 창문이 열려 있고, 비드웰이 거기 서서 이 불행한 광경을 내려다보는 모습을 보았다. 비드웰은 웃고 있었는데 매튜가 자신을 보는 것을 깨닫자 손으로 입을 가렸다.

"잠깐, 잠깐!"

뻔뻔한 여자가 외쳤다.

"자, 네 파이 가져가라!"

매튜가 뒤를 돌아보자 그에 맞춰 루크리셔 본이 파이를 접시째 몽땅 호수에 던졌다. 그러더니 본 부인은 쇠도 녹여버릴 만큼 매서운 눈빛으로 매튜를 노려보고, 마치 찰스타운의 칠칠치 못한 여자를 매튜의 뒤꽁무니에 매달아놓기라도 한 듯 의기양양하게 턱을 높이 치켜들고 뒤로 돌아 걸어가버렸다.

매튜는 저택으로 들어가 곧장 계단을 올라 판사의 방으로 향했다. 방의 덧문은 닫혀 있었지만, 매튜는 격분한 여자의 목소리가 늪에 있는 새들도 겁에 질리게 만들었으리라고 생각했다. 하지만 우드워드는 여전히 잠들어 있었다. 매튜가 그의 침대 옆에 서자 우드워드는 몸을 조금 옆으로 움직였다.

"판사님?"

매튜가 우드워드의 어깨를 만지며 말했다.

"판사님?"

많이 자서 부은 우드워드의 눈이 조금 떠졌다. 그는 초점을 맞추려고 애를 썼다.

"매튜냐?"
우드워드가 힘겹게 물었다.
"네, 판사님."
"오…… 너라고 생각했다. 꿈을 꿨는데. 까마귀가…… 울부짖는 꿈. 지금은 갔어."
"뭘 좀 가져다드릴까요?"
"아니. 그냥…… 피곤하구나…… 아주 피곤해. 쉴즈 선생이 왔었다."
"쉴즈 씨가요? 오늘 아침에요?"
"응. 나한테…… 오늘이 금요일이라고 하더라. 나한테는 낮과 밤이…… 같이 흘러가는구나."
"그럴 것 같습니다. 그동안 많이 편찮으셨어요."
우드워드가 힘겹게 침을 삼켰다.
"그 약…… 쉴즈 선생이 준 약이, 아주…… 맛이 고약해. 선생한테…… 다음번 약에는 설탕을 조금 넣으라고 해야겠다."
희망을 걸 이유가 생겼다. 판사는 생각도 명쾌했고 감각도 돌아오고 있었다.
"그 약이 판사님에게 효과가 있는 것 같은데요."
"목이 아직 아파."
우드워드가 목에 손을 가져다댔다.
"하지만…… 조금 나아진 것 같긴 하다. 그런데…… 이게 꿈인지 아니면…… 쉴즈 선생이 내 엉덩이에 깔때기를 가져다대던데?"
"관장을 하셨어요."
매튜는 끔찍하게 혐오스러웠지만 꼭 필요했던 그 과정의 후폭풍을 오랫동안 기억할 것이었다. 검고 끈적끈적한 것이 가득 찬 실내용 변기를 두 번이나 씻어내야 했던 하인도 그럴 것이다.

"아, 그래……. 설명이 되는구나. 모든 사람들에게…… 사과를 해야겠다."

"사과하실 필요 없어요, 판사님. 판사님은…… 불쾌한 상황에서도…… 대단히 품위 있게 처신하셨어요."

매튜는 옷장으로 가 그곳에 놓인 깨끗한 물이 담긴 대야와 깨끗한 천을 하나 가지고 왔다.

"항상…… 공직자라는 지위는……."

우드워드가 속삭였다.

"이 지위는…… 피곤한 일이야. 매튜…… 내 등에는…… 무슨 짓을 한 거냐?"

"쉴즈 씨가 유리컵을 써서 뭉친 피를 순환시켰어요."

매튜가 천을 대야에 담갔다.

"유리컵."

우드워드가 되뇌었다.

"오, 그래…… 이제 기억난다. 아주 고통스러웠지."

우드워드는 우울한 미소를 지어 보였다.

"나는 분명…… 죽음의 문턱까지…… 갔던 게로구나."

"그렇게 가까이 가셨던 건 아니에요."

매튜가 젖은 천을 비틀어 짜서 아직 핼쑥한 우드워드의 얼굴을 차가운 물수건으로 부드럽게 닦기 시작했다.

"그냥 문턱 주변까지만 갔다고 말해두지요. 하지만 이제는 좋아지셨어요. 그리고 계속 좋아질 거고요. 확실해요."

"네 말이…… 맞겠지."

"단순히 맞는 정도가 아니에요. 전 정확해요."

매튜가 말했다.

"가장 안 좋은 상황을 이겨내신 거예요."

"그 얘기를…… 내 목하고…… 쑤시는 뼈마디들한테 좀 해봐라. 오, 늙는다는 건…… 죄악이구나."

"판사님 나이와 지금 상태는 상관없어요."

매튜는 천으로 우드워드의 이마를 눌렀다.

"아직은 젊으세요."

"아니……. 나는 너무 많은 걸 내 뒤에 남겨두었어."

우드워드는 허공을 응시했다. 그의 눈은 눈에 띄게 점점 게슴츠레해졌다. 매튜는 우드워드의 얼굴을 계속 적셔주었다.

"나는…… 네가 될 수만 있다면…… 뭐든 다 내주겠다, 아들아."

매튜의 손이 잠깐 움직임을 멈췄다.

"네가 될 수만 있다면."

우드워드가 되뇌었다.

"그리고 네가 있는 곳에 있을 수 있다면. 네 앞에…… 펼쳐진 세상과…… 그 화려한 시간들."

"판사님께도 시간은 많이 있어요."

"내 화살은…… 이미 날아갔어."

우드워드가 속삭였다.

"그리고…… 그게 어디에 떨어졌는지…… 나는 모른다. 하지만 넌…… 넌…… 지금 막 활시위를 당기고 있지."

우드워드는 길고 기력 없는 한숨을 내쉬었다.

"충고하자면…… 가치 있는 것을 겨눠라."

"제가 뭘 겪어야 할지 결정하는 데 도움을 주실 기회가 앞으로도 더 많이 있을 거예요."

우드워드는 부드럽게 웃었다. 하지만 목이 아팠는지 그 웃음은 찡그림으로 끝났다.

"내가 널 더 이상…… 도울 수 있을지 모르겠구나, 매튜. 이번 여행에서…… 네가 아주 능력 있는 사람임을…… 깨달았다. 너는…… 이제 어엿한…… 남자야. 남자가 갖춰야 할 모든 것을 갖춘. 씁쓸하고…… 달콤하지. 너는 성인으로서의…… 시작이 좋았어……. 네 신념을 가지고 일어서서…… 어떨 땐 나에게 대항하면서."

"제 의견이 못마땅하지 않으세요?"

"나는…… 네가 아무 의견도 없었다면…… 실망했을 거다."

"감사합니다, 판사님."

매튜는 우드워드의 얼굴을 다 닦고 천을 대야에 다시 담근 뒤, 옷장 위에 도로 가져다놓았다.

"그렇다고 해서……."

우드워드는 자신이 끌어낼 수 있는 가장 크고 명료한 목소리로 덧붙였다.

"우리가…… 같은 의견이란 건 아니다. 나는 여전히…… 그 여자가 너의 밤의 새라고 말하겠어……. 너를 어둠으로 이끌고 가려 하는. 하지만…… 사람들은 누구나 어떤 형태로든…… 밤의 새의 노래를 듣는다. 그 소리를 극복하려는 몸부림을 통해…… 한 인간의 영혼이 형성되거나…… 파괴당하는 거다. 너도 내 말을 이해할 거야. 나중에…… 저 마녀가 영원히 침묵하게 되고 나면."

매튜는 옷장 옆에 고개를 떨구고 서 있었다.

"판사님, 드릴 말씀이 있는데……."

그리고 매튜는 말을 삼켰다. 말해봤자 무슨 소용이 있겠는가? 판사는 절대 이해하지 못할 것이다. 절대. 그 자신도 거의 이해할 수가 없는데. 게다가 그는 린치의 힘을 경험했다. 아니다. 이 일을 얘기해봤자 판사의 건강만 해칠 뿐이고, 좋을 일은 없다.

"뭘 말이냐?"

우드워드가 물었다.

"비드웰 씨가 오늘 저녁 파티를 연답니다."

그것이 매튜에게 맨 먼저 떠오른 생각이었다.

"배우들이 올해는 일찍 도착했어요. 분명히 손님을 맞이하는 축하 연회가 열릴 겁니다. 저는…… 사람들의 흥겨운 목소리가 들릴 테니 판사님이 궁금해하실 것 같아 미리 말씀드리고 싶었어요."

"아, 사탄에 포위당한 이 마을에…… 흥겨운 목소리가…… 들리다니."

우드워드가 다시 눈을 감았다.

"아…… 정말 피곤하다. 나중에 다시 들르렴……. 그리고 그때는 집으로 가는 여행에 대해서 얘기해보자. 정말이지…… 집에 가고 싶구나."

"네, 판사님. 안녕히 주무십시오."

매튜는 침실로 돌아와 창가에 놓인 의자에 앉아 영국 연극에 관한 책을 계속 읽었다. 읽어야 해서 읽는 것이 아니라, 끊임없이 미로를 헤매고 있는 자신의 마음을 쉬게 해주고 싶었기 때문이었다. 그리고 사람은 틀에서 한발 물러설 때만 큰 그림을 볼 수 있다는 것이 그의 신념이기도 했다. 십 분쯤 책을 읽고 있는데 문을 두드리는 소리가 들렸다.

"코빗 씨?"

네틀즈 부인이었다.

"비드웰 시장님이 보내셨어요."

매튜가 문을 열어보니 네틀즈 부인이 은쟁반을 받쳐 들고 있었다. 쟁반에는 호박색 액체가 담긴 아름답게 빚어진 유리잔 하나가 놓여 있었다.

"이게 뭔가요?"

"비드웰 시장님이 오래 묵은 럼을 따라고 하셨어요. 코빗 씨가 어쩌다 조금 전에 쓴맛을 보게 되었으니, 코빗 씨도 이 술을 조금 맛볼 자격이 있다고 하시더군요."

네틀즈 부인은 매튜를 수상쩍은 눈으로 바라보았다.

"하인으로서, 저는 그게 무슨 뜻인지 여쭤보지는 않았습니다."

"친절하신 분이군요. 감사합니다."

매튜는 술잔을 들고 안에 든 술의 향을 맡았다. 아찔한 향이 나는 것이, 마시고 나면 지금 판사가 떠나 있는 그 평화로운 이상향으로 곧장 떠나게 될 것이 틀림없었다. 술을 마시고 감각이 마비되기엔 상당히 이른 시간이었지만, 매튜는 적어도 두 모금 정도는 제대로 마셔보기로 결심했다.

"다른 지시사항도 있었어요."

네틀즈 부인이 말했다.

"코빗 씨가 오늘 밤 저녁 식사를 코빗 씨의 방이나 부엌이나, 아니면 반 군디의 주점에서 하셨으면 한다고 말씀하셨어요. 반 군디의 주점에서 식사를 하신다면 계산은 기꺼이 대신해주신다고 전하시랍니다."

매튜는 그것이 배우들을 초대한 연회에 매튜를 초대하지 않겠다는 비드웰 식의 통보임을 깨달았다. 비드웰은 판사나 매튜의 도움이 더 이상 필요 없었고, 눈에 보이지 않으면 결국 잊히는 것이다. 또한 모임에서 매튜가 마음대로 휘젓고 다닐 것을 우려하는 게 아닐까 하는 의심도 들었다.

"주점에서 식사를 할게요."

매튜가 말했다.

"알겠습니다. 뭘 좀 가져다드릴까요?"

"아뇨."

그 말을 하자마자, 매튜는 생각을 바꿨다.

"아…… 네."

상상할 수도 없는 그 일이 그의 마음속에 다시 떠올랐다. 마치 상식과 미친 짓 사이에 서 있는 그의 성벽이 얼마나 튼튼한지 시험해 보려는 것 같았다.

"잠깐 들어오시겠어요?"

네틀즈 부인이 방에 들어왔고 매튜는 문을 닫았다.

매튜는 럼주를 한 모금 마셨다. 술은 불이 붙은 듯 그의 목을 훑고 내려갔다. 그러고 나서 매튜는 창가로 걸어가 해안 늪지대 방향으로 나 있는 노예 구역을 바라보았다.

"저는 할 일이 있는데요."

네틀즈 부인이 말했다.

"네, 이랬다저랬다 해서 죄송해요. 하지만…… 제가 물어보고 싶은 건……."

매튜는 다시 한 번 말을 멈췄다. 다음 몇 초 동안 자신이 가늘고 위태로운 밧줄 위를 걸으려고 한다는 것을 확실하게 인식했다.

"우선."

매튜는 말하기로 결심했다.

"오늘 아침에 그 밭을 지나갔어요. 화형을 집행할 장소요. 화형대하고…… 장작…… 전부 다 준비가 되었더군요."

"그래요."

네틀즈 부인은 감정을 싣지 않은 목소리로 대답했다.

"레이첼 호워스가 죄가 없다는 걸 알고 있어요."

매튜는 네틀즈 부인의 검은 눈을 똑바로 쳐다보았다.

"내 말 듣고 계세요? 내가 안다고요. 그리고 두 건의 살인을 저지르고 레이첼을 궁지에 몰아넣은 사람이 누구인지도 알아요…….
하지만 그것을 증명하는 건 완전히 불가능해요."

"그 사람 이름을 말해줄 수 있어요?"

"아뇨. 그리고 제가 그렇게 하기로 한 건 부인을 믿지 못해서가 아니란 걸 이해해주세요. 다만 그 이름을 부인께 말씀드리는 게 지금 이 상황에서는 부인의 고통만 가중시키기 때문이에요. 저처럼요. 그리고…… 제가 헤아릴 수 없는 문제가 있어요. 그래서 이름은 말하지 않는 것이 최선이에요."

"원하시는 대로 하세요."

네틀즈 부인의 말에는 도발적인 기운이 다분했다. 매튜가 말을 이었다.

"호워스 부인은 월요일 아침에 화형을 당해요. 거기에는 의심의 여지가 없어요. 무언가 판사님의 판결을 뒤집을 만한 특별한 사건이 일어나지 않는 한. 아니면 무언가 결정적인 증거가 나타나지 않는 한은요. 부인은 제가 그런 증거를 찾기 위해 계속해서 덤불을 뒤흔들 거라는 걸 믿으셔도 돼요."

"다 좋아요. 그런데 그게 저하고 무슨 상관인가요?"

"부인께 여쭤볼 게 있어요."

매튜는 두 번째 모금을 삼키고 눈에 눈물이 고이기를 기다렸다. 이제 그는 밧줄의 끝에 왔다. 그 너머에는…… 뭐가 있을까?

매튜는 숨을 크게 들이마셨다가 다시 내쉬었다.

"플로리다에 대해 뭐든 아시는 게 있나요?"

네틀즈 부인은 눈에 띌 만한 반응은 보이지 않았다.

"플로리다."

부인이 되뇌었다.

"네, 그곳이 스페인 영토인 건 아시죠? 아마 여기서 320킬로미터 정도……."

"알아요. 그래요, 저 아래쪽에 스페인 사람들이 있는 건 알고 있어요. 저도 최근 돌아가는 상황은 알고 있으니까요."

매튜는 다시 창밖 너머 늪과 바다 쪽을 바라보았다.

"그러면 그 스페인 사람들이 탈출한 영국 범죄자나 영국인 소유의 노예들에게 안식처를 제공한다는 것도 알고 있나요? 들어보신 적 있어요?"

네틀즈 부인이 대답하는 데 조금 시간이 걸렸다.

"네, 들어본 적 있어요. 비드웰 시장님한테서요. 어느 날 저녁 윈스턴 씨와 존스톤 씨와 함께 식탁에서 대화를 나누시더군요. 모간서스 크리스핀이라는 젊은 노예가 작년에 도망쳤었어요. 자기 마누라하고 같이. 비드웰 시장님은 두 사람이 플로리다로 가고 있다고 생각했어요."

"비드웰 씨는 노예들을 다시 잡으려고 하셨나요?"

"그랬죠. 솔로몬 스타일즈하고 두 사람인가 세 사람이 더 갔어요."

“성공했나요?”

“시체를 찾는 데 성공했어요. 남은 건 그것뿐이었죠. 비드웰 시장님이 존 구드에게 뭔가가 그 사람들을 잡아먹었다고, 끔찍하게 찢어 발겼다고 말씀하셨어요. 곰 같은 것일 거라고, 그렇게 말씀하셨어요.”

“비드웰 씨가 그 얘기를 존 구드에게 했다고요?”

매튜가 눈썹을 치켜세웠다.

“왜요? 노예들이 도망칠 의욕을 꺾으려고?”

“그래요. 그런 것 같아요.”

“시체들은 다시 가져왔나요? 직접 보셨어요?”

“아뇨. 시체는 그냥 거기 남겨뒀어요. 특별히 가치가 있는 것도 아니니까.”

“가치.”

매튜가 끙 소리를 냈다.

“그럼 이건 어떻게 생각하세요? 노예들이 실제로 살해당했을 가능성이 있을까요? 그들이 정말로 발견된 게 아니고, 비드웰 씨가 그런 이야기를 만들어냈을 가능성은 없을까요?”

“모르겠어요. 제게 그런 말씀은 안 하시니까요.”

매튜는 고개를 끄덕였다. 그는 세 번째 모금을 마셨다.

“레이첼은 자기가 저지르지도 않은 죄 때문에 죽을 거예요. 누군가의 비틀린 필요조건에 그 여자가 딱 들어맞기 때문이에요. 그리고 저는 그 여자를 구할 수 없어요. 그토록 간절히 구하길 바라고…… 그 여자가 무죄라는 걸 그토록 잘 아는데도…… 그럴 수가 없어요.”

마시겠다는 생각을 하기도 전에, 네 번째 모금이 목을 태우며 넘어갔다.

"그녀에게 수호자가 필요하다고 말씀하셨던 거 기억하세요?"

"기억해요."

"네…… 그녀에겐 그 어느 때보다도 수호자가 필요해요. 말씀해 보세요. 크리스핀과 그의 아내 말고 다른 노예가 남쪽으로 달아난 적이 있나요? 플로리다로 도망치려다가 잡혀서 돌아온 경우가 있었나요?"

네틀즈 부인의 입이 서서히 벌어졌다.

"맙소사."

부인이 나지막하게 말했다.

"코빗 씨…… 지금 여기랑 거기 사이의 땅이 어떤지를 알고 싶은 거예요? 그래요?"

"그런 말은 하지 않았어요. 저는 단지 누가……."

"물어보는 것과 의미하는 것은 완전히 다른 문제예요. 이제 무슨 얘긴지 알겠어요. 지금 제가 듣고 있는 걸 믿을 수가 없네요."

"지금 정확히 뭘 듣고 계신데요?"

"알잖아요. 호워스 부인을 감옥에서 데리고 나와서 플로리다로 가려는 거죠!"

"그런 말은 한 적 없어요! 그리고 제발 목소리 좀 낮추세요!"

"그걸 꼭 말을 해야 알아요?"

네틀즈 부인이 날카롭게 물었다.

"지금까지 코빗 씨가 한 질문들을 제 귀에서 털어내고 싶네요!"

네틀즈 부인은 매튜를 향해 한 발 다가갔다. 검은 옷을 입은 모습이 마치 검게 칠한 벽이 움직이는 것 같았다.

"제 말 잘 들어요, 젊은 손님. 잘 들으리라 믿을게요. 앞으로 할 일을 위해 말하자면, 제가 알기로 플로리다는 파운트로열에서 240킬로미터 떨어져 있어요. 320킬로미터가 아니고……. 그렇지만 코빗 씨와 호워스 부인 둘 다 5킬로미터도 못 가서 들짐승한테 잡아먹히거나 인디언들에게 머리 가죽이 벗겨지게 될걸요!"

"판사님과 제가 이곳에 걸어왔다는 사실을 잊으셨군요. 우리는 5킬로미터보다 훨씬 더 먼 거리를 걸어왔어요. 쏟아지는 비를 맞으며 진흙길을 걸어서요."

"그랬죠. 그리고 지금 판사님이 어떠신지 좀 봐요. 그렇게 걸어오시더니 저렇게 몸져누우셨잖아요. 그런 여행을 하고서도 저분이 멀쩡할 거라 생각했다면, 안타깝게도 크게 착각하시는 거예요!"

매튜는 화가 났지만, 네틀즈 부인은 이미 그가 사실이라고 생각하고 있는 것을 말할 뿐이었다.

"이런 일은 듣도 보도 못했어요!"

네틀즈 부인은 은쟁반을 오른손에 쥔 채 거대한 가슴 위로 꾸짖는 자세로 팔짱을 꼈다.

"이곳은 우라지게도 위험한 곳이에요! 저는 성인 남자가, 당신보다 뼈에 고기가 더 붙어 있는 그런 건장한 남자들도 저 밖에서 무릎이 잘려나가는 걸 봤어요! 대체 뭘 어쩌려고요? 감옥에서 호워스 부인을 데리고 걸어 나와서, 말 두 마리에 각자 올라타고는 성문을 나갈 거예요? 오오, 그렇겐 못할걸요!"

매튜는 럼주를 전부 들이켰다. 타는 듯한 느낌은 이제 거의 사라졌다.

"설령 호워스 부인을 빼내온다고 해도……."

네틀즈 부인이 말을 이어갔다.

"그리고 정말 하느님도 놀랄 만한 기적으로 호워스 부인을 데리고 플로리다까지 갔다고 해요. 그다음엔? 그녀를 스페인 사람들에게 보내주고 돌아오면 된다고 생각하는 거예요? 아뇨. 그것도 엄청난 착각이에요! 다시 돌아올 수는 없어요. 절대. 거기서 남은 생을 살아야 돼요. 그 스페인 정…… 정복…… 그 오징어를 먹는 인간들하고요!"

"거기에 선지 소시지만 안 섞였다면야, 뭐."

매튜가 중얼거렸다.

"뭐라고요?"

"아녜요. 그냥…… 혼잣말이에요."

매튜는 술잔의 가장자리를 훑고서 잔을 내밀었다. 네틀즈 부인은 다시 하인의 역할로 돌아가서 은쟁반 위에 빈 술잔을 올려놓았다.

"정보도 알려주시고 솔직하게 말씀해주셔서 고마워요."

럼주는 매튜의 돛을 바람이 부는 쪽으로 돌려주는 게 아니라 아예 바람을 훔쳐가버렸다. 머리가 어지러웠지만 심장은 무거웠다. 그는 창가로 가 손으로 벽을 짚고 서서 고개를 늘어뜨렸다.

"네. 다른 건요?"

네틀즈 부인이 문으로 걸어가다가 방에서 나가기 전에 말했다.

"한 가지만 더요."

매튜가 말했다.

"만일 부인의 언니를 누군가가 플로리다로 데려갔다면, 부인의 언니가 마녀로 기소되고 유죄 선고를 받은 이후에 그랬다면, 부인의 언니는 오늘까지도 살아 있었겠죠. 그걸 바란 적은 없나요?"

"물론 살아 있었겠죠. 하지만 그러자고 누군가에게 인생을 포기하라고 부탁하지는 않겠어요."

"네틀즈 부인. 저는 호워스 부인이 그 화형대에서 월요일 아침에 불탈 때 제 인생을 포기하게 될 거예요. 제가 한 짓을…… 적법한 절차를 통해 그 여자를 구할 수 없었다는 걸 알면…… 그건 제가 견딜 수 있는 이상의 것이에요. 그리고 이 짐이 영원히 사라지지 않고, 시간이 흐를수록 더욱 무거워지리라는 게 두려워요."

"만일 그렇다면, 호워스 부인에게 관심을 가져보라고 말한 게 후회스럽군요."

"그래요."

매튜가 열의를 담아 대답했다.

"부인이 제게 관심을 가져보라고 말씀하셨고, 전 그렇게 했어요……. 그리고 이렇게 됐죠."

"오, 맙소사."

네틀즈 부인이 조용히 말했다. 부인의 눈이 커졌다.

"오, 맙소사."

"부인 말에 무슨 의미가 있나요? 있다면 듣고 싶네요."

"코빗 씨…… 그 여자에게 감정이 생긴 거군요. 그렇죠?"

"감정? 네, 저는 그녀가 죽을지 살지 신경이 쓰여요!"

"그것뿐이 아녜요."

네틀즈 부인이 말했다.

"제가 무슨 말을 하는지 알잖아요. 오, 맙소사. 누가 이런 일을 생각이나 했을까?"

"이제 가셔도 좋아요."

매튜는 네틀즈 부인에게서 고개를 돌리고 창밖을 지나가는 무언가를 바라보았다.

"호워스 부인도 알아요? 알고 있겠지요. 그래서 마음이 편해진……."

"제발 가세요."

매튜가 이를 악물고 말했다.

"네."

네틀즈 부인이 온순하게 대답하고, 방에서 나가 문을 닫았다.

매튜는 다시 의자에 편히 앉아 손에 얼굴을 묻었다. 그가 이런 고통을 받을 만한 무슨 짓을 했던가? 물론 일흔두 시간 뒤에 처형을 당하게 될 비통에 잠긴 레이첼에게 비길 만한 것은 아니겠지만.

그는 견딜 수가 없었다. 도저히. 그 월요일 아침에 그가 어디로 달아나든…… 어디에 숨든…… 레이첼의 비명 소리를 듣고 그녀의 살이 타는 냄새를 맡게 될 거라는 사실을 알고 있었기 때문이다.

매튜는 불타는 럼주 한 잔에 거의 취해버렸지만, 사실 병째로 마시라고 해도 전부 마셔버릴 수 있었을 것이다. 그는 길의 끝에 온 것이다. 이제 그는 더 할 수 있는 것이, 더 찾을 수 있는 것이 없었다. 린치가 이겼다. 매튜와 판사가 떠나고 한두 주 뒤에 비드웰이 살해당한 채 발견되면, 흉포한 사탄의 이야기는 파운트로열에 널리 퍼지게 될 것이고, 한 달 안에, 그렇게 오래 버틸 것 같지도 않지만, 마을은 텅 비게 될 것이다. 린치는 이 저택으로 이사를 와서 호수 아래의 보물을 전부 꺼낼 동안 유령 도시의 군주로 지낼 수도 있을 것이다.

매튜의 마음은 사면초가였다. 벽들이 천천히 회전하기 시작했다. 술을 마시지 않았다면 린치가 여전히 그의 머릿속을 짓밟고 있다고 두려워했을지도 모른다.

사소한 것들…… 들어맞지 않는 사소한 것들이 있었다.

예를 들면 측량사. 이 사람은 누구인가? 그냥 측량사였을까? 쇼컴이 가지고 있던 금화. 인디언은 그걸 어디에서 구했을까? 쇼컴과 그 고약한 일당들은 어디로 사라졌을까? 그들은 귀중품들은 모두 남겨두고 어디로 갔단 말인가?

그리고 그로브 신부의 죽음.

매튜는 왜 린치가 대니얼 호워스를 죽였는지는 이해할 수 있었다. 하지만 신부님은 왜? 악마에게 하느님의 사람은 소용없다는 걸 강조하려고? 주민들이 악마로부터 보호를 받을 근원이라고 여기는 것을 제거하려고? 아니면 다른 어떤 이유, 매튜가 놓치고 있는 어떤 이유 때문일까?

매튜는 더 이상 생각할 수가 없었다. 벽들이 너무 빠르게 빙빙 돌고 있었다. 할 수 있을 때 일어서서 침대로 가야 할 것 같았다. 준비…… 하나…… 둘…… 셋!

매튜는 휘청거리며 걸어가 빙빙 돌아가는 방이 그의 다리를 절름거리게 하기 전에 침대를 간신히 붙들었다. 그러고 나서 등을 침대에 대고 누워 팔을 양쪽으로 벌리고, 큰 숨을 한 번 내쉬고 이 고난의 세상을 벗어났다.

33

저녁 7시 반, 반 군디의 주점은 활기차게 영업 중이었다. 오늘 같은 금요일 저녁이면 항상 등불이 켜지고 뿌연 연기가 들어찬 주점에는 아내와 아이들의 눈을 피해 남자들끼리의 친교를 나누고픈 농부들이 적어도 대여섯 명은 손님으로 나와 앉아 있기 마련이었다. 오늘은 날씨도 화창해진 데다가 곧 다가올 레이첼 호워스의 종말로 축제 분위기가 겹쳐져, 열다섯 명의 주당들이 모여 앉아 얘기도 나누고 종종 고함도 치면서, 소금 뿌린 쇠고기를 씹고 와인과 럼주, 사과술을 마시고 또 마셨다. 진정으로 모험을 즐기는 사람들을 위해서 주점에서 직접 제조한 옥수수술은 한 번 마시면 땅바닥이 코까지 솟아오르는 경험을 보장했다.

반 군디는 허스키한 목소리에 불그레한 얼굴을 한 남자로, 회색 염소수염을 잘 다듬었고 정수리에는 머리카락이 드문드문 나 있었다. 주점 주인은 공연에 몰입해 있었다. 그는 흥청대며 즐기는 사람들 사이에 기타를 들고 앉아, 싱싱한 어린 아내들과 정조대, 복사한 열쇠와 떠돌이 상인들에 관한 외설적인 노래를 불러댔다. 손님들은 이런 노래를 듣고 고상한 기분이 들었는지 독주를 우렁차게 주문했고, 깡마르고 다소 떫은 표정을 한 시중드는 여자를 마치 진정한 트로이의 헬렌이라도 되는 양 게슴츠레한 시선으로 바라보았다.

"자, 이 노래 좀 들어봐요!"

반 군디가 외쳤다. 그가 내뿜는 푸른색 파이프 연기가 그의 주위를 맴돌았다.

"이 노래는 내가 만든 거요. 바로 오늘!"

그는 고양이라도 반해버릴 듯한 코드를 짚더니 노래를 시작했다.

하이 하이 호, 내가 아는 이야기라네.
슬프고도 슬픈 이야기라네.
파운트로열의 마녀와
사탄의 무리들에 관해서
마녀를 사악하다고 하는 건
똥을 거름이라고 하는 거나 마찬가지지!

웃음소리가 터져나오고 술잔을 들어 이를 반기는 사람들이 늘어갔다. 하지만 반 군디는 여전히 자기 노래에 심취해 있었다.

하이 하이 호, 내가 아는 이야기라네.
유감스럽고도 유감스러운 이야기지.
파운트로열의 마녀가
차가운 재로 변해버리면
지옥으로 떨어지는 동안 사탄의 거시기를 빨아댈 거라네!

매튜는 노래에 환호하는 사람들이 내지르는 허리케인 같은 소음 때문에 여관의 지붕이 날아가겠다는 생각이 들었다. 그는 현명하게도 무대에서 가장 먼 뒤쪽 테이블에 자리를 잡고 앉아 있었지만, 이제까지 마신 포도주 두 잔과 사과술 한 잔도 귀를 괴롭히는 반 군디의 노래 때문에 일어나는 구역질을 다스리지는 못했다. 이 바보들은 정말이지 견딜 수가 없었다! 그들의 웃음소리와 소름 끼치는 농담이 매튜의 속을 뒤집어놓았다. 매튜는 만일 이 마을에 조금이라도 더 오래 머문다면 결국 술꾼으로 전락해서 한여름에 번식하는 벌레들만이 아는 최악의 나락으로 가라앉게 되리라고 생각했다.

이제 반 군디의 작곡 재능은 절정에 올랐다. 그는 근처에 있는 신사를 가리키며 코드를 잡았다.

늙은 딕 쿠싱에 대해 노래해보세.
마누라에게 어찌나 들이댔는지 거시기가 다 닳아버리고,
마누라는 하도 아파서 결국 연고를 발라야 했지.
하지만 그러다가 거웃을 몽땅 태워버렸구나!

그 뒤로 엄청난 웃음소리와 농담, 술, 그리고 소음이 한동안 이어졌다. 다른 손님 하나가 지목되었다.

하이럼 애버크롬비를 거스르는 자들에게 화가 미칠진저.
그는 성질이 더러워서 벌도 쏠 기세거든.
열 사람쯤은 술로 이겨서 테이블 밑에 눕힐 수 있지.
그래서 그들이 고주망태가 되면 그들의 마누라들과 고랑을 간다네!

아, 이건 고문이다! 매튜는 그다지 맛이 없는 닭고기와 콩이 담긴 접시를 옆으로 밀었다. 아까 불행한 레이첼에게 던져진 더러운 농담 때문에 그의 입맛은 싹 가셔 있었다. 레이첼이라면 한 번 위풍

당당하게 노려보는 것만으로도 이 어릿광대들의 안식처를 조용히 만들 수 있었을 텐데.

매튜는 마지막 사과술 한 모금을 마시고 자리에서 일어섰다. 그 순간 반 군디가 단조로운 곡조의 새 노래를 시작했다.

위대한 솔로몬 스타일즈를 맞아들이세.
그의 능력은 수 킬로미터나 뻗어 있지.
인디언 숲과 짐승들이 사는 협곡을 지나
말뚝을 박아 넣을 인디언 여자를 찾아 헤맨다네!

매튜가 문 쪽을 바라보니 한 남자가 막 들어오고 있었다. 웃으며 소리를 지르던 사람들의 시선이 그를 향하자, 새로 들어온 남자는 가죽 삼각 모자를 들어 올려 모여 앉은 바보들에게 과장된 인사를 했다. 그러고는 근처 테이블로 가 잠시 앉았고, 반 군디는 벙글벙글 웃고 있는 제드로 서드러커라는 이름의 희생자에게 품위 없는 다음 농담을 던졌다.

매튜는 다시 자리에 앉았다. 제대로 다룰 수만 있다면 흥미로울 수도 있는 기회 하나가 매튜 앞에 놓여 있었다. 솔로몬 스타일즈라면 비드웰이 사냥꾼이라고 말했던, 그리고 일행들을 이끌고 도망친 노예를 찾으러 떠났다던 그 사람이 아닌가? 매튜는 스타일즈를 관찰했다. 그는 군살이 없는 마른 남자로 대략 오십 살쯤 되어 보였다. 그는 여자 종업원을 불러 안내를 받으며 새 테이블로 자리를 옮겼다.

매튜가 스타일즈에게 막 자기소개를 하려는데, 반 군디가 기타를 치며 노래를 외쳐댔다.

젊은 매튜 코빗을 불쌍히 여겨야지.
호숫가에서 심하게 맞는 소리가 들렸다네.
파이를 좋아하는 독 품은 뱀에게.
그 여자 딸은 뜨거운 허벅지 사이에서 빵을 굽는다지!

매튜는 웃음소리가 그를 후려치기도 전에 얼굴이 붉어졌고, 웃음의 여파가 지나간 뒤에는 더욱 심하게 붉어졌다. 솔로몬 스타일즈는 그저 멍한 미소를 짓고 있었다. 네모진 턱과 얼굴은 햇볕에 그을었고, 화강암 묘비처럼 날카로운 인상이었다. 검은 머리는 짧게 깎았고, 관자놀이의 머리는 희끗해져 있었다. 왼쪽 눈썹에서 이마까지 단검이나 검에 베인 듯한 날카로운 흉터가 있었다. 코는 인디언 도끼 같은 모양이었고, 세심해 보이는 짙은 갈색 눈은 자기 앞에서 있는 젊은 남자를 관찰하고 있었다. 검은 바지와 무늬 없는 흰 셔츠의 옷차림은 단순했다.

"스타일즈 씨?"

매튜는 아직도 얼굴이 붉은 채였다. 반 군디는 기타를 치며 다른 사람들에게 꼬챙이를 날리고 있었다.

"제 이름은……."

"이름은 알고 있어, 코빗. 유명한 친구니까."

"아, 네. 그게…… 오늘 그 일은 저도 유감입니다."

"나는 세스 헤이즐턴과의 실랑이를 말하는 거야. 채찍형 때 갔었다네."

"그렇군요."

매튜는 잠시 기다렸지만 스타일즈는 자리를 권하지 않았다.

"함께 앉아도 될까요?"

스타일즈는 맞은편 의자를 가리켰고, 매튜는 앉았다 .
"판사님은 좀 어떠신가? 여전히 안 좋으신가?"
스타일즈가 물었다.
"아뇨. 사실 판사님은 많이 좋아지셨습니다. 아마 곧 일어나실 거예요."
"처형이 있을 때쯤에?"
"아마도요."
매튜가 말했다.
"판사님이 직접 정의가 실현되는 것을 보고 만족하시는 게 바람직하지. 알고 있겠지만 내가 화형대에 쓸 나무들을 골랐어."
"오."
매튜는 보이지 않는 먼지를 소매에서 터느라 바쁘게 움직였다.
"아뇨. 그건 몰랐습니다."
"한니발 그린, 나 그리고 두 사람 더 해서 간신히 가져다놓았어. 그거 봤나?"
"네, 봤습니다."
"어때? 충분한 것 같나?"
"그런 것 같던데요."
스타일즈는 담배 상자와 작은 흑단 파이프, 그리고 상아 성냥갑을 주머니에서 꺼내고는 파이프를 채우기 시작했다.
"그 일은 원래 니콜라스 일이었어. 그 나쁜 놈이 비드웰에게 부탁한 게 틀림없어."
"네?"
"니콜라스 페인 말이야. 윈스턴이 말하길 비드웰이 그자를 오늘 아침에 찰스타운으로 보냈다는 걸세. 물자 공급 때문에 버지니아

해안까지 보냈다나. 이까짓 일을 피해보겠다고 그런 치졸한 짓을!"

스타일즈는 탁자 위의 등불로 성냥에 불을 붙이고 담배로 불을 옮겼다.

매튜는 윈스턴이 이런 이야기를 지어내었으리라 생각했다. 분명 윈스턴의 주머니와 회사 내 지위를 만족시키는 합의가 있었을 것이다.

스타일즈는 연기를 내뿜었다.

"페인은 죽었어."

매튜의 목이 조여왔다.

"네?"

"죽었다고."

스타일즈가 말했다.

"적어도 나한테는 말이야. 페인이 나한테 도와달라고 부탁했었을 때 나는 기꺼이 도와줬는데, 그자는 땀 흘릴 일이 생기니까 도망을 갔어! 글쎄, 페인이 그 길을 혼자 갈 만큼 바보는 아니겠지. 그보다는 똑똑하다고. 지금 뭔가가 진행되고 있고, 비드웰이 거기에 흥미를 느끼고 있는 게 분명해. 늘 그렇듯."

스타일즈는 고개를 한쪽으로 갸웃했다. 이 사이에서 연기가 새어 나왔다.

"그게 뭔지 자네는 모르겠지? 알고 있나?"

매튜는 손을 포갰다. 그리고 몇 초 동안 생각에 잠겼다.

"글쎄요."

매튜가 말했다.

"알지도 모르겠네요. 그 집에서 엿듣는 내용들은 흥미로워요. 물론 꼭 어떤 의미를 가지고 있다고 할 수는 없지만요."

"물론이지."

"분명 비드웰 씨나 윈스턴 씨는 모두 그걸 부인할 거예요."

매튜가 음모를 꾸미려는 듯 머리를 앞으로 내밀며 말했다.

"하지만 저는…… 그럴 수도 있고 아닐 수도 있지만…… 머스킷 총에 대해 언급하는 걸 들었어요."

"머스킷 총."

스타일즈가 되뇌었다. 그는 연기를 또 한 모금 마셨다.

"네. 머스킷 총을 선적하려는 걸까요? 그것 때문에 페인 씨가 협상을 하러 간 건 아닐까요?"

스타일즈는 신음하며 파이프를 피웠다. 시중드는 여자가 김이 나는 닭고기 스튜가 든 그릇과 숟가락, 럼주가 든 잔을 가지고 왔다. 매튜는 사과술을 한 잔 더 시켰다.

"제가 궁금한 건요."

매튜는 스타일즈가 파이프를 옆에 놓고 스튜를 먹기 시작할 때까지 기다렸다가 말했다.

"비드웰 씨가 인디언들의 공격을 두려워하는 게 아닌가 하는 겁니다."

"아니, 그렇지는 않아. 얼굴에 칠을 한 붉은 가죽들이 두려웠다면 나에게 그렇게 말했을 거야."

"파운트로열 근처에 인디언들이 있는 걸로 아는데요?"

"가까이. 혹은 멀리. 저 너머 어딘가에. 흔적은 봤지만, 인디언을 직접 본 적은 없어."

"그럼 인디언들이 호전적인 천성은 아니라는 건가요?"

"그들이 어떤 천성을 가졌는지는 말하기 어렵지."

스타일즈는 럼주를 마시느라 잠시 멈췄다.

"자네 말은, 그들이 우리를 공격할 거라고 내가 생각한단 뜻인가? 아니, 그렇게 생각 안 해. 내가 사람들을 이끌고 가서 그들을 쳐야 한다는 뜻인가? 아니, 그렇게도 생각 안 해. 그들이 어디에 있는지 안다고 해도 그러지 않을 거야. 알지도 못하지만."

"하지만 그들은 우리가 어디에 있는지 알잖아요?"

스타일즈가 웃었다.

"하! 좋은 지적이네, 젊은 친구! 내가 말했듯이, 이 숲에서는 인디언을 하나도 못 봤어. 하지만 예전에, 더 북쪽에 있을 때는 본 적이 있지. 그들은 하늘을 나는 새처럼 나뭇잎을 밟고 다녀. 그들이 있는 곳을 쳐다보면 땅속으로 사라지고, 다시 등 뒤에서 나타나지. 아, 물론. 그들은 우리의 모든 것을 알고 있어. 대단한 흥미를 가지고 우리를 지켜보지. 그러나 장담하지만 그들이 우리에게 모습을 드러내고 싶어 하지 않는 이상 우리는 그들을 볼 수 없어. 그리고 그들은 분명히 그러고 싶어 하지 않는다고."

"그렇다면 스타일즈 씨 생각에 여행자는, 그러니까 이를테면요. 저 밖을 돌아다니는 여행자는 인디언들이 머리 가죽을 벗길까봐 두려워하지 않아도 되는 건가요?"

"나라면 겁내지 않겠어."

스타일즈는 스튜를 숟가락으로 떠서 입으로 가져갔다.

"그렇지만, 나는 항상 머스킷 총과 칼을 갖고 다니고 어느 방향으로 뛰어야 할지도 알고 있지. 밖에 혼자 나가지도 않고. 내가 가장 두려워하는 건 인디언들이 아니고 들짐승들이야."

사과술이 나왔다. 매튜는 술을 조금 마시고 다음 수를 놓기까지 잠시 기다렸다.

"인디언들이 아니라면……."

매튜는 신중하게 말했다.

"머스킷 총을 선적하는 데는 다른 이유가 있겠군요."

"그 이유가 뭘까?"

"글쎄요……. 네틀즈 부인과 대화를 나눈 적이 있는데, 부인은 작년에 달아났던 노예 얘기를 하더군요. 노예와 그 아내. 이름이 모간서스 크리스핀이었던 것 같은데요."

"그래, 크리스핀. 그 일 기억나."

"그 사람들은 플로리다로 가려고 했던 거죠?"

"그랬지. 그리고 마을에서 2리그도 가기 전에 죽어서 반쯤 잡아먹혔어."

"흠, 그렇군요."

매튜가 말했다. 어쨌든 그 얘긴 사실이었다.

"저는 한 가지 가능성이 궁금한데…… 그냥 가능성이에요……. 비드웰 씨가 다른 노예들이 크리스핀처럼 도망치거나 할까봐, 그래서 머스킷 총을…… 뭐랄까요…… 자기 귀중품을 제자리에 잘 보관하고 있다는 용도로 보여주려는 게 아닐까 싶어요. 특히 저 늪을 메우려면 더 젊고 힘센 노예들을 데려와야 할 테니까요."

매튜는 술을 마시고 잔을 내려놓았다.

"제가 궁금한 건요, 스타일즈 씨. 스타일즈 씨 생각에는, 누구든지…… 노예가 말이죠…… 실제로 플로리다에 도착할 수 있다고 보세요?"

"거의 갈 뻔했던 사람이 둘 있었어."

매튜는 몸이 굳었다.

"파운트로열을 세운 첫해에 노예 둘이 달아났지. 남매였는데, 그 둘을 쫓기 위해 남자 세 명을 데리고 나갔어. 스페인 영토에서 거의

6리그 정도 떨어진 곳까지 쫓아갔지. 그 노예들을 찾을 수 있었던 단 한 가지 이유는 노예들이 불을 밝혔기 때문이야. 오빠가 도랑에 빠지면서 발목이 부러졌거든."

"그래서 둘은 이곳으로 다시 붙들려 왔나요?"

"응. 비드웰이 족쇄를 채우고 그 즉시 배에 실어 북쪽으로 보내 팔아버렸어. 노예들에게야 지형을 설명해줄 수도 없고 지도도 소용이 없겠지."

스타일즈가 다시 상아 성냥갑에서 꺼낸 두 번째 성냥으로 파이프에 불을 붙였다.

"그런데 말이야……. 네틀즈 부인이 자네한테 왜 갑자기 그런 얘기를 했지? 내가 궁금한 건, 비드웰이 노예들한테 신경 쓰고 있다는 무슨 낌새를 눈치챈 게 있는가 하는 걸세."

매튜는 대답을 생각해내기 위해 다시 몇 초 정도 지체했다.

"비드웰 씨는 저한테 노예 구역으로 가지 말라고 말리면서 그런 우려를 표하셨어요. 제가 받은 인상은 그분이 뭐랄까…… 제 건강에 해롭다고 생각하시는 것 같았어요."

"그게 무슨 일이었든 거기 가는 건 나도 원치 않겠네."

스타일즈가 눈을 가늘게 뜨고 말했다.

"하지만 내가 볼 때 비드웰은 폭동을 두려워하고 있는 것 같아. 그런 일이 예전에 있었지. 다른 마을에서. 폭동을 두려워한다는 사실을 숨기고 싶어 하는 건 별로 놀랍지 않아! 마녀 일이 있고 나서 곧바로 폭동이 일어난다면 분명히 파운트로열은 망하고 말걸!"

"제 생각도 그래요. 그래서 아무에게도 얘기를 안 하셨겠지요."

"물론이지! 공황 상태를 자초했다는 비난은 듣고 싶지 않을 테니."

"저도 그래요. 또 하나 궁금해서 그러는데요……. 스타일즈 씨 만큼 숙련된 사냥꾼들이라면 뻔히 아는 걸 저는 잘 몰라서 그러니 이해해주세요……. 제 생각에 이곳에서 플로리다까지 가는 그런 긴 여행에서는 길을 잃어버릴 것 같은데 말이죠. 정확히 거리가 얼마나 되죠?"

"최단 경로로 가면 237킬로미터라고 알고 있어."

"최단 경로요?"

매튜는 술을 한 모금 더 마셨다.

"정말 놀라운데요. 스타일즈 씨는 분명히 초인적인 방향감각이 있는 게 틀림없군요."

"숲을 다루는 재능에 대해선 스스로도 자랑스러워하고 있지."

스타일즈는 파이프를 입에서 떼고 머리를 조금 뒤로 젖힌 뒤, 연기를 천장으로 뿜어냈다.

"하지만 지도의 도움을 받았다는 사실은 인정해야겠네."

"오, 지도가 있군요."

매튜가 말했다.

"내 지도는 아냐. 비드웰 것이지. 그는 그걸 찰스타운의 장사꾼에게서 샀어. 초기 탐사자가 그린 거라 프랑스어로 작성됐는데……. 오래된 것이지. 하지만 정확하긴 했어."

"저는 프랑스어를 읽고 쓸 줄 알아요. 번역이 필요하시다면 제가 기꺼이 도와드릴 수도 있겠는데요."

"비드웰에게 물어보게나. 그 사람이 지도를 가지고 있으니까."

"아."

"반 군디, 이 늙은 염소야!"

스타일즈가 여관 주인을 향해 애정을 담아 외쳤다.

"여기 럼주 좀 더 가져다주게! 이 젊은 친구 것도 한 잔 가져와!"
"아, 고맙습니다만 저는 됐습니다. 이미 충분히 마셨어요."
매튜가 자리에서 일어섰다.
"이제 가봐야겠습니다."
"말도 안 돼! 앉아서 이 밤을 조금 더 즐기게. 반 군디가 조금 있다가 다시 기타를 연주할 거야."
"그 멋진 경험을 놓치고 싶진 않지만, 읽어야 할 게 좀 있어서요."
"그게 자네 같은 법률가들의 문제야!"
스타일즈가 말했다. 하지만 그는 미소를 짓고 있었다.
"생각이 너무 많아!"
매튜도 미소를 돌려보냈다.
"함께 대화를 나눠주셔서 감사합니다. 나중에 다시 뵐 수 있으면 좋겠습니다."
"나도 즐거웠네. 오…… 그리고 정보 고마워. 다른 사람들에겐 얘기하지 않겠네."
"그러실 거라 생각했습니다."
매튜는 끔찍한 기타 연주가 다시 시작되기 전에 담배 연기가 가득 찬 그곳을 빠져나왔다.
저택으로 돌아가는 동안 매튜는 한 움큼의 다이아몬드 원석 같은 새로운 정보를 면밀히 살폈다. 사실 행운과 의연함만 갖추면 플로리다로 가는 것은 가능했다. 여행을 계획하고, 충분한 음식과 성냥과 여행에 필요한 물건들을 챙기는 게 필수였고, 지도를 찾아 연구하는 것도 꼭 필요한 일일 것이었다. 매튜는 지도가 도서실에 있으리라고는 생각지 않았다. 아마도 비드웰은 그것을 위층 서재 어던가에 두었을 것이다.

하지만 매튜는 무엇을 생각하고 있는 걸까? 영국인으로서의 권리를 포기하는 것? 이국땅에서 살기 위해 모험을 떠나는 것? 매튜는 프랑스어와 라틴어는 알았지만 스페인어는 전혀 몰랐다. 설령 그가 레이첼을 감옥에서 꺼낼 수 있다고 해도(첫 번째 문제), 그리고 마을을 벗어나고(두 번째 문제), 그렇게 해서 플로리다 식민지에 도착할 수 있다 해도(세 번째이자 가장 마음 졸이는 문제), 그는 정말로 다시는 영국 땅에 발을 들이지 않을 준비가 되어 있을까?

그리고 판사를 다시 보지 않을 준비가 되어 있을까?

이것은 다른 문제였다. 만일 정말로 그가 처음 두 문제를 극복하고 레이첼과 출발한다고 해도, 매튜가 한 일을 알게 된다면 우드워드는 곧바로 무덤에 이르게 되리라. 매튜는 그의 밤의 새를 자유롭게 놓아주는 대가로, 그의 새장을 열어 우울한 절망의 삶으로부터 그를 놓아준 남자를 죽이게 되는 것이다.

그게 자네 같은 법률가들의 문제야! 생각이 너무 많아!

촛불과 등불이 휘황찬란하게 저택을 밝히고 있었다. 연회가 아직도 열리고 있는 게 분명했다. 집 안으로 들어가니 거실에서 사람들의 목소리가 들려왔다. 들키지 않고 거실을 지나 계단으로 가려는데 그때 누군가가 소리쳤다.

"코빗 군! 이리 들어오시게!"

앨런 존스톤이 지팡이를 짚고 막 식당에서 나왔다. 그 뒤를 따라 회색 수염을 기른 남자가 나왔는데, 매튜는 그가 극단의 단장일 거라고 추측했다. 존스톤은 그곳에 모인 배우들보다 더 옷을 잘 차려입고, 매튜와 판사가 도착했던 그 밤처럼 흰 파우더로 얼굴을 꾸미고 있었다. 사람들이 배불리 먹고 만족스러운 모습으로 나타나는 걸 보니 저녁 만찬이 막 끝난 모양이었다.

"이 젊은이가 매튜 코빗입니다. 판사님의 서기이지요."

존스톤이 사람들에게 매튜를 소개했다.

"코빗 군, 이쪽은 필립 브라이트먼 씨일세. 레드불 극단의 창립자이자 주연 배우이시지."

"반갑소!"

브라이트먼이 말했다. 그의 목소리는 묘지에 잠든 영혼들도 깨울 만큼 박력이 있었다. 그는 매튜와 악수를 했는데 손아귀 힘만으로는 대장장이와도 겨뤄볼 만했다. 호리호리하고 다소 호감 가는 인상의 남자로, 태도가 당당하면서도 배우로서의 분위기를 풍기고 있었다.

"만나서 반갑습니다."

매튜는 잡았던 손을 놓았다. 브라이트먼의 힘은 배우로서 갖춰야 할 예술적인 감각과 하루하루 일용할 양식을 벌어야 하는 필요성의 두 기둥 사이에서 고단한 삶의 바퀴를 굴리며 단련된 것 같았다.

"극단이 좀 일찍 도착한 것 같네요."

"일찍. 맞아요. 다른 두 마을과의 공연 계약은…… 음…… 불행히도 취소됐어요. 하지만 이제 이곳에서 보물 같은 친구들과 함께 있게 되어 무척 기쁩니다!"

"코빗 군!"

윈스턴이 거실에서 와인 잔을 들고 나왔다. 그는 먼지 한 점 없는 짙은 푸른색 옷을 입고, 면도를 깨끗이 한 말쑥한 모습에 편안한 미소를 짓고 있었다.

"이리 와서 스마이스 씨를 만나보게!"

비드웰이 갑자기 윈스턴의 뒤에서 나타나 한마디 보탰다.

"코빗 군은 위층에 볼일이 있을 텐데. 우리가 붙잡아둬서는 안 되지. 안 그런가, 코빗 군?"

"아, 그래도 잠깐 들어와서 인사는 나눌 수 있을 텐데요."

윈스턴이 고집을 부렸다.

"아니면 와인이라도 한 잔 마시든가요."

비드웰은 매튜를 노려보았지만 적의를 드러내지는 않았다.

"마음대로 하게, 에드워드."

비드웰은 거실로 돌아갔다.

"따라오게."

존스톤이 지팡이를 짚고 절룩거리며 매튜를 재촉했다.

"와인을 한 잔하면 소화가 잘되지."

"이미 사과술을 잔뜩 마셨습니다. 그런데 스마이스 씨는 누구인가요?"

"레드불 극단의 새 관리자예요."

브라이트먼이 설명했다.

"영국에서 막 도착했습니다. 그곳에서는 새턴크로스 극단에서 훌륭한 연기를 보여주었고, 그전에는 제임스 프루 극단에 있었죠. 저도 마녀 이야기를 직접 듣고 싶었습니다. 자, 들어오세요!"

사실 매튜는 위층에 볼일이 있었다. 프랑스어로 그려졌다는 지도를 보려 했던 것이다. 그러나 매튜가 자리를 뜰 변명을 생각해내기도 전에, 브라이트먼은 그의 팔을 잡고 거실로 이끌었다.

"데이빗 스마이스 씨. 이쪽은 매튜 코빗 씨."

윈스턴이 서로를 순서대로 가리키며 말했다.

"이 친구는 판사님의 서기입니다, 스마이스 씨. 이 친구가 마녀에게 유죄 판결문을 낭독했죠."

"정말로요? 멋진데요. 좀 으스스하기도 하고요. 그렇지 않았습니까?"

전에 마차의 마부석에 앉아 있던 사람이 브라이트먼이었고, 그 옆에 있던 금발 머리의 젊은 남자가 스마이스였다. 스마이스는 감정이 솔직하고 친근해 보이는 인상이었다. 환한 미소를 통해 그가 축복받은 튼튼한 흰 이를 지니고 있음을 알 수 있었다. 매튜는 그가 어림잡아 스물다섯 살 정도 될 거라고 짐작했다.

"그렇게 두렵지는 않았습니다."

매튜가 내답했다.

"사이에 창살이 있었으니까요. 그리고 비드웰 씨가 제 곁에 계셔주셨고요."

"그리 큰 도움은 되어주지 못했어요!"

비드웰이 이 대화의 주도권을 잡기 위해 유쾌하게 말했다.

"그 저주받은 마녀가 한마디만 했어도 잽싸게 신발을 날려 걷어찼을 텐데!"

브라이트먼이 웃음을 터뜨렸다. 스마이스도 함께 웃었고 비드웰도 자신의 농담에 웃었다. 하지만 윈스턴과 존스톤은 예의 바른 미소만 지었다.

매튜는 무표정하게 말했다.

"신사분들, 저는 아직 이 문제에 확신이……."

매튜는 갑자기 방 안에 도는 긴장감을 느꼈고, 비드웰이 갑자기 웃음을 거둔 것을 보았다.

"……그러니까, 비드웰 씨가 그렇게 용감한 편은 아니라고 보는데요."

매튜가 말을 맺었다. 파운트로열의 주인에게서 흘러나온 안도의 한숨 소리가 아주 작게 들렸다.

"작년에 그 여자나 그 여자 남편을 만난 기억이 없어요."

브라이트먼이 말했다.

"그 사람들이 우리 공연에 왔었나요?"

"안 갔을 거요."

비드웰이 거실을 가로질러 와인병을 들고 잔을 채웠다.

"그 사람은 다소 조용하고…… 은둔자라고 해도 좋을 정도인…… 사람이었소. 그리고 그 여자는 분명히 연기 기술을 연마하느라 바빴을 테고. 어…… 여러분의 예술이 그런 지옥에 속한 일과 연관 있다는 얘기는 아닙니다."

브라이트먼이 다시 미소 지었지만, 진심에서 우러나온 것 같지는 않았다.

"어떤 사람들은 거기에 동의하지 않을 겁니다, 비드웰 씨! 이 부근에 계신 목사님이 특히 그러실걸요. 비드웰 씨도 아시겠지만 오늘 오후에 우리 캠프에서 열성적으로 설교를 하는 사람을 쫓아낼 일이 있었거든요."

"그래요, 나도 들었소. 예루살렘 목사의 불은 불행하게도 사악한 자와 마찬가지로 정의로운 자들도 함께 태우거든. 무서워할 건 아녜요. 그 목사가 마녀의 재에 정화 의식만 치르고 나면, 우리 에덴동산에서 구둣발에 밀려 쫓겨나게 될 거요."

오, 오늘 밤은 아주 위트가 넘쳐흐르는구나! 매튜는 생각했다.

"정화 의식이라고요?"

매튜는 예루살렘이 그의 '원수'를 대면하러 처음 감옥에 왔을 때 그런 말을 했던 기억을 떠올렸다.

"무슨 그런 말도 안 되는 얘기가 있습니까?"

"자네는 이해 못 하는 것일세."

비드웰이 경고의 눈빛을 보내며 말했다.

"아니, 이해할걸."

존스톤이 맞받아쳤다.

"그 목사는 호워스 부인의 재 위에 부인의 정신, 환영(幻影), 또는 그게 무엇이든 파운트로열을 홀리기 위해 되돌아오는 것을 막아야 한다며 우스꽝스러운 의식을 치르려고 해. 나에게 묻는다면, 내 생각엔 예루살렘이 아담과 모세를 공부한 것만큼이나 말로(영국의 극작가이자 시인-옮긴이)와 셰익스피어도 공부했던 것 같네!"

"아, 지금 우리가 모시는 신들의 이름을 말씀하시는군요!"

브라이트먼이 활짝 웃으며 말했다. 하지만 심각한 주제가 마음속에 떠오르자 그의 웃음은 곧 사라졌다.

"하지만 신부님이 돌아가신 것은 매우 마음이 아픕니다. 그로브 신부님은 연극에 대한 여러 노력들을 고귀하게 봐주셨던 분이죠. 이번 여행에서 그분을 못 뵈어 아쉽군요. 데이빗, 자네도 그분을 좋아했을 거야. 멋진 유머와 굳은 신앙심, 훌륭한 이성을 갖추셨던 분이거든. 비드웰 씨, 분명 마을 주민들도 그분의 부재를 마음 아파하겠지요."

"그 이상이오. 하지만 마녀가 죽고 나면, 신께 감사하게도 곧 그렇게 되겠지만, 우리 마을은 곧 평온해질 테고 우리는 그와 비슷한 성품을 지닌 분을 찾으려 노력할 겁니다."

"그렇게 체스를 잘 두는 신부님을 찾긴 힘들걸요!"

브라이트먼이 다시 미소를 지으며 말했다.

"그로브 신부님은 저를 두 번이나 여유 있게 이기셨죠!"

"그분은 우리 모두를 이기셨지."

존스톤이 와인을 한 모금 마시며 말했다.

"결국 나는 그분과는 더 이상 두지 않기로 했어."

"한 번은 체스를 시작한 지 오 분 만에 절 이기셨어요."

윈스턴이 덧붙였다.

"물론, 모든 수를 라틴어로 말씀하셨죠. 저는 그쪽으로는 영 젬병이라, 폰을 움직일 때부터 정신이 멍해지더군요."

"자."

브라이트먼은 와인 잔을 들어 올리며 말했다.

"그로브 신부님의 추억에 건배하지요. 이 마을을 떠난 많은 사람들과의 추억에 대해서도요. 자발적 선택에 의해서건 외부 환경에 의해서건."

잔을 들고 있지 않은 매튜를 빼고는 모두 건배에 참여했다.

"기억나는 모든 사람들이 그립습니다."

브라이트먼이 슬픈 목소리로 계속했다.

"마을을 거닐며 보니 마녀가 여러분에게 얼마나 해를 끼쳤는지 알겠더군요. 예전에는 빈집이 거의 없었는데 말입니다. 그랬죠? 불이 난 집들도 그렇고."

"없었죠."

윈스턴의 용기는 존경스럽거나 놀라울 정도로 뻔뻔스러웠다.

"악마의 짓인가요?"

브라이트먼이 비드웰에게 물었다. 비드웰은 고개를 끄덕였다. 브라이트먼은 다시 존스톤을 향해 질문을 던졌다.

"학교에도 불이 났죠?"

"그래요."

존스톤의 목소리에 분노의 기색이 서려 있었다.

"내 눈앞에서 불에 타 무너졌소. 내 인생에서 가장 안타까운 장면이었어. 소방수들이 평소에 훈련을 좀 더 잘 받고 좀 덜 게을렀다면 학교를 구할 수 있었을 거요."

"그 문제는 다시 꺼내지 말게, 앨런."

매튜의 눈에는 비드웰이 그 쓰라린 아픔을 진정시키려 애쓰는 것이 분명히 보였다.

"이제는 잊어야지."

"난 못 잊어!"

존스톤이 비드웰을 쏘아보며 외쳤다.

"소위 소방수라는 사람들이 거기 그렇게 멀거니 서서 학교를…… 내 학교를 불에 타게 내버려두다니, 그건 끔찍한 범죄야! 그렇게나 공들여 지었는데!"

"그래, 앨런. 그건 범죄야."

비드웰이 말했다. 그는 자신의 잔을 들여다보았다.

"하지만 다른 사람들이 공들여 지은 건데, 왜 자네가 그렇게 화를 내나? 학교는 다시 지을 수 있어. 다시 지을 거고."

방 안의 긴장이 팽팽해지자 브라이트먼이 조심스럽게 헛기침을 했다.

"지금 무슨 말을 하려는 건가, 로버트? 내 무릎이 비틀어져서 다른 사람들이 일하는 동안 나는 그저 옆에서 가만히 서 있었다는 뜻인가?"

존스톤의 분노가 차갑게 굳어갔다.

"그런 뜻인가?"

"내 말은…… 내 말뜻은…… 그런 게 아니라……."

"자, 자, 신사분들!"

브라이트먼이 모임에 온기를 되돌려놓기 위해 미소를 지었다.

"파운트로열이 경이로운 새날 아침을 맞이한다는 사실을 잊지 맙시다! 분명 학교와 다른 건물들도 예전의 영광을 찾게 될 테고, 옛 친구들이 비워놓은 집들도 곧 새 친구들로 채워질 거예요."

비드웰과 존스톤 사이에는 여전히 냉기가 감돌았다. 브라이트먼이 스마이스를 바라보았다.

"데이빗, 아까 오후에 나한테 무슨 얘기를 했잖아. 그때, 목사가 들이닥치기 전에 말이야. 비드웰 씨, 이 얘기에 흥미를 느끼실 겁니다!"

"네?"

비드웰이 눈썹을 치켜세웠다. 그러는 동안 존스톤은 다리를 절며 잔을 채우러 갔다.

"오…… 한 남자에 관한 건데."

스마이스가 말했다.

"굉장히 이상한 일이에요. 오늘 캠프에 어떤 남자가 왔었어요. 들어와서 주위를 둘러보더군요. 제 얘기가 상당히 이상하게 들릴 거라는 건 아는데…… 그 남자가 낯이 좀 익더라고요. 걸음걸이나…… 자세나…… 그런 것들이."

"그게 누구였는지 아십니까?"

브라이트먼이 끼어들어 비드웰에게 물었다.

"바로 여러분의 쥐잡이꾼이었답니다!"

그 짧은 말에 매튜는 목이 졸리는 듯했다.

"린치?"

비드웰이 눈살을 찌푸렸다.

"그 사람이 거기서 당신들을 괴롭혔습니까?"

"아뇨, 그런 게 아니고요."

스마이스가 말했다.

"그 사람은 그러니까…… 우리를 관찰하고 있었던 것 같아요. 이전에도 그렇게 캠프 주위를 서성이는 사람들이 있었거든요. 하지만 그 남자는…… 글쎄요. 이상하게 들리겠지만…… 저는 그 사람을 잠시 살펴보다가 뒤에서 접근했습니다. 그는 어디서 주웠는지 우리가 교훈극에서 쓰는 파란 유리 등잔을 들고 있었어요……. 그 사람이 등잔을 이리저리 돌리는 방식이…… 이전에 어디서 많이 본 것 같다는 생각이 들었어요. 그 남자가 누구인지 알 것 같다는 생각도 들고……. 옷은 많이 더러웠고, 마지막 봤을 때에 비해 많이 변해 있긴 했지만요. 그게 그러니까…… 음…… 제가 열여섯인가 열일곱 살 때였을 겁니다."

"실례합니다."

매튜가 아직도 목이 조인 채 말했다.

"린치 씨가 누구 같다고 생각을 하셨나요?"

"그게 그러니까, 제가 이름을 불렀죠. 지금도 정말 믿기 힘들어요. 제가 '랭커스터 씨?' 하고 불렀어요. 그랬더니 그 사람이 뒤를 돌아보았어요."

이 이야기를 계속해야 할지 말아야 할지 고민하는 듯, 스마이스가 손가락을 입에 댔다.

"네, 그래서요?"

매튜가 재촉했다.

"저는…… 이건 정말 우스꽝스러운 얘긴데…… 하지만 그게, 랭커스터 씨는 서커스에서 훈련된 쥐들을 가지고 하는 묘기를 부리던 사람이라서, 브라이트먼 씨가 그 사람이 파운트로열의 쥐잡이꾼이라고 설명하셨을 때는 정말…… 어리둥절해지더군요."

"어리둥절해?"

존스톤이 새로 따른 와인을 들고 자리로 돌아왔다.

"왜요?"

"저는 그 사람이 조너선 랭커스터라고 맹세할 수도 있어요."

스마이스가 말했다.

"맹세하고말고요. 그 사람이 내 쪽으로 고개를 돌리고 내 얼굴을 똑바로 쳐다봤어요……. 그리고 나는 그 사람의 눈을 보았죠. 그 눈…… 얼음처럼 창백하고…… 영혼을 찌를 듯한 눈. 그 눈은 전에도 본 적이 있어요. 그 남자는 조너선 랭커스터입니다. 하지만……."

스마이스는 고개를 저었다. 잔뜩 찡그린 눈썹이 서로 맞닿았다.

"저는…… 그 이야길 브라이트먼 씨 말고 다른 사람에겐 말할 생각이 없었어요. 저는 먼저 랭커스터 씨를 찾아서, 그러니까 그 쥐잡이꾼 말입니다. 직접, 개인적으로, 왜 그 사람이…… 음…… 그런 천한 직업으로 전락했는지를 알아볼 생각이었어요."

"아, 용서해주게! 나는 그게 개인적인 일이라는 걸 몰랐어!"

브라이트먼이 말했다.

"괜찮아요."

스마이스는 브라이트먼에게 다소 짜증 섞인 시선을 보냈다.

"고양이가 가방 밖으로 일단 나오면 다시 잡아넣기는 대단히 힘들죠."

"여우도 마찬가지죠."

매튜가 말했다.

"그런데 린치가, 아니면 랭커스터가 당신에게 대답을 했나요?

그 사람도 당신을 알아본 것 같던가요?"

"아뇨. 그쪽은 절 전혀 알아보지 못했어요. 제가 이름을 부르자마자 서둘러 달아났거든요. 쫓아가려고 했는데…… 그 사람이 그런 쥐잡이꾼의 누더기를 입고 있는 걸 부끄러워한다고 짐작했어요. 내가 실수한 건지 아닌지 확실히 하기 전에 그 사람의 사생활을 침해하고 싶지는 않았는데."

"내가 아는 한 귀넷 린치는 언제나 귀넷 린치였는데."

비드웰이 말했다.

"조너선 랭커스터는 대체 누구요?"

"랭커스터 씨는 제 아버지가 관리자로 있던 서커스에 고용된 사람이었어요."

스마이스가 말했다.

"제가 운영을 맡았고, 아버지가 지시하시는 부분을 도와드렸죠. 아까도 말씀드렸듯이, 랭커스터 씨는 훈련받은 쥐들과 연기를 했어요. 하지만 그것 말고도……."

문에 달린 종이 난폭하게 울렸다. 현관문이 경첩에서 뜯어질 듯이 열린 듯했다. 그로부터 몇 초도 지나기 전에 연회장의 문이 벌컥 열리고, 방문객이 영혼을 말려 죽일 듯한 고함으로 자신의 등장을 알렸다.

"어떻게 감히! 어떻게 감히 나한테 이런 상처를 줄 수가!"

"오, 주여! 폭풍이 돌아왔어!"

브라이트먼이 눈을 휘둥그렇게 뜨고 말했다.

실제로 검은 옷에 검은 삼각 모자를 쓴 회오리바람이 방 안으로 들이닥쳤다. 수척하고 주름진 얼굴은 분노로 불그레해지고, 목에는 핏줄이 서 있었다.

"난 알아야겠어!"

엑소더스 예루살렘이 비드웰을 향해 고함을 질렀다.

"왜 나는 그대의 잔치에 초대받지 못한 것이오?"

"무슨 잔치?"

비드웰이 되받아쳤다. 그의 분노도 폭발하기 직전이었다.

"어떻게 감히 내 집에 이렇게 무례하게 들어올 수 있소!"

"무례함에 대해서 얘기하고 싶다면, 그대가 나뿐만 아니라 전능하신 하느님께 보인 무례함부터 얘기해야 할 것이오!"

하느님을 언급할 때는 어찌나 우렁차게 소리를 높이는지 벽이 다 흔들리는 것 같았다.

"그대는 이 죄 많은 쓰레기들을 그대의 마을에 들이는 것만으로 충분치 않아서, 이 몸을 이자들과 같은 거리에, 넘어지면 코 닿을 곳에 자리 잡게 하였소! 내 장담하는데, 그 순간 당장이라도 지옥의 불길에서 헤매도록 그대의 마을을 포기해버릴 수도 있었소! 지금도 그럴 수 있지. 그 장례 의식만 아니었어도!"

"그 장례 의식?"

비드웰은 의심의 눈초리로 목사를 쏘아보았다.

"잠깐, 목사님! 전에 말씀하실 때는 정화 의식이라고 했던 것 같은데!"

"오…… 그래요. 그렇게도 부르오!"

예루살렘의 목소리가 흔들렸지만, 바로 뒤를 이은 외침은 이미 뜨거운 기운을 충분히 끌어 모은 상태였다.

"그대는 의식을 부르는 이름이 하나뿐이어야 하는 게 그렇게 중요하다고 생각하시오? 하느님께서도 때로는 여호와라고 불리시오! 하느님, 이 방 안에 넘치는 눈먼 자만심에서 당신의 종을 구하소서!"

예루살렘이 자만심 넘치는 그의 본성에 따라 거실의 중앙 무대를 장악했음은 두말하면 잔소리였다. 브라이트먼과 스마이스는 귀를 보호하기 위해 멀찌감치 물러났고, 비드웰도 몇 걸음 뒤로 물러났다. 심지어 꿋꿋한 존스톤마저도 지팡이를 힘주어 잡은 손의 관절이 하얗게 되어서는 비틀거리며 뒤로 물러났다.

하지만 윈스턴은 그 자리에 우뚝 서 있었다.

"비드웰 씨의 사적인 행사에 무슨 이유로 이렇게 쳐들어온 겁니까?"

"이보시오. 하느님의 위대한 왕국에 사적인 행사 따위는 없소!"

예루살렘이 일갈했다.

"사탄만이 비밀을 갈구하지! 그래서 그대들이 이 배우들과의 모임을 내게 숨겼다는 사실에 그렇게 놀라고 당혹스러웠던 것이오?"

"나는 당신한테 아무것도 숨기지 않았어!"

비드웰이 말했다.

"이런 씨…… 아니, 그러니까…… 도대체 배우들이 여기 와 있는 건 어떻게 알게 된 겁니까?"

"평화와 우애를 사랑하는 사람으로서, 미개인이 아닌 이상 배우들의 캠프에 가서 그들의 지도자와 대화를 나누는 것이 도리 아니겠소. 폭식을 즐긴 수호성인을 모시는 게 분명한 어느 뚱뚱한 배우가, 브라이트먼 형제가 이곳에 그대와 함께 있다는 얘기를 해주었소! 그래서 무슨 일이 일어나고 있는지 정확히 알게 되었지!"

"그래서 정확히 무슨 일이 일어나고 있는데요?"

윈스턴이 물었다.

"계획. 그대도 이미 잘 알겠지만!"

이 말에는 빈정거림이 듬뿍 담겨 있었다.

"나를 처형 날에 따돌리려는 계획!"

"뭐?"

네틀즈 부인과 하녀 두 명이 방 안을 기웃거리는 모습이 보였다. 아마도 벽이 흔들릴 정도의 고함 소리에 겁을 먹은 것이리라. 비드웰은 손짓으로 그들을 돌려보냈다.

"목사님, 지금 무슨 말씀을 하는 건지……."

"나는 그대를 보러 갔었소. 브라이트먼 형제."

예루살렘이 비드웰의 말을 가로막고 브라이트먼을 향해 말했다.

"한 가지 합의를 하기 위해서였소. 그대들은 마녀가 화형을 당하고 난 뒤 공연을 하는 걸로 알고 있소. 그날 밤에 말이오. 나는 바로 그 전날 저녁에 불타는 전장에서 주민들에게 메시지를 전할 생각이었소. 타락한 인간 본성을 관찰해온 사람으로서, 나는 전능하신 하느님의 말씀을 듣기보다는 돼지와 곰이 나오는 쇼에 참석할 비뚤어진 죄인들이 더 많으리라는 사실을 충분히 잘 알고 있어요. 아무리 설교자가 훌륭해도 말이지. 그래서 나는, 평화적으로 말이오, 형제. 나의 예배로 그대의 공연을 풍부하게 하는 일을 함께하고 싶소. 말하자면…… 막간에 나의 메시지를 관객들에게 전달하고, 마지막 대목은 함께하는 것이 어떻겠소?"

어이없어하는 침묵이 깔렸다. 브라이트먼이 천둥 같은 소리로 그 침묵을 깼다.

"정말 기가 막히는군! 그런 잘못된 정보를 어디에서 들었는지는 모르겠지만, 우리는 마녀의 화형 날 저녁에 공연할 계획이 없습니다! 우리는 며칠 뒤에 도덕극을 상연할 거예요!"

"그 얘기는 어디서 들으셨습니까, 목사님?"

윈스턴이 물었다.

"그대 마을의 우아한 여인에게서 들었소. 루크리셔 본 부인이 오늘 이른 오후에 나를 찾아와 이야기를 나누었지. 부인은 관객들에게 빵과 파이를 제공하고 싶어 하고, 나에게 기쁜 마음으로 맛보기를 조금 주었다오."

매튜는 그 여자가 저 호색한에게 준 것이 맛보기 빵뿐이었을까 궁금해하지 않을 수 없었다.

"사실은……."

예루살렘이 말을 이었다.

"……본 부인이 화형식 때 돌릴 특별한 빵을 고안했더군. 부인은 그걸 '마녀 퇴치 기념 빵'이라고 불렀소."

매튜는 더 이상은 침묵을 지킬 수 없었다.

"하느님의 정의를 위해 저 바보를 여기서 끌어내요!"

"훈련 중인 진짜 악마처럼 말하는군!"

예루살렘이 코웃음을 치며 쏘아붙였다.

"그대의 판사가 하느님의 정의에 대해 조금이라도 알았다면, 자네를 위해 두 번째 화형대를 마련했을걸세!"

"그 아이의 판사는…… 신의 정의에 대해 잘 알고 있소."

작지만 단호한 목소리가 거실 문 쪽에서 들렸다.

사람들은 모두 그 소리에 고개를 돌렸다.

그리고 그곳에 기적처럼! 거의 죽음의 땅까지 갔다가 돌아온 아이작 템플 우드워드가 서 있었다.

"판사님!"

매튜가 소리쳤다.

"침대에서 나오시면 안 됩니다!"

매튜는 우드워드 곁으로 달려가 부축을 해주었지만, 우드워드는 손을 뻗어 매튜를 가로막고 다른 손으로 벽을 짚었다.

"나는 충분히…… 침대에서 나와, 일어서서, 돌아다닐 수 있다. 제발…… 내가 숨 쉴 공간을 좀 마련해다오."

우드워드는 침대에서 나와 계단을 내려왔을 뿐 아니라, 빛바랜 바지와 깨끗한 흰 셔츠를 차려입기까지 했다. 하지만 가는 종아리는 맨살을 드러낸 채였고 신발도 신지 않았다. 그의 얼굴은 여전히 핼쑥했고, 눈 밑의 검은 그림자는 더욱 검게 변해 있었다. 그의 정수리는 희멀갰고, 머리 위에 난 검버섯은 그와는 대조적으로 짙은 붉은 빛을 띠었다. 그리고 회색 수염이 뺨과 턱을 덮고 있었다.

"저기! 앉으세요, 앉아요!"

비드웰이 충격에서 벗어나 우드워드에게 가장 가까운 의자를 가리켰다.

"음…… 그래야 할 것 같소. 계단을 내려오니 숨이 막히는군요."

매튜의 도움을 받아, 우드워드는 의자에 파묻히듯 몸을 기댔다. 판사에게서 열의 흔적은 느낄 수 없었지만, 아직도 병상의 들척지근하고 시큼한 냄새가 풍겼다.

"음, 정말이지 놀랍군요!"

존스톤이 말했다.

"의사의 약이 판사님을 일으킨 것이 틀림없어요!"

"아마…… 그 말이 맞을 겁니다. 그 영약을…… 하루에 세 번 먹노라면…… 분명히 라자로도 깨어났을 거요."

"하느님, 감사합니다!"

매튜가 손으로 우드워드의 어깨를 짚었다.

"이렇게 하실 걸 알았다면 절대로 침대에서 나오시지 못하게 했을 테지만…… 그래도 정말 굉장해요!"

우드워드가 손을 매튜의 손 위에 얹었다.

"목은 아직 아프다. 가슴도 그렇고. 하지만…… 뭐든 나아지기만 한다면야 환영이지."

우드워드는 눈을 가늘게 뜨고 모르는 두 사람의 얼굴을 확인했다.

"죄송합니다. 전에 뵌 적이 있던가요?"

비드웰이 두 사람을 소개했다. 브라이트먼도 스마이스도 앞으로 나서서 악수를 하지는 않았다. 매튜는 두 사람이 계속 방구석에 서 있는 것을 눈치챘다.

"와인을 좀 드릴까요, 판사님?"

비드웰이 우드워드의 의사는 상관하지 않고 잔을 손에 쥐여주었다.

"우리 모두 판사님이 시련을 통과하신 것에 매우 기뻐하고 있습니다!"

"나보다 더 기쁜 사람은 없을 겁니다."

우드워드가 헐떡거렸다. 그는 와인을 한 모금 홀짝였지만, 맛을 전혀 느낄 수가 없었다. 우드워드의 시선은 목사에게로 향했고, 눈빛은 날카로워졌다.

"하느님의 정의에 관한 목사님의 생각에 대한 대답으로…… 나는 하느님이 가장 관대하신 재판관이라고 믿고 있다고 말해야겠소……. 모든 피조물에 대하여…… 그리고 그분은 모든 상상을 넘어선 자비하신 재판관이오. 왜냐하면 만일 그분이 그렇지 않으시다면…… 당신은 지금 당장 벼락을 맞아 그분의 법정으로 소환되어 갔을 것이기 때문이오."

예루살렘은 무언가 신랄한 대답을 하기 위해 전열을 가다듬었지만, 대답을 포기했다. 그는 고개를 숙였다.

"그대를 괴롭게 한 어떠한 말에 대해서도 겸손하게 사과드리는 바요. 나는 법에 맞서기를 바라지 않소."

"그럴 리가요."

우드워드가 맛을 느끼지 못하는 와인을 한 모금 더 마셨다.

"당신은…… 여기 있는 다른 모든 이들에게 이미 맞선 것 같은데."

"저…… 죄송합니다만."

브라이트먼이 약간 긴장하면서 입을 열었다.

"데이빗과 저는 가봐야 할 것 같습니다. 판사님께 무례를 범하려는 건 아닙니다. 우리 둘 다 판사님이 겪으신 마녀 이야기를 듣고 싶습니다. 하지만…… 이해해주실 거라 믿습니다만…… 배우가 거짓말을 지어내는 능력은 목에 있습니다. 우리가…… 이곳에서…… 행여라도 곤란한 일을 겪게 되면, 그때는……."

"아, 그 생각을 못 했군요!"

우드워드가 말했다.

"부디 절 용서하시오. 물론…… 건강에 문제가 생기는 위험을 감수하고 싶지 않은 것이지요?"

"네, 그렇습니다, 판사님. 데이빗, 이제 가세! 비드웰 씨, 훌륭한 저녁 식사와 멋진 저녁 시간을 허락해주셔서 감사합니다."

브라이트먼은 목에 병이 생겨 그의 연기 생활에 파멸을 가져올까 두려운 마음에 서둘러 떠나려 하고 있었다. 매튜는 린치, 아니면 랭커스터, 아니면 이름이 뭣이든 그 남자에 대해 좀 더 알고 싶었지만 지금은 때가 아니었다. 매튜는 내일 아침 일어나자마자 제일 먼저 스마이스를 찾아가서 나머지 얘기를 들어야겠다고 결심했다.

"그대들과 함께 가겠소!"

예루살렘이 두 남자에게 선언하자 남자들은 놀란 것 같았다.

"우리는 할 애기가 많은 것 같은데. 안 그렇소? 자…… 그 도덕극에 관해서 말이오. 시간이 얼마나 되오? 이건 내가 그…… 그러니까…… 내 메시지의 속도에 리듬을 주기 위해서 묻는 것이오!"

"아아, 침대에서 벗어나니…… 이렇게 좋을 수가!"

비드웰이 손님들과 해충 한 마리를 배웅하는 동안 우드워드가 말했다.

"윈스턴 씨, 요새는 좀 어떻소?"

"좋습니다, 판사님. 이렇게 나아지신 걸 보니 얼마나 기쁜지 모르겠습니다."

"고맙소. 쉴즈 선생이 곧 올 텐데…… 오늘 먹을 세 번째 약 때문에. 그걸 먹으면…… 혀가 타버리는 듯하지만, 그래도 하느님께 감사하게도 숨을 쉴 수 있어요."

"정말 위험한 지경까지 가셨어요."

존스톤이 와인을 다 비우고 잔을 옆에 놓으며 말했다.

"사실을 말하자면 위험한 지점을 훨씬 더 지났었지요. 판사님이야 이 일을 알 길이 없겠지만, 몇몇 사람들은, 꽤 많은 사람들이, 판사님 판결에 대해 호워스 부인이 저주를 내렸다고 생각했어요."

존스톤이 막 마지막 말을 하는데 비드웰이 들어왔다.

"그런 얘기는 적절하지 않은 것 같은데!"

"아니, 아닙니다. 괜찮아요."

우드워드가 안심시키려 손을 저었다.

"사람들이 그런 얘기를 안 했다면…… 오히려 놀랐을 겁니다. 만일 내가 저주를 받았다면, 그건 마녀가 내린 것이 아니라…… 나쁜 날씨와 내 자신의…… 허약한 기질 때문이었을 겁니다. 하지만 이제 나아지려고 해요. 며칠 내로…… 전처럼 건강해지겠지요."

"자, 자!"

윈스턴이 잔을 들어 올렸다.

"이제 여행할 만큼 건강해지셔야죠."

"이번 일은…… 얼른 과거로 두고 싶은 사건이오. 넌 어떠냐, 매튜?"

우드워드가 덧붙였다. 그는 손을 들어 눈을 비볐다. 눈은 여전히 충혈되어 있었고 침침했다.

매튜가 대답했다.

"같은 생각입니다, 판사님."

존스톤이 목청을 가다듬었다.

"이제 저도 가봐야 할 것 같군요. 로버트, 저녁 식사 고마웠네. 우리는…… 음…… 학교의 장래에 대해서 나중에 얘기를 좀 해야겠어."

"그 말을 들으니 생각났습니다!"

우드워드가 말했다.

"앨런…… 이 이야기가 흥미로우실 겁니다. 제가 환상을 봤을 때…… 옥스퍼드 꿈을 꾸었습니다."

"정말입니까?"

존스톤이 희미한 미소를 지었다.

"옥스퍼드 동문들은 옥스퍼드 악몽 때문에 괴로워한다지요."

"아, 내가 그곳에 있었습니다. 바로 그곳, 그 잔디밭 위에요! 나는…… 젊었습니다. 가야 할 곳이 많았고…… 이뤄야 할 것도 많았고요."

"그레이트 톰(옥스퍼드 크라이스트처치의 시간을 알리는 종 이름-옮긴이)이 울리는 소리를 들으셨나 보군요?"

"바로 그래요! 그 종소리를 한 번 들은 사람은…… 그 소리를 절대 잊지 못하지요!"

우드워드는 매튜를 올려다보며 살며시 미소를 지었다. 그 미소는 매튜의 마음을 찢어놓았다.

"언젠가 너를 옥스퍼드에 데리고 가마. 너에게 그곳의 강당들과…… 위대한 배움의 강의실들을 보여주마……. 그곳의 멋진 냄새도 기억하십니까, 앨런?"

"내가 겪은 것 중 가장 특이한 향기는 체커스 주점에서 풍기던 씁쓸한 에일 향이었죠. 그것과 빈 호주머니의 건조한 냄새도."

"그래요. 그 냄새도."

우드워드가 꿈을 꾸듯 미소를 지었다.

"풀 향기가 납니다. 분필 냄새. 참나무 냄새……. 처웰 강을 따라 서 있던 나무들. 그곳에 있었어요…… 맹세합니다. 나는 그곳에…… 정말로 살과 피로 이루어진 사람처럼 그곳에 있었어요. 심지어 내가 다니던 사교 클럽의 문 앞에 서 있기도 했어요. 그 칼튼 소사이어티의…… 낡은 문. 그리고 거기…… 내 눈 바로 앞에…… 숫양 머리 장식의 초인종 줄이 있고…… 황동 현판에 표어가 새겨져 있었죠. 'Ius omni est ius omnibus('모든 권리는 모든 이의 것이다'라는 뜻의 라틴어-옮긴이).' 아…… 그 문과…… 그 초인종 줄과 그 현판이 기억나다니."

우드워드는 잠시 눈을 감고 경이로운 기억을 떠올렸다. 그러더니 그는 다시 눈을 떴고, 매튜는 우드워드의 눈이 촉촉해진 것을 보았다.

"앨런…… 당신의 사교 클럽은…… 뭐라고 했었죠?"

"러스킨스입니다. 교육 소모임이었죠."

"아, 그곳의 표어를 기억하십니까?"

"물론이죠. 그게……."

존스톤은 잠시 멈추고 안개 속에 묻힌 기억을 떠올렸다.

"무지는 가장 큰 죄악이다."

"교육자에게 걸맞은 표어로군요……. 안 그렇습니까?"

우드워드가 말했다.

"법학자로서 저는…… 거기에 동의하지 않습니다……. 하지만 다시 생각하면, 우리는 모두 젊었고 배울 게 많았지요……. 인생이라는 대학에서요. 안 그렇습니까?"

"옥스퍼드는 어려웠지요. 하지만 인생이라는 대학은 거의 불가능에 가깝습니다."

"그래요. 학점도…… 무척 박하고."

우드워드는 긴 한숨을 내쉬었다. 새로 찾은 힘이 이제 거의 고갈되어갔다.

"횡설수설해서…… 죄송합니다. 병이 들어서…… 거의 죽기 직전이 되면…… 과거가 점점 더 중요해지는 것 같습니다……. 미래가 좀 더 수월히 사그라지게 해주기 위해서."

"옥스퍼드를 추억하면서 저에게 사과의 말씀을 하실 필요는 없습니다, 판사님."

존스톤은 매튜가 보기에도 존경스러운 우아함을 보이며 말했다.

"저도 제 기억 속에서 그 강당들을 아직도 거닐고 있는걸요. 자, 이제…… 실례가 안 된다면…… 제 무릎도 기억력이 좋아서, 약을 발라달라고 떼를 쓰고 있습니다. 모두들 안녕히 주무십시오."

"저와 함께 가시죠, 존스톤 선생님."

존스톤은 고개를 끄덕이면서 윈스턴의 제안을 받아들였다.

"안녕히 계십시오, 비드웰 씨. 판사님. 코빗 군."

"그래요. 잘들 가십시오."

비드웰이 대답했다.

윈스턴은 존스톤이 절룩거리며 방을 나가자 그 뒤를 따랐다. 존스톤은 평소보다 더 지팡이에 몸을 기댔다. 비드웰은 디캔터에 마지막 조금 남은 와인을 따르고 매튜와의 대화나 마찰을 피하기 위해 바로 위층으로 올라갔다. 우드워드가 의자에 앉아 반쯤 졸고 있는 동안, 매튜는 쉴즈가 도착하기를 기다렸다.

지금 매튜의 마음속에서는 린치, 혹은 랭커스터라는 남자의 문제가 가장 중요했다. 마침내 매달려볼 만한 약간의 희망이 생겼다. 만일 스마이스가 린치를 랭커스터라고 지목할 수만 있다면, 레이첼을 둘러싼 이야기가 모두 허구임을 비드웰에게 설득시킬 시작점이 될 것이다. 이 모든 일이 내일 이루어지길 바란다면 지나친 것일까?

34

새벽이 오기 바로 전에 번개를 동반한 소나기가 지나면서 땅을 적셨다. 하지만 사그라지는 구름 사이로 토요일의 해가 비쳤고, 8시가 되기 전에 푸른 하늘이 다시 나타났다. 그 무렵에 매튜는 아침식사를 마치고 배우들의 캠프로 가고 있었다.

매튜는 눈으로 보기 전에 귀로, 필립 브라이트먼이 두 명의 다른 배우들과 대화를 나누고 있다는 걸 알았다. 그들은 캔버스 천으로 된 장막 뒤의 의자에 앉아서 도덕극 중 하나의 대본을 읽으며 연습하는 중이었다. 데이빗 스마이스가 어디 있는지 묻자, 브라이트먼은 트렁크와 등잔 그리고 잡다한 소도구들을 보호하기 위해 세운 노란 차양을 가리켰다. 차양 아래에서 극단의 여자들 중 한 사람이 밝은 색상의 의상에 다소 낡아 보이는 공작 깃털 장식을 붙이고 있고, 스마이스는 그 의상들을 점검하고 있었다.

"안녕하세요, 스마이스 씨."

매튜가 말했다.

"잠깐 얘기 좀 나눌 수 있을까요?"

"오…… 안녕하세요, 코빗 씨. 제가 도와드릴 일이라도?"

매튜는 침모를 흘깃 보았다.

"조용히 얘기할 수 있을까요?"

"물론이죠. 프레이터 부인, 이 의상들은 아주 잘 되어가고 있어요. 좀 더 작업을 하시고 다시 얘기하도록 해요. 코빗 씨, 원하신다면 우리는 저쪽으로 가죠."

스마이스가 캠프에서 20미터 정도 떨어진 참나무를 가리켰다. 스마이스는 엄지손가락을 짙은 갈색 바지 주머니에 걸치고 걸어갔다.

"어젯밤 우리의 행동에 대해서 사과를 드려야 할 것 같습니다. 우리가 너무 갑작스럽게 떠나서…… 그리고 그런 노골적인 이유로요. 적어도 좀 더 신중하게 이유를 다듬어서 말씀드렸어야 했는데 말입니다."

"사과하실 필요 없습니다. 모두들 이해했어요. 그리고 신중한 건 문제가 아니에요. 거짓 변명보다는 진실이 더 나아요."

"감사합니다. 허심탄회하게 받아들여주셔서요."

"제가 스마이스 씨와 얘기하고 싶었던 건……."

참나무 그늘에 이르자 매튜가 말했다.

"귀넷 린치에 관한 겁니다. 스마이스 씨가 조너선 랭커스터라고 믿고 있는 그 사람이요."

"정정해드리죠. 저는 믿고 있는 게 아닙니다. 어제도 말씀드렸지만 맹세라도 할 수 있어요. 하지만 그 사람은…… 너무 달라 보였어요. 많이 변했고요. 제가 알던 그 남자는…… 음…… 그런 더러운 누더기를 입고 다닐 사람이 아닙니다. 사실, 그 사람은 눈에 띄게 깔끔했던 걸로 기억해요."

"정리정돈은요? 그 사람이 정리정돈에도 그렇게 엄격했나요?"

매튜가 물었다.

"그 사람은 자기 마차도 엄청나게 깨끗하게 관리했어요. 언젠가 아버지에게 바퀴가 삐걱거리는데 거기에 칠할 윤활유가 없다고 불평하는 것도 들었어요."

매튜는 참나무 기둥에 기대서 팔짱을 꼈다.

"흠, 정확히 조너선 랭커스터는 어떤 사람이었습니까? 제 말은…… 어떤 인물인가요?"

"글쎄요. 그 사람이 훈련받은 쥐를 가지고 공연을 했었다는 건 말씀드렸죠? 그는 쥐들을 점프시키고 고리를 통과시키고 경주도 시키고 그런 일을 했습니다. 아이들이 좋아했죠. 우리 서커스는 영국 땅을 거의 다 돌았어요. 런던에서도 몇 번 공연을 했는데, 그러다가 점점 런던의 아주 안 좋은 지역만 돌게 되었죠. 그래서 대부분은 마을에서 마을로 옮겨 다녔어요. 아버지가 관리자셨고, 어머니가 표를 파셨고, 저는 필요한 일은 전부 다 했고요."

"랭커스터. 그 사람은 그 훈련받은 쥐들로 쇼를 하면서 생계를 유지했나요?"

매튜가 스마이스에게 원래 대화 주제를 상기시켰다.

"네, 그랬죠. 우리 중 큰 부자는 없었어요. 하지만…… 함께 협력해서 일했죠."

스마이스가 눈살을 찌푸렸다. 매튜는 그가 다음 말을 생각 중이라는 것을 알 수 있었다.

"랭커스터 씨는…… 희한한 사람이었어요."

"왜요? 쥐들을 다루는 사람이라서?"

"그것뿐이 아니에요."

스마이스가 말했다.

"그 사람이 했던 다른 공연 때문에요. 그 공연은…… 음, 그게…… 닫힌 커튼 뒤에서만 했는데, 어른들 몇 명만 관객으로 들이고, 아이들은 못 들어갔어요. 그걸 보려면 추가 요금을 내야 했죠."

"그게 뭐였는데요?"

"동물자기(動物磁氣)를 보여주는 것이었어요."

"동물자기?"

이번엔 매튜가 눈살을 찌푸릴 차례였다.

"그게 뭔데요?"

"자기력으로 조작하는 기술이요. 그런 거 못 들어보셨어요?"

"자기력의 원리에 대해서는 들어봤어요. 하지만 동물자기라니 처음 들어요. 뭔가 독특한 공연 같은 건가요?"

"영국보다는 유럽에서 더 인기가 많다고 하너라고요. 특히 독일에서요. 아버지가 그러셨어요. 랭커스터 씨가 독일에서는 자기의식을 이끄는 주요 인물이었다고요. 그 사람은 영국 출신이지만요. 이것도 아버지한테 들은 얘긴데, 아버지가 다른 건 몰라도 공연계에는 제법 친구분들이 많으시거든요. 아무튼 랭커스터 씨가 젊었을 때, 무슨 사고가 나서 독일에서 도망쳐 나왔다고 하더라고요."

"사고? 그게 뭔지 아시나요?"

"저는 아버지가 얘기해준 대로만 알고 있어요. 그리고 아버지는 비밀을 지키라고 하셨어요."

"스마이스 씨는 더 이상 영국에 있지도 않고, 아버지의 통제 아래 있지도 않아요."

매튜가 말했다.

"조너선 랭커스터에 대해 알고 계신 것을 저에게 모두 말씀해주시는 게 정말 중요해요. 특히 그 비밀에 관해서."

스마이스가 잠시 말을 멈추고 고개를 한쪽으로 갸웃했다.

"왜 이게 당신에게 그렇게 중요한지 물어봐도 되나요?"

정당한 질문이었다.

"저는 스마이스 씨를 믿어요. 그만큼 저도 믿어주셨으면 좋겠고요. 랭커스터는 분명히 자신의 진짜 정체를 비드웰 씨와 이 마을의 모든 사람들에게 숨겨왔어요. 저는 그 이유를 알고 싶어요. 그리고…… 이 마을이 처한 현재 상황과 랭커스터가 관련이 있다고 믿을 만한 이유가 있어요."

"뭐요? 마녀 사건 말이에요?"

스마이스가 긴장된 미소를 지었다.

"지금 농담하시는 거죠?"

"아니요."

매튜가 단호하게 말했다.

"아, 그럴 리가 없어요! 랭커스터 씨는 좀 이상하긴 했지만, 악마 같은 사람은 아니었어요! 조심스럽게 말해보자면 닫힌 커튼 뒤에서 보여준 그 사람의 재능은 마법처럼 보일 수는 있겠지만, 사실은 분명한 과학적 원리를 따른 겁니다."

"아."

매튜가 고개를 끄덕였다. 맥박이 빨라졌다.

"이제 빛에 접근하는군요, 스마이스 씨. 닫힌 커튼 뒤에서 그의 재능이 정확히 뭡니까?"

"마음을 조작하는 거예요."

매튜는 승리의 웃음을 억지로 참느라 몸부림을 쳐야 했다.

"자기력을 응용해서, 랭커스터 씨는 관객들 중 몇몇에게 정신적인 명령을 내릴 수 있었어요. 그렇게 해서 그 사람들이 무언가를 하거나, 믿거나, 말을 하게 하는 건데…… 음…… 아이들이 보거나 듣기에는 적합하지 않은 것들이죠. 인정할게요. 커튼 뒤로 기어들어가서 그 공연을 몰래 자주 봤었어요. 굉장히 근사한 쇼였거든요.

랭커스터는 어떤 사람에게 낮이 밤이라고 믿게 만들고, 그래서 잠자리에 들 준비를 시키기도 했죠. 한 여자한테는 7월 중순에 눈보라가 쳐서 얼어 죽어가고 있다고 믿게 만들었어요. 특히 기억나는 게 있는데, 어느 남자가 개미굴 안에 갇혀 있다고 믿게 만들었거든요. 그 남자가 얼마나 펄쩍펄쩍 뛰고 소리를 질러댔는지 아주 볼만했어요. 다른 사람들이 다들 배꼽을 잡고 웃어댔는데, 그 남자는 랭커스터 씨가 깨울 때까지 웃음소리를 전혀 못 듣더라고요."

"남자를 깨워요? 이 사람들은 그럼 어떤 의미로는 잠이 드는 건가요?"

"잠드는 것과 비슷한 상태지만 반응은 해요. 랭커스터 씨는 특별한 물체를 이용해서 사람들을 진정시켜 그런 상태에 도달하게 했어요. 예를 들면 등잔이나 촛불, 동전 같은 것으로요. 사람들의 주의를 끌 수 있기만 하면 돼요. 그렇게 진정을 시키고 난 다음 자기 목소리로 명령을 내리는 거죠……. 그 사람의 목소리는 한 번 들으면 잊히질 않아요. 나도 그 사람이 무슨 짓을 하는 건지 미리 알지 못했다면 그의 자기력에 빠져들었을 거예요."

"그래요."

매튜는 스마이스 너머로 파운트로열 쪽을 응시했다.

"충분히 이해합니다."

매튜는 다시 스마이스를 바라보았다.

"하지만 그게 자기력하고 무슨 관계가 있죠?"

"저도 확실히 아는 것은 아니에요. 사람의 몸이나 물체에 모두 조금씩 철이 들어 있는 것과 관계가 있는 것 같아요. 그래서 숙련된 기술자가 다른 물체를 조작의 도구로 사용할 수 있는 거죠. 사람의 몸, 피, 뇌에 모두 철이 들어 있으니까요. 그런 이끌림과 조작법을 자기력이라고 불러요. 적어도 그게 제가 아버지에게 여쭤봤을 때, 아버지가 저에게 설명해주신 내용이었어요."

스마이스가 어깨를 으쓱했다.

"분명히 고대 이집트인들이 처음 발견해서 궁중 마술사들이 사용하던 기술이었을 거예요."

이제 당신을 잡았어요, 여우 씨.

"이게 당신에겐 정말로 중요한 일인가 봐요."

스마이스가 말했다. 참나무 가지와 잎 사이를 통과한 얼룩덜룩한 햇빛이 그의 얼굴에 드리웠다.

"네, 그래요. 말씀드렸듯이, 정말로 중요해요."

"음…… 제가 더 이상 영국에 있지도 않고 아버지의 통제 아래 있지도 않다고 했죠? 만일 이게 그렇게 중요한 문제라면……. 아버지가 비밀로 지키라고 명령하셨던 얘기는, 우리 서커스에 합류하기 전 랭커스터 씨의 이력에 관한 것이었어요. 젊은 시절에 그 사람은 일종의 치유자 같은 걸로 알려져 있었어요. 신앙 치료사였을 거예요. 그 일을 하면서 사람들에게서 병을 내몰려고 자기력을 사용했죠. 그러던 중 그 기술을 시연하기 위해 독일을 여행하다가 어느 독일 귀족의 눈에 띄었고, 그 귀족이 자신과 아들에게 자기력을 가르쳐달라고 랭커스터 씨를 불렀대요. 이제…… 이어지는 얘기는 아버지가 저에게 말씀해주신 것이고, 제가 조금 헷갈린 부분이 있을지도 몰라요."

"알겠어요. 계속하세요."

매튜가 말했다.

"랭커스터 씨는 독일어를 못해요. 하지만 그 귀족이 영어를 조금 할 수 있었대요. 통역의 문제가 있었죠. 그게 그 결과와 관계가 있었는지는 저도 모르겠어요. 하지만 아버지 말씀이 그 귀족과 아들이 그 기술에 나쁜 영향을 받았대요. 그래서 랭커스터 씨가 독일에서 도망쳐 나왔던 거라고. 아들은 독을 바른 단검으로 자살했고, 귀족은 반쯤 미쳤대요. 제 생각엔 자기력의 힘이 엉뚱한 사람의 손에 걸리면 어찌 되는지를 보여주는 결과 같아요. 아무튼 랭커스터 씨의 목에 포상금이 걸리고, 그는 영국으로 돌아왔어요. 하지만 그 사람은 변해버렸죠. 훈련받은 쥐로 공연을 하고 닫힌 커튼 뒤에서나 자기력사의 기술을 보여주는 수준으로 전락한 거예요. 아마 그 사람은 그런 낮은 지위를 지키고 싶었을 테죠. 누군가가 그를 찾아내서 포상금을 요구할까봐 두려워서."

매튜는 고개를 끄덕였다.

"네, 그 얘기가 많은 것을 설명해주네요. 예를 들면, 왜 구드가 네덜란드인이나 독일인들은 악마를 본 적이 없다고 말했는지 같은 문제. 그건 랭커스터가 독일인들을 두려워해서 영국인들만 대상으로 삼으려 했기 때문일 거예요."

"구드? 죄송한데 무슨 말인지 모르겠군요."

스마이스가 어리둥절해하며 물었다.

"아, 죄송해요. 생각이 말로 나왔네요."

매튜는 기운이 최고조에 달해 앞뒤로 서성거리기 시작했다.

"그럼 이 얘기를 좀 해주세요. 랭커스터는 무슨 이유로 서커스를 떠나게 되었고, 그게 언제였는지요."

"저도 몰라요. 우리 가족은 랭커스터 씨가 그만두기 전에 떠났거든요."

"아, 그럼 그 이후로 랭커스터 씨를 못 만나셨나요?"

"네, 그 서커스에 다시 돌아가고 싶지 않았거든요."

매튜는 그 말에 씁쓸함이 묻어 있음을 눈치챘다.

"왜요? 아버지가 해고당하셨나요?"

"그런 건 아니고요. 아버지가 떠나기를 원하셨어요. 시더홈 씨가 운영하는 방식을 좋아하지 않으셔서요. 시더홈 씨는 서커스 주인이었어요. 아버지는 점잖은 분이세요. 하느님의 사랑을 받으시는 분이죠. 아버지는 그 괴물들을 영입하는 데 반대하셨어요."

서성거리던 매튜는 걸음을 멈췄다.

"괴물들?"

"네, 처음엔 셋이었어요."

"셋."

매튜가 반복했다.

"그게…… 어떤 것들이었는지 물어봐도 될까요?"

"첫 번째는 검은 가죽의 도마뱀이었어요. 숫양만 한 크기였죠. 남양 군도 어디에서 왔다고 했는데, 어머니는 그걸 보시기만 해도 거의 기절할 지경이었어요."

"두 번째는……."

매튜의 입이 말랐다.

"……난쟁이 같은 거였나요? 그러니까, 어린아이 같은 얼굴에 흰머리를 기른 난쟁이?"

"네, 정확해요. 그런데 어떻게……?"

스마이스는 진심으로 어리둥절한 표정을 지었다.

"어떻게 그걸 알아요?"

"세 번째는……."

매튜가 계속 밀어붙였다.

"그건…… 입에 담을 수 없는 것이겠죠?"

"세 번째 것 때문에 아버지가 짐을 싸신 거였어요. 그건 암수한 몸으로 여자 가슴이 달리고…… 남자의 물건이 달린 것이었죠. 아버지는 그런 신성모독적인 존재를 보면 사탄이라도 움츠러들 거라고 하셨어요."

"그 세 생물들이 사탄의 은총을 입어 최근에 파운트로열에서 일거리를 찾은 것을 아시면 아버님께서 상당히 흥미로워하실 텐데요, 스마이스 씨. 아, 이제 잡았어요! 이제 잡았어!"

매튜는 흥분을 억누를 수가 없어 주먹으로 손바닥을 내리쳤다. 매튜의 눈은 사냥개의 눈빛처럼 반짝였다. 그는 곧 흥분을 가라앉혔다. 스마이스가 뒤로 물러서며 자기가 지금 미치광이를 상대하는 것은 아닌지 우려하는 기색이 역력했기 때문이었다.

"한 가지 부탁이 있어요. 다시 말씀드리지만, 정말 중요한 일이에요. 저는 랭커스터가 어디에 사는지 알아요. 이곳에서 별로 멀지 않은 곳이에요. 이 거리 끝이거든요. 저와 함께 거기 가셔서, 지금 당장이요. 그 사람을 직접 대면하고 그 사람이 당신이 주장하는 사람이 맞는지 확인해주시겠어요?"

"이미 말씀드렸잖아요. 그 사람 눈을 봤다니까요. 그 목소리만큼이나 잊을 수 없는 눈이죠. 그 사람 맞아요."

"네. 하지만 그래도 제가 있는 자리에서 그 사람을 확인해주셨으면 해요."

매튜는 더 지체되기 전에 랭커스터에게 그의 혐오스럽고 잔혹한 계획에 이미 칼날이 겨누어졌음을 알리고 싶었다.

"저는…… 해야 할 일이 있는데요. 오늘 오후 늦게 가도 될까요?"

"아뇨. 지금 가야 해요."

매튜는 스마이스의 눈에서 조심스러워하는 기색을 정확히 읽었다.

"법정의 일원으로서, 저는 이것이 공적인 업무라는 사실을 말씀드려야겠습니다. 그리고 저는 우드워드 판사님에게서 권한을 위임받아 스마이스 씨에게 강제로 동행을 요청할 수 있음을 알려드립니다."

완전히 거짓말이었지만 매튜는 꾸물거릴 시간이 없었다. 누가 봐도 존경받는 아버지로부터 예절에 대한 훈련을 잘 받은 스마이스는 결국 이렇게 말했다.

"강제로 하실 필요는 없습니다. 법과 관계된 일이라면 기꺼이 함께 가겠습니다."

매튜와 스마이스는 인더스트리 거리를 따라 걸어갔다. 한때 귀넷 린치라고 알려졌던 남자를 만나러 가는 두 사람의 걸음걸이는 상반되었는데, 매튜는 기대감으로 한껏 서둘렀고, 그럴 마음이 별로 없던 스마이스는 당연하게도 느긋했다. 처형대가 세워진 장소에 이르자 스마이스의 걸음걸이가 느려졌다. 스마이스는 두려워하면서도 신기하다는 듯 화형대와 장작더미를 바라보았다. 달구지가 장작더미 옆에 서 있었고, 두 남자가 마녀를 태울 연료를 달구지에서 내리는 작업을 하고 있었다. 그중 한 사람은 거인 그린이었다.

그래, 열심히 지어봐라! 매튜가 생각했다. 힘과 시간을 실컷 낭비해라. 오늘이 끝날 무렵이면 한 마리 밤의 새가 새장에서 풀려나고 비열한 독수리 한 마리가 그 자리에 들어가게 될 테니!

저 앞에 집이 보였다.

"맙소사!"

스마이스가 아연실색하며 말했다.

"랭커스터 씨가 저기에 살아요?"

"저 안에 삽니다."

매튜의 걸음걸이는 여전히 빨랐다.

"쥐잡이꾼이 집 외관을 저렇게 꾸며놓았어요."

매튜는 갑자기 실망스러운 기운을 느꼈다. 굴뚝에서 연기가 오르지 않았던 것이다. 하긴, 아침 식사 시간이 훨씬 지나긴 했다. 그러나 덧문도 모두 닫혀 있었는데, 그 말은 랭커스터가 집에 없다는 뜻이었다. 매튜는 속으로 욕을 중얼거렸다. 그는 신원 확인 작업을 한 뒤에 스마이스를 곧장 비드웰에게 데려갈 생각이었던 것이다. 매튜는 만일 랭커스터가 정말로 저 안에서 바퀴벌레처럼 햇빛을 모두 가로막고 들어앉아 있다면 폭력적으로 변할 가능성도 있다고 생각했다. 하지만 두 사람에게는 방어할 무기가 없었다. 어쩌면 예방 차원에서 그린을 불러 같이 가는 것이 최선일지도 모른다. 하지만 그때 또 다른 생각이 떠올랐고, 그 생각이 맞는다면 결과는 끔찍한 것이었다.

만일 랭커스터가 자신의 신분이 들통 났음을 알고 파운트로열을 떠났다면? 그러려고 마음먹었다면 간밤에 시간은 충분했다. 하지만 해가 지고 난 뒤에 성문을 빠져나가는 절차는 어떻게 했을까? 분명 그런 일은 전례 없는 일이다. 파수꾼이 비드웰에게 알리지도 않고 그자를 내보내주었을까? 하지만 만일 랭커스터가 말에 안장을 얹고 어제 오후 해가 지기 전에 떠났다면?

"거의 달려가시는군요!"

스마이스가 쫓아오려고 애쓰며 말했다. 랭커스터가 없다면 레이첼의 운명은 여전히 알 수 없게 된다. 진짜로 매튜는 거의 뛰다시피 했고, 마지막 20미터 정도를 남겨서야 멈춰 섰다.

매튜는 주먹으로 문을 두드렸다. 아무 대답이 없으리라고 예상했기 때문에 즉시 다음 절차로 넘어갔다. 문을 열고 들어간 것이다.

문턱을 넘기도 전에, 매튜는 한 대 얻어맞은 듯한 충격을 받았다. 물리적인 주먹에 맞은 것이 아니라 압도적인 피비린내 때문이었다. 매튜는 본능적으로 움찔 놀랐고, 그의 입은 떡 벌어졌다.

그 장면은 매튜에겐 끔찍한 인상의 홍수였다. 빛이 덧문 틈새로 흘러들어 마루 위에 웅덩이를 이루고 침대 시트에 커다란 갈색 얼룩을 남긴 검붉은 피 위에서 반짝였다. 랭커스터의 시체는 마룻바닥 위에 누워 있었는데, 마치 왼손으로 시트를 잡아당기려는 모양이었다. 입은 벌어지고 얼굴에는 동물의 앞발로 베인 듯한 상처가 있었으며 창백한 회색 눈이 무시무시하게 부릅떠져 있었다. 한쪽 귀에서 다른 귀까지 미소 짓고 있는 붉은 입술처럼 길게 베인 자국이 나 있었다. 전에 봤을 때는 세심하게 정돈되어 있던 집 안이 회오리바람이라도 지나간 듯 엉망으로 변해 있었다. 옷가지들이 트렁크에서 꺼내져 아무렇게나 내던져져 있었고, 책상 서랍은 전부 뽑아서 뒤집혀 있었다. 요리 도구들은 사방에 내동댕이쳐진 채고, 난로의 재는 무덤의 흙처럼 시체 위에 흩뿌려져 있었다.

스마이스도 그 광경을 보았다. 그는 목이 막힌 듯한 신음 소리를 내더니 비틀거리며 뒤로 물러나, 인더스트리 거리를 따라 동료들이 있는 곳으로 달려갔다. 얼굴이 새하얘진 그는 충격적인 그 단어를 외쳤다.

"살인이야! 살인!"

이 외침을 들은 사람이라면 누구라도 놀랐겠지만, 매튜의 신경은 반대로 차분하게 가라앉았다. 이 섬뜩한 현장을 방해받지 않고 살펴볼 수 있는 시간이 대단히 짧다는 것을 깨달았기 때문이다. 매튜는 랭커스터가 잔인하게 망가진 채 죽어 있는 이 모습이 그로브 신부를 발견한 그의 아내와 대니얼 호워스의 시체를 발견한 제스 메이나드가 본 광경과 같은 모습이리라고 생각했다. 그렇다면 그로브 부인과 메이나드 가족이 마을을 떠난 것이 이상할 것도 없었다.

잘린 목. 악마의 발톱에 공격당한 얼굴. 그리고 랭커스터의 셔츠에 묻은 핏빛 리본을 보니 어깨, 팔, 가슴도 마찬가지로 무언가에 베인 것 같았다.

그렇다. 진짜 사탄이 이곳에서 작업을 했다.

매튜는 속이 뒤집히는 것을 느끼며 정신을 잃을 정도로 두려워졌지만 약해질 시간조차 없었다. 매튜는 잔해를 둘러보았다. 책상 서랍들, 종이와 그 밖의 전부가 다 쏟아졌고 잉크병은 깨졌다. 매튜는 그린이 도착하기 전에 두 가지 중요한 물건, 사파이어 브로치와 고대 이집트 문명에 관한 책을 찾고 싶었다. 하지만 무릎을 꿇고 이 피바다와 잉크, 피로 얼룩진 종이들을 다 뒤져도 그 두 물건만은 발견되지 않으리라는 사실을, 매튜는 무너지는 마음으로 깨달았다.

매튜는 잠시 동안 수색을 했지만 손에 피만 묻혔을 뿐이었다. 그는 불가능하면서도 불합리한 수색을 곧 포기했다. 이 납골당 같은 집에서 매튜의 기력은 급속히 쇠했고, 신선한 공기와 오염되지 않은 햇빛에 대한 갈망이 너무나도 강렬했다. 매튜는 랭커스터가 누더기를 입을 사람이 아니라고 했던 스마이스의 말이 옳았다는 생각이 들었다. 랭커스터는 죽을 때 정말로 쥐잡이꾼의 누더기를 입고 있지 않았다. 그는 한때는 흰 셔츠와 진한 회색 바지였던 것을 입고 있었다.

이제는 정말로 밖으로 나가야 했다. 매튜는 일어서서 문 쪽으로 돌아섰다. 문은 사람 하나가 겨우 빠져나갈 정도로만 열려 있었다.

그때 매튜는 문 안쪽에 랭커스터의 몸에서 뽑은 엉긴 잉크로 휘갈겨 쓴 글자를 보았다.

나의 레이첼은
혼자가
아니다

심장이 망치처럼 고동치는 순간, 매튜의 살갗에 소름이 돋고 뒷덜미의 머리털이 쭈뼛 섰다. 첫 번째 줄이 눈에 들어오자 가장 먼저 떠오른 생각은 아…… 이런 빌어먹을, 이었다.

한참을 멍하니 그 저주의 선언을 바라보고 있을 때 한니발 그린이 문을 열고 들어왔다. 그 뒤로 함께 일하던 다른 사람들도 따라 들어왔다. 들어서자마자 그린은 걸음을 멈췄다. 붉은 수염이 난 얼굴이 공포로 일그러졌다.

"오, 주님!"

그린은 그 자리에 굳은 듯 섰다.

"린치?"

그린은 매튜를 바라보았고, 매튜는 고개를 끄덕였다. 그린은 피로 얼룩진 매튜의 손을 보고 고함을 질렀다.

"랜달! 가서 시장님 모시고 와! 어서!"

그 뒤에 현장으로 돌아온 데이비드 스마이스가 겁에 질리긴 했지만 단호하게 둘이 함께 시체를 발견했다고 말하기 전까지, 그린은 매튜가 살인자라고 생각했던 게 분명했다. 매튜는 기회를 살피다가 트렁크에서 아무렇게나 튀어나와 있는 깨끗한 셔츠에 손을 닦았다. 그린은 스마이스의 비명 소리에 놀란 사람들을(그중에는 마틴과 콘스탄스 애덤스도 있었다) 집 밖으로 밀어냈다.

"저자가 랭커스터인가요?"

매튜가 스마이스에게 물었다. 스마이스는 한옆에 서서 시체를 내려다보고 있었다.

스마이스가 침을 꿀꺽 삼켰다.

"저 사람 얼굴이…… 너무…… 부어 있어서…… 하지만…… 그 눈을 알아요. 잊을 수가 없어요. 맞아요. 이 사람이…… 조너선 랭커스터예요."

"뒤로 물러서! 뒤로 물러나라고!"

그린이 구경꾼들에게 외쳤다. 그는 멍하니 바라보는 사람들의 면전에서 문을 닫아버렸는데, 그로 인해 곧 문에 피로 쓴 글씨를 보게 되었다.

매튜는 그린이 쓰러질 거라고 생각했다. 센 주먹에 얻어맞은 사람처럼 휘청거렸기 때문이다. 고개를 돌려 매튜를 바라보는 그린의 눈은 푹 꺼져서 아예 얼굴 안으로 들어간 것 같았다. 그린은 아주 작은 목소리로 말했다.

"나는…… 나는 밖에서 문을 지켜야겠어."

그린은 그 말만 남기고는 총알처럼 나가버렸다.

스마이스 역시 피로 쓴 글씨를 보았다. 그의 입이 멍하니 벌어졌지만, 소리가 나오지는 않았다. 스마이스도 고개를 떨구고 그린을 따라 서둘러 밖으로 나갔다.

이제 주사위가 제대로 던져졌다. 집 안에 지독한 모양새로 세상을 떠난 이와 단둘이 남게 되었을 때, 매튜는 이것으로 파운트로열에 조종(弔鐘)이 울렸음을 깨달았다. 이 문짝에 쓰인 선언문이 한번 퍼지게 되면 이 마을은 뱉어놓은 침만큼의 가치도 없어질 것이다.

그리고 지금 이 순간, 그 소문은 그린에게서 시작되어 입에서 입으로 퍼져나가고 있을 게 분명했다.

매튜는 랭커스터의 얼굴을 애써 보지 않았다. 그 얼굴은 잔인하게 베였을 뿐만 아니라 부상 때문에 뒤틀려 있었다. 매튜는 무릎을 꿇고, 이번에는 천을 들고 피가 튄 잔해들을 옆으로 치우면서 브로치와 책을 계속 찾아나갔다. 곧 나무 상자 하나가 매튜의 시선을 끌었다. 매튜는 뚜껑을 열고 그 안에 든 쥐잡이꾼의 영업용 장비들을 발견했다. 쥐의 시체를 담는 데 사용하던 혐오스러운 긴 갈색 주머니, 얼룩이 묻은 사슴 가죽 장갑, 소가죽 가방, 그리고 각종 나무 단지들과 아마도 쥐약이 들었을 유리병들. 상자 안에는 쥐잡이꾼의 칼자루 끝에 붙어 있던 깨끗이 닦여 광이 나는 단검도 하나 놓여 있었다.

매튜는 시선을 상자에서 들어 방 안을 둘러보았다. 칼자루는 어디 있지? 그리고, 가장 중요한, 헤이즐턴이 만들어줬다던 그 다섯 개의 날이 달린 공포스러운 도구는 어디에 있을까?

어디에도 보이지 않았다.

매튜는 소가죽 가방을 열었다. 그러는 동안 피가 두 방울, 가방 끈 근처에 스며들어 있는 것을 보았다. 가방은 비어 있었다.

그 정도의 결벽증 환자인데, 왜 랭커스터는 이 가방을 나무 상자에 다시 넣기 전에 쥐 피를 닦지 않았을까? 그리고 왜 그 다섯 개의 날이 달린 도구, 랭커스터가 '유용한 도구'라고 말했던 그것은, 여기 다른 도구들과 함께 있지 않을까?

매튜는 억지로 고개를 돌려 랭커스터의 얼굴과 그 위의 짐승의 앞발로 벤 듯한 자국을 보았다. 역겨움을 간신히 눌러 참으며 그는 시체의 어깨와 팔, 가슴의 잔인한 상처를 살펴보았다.

그리고 알았다.

그 뒤로 십오 분가량 도구들을 찾아보았지만 허사였다. 그때 문이, 주저하듯 열리고 파운트로열의 주인이 찻잔 받침접시만 한 눈으로 안을 들여다보았다.

"무슨…… 무슨 일이야?"

비드웰이 숨을 헐떡였다.

"스마이스 씨와 제가 여길 발견했어요. 랭커스터가 우리를 떠났어요."

매튜가 말했다.

"그러니까…… 린치 말인가?"

"아뇨. 이자는 진짜 귀넷 린치가 아니에요. 이자의 이름은 조너선 랭커스터예요. 들어오세요."

"꼭 그래야 하나?"

"그러셔야 할걸요. 그리고 문을 닫아주세요."

비드웰이 들어섰다. 그는 밝은 파란색 옷을 입고 있었다. 구역질이 나는지 그의 얼굴이 일그러졌다. 비드웰은 문을 닫았지만 차마 들어오지 못하고 문에 등을 기대고 섰다.

"지금 등으로 누르고 계시는 걸 보셔야 해요."

매튜가 말했다.

비드웰이 문을 돌아보았고, 그 순간 그린처럼 휘청거리다가 거의 쓰러질 뻔했다. 뒤로 갑자기 물러선 비드웰의 발이 피 웅덩이에 빠질 뻔했다. 그는 시체 옆에 넘어질 뻔한 그 위험천만한 순간에 간신히 균형을 잡았다. 중력에 맞선 비드웰의 싸움은 그 정도 덩치의 남자로서는 놀라운 일로, 엄청난 결단력과 약간의 비참함과 바지를 적실만한 어마어마한 공포심 때문에 간신히 똑바로 몸을 세운 것이었다.

"오, 나의 예수님."

비드웰은 밝은 파란색 삼각 모자와 곱슬곱슬한 회색 가발을 벗고 모랫빛 정수리를 손수건으로 닦았다.

"오, 하느님…… 우린 이제 끝장이구나."

"진정하세요."

매튜가 말했다.

"이건 사람의 손으로 한 짓이에요. 악마가 아니고."

"사람 손? 지금 제정신인가? 이런 짓은 사탄만이 할 수 있어!"

비드웰은 피 냄새를 맡지 않으려고 손수건으로 코를 꽉 막았다.

"신부님과 대니얼 호워스가 당한 것과 똑같아! 완전히 똑같다고!"

"그 말은 같은 사람이 세 건의 살인을 모두 저질렀다는 뜻이죠. 하지만 이번 경우는 다른 두 건과는 조금 다른 것 같아요."

"지금 그 입으로 무슨 말을 지껄이는 거냐?"

비드웰의 구역질이 서서히 가시고 분노가 그 자리를 메우기 시작했다.

"저 문에 쓴 걸 봐! 저건 염병할 악마로부터의 메시지다! 그리스도여, 날이 저물기도 전에 내 마을이 먼지와 구더기에 뒤덮이게 되겠군요! 오오!"

그것은 상처 입은 끔찍한 외침이었다. 비드웰의 눈은 거의 튀어나올 것 같았다.

"만일 마녀가 혼자가 아니라면…… 그렇다면 누가 또 마녀와 마법사인 걸까?"

"그만 훌쩍거리고 제 말 들으세요!"

매튜가 비드웰에게 다가가 얼굴을 마주 댔다.

"그래 봤자 비드웰 씨와 파운트로열에 좋을 건 하나도 없어요! 만일 이 마을에 지금 뭔가 필요한 게 있다면, 그건 진정한 지도자예요. 남을 괴롭히거나 훌쩍거리는 사람이 아니라!"

"어떻게…… 어떻게 감히 네가……."

"그 볼품없는 품위는 잠시 접어두시고, 그냥 거기 서서 들으세요. 저도 여기 왔을 때 비드웰 씨와 마찬가지로 당혹스러웠어요. 왜냐하면 저는 린치가…… 랭커스터가 단독으로 범행을 저지른 줄 알았거든요. 분명히 제가 틀린 거예요. 바보같이. 랭커스터와 그를 죽인 살인자는 함께 레이첼에게 마녀의 누명을 씌우고 비드웰 씨의 마을을 무너뜨리는 작업을 했어요."

"꼬마야, 마녀에 대한 사랑 때문에 너도 그 여자 옆에서 불타고 말 거다!"

비드웰이 외쳤다. 그의 얼굴은 붉어졌고 관자놀이에서는 맥박이 요동쳤다. 금방이라도 머리 뚜껑이 폭발해서 열릴 지경이었다.

"그 여자와 함께 지옥에 가고 싶다면 내가 그렇게 해주지!"

"이 문에 쓰인 문장은……."

매튜가 냉랭하게 말했다.

"……파운트로열을 일거에 무너뜨리기로 결심한 사람이 손으로 쓴 겁니다. 같은 손이 랭커스터의 목을 그었고, 랭커스터가 죽은 뒤, 아니면 죽어가고 있는 동안, 쥐를 잡을 때 쓰는 다섯 개의 날이 달린 도구를 이용해 반복적으로 내리쳤어요. 그래서 짐승의 앞발로 공격을 당한 듯한 모양새를 만들었죠. 그 도구로 그로브 신부님과 대니얼 호워스도 공격했고요."

"그래, 그래, 그래! 그건 다 네 생각이지. 안 그러냐? 모든 게 다네 추측일 뿐이잖아!"

"거의 대부분은요."

매튜가 대답했다.

"게다가 넌 두 구의 시신은 아예 보지도 못했어. 그런데 어떻게 그걸 알아? 그리고 다섯 개 날 달린 도구는 또 뭐란 말이냐?"

"못 보셨어요? 하긴, 보신 적이 없을 것 같네요. 세스 헤이즐턴이 쥐를 잡으라고 만들어준 도구예요. 헤이즐턴은 그렇게 생각했겠죠. 사실 그 도구는 아마 실제로는 이런 용도를 위해서 고안됐을 거예요."

"넌 미쳤어! 그것도 완전히 미쳤어!"

"전 미치지 않았습니다. 비드웰 씨와 마찬가지로 멀쩡해요. 제가 제정신이라는 것을 증명하기 위해서, 스마이스 씨를 비드웰 씨 댁으로 보내서 저에게 설명한 랭커스터의 진짜 정체를 설명하도록 하겠어요. 아마 들어볼 만한 얘기일 거예요."

"정말?"

비드웰이 코웃음을 쳤다.

"그렇다면 얼른 가서 그 사람을 찾는 게 좋을 거다! 내 마차가 극단 캠프를 지날 때 보니 배우들이 짐을 싸고 있던데!"

진정한 공포가 창이 되어 매튜의 심장을 꿰뚫었다.

"뭐라고요?"

"그래! 그 사람들은 지금 온힘을 다해 짐을 싸고 있어. 나는 왜 그런지 잘 알지! 사탄이 망가뜨린 시체와 지옥에서 온 피의 메시지를 보는 것만큼 사람의 마음을 환장하게 만드는 일이 또 있을까?"

"안 돼요! 아직은 떠나면 안 돼요!"

매튜는 피스톨에서 튀어나가는 총알보다 더 빠르게 집을 뛰쳐나왔다. 매튜는 그린을 포함해 밖에 서 있던 일고여덟 명의 사람들과 부딪히고, 랭커스터의 집과 인더스트리 거리 사이에서 어슬렁거리는 예닐곱 명의 주민들을 더 마주쳤다. 비드웰의 마차 마부석에 앉아 있는 구드가 보였다. 하지만 말들은 서쪽을 보고 있어서, 방향을 동쪽으로 돌리려면 시간이 많이 걸릴 듯했다. 매튜는 배우들의 캠프로 달렸고, 너무 빨리 달리다가 왼쪽 신발이 벗겨지는 바람에 신발을 다시 찾는 데 소중한 시간을 허비해야 했다.

매튜는 캠프장에 도착했다. 배우들이 정말로 트렁크와 의상, 깃털 상자, 무대에 필요한 물건들을 챙기고 있었다. 그래도 말들이 아직 마차에 매이지 않은 것을 보고 매튜는 안도의 한숨을 내쉬었다. 그러나 긴박하게 움직이는 사람들을 보니, 스마이스가 전한 이야기가 지옥불의 공포를 그들의 마음속에 심어준 게 분명했다.

"브라이트먼 씨!"

매튜가 외쳤다. 브라이트먼은 다른 배우가 트렁크를 마차에 올리는 것을 돕고 있었다. 매튜가 달려들었다.

"스마이스 씨에게 급히 할 말이 있어요!"

"미안합니다, 코빗 씨. 데이빗과는 얘기할 수 없습니다."

브라이트먼이 매튜 너머로 소리를 질렀다.

"프랭클린! 찰스를 도와서 텐트를 접게!"

"꼭 만나야 해요."

매튜가 말했다.

"안 됩니다."

브라이트먼이 캠프의 다른 쪽으로 성큼성큼 걸어갔고, 매튜는 그의 옆에 바짝 붙어 따라갔다.

"미안하지만 나는 할 일이 많아요. 짐을 다 싸는 대로 떠날 계획이라서."

"떠나실 필요 없어요. 극단 사람들은 아무도 위험하지 않아요."

"코빗 씨, 찰스타운에서 이곳…… 음…… 마녀의 상황에 대해 들었을 때, 나는 여기 오는 게 영 내키지 않았습니다. 전혀 내키지 않았죠. 하지만 정말 솔직하게 말하자면, 우리는 달리 갈 곳이 없었습니다. 비드웰 씨는 아주 너그러운 분이고, 그래서 여행을 해보자고 마음먹었던 겁니다."

브라이트먼은 걸음을 멈추고 매튜를 향해 고개를 돌렸다.

"난 내 결정을 후회하고 있어요. 데이빗이 무슨 일이 있었는지…… 그리고 자기가 본 걸 나에게 말해주었을 때…… 나는 즉시 사람들에게 캠프를 접으라고 명령을 내렸습니다. 비드웰 씨가 우리 테이블 위에 얼마를 올려놓든 간에 그 돈에 우리 극단 사람들의 목숨을 걸지는 않을 거예요. 이제 얘기는 끝났습니다."

브라이트먼은 다시 발걸음을 옮기면서 소리를 질렀다.

"토머스! 거기 상자에 부츠들 다 챙겼는지 확인해!"

"브라이트먼 씨, 제발요!"

매튜가 다시 그를 따라잡았다.

"떠나기로 결정하신 건 이해합니다. 하지만…… 제발…… 스마이스 씨와 정말 급하게 얘기를 해야만 해요. 함께 비드웰 씨에게 가서 얘기를……."

"젊은이."

브라이트먼이 화가 난 기색으로 갑자기 걸음을 멈췄다.

"나는 지금 이런 상황에서도 최대한 예의 바르게 젊은이를 대하려고 애쓰고 있어요. 우리는 즉시, 다시 말하지만 즉시, 한 시간 안에 출발해야 해요. 어두워지기 전에는 찰스타운에 도착하지 못하겠지만, 그래도 자정 전에는 도착했으면 하니까."

"그럼 여기서 밤을 지내시는 편이 낫지 않을까요? 그런 다음 아침에 떠나시면요? 제가 보장하는데……."

매튜가 말했다.

"젊은이나 비드웰 씨나 우리에게 아무것도 보장하지 못할 겁니다. 우리가 아침까지 모두 살아 있을지도 보장할 수 없지요. 나는 이곳에 마녀가 하나뿐이라고 생각했고, 그것만으로도 상황은 충분이 안 좋았어요. 하지만 마녀나 마법사가 몇 명인지도 모르고, 나머지 것들이 도사리고 있으면서 자기 주인을 위해 살인을 저지르는데 혈안이 되어 있다면…… 아니, 그런 위험을 감수할 수는 없어요."

매튜가 말했다.

"좋아요, 그럼. 스마이스 씨에게 비드웰 씨와 얘기를 해달라고 부탁만 할 수도 없나요? 몇 분도 안 걸릴 거예요. 그리고……."

"데이빗은 누구하고도 얘기 못 해요, 젊은이."

브라이트먼이 단호하게 말했다.

"그럼, 지금 스마이스 씨는 어디 있나요? 제가 잠깐 가서……."

"내 말을 제대로 안 들었군요. 코빗 씨."

브라이트먼은 매튜에게 한 걸음 다가가 바이스처럼 생긴 손으로 그의 어깨를 잡았다.

"데이빗은 저 마차들 중 하나에 타고 있어요. 설령 내가 젊은이에게 가서 데이빗을 만나보라고 허락하더라도 아무 소용없을 겁니다. 데이빗이 아무한테도 얘기하지 못한다고 하는 말은 말 그대로 예요. 자기가 본 걸 나에게 다 얘기하고 나서, 특히 그 문에 쓴 글씨에 대한 얘기를 하고 난 뒤 데이빗은 완전히 무너졌어요. 몸을 떨면서 흐느껴 울더니 그 뒤로 말을 안 해요. 젊은이가 데이빗에 대해 모르고 있는 점이 있는데, 그 아이는 아주 예민해요. 위태로울 정도로 예민하다고 해야겠군요."

브라이트먼이 잠시 말을 멈추고 매튜의 눈을 뚫어져라 보았다.

"그 아이는 과거에 신경 쪽으로 문제가 조금 있었습니다. 그래서 새턴 크로스 극단과 제임스 프루 극단에서 자리를 잃었던 거예요. 그 아이의 아버지가 내 오랜 친구라서, 나한테 자기 아들을 맡아서 좀 지켜봐달라고 부탁해서 내가 맡은 겁니다. 그 살해당한 남자의 모습이 그 아이를…… 음, 더 이상 말 안 하는 편이 좋겠습니다. 그 아이는 지금 럼주를 한 잔 마시고 안대를 하고 있어요. 그래서 그 아이를 못 만나게 하는 거고요. 그 아이는 지금 쉬어야 하고, 회복되기 위해서는 안정을 취해야 합니다."

"제가…… 딱 하나만이라도……."

"안 됩니다."

브라이트먼의 목소리는 마치 베이스로 조율된 종소리가 울리는 것 같았다. 그는 매튜의 어깨를 잡고 있던 손을 놓았다.

"미안합니다. 하지만 젊은이가 데이빗에게 뭘 원하든지 만나는 건 허락할 수 없어요. 자, 만나서 반가웠고요. 마녀에 관한 상황이 모두 잘 풀렸으면 좋겠습니다. 오늘 밤 성경을 손닿는 곳에 놓고 자도록 해요. 어쩌면 피스톨도 베개 밑에 놓고 자는 게 좋겠죠. 행운을 빕니다. 그럼 안녕히 가세요."

브라이트먼은 팔짱을 끼고 그 자리에 서서 매튜가 캠프를 떠나기를 기다렸다.

매튜는 한 번 더 애원했다.

"단장님, 제발 부탁드립니다. 한 여자의 목숨이 지금 위태로운 지경에 처해 있어요."

"어떤 여자요?"

매튜는 이름을 말할 뻔했지만, 그래 봤자 도움이 되지 않는다는 것을 깨달았다. 브라이트먼은 냉랭한 눈으로 매튜를 바라보았다.

"여기에서 지금 무슨 일이 일어나고 있는지는 모르겠습니다. 그리고 알고 싶지도 않아요. 경험상 보면 악마는 긴 팔을 가지고 있어요."

브라이트먼은 파운트로열의 풍경을 둘러보았다. 그의 눈빛이 슬퍼졌다.

"이런 말을 하기엔 괴롭지만, 내년 여름에 이 길을 다시 올 수 있을지 의심스럽군요. 여긴 좋은 사람들이 많이 살고 있었는데. 우리에게 모두 친절했고요. 하지만…… 그런 게 인생이죠. 이제 실례하겠습니다. 할 일이 있어서요."

매튜는 더 이상 아무 말도 할 수 없었다. 그는 브라이트먼이 노란 천막을 걷는 사람들에게 합류하는 모습을 지켜보았다. 마차 한 대에 말이 매였고, 다른 말들도 준비가 되었다. 매튜는 순간 자신의 공적인 권리를 주장하며 마차를 모두 뒤져 스마이스를 찾아내볼까 생각했지만, 그다음엔? 만일 스마이스가 얘기를 할 수 없는 상태라면 그게 다 무슨 소용인가? 아니다. 쥐잡이꾼의 진짜 정체를 비드웰에게 말하지도 않고 스마이스를 저렇게 그냥 보낼 수는 없다! 말도 안 되는 일이다!

그러나 동시에, 신경에 문제가 있는 환자의 목덜미를 붙들고 말할 때까지 개처럼 흔들어대는 것도 말이 안 되는 일이긴 마찬가지였다.

매튜는 어지러움을 느끼며 휘청거리다가, 인더스트리 거리를 건너 옥수수밭 가장자리에 주저앉았다. 그리고 캠프가 점점 작아지면서 마차에 짐이 실리는 모습을 바라보았다. 매튜는 매순간마다 당장 일어나서 당당히 걸어가 스마이스를 직접 찾아보리라고 다짐했다. 하지만 그는, 채찍이 울리고 "일어서!"라고 외치는 소리가 들리고 첫 번째 마차의 바퀴가 구를 때까지도 그냥 그 자리에 주저앉아 있었다.

일단 첫 번째 마차가 출발하자, 다른 마차들도 곧 뒤따랐다. 그러나 브라이트먼은 마지막 마차에 남아 허리가 술통만 한 폴스타프가 마지막 트렁크와 작은 상자 두 개를 싣는 것을 도왔다. 그 일이 다 끝나기 전에 비드웰의 마차가 시야에 들어왔다. 비드웰은 구드에게 멈추라고 명령했고, 매튜는 파운트로열의 주인이 마차에서 내려 브라이트먼과 얘기를 나누는 장면을 바라보았다.

대화는 불과 삼사 분 정도밖에 이어지지 않았다. 비드웰은 주로 듣는 쪽이었고 고개를 끄덕였다. 두 사람이 악수를 함으로써 대화는 끝이 났고, 브라이트먼은 폴스타프가 이미 올라타 있던 마차의 마부석에 올라탔다. 채찍이 한 번 울리고, 브라이트먼이 외쳤다.

"자, 가자! 어서!"

그리고 말들은 움직이기 시작했다.

매튜는 씁쓸한 분노의 눈물이 차오르는 것을 느꼈다. 그는 거의 피가 나도록 아랫입술을 깨물었다. 브라이트먼의 마차가 멀리 달려갔다. 땅을 내려다보던 매튜에게 그림자가 다가왔다. 매튜는 계속 고개를 숙이고 있었다.

"제임스 리드에게 집을 지키라고 말해두었다."

비드웰의 목소리는 무기력했다.

"제임스는 믿을 수 있는 좋은 사람이야."

매튜는 비드웰의 얼굴을 올려다보았다. 비드웰은 가발과 삼각 모자를 다시 쓰고 있었지만, 둘 다 비뚤어져 있었다. 부은 듯한 얼굴은 노란 분필색이었다. 눈은 총에 맞아 실신한 짐승의 눈 같았다.

"제임스가 사람들을 막아줄 거야."

비드웰이 말했다. 그리고 눈살을 찌푸렸다.

"이제 쥐잡이꾼을 어디서 구하나?"

"글쎄요."

그게 매튜가 할 수 있는 말 전부였다.

"쥐잡이꾼은…… 마을에 한 사람은 꼭 있어야 하는데. 제대로 번창하려는 마을이라면 꼭."

비드웰은 마차 한 대가 인더스트리 거리를 지나 달리는 것을 날카롭게 지켜보았다. 덮개가 없는 그 마차에는 서둘러 짐을 싸서 달아나는 마틴과 콘스탄스 애덤스가 타고 있었다. 고삐를 잡은 마틴의 표정은 단호했다. 그의 아내는 그들이 버리고 달아나는 집을 돌아보기조차 두렵다는 듯 앞만 똑바로 바라보고 있었다. 그 아이, 바이올렛은 두 사람 사이에 거의 질식할 정도로 꼭 끼어 있었다.

"꼭 필요한 존재지."

비드웰이 이상하게 가라앉은 목소리로 말을 이었다.

"쥐잡이꾼 말이다. 나는…… 이 문제는 에드워드에게 맡겨야겠어. 에드워드가 제대로 조언을 해줄 거야."

매튜는 손가락으로 관자놀이를 눌렀다가 손을 떼었다.

"비드웰 씨, 우리는 사람을 다루고 있는 겁니다. 사탄이 아니에요. 한 사람입니다. 이전에는 전혀 만나본 적 없는 영리한 여우예요."

"처음엔 겁이 나겠지."

비드웰이 말했다.

"그래, 물론 그럴 거야. 마을 사람들이 배우들을 그렇게 기다렸는데."

"랭커스터를 죽인 사람은 랭커스터의 정체가 드러나게 되자 살인을 한 겁니다. 랭커스터가 그 남자에게, 혹은 아주 힘이 세고 무자비한 여자에게, 스마이스가 자기 정체를 눈치챘다고 말했을지도 몰라요……. 아니면 어젯밤 스마이스가 그 얘기를 제게 했을 때 살인자가 비드웰 씨 집에서 들었을지도 모르고요."

"아마…… 사람들이 좀 떠날 거야. 그 사람들을 나무랄 순 없겠지. 하지만 곧 제정신이 돌아올 거다. 특히나 화형이 점점 가까워지면 더욱."

"제발요, 비드웰 씨. 제 얘기 좀 들어보세요."

매튜는 다시 고개를 숙였다. 매튜의 마음은 지금 자신이 생각하는 것에 거의 압도당해 있었다.

"윈스턴 씨가 살인을 저지를 만한 사람이라고는 생각지 않아요. 그러니까…… 정말로 살인자가 어젯밤 비드웰 씨 집에 있었다면…… 용의자는 네틀즈 부인과 존스톤 선생님으로 좁혀져요."

비드웰은 침묵을 지켰다. 하지만 매튜는 그의 거친 숨소리를 들을 수 있었다.

"네틀즈 부인…… 엿들었을 수도 있지요. 거실 밖에서요. 어쩌면…… 어쩌면 제가 부인에 대해서 놓치고 있는 사실이 있을지도 몰라요. 전에…… 저에게 그로브 신부님에 관해서 중요한 얘기를 해주었는데…… 생각이 안 나네요. 존스톤 선생님은…… 정말로 그분 무릎이……."

비드웰이 웃기 시작했다.

그 소리는 매튜가 지금껏 들어본 중 가장 끔찍한 소리였다. 그것은 웃음소리였다. 그건 맞았다. 그러나 그 깊은 바닥에는 목 졸린 비명 같은 섬뜩함이 있었다.

매튜는 고개를 들어 비드웰을 보았고 다시 한 번 충격을 받았다. 비드웰의 입은 웃고 있었지만, 그의 눈은 공포에 질린 구멍이었고 뺨으로는 눈물이 흘러내리고 있었다. 비드웰이 뒤로 물러서자 웃음소리는 점점 더 기괴하게 커졌다. 그는 손을 들어 올려 검지로 매튜를 가리켰다. 그의 손이 떨렸다.

미친 웃음소리가 갑자기 멈췄다.

"너."

비드웰이 쉰 목소리로 말했다. 그리고 이제는 눈물만이 아니라 콧물도 흐르기 시작했다.

"너도 그들 중 하나지? 그렇지? 내 마을을 망치고 날 미치게 하려고 여기 온 거지. 하지만 내가 널 부술 거야! 너희들 모두를 부숴버릴 거야! 난 절대 실패한 적이 없고 앞으로도 실패 안 해! 내 말 알아들었어? 실패란 없어! 그리고 앞으로도…… 앞으로도…… 앞으로……."

"비드웰 나리?"

구드가 비드웰 옆으로 다가와 가만히 그의 팔을 잡았다. 노예와 주인 사이에서는 부적절한 행동이었지만, 비드웰은 전혀 반응하지 않았다.

"들어가시는 게 좋겠습니다."

비드웰은 계속 매튜를 노려보았다. 그의 눈에는 오로지 눈앞에 서 있는 파괴의 왕자만 보일 뿐이었다.

"주인 나리, 이제 가시죠."

구드가 조용히 재촉하며 가볍게 비드웰의 팔을 잡아당겼다.

햇살이 그토록 환하고 따스한데도 비드웰은 몸을 떨었다. 그는 고개를 떨구고 손등으로 얼굴의 눈물 자국을 닦았다.

"오."

비드웰이 말했다. 말이라기보다는 숨을 내쉬는 것에 가까웠다.

"피곤하구나. 금방이라도…… 쓰러질 것 같아."

"네, 나리. 쉬셔야 합니다."

"그래."

비드웰이 고개를 끄덕였다.

"쉬고 나면 기분이 좋아질 거야. 마차에 오르는 걸 도와다오."

"네, 나리."

구드가 매튜를 바라보며 손가락을 입술에 대고, 더 이상 말하지 말라는 경고의 신호를 보냈다. 구드는 비드웰을 부축하면서, 함께 마차로 걸어갔다.

매튜는 그 자리에 남아 구드가 주인을 도와 자리에 앉히는 모습을 바라보았다. 구드가 말에 고삐를 내리쳤다. 말들은 느리게 걷기 시작했다.

마차가 시야에서 벗어나자, 매튜는 멍하니 배우들의 캠프가 있던 텅 빈 들판을 바라보았다. 울고 싶은 기분이었다.

레이첼을 풀어주고 싶었던 그의 희망은 무너졌다. 자신이 진실이라고 알고 있는 것들을 증명하는 증거가 한 오라기도 없었다. 랭커스터가 없으면, 그리고 이야기에 신빙성을 더해줄 스마이스가 없으면, 파운트로열이 어떻게 정신 조작의 꼬임에 넘어가게 되었는지에 대한 가설은 한낱 미치광이의 헛소리에 불과했다. 사파이어 브로치와 고대 이집트에 관한 책을 찾으면 그나마 도움이 될지도 모르지만, 살인자가 이미 그 존재를 알고 가치를 파악했던 것이 틀림없었다. 그래서 랭커스터를 죽였을 때처럼 깔끔하게 그것들을 훔쳐간 것이다. 그 남자는, 아니면 그 여자는, 집을 완전히 망쳐놓아서 쥐잡이꾼의 실제 생활 습관마저도 알아차리지 못하게 만들어 놓았다.

그래서, 이제는?

매튜는 미로를 헤치고 나와 이제 막다른 곳에 이르렀다. 그 말은 결국, 온 길을 되짚어 다시 올바른 길을 찾아야 함을 뜻했다. 하지만 시간은 거의 다 되어가고 있었다.

거의 다.

매튜는 존스톤이나 네틀즈 부인을 범인으로 모는 것이 지푸라기를 잡는 것임을 알고 있었다. 어제 랭커스터가 자기를 죽인 사람에게 자신의 정체가 드러났음을 말하고, 그 영리한 여우가 어두워질 때까지 기다렸다가 랭커스터의 형편없는 몰골의 집을 방문했을 수도 있다. 스마이스가 비드웰의 거실에서 랭커스터의 정체를 매튜에게 얘기했다고 해서 살인자도 꼭 그 자리에 함께 있었다는 뜻은 아니다.

매튜는 네틀즈 부인을 신뢰했고, 그녀가 이 일에 관여했다고 믿고 싶지 않았다. 하지만 부인이 그에게 한 말이 전부 거짓이었다면? 만일 부인이 자신을 지금까지 조종해왔다면? 어쩌면 랭커스터가 아니라 네틀즈 부인이 그 금화를 가져갔을 수도 있었다. 부인은 분명히 그러기로 마음만 먹었다면 판사를 추운 바깥으로 내몰 수도 있었을 것이다.

그리고 존스톤 씨. 그는 옥스퍼드 출신이다. 그렇다. 고등 교육을 받은 사람이다. 판사가 존스톤의 불구인 무릎을 보았다. 그건 사실이다. 그러나 여전히…….

호수에 관심을 가졌던 수염 난 측량사 문제가 있다. 중요한 문제였다. 매튜는 그 문제가 중요하다는 걸 알았지만, 뭔가를 증명할 수는 없었다.

또한 그는 호수가 해적의 보물 금고라는 사실도 증명할 수 없었고, 실제로 그 아래에 동전 한 닢이나 보석 한 조각이라도 있는지 증명할 수도 없었다.

또한 그는 증인들이 스스로 보았다고 믿는 그 장면을 실제로 본 것이 아니라는 점도 증명할 수 없었고, 레이첼이 그 빌어먹을 인형들을 만들지 않았으며 그걸 집에 숨기지 않았다는 것도 증명할 수 없었다.

또한 그는 레이첼이 위장의 달인인 두 사람, 아니면 그보다 더 많은 사람들로부터 마녀로서의 완벽한 조건을 갖춘 희생자로 선택되었다는 것도 증명할 수 없었다.

분명히 그는 린치가 랭커스터이며, 랭커스터가 그의 공범에게 실해당했다는 사실도 증명할 수 없었고, 사탄이 직접 문에 그런 메시지를 쓰지 않았다는 사실도 증명할 수 없었다.

매튜는 진짜로 울기 직전이었다. 그는 일이 어떻게 된 것인지 전부, 아니, 적어도 거의 전부를 알고 있었다. 그리고 그는 왜 그런 일이 일어났는지, 그리고 그런 짓을 저지른 자들 중 한 사람의 이름을 알고 있었다…….

하지만 증거가 없이는 그는 정의의 집에 머무르는 거지 신세였고, 정의 같은 것은 한 조각도 바랄 수 없었다.

또 다른 마차가 인더스트리 거리를 따라 지나쳐갔다. 어느 일가족이 보잘것없는 가재도구들을 싣고 이 저주받은 마을을 떠나고 있었다. 파운트로열의 마지막 날이 온 것이다.

그리고 매튜는 레이첼의 마지막 시간도 다가오고 있음을 뼈저리게 깨달았다. 월요일 아침이 되면 그녀는 분명히 불길에 휩싸일 것이고, 자신은 남은 인생 동안…… 비참하게, 성에가 앉은 냉랭한 인생을 살 것이다. 진실은 오로지 그만이 알고 있게 될 것이다.

아니, 그건 틀렸다. 한 사람이 더 있다. 불꽃이 치솟아 오르고 재가 흩날리는 동안 웃음 지을 그 사람, 집들이 비어가고 꿈이 말라버리는 동안 웃고 있을 그 사람이 있다. 그 사람의 생각은 분명했다. **이 모든 금, 은, 보석들…… 이제 전부 내 것이다…… 그리고 이 바보들은 절대 알지 못할 것이다.**

한 바보만이 그 사실을 알고 있었다. 그 무기력한 바보는 흐르는 시간도, 파운트로열을 빠져나가는 사람들의 물결도 막을 수가 없었다.

35

온 세상이 고요했다.

적어도 매튜의 귀에는 그런 것처럼 느껴졌다. 세상이 너무도 고요해서 그의 발이 복도 마루 위에서 살금살금 움직이는 소리가 포탄이 떨어지는 것처럼 울렸고, 헐거워진 목재가 내는 끽끽거리는 소리는 마치 사람이 질러대는 높은 비명 소리 같았다.

매튜는 몇 시간 전에 잠자리에 들었던 그대로 잠옷을 입고, 손에는 등잔을 들고 있었다. 그는 잠자리에서 생각을 하며 기다렸다. 그리고 때가 된 지금, 비드웰의 위층 서재를 향해 여행을 떠난 참이었다.

안식일 새벽이다. 이미 자정에서 2시 사이일 거라고 생각했다. 어제는 진정 악몽과도 같은 날이었고, 오늘도 마찬가지로 괴로운 하루가 될 것이다.

마차 여덟 대가 더 파운트로열을 떠났다. 성문은 끊임없이 열렸다 닫히기를 반복했다. 비극적인 상황만 아니었다면 그 광경은 자못 우스꽝스럽게 느껴졌을 것이다. 비드웰은 하루 종일 침실에서 나오지 않았다. 윈스턴이 비드웰을 보러 쉴즈와 들어가자 비드웰은 미친 듯이 소리를 질러댔다. 지옥의 모든 악마들이 그의 침대를 에워싸고 비드웰에게 존경심을 표하는 것이 아닐까 하는 생각이 들 정도였다. 아마도 비드웰의 괴로운 마음 속에서는 실제로 그러했을 것이다.

그날 하루 매튜는 판사의 머리맡에 몇 시간 동안 앉아서, 영국 희곡에 관한 책을 읽으며 플로리다 주위를 배회하는 마음을 다잡으려 애썼다. 매튜가 그곳에 있었던 또 다른 이유는 우드워드가 아침에 일어난 일을 알지 못하도록 하기 위한 것이기도 했다. 그 사건에 대해 전해 듣고 깊은 슬픔에 잠기면 다시 병이 악화될지도 모르기 때문이었다. 우드워드는 대화를 좀 더 분명하게 할 수 있었고 몸이 나아지면서 기분도 좋은 상태였지만, 체력은 여전히 약했고 충분히 쉬어야 했다. 쉴즈는 다시 아주 강한 약을 하루에 세 번 더 처방했고, 현명하게도 왕진을 와 있는 동안에는 환자의 기분을 망칠 만한 것들에 관한 언급을 피했다. 약은 제 역할을 하고 있었다. 약을 먹으면 우드워드는 꿈나라로 향했고, 그곳에 가 있으면 현실 세계에서 일어나는 소동에 대해서 알 수 없었다.

다행히도 우드워드는 비드웰이 분노를 터뜨릴 때 잠이 들어 있었거나 약에 취해 있었다. 저녁 무렵, 파운트로열에 어둠이 깔리고 전보다 얼마 되지 않는 등불이 어둠에 화답할 때, 매튜는 네틀즈 부인에게 카드를 한 벌 가져다달라고 부탁해서 판사와 여러 종류의 카드 게임을 했다. 판사는 자신의 무뎌진 정신을 단련할 기회를 반겼다. 게임을 하는 동안 매튜는 우드워드가 꾼 옥스퍼드 꿈에 관해 이야기를 하면서, 존스톤도 그 기억을 반기는 것 같았다고 말했다.

"그래. 한번 옥스퍼드인은…… 영원한 옥스퍼드인이지."

우드워드가 카드를 살펴보며 말했다.

"흠."

매튜는 존스톤에 관해 언급하기 전에 패를 하나 넘기기로 했다.

"존스톤 씨의 무릎은 참 안타까워요. 그렇게 심한 불구라니. 하지만 그분은 잘 지내고 계신 것 같아요. 그렇죠?"

가벼운 미소가 판사의 입가에 번졌다.

"매튜, 오, 매튜."

우드워드가 말했다.

"넌 절대 그만두는 법을 모르는구나."

"네, 판사님?"

"얘야. 나는 그렇게…… 너를 꿰뚫어보지 못할 만큼 아픈 것도 아니고…… 정신이 나가지도 않았어. 이번엔 뭐냐? ……그 사람 무릎과 관련해서 또 뭐가 있어?"

"아무것도 아닙니다. 그냥 지나가는 말이었을 뿐이에요. 판사님이 그 무릎을 직접 보셨다고 했죠?"

"그랬지."

"가까이에서요?"

"충분히 가까이에서. 나는 아무 냄새도 못 맡았다마는…… 그때 몸 상태가 그래서 말이다……. 하지만 윈스턴이 존스턴의 돼지기름 연고 냄새에…… 뒤로 몸을 빼더구나."

"그 기형인 모습을 제대로 보셨나요?"

"그래."

우드워드가 말했다.

"똑똑히 봤지. 그리고…… 그걸 다시 보고 싶지는 않다. 이제…… 게임을 할까?"

그로부터 오래지 않아 쉴즈가 그날의 세 번째 약을 가지고 도착했고, 우드워드는 어느 때보다도 편안하게 잠이 들었다.

매튜는 오후에 비드웰의 서재를 잽싸게 훑어볼 기회를 잡았다. 그래서 지금 이 한밤중에 서재 안으로 들어가는 데 아무런 문제가 없었다. 매튜는 문을 닫은 다음 금색과 붉은색 실로 짠 페르시아 양탄자를 밟고 방 한가운데에 놓인 커다란 마호가니 책상으로 다가갔다. 매튜는 책상 의자에 앉아 조용히 맨 위 서랍을 열어보았다. 지도는 없었다. 다음 서랍을 열었다. B라는 글자가 새겨진, 왁스로 봉인된 서류들과 공식 문서처럼 보이는 서류들을 조심스럽게 뒤져보았지만, 거기에도 없었다. 세 번째 서랍에도, 네 번째와 마지막 서랍에도 지도는 보이지 않았다.

매튜는 일어서서 등잔을 들고 책꽂이로 다가갔다. 매튜의 발아래에서 헐거운 소나무 마룻장이 끽끽 소리를 냈다. 아마도 지도를 접어서 책들 틈에 끼워놓았을 것이라고 생각한 매튜는, 기계적인 손놀림으로 가죽 제본된 책들을 전부 하나씩 옆으로 옮기기 시작했다. 물론 지도는 접혀서 어느 책의 책갈피에 끼워져 있을 가능성도 있었지만, 그렇다면 예상보다 더 오랜 수색이 필요할 터였다.

책꽂이의 절반 정도를 뒤졌을 때 계단에서 발소리가 났다. 매튜는 하던 것을 멈추고 조금 더 귀 기울여 소리를 들었다. 계단 맨 위까지 도착한 발소리도 마찬가지로 주저하고 있었다. 매튜도 복도의 사람도 움직이지 않고 잠깐의 시간이 흘렀다. 그러더니 다시 발소리가 접근해왔고, 문과 마룻바닥 사이의 틈으로 불빛이 보였다.

매튜는 재빨리 자기 등잔의 유리를 열고 촛불을 껐다. 그는 몸을 보호하기 위해 책상 뒤로 물러나 바닥에 몸을 붙였다.

문이 열렸다. 누군가 들어왔고, 몇 초 뒤 다시 문이 닫혔다. 그 사람의 등잔에서 비치는 불그레한 빛이 옆으로 움직이는 것이 보였다. 그러고 나서 목소리가 들렸는데, 방 밖으로 새어나가지 않도록 한껏 낮춘 목소리였다.

"코빗 씨, 방금 촛불을 불어 끈 거 다 알아요. 냄새가 나는걸요.

얼른 이리 나와요."

매튜는 일어섰고, 네틀즈 부인은 등불을 그에게 들이밀었다.

"궁금할까봐 하는 말인데, 내 방은 바로 이 방 밑이에요."

부인이 말했다.

"누군가가 걸어 다니는 소리가 나서 비드웰 시장님인 줄 알았어요. 여기는 그분 개인 서재니까요."

"죄송합니다. 깨울 생각은 아니었어요."

"물론 그랬겠죠. 하지만 저는 이미 잠이 깼어요. 여기 올라와서 시장님이 어떤지 좀 볼 참이었어요. 상태가 그렇게 안 좋으니 말이에요."

부인은 매튜에게 다가가 등잔을 책상 위에 올려놓았다. 그녀는 거무스름한 회색 모자를 쓰고 모자와 비슷한 색깔의 잠옷을 입고 있었다. 얼굴에는 유령 같은 초록빛이 감도는 크림을 발랐다. 만일 비드웰이 이런 모습의 네틀즈 부인을 만났다면, 지옥의 늪에서 개구리 유령이 기어 나왔다고 생각했으리라.

"이 방에 들어온 건 용서가 안 돼요."

부인이 단호하게 말했다.

"여기에서 뭘 하는 거예요?"

진실을 말하는 것 말고는 달리 길이 없었다.

"프랑스 탐험가가 그린 플로리다 지도를 비드웰 씨가 가지고 있다는 얘기를 들었어요. 저는 그 지도가 이 방에 숨겨져 있을 거라고 생각했어요. 책상 아니면 책꽂이에요."

네틀즈 부인은 대답 없이 그저 매튜를 뚫어지게 노려보았다.

"결심을 했다고는 말하지 않을게요."

매튜가 계속 말을 이었다.

"그냥 지도를 보고 싶었을 뿐이에요. 그곳 지형이 어떤가에 대해 아이디어를 좀 얻으려고요."

"가면 죽을 거예요. 호워스 부인도 마찬가지고. 그 여자는 당신이 지금 무슨 생각을 하는지 알고 있어요?"

"아뇨."

"그런 계획을 세우기 전에 먼저 물어봐야 하는 거 아녜요?"

"계획을 세우는 게 아니에요. 그냥 보는 거죠."

"계획이나 보는 거나…… 뭐든 간에요. 그 여자는 들짐승에게 잡아먹히고 싶지 않을지도 모르잖아요."

"그럼요? 차라리 불에 타 죽는 게 나을까요? 그렇진 않을걸요!"

"목소리 낮춰요."

네틀즈 부인이 경고했다.

"시장님이 마음이 병드셨는지는 모르지만, 귀까지 먹진 않았어요."

"좋아요. 하지만…… 제가 만일 그 지도를 계속 찾겠다고 하면……. 이 방을 나가셔서 여기에서 절 본 걸 잊어주시겠어요? 이건 제 일이고 저만의 일이에요."

"아니, 틀렸어요. 이건 제 일이기도 해요. 제가 코빗 씨를 이 지경으로 몰아넣었으니까요. 그런데도 제가 입을 다물고 있으면, 그랬다간……."

"잠깐만요."

매튜가 말을 가로막았다.

"전 그 말에 동의할 수 없어요. 부인은 저를 몰아넣었다고 하지만, 그건 단순히 이 마을의 모든 것이 겉으로 보이는 대로가 아님을 살펴보라고 저한테 경고한 거였어요. 부인이 깨닫고 있든 아니든 대단히 절제된 표현이었죠. 저는 부인이 레이첼에게 불리한 증언을 했다 해도, 레이첼이 마녀라는 데 심각한 의문을 품었을 거예요."

"그 부인이 무죄라는 걸 코빗 씨가 그렇게 분명히 알고 있다면, 왜 판사님은 모르시죠?"

"복잡한 문제네요."

매튜가 말했다.

"그건 나이와 인생 경험과도 연관이 있어요……. 이 경우에는, 그 두 가지 모두가 명료한 사고를 하는 데 방해가 되는 것 같아요. 아니면, 이렇게 말해야 할까요. 구불구불한 밭을 똑바로 가는 일 이상의 것을 생각하는 데 방해가 된다고. 부인께서 처음 제게 멋지게 표현해주셨던 말씀을 인용하자면요. 자, 이제 지도를 마저 찾게 허락해주시겠어요?"

"아뇨."

네틀즈 부인이 대답했다.

"그걸 찾는 데 그렇게 열을 올린다면 제가 가르쳐줄게요."

부인은 등잔을 집어 책상 뒤의 벽에 불빛을 비췄다.

"저기 걸려 있어요."

정말로 벽에 갈색 양피지로 된 지도가 나무 액자에 담겨 걸려 있었다. 가로 약 40센티미터에 세로 약 25센티미터의 지도로, 런던 부둣가에서 항해하는 배를 그린 그림 옆에 걸려 있었다.

"오."

매튜가 멋쩍어하며 말했다.

"저……, 감사합니다."

"원하던 지도가 맞는지 확인해봐요. 저게 프랑스어라는 건 알지만, 눈여겨보지는 않았어요."

네틀즈 부인이 매튜에게 등잔을 건네주었다.

매튜는 첫눈에 그것이 자신이 원하던 지도라는 걸 알았다. 그것은 큰 지도의 한 부분으로, 파운트로열에서 북쪽으로 대략 50킬로미터 정도 떨어진 곳에서부터 희미한 펜글씨로 'Le Terre Florida('플로리다 영토'라는 뜻의 프랑스어-옮긴이)'라고 쓰인 곳까지의 지형이 그려져 있었다. 파운트로열과 스페인 영토 사이에는 광활한 숲과 여기저기 흩어져 있는 빈터들, 구불구불한 강들, 그리고 수많은 호수들이 고풍스런 글씨로 표시되어 있었다. 하지만 그것은 상상의 지도이기도 했다. 이 지도를 그린 사람은 크라켄(노르웨이 앞바다에 나타난다는 전설의 괴물-옮긴이)처럼 생긴 어느 호수에 'Le Lac de Poisson Monstre('물고기 괴물의 호수'라는 뜻의 프랑스어-옮긴이)'라는 이름을 붙였다. 나무 기호가 아닌 풀과 물의 기호로 표시된 늪지대가 파운트로열에서 플로리다에 이르기까지 해안선을 따라 쭉 펼쳐져 있었고, 그 이름은 'Marais Perfide('믿을 수 없는 늪'이라는 뜻의 프랑스어-옮긴이)'였다. 그리고 파운트로열에서 남서쪽으로 80에서 100킬로미터 정도 떨어진 곳의 숲 한가운데에도 늪지대가 있었는데, 'Le Terre de Brutalitie('야만의 땅'이라는 뜻의 프랑스어-옮긴이)'라는 이름이 붙어 있었다.

"도움이 되나요?"

네틀즈 부인이 물었다.

"기가 죽네요."

매튜가 말했다.

"하지만, 네. 상당히 도움이 되겠어요."

매튜는 파운트로열로부터 남서쪽으로 16에서 20킬로미터 정도 떨어진 황무지 가운데에 있는 공터를 눈여겨보았다. 이 지도의 기이하고 왜곡된 축척을 믿자면 공터의 길이는 6킬로미터 정도 되어 보였다. 그곳에서 남쪽으로 몇 킬로미터 떨어진 곳에 또 다른 공터가 있었는데, 그 가운데에는 호수가 있었다. 세 번째 공터는 그중 가장 큰 것으로 남서쪽으로 닿아 있었다. 이것들은 마치 원시의 거인이 남겨놓은 발자국 같았고, 만일 이 빈 땅들이 존재한다면, 아니면 적어도 믿지 못할 만큼은 아닌 황무지가 진짜로 있다면, 플로리다까지 가장 덜 험난한 경로가 될 것 같았다. 아마도 이것이 솔로몬 스타일즈가 말했던 '최단 경로'일지 모른다. 어떻든 간에, 누구도 발을 들이지 않은 숲을 하루하루 헤매며 지나는 것보다는 덜 위험해 보였다. 지도 위에는 또 'Indien?('인디언'을 프랑스어로 표기한 것-옮긴이)'이라는 작은 글자가 세 군데 쓰여 있었고, 그중 가장 가까운 것이 파운트로열에서 남서쪽으로 30킬로미터 정도 되는 곳에 있었다. 매튜는 그 물음표가 살아 있는 인디언을 보았거나, 인디언의 물건을 발견했거나, 아니면 인디언들이 북을 치는 소리를 들었다거나 하는 것을 표시해놓은 것이리라고 추측했다.

쉽지 않을 것이다. 솔직히 말하자면, 끔찍하게도 어려울 것이다.

플로리다에 도달할 수 있을까? 그래, 갈 수 있을 것이다. 방향을 남서, 남, 남서로 잡고, 숲이 별로 없는 거인의 발자국들을 이어나가면 된다. 하지만 이전에 고민했듯이, 매튜는 야외 생활에 강한 사람이 아니었다. 단순히 태양의 각도를 잘못 계산하는 것만으로도 그와 레이첼은 '야만의 땅'에 들어가게 될 수도 있었다.

그런데 혹시 모든 곳이 '야만의 땅'인 것은 아닐까?

이건 정신 나간 짓이다! 갑자기 현실적인 분노가 매튜를 덮쳤다. 이건 완전히 정신 나간 짓이다! 어떻게 이런 짓을 하겠다는 생각을 할 수가 있을까? 그 무시무시한 숲에서 길을 잃는 것은 수천 번 거듭거듭 죽는 것이나 마찬가지다!

매튜는 등잔을 네틀즈 부인에게 건네주었다.

"고마워요."

매튜는 자신의 목소리에서 패배의 체념을 들었다.

"그렇고말고요."

네틀즈 부인이 등잔을 받아 들며 말했다.

"저곳은 아주 고약한 곳이라고요."

"고약한 것 이상이에요. 불가능해 보여요."

"그럼 이제 생각을 접는 건가요?"

매튜는 손으로 이마를 훔쳤다.

"네틀즈 부인, 제가 뭘 해야 할까요? 저한테 말해주실 수 있으세요?"

네틀즈 부인은 고개를 저었다. 그녀는 매튜를 연민의 눈으로 바라보았다.

"미안해요. 하지만 해줄 말이 없네요."

"아무도 말해줄 수 없어요."

매튜가 힘없이 말했다.

"아무도. 나 자신만 빼고요. '누구도 혼자가 아니다'라는 말이 있지만…… 적어도 저는 제가 고립무원인 것처럼 느껴져요. 레이첼은 서른 시간 안에 화형대로 끌려갈 거예요. 저는 레이첼이 무죄인 걸 알아요. 하지만 레이첼을 풀어주기 위해서 할 수 있는 게 없어요. 그러니…… 제가 뭘 해야 할까요? 플로리다로 달아나기 위한 정신 나간 계획을 짜는 것 말고 말이에요."

"그 여자를 잊으면 돼요."

네틀즈 부인이 말했다.

"코빗 씨 인생을 계속 살아가는 거예요. 죽을 사람은 죽게 놔두고."

"합리적인 대답이네요. 하지만 제 일부분도 월요일 아침에 같이 죽을 거예요. 제 안의 정의를 믿는 부분이요. 그게 죽는 순간, 네틀즈 부인, 저는 한 푼어치의 가치도 없는 사람이 될 거예요."

"곧 회복될 거예요. 다들 그렇게 살아요. 그래야 하니까."

"다들 그렇게 살죠."

매튜가 조롱 어린 목소리로 씁쓸하게 되뇌었다.

"아, 그래요. 사람들은 그렇게 살아요. 절름거리는 정신과 무너진 이상을 가지고, 그렇게 살아가요. 그리고 해가 갈수록 무엇이 자신을 절름거리게 하고 무너뜨렸는지를 잊어버려요. 사람들은 점점 늙어가면서 그걸 그냥 당당하게 받아들이죠. 마치 절름거리고 무너지는 것이 왕으로부터 하사받은 선물인 것처럼. 그러고는 한때 그들이 가졌던 희망 어린 정신과 거대한 이상을 품은 젊은 영혼들을 어린 바보로 여기는 거죠……. 모든 것은 절름거리고 무너져 내려요. 왜냐하면 사람들은 그렇게 살아가니까요."

매튜는 네틀즈 부인의 눈을 바라보았다.

"말씀해보세요. 그럼 인생의 목적은 뭔가요? 진실이 옹호받을 만한 가치가 없다면? 정의가 텅 빈 조개껍데기일 뿐이라면? 아름다움과 우아함이 불에 타 재가 되고, 악이 그 불꽃 안에서 기뻐한다면? 저는 그날 울어야 할까요? 정신을 놓아버릴까요? 아니면 영혼을 버리고 환호하는 사람들과 기쁨을 나눌까요? 제 방 안에 앉아 있어야 하나요? 아니면 긴 산책을 떠나야 하나요? 그 연기 냄새를 맡지 않으려면 어디로 가야 하나요? 저도 그냥, 다른 사람들처럼,

살아가야 하나요?"

"선택의 여지가 없는 것 같네요."

네틀즈 부인이 엄하게 말했다.

매튜는 대답을 하지 않았다. 이 말에 담긴 쇠처럼 단단한 진실이 그를 후려쳤다.

네틀즈 부인이 한숨을 쉬었다. 부인은 고개를 숙였고, 등불 빛에 거대한 그림자가 드리워졌다.

"방으로 돌아가요. 지금은 할 수 있는 게 없으니까."

매튜는 고개를 끄덕이고 불이 꺼진 등잔을 집어 들었다. 그리고 문 쪽으로 두 걸음을 걸어가다가 잠시 주저했다.

"아시겠지만…… 저는 정말로, 적어도 잠깐 동안은, 할 수 있을 거라고 생각했어요. 아마 할 수 있을 거라고요. 제가 죽도록 열심히 노력한다면."

"뭘 말이에요?"

"레이첼의 수호자가 되는 거요."

매튜가 아쉬워하며 말했다.

"그리고 솔로몬 스타일즈가 도망친 노예 둘, 그 남매에 대해 얘기했을 때, 그리고 그들이 거의 플로리다까지 갈 뻔했다고 말했을 때…… 저는…… 가능할 거라고 생각했어요. 하지만 불가능하죠. 안 그래요? 가능했던 적이 없었죠. 이제 잠자리에 들어야겠어요. 그렇죠?"

매튜는 푹 잠이 들면 일 년 정도는 지나, 수염이 덥수룩한 모습으로 시간이 흐른 것을 잊은 채 깰 수 있을 것 같다는 생각이 들었다.

"안녕히 주무세요. 아니, 이제는…… 아침 인사를 드려야 하나요?"

"남매?"

네틀즈 부인이 당혹스러운 표정으로 말했다.

"지금 그 얘기…… 도망친 노예 두 명……. 오, 이 마을이 세워지고 첫해에 있었던 일 얘기인가 보군요."

"맞아요. 스타일즈가 첫해의 일이라고 했어요."

"플로리다까지 거의 다 갔었대요? 코빗 씨, 그 아이들은 어린아이들이었어요!"

"아이들이요?"

"그래요. 오클리 리브스하고 동생 둘신. 엄마가 죽고 나서 도망을 쳤던 걸로 기억해요. 여자아이는 주방 일을 했어요. 남자아이가 열세 살이었고, 여자아이는 채 열두 살이 안 됐었어요."

"뭐라고요? 하지만…… 스타일즈가 그들에게 족쇄를 채웠다고 했는데. 저는 어른일 거라고 생각했는데요!"

"아, 족쇄는 채웠죠. 남자아이가 다리를 절었는데도요. 두 아이 모두 마차에 태워져 어디론가 실려갔어요. 두 아이가 따로따로 팔려간 것까지는 아는데, 그 뒤에 어떻게 됐는지는 모르겠네요."

"아이들이라고요."

매튜가 되뇌었다. 그는 이 새로운 정보에 충격을 받아 눈을 깜박거렸다.

"오, 하느님. 만일 어린아이 둘이 그 거리를 걸어갈 수 있었다면……."

매튜는 네틀즈 부인의 손에서 등잔을 낚아채 다시 프랑스 탐험가의 지도를 살펴보았다. 그의 조용한 집중은 점점 강도가 높아졌다.

"그 아이들은 절박했어요."

네틀즈 부인이 말했다.

"저보다 절박하려고요."

"그 아이들은 살든지 죽든지 도망쳐야만 했죠."

"저는 레이첼이 살았으면 좋겠어요. 저 자신도 그렇고."

"그 아이들은 분명 누군가 도와주는 사람이 있었을 거예요. 어느 나이 많은 노예가 필요한 것들을 챙겨주었을 거라고요."

"그래요. 분명 그랬을 거예요."

매튜는 네틀즈 부인 쪽으로 몸을 돌렸다. 그의 눈은 강한 결의로 빛나고 있었다.

"저를 위해서 그 역할을 맡아주시겠어요, 네틀즈 부인?"

"아뇨, 안 해요! 그랬다간 저는 죽은 목숨이에요!"

"좋아요, 그럼. 제가 직접 필요한 물건들을 챙긴다면 절 배신하실 건가요? 성냥과 부싯돌, 칼, 저와 레이첼의 옷가지와 신발이 필요할 테고, 음식도 좀 필요하겠죠. 이런 물건들은 집에서 챙겨야 할 텐데."

네틀즈 부인은 대답하지 않았다. 그녀는 매튜를 노려보았다. 개구리 같은 초록색 얼굴에는 다른 감정 없이 두려움만이 떠올라 있었다.

"부인이 저에게 부탁했던 걸 부인께 다시 부탁드리는 거예요."

매튜가 말했다.

"오, 나의 증인이신 주님. 저는 코빗 씨가 그런 바보짓을 해서 아까운 젊은 목숨을 잃는 것을 두고 볼 수가 없어요. 판사님은 어쩌고요? 그분은 버릴 작정이에요?"

"부인의 증인이신 주님께, 우드워드 판사님을 회복의 길로 접어들게 해주신 것에 감사드려요. 그러나 회복 속도를 빠르게 하기 위해서 제가 할 수 있는 일은 없어요."

"그렇게 판사님을 두고 가버리면 회복을 망치고 말 거예요. 그 생각은 해본 거예요?"

"네, 사실 씁쓸한 선택이었어요. 판사님과 레이첼 사이에서 선택을 하는 것은. 하지만 그러면서 저는 저 자신을 찾았어요. 저는 판사님께 모든 것을 편지로 설명할 생각이에요. 판사님이 그 편지를 읽으시고 제 추론을 완전히 이해하시기를 바라야죠. 만일 그렇지 않다면…… 어쩔 수 없죠. 하지만 저는 판사님이 이해해주시기를 바라요. 그러시리라 믿어요."

"그건 코빗 씨 생각이죠. 변명치고는 형편없네요."

"스물네 시간 안에 필요한 걸 다 준비해야 해요. 해가 뜨기 전에 레이첼을 감옥에서 데리고 나와 떠나야 해요."

"바보짓이에요!"

네틀즈 부인이 말했다.

"그린한테 열쇠는 어떻게 얻을 생각이에요? 코빗 씨가 들락날락할 수 있게 그린이 문을 열어줄 리가 없잖아요!"

"거기에 대해서는 생각해봐야죠."

"그리고 어떻게 여길 나갈 거예요? 성문을 통해서?"

"아뇨. 늪지대를 지나서요. 노예들이 했던 것처럼."

"하! 8킬로미터만 갈 수 있어도 앵거스 맥쿠디 같은 행운의 사나이라고 해주겠어요!"

"그 사람이 누군지는 모르겠지만, 아마 부인 고향에서 유명한 행운아인 모양이죠. 만일 그게 축복이라면 받아들일게요."

매튜는 불 꺼진 등잔을 책상 위에 올려두고 손으로 지도 위에서 거리를 재보았다.

"나침반이 있어야겠어요. 나침반 없이는 방향을 찾을 수 없을 거예요."

그때 생각이 하나 떠올랐다.

"분명히 페인 씨가 나침반을 갖고 있었을 거예요. 내가 집을 좀 뒤진대도 그 사람은 신경 쓰지 않겠죠. 아, 네틀즈 부인, 저는 이 지도도 감옥에서 자유롭게 해줘야 할 것 같아요."

"그런 얘기는 저한테 하지 말아요. 알고 싶지 않으니까."

"그래도, 한동안은 그대로 놔둘게요. 제 계획을 광고하고 다닐 필요는 없으니까."

"사람들이 쫓아갈 거예요."

네틀즈 부인이 말했다.

"아마 스타일즈 씨가 일행을 이끌겠죠. 그 사람들이 재빨리 뒤쫓아 가서 코빗 씨를 사냥할 거예요."

"그 사람들이 왜 그래야 하죠? 레이첼과 저는 비드웰에게 아무런 가치도 없어요. 솔직히 비드웰은 레이첼보다 오히려 나를 더 이상 안 봐도 되는 게 기쁠걸요. 아마 간단한 수색 차원에서 스타일즈를 보낼 수는 있겠지만 그냥 형식적인 수색에 그칠 거예요."

"잘못 생각한 거예요. 비드웰 시장님은 물론 마을 사람들 모두가 호워스 부인이 화형당하는 모습을 보길 원해요."

"그 행사를 볼 사람들이 얼마나 남아 있을지 의문이군요."

매튜는 부인의 촛불로 자기 등잔의 양초에 불을 붙였다. 그러고 나서 부인의 등잔을 돌려주었다.

"레이첼을 그곳에 데려다주고, 안전한 장소나 마을이나 항구 같은 곳에요. 그리고 제가 돌아와서 비드웰 씨에게 모든 것을 설명하겠어요."

"잠깐만요."

네틀즈 부인이 미치광이를 보듯 매튜를 바라보았다.

"지금 뭐라고 했어요? 돌아온다고요?"

"맞아요. 레이첼은 플로리다에 데려다주겠지만, 저는 그곳에 머물고 싶지 않아요. 지도와 나침반을 따라 그곳에 갈 수 있다면 다시 올 수도 있겠죠."

"이 어린 바보 같으니! 그 사람들이 돌려보내줄 것 같아요? 아뇨! 절대! 스페인 사람들은 영국 국민인 코빗 씨에게 한번 발톱을 박으면 곧장 자기네 고향 나라로 보내버릴 거예요! 오, 호워스 부인에겐 공정하게 대하겠죠. 포르투갈 사람이니까. 하지만 코빗 씨에겐 춤추는 원숭이처럼 길거리에서 행진을 시킬걸요!"

"그들이 부인 표현대로 저한테 발톱을 박지만 않는다면 그렇게 못 하겠죠. 저는 레이첼을 마을이나 항구까지 데려다준다고만 했지, 제가 거기에 들어간다고는 얘기하지 않았어요. 오…… 한 가지 더 찾아야 할 게 있어요. 막대기랑 실이랑 갈고리요. 혹시 낚시를 해야 할지도 모르니까요."

"코빗 씨는 도시 청년이잖아요."

네틀즈 부인이 고개를 저으며 말했다.

"낚시에 대해서 뭘 알아요? 하긴, 저 황무지가 코빗 씨의 미친 생각을 금세 바로잡아줄 거예요. 코빗 씨와 그 불쌍한 부인이 들짐승에게 습격당해 굴 안에 누워 있을 때 하느님이 당신들을 도우시고 두 사람의 뼈를 축복해주시길 바라요!"

"잠들기 전에 떠올리기에 기분 좋은 상상이네요, 네틀즈 부인. 이제는 자리를 떠야겠어요. 오늘 하루는 할 일이 아주 많을 테니까요."

매튜는 등잔을 들고 문 쪽을 향해 가벼운 발걸음으로 걸어갔다.

"잠깐만요."

네틀즈 부인은 마룻바닥을 내려다보았다. 턱이 실룩거렸다.

"이걸 아직 생각하지 못했다면…… 호워스 부인 집에 가서 옷가지 같은 것들을 좀 챙기는 편이 좋을 거예요. 소지품은 아직 거기 그대로 있겠죠. 여벌 신발을 챙기고 싶다면…… 제가 도와줄게요."

"어떻게든 도와주신다면 정말 감사하겠어요."

네틀즈 부인이 날카롭게 매튜를 바라보았다.

"일단 좀 자고, 맑은 정신으로 다시 생각해봐요. 제 말 알겠죠?"

"그럴게요. 그리고 고마워요."

"고맙긴커녕 저를 저주해야 할걸요. 제가 코빗 씨 옆통수를 냄비로 후려치면 그때에나 감사하도록 해요!"

"그 말씀을 하시니 아침 식사가 생각나네요. 정확히 6시에 절 좀 깨워주시겠어요? 그리고 베이컨을 좀 넉넉히 주세요."

"네."

부인이 무뚝뚝하게 덧붙였다.

"알겠습니다, 코빗 씨."

매튜는 서재를 나와 자기 방으로 갔다. 그러고는 등불을 끄고 침대에 올라 어둠 속에 누웠다. 그는 네틀즈 부인이 복도를 따라 비드웰의 방으로 가 조용히 문을 여는 소리를 들었다. 잠시 조용해졌고, 그동안 매튜는 부인이 등불을 쳐들고 거의 제정신이 아닌 자기 주인이 잠이 든 것을 확인하는 모습을 눈앞에 그릴 수 있었다. 그러고 나서 부인이 다시 복도를 걸어 나와 계단을 내려가는 소리가 들렸고, 그 뒤로는 모든 것이 다시 조용해졌다.

잘 시간이 네 시간도 남지 않아서 곧장 잠이 들어야만 했다. 내일은 할 일이 정말 많았고, 그중 대부분은 남을 속이는 일일 뿐만 아니라 대단히 위험한 일이기도 했다.

그 열쇠를 어떻게 그린에게서 얻을 것인가? 아마 무슨 생각이든 떠오르겠지. 매튜는 그러길 바랐다. 나침반을 찾는 일도 매우 중요했다. 레이첼의 옷가지와 적절한 신발을 챙기는 것도. 음식은 말린 쇠고기가 적당할 것이다. 소금을 많이 친 것이면 그만큼 물도 많이 필요하게 될 테지만. 그리고 매튜는 판사에게 편지를 써야 했고, 그게 해야 할 일들 중에서 가장 어려운 일이 될 것이었다.

"오, 하느님. 제가 지금 무슨 짓을 하려는 걸까요?"

최소한 230킬로미터다. 걸어서. 도처에 위험이 도사리고 있는 냉혹한 땅을 지나, 오래전에 죽은 사람이 그린 지도를 보고 가장 어렵지 않은 길을 골라서. 그의 밤의 새를 자유롭게 놓아줄 그곳, 플로리다로 내려가는 것이다. 그리고 다시 돌아온다. 혼자서?

네틀즈 부인이 옳았다. 매튜는 빌어먹을 낚시에 대해서는 아는 게 없었다.

하지만 전에 그는 맨해튼의 항구에서 넉 달 동안 본능에 따라 생존한 경험이 있다. 그는 도시의 황무지에서 음식 부스러기, 훔친 물건, 쓰레기 더미를 놓고 싸워야 했다. 매튜는 그래야만 했기 때문에 그 모든 고난을 다 견뎌냈다. 쇼컴의 여관에서 도망쳐 판사와 함께 젖은 숲을 헤치고 진창을 건너온 여행에서도 그랬다. 그는 판사가 진흙탕 위에 잠시 앉아 쉬고 싶다고 했을 때도 계속 걷도록 종용했다. 그래야만 했기 때문에 그렇게 했다.

어린아이 둘이 플로리다에 거의 갈 뻔했다. 그리고 오빠가 발목이 부러지지 않았다면 성공했을지도 모른다.

가능하다. 가능해야만 한다. 다른 답은 없다.

하지만 의문이 여전히 매튜의 마음에 남아 있었고, 그 의문이 그를 너무 괴롭혀 잠들기가 힘들었다. 그 의문이란 이것이었다. 내가 지금 무슨 짓을 하는 걸까?

매튜는 따뜻한 자궁에서 힘든 현실 세계로 쫓겨나려는 아기처럼 옆으로 누워 몸을 둥글게 말았다. 그는 네틀즈 부인이 예언한 대로 자신의 뼈가 들짐승에게 씹히고 짐승의 소굴에 나뒹굴 것이 두려웠다. 그는 두려웠고, 두려움이 뜨거운 눈물이 되어 그의 눈을 달아오르게 했지만 눈물이 흐르기 전에 그것을 닦았다. 그는 수호자도 아니고, 모험가도 아니고, 낚시꾼도 아니었다.

하지만, 오, 하느님. 그는 살아남은 사람이었고, 레이첼도 살게 돕고 싶었다.

그것은 가능하다. 가능하다.

가능하다. 가능하다. 가능하다.

매튜는 스스로에게 백 번이라도 말할 준비가 되어 있었다. 하지만 태양이 떠오르고 첫 닭이 울 때에 매튜는 이 무자비한 어둠 속에 있을 때와 마찬가지로 두려울 터였다.

36

"매튜, 괜찮은 거냐? 진짜로 말이다."

매튜는 판사의 방 열린 창문 밖으로, 햇빛에 바랜 지붕과 호수의 반짝이는 푸른 물을 바라보고 있었다. 오후 무렵이었고, 마차 하나가 멀리 있는 성문을 빠져나가는 중이었다. 이날 아침 마차와 우마차의 행렬은 끊일 줄을 몰랐고, 우르릉거리는 바퀴와 천둥 같은 마소의 발굽들이 끝없이 노란 먼지를 일으켜 성문 근처의 공기를 얼룩덜룩하게 만들었다. 그 가운데 로버트 비드웰의 모습은 그저 처량할 따름이었다. 가발에는 먼지가 앉고 셔츠 자락은 밖으로 늘어진 채로, 하모니 거리에 서서 주민들에게 집에 남아 있으라고 애원을 했다. 결국 윈스턴과 존스톤은 그날이 안식일이었음에도 불구하고 비드웰을 반 군디의 주점으로 끌고 갔다. 주점 주인 반 군디마저도 자기 짐과 그 빌어먹을 기타를 마차에 싣고 파운트로열을 떠나버린 뒤였다. 그러나 아직도 주점에 술 몇 병 정도는 남아 있을 테고, 그 안에서 비드웰은 이미 예정된 실패의 괴로움을 덜 길을 찾고 있을 것이다.

새벽부터 파운트로열을 떠난 사람은 예순 명을 훌쩍 넘었다. 물론 시간이 지날수록 찰스타운에 도착하기 전에 밤을 맞이할 위험 때문에 떠나는 사람 수가 줄었지만, 분명히 그들 중에서도 마녀의 저주에 걸린 마을에서 하룻밤을 더 지내느니 밤 여행의 위험을 택할 사람들이 있었다. 매튜는 내일이 레이첼의 처형 날임에도 불구하고, 오늘과 비슷한 도주 행렬이 내일 해 뜰 무렵에도 있으리라 예상했다. 랭커스터의 집 문에 명료하게 쓰인 그 선언으로 인해 이웃 사람들 모두가 사탄의 종으로 보일 테니까.

오늘 교회는 비어 있었지만, 엑소더스 예루살렘의 캠프는 두려움에 떠는 사람들로 만원이었다. 예루살렘은 황금 단지를 찾았다고 생각할 게 뻔했다. 목사의 시끄러운 목소리가 폭풍이 몰아치는 바다의 파도처럼 높아졌다 낮아졌다 했고, 겁에 질린 청중의 울부짖음과 비명도 그와 함께 오르락내리락했다.

"매튜? 너 괜찮은 거냐?"

우드워드가 침대에서 다시 물었다.

"생각을 하고 있었어요."

매튜가 말했다.

"햇살이 이렇게 환히 비치는데도, 그리고 하늘이 저렇게 맑고 푸른데도…… 오늘은 참 흉한 날이라는 생각이 드네요."

매튜는 그렇게 말하면서 조금 전 열었던 덧문을 닫았다. 그러고는 판사의 침대 옆에 있는 의자로 돌아와 앉았다.

"무슨 일이……."

우드워드가 말을 멈췄다. 목소리는 여전히 약했다. 다시 목이 상당히 아파왔고 뼈도 쑤셨지만, 우드워드는 그런 걱정스러운 일을 마녀의 처형 전날 매튜에게 말하고 싶지 않았다.

"무슨 일이 있었느냐? 내 귀가 잘 들리진 않지만…… 마차 바퀴 소리를 들은 것 같은데…… 그리고 무척 소란스럽고."

"주민들 몇 명이 마을을 떠나기로 결심했어요."

매튜가 애써 무심함을 가장하며 설명했다.

"아마 화형하고 관계가 있겠죠. 거리에서 유감스러운 일도 있었어요. 비드웰 씨가 사람들이 떠나는 것을 말리려 했거든요."

"그래서, 성공했느냐?"

"아뇨."

"아, 불쌍한 영혼 같으니. 그 사람이 가엾구나, 매튜."

우드워드는 고개를 베개 위로 기댔다.

"그 사람은 최선을 다했어……. 악마도 최선을 다했고."

"네, 저도 같은 생각입니다."

우드워드는 매튜를 잘 보기 위해 고개를 돌렸다.

"우리는 최근에…… 많은 문제에 대해…… 의견이 달랐지. 거친 말을 했던 것이 유감스럽구나."

"저도 그래요."

"그리고…… 네가 어떤 기분이었을지도 잘 안다. 낙담하고 절망했겠지. 아직도 그 여자가 무죄라고 믿고 있으니까. 내 말이 맞느냐?"

"맞습니다."

"혹시라도…… 네 마음을 바꾸기 위해 내가 뭔가 할 수 있는 말이나 행동이 있을까?"

매튜는 우드워드에게 가볍게 미소를 지었다.

"제가 판사님 마음을 바꾸기 위해 드릴 말씀이나 행동은 없겠습니까?"

"없다."

우드워드가 단호하게 말했다.

"나는…… 이 문제에 관해서는 너와 같은 생각에 이를 일이 없을 것 같구나."

우드워드가 한숨을 쉬었다. 고통스러운 표정이었다.

"물론, 너는 동의하지 않겠지……. 하지만 너의 확실한 그 감정을 한옆에 내려놓고 사실을 직시하라고…… 나도 말해야겠다. 나는…… 사실들에 기인해서…… 판결을 내렸다……. 오로지 사실에 기인해서. 피고의 육체적인 아름다움이나…… 번드레한 말솜씨나…… 비뚤어진 지성이 아니라. 사실 말이다, 매튜. 나로서는…… 그 여자의 유죄를 선고하고, 그런 형벌을 선고하는 것 말고 달리 선택이 없었어. 이해하지 못하겠니?"

매튜는 대답하지 않았지만, 대신 꼭 쥔 두 손을 내려다보았다.

"나에게……."

우드워드가 나지막하게 말했다.

"……판사가 되는 것이 쉽다고 말한 사람은 아무도 없었어. 사실…… 내 스승은 나에게 그것이 쇠로 만든 망토라고 하셨지……. 한번 입으면 벗을 수 없는 망토. 그 말이야말로 진리 중의 진리지. 하지만…… 나는 공정하려고 애써왔고, 정확하게 판단하려고 애써왔다. 내가 더 이상 할 수 있는 일이 뭐가 있겠니?"

"없습니다."

"아, 그렇다면 아마도…… 결국 우리는 같은 생각을 하게 될지도 모르겠구나. 너는 이런 일들을 더 잘 이해할 테니까…… 네가 너의 쇠 망토를 입고 난 뒤에 말이다."

"제가 그럴 거라곤 생각지 않아요."

매튜가 불쑥, 판사가 말을 끝내기도 전에 대답을 했다.

"지금은 그렇게 말하지……. 하지만 지금 그 말은 네 젊음과 절망이 말하는 거다. 너의 그…… 옳고 그름에 대한 판단이 모욕을 당했다고 느낀 감정이. 너는 달의 어두운 면을 보고 있는 거다, 매튜. 죄수를 처형하는 것은…… 결코 행복한 경험이 아니야. 어떤 범죄든 상관없이."

우드워드는 눈을 감았다. 기력이 점점 쇠하고 있었다.

"하지만, 진실을 발견하고 무고한 사람을 풀어줄 수 있을 때의 그 기쁨…… 그 안도감이란……. 그것 하나만으로…… 쇠 망토는 정당화되는 거다. 너도 언젠가…… 때가 되면 알게 될 거야."

밖에서 누군가가 문을 두드렸다.

"누구세요?"

매튜가 말했다.

문이 열렸다. 쉴즈가 왕진 가방을 들고 문턱에 서 있었다. 이미 진료소에서 보긴 했지만, 매튜는 니콜라스 페인의 살인 사건 이후로 쉴즈의 얼굴이 수척해지고 눈이 푹 꺼졌다는 걸 알고 있었다. 쉴즈도 자신만의 쇠 망토를 입고서 애쓰고 있는 것 같았다. 땀에 젖은 얼굴이 우유처럼 창백했고, 안경알 너머로 확대되어 보이는 물기에 젖은 눈 주위는 붉어져 있었다.

"불쑥 와서 죄송합니다."

쉴즈가 말했다.

"판사님이 오후에 드실 약을 가져왔어요."

"들어오세요, 선생님. 들어와요!"

우드워드가 자신을 치료해줄 토닉의 맛을 기대하며 몸을 일으켜 앉았다.

매튜는 의자에서 일어나 쉴즈가 약을 줄 수 있도록 비켜주었다. 어제에 이어 오늘 아침에도 파운트로열에서 있었던 일을 언급하지 말라고 쉴즈에게 주의를 주었는데, 쉴즈는 그런 주의가 필요 없을 정도로 눈치가 빨랐다. 쉴즈는 매튜의 말에 동의하며, 설령 판사가 기력을 회복하고 있는 것처럼 보여도 아직은 그런 좋지 않은 소식으로 그의 건강에 부담을 주지 않는 것이 현명하다고 했다.

약을 삼킨 우드워드는 밀려드는 소중한 잠에 다시 빠지기를 기다렸고, 매튜는 쉴즈를 따라 복도로 나가 방문을 닫았다.

"말씀해보세요."

매튜가 목소리를 낮춰 물었다.

"솔직하게, 최선의 의견을 말씀해주세요. 판사님이 언제쯤 여행을 하실 수 있을까요?"

"판사님은 매일매일 좋아지고 계셔."

쉴즈는 콧잔등으로 미끄러져 내려오는 안경을 다시 올렸다.

"토닉에 반응이 있어서 상당히 기쁘네. 모든 게 제대로 진행된다면…… 아마 두 주 정도가 걸리지 않을까 싶은데."

"모든 게 제대로 진행된다니 무슨 말씀이세요? 이제 위험은 벗어나셨잖아요?"

"판사님의 상태는 아주 심각했어. 자네도 알겠지만 목숨이 위태로울 정도로. 위험을 벗어났다고 말하는 건 상황을 지나치게 단순하게 생각하는 거야."

"그 토닉에 반응이 나타나서 기뻐하신다고 생각했는데요."

"그래."

쉴즈가 힘을 주어 말했다.

"하지만 그 토닉에 대해서 자네한테 할 말이 있네. 그 토닉은 내가 가진 약재들로 직접 만든 거야. 나는 의도적으로 내가 만들 수 있는 가장 센 약을 만들어서, 판사님의 몸의 혈류를 촉진시키고 그래서……."

“네, 네.”

매튜가 끼어들었다.

“그 고인 피 얘기는 다 알아요. 그래서 토닉이 뭐 어떻다고요?”

“그건…… 이 말을 어떻게 해야 하나……. 아주 극단적인 실험이었어. 그런 배합을 전에는 한 번도 해본 적이 없었지. 그렇게 강한 약은.”

매튜는 그제야 의사가 뭘 말하려는지 대략 짐작이 갔다.

“계속하세요.”

“그 토닉은 판사님이 기분이 좋게 느껴지도록 배합한 거야. 고통을 줄여주려고. 그래서…… 인체의 자연적인 치유 과정을 깨우려고.”

“다시 말하면…….”

매튜가 말했다.

“강한 마약을 써서 낫고 있다는 환상을 심어준 건가요?”

“강하다는 말은…… 좀…… 절제된 표현이고. 정확히 말하자면 ‘어마어마하다’고 해야 할까.”

“그럼 그 마약이 없으면 판사님은 이전 상태로 되돌아간단 말인가요?”

“그건 모르지. 확실한 건 열이 많이 내렸고 호흡도 상당히 편해졌다는 거다. 목 상태도 많이 나아졌어. 자네가 나한테 요구한대로 해준 거야. 판사님을 죽음의 문턱에서 데리고 나온 거지……. 그 대가로 토닉에 의존하게 됐지만.”

“그 말은…….”

매튜가 엄하게 말했다.

“판사님이 토닉을 만들어주는 사람에게도 의존하게 되었다는 뜻이군요. 제가 앞으로 니콜라스 페인의 살인자를 추적하고 싶어질 경우를 대비해서."

쉴즈는 이 말에 움찔했다. 그러고는 목소리를 낮추라는 뜻으로 손가락을 입에 가져다댔다.

"아니, 그건 아냐."

쉴즈가 말했다.

"맹세할 수도 있어. 그건 내가 토닉을 만드는 것과는 관계가 없어. 내가 말했듯이, 나는 내가 가진 재료로 토닉을 만들었어. 그 역할에 충분하다고 판단되는 강도로. 그리고 페인에 관해서는…… 가능하다면 내 앞에서 그 사람에 관해서는 얘기하지 말아주게. 이건 부탁이 아니라 명령이야."

매튜는 쉴즈의 눈에서 칼날이 비틀리는 듯한 고통을 보았다. 그 고통은 순간적이어서 나타났을 때처럼 순식간에 사라졌다.

"좋아요, 그럼. 이제 어떻게 할 거예요?"

"내 계획은 화형이 끝나고 나면 약의 농도를 묽게 하는 거야. 하루에 세 번 계속 복용하지만, 그중 한 번은 세기를 반으로 낮추는 거지. 그러고 나서 제대로 진행이 되면, 두 번째 약도 농도를 반으로 줄일 거야. 판사님은 강한 분이시고 체질도 강해. 몸도 자정작용을 일으키며 계속 좋아지리라 기대하고 있어."

"메스와 유리컵은 다시 쓰지 않을 거죠?"

"그래. 그 다리는 이미 건너왔어."

"찰스타운으로 모시고 가는 건요? 여행을 견딜 수 있을까요?"

"가능할지도. 가능하지 않을지도. 나는 말 못 하겠다."

"그분을 위해 달리 더 할 수 있는 일은 없을까요?"

"없어."

쉴즈가 말했다.

"그분께 달렸어……. 그리고 하느님께 달려 있고. 하지만 지금은 상태가 많이 좋아졌고 숨도 훨씬 더 편하게 쉬고 있어. 사람들과 대화도 나눌 수 있고. 편안한 상태야. 이런 날씨에…… 내가 가지고 있는 약만으로……. 나는 이걸 기적이라고 부르겠다."

"그래요."

매튜가 말했다.

"물론 저도 동의해요. 저는…… 쉴즈 씨가 한 일에 대해 감사하지 않는다는 게 아니에요. 이런 환경에서 쉴즈 씨는 존경할 만한 기술을 보여주셨다고 생각해요."

"고맙네. 아마 이 경우에는 기술보다는 운이 더 작용했을 거야……. 하지만 나는 최선을 다했어."

매튜가 고개를 끄덕였다.

"아…… 린치의 시체는 검시를 마쳤나요?"

"그래. 혈액의 점도로 계산을 했는데 발견되었을 때부터 약 대여섯 시간 전에 죽었더군. 목에 있는 상처가 가장 눈에 띄지만 등에도 두 군데나 찔렸어. 아래 방향을 향해 있었고, 두 군데 모두 오른쪽 폐를 뚫었어."

"그럼 린치는 뒤에 서 있던 누군가에게 찔렸단 뜻인가요?"

"그랬을 거야. 그러고 나서 머리를 뒤로 젖히고 목에 상처를 낸 거겠지."

"린치는 책상 앞에 앉아 있었을 거예요."

매튜가 말했다.

"자기를 죽인 사람과 대화를 하면서요. 그러고는 바닥에 쓰러져 죽어가고 있을 때 목이 베인 거겠죠."

"그래. 사탄의 손으로. 아니면 알려지지 않은 어떤 악마의 손에 의해."

매튜는 그 일에 대해서는 쉴즈와 논쟁하지 않기로 했다. 대신 그는 주제를 바꿨다.

"비드웰 씨는요? 회복되셨나요?"

"유감스럽게도 아니다. 지금도 윈스턴과 주점에 앉아 있어. 지금까지 그렇게 취한 모습은 본 적이 없다. 그를 나무랄 순 없어. 그 사람 주위의 모든 것이 무너져 내리고 있고, 아직 드러나지 않은 마녀들이 더 있으니…… 마을은 곧 텅 비게 될 거야. 어젯밤 나도 잠이 들 때, 아주 잠깐밖에 못 잤지만, 성경을 침대 양 끝에 놓고 단검을 손에 쥐고 잤어."

쉴즈에게는 단검보다 메스가 더 강력한 무기일 거라는 생각이 들었다.

"두려워하실 필요 없어요. 이미 일은 일어났고, 여우는 이제 다른 일을 더 벌일 필요 없이 그냥 기다리기만 하면 되거든요."

"여우? 사탄 말이냐?"

"제가 말한 그대로예요. 실례할게요. 해야 할 일이 있어서."

"그래라. 저녁때 다시 보겠구나."

매튜는 자기 방으로 돌아갔다. 그는 물을 한 잔 마시고 오늘 이른 아침에 페인의 집에서 찾은 흑단 나침반을 집어 들었다. 그것은 굉장한 도구였다. 크기가 손바닥만 했고, 파란색 강철 바늘이 각도를 표시한 종이 카드 위에 놓여 있었다. 매튜는 나침반이 자기력의 좋은 예라는 것은 알고 있었다. 매튜가 완전히 이해하지 못하는 어떤 방법을 통해 자화(磁化)된 바늘이 항상 북쪽을 가리키는 것이다.

페인의 집은 사람 몸만 한 넓이의 마룻장을 들어내고 그 위에 다시 급하게 침대를 올려놓은 것만 빼면 아주 깨끗했다. 피 한 방울 묻지 않은 그곳에서 매튜는 여러 가지 것들을 찾아냈고, 갈색 면 가방에 그것들을 담아가지고 왔다. 18센티미터 정도 되는 날에 상아 손잡이가 달린 칼, 사슴 가죽 칼집과 허리띠, 그리고 앞코 부분에 3센티미터 정도 패딩을 덧댄 무릎까지 오는 부츠였다. 페인의 피스톨과 바퀴식 방아쇠를 조절할 때 쓰는 스패너도 찾았지만, 그 까다로운 무기를 장전하거나 발사하는 법에 관해서는 전혀 아는 게 없어서 선불리 피스톨을 사용했다간 자기 머리나 쏘기 십상일 것이다.

매튜는 할 일이 많았고, 이제는 결심이 섰다.

거의 정오가 될 무렵, 그때까지도 흔들리던 그의 결심은 더욱 단단해졌다. 매튜는 처형대가 세워진 밭으로 걸어가서, 실제로 장작더미에 올라가 화형대 위에 서보았다. 그곳에 서서 그 공포를 상상해보았지만, 그의 상상력은 완전한 장면을 떠올릴 만큼 충분하지는 않았다. 그는 파운트로열을 구할 수는 없었다. 하지만 적어도 레이첼의 목숨에 관해서는 여우를 속일 수 있을 것이다.

그것은 가능하다. 그리고 그는 그것을 하려고 한다.

매튜는 레이첼에게 계획을 알려주러 감옥으로 향했지만, 걸음이 점점 느려졌다. 물론 레이첼은 미리 알 필요가 있다……. 정말로? 만일 매튜의 결심이 오늘 밤 무너진다면, 레이첼은 어둠 속에서 영원히 오지 않을 수호자를 기다려야 하는데? 만일 매튜가 온갖 꾀를 다 써도 그린에게서 열쇠를 얻을 수 없게 된다고 해도, 레이첼은 자유에 대한 희망을 품고 기다려야 할까?

아니다. 그녀가 그런 고통을 겪게 하지는 않을 것이다. 매튜는 감옥에 닿기 한참 전에 발걸음을 돌렸다.

그리고, 자기 방에서, 매튜는 서류 상자를 들고 의자에 앉았다.

그는 상자를 열고 깨끗한 종이 세 장과 펜, 잉크병을 꺼냈다.

매튜는 잠시 생각을 가다듬느라 시간을 보냈다. 그러고 나서 그는 쓰기 시작했다.

아이작 우드워드 판사님께

이 편지를 발견하셨을 즈음에 저는 레이첼을 감옥에서 데리고 나왔을 겁니다. 제 행동이 판사님께 끼칠 괴로움에 대해서는 송구할 따름입니다. 하지만 제가 이렇게 하는 이유는, 증거를 제시할 수는 없지만, 그 여자가 무죄라는 것을 알기 때문입니다.

레이첼은 파운트로열을 무너뜨리려는 계획에서 졸개로 사용되었습니다. 그것은 '동물자기'라고 불리는 정신 조작에 의해 실행된 것이며, 저만큼이나 판사님도 혼란스러우시리라 생각합니다. 파운트로열의 쥐잡이꾼은 겉으로 보이는 그런 사람이 아니었고, 사실은 이 정신 조작의 대가였습니다. 그는 이를테면 허공에 그림을 그릴 수 있는 힘을 가지고 있었습니다. 그 그림은 현실처럼 보이지만, 몇몇 중요한 세세한 부분들이 빠져 있습니다. 제가 판사님과의 대화에서 지적했던 것 같은 그런 점들이요. 아, 안타깝게도 여기에 대해서는 어떠한 증거도 없습니다. 린치의 진짜 정체는 데이빗 스마이스 씨라는 레드불 극단의 배우가 알려준 것인데, 그 사람은 린치를…….

매튜는 멈췄다. 이건 완전히 미치광이의 헛소리다! 판사님이 이런 횡설수설한 글을 읽고 무슨 생각을 하시겠는가!

계속해. 매튜는 스스로에게 말했다. 그냥 계속해.

……몇 년 전 영국의 한 서커스단에서 알게 되었다고 합니다. 저는 더 이상 주절거려서 판사님을 놀라게 하고 싶지 않습니다. 그저 스마이스 씨와 극단이 마을을 떠났을 때 제가 진정으로 절망에 빠졌다는 사실만 말씀드리면 충분할 것 같습니다. 그 사람이 레이첼의 무죄를 증명할 제 마지막 희망이었거든요.

저는 비드웰 씨의 안전이 대단히 걱정됩니다. 린치를 살해한 자는 린치의 진짜 정체가 드러나기 전에 그를 죽였습니다. 그 살인자야말로 파운트로열을 무너뜨릴 계획의 배후에 있는 자입니다. 저는 그 이유를 알 것 같습니다만, 증거가 없으니 그건 중요하지 않습니다. 이제 비드웰 씨의 안전에 관해서 말씀드리자면, 만일 파운트로열이 조만간 완전히 망하지 않는다면 비드웰 씨의 목숨은 위험에 처하게 됩니다. 자신의 목숨을 구하기 위해서 비드웰 씨는 자기가 창조한 마을을 떠나야 할 것입니다. 이런 소식을 전하게 되어 무척 슬프지만, 윈스턴 씨가 비드웰 씨의 주위를 낮이고 밤이고 지키게 해야 합니다. 이건 매우 중요한 일입니다. 저는 윈스턴 씨를 신뢰합니다.

제가 미친 것도 아니고, 마법에 걸린 것도 아니라는 사실을 부디 믿어주세요, 판사님. 저는 정의가 이토록 무참히 짓밟히는 것을 두고 볼 수가 없으며 가만히 있지도 않을 것입니다. 저는 레이첼을 플로리다로 데리고 갑니다. 그곳에서 레이첼이 도망친 노예이거나 영국인에게 억류된 포로였다고 주장하면, 스페인 사람들이 레이첼을 보호해줄 겁니다.

네, 판사님의 고함 소리가 들리네요. 부디 진정하시고 제가 설명할 수 있게 해주세요. 저는 돌아올 계획입니다. 언제가 될지는 모르겠습니다만. 제가 돌아왔을 때 제게 무슨 일이 일어날지 상상이 안 됩니다. 그건 판사님의 판단에 맡기고, 저는 판사님의 자비 앞에 고개를 숙일 것입니다. 동시에, 저는 스마이스 씨가 나타나서 증언을 할 용기가 나기를 바랍니다. 그 사람이라면 판사님께 모든 것을 분명하게 설명할 수 있을 겁니다. 그리고 판사님, 정말 중요한 일이 하나 더 있습니다. 스마이스 씨에게 왜 그의 가족이 서커스단을 떠났는지 여쭤보세요. 그럼 많은 것을 이해하시게 될 겁니다.

말씀드렸듯이, 저는 돌아올 계획입니다. 저는 영국 국민입니다. 그리고 저의 권리를 포기하고 싶지 않습니다.

매튜가 잠시 멈췄다. 그는 다음에 쓸 내용을 생각해내야 했다.

판사님. 만일 어쩔 수 없는 일로, 또는 하느님의 뜻에 의해 제가 돌아오지 못한다면, 저는 지금 이 자리에서 제 인생을 조정해주신 것에 대해 판사님께 감사하고 싶습니다. 저는 판사님의 가르침과 저에게 들이신 노력, 그리고…….

계속해. 그는 스스로에게 말했다.

……판사님의 사랑에 감사합니다. 판사님은 그날 고아원에 아들을 찾으러 오시지는 않았을 겁니다. 그렇지만, 판사님은 아들을 찾으셨습니다.

좀 더 정확히 말하자면, 판사님, 판사님은 아들을 만드셨습니다. 살아 있다면 좋은 아들로 자랐을 토머스처럼, 저도 판사님께 좋은 아들이 되었다고 생각하고 싶습니다. 보시다시피, 판사님은 한 인간을 성공적으로 만들어내신 겁니다. 제가 저 자신에 대해 이렇게 당당하게 말할 수 있으니까요. 판사님은 제게 가장 훌륭하다고 여겨지는 품성들을 주셨습니다. 나 자신의 가치와 다른 사람의 가치를 아는 것 말입니다.

제가 그런 가치를 이해하기 때문에 레이첼을 감옥에서 풀어주고 부당한 운명에서 놓아주기로 선택한 것입니다. 이런 결정을 한 것은 다른 누구도 아닌 바로 저 자신입니다. 제가 오늘 밤 그녀를 풀어주기 위해 감옥에 가면, 그녀는 제 의도를 알지 못할 것입니다.

레이첼이 무죄라는 사실을 판사님이 알 방법은 없었습니다. 판사님은 이런 종류의 사건들에 대해서 원칙을 고수하고 법의 가르침을 따라왔습니다. 따라서 판사님은 판사님이 내리실 수 있는 유일한 결론에 도달하셨고, 그에 따른 행동을 취하셨습니다. 오늘 밤 제 계획을 실행하면서, 저는 저 자신의 쇠 망토를 입고 저에게 주어진 단 하나의 임무를 수행할 것입니다.

말씀드릴 것은 이게 전부인 듯합니다. 판사님께 건강과 장수와 엄청난 재운이 있기를 기원하며 이 글을 마칩니다. 미래의 어느 날에 판사님을 다시 뵙고 싶습니다. 다시 말씀드리는데, 비드웰 씨의 안전에 주의를 기울여주세요.

판사님의 충실한 종으로 영원히 남겠습니다.

매튜……

매튜는 이름 뒤에 자신의 성을 쓰려다가, 대신 마침표를 찍었다.

매튜.

매튜는 편지를 조심스럽게 접고, 비드웰의 서재 책상에서 가져온 봉투에 넣었다. 그는 봉투 앞면에 '우드워드 판사님께'라고 적고, 초에 불을 붙인 뒤 촛농을 몇 방울 떨어뜨려 봉투를 봉했다.

끝났다.

늘 그렇듯 저녁이 되었다. 엷어지는 자줏빛 황혼에 붉은 태양이 빛을 더할 때, 매튜는 등잔을 들고 걸어 나갔다.

걸음걸이는 느긋했지만 매튜는 죽어가는 마을의 황혼 녘 풍경을 보는 것 외의 다른 목적이 있었다. 그는 저녁 식사를 하면서 네틀즈 부인에게 한니발 그린이 사는 곳을 물었고, 간단하고 탐탁지 않은 설명만 듣고 곧장 그 길로 향했다. 교차로와 호수에 근접한 흰 칠을 한 작은 집이 인더스트리 거리에 서 있었다. 고맙게도 그곳은 불을 피운 예루살렘의 캠프에서 그리 멀지 않아서 밤의 악마를 저지하기 위한 외침과 날카로운 탄식 소리가 시끄럽게 들려왔다. 그린의 집 오른쪽, 잘 정돈된 정원에는 꽃과 허브가 자라고 있었다. 그 거인 간수가 다양한 취미를 가진 남자거나, 아니면 원예에 재능을 가진 아내가 있거나 둘 중 하나였다.

창 덧문들이 삐걱거리며 조금 열렸다. 노란 불빛이 안에서 흘러나왔다. 매튜는 사람들이 아직 살고 있는 집들은 대부분 덧문이 닫혀 있음을 눈치챘다. 분명 이 따스한 저녁에 예루살렘 목사가 지금 마구 도리깨질을 해대고 있는 악마가 집 안으로 침입하는 것을 막기 위해서일 것이다. 거리는 어슬렁거리는 개 몇 마리와 여기에서 저기로 허둥대며 가는 몇몇 사람을 빼고는 거의 텅 비어 있었다. 게다가 깜짝 놀랄 만큼 수많은 마차에 가구와 가재도구, 양동이 같은 것들이 실려 있는 모습이 눈에 띄었다. 아마 해가 뜨면 바로 출발하기 위해 미리 준비해놓은 듯했다. 오늘 밤 얼마나 많은 가족들이 맨바닥에서 잠을 못 이루며 새벽까지 뒤척일는지.

매튜는 인더스트리 거리 한가운데 서서 그린의 집에서부터 비드웰의 저택까지 훑어보고, 그 자리에서 창문들이 보이는지를 확인했다. 그러고 나서 스스로 발견한 것에 만족하며 갔던 길을 다시 되돌아왔다.

매튜가 저택에 도착했을 때 윈스턴과 비드웰은 거실에 있었다. 윈스턴이 장부에 적힌 숫자들을 읽는 동안 비드웰은 핼쑥한 얼굴로 눈을 감고 의자에 앉아 있었다. 빈 술병이 비드웰의 옆 마룻바닥에 굴러 다녔다. 매튜는 비드웰의 기분이 어떤지 물어보려고 거실로 들어갔지만 윈스턴이 경고의 손짓을 했다. 윈스턴은 말없이 표정으로 파운트로열의 주인이 매튜를 보는 것을 반기지 않을 거라고 전했다. 매튜는 뒤로 물러나 조용히 계단을 올랐다.

방에 들어선 매튜의 눈에 옷장 위에 놓인 보따리가 들어왔다. 흰 방수 종이로 싼 보따리를 풀자 그 안에는 딱딱한 검은 빵 한 덩어리, 주먹만 한 크기의 말린 쇠고기, 소금에 절인 얇게 썬 햄 열두 장, 소시지 네 개가 들어 있었다. 또 침대 위에는 양초 세 개, 성냥한 상자와 부싯돌, 코르크 마개로 막은 물이 든 유리병, 끝에 작은 납추가 달린 동물 창자로 만든 가는 줄이 있었다. 줄의 끝에는 갈고리가 묶여 있었고, 갈고리 끝에는 찔리지 않도록 작은 코르크 조각이 꽂혀 있었다. 네틀즈 부인은 할 수 있는 만큼 최선을 다해준 것이었다. 막대기를 찾는 것은 매튜의 몫이었다.

그날 밤 늦게, 쉴즈가 도착해서 판사에게 세 번째 약을 주었다. 매튜는 자기 방에 남아 침대에 누워서 천장을 바라보고 있었다. 아마 한 시간쯤 지났을까, 비드웰의 취한 목소리가 계단을 타고 올라왔고, 그와 함께 비드웰의 발소리와 그를 부축하는 사람들의 발소리도 들려왔다. 발소리로 보아서는 두 사람인 듯했다. 저주처럼 레이첼의 이름을 내뱉는 말이 들렸고, 신의 이름도 헛되이 불려졌다.

비드웰의 목소리가 점차 조용해지다가 마침내 잠잠해졌다.

화형 전날 밤, 저택 안 사람들은 모두 뒤척이면서 잠이 들었다.

매튜는 기다렸다. 마침내, 한참 동안 아무 소리도 들리지 않았고 그의 생체 시계는 자정이 지났음을 알렸다. 매튜는 숨을 들이마셨다가 내뱉고 자리에서 일어섰다.

무서웠지만, 이제 준비가 되었다.

매튜는 등잔에 불을 밝힌 뒤 옷장 위에 올려두고 세수와 면도를 했다. 이제 또 세수를 할 기회는 아마도 몇 주 뒤에나 있을 것이었다. 매튜는 실내용 변기를 이용하고, 손을 씻고 깨끗한 갈색 양말을 신고, 모래색 바지와 깨끗한 흰 셔츠를 입었다. 그리고 양말들을 잘라 부츠의 앞코에 채워 넣었다. 매튜는 발을 부츠에 밀어 넣고 종아리까지 편안하게 끌어 올렸다. 가방은 음식과 다른 물건들을 채워 넣어 어쩔 수 없이 무거워졌는데, 거기에 비누와 갈아입을 옷들을 더 집어넣었다. 매튜는 편지가 눈에 잘 띄도록 침대 위에 올려놓았다. 그러고 나서 가방의 끈을 어깨에 걸고 등잔을 집어 들고 조용히 문을 열었다.

극심한 공포가 순간 그를 덮쳤다. 아직 마음을 바꿀 수 있다. 두 걸음 뒤로 물러서서 문을 닫고…… 잊어버릴까?

아니다.

매튜는 등 뒤로 문을 닫고 복도로 나섰다. 그는 우드워드의 방으로 들어가 아까 아래층에서 가져다놓은, 양초가 두 개 든 등잔에 불을 밝혔다. 그러고는 덧문을 열고 등잔을 창틀에 놓았다.

우드워드는 나지막한 숨소리를 내고 있었다. 고통으로 인한 앓는 소리가 아니라, 정의로운 잠의 세상에 빠져 있음을 알려주는 소리였다. 매튜는 침대 옆에 서서 우드워드의 얼굴을 내려다보았다.

판사가 아니라, 고아원에 찾아와 매튜가 이전에 전혀 상상하지 못했던 삶으로 그를 이끌어준 남자의 얼굴을.

매튜는 애정을 담아 우드워드의 어깨를 포옹할 뻔했지만 참고 그 자리에 그대로 서 있었다. 우드워드는 다소 거칠긴 하지만 숨을 잘 쉬고 있었고, 입은 어느 정도 벌어져 있었다. 매튜는 신에게 이 선량한 사람의 건강과 행운을 지켜달라고 짧고 명료한 기도를 올렸다. 이제는 더 이상 머물 시간이 없었다.

비드웰의 서재에서 그 빌어먹을 마룻장이 또 삐걱거리는 바람에 매튜는 놀라 그 자리에서 튀어 오를 뻔했다. 매튜는 지도가 든 액자를 벽에 걸린 못에서 들어낸 뒤, 조심스럽게 지도만 액자에서 빼내어 접은 뒤 가방에 집어넣었다.

비드웰이 복도로 뛰쳐나오지 않도록 소리를 죽이며, 고통스러울 정도로 천천히 계단을 내려간 매튜는 거실에 잠시 들러 벽난로 위의 시계에 등불을 비췄다. 거의 12시 45분이 다 되어 있었다.

매튜는 저택을 나와 문을 닫고, 수백만 개의 별빛을 받으며 뒤돌아보지 않고 길을 나섰다. 행여 성문 파수꾼이 움직이는 물체를 보고 경고 종을 울릴까봐 등잔을 옆으로 낮게 들고, 몸으로 불빛을 가렸다. 물론 마을 안에 온밤을 깨어 있을 만큼 용감하거나 바보 같은 사람이 있을 것 같지는 않았지만.

교차로에서 매튜는 트루스 거리 쪽으로 방향을 틀어 곧장 호워스의 집으로 향했다. 버려진 집은 처참했고, 대니얼 호워스가 그 근처에서 잔인하게 살해되어 발견되었다는 사실 때문인지 더욱 으스스하게 느껴졌다. 등불을 앞세워 문을 열고 들어간 매튜는 목이 찢긴 유령이 레이첼을 찾아 영원토록 안에서 배회하고 있지는 않을까 하는 마음이 어쩔 수 없이 들었다.

그곳에 유령은 없었지만 쥐들은 살고 있었다. 비록 매튜가 환영할 만한 손님은 아니었지만, 그래도 반짝이는 붉은 눈과 씰룩거리는 수염 아래의 반짝이는 이빨들이 그를 반겼다. 쥐들은 자기 굴로 종종거리며 달아났다. 매튜가 본 것은 대여섯 마리에 불과했지만 쥐들이 내는 소리를 들어서는 귀족의 군대가 벽 안쪽을 온통 헤집고 있는 것 같았다. 집 안을 이리저리 뒤지다보니 숨겨둔 인형을 찾기 위해 들췄다는 마룻장이 보였다. 매튜는 등불을 앞세워 침대가 있는 다른 방으로 들어갔다. 시트와 담요가 레이첼이 끌려가던 3월의 어느 날 아침 모습 그대로 아직도 구겨진 채 반쯤 흘러내려 있었다.

매튜는 트렁크 두 개를 찾았다. 하나는 대니얼의 옷이, 다른 하나에는 레이첼의 옷이 들어 있었다. 매튜는 레이첼을 위해 드레스를 두 벌 골랐다. 둘 다 모두 긴 소매에 긴 치마였고, 둘 다 그녀의 취향에 맞는 옷들이었다. 하나는 크림색의 가벼운 재질로 따뜻한 날씨에 여행하기에 적당해 보였고, 다른 하나는 조금 더 빳빳한 짙은 파란색으로 험한 곳을 다닐 때 적당하겠다는 생각이 들었다. 트렁크 밑에 단순한 모양의 검은 구두가 두 켤레 있었다. 매튜는 그중 한 켤레를 가방에 넣고, 옷은 팔에 걸친 다음 그 슬픈 쇠락한 집을 지금 살고 있는 이들에게 기꺼이 넘겨주었다.

다음 행선지는 감옥이었다. 하지만 안으로 들어가지는 않았다. 아직도 넘어야 할 가장 큰 장애물이 있었다. 장애물의 이름은 한니발 그린이었다. 작은 땀방울이 매튜의 뺨과 이마에 맺혔다. 계획이 잘못될 경우에 대한 생각 때문에 배 속이 점점 꼬여갔다.

매튜는 옷가지와 가방을 감옥 뒤편의 무릎 높이쯤 되는 풀숲에 숨겨놓았다. 만일 모든 일이 그가 바라는 대로 진행된다면, 쥐들이 가방 안의 음식 보따리를 뒤질 시간이 그리 길지는 않을 것이다. 그런 다음 그는 눈앞의 임무에 전념하기로 하고 그린의 집을 향해 걷기 시작했다.

트루스 거리에서 서쪽으로 향해 가는 동안 매튜는 재빨리 주변과 뒤를 확인했다. 그리고 갑자기 걸음을 멈췄다. 심장이 거세게 뛰었다. 매튜는 뒤쪽을, 감옥을 바라보며 섰다.

불빛. 지금은 안 보였지만 매튜는 아주 잠깐, 길의 오른쪽에서, 아마 20에서 25미터 정도 떨어진 곳에서 불빛을 보았다고 생각했다.

그는 걸음을 멈추고 기다렸다. 심장이 너무 세게 뛰는 바람에 비드웰이 그 소리를 듣고 군부대가 북을 치며 밤길을 여행해 마을에 왔다고 생각하지는 않을까 겁이 날 정도였다.

만일 불빛이 정말로 있었다면, 그것은 사라졌다. 아니면 불빛을 보였던 누군가가 울타리나 벽 뒤에 숨었거나. 매튜는 으스스한 기분이 들었다.

그때 또 다른 생각이 들었는데, 그 생각이 맞는다면 결과는 더욱 참담했다. 만일 어느 주민이 매튜의 등불을 보고 집에서 나와 그의 뒤를 쫓은 것이라면? 그 사람은 아마도 매튜를 사탄이나, 아니면 그보다는 힘이 약한 악마로 착각하고, 이 죽음의 밤에 파운트로열을 배회하면서 또 다른 희생자를 찾고 있다고 생각할 터였다. 단 한 발의 총알로 매튜의 계획과 어쩌면 매튜의 인생까지도 끝장낼 수 있을 것이다. 하지만 단 한 마디의 비명으로도 충분히 같은 효과를 낼 수 있었다.

매튜는 기다렸다. 들고 있는 등불을 꺼야 했지만, 그건 앞으로 할 일들을 포기하겠다는 뜻이었다. 그는 어둠 속을 훑어보았다. 그곳에 정말로 불빛이 있었다면, 더 이상 보이지 않았다.

시간이 흐르고 있다. 할 일을 해야 했다. 매튜는 가끔씩 뒤를 살펴보며 걸었지만 누군가 그를 쫓고 있는 증거는 보이지 않았다. 곧 그는 그린의 집 앞에 도착했다.

이제 결정적인 순간이다. 만일 지금 실패하면 모든 것이 끝이다.

매튜는 두려움 한 덩어리를 삼키고 문으로 다가갔다. 그러고 나서 용기가 사라지기 전에, 주먹을 쥐고 문을 두드렸다.

37

"누구…… 누구요?"

매튜는 뒤로 물러섰다. 그린의 목소리는 정말로 겁에 질린 듯했다. 살인 사건이 만들어낸 공포는 사람들을 모두 각자의 집에 가두어놓고 있었다.

"매튜 코빗입니다."

매튜는 떨리는 그린의 목소리에 대담해졌다.

"전할 말이 있어서 왔습니다."

"매튜 코빗? 맙소사! 지금이 몇 시인 줄 알아?"

"네, 압니다."

지금이 바로 거짓말을 시작할 때였다.

"우드워드 판사님이 보내셔서 왔습니다."

이런 거짓말이 이 절박한 혀끝에서 술술 굴러 나오다니, 얼마나 놀라운지 몰랐다!

안에서 여자가 목소리를 한껏 낮춰 뭐라고 말했고, 그린은 거기에 대답을 했다.

"판사님의 서기야! 문을 열어줘야 해!"

빗장이 들리고 문이 삐걱거리며 열렸다. 그린이 밖을 내다보았다. 그의 갈기 같은 붉은 머리와 수염이 섬뜩한 느낌을 주었다. 밖에 매튜만 있을 뿐 2미터짜리 악마 거인 따위는 없다는 것을 확인하자 그린은 문을 좀 더 활짝 열었다.

"무슨 일이냐, 꼬마야?"

그린의 뒤에, 퉁퉁하지만 아주 못생기지는 않은 여자가 서 있는 것이 보였다. 그녀는 등잔을 한 손에 들고 다른 팔로는 두세 살 정도 된 눈이 동그란 붉은 머리의 아기를 안고 있었다.

"판사님께서 호워스 부인을 데려 오라고 하셨어요."

"뭐라고? 지금?"

"네, 지금."

매튜는 주위를 둘러보았다. 그린 집 주위의 다른 집들에는 불이 켜져 있지 않았다. 집에 사는 사람들이 겁에 질려 있거나 모두 버려진 집이었을 것이다.

"그 여자는 이제 서너 시간 뒤면 화형대로 가야 한다고!"

"그래서 판사님께서 지금 그 여자를 보시려고 하는 겁니다. 마지막 고백의 기회를 주시려고요. 법적으로 필요한 과정입니다."

다시 한 번, 능숙한 거짓말이었다.

"판사님께서 그 여자를 기다리고 계십니다."

매튜는 비드웰의 저택 쪽을 가리켰다.

그린은 매튜를 노려보았지만 미끼를 문 것 같았다. 그린은 긴 회색 잠옷을 걸치고 집에서 나왔다. 그는 저택 쪽을 바라보고 2층 창문에 불이 켜진 것을 보았다.

"판사님이 직접 감옥으로 가실 수도 있지만 너무 편찮으셔서요."

매튜가 설명했다.

"그래서 제가 그린 씨와 동행하여 감옥으로 가서 죄수를 꺼내고,

그 여자를 판사님께 데려가러 온 겁니다."

분명히 경악할 만한 요청이었지만 그린은 간수였고, 공적인 업무를 거절할 수는 없었다.

"좋아, 그럼."

그린이 말했다.

"잠깐 기다려. 옷 입고 나오마."

"한 가지 궁금한 게 있는데요. 오늘 감시탑에 사람이 있는지 아시나요?"

매튜의 말에 그린이 코웃음을 쳤다.

"너라면 오늘 밤에 저기 혼자 앉아 있을 수 있겠냐? 뭐가 들이닥쳐서 린치처럼 죽을지도 모르는데? 남자고 여자고 어린아이고 모두 다, 파운트로열에 남은 사람들은 전부 다들 문에 빗장을 걸고 덧문을 닫고서 집에 들어앉아 있을 거다!"

"저도 그렇게 생각했어요."

매튜가 말했다.

"그렇다면 부인과 아이를 홀로 두고 가셔야 하는 건 참 안된 일이네요. 지켜줄 사람도 없이 말이에요. 하지만, 이건 공적인 요청이니까요."

그린은 충격을 받은 얼굴이었다.

"그래, 그렇지. 이렇게 지껄여봤자 소용없어."

그린이 웅얼거렸다.

"그럼…… 제가 제안을 하나 할까요."

매튜가 말했다.

"지금은 상당히 위험한 때입니다. 그러니 그린 씨가 저에게 열쇠를 주세요. 그럼 제가 호워스 부인을 판사님께 데려가겠습니다. 아마 처형 시간 전에 그 여자를 다시 감옥으로 보낼 필요는 없을 거예요. 아, 저도 물론 피스톨이나 칼 없이 그 여자를 대면하고 싶지 않습니다. 뭐라도 갖고 계신 게 있나요?"

그린이 매튜의 얼굴을 바라보았다.

"잠깐."

그린이 말했다.

"들리는 말로는 네가 마녀랑 그렇고 그렇다던데."

"그런 얘기를 들으셨어요? 음…… 그러긴 했어요. 그랬다고요. 그 여자는 제가 감옥에 갇혀 있을 동안 제 눈을 멀게 했어요. 하지만 판사님의 도움으로 그 여자의 진짜 능력이 어떤 것인지를 깨달았어요."

"어떤 사람은 네가 악마로 변했다고 하던데."

그린이 말했다.

"루크리셔 본이 안식일에 목사의 캠프에서 그런 말을 했어."

"오…… 그 여자가 그래요?"

이 망할 여편네 같으니!

"그래. 네가 그 마녀와 결탁했다고도 했어. 그리고 예루살렘 목사는 네가 그 여자 육체를 탐한다고 그랬어."

분노가 치밀어 올라 매튜는 차분한 표정을 유지하기가 무척 힘들었다.

"그린 씨, 판결문을 마녀에게 전달한 게 접니다. 만일 제가 정말로 악마였다면 판사님을 홀려서 그 여자를 유죄라고 생각 못 하게 막았겠죠. 그럴 기회가 충분했는데요."

매튜가 말했다.

"목사가 판사님을 병들게 만든 게 너일 수도 있다고, 판사님이 선고를 내리기 전에 죽기를 바랐을 거라고 그러던데."

"설교의 주제가 저였나요? 그랬다면 최소한 제 이름을 들먹이며 벌어들인 돈 중 일부를 떼어달라고 해야겠네요!"

"설교 주제는 악마였어."

그린이 말했다.

"그리고 목숨이 붙어 있는 동안 이 마을을 떠나야 한다고도 했고."

"그 목사가 떠나고 난 뒤에도 그린 씨는 여전히 목숨을 부지할 수 있을 거예요. 하지만 지갑은 텅 비겠죠."

이야기가 자꾸 다른 길로 벗어나고 있었다. 좋지 않았다.

"하지만, 부탁합니다……. 지금은 판사님의 요청만 고려해주세요. 말씀드렸듯이 제게 열쇠를 주시면 제가……."

"안 돼."

그린이 말을 잘랐다.

"아무리 집을 떠나기 싫어도 죄수는 내 소관이야. 그리고 나 말고 다른 사람이 그 여자 감방 문을 열어선 안 돼. 내가 너와 그 여자를 판사님께 데려가야 해."

"음…… 그린 씨……. 여기 머물러 가족을 지켜야 하는 이유를 감안하셔서……."

하지만 매튜는 말을 끝맺지 못했고, 거인 간수는 몸을 돌려 집 안으로 들어갔다.

보잘것없던 매튜의 계획은 틀어지기 시작했다. 분명히 그린은 매튜의 의도를 의심하고 있었다. 또한 이 붉은 수염이 난 거대한 돌기둥은 사탄이 출몰하는 밤에 자기 아내와 아이를 홀로 남겨둬야 하는 지금 같은 상황에서도 자기 의무에 충실했다. 만일 매튜가 그를 저주하느라 그렇게 열심이지만 않았다면, 이 남자는 칭찬을 받아 마땅했을 것이다.

잠시 뒤에 그린이 바지 위에 셔츠를 입고 밑창이 묵직한 부츠를 신고 다시 나타났다. 그의 목에는 열쇠가 두 개 달린 가죽끈이 걸려 있었다. 그는 왼손으로 등잔을 들고 오른손에는 매튜의 마음을 불편하게 만드는, 소 대가리를 벨 때나 쓸 법한 칼을 들고 있었다.

"명심해."

그린이 아내에게 말했다.

"문은 무슨 일이 있어도 잠가둬! 그리고 누가 억지로 들어오려고 하면 있는 힘껏 소리를 지르라고!"

그린은 문을 닫았고 여자는 빗장을 걸었다.

"됐다. 이제 가자! 앞장 서!"

그린이 매튜에게 말했다.

이제 두 번째 계획을 실행할 차례였다.

그러나 문제는 두 번째 계획 같은 것은 없다는 것이다. 매튜는 앞장서서 감옥까지 걸어갔다. 확실하진 않았지만, 그의 뒷덜미에 닭살이 돋는 것으로 보아 그린이 칼끝을 목 뒤에 겨누고 있는 것 같았다. 개 짖는 소리가 하모니 거리에서 울리자 다른 개가 인더스트리 거리에서 그에 화답했고, 그 소리가 그린의 날카로운 신경에 편안한 노랫소리는 아닌 게 분명했다.

"왜 아무도 나한테 이 얘기를 안 해준 거야?"

그린이 감옥으로 가면서 물었다.

"이게 정말로 법적으로 필요한 절차라면 말이다. 낮에 하면 안 됐나?"

"법에서 명시한 바로는 마녀 재판의 피고는 처형이 있기 여섯 시간 전부터 적어도 두 시간 전까지는 고백의 기회가 주어져야 합니다. 그걸…… '고백 예법'이라고 해요."

예루살렘이 정화 의식을 한다면, 매튜는 자신도 비슷한 술수를 써먹을 수 있으리라고 생각했다.

"통상적으로 판사가 성직자를 대동하고 피고의 감방을 직접 방문합니다. 하지만 이번 경우에는 불가능하죠."

"그래, 말이 되는군."

그린이 인정했다.

"그래도 그게…… 왜 나한테는 아무도 말을 안 해줬지?"

"비드웰 씨가 말씀하시기로 되어 있었는데요. 안 하시던가요?"

"아니, 그분은 편찮으시니까."

"글쎄요."

매튜는 어깨를 으쓱했다.

"그래서 그렇게 됐나 보죠."

두 사람은 감옥으로 들어갔다. 여전히 매튜가 앞장선 상태였다. 레이첼은 불빛을 들고 온 사람에게라기보다는 불빛에게 말을 걸었다.

"때가 되었나요?"

그녀의 목소리에는 힘이 없었다. 운명을 체념한 듯했다.

"거의요, 부인."

매튜가 딱딱하게 말했다.

"부인에게 고백의 기회를 주기 위해서, 판사님께서 부인을 만나고 싶어 하십니다."

"고백?"

레이첼이 일어섰다.

"매튜, 이게 무슨 일이에요?"

"마녀는 스스로를 위해 침묵하십시오. 그린 씨, 문을 여세요."

매튜는 옆으로 물러나 열쇠가 돌아가면 무엇을 해야 할지 맹렬히 생각했다.

"저쪽으로 가 있어. 나한테서 떨어져."

그린이 지시했고, 매튜는 그 말을 따랐다.

레이첼이 창살로 다가왔다. 얼굴과 머리카락이 더러웠다. 호박색 눈이 매튜를 바라보았다.

"내가 물었잖아요. 이게 무슨 일이냐고요?"

"이승을 떠난 뒤 부인의 목숨에 관한 일입니다. 저승에서의 사후생애 말입니다. 그러니 이제 그만 말씀하십시오."

그린이 감옥 문을 열었다.

"좋아. 이리 나와."

레이첼이 창살을 붙잡고 머뭇거렸다.

"이건 '고배기 법'이라는 거야! 어서 나와! 판사님께서 기다리신다!"

매튜의 머리가 분주하게 돌아갔다. 그는 레이첼의 감방 안에 있는 두 개의 양동이를 보았다. 하나는 마실 물이 담겨 있었고 다른 하나는 신체 활동을 위한 것이었다. 글쎄……. 대단치는 않지만 그것이 매튜가 생각할 수 있는 전부였다.

"맙소사! 마녀가 우리를 거부하려나 본데요, 그린 씨! 저 여자가 안 나올 것 같아요!"

매튜는 말하면서 다급하게 손가락으로 레이첼에게 감옥 안쪽을 가리켜 보였다.

"제 발로 나오겠어요, 아니면 우리가 끌어낼까요?"

"나는……."

"맙소사, 그린 씨! 저 여자는 판사님을 거부하고 있어요! 마지막 순간까지도! 직접 나오겠어요, 아니면 일을 더 어렵게 만들겠어요?"

매튜는 마지막 말을 강조해서 말했다. 레이첼은 여전히 혼란스러운 듯했지만 매튜가 무엇을 원하는지는 알아챘다. 레이첼은 창살에서 떨어져 등이 벽에 닿을 때까지 뒷걸음질을 쳤다.

"매튜? 이게 무슨 장난인가요?"

레이첼이 말했다.

"당신이 후회할 장난입니다, 부인! 그리고 제게 그렇게 친한 척 말한다고 해서 그린 씨가 그 안에 들어가 당신을 끌어내지 못할 거라고는 생각지 마세요! 그린 씨! 시작해요!"

그린은 꼼짝도 하지 않았다. 그는 칼에 몸을 기댔다.

"나는 저기 들어가서 내 눈알을 긁히는 위험을 무릅쓰지는 않겠어. 아니면 그보다 더한 일이 있을지도 모르고. 저 여자를 그토록 원하니 네가 직접 들어가서 데리고 나와."

매튜는 바람이 그의 돛을 움직이는 것을 느꼈다. 술 취한 극작가가 가장 열을 올려가며 써낸, 최고의 가치를 지닌 익살극으로 장면이 전환되고 있었다.

"좋아요, 그럼."

매튜는 이를 악물고 손을 내밀었다.

"칼을 주세요."

그린의 눈이 가늘어졌다.

"제가 들어가서 저 여자를 끌어낼게요."

매튜가 재촉했다.

"저더러 무기도 없이 호랑이 굴에 들어가라는 겁니까? 기독교인의 자비심은 어디로 갔나요?"

그린은 아무 말도 하지 않고 움직이지도 않았다.

"매튜? 이게 도대체 무슨……."

레이첼이 말했다.

"쉿!"

매튜가 말했다. 그의 시선은 거인에게 고정되어 있었다.

"오오, 안 되지."

그린의 입가에 반쯤 미소가 걸렸다.

"안 되고말고. 내 칼은 포기 못 해. 내 손에서 칼을 빼앗으려면 좀 더 그럴싸하게 날 속여야지."

"그래요? 그럼 누구더러 저 안에 들어가서 여자를 데리고 나오라고 하지요? 제가 볼 땐 칼을 가진 사람이 해야 할 것 같은데요!"

지금 매튜는 땀범벅이 된 인간 연못이었다. 여전히 그린은 망설였다. 매튜가 짜증을 내며 말했다.

"그럼 판사님께 가서 고백 예법을 치를 수가 없어 처형을 연기해야 한다고 말씀드릴까요?"

"저 여자는 고백 같은 건 안 해! 판사님도 억지로 시키지는 못하실 거라고!"

"그게 중요한 게 아니에요. 법에서는……."

생각해, 생각하라고!

"……피고에게 기회를 주어야 한다고 되어 있어요. 판사의 참석하에요. 고백을 하건 안 하건 상관없이. 자, 그럼 계속해보세요! 시간을 낭비하시라고요!"

"무슨 그런 웃기는 법이 다 있어."

그린이 중얼거렸다.

"꼭 무슨 한 무더기 가발 더미에서 튀어나온 소리 같네."

그린은 칼을 레이첼에게 겨눴다.

"좋아, 이 마녀야! 제 발로 움직이지 않겠다면 궁둥이를 찔러서 움직이게 해주마!"

그린의 얼굴에서 땀방울이 번쩍거렸다. 그는 감방으로 들어섰다.

"저 여자가 뒷걸음질치는 걸 보세요!"

재빨리, 매튜는 자신의 등잔을 바닥에 놓고 그린의 뒤를 따라 감방으로 들어갔다.

"저 여자가 벽을 끌어안는 걸 보세요! 자기 잘못을 인정하지 않는 거예요!"

"나와!"

그린이 멈춰 서서 칼을 휘둘렀다.

"이리 나오라고! 젠장!"

"저 여자가 당신을 웃음거리로 만들지 못하게 해요!"

매튜는 양동이를 내려다보고 물이 반쯤 찬 양동이로 마음을 정했다.

"계속 가세요!"

"재촉하지 마!"

그린이 일갈했다. 레이첼은 벽을 따라 그린에게서 멀어지며 매튜가 투옥되었던 감방의 창살 쪽으로 미끄러져 갔다. 그린은 왼손에는 등잔을, 오른손엔 칼을 들고 그녀를 조심스럽게 쫓아갔다.

매튜는 물이 든 양동이를 집어 들었다. 오, 하느님. 지금이 아니면 기회는 없어!

"피를 보고 싶진 않다."

그린이 레이첼에게 접근하면서 경고했다.

"하지만 해야 한다면 내가……."

매튜가 날카롭게 말했다.

"그린 씨! 여길 보세요!"

거인 간수가 고개를 홱 돌렸다. 매튜는 움직였다. 그는 두 걸음을 앞으로 나서면서 물을 그린의 얼굴에 끼얹었다.

물은 정확하게 맞았고, 그린은 잠시 동안 앞을 볼 수가 없었다. 그 잠깐이 바로 매튜가 원하던 것이었다. 그는 물을 끼얹고 빈 양동이를 그린의 머리에 휘둘렀다. 쾅 소리가 나면서 나무 양동이가 두개골에 부딪혔다. 그리고 두개골이 이겼다. 그 단단한 양동이가 산산조각이 나며 부서졌고, 매튜는 손잡이로 쓰이던 밧줄만 손에 잡고 있는 꼴이 되었다.

그린은 휘청거리며 레이첼을 지나쳐 뒤로 물러났다. 그러는 동안 레이첼은 옆으로 잽싸게 움직였다. 그린은 등잔을 떨어뜨리고 창살에 세게 부딪히며 헉 하는 소리를 냈다. 그의 눈이 뒤로 돌아갔다. 칼은 손에서 미끄러지며 떨어졌다. 그린이 무릎을 꿇고 쓰러지자 감옥에 큰 소리가 울렸다.

"당신…… 당신 미쳤어요?"

그것이 레이첼이 할 수 있는 말의 전부였다.

"당신을 이곳에서 데리고 나갈 거예요."

매튜는 몸을 굽혀 칼을 집어 들고 그것을 창살 틈으로 옆 감방에 밀어 넣었다.

"나를…… 데리고 나가요? 당신 도대체……?"

"당신이 화형 당하게 두지는 않을 거예요."

매튜가 그녀에게 고개를 돌리며 말했다.

"당신 옷가지랑 물건들을 좀 가져왔어요. 당신을 플로리다로 데려갈 거예요."

"플로리다……."

레이첼은 뒤로 물러섰다. 매튜는 레이첼도 그린처럼 쓰러지진 않을까 하는 생각이 들었다.

"당신…… 미쳤군요!"

"스페인 사람들에게 당신이 도망친 노예나 영국인들의 포로였다고 하면 보호해줄 거예요. 자, 이런 얘기를 할 시간이 없어요. 저는 이미 돌아올 수 없는 지점을 지났거든요."

"하지만…… 왜……?"

아직도 무릎을 꿇은 채였지만, 서서히 정신이 돌아오고 있는 간수의 신음 소리가 레이첼의 말문을 가로막았다. 매튜는 놀라 그린을 바라보았고 그린의 눈꺼풀이 떨리는 것을 보았다. 갑자기 그린이 핏발 선 눈을 크게 떴다. 두 눈이 매튜와 레이첼을 번갈아 보았다. 그러더니 그린은 입을 서서히 벌리면서 고함을 지르려 했다. 그린이 소리를 질렀다간 파운트로열뿐만 아니라 찰스타운에서 자고 있는 사람들까지 깨울지 몰랐다.

심장이 거세게 뛰었지만, 매튜는 지푸라기를 양껏 쥐고 그린의 비명이 터지기 직전에 그것을 그린의 입에 깊이 쑤셔 박았다. 지푸라기로 틀어막기 전에 비명이 한 음절 정도는 새어나온 것도 같았다. 그린은 재갈 때문에 숨이 막히는 듯했다. 매튜는 뒤이어 간수의 얼굴에 주먹을 날렸다. 그러나 매튜의 주먹만 아팠을 뿐 조금도 타격을 입히지 못했다. 그러다 곧, 여전히 목소리는 내지 못했지만, 그린은 매튜의 셔츠 앞자락과 왼쪽 팔뚝을 잡더니 그를 사탄의 인형이라도 되는 듯 바닥에서 들어 올려 벽에 밀어 붙였다.

이제 나무 벽에 부딪힌 매튜가 숨을 헐떡일 차례였다. 미끄러져 내려오면서 갈비뼈가 푹 꺼지는 것 같았다. 고통의 안개 틈으로 그린이 창살 너머에 있는 칼자루를 잡으려 하는 것이 보였다. 지푸라기 몇 가닥이 그린의 얼굴 주위에서 날아다녔고, 그는 기침으로 그것을 털어내려 했다. 그린의 손가락이 칼에 닿았고, 칼을 끌어당기기 시작했다.

매튜는 레이첼을 바라보았다. 레이첼은 눈앞에서 벌어지는 난투극에 얼어붙은 채 서 있었다. 그때 매튜의 눈에 레이첼 옆 나무 의자가 들어왔다. 매튜는 간신히 몸을 일으켰다.

그린이 칼을 거의 잡았다. 칼자루를 쥔 커다란 손이 창살 틈새에 끼어 있었다. 그린은 엄청난 힘으로 손을 끌어당겼고, 순식간에 칼은 다시 그린의 수중에 들어오게 되었다.

하지만 그리 오랫동안은 아니었다. 매튜가 계획을 실행한 것이다. 매튜는 의자를 집어들고 온힘을 실어 그린의 머리와 어깨에 내리쳤다. 부서진 의자 조각이 양동이가 있는 곳까지 굴러갔다. 그린은 몸서리를 치면서 목이 막힌 듯한 신음을 내뱉었고, 경련을 일으키며 손에서 칼을 떨어뜨렸다. 매튜는 몸을 굽혀 그 빌어먹을 칼을 주워 다시 한 번 멀리 던졌다. 그 순간 그린의 손이, 창살과의 사투 때문에 시커멓게 멍든 오른손이 매튜의 목을 잡았다.

그린의 얼굴은 불그죽죽했고, 분노로 인해 눈빛이 거칠었다. 머리에서 눈썹으로 한 줄기 피가 흘러내렸고, 이 사이에는 지푸라기가 끼어 있었다. 그린은 일어서서 매튜의 목을 잡아 들어 올렸고, 교수대의 밧줄처럼 매튜의 목을 죄기 시작했다. 매튜는 다리를 버둥거리며 그린의 수염 난 턱을 두 손으로 밀어보았지만 거인의 손아귀는 꿈쩍도 하지 않고 계속해서 매튜의 목을 조였다.

레이첼은 자신이 뭔가 행동을 하지 않으면 매튜가 죽게 되리라는 것을 깨달았다. 칼이 보였지만, 그린을 죽이지 않고 매튜를 구하고 싶었다. 그래서 칼을 집는 대신 들고양이처럼 그린의 등에 올라타서 얼굴을 계속 때리고 할퀴었다. 그린은 뒤를 돌아보고는 아주 가뿐하게 레이첼을 집어 던지고, 헛되이 발버둥치고 있는 매튜를 처형하는 일에 온전히 정신을 집중했다.

희미하게 빛나는 붉은 안개가 매튜의 머리를 에워싸기 시작했다. 매튜는 오른 주먹을 뒤로 젖혀, 그린을 가장 고통스럽게 하려면 어디를 쳐야 할지 가늠했다. 쓸데 없는 일이었다. 그린은 매튜의 위협적인 주먹에 힐끗 눈길을 한번 주고는 지푸라기가 묻은 입술로 코웃음을 쳤다. 그리고 손아귀를 더욱 단단히 조였다.

주먹이 날아왔다. 도끼가 단단한 나무를 때리는 소리가 났다. 그린의 머리가 뒤로 젖혀지고, 입이 벌어지고, 이가 튀어나가더니 그 뒤를 따라 핏방울이 튀었다.

즉시 거인의 손이 풀렸다. 매튜는 바닥으로 떨어졌다. 매튜는 자기 목을 어루만지면서 숨을 들이마셨다.

그린은 보이지 않는 파트너와 춤이라도 추듯 원을 그리며 돌았다. 그는 기침을 했고, 다시 한 번 기침을 하더니 목구멍에서 지푸라기를 토해냈다. 그린의 눈에는 붉게 충혈된 흰자만 보였다. 그는 망치에 두들겨 맞은 수송아지처럼 마루 위에 쭉 뻗어 누웠다.

굉장한 한 방이었다.

하지만 그것은 매튜가 보잘것없는 주먹을 뻗기 전에 일어난 일이었다. 네틀즈 부인이 손가락 관절에 침을 뱉으며 손을 비틀었다.

"아이고."

네틀즈 부인이 말했다.

"이렇게 단단한 머리는 처음이네!"

매튜가 컥컥대며 말했다.

"네틀즈 부인?"

"그래요."

네틀즈 부인이 대답했다.

"코빗 씨가 일어나 서재로 가는 소리를 들었어요. 그래서 뒤따라와 지켜보기로 했죠. 내가 등불을 끄기 전에 불빛을 봤죠?"

네틀즈 부인은 레이첼에게 눈길을 던진 다음, 못마땅한 눈으로 감방을 둘러보았다.

"맙소사, 이렇게 지저분할 수가!"

레이첼은 이 모든 일에 너무 놀라서, 자기가 이상한 꿈을 꾸고 있는 게 아닌가 하는 생각이 들었다.

"자, 일어나세요."

네틀즈 부인이 손을 뻗어 매튜의 손을 잡고 일으켜 세웠다.

"얼른 가는 게 좋겠어요. 그린은 내가 확실히 입을 다물게 해놓을게요."

"이 사람을 다치게 하지는 않겠죠? 제 말은…… 지금 하신 것보다 더 심하게요."

"안 해요. 하지만 이 남자를 벌거벗겨서 손목과 발목을 묶을 거예요. 입도 막아놔야죠. 이 잠옷으로 꽤 넉넉하게 긴 밧줄을 만들 수 있겠어요. 그래도 이 사람은 내가 여기 있었는지조차 모를걸요. 어서 가요. 둘 다!"

레이첼은 여전히 못 믿겠다는 듯 고개를 저었다.

"나는…… 오늘 화형당하는 줄 알았는데."

"지금 당장 안 떠나면 그렇게 되겠죠. 코빗 씨도 같이."

네틀즈 부인은 정신을 잃은 그린의 몸에서 이미 잠옷을 벗기고 있었다.

"서둘러야겠어요. 밖에 당신 옷과 신발을 가져다놨어요."

매튜는 멍든 목을 어루만지면서, 레이첼의 손을 잡고 문턱으로 이끌었다.

"왜 이런 일을 하는 거예요?"

레이첼이 네틀즈 부인에게 물었다.

"당신은 비드웰의 사람이잖아요!"

"아녜요."

부인이 대답했다.

"비드웰 씨에게 고용되어 있지만, 나는 나 자신의 사람이에요. 그리고 나는, 당신에게 어떤 죄목이 붙어 있든 간에, 한 번도 당신이 유죄라고 생각한 적이 없었기 때문에 이런 일을 하는 거예요. 그러니까…… 나는 지금 악습에 대항하는 거예요. 이제 얼른 가요!"

매튜가 등잔을 집어 들었다.

"고맙습니다, 네틀즈 부인! 제 목숨을 구해주셨어요!"

네틀즈 부인은 매튜에게 등을 돌리고 능숙하게 계속 그린의 옷을 벗겼다.

"아뇨, 나는 방금 두 분한테…… 저 밖의 것을 선사한 거예요."

감옥 밖으로 나온 레이첼은 마치 밤과 별들을 끌어안으려는 듯 팔을 벌렸다. 그녀의 얼굴에 눈물이 흘렀다. 매튜는 레이첼의 손을 잡고 재촉하며 가방과 옷가지, 신발을 숨겨둔 곳으로 갔다.

"여기를 떠난 뒤에 옷을 갈아입을 수 있을 거예요."

매튜가 가방끈을 어깨에 걸치며 말했다.

"이거 들어요."

매튜는 레이첼에게 옷가지를 넘겨주었다.

"그 밝은색 옷이 여행하기에는 제일 좋을 것 같았어요."

레이첼은 옷들을 받아 들면서 놀란 듯 부드럽게 숨을 들이마셨고, 마치 놀라운 보물을 돌려받은 것처럼 크림색 옷을 쓰다듬었다. 사실이 그랬다.

"매튜……. 내 웨딩드레스를 가져왔군요!"

만일 그에게 시간 여유가 있었다면, 이 말에 웃거나 울었을 것이다. 하지만 지금은 어떻게 하는 게 맞는지 알 수가 없었다.

"여기 신발이요."

매튜가 신발을 내어주며 말했다.

"신어요. 우리는 거친 땅으로 갈 거예요."

두 사람은 길을 나섰다. 매튜는 비드웰의 집과 노예 구역 쪽을 향해 길을 잡았다. 성문에 파수꾼이 없을 테니 그쪽으로 나갈까도 생각했지만, 성문을 잠그고 있는 통나무 빗장은 한 사람이 들기에는 너무 무거웠다. 갈비뼈가 거의 무너질 뻔하고 목이 졸려 죽을 뻔한 사람에게는 특히나 버거울 터였다.

매튜는 우드워드의 방 창문에 켜진 등불을 올려다보며 우드워드가 진정으로 매튜에게 어떤 존재였는지 알아주기를 바랐다. 안타깝게도, 형편없는 작별의 글만이 그에게 허락된 유일한 것이었다.

노예 구역을 지났다. 매튜와 레이첼은 날아가는 검은 그림자처럼 움직였다. 존 구드의 집 문이 삐걱거리며 조금 열렸을지도 모르고, 어쩌면 아닐지도 모른다.

자유가 기다리고 있었다. 그러나 그보다 먼저 늪이 있었다.

38

그 땅은 신이자 악마였다.

매튜는 해가 뜬 이후로 세 시간 동안 줄곧 그 생각을 했다. 레이첼과 잠시 개울가에 멈춰 물병을 채울 때였다. 레이첼은 웨딩드레스 자락을 물에 적셔 얼굴에 대고 눌렀다. 그녀가 결혼하던 그날에는 흰색이었겠지만, 캐롤라이나의 습기 때문에 지금은 크림색으로 바래 있었다. 레이첼은 갈대와 키 큰 풀 사이를 조용히 흐르는 물을 한 움큼 떠서, 숱 많은 검은 머리카락에 적셔 이마 뒤로 넘겼다. 매튜는 물병을 채우는 동안 그녀를 곁눈질했고, 레이첼의 머리채에 대한 루크리셔 본의 구역질나는 아이디어를 떠올렸다.

레이첼은 신발을 벗고 햇살에 따뜻하게 데워진 개울에 부은 발을 담갔다.

"아아."

레이첼이 눈을 감으며 말했다.

"아아, 정말 좋아요."

"여기에서 오래 지체할 수는 없어요."

매튜는 그들이 온 방향으로 숲을 되돌아보았다. 그의 얼굴에는 해가 뜨기 전 가시덤불과의 불행한 만남을 통해 얻은 붉은 줄이 나 있었다. 셔츠는 땀에 젖어 얼룩덜룩했다. 이곳은 말들이 다닐 수 있는 땅이 아니었고, 따라서 솔로몬 스타일즈와 그 일행도 걸어서 추적해올 것이었다. 아무리 경험 많은 야생의 남자에게라도 거친 길이었다. 실제로 비드웰이 그를 추적에 내보냈을지는 모르지만 어쨌든 매튜는 스타일즈의 추적 기술을 얕잡아보지 않았다.

"전 지쳤어요."

레이첼이 고개를 떨구었다.

"정말 지쳤어요. 풀밭에 누우면 그냥 잠들 것 같아요."

"나도 그래요. 그래서 계속 움직여야 하는 거예요."

레이첼은 눈을 뜨고 매튜를 바라보았다. 나뭇잎의 그림자와 아침 햇살이 그녀의 얼굴에 드리웠다.

"당신이 모든 걸 다 포기했다는 사실을 몰라요?"

매튜는 대답하지 않았다. 레이첼은 방금 전 보랏빛으로 물든 새벽에도 이 질문을 했었다. 그때도 매튜는 대답하지 않았다.

"그랬다고요."

레이첼이 말했다.

"뭘 위해서요? 나 때문에?"

"진실을 위해서요."

매튜는 병을 물에서 건져 코르크 마개를 끼웠다.

"진실이 그렇게나 가치가 있어요?"

"그래요."

매튜는 병을 가방에 다시 넣고 빳빳한 풀 위에 앉았다. 의욕은 넘쳤지만, 매튜의 쑤시는 다리도 아직 여행을 다시 떠날 준비가 안 되어 있었다.

"난 누가 그로브 신부님과 당신 남편을 죽였는지 알고 있다고 생각해요. 그리고 그 살인자는 쥐잡이꾼의 살인에도 관련되어 있어요."
"린치가 죽었어요?"
"네, 하지만 그 사람 때문에 괴로워하지 말아요. 그자는 살인자 만큼이나 사악한 자예요. 나는 살해 동기를 알고 있고, 소위 증인이란 사람들이 어떻게 당신에게 등을 돌리게 되었는지도 알아요. 그 사람들은 정말로 당신이…… 음…… 성스럽지 못한 관계를 맺는 모습을 보았다고 생각하고 있어요. 그러니 거짓말을 했던 건 아니죠."
매튜는 개울에서 물을 떠 얼굴을 적셨다.
"하지만 그 사람들은 자기들이 거짓말을 하고 있다는 걸 깨닫지 못했어요."
"누가 대니얼을 죽였는지 안다고요?"
레이첼의 눈에 분노의 기색이 떠올랐다.
"누구예요?"
"내가 만일 그 이름을 말해도 당신은 믿지 않을 거예요. 내가 설명을 다 하고 나면 화가 나겠죠. 당신은 새롭게 알게 된 사실로 스스로를 무장하고, 파운트로열로 돌아가서 그 살인자에게 정의를 실현하고 싶어질 거예요……. 하지만 그건 불가능해요."
"왜요? 누군지 안다면서요?"
"그 영리한 여우가 모든 증거를 지워버렸어요."
매튜가 말했다.
"증거를 살해했다고 해야 할까. 증거라 할 만한 것이 아무것도 없어요. 그래서 내가 그 이름을 당신에게 말하면, 당신은 아무것도 하지 못한다는 사실에 영원토록 분노하게 될 거예요. 내가 그렇듯이."

매튜는 고개를 저었다.

"독이 든 잔을 굳이 둘 다 마실 필요는 없어요."

레이첼은 잠시 동안 이 말을 곰곰이 생각해보았다. 흐르는 물을 바라보던 그녀가 말했다.

"그래요. 정말 돌아가고 싶어질 것 같아요."

"파운트로열을 잊는 게 좋아요. 어쨌든 제 생각엔 마지막 패는 비드웰 씨의 어리석음 위에 떨어질 것 같아요."

매튜는 해가 지기 전에 적어도 16킬로미터 정도는 더 가면 좋겠다고 생각하며 몸을 일으켰다. 그러고는 잠시 지도를 살펴본 후 나침반으로 방향을 잡았다. 그동안 레이첼은 신발을 다시 신었다. 레이첼도 일어섰지만 뻣뻣해진 다리 때문에 움찔했다.

레이첼은 초록색 잎이 달린 나무들을 둘러보다가 푸르른 하늘을 올려다보았다. 그렇게 한참을 본 뒤에도 레이첼은 소나무 향이 나는 자유의 바람에 여전히 반쯤 멍해져 있었다.

"내가 정말 초라하게 느껴져요."

레이첼이 말했다.

"나는 한 젊은이의 인생을 희생할 만큼의 가치가 없는데."

"그 젊은이가 그 일에 어떻게든 관련되어 있다면 그건 희생이라고 볼 수 없어요. 준비됐어요?"

"됐어요."

두 사람은 다시 떠났다. 개울을 건너 또다시 짙게 우거진 숲을 향해 걸었다. 매튜는 야외 활동에 능한 사람은 아니었지만 그래도 그럭저럭 괜찮게 해내고 있었다. 어쩌면 아주 잘하고 있는 건지도 모른다고 매튜는 생각했다. 그는 단검이 쉽게 손에 닿을 수 있도록, 인디언 부족의 전통에 따라 사슴 가죽 칼을 칼집에 꽂아 허리에 두르고 걸었다.

인디언의 발자국 하나 깃털 하나 보지 못했다. 숲에서 지저귀는 새들과 들짐승들은 간혹 만났다. 그리고 수많은 다람쥐들과 햇빛이 부서지는 바위 위에 똬리를 튼 검은 뱀 한 마리도 보았다. 여행에서 가장 힘들었던 부분은 파운트로열을 떠나 건너야 했던 3킬로미터 정도의 해안 늪지대였다.

그 땅은 진정 신인 동시에 악마였다. 그곳은 해가 떠 있는 동안에는 정말이지 아름다웠고 두려울 만큼 광활했다. 하지만 밤에는 두 사람이 솔가지로 피워놓은 불을 향해 미지의 악마들이 살금살금 다가와 불가 너머에서 공포를 속삭였다. 매튜는 거대한 참나무와 느릅나무 그리고 대포만 한 솔방울이 달린 웅장한 소나무가 서 있는, 길이 없는 지역을 걸었다. 어느 곳에는 썩은 나뭇잎들과 솔잎들이 발목 높이까지 두툼하게 깔려 있었다. 이런 곳에서 사람이 살아남거나 죽는 것은 거의 운명의 변덕에 의해 결정되리라는 생각이 들었다. 그래도 지도와 나침반이 있는 것은 신께 감사할 일이었다. 그 물건들이 아니었으면 벌써 한참 전에 방향 감각을 잃어버렸으리라.

두 사람은 경사가 조금 심한 오르막을 올랐다. 언덕 위의 붉은 바위 위에 서니, 사람의 손길이 닿지 않은 황무지가 시선이 닿지 않는 곳까지 한없이 뻗어 있었다. 하느님은 매튜에게, 상상하기엔 너무나도 광활한 대지에 대해 말씀하셨다. 악마는 매튜에게, 그런 엄청나고 두려운 광활한 공간은 그곳에 묻히게 될 미래의 어느 세대의 뼈를 거름삼아 자라나리라고 말했다.

그들은 내리막길을 걸었다. 매튜가 몇 걸음 앞서가며 허리까지 오는 풀들을 베어 길을 냈고, 레이첼이 그 뒤를 따랐다. 레이첼의 웨딩드레스가 바스락거렸고, 작은 가시 돋친 꼬투리들이 그녀의 다리를 찌르고 옷자락에 매달렸다.

해가 계속 높아지는 동안 날이 더워졌다. 매튜와 레이첼은 거대한 원시림을 지났다. 뜨거운 태양이 순간 빛나면서 20미터 상공의 나뭇가지들 틈으로 내리쬐더니, 바로 다음 순간에는 짙은 초록 그림자가 드리워져 동굴 속처럼 서늘해졌다. 이곳에서 두 사람은 황무지의 진정한 들짐승들을 만났다. 풀을 뜯는 암사슴 네 마리와 족히 1.5미터는 되어 보이는 뿔을 활짝 펼친 거대한 수사슴이었다. 암사슴들은 두 인간을 바라보느라 고개를 들었지만 수사슴은 콧방귀를 뀌며 자신의 영역과 침입자 사이를 경계 지었다. 그러더니 갑자기 사슴들이 모두 방향을 틀어 초록빛 장막 안으로 사라졌다.

그리 멀리 가지 않아, 매튜와 레이첼은 빛과 그림자의 경계에서 다시 걸음을 멈췄다.

"저게 뭐죠?"

레이첼이 긴장된 목소리로 물었다.

매튜는 가장 가까운 참나무로 다가갔다. 골리앗 같은 나무는 높이가 30미터에 둘레는 3미터쯤 되어 보였는데, 그래도 이 원시림에서 큰 축에 속한다고는 할 수 없었다. 갖가지 종류의 이끼가 퍼져 있는 나무 몸통에는 사람 모양의 그림 문자와 소용돌이 기호, 그리고 화살촉을 나타낸 듯한 날카로운 모양이 새겨져 있었다. 매튜는 이 나무에만 그런 무늬가 있는 것이 아니라는 사실을 알아챘다. 열 그루 이상의 나무에 사람과 사슴, 해와 달처럼 보이는 기호, 비람이나 물을 나타낸 듯한 물결무늬, 그 밖에도 수많은 기호들이 새겨져 있었다.

"인디언 부호네요. 우리가 그들의 영역에 들어왔나 봐요."

레이첼이 스스로 질문에 답했다. 매튜는 머리 높이에 새겨진 무시무시한 거인 또는 곰처럼 보이는 기호를 손가락으로 만져보았다.

"그런 것 같네요."

두 사람 앞의 광활하고 어둠침침한 숲 안에, 기호가 새겨진 나무들 뒤 몇 그루까지는 기호가 있었지만 그 뒤에 서 있는 참나무에는 아무 기호도 없었다. 매튜는 지도와 나침반을 다시 한 번 들여다보았다.

"길을 바꾸는 편이 좋겠어요."

레이첼이 말했다.

"길을 바꾸는 것만으로는 충분하지 않을 거예요. 어쨌든 나침반을 보면 우리는 제대로 된 방향으로 가고 있어요. 어디가 인디언 영토고 어디가 아닌지는 알기가 힘드네요."

매튜는 불편한 마음으로 주위를 둘러보았다. 산들바람이 머리 위의 나뭇잎들을 흔들며 그림자와 햇빛을 움직였다.

"이곳을 얼른 빠져나가는 편이 좋겠어요."

매튜는 다시 걷기 시작했다.

두 사람은 한 시간 정도 부지런히 걸으면서 3~40마리의 사슴들이 풀을 뜯는 모습을 보았다. 그들은 곧 초록색 숲을 빠져나와 넓은 공터로 들어섰고, 그곳에서 놀라운 광경을 보게 되었다. 양만 한 크기의 야생 칠면조 백 마리 정도가 바닥을 쪼고 있다가 인간의 침입에 놀라 볼품없이 날개를 퍼덕거렸다. 칠면조들의 날갯짓이 공터에 바람을 일으키며 허리케인이 다가오는 듯한 소리를 냈다.

"아! 저기 좀 봐요!"

레이첼이 외쳤다. 그녀가 손가락으로 가리킨 곳에 작은 호수가 있었다. 호수의 수면에 푸른 하늘과 황금빛 태양이 비치고 있었다.

"저기서 쉬어 가요."

레이첼이 말했다. 그녀의 눈에 피곤한 기색이 역력했다.

"목욕을 좀 하면서 감옥 냄새를 떨치고 싶어요."

"계속 가야 해요."

"저기서 캠프를 치고 밤을 지내면 안 될까요?"

"할 수는 있죠."

매튜가 남은 해를 가늠하며 말했다.

"하지만 아직 날이 저물려면 멀었어요. 밤이 될 때까지는 캠프를 치지 않으려 했는데."

"미안해요. 하지만 난 쉬어야 할 것 같아요."

레이첼이 말했다.

"이제 다리에 감각도 없어요. 목욕도 해야 하고요."

매튜는 이마를 긁었다. 그도 몸과 마음이 닳아 없어질 정도로 지치긴 했다.

"좋아요. 그럼 저기서 한 시간 정도만 있다 가요."

그는 살갗이 쓸린 어깨에서 가방을 내리고 비누를 꺼내 레이첼에게 내밀었다. 레이첼은 깜짝 놀랐다.

"이 황무지에 문명을 가져오지 않았다고 말할 수는 없겠죠."

이제 그들의 관계는 결혼한 부부보다 더욱 친밀해진 듯했다. 매튜가 레이첼의 사생활을 지켜주기 위해 어두운 숲 속으로 걸어 들어가는 건 불필요한 일이었다. 호숫가에서 매튜는 등을 바닥에 대고 누워 하늘을 올려다보았다. 레이첼은 신발과 빛바랜 웨딩드레스를 벗고 벌거벗은 채 물을 헤치며 허리가 잠기는 곳까지 들어갔다. 그녀는 등을 돌리고 비누로 그녀의 은밀한 곳과 배와 가슴을 씻었다. 매튜는 한 번 곁눈질을 하고…… 다시 또 한 번…… 그리고 세 번째로, 이번에는 곁눈질이라기보다는 좀 더 오래…… 감옥의 음식으로 여윈 레이첼의 갈색 몸을 바라보았다. 마음만 먹는다면 갈비뼈를 셀 수도 있을 것 같았다. 그녀의 몸은 여성스러웠지만, 생존에 대한 순수한 의지로 생긴 단단함도 지니고 있었다. 레이첼은 더 깊은 곳으로 걸어 들어갔다. 햇볕이 따스하게 어루만지는데도 팽팽한 살갗에 소름이 돋았다. 그녀는 몸을 구부려 머리카락을 물에 적시고, 비누로 거품을 내어 머리를 감았다.

매튜는 일어나 앉아 무릎을 끌어안았다. 마음속 상상 때문에 가시에 긁힌 얼굴이 붉어졌다. 자신의 손이 새로운 영역을 탐험하는 탐험가인 양, 레이첼의 몸의 굴곡과 움푹 패인 곳을 따라 움직이는 상상이었다. 날개 달린 곤충 하나가 그의 머리 주위에서 윙윙거린 덕분에 매튜는 그 상상에서 빠져나올 수 있었다.

머리를 감고 깨끗이 씻은 뒤, 레이첼의 시선이 다시 매튜에게로 돌아왔고 그와 함께 그녀의 부끄러움도 돌아왔다. 마치 감옥의 더께가 그녀의 몸에서 벗겨지면서 이제 진정으로 벌거벗고 있다는 것을 깨달은 듯했다. 레이첼은 물속에서 무릎을 꿇어 물로 몸을 가린 채 물가로 나갔다.

매튜는 음식 보따리에서 얇게 자른 햄 반쪽을 꺼내어 먹고, 나머지 반을 레이첼을 위해 남겨두었다. 그는 그녀가 물에서 나오는 것을 보고 등을 돌렸다. 호수에서 나온 레이첼은 물을 뚝뚝 흘리며, 물기를 말리기 위해 잠시 동안 얼굴을 해 쪽으로 향한 채 서 있었다.

"스페인 마을에 들어갈 때나 철책을 통과할 때 거짓말을 지어내야 할지도 몰라요."

그녀가 얼마나 가까이 있는지를 명확하게 느끼며 매튜가 말했다.

"스페인 사람들이라도 마녀로 지목되었던 사람을 보호해줄 것 같지는 않거든요."

매튜는 햄을 다 먹고 바닥에 드리운 레이첼의 그림자를 보며 손가락을 빨았다.

"도망친 하녀라고 말하는 게 좋겠어요. 아니면 그냥 영국 법에 싫증 난 주부라고 하든가요. 일단 당신의 모국이 어딘지 알면 문제없을 거예요."

다시 한 번 아까의 곤충이 매튜의 주위에서 윙윙거렸고, 그는 손을 저어 벌레를 쫓았다.

"잠깐만요."

레이첼은 웨딩드레스를 집으며 말했다.

"지금 내 얘기만 하고 있잖아요. 당신은요?"

"나는 당신이 플로리다에 가는 걸 도와주는 거예요……. 하지만 당신과 함께 그곳에 머물지는 않을 거예요."

레이첼은 이 말이 마음속에 스며드는 동안 드레스를 다시 입었다.

매튜는 레이첼이 옷을 입자 다시 레이첼을 향해 돌아앉았다. 아름다운 그녀…… 검고 숱 많은 젖은 머리카락과 자부심이 깃든 사랑스러운 얼굴과 빛나는 호박색 눈 때문에 매튜의 심장이 거세게 뛰었다. 밤의 새는 낮에도 매력적이었다. 매튜는 한숨을 쉬고 다시 바닥을 보는 쪽을 택했다.

"나는 영국인이에요."

매튜가 말했다.

"영국의 관습과 법률에 묶인 신세라고요. 좋아하든 아니든. 나는 외국 땅에서는 살 수 없어요."

매튜는 건성으로 가볍게 미소를 지었다.

"찐 감자와 로스트비프를 그리워하게 될 거예요. 게다가…… 스페인어도 모르고."

"난 당신이 이해가 안 돼요."

레이첼이 말했다.

"도대체 어떤 사람이기에, 아무 대가도 없는 일을 이렇게 하는 거예요?"

"아, 대가로 바라는 게 있어요. 착각하지 말아요. 나는 당신이 혼자서 살아나갈 수 있게 되기를 바라고 있어요. 당신이 포르투갈이나 스페인으로 돌아가서 인생을 다시 제대로 살길 바라요. 나는 우드워드 판사님을 다시 만나 그분 앞에서 이 사건을 설명해야 돼요."

"그렇게 하면 나를 가뒀던 창살보다 더 튼튼한 창살 안에 갇히게 될 것 같은데요."

"그렇겠죠. 아마 그럴 거예요. 하지만 오래 머물진 않겠죠. 자요. 이거 줄까요?"

레이첼은 매튜가 내민 햄 조각을 받았다.

"이게 나에게 얼마나 큰 의미인지 당신은 알까요, 매튜?"

"그래요? 햄 반쪽이? 그게 그렇게 큰 의미라면 한 장을 다……."

"내가 무슨 말 하는지 알잖아요."

레이첼이 말을 잘랐다.

"당신이 한 일. 그 놀라운 일."

레이첼의 얼굴이 우울하고 엄숙해졌다. 눈물이 그녀의 눈에서 빛났다.

"오, 하느님. 매튜, 나는 죽을 준비가 되어 있었어요. 나는 내 삶을 완전히 내려놓았었어요. 이 빚을 어떻게 갚을 수 있을까요?"

"빚을 진 건 나예요. 파운트로열에 왔을 때 나는 어린아이였어요. 지금은 그보다 더 성장했죠."

매튜가 말했다.

"앉아서 쉬어요."

레이첼이 앉았다. 신이 만들고 악마가 건드린 이 땅에, 단둘이 있는 것이 아니라 천 명의 군중 틈에 끼어 있는 것처럼 그녀는 자신의 몸을 그의 몸에 바싹 붙였다. 매튜는 레이첼에 대한 스스로의 반응이 불편해져서 옆으로 물러났지만, 레이첼은 부드럽게 왼손으로 매튜의 턱을 잡았다.

"내 말 들어요."

레이첼이 거의 속삭임에 가까운 소리로 말했다. 그녀의 눈은 매튜의 눈을 바라보았다. 두 사람의 얼굴 사이에는 몇 치 정도의 대수롭지 않은 공기만 남아 있을 뿐이었다.

"나는 내 남편을 무척이나 사랑했어요."

레이첼이 말했다.

"그이에게 내 마음과 영혼을 모두 주었어요. 하지만, 나는…… 당신도 똑같이 사랑할 수 있을 것 같아요……. 당신이 허락만 한다면."

몇 치의 공기가 수축했다. 매튜는 누가 먼저 상대방에게 몸을 기댔는지 알 수 없었다. 그게 정말로 중요할까? 한 사람이 몸을 기울이고 다른 한 사람이 맞이하고, 그리고 그것이 두 사람이 나누는 키스의 기하학이며 시(詩)였다.

한 번도 경험이 없었지만, 매튜에게 그것은 자연스러운 행동처럼 느껴졌다. 가장 놀라운 것은 매튜의 심장이 뛰는 속도였다. 심장이 말로 변해 그 속도로 뛴다면 첫 저녁별이 뜰 무렵에는 너끈히 보스턴에 닿을 수 있을 것 같았다. 그의 안에 있는 무언가가 녹아내리는 듯했다. 마치 푸른 불꽃에 녹은 유리처럼 숨을 불어 넣음으로써 다른 모양으로 변하는 것 같았다. 그것은 강하면서 동시에 여렸고, 황홀하면서도 두려웠다……. 온 사물의 중심에서 다시 신과 악마가 결합하고 있었다.

남은 인생 동안 그가 기억할 순간이었다.

두 사람의 입술이 맞붙은 채 피의 온기와 심장 박동이 섞였다. 누가 먼저 입술을 떼었는지도 매튜는 알 수 없었다. 그저 비와 강물 같은 그 경계 사이로 시간이 미끄러져 들어왔을 뿐.

매튜는 레이첼의 눈을 들여다보았다. 무언가 말을 해야만 했다. 그는 무슨 말을 해야 할지 알았다. 그가 입을 열었다.

"나는……."

날개 달린 곤충이 갑자기 레이첼의 웨딩드레스 어깨에 앉았다. 매튜의 시선이 그리로 쏠렸고, 그 순간으로부터 멀어졌다. 꿀벌이었다. 벌은 윙윙거리며 날갯짓을 하고 날아가버렸다. 매튜는 몇 마리의 벌들이 더 그 주위를 맴돌고 있음을 알아챘다.

"난……."

매튜가 다시 입을 열었고, 갑자기 그는 자기가 무슨 말을 하려고 했는지 잊어버렸다. 레이첼은 매튜가 말하기를 기다렸지만, 매튜는 말하지 않았다.

매튜는 레이첼의 눈을 다시 한 번 들여다보았다. 거기에 있는 것은 사랑에 대한 열망이었을까, 아니면 생명을 선물해준 데 대한 감사의 열망이었을까? 그녀는 지금 어떤 감정이 매튜의 마음을 사로잡았는지 알기나 할까? 그런 것 같지는 않았다.

두 사람이 함께 여행을 하고 있다고 해도, 그들은 다른 방향으로 움직이고 있었다. 씁쓸하지만 그것이 진실이었다. 레이첼은 매튜가 살 수 없는 곳을 향해 가고 있었고, 매튜는 레이첼이 묶여 있을 수 없는 곳에서 살아야 했다.

매튜는 레이첼에게서 시선을 거뒀다. 레이첼도 그들에게는 둘을 위한 미래가 없다는 것을, 그리고 대니얼과 결혼하던 날 입었던 그 드레스처럼 대니얼이 여전히 그녀 가까이에서 맴돌고 있음을 깨달았다. 레이첼은 매튜에게서 물러나 앉았고, 곧 주위에 무언가가 날아다니는 것을 알아챘다.

"꿀벌이에요."

매튜가 공터를 둘러보며 무언가를 찾았다. 그리고 거기에 그것이 있었다!

호숫가에서 약 50미터쯤 떨어진 곳에, 아마도 번개에 맞아 죽은 것 같은 두 그루의 죽은 참나무가, 숲의 언저리에서 벗어난 곳에 서 있었다. 그중 한 그루의 꼭대기에 커다란 옹이구멍이 있었다. 구멍 주변은 움직이는 검은 덩어리로 인해 활기가 넘쳤다. 나무줄기로 흘러내리는 액체가 햇빛에 비쳐 금빛으로 빛났다.

"꿀벌이 있는 곳엔 꿀이 있죠."

매튜가 말했다. 그는 가방에서 병을 꺼내 물을 버렸다. 해안가와 늪에서 이만큼 멀리 떨어져 있는 곳이라면 깨끗한 물은 얼마든지 구할 수 있었다. 매튜는 일어섰다.

"꿀을 좀 구할 수 있는지 봐야겠어요."

"도와줄게요."

레이첼이 일어서려 했지만 매튜가 레이첼의 어깨를 눌렀다.

"쉴 수 있을 때 쉬어둬요. 이제 곧 또 움직여야 하니까."

레이첼은 고개를 끄덕이고 다시 휴식을 취했다. 실제로 레이첼은 계속될 여행을 위해 기력을 모아야 했고, 50미터쯤 떨어진 죽은 나무까지 갔다가 되돌아오는 것은, 아무리 별미인 달콤한 꿀을 위해서라고 해도 부담스러운 일이었다.

하지만 매튜는, 특히 키스가 끝나고 현실로의 귀환이 어색해진 탓에 꿀을 따러 가는 게 좋겠다고 생각했다. 그가 나무를 향해 걸어가는데 레이첼이 말했다.

"벌에 쏘이지 않게 조심해요! 꿀은 그만한 가치가 없어요!"

"그럴게요."

가까이 다가가 어마어마한 크기의 벌집에서 나무줄기를 타고 흘러내리는 황금빛 꿀을 보니, 벌들을 건드리지 않고도 적어도 한 병은 가득 채울 수 있겠다는 확신이 들었다.

아주 활기찬 벌들이었다. 꿀은 12미터 높이에서부터 줄줄 흘러내려 끈끈한 웅덩이를 만들고 있었다. 매튜는 칼을 칼집에서 꺼내고 병의 코르크 마개를 뽑은 뒤, 흐르는 꿀에 병을 가져다댔다. 그리고 그 진득한 생명의 영약을(쉴즈 선생이라면 모든 병에 좋은 천연 치료제라고 말했을) 칼로 병에 밀어 넣었다. 벌 몇 마리가 주위를 윙윙거리며 맴돌았지만 매튜를 공격하지는 않았고, 그냥 호기심이 생긴 듯 지켜볼 뿐이었다. 거대한 검은 덩어리는 벌집 주위를 맴돌며 꾸준히 기분 나쁜 소리를 내고 있었다.

꿀을 모으면서 매튜의 생각은 판사에게로 향했다. 편지는 아마 한참 전에 읽었을 텐데. 그 내용을 완전히 이해했을지는 짐작이 가지 않았다. 매튜는 저 너머 숲에서 지저귀는 새소리를 들으며 우드워드도 지금 이 순간 이 노랫소리를 들을 수 있을지, 이 구름 한 점 없는 화창한 하늘의 태양을 볼 수 있을지 궁금했다. 우드워드는 무슨 생각을 할까? 매튜는 자신이 쓴 긴 편지가 충분히 논리적이며 일관성이 있길 바랐다. 그래서 자신이 올바른 정신 상태이며 스마이스를 꼭 찾길 원한다는 것을 우드워드가 알아주었으면 하고 간절히 바랐다. 만일 스마이스가 얘기를 해줄 수만 있다면 많은 문제가…….

매튜가 잠시 손을 멈췄다. 병은 거의 반쯤 차 있었다. 무언가가 변했다.

무언가가.

매튜는 귀를 기울였다. 분주한 벌들의 윙윙거리는 소리가 여전히 들렸다. 하지만…… 새소리. 새소리는 어디로 사라졌을까? 매튜는 그림자를 드리운 숲의 경계를 바라보았다.

새들이 지저귐을 멈췄다.

왼쪽의 움직임이 매튜의 눈에 포착되었다. 까마귀 세 마리가 나뭇잎을 헤치고 솟구쳐 오르며 크게 울어댔다.

레이첼은 호숫가에 누워 졸고 있었다. 머리 위를 날아가는 까마귀 소리가 그녀에게 닿았는지 레이첼이 눈을 떴다.

매튜는 움직이지 않고 서서 까마귀가 날아오른 빽빽한 숲을 노려보았다.

또 다른 움직임이 매튜의 주의를 끌었다. 저 멀리 하늘 위에서 독수리 한 마리가 천천히 원을 그리며 날고 있었다.

입안의 침이 모두 마르고 얼굴 위의 땀이 차갑게 식어갔다. 위험에 대한 감각이 목에 겨눈 칼처럼 그를 찔렀다.

그는 확실히 숲 속의 뭔가가 그를 보고 있는 것을 느꼈다.

매튜의 신경은 돌아서서 뛰라고 비명을 질러댔다. 그는 천천히, 조심스럽게 코르크를 병에 밀어 넣었다. 오른손으로는 칼자루를 꽉 쥐었다. 그는 꿀이 흐르는 나무로부터 뒷걸음질치기 시작했다.

한 걸음 물러설 때마다 그의 눈은 이리저리 움직이며 무엇이 뛰어나올지 모를 위험한 숲을 훑었다.

"레이첼?"

매튜가 외쳤다. 그의 목소리가 갈라졌다. 매튜는 다시 소리를 질렀다.

"레이첼!"

이번에는 레이첼이 들었는지 확인하기 위해 매튜는 어깨 너머로 돌아보았다.

묵직한 형체가 갑자기 봉인된 숲의 경계로부터 뛰쳐나왔다. 레이첼이 그것을 딱 일 초 먼저 보았고, 그녀는 목이 찢어지도록 비명을 질렀다.

그리고 매튜도 그것을 보았다. 매튜의 발이 땅에 뿌리를 내린 듯 움직이지 않았다. 눈은 커지고 입은 소리 없는 공포의 비명으로 벌어졌다.

매튜를 향해 괴물 같은 곰이 돌진해왔다. 늙은 회색 전사였다. 심한 잿빛 옴이 어깨와 다리에 얼룩덜룩 퍼져 있었다. 턱은 인간의 살을 먹으려 한껏 벌어져 있었고, 뚝뚝 떨어지는 침이 머리 뒤로 날렸다. 매튜는 곰의 왼쪽 눈이 있어야 할 곳이 텅 빈 채 잔주름만 가득한 걸 순간적으로 보았다. 그 순간 알았다.

애꾸눈 잭이 그에게 달려오고 있었다.

쇼컴의 여관에 있던…… 모드……. **애꾸눈 잭은 그냥 곰이 아니란 거여. 이 땅의 모든 어두운 것들……. 잔인하고 악한 모든 것이여.**

"레이첼!"

매튜는 레이첼 쪽으로 몸을 틀어 있는 힘껏 달리며 비명을 질렀다.

"물속으로 들어가요!"

레이첼이 매튜를 돕기 위해 할 수 있는 일이라고는 그가 호수까지 뛰어올 수 있도록 신께 기도하는 것뿐이었다. 레이첼은 호수를 향해 달려가 물속으로 뛰어들었고, 웨딩드레스를 입은 채 깊은 곳까지 헤엄을 쳤다.

매튜는 감히 뒤를 돌아볼 수 없었다. 그의 다리는 미친 듯이 움직였고, 얼굴은 공포로 일그러졌으며, 심장은 터지기 직전이었다. 천둥 같은 곰의 발소리가 뒤에서 울렸다. 그 소리는 점점 더 커졌다. 그리고 매튜는 자신이 절대 호수에 닿지 못하리라는 것을 씁쓸한 마음으로 확신했다.

그는 이를 악물고 방향을 왼쪽으로, 곰의 눈이 없는 쪽으로 틀었다. 그와 동시에 곰을 놀라게 해 조금이라도 시간을 벌어볼 생각으로 비명을 질렀다. 애꾸눈 잭은 매튜를 지나쳐 돌진했다. 뒷발의 발톱이 땅을 푹 팠다. 곰의 앞발 발톱이 허공을 가르자 매튜와 곰 사이의 공기가 일렁였다.

매튜는 매 걸음마다 방향을 이리저리 틀면서 다시 호수를 향해 뛰었다. 또다시 매튜의 발뒤꿈치께에서 지축이 울렸다. 그 곰은 그가 지금껏 봤던 어떤 말보다도 컸으며, 앞발을 한 번 스치는 것만으로도 매튜의 뼈를 모조리 바스러뜨리고도 남을 만했다.

매튜는 무릎이 꺾어지도록 왼쪽으로 방향을 틀었다. 곰이 바로 옆까지 왔을 때는 거의 균형을 잃을 뻔했다. 옴으로 뒤덮인 곰의 거대한 머리가 매튜를 찾느라 거칠게 돌아갔다. 입을 세게 다물자 머스킷 총을 쏘는 듯한 소리가 났다. 지독한 악취가 나고, 옆구리에 부러진 화살대가 네 개 꽂혀 있는 것을 볼 수 있을 만큼 곰은 가까이 접근해 있었다. 매튜는 다시 뛰었고, 까마귀처럼 빠르게 달아날 수 있게 해달라고 신께 빌었다.

다시 한 번 애꾸눈 잭이 매튜를 거의 덮칠 뻔했다. 다시 한 번 매튜는 왼쪽으로 방향을 바꿨다. 하지만 이번에는 지형과 무릎의 유연성을 모두 잘못 판단했다. 각도가 너무 꺾이면서 발이 바닥에서 미끄러졌다. 매튜는 풀숲에 넘어졌다. 머리 안에서 울리는 천둥 속에서 어렴풋이 레이첼의 비명 소리가 들려왔다. 애꾸눈 잭이 그의 눈앞에서 거대한 회색 벽처럼 일어섰다. 매튜는 비틀거리며 균형을 잡으려 애썼다.

무언가가 그를 쳤다.

온 세상이 뒤집히는 것 같았다. 극심한 고통이 매튜의 왼쪽 어깨를 채웠다. 매튜는 자기 몸이 거꾸로 뒤집히며 구르고 있음을 알았지만 아무것도 할 수가 없었다. 매튜는 등을 아래로 향한 채 바닥에 떨어졌다. 그리고 헐떡이며 공기를 뱉어냈다. 회색 벽이 다시 다가오고 있었다. 매튜는 몸을 움직이려 애썼다. 왼쪽 팔이 이상했다.

매튜는 바닥에서 떠올라 다시 곡물 자루처럼 내동댕이쳐졌다. 그리고 바로 다음 순간 시뻘겋게 달군 대포알이 왼쪽 갈비뼈에 명중한 듯한 통증을 느꼈다. 구르는 동안 무엇인가에 이마를 긁혔다. 매튜는 그것이 이 전쟁터를 날아다니는 머스킷 총탄일 거라고 생각했다. 붉은 막이 눈 위로 스르르 덮였다. 피다. 매튜는 생각했다. 피다. 그는 바닥에 떨어지고 질질 끌리며 다시 이리저리 튕겨졌다. 아랫니와 윗니가 딱딱 마주쳤다. 나는 죽는다. 바로 이곳에서. 이 화창한, 맑은 날에. 나는 죽는다.

왼쪽 팔은 이미 감각이 없었다. 폐에서는 호흡이 쏟아지며 꾸르륵거리는 소리가 났다. 옴이 돋은 회색 벽이 매튜의 얼굴 앞에 다시 나타났다. 거기에는 부러진 화살대가 꽂혀 있었다.

매튜는 차분한 마음으로 자신도 무기를 써야겠다고 결심했다.

"어이!"

매튜는 소리를 질렀다. 그 소리에 담긴 절박함에 스스로 놀랐다.

"어이!"

매튜는 칼을 꺼내어 곰의 옆구리를 찔렀다. 그런 다음 칼을 비틀고 빼내고, 다시 찌르고 비틀어 빼냈다. 곰은 으르렁거리고 포효하며 신음을 내뱉었다. 하데스처럼 뜨거운 숨에서는 상한 고기와 썩은 이빨의 냄새가 났다. **찌르고, 비틀고, 빼내고.** 붉은 피가 회색 벽에서 줄줄 흘러내리는 영광스러운 광경이 펼쳐졌다. **죽어 이 새끼야, 죽어!**

애꾸눈 잭은 거대하긴 했지만, 멍청이로 늙지는 않은 모양이었다. 칼로 찌르는 것은 효과가 있었다. 곰은 모기에게서 뒤로 물러났다.

매튜는 무릎을 꿇고 있었다. 오른손에 든 칼은 피로 뒤덮였다. 그는 액체가 방울방울 바닥에 떨어지는 소리를 들었다. 아래를 내려다보니 떨리는 왼손 손가락 사이로 시뻘건 피가 흘러내려 떨어지면서 풀밭에 피 웅덩이를 이루고 있었다. 속에서부터 불이 타올랐고, 어깨와 갈비뼈와 이마에서 타는 듯한 통증이 느껴졌지만, 그것 때문에 흐느끼는 건 아니었다. 매튜는 이미 바지를 적셨고 갈아입을 옷도 없었던 것이다.

애꾸눈 잭이 왼쪽으로 돌았다. 매튜도 곰과 함께 돌았다. 검은 물결이 머리를 뒤덮기 시작했다. 그는 마치 다른 세상에서 들려오는 듯한 여자 목소리를 들었다. 그 여자의 이름은 레이첼이었다. 그렇다. 레이첼이다. 레이첼이 그의 이름을 목 놓아 부르며 울고 있었다. 매튜는 곰의 콧구멍에서 피가 거품이 되어 흐르는 것을 보았고, 목 언저리에서 회색 털 위로 붉은 피가 엉기는 것을 보았다. 매튜는 거의 기절하기 직전이었고, 기절하면 그 길로 죽음이라는 것을 알았다.

곰이 갑자기 뒷다리로 일어섰다. 키가 2미터 반은 훌쩍 넘어 보였다. 곰은 이빨이 부러진 입을 벌렸다. 그 안에서 튀어나온 것은 고통의 절정에서 나오는 거칠고 우레 같은, 영혼을 뒤흔드는 포효였다. 아마도 자신의 종말을 깨달은 듯했다. 두 개의 부러진 화살대가 곪은 뱃살 안에 파묻혀 있었고, 다른 곰의 습격으로 생긴 듯한 상처에는 피딱지가 앉아 있었다. 애꾸눈 잭의 오른쪽 어깨에는 상당히 큰 상처도 있었는데, 뭔가에 물려 살갗이 찢겨나간 듯했다. 보기 흉한 그 상처는 감염으로 인해 초록색으로 변해 있었다.

매튜는 고통으로 정신이 몽롱해지고 이승을 떠나는 여행이 임박했음을 알았지만, 그와 동시에 애꾸눈 잭도 역시 죽어가고 있음을 깨달았다.

곰은 주저앉았다. 매튜는 몸을 일으키고, 비틀거리다 쓰러지고, 다시 몸을 일으키고, "아아아아아악!" 하고 곰의 주둥이 앞에다 대고 외쳤다.

그러고 나서 매튜는 다시 바닥에, 자기 피 위에 쓰러졌다. 애꾸눈 잭은 코에서 피를 뚝뚝 흘리면서 입을 벌리고 매튜를 향해 어기적거리며 다가왔다.

매튜는 아직 죽을 준비가 되어 있지 않았다. 이렇게 여기까지 와서, 이 공터에서, 태양과 하느님의 청명한 하늘 아래에서 죽어? 아니, 아직은 아니다.

매튜는 필사적으로 일어서서 칼을 곰의 턱 아래에 찔러 넣고 잔인하게 칼을 비틀었다. 애꾸눈 잭은 외마디 신음을 내뱉었다. 코에서 튄 피가 매튜의 얼굴에 떨어졌다. 곰은 칼을 턱 밑에 꽂은 채 뒤로 물러섰다. 매튜는 배를 바닥에 깔고 넘어졌다. 갈비뼈의 통증 때문에 짓밟힌 벌레처럼 몸이 움츠러들었다.

다시 한 번 곰은 매튜의 왼쪽으로 돌았고, 목을 뚫은 칼을 떨쳐보려 고개를 앞뒤로 흔들었다. 곰의 코에서 피가 띠를 이루며 허공으로 날았다. 배를 깔고 엎드린 중에도 매튜는 곰이 자신의 뒤를 쫓는 걸 막기 위해 바닥을 기었다. 갑자기 애꾸눈 잭이 다시 다가왔다. 매튜는 몸을 일으켜 얼굴을 보호하기 위해 오른팔을 얼굴 위로 들어 올렸다.

그 움직임에 곰은 옆으로 돌아섰다. 그러고는 뒤로 물러섰고, 하나 남은 눈이 깜박거리다가 게슴츠레해졌다. 곰은 아주 잠깐 평형 상태를 잃고 휘청거리더니 거의 쓰러질 뻔했다. 그러다 다시 자세를 추스르고 매튜 앞에서 5미터도 떨어지지 않은 곳에 서서 고개를 숙이고 매튜를 내려다보았다. 화살대가 꽂힌 옆구리가 잔뜩 부풀어 올라 있었다. 회색 혀가 뻗어 나오더니 피 흘리는 코를 핥았다.

매튜는 무릎으로 간신히 일어서서 오른손으로 왼쪽 갈비뼈를 눌렀다. 손으로 상처 난 곳을 눌러 창자가 흘러나오지 않도록 하는 것이 세상에서 가장 중요한 일처럼 느껴졌다.

이 세상이, 붉은색으로 뒤덮인 잔인한 세상이, 인간과 짐승 사이의 거리만큼의 단일한 공간으로 수축했다. 둘은 서로를 노려보며 고통, 피, 삶, 그리고 죽음이 얼마나 남았는지 각자의 계산법에 따라 가늠하고 있었다.

애꾸눈 잭은 소리를 내지 않았다. 하지만 상처 입은 늙은 전사는 결정을 내렸다.

곰은 갑자기 매튜에게서 몸을 돌렸다. 그러더니 반은 걷고 반은 비틀거리며 천천히 걷기 시작했고, 칼을 뽑으려는 헛된 노력으로 고개를 앞뒤로 흔들면서 자기가 왔던 방향으로 공터를 건너갔다. 잠시 뒤 곰은 다시 자신이 속한 황무지로 돌아갔다.

애꾸눈 잭은 사라졌다.

매튜는 피로 물든 전쟁터에 눈을 감고 앞으로 고꾸라졌다. 그는 표류하면서, 찢어지는 듯한 높은 울음소리를 들었다. 하이이이이! 하이이이이! 하이이이이! 독수리 소리인가. 매튜는 생각했다. 독수리가 그를 향해 강하하고 있었다.

지쳤다. 아주…… 많이…… 많이…… 지쳤다. 레이첼. 무슨…… 일이…….

독수리가 내려온다.

하이이이이! 하이이이이! 하이이에에! 비명을 지르면서.

매튜는 세상으로부터 서서히 사라지면서, 수많은 탐험가들이 향했던 저 먼 곳, 돌아올 수 없는 그곳으로 자신이 향하고 있음을 느꼈다.

39

지옥에서 처음으로 느낀 것은 냄새였다.

그 냄새는 악마의 땀만큼이나 강렬했고, 그 두 배는 고약했다. 냄새는 불타는 숯덩이처럼 매튜의 코를 파고들어 목 안쪽까지 뚫고 들어갔다. 그는 갑자기, 언제 시작했는지는 모르겠지만 자신이 기침을 심하게 하고 있음을 깨달았다.

냄새가 사라지고 기침이 멈추자 매튜는 눈을 뜨려고 애를 썼다. 눈꺼풀은 무거웠다. 스틱스 강을 건너기 위해 카론에게 뱃삯으로 주는 동전에 짓눌렸나 보다. 매튜는 눈을 뜰 수가 없었다. 이제는 높아졌다 낮아졌다 하는 중얼거림이 들려왔다. 분명 수많은 영혼들이 그들의 고통스러운 운명을 탄식하는 것이리라. 그 언어는 라틴어처럼 들리기도 했다. 아니, 라틴어는 하느님의 언어다. 이건 분명 그리스어일 것이다. 그게 더 세속의 언어에 가깝다.

몇 번 더 숨을 쉰 뒤, 매튜는 지옥의 냄새만큼이나 지옥의 고통에 대해서도 알게 되었다. 불이 붙은 듯한, 칼로 찌르는 듯한, 머리가 하얘질 정도의 고통이 왼쪽 이깨에서부터 시작해 팔을 타고 내려갔다. 왼쪽 갈비뼈들도 고통에 찬 불만을 터뜨리기 시작했다. 이마에도 통증이 있었지만 다른 곳에 비하면 약한 편이었다. 매튜는 다시 눈을 뜨려 애썼고 다시 실패했다.

이 영원한 저주의 상태에서 그는 움직일 수도 없었다. 매튜는 자신이 움직이려고 애쓰고 있다고 생각했지만 확실치 않았다. 통증은 엄청났고 시간이 흐를수록 더욱 심해졌다. 그는 다 포기하고 힘을 아끼는 것이 더 합리적이라는 판단을 내렸다. 곧 유황 계곡을 걸으며 힘을 써야 할 테니 말이다. 매튜는 불똥이 타닥거리는 소리를 들었다. 아, 당연하지! 불! 그리고 불지옥 위에서 구워지는 듯한 압도적이면서도 끔찍한 열기를 느꼈다.

하지만 곧 새로운 감정이 그를 덮치기 시작했다. 분노였다. 그것은 완전한 형태를 갖춘 노여움으로 폭발할 조짐이 보였는데, 그 모습은 이곳과 딱 어울리는 것이었다.

매튜는 스스로를 기독교인으로 여겨왔고, 신의 길을 따르기 위해 나름대로 최선을 다해 노력해왔다. 이렇게 어떠한 재판이나 심리(審理)도 없이 지옥에 떨어져 있는 자신을 보는 것은 불합리하면서도 저주받은 죄악이었다. 점차 치미는 분노 가운데 매튜는 자기가 무슨 짓을 했기에 이런 파멸을 맞이했는지 궁금해졌다. 고아들과 어린 불량배들과 함께 맨해튼 항구를 뛰어다닌 것? 호스애플을 상인의 뒤통수에 집어 던지고, 널브러져 있는 술주정뱅이의 더러운 주머니에서 동전 몇 닢 훔친 것? 아니면 최근에 저지른 잘못인가? 세스 헤이즐턴의 창고에 몰래 들어갔다가 남자의 얼굴을 양철 등잔으로 베어놓은 것 같은 짓. 그래, 그건가 보다. 글쎄다. 매튜는 이곳에서 암말의 연인을 곧 맞이할 것이고, 그때쯤에는 자기가 이곳 변호사들의 소굴에서 선배로서의 지위를 쌓아놓을 수 있으면 좋겠다고 생각했다.

고통은 이제 견딜 수 없을 지경에 이르렀다. 매튜는 이를 악물었지만 건조한 목 안에서부터 비명이 치미는 것을 참을 수가 없었다.

고함을 지르면 악마 군단은 그의 인내심에 어떤 평가를 내릴까?

매튜는 입을 열었지만, 비명은 그르렁거리는 건조한 속삭임이 되어 흘러나왔다. 그것만으로도 매튜는 기진맥진해지고 말았다. 근처에서 들리던 중얼거림이 멈췄다.

나무껍질 같은 거친 손이 매튜의 얼굴을 만졌다. 손가락들이 턱에서 오른쪽 뺨으로 타고 올라왔다. 노랫가락 같은 중얼거림이 여전히 알 수 없는 언어로 다시 시작되었다. 엄지와 검지처럼 느껴지는 것이 그의 오른쪽 눈을 만졌고, 눈꺼풀을 밀어 올리려고 했다.

앞을 보지 못한 시간은 충분했다. 매튜는 눈을 뜨려 애쓰면서 가볍게 숨을 토해내고, 눈에 힘을 주어 스스로의 힘으로 눈을 떴다.

그 즉시 매튜는 눈을 뜬 것을 후회했다. 하데스의 넘실대는 붉은 불빛과 연기 속에서, 진정한 악마의 얼굴이 매튜를 맞이했다.

이 악마는 턱이 길고 좁은 갈색 얼굴을 가졌으며, 눈은 작고 검었고, 볕에 그을린 피부는 오래 묵은 목재처럼 주름이 져 있었다. 여윈 뺨에는 푸른 소용돌이무늬가 그려져 있었고, 태양처럼 밝고 노란 세 번째 눈이 이마 정중앙에 그려져 있었다. 갈고리로 뚫은 귓불에는 도토리와 달팽이 껍질을 매달았다. 머리는 정수리 부분의 긴 회색 머리만 남기고 모두 밀었고, 남은 머리카락은 뒤통수 너머로 길러 초록 나뭇잎과 작은 동물들의 뼈로 장식을 해놓았다.

매튜의 지옥 입성은 악마가 입을 벌리고 톱날 같은 이를 한껏 드러내자 더욱 최악으로 치달았다.

"아요 포키파."

악마가 고개를 끄덕이며 말했다. 적어도 매튜의 귀에는 그렇게 들렸다.

"아요 포카파."

악마가 다시 말하고, 짙은 연기를 뿜어내고 있는 깨진 도기 접시를 입으로 가져갔다. 악마는 재빨리 연기를 들이마셔서 입 안에 머금더니 그 악마의 땀 냄새가 나는 지독한 연기를 매튜의 코에 불어넣었다.

매튜는 고개를 옆으로 돌리려고 했지만 그 순간 자신이 누워 있는 딱딱한 자리 위에 머리가 묶여 있다는 사실을 깨달았다. 연기를 피하기는 불가능했다.

"얀테 테 나파 테."

악마가 중얼거리기 시작했다.

"사바 얀테 나파 테."

악마는 눈을 반쯤 감은 채 천천히 몸을 앞뒤로 흔들었다. 한 개 또는 여러 개의 지옥 불 불빛이 매튜의 머리 위 짙은 먹구름 사이에서 붉게 빛났다. 솔방울이 튀는 듯한 소리, 방울뱀들이 쉭쉭거리는 듯한 소리가 앞뒤로 몸을 흔드는 악마의 중얼거림 너머로 들려왔다. 매캐한 나무 타는 연기가 점점 더 짙어지는 것 같았다. 매튜는 들이마실 수 있는 얼마 남지 않은 공기가 오염될까봐 겁이 났다.

"얀테 테 나파 테, 사바 얀테 나파 테."

중얼거림이 반복되면서 목소리가 오르락내리락했다. 다시 깨진 접시를 이용한 의식과 연기 흡입이 반복되었고, 다시 연기가…… 이 빌어먹을 지옥, 이런 지독한 악취가 영원토록 계속되다니! …… 매튜의 코로 들어왔다.

매튜는 움직일 수가 없었다. 머리만 묶인 게 아니라 양 손목과 발목도 묶인 모양이었다. 그는 의연해지고 싶었지만 눈물이 눈에서 솟아나왔다.

"아이!"

악마가 말하며 그의 뺨을 톡톡 두드렸다.

"모우크 타카니 소바 세 하하."

그러더니 악마는 다시 단조로운 목소리로 중얼거리며 몸을 흔들었고, 또다시 연기가 코로 밀려들어왔다.

그렇게 대여섯 번의 의식을 치르자, 매튜는 고통을 느끼지 않게 되었다. 평상시 매튜의 정신을 조화롭게 제어하던 잘 맞물린 톱니바퀴가 타이밍을 놓치고 말았다. 악마가 몸을 흔드는 움직임에 따라 귀고리에 매달려 있던 달팽이의 움직임이 이어지다가, 눈 깜짝할 사이에 다음 움직임이 지나가버렸다. 등 아래로 딱딱함을 느끼는 동시에 매튜는 붉은 불꽃의 연기가 찬 허공을 떠다니는 듯했다.

그러고 나서 매튜는 자신이 정말로 제정신이 아님을 깨달았다. 중얼거리며 연기를 들이마시는 악마가 들고 있는 깨진 접시에서 대단히 이상한 점을 발견했기 때문이다.

접시는 흰색이었다. 그리고 접시 위에는 작은 빨간색 하트 무늬가 그려져 있었다.

그렇다. 미친 것이다. 그는 미쳤다. 완전히 미쳤다. 그리고 이제 지옥의 아수라장에 들어갈 준비가 되어 있었다. 그것은 루크리셔 본이 호수에 집어 던진 것과 같은 접시였다. 다만 그때 그 접시는 깨지지 않았었고 고구마 파이가 담겨 있었다.

"얀테 테 나파 테."

악마가 부드럽게 노래를 불렀다.

"사바 얀테 나파 테."

매튜는 다시 정신을 잃었다. 부풀어 오르는 어둠 속에서 자신을 잃었다. 혼돈의 땅에서 현실은 조각조각 부서져 사라졌으며, 마치 어둠이 살아 움직이며 처음에는 소리를, 그다음에는 빛을, 그다음에는 냄새를 먹어 삼키는 것 같았다.

죽은 이들의 나라에서 죽는 것이 가능하다면 그것은 매튜가 이룬 업적이었다.

하지만 그런 죽음은 얕은 것이며 아주 잠깐의 평화만 주어질 뿐이었다. 통증이 다시 심해졌고 다시 사라졌다. 매튜는 눈을 떴고, 움직이는 희미한 물체들과 그림자를 보았다. 그는 그를 방문하기 위해 들어온 무언가가 두려워 눈을 감았다. 매튜는 자신이 잠들어 있거나 죽었거나, 아니면 애꾸눈 잭이 그 피투성이의 공터에서 그를 뒤쫓고, 곰의 등에 올라탄 쥐잡이꾼이 다섯 개의 날이 달린 칼을 그에게 휘두르는 악몽을 꾸는 중이라고 생각했다. 매튜는 여름날의 홍수처럼 땀을 흘리며 잠에서 깼고, 다시 겨울의 나뭇잎처럼 바짝 말라서 잠이 들었다.

연기를 내뿜는 악마가 돌아와서 그 고문을 계속했다. 매튜는 작은 빨간 하트가 그려진 깨진 흰 접시를 다시 한 번 보았다. 그는 꺼질 듯 겁에 질린 목소리로 감히 악마에게 말을 걸어보았다.

"누구세요?"

중얼거리는 노랫소리가 계속되었다.

"당신 뭐예요?"

매튜가 물었지만 대답은 없었다.

매튜는 잠들었다가 깨고, 잠들었다가 깼다. 시간은 의미가 없었다. 그는 다른 두 악마들에게서도 보살핌을 받았는데, 좀 더 여성적인 모습을 한 악마들도 길고 검은 머리를 나뭇잎과 뼈로 장식하고 있었다. 그들은 매튜의 몸을 가리고 있던 풀, 이끼, 깃털 등으로 짠 매트를 들어 올리고, 그를 씻기고, 생선 맛이 강하게 나는 회색 풀처럼 생긴 음식을 먹여주고, 나무 국자로 물을 떠서 입에 넣어주었다.

불과 연기. 으슥함 속에서 흔들리는 그림자. 중얼거리는 노랫가락. 그래, 이것이 진정한 지옥이다. 매튜는 생각했다.

그러고 나서 어느 순간 눈을 떴을 때 레이첼이 그의 옆에, 이 불꽃과 연기의 공간에 서 있는 것이 보였다.

"레이첼!"

매튜가 외쳤다.

"당신도? 오…… 하느님…… 그 곰이……."

그녀는 아무 말도 하지 않고 손가락을 자기 입술에 가져다댔다. 죽었어도 레이첼의 눈은 금화처럼 밝게 빛났다. 머리카락은 검은 폭포수처럼 어깨까지 흘러내렸다. 지옥의 불빛이라고 해서 심장이 저리도록 아름다운 그녀의 모습을 제대로 비추지 못하는 건 아니었다. 레이첼은 목 주위에 복잡한 푸른 구슬 장식이 달린 진한 초록색 원피스를 입고 있었다. 매튜는 그녀 목의 움푹 팬 곳에서 뛰고 있는 맥박과, 그녀의 뺨과, 이마에 번들거리는 물기를 보았다.

이 말은 해야겠다. 이 악마들은 삶의 환상을 빚어내는 데 굉장한 능력을 가지고 있다.

매튜는 고개를 레이첼 쪽으로 돌려보려 애썼지만, 그의 머리는 팔과 다리처럼 여전히 고정되어 있었다.

"레이첼…… 미안해요."

매튜가 속삭였다.

"당신은 여기 있으면 안 되는데. 지옥 같은 시간은…… 이미 살아 있을 때 다 치렀는데."

레이첼이 손가락을 매튜의 입술로 가져가 입을 다물게 했다.

"나를…… 용서해줄 수 있겠어요?"

매튜가 물었다.

"당신이 이런…… 이런 식으로 끝나게 된 것을?"

연기가 두 사람 사이에서 피어올랐고, 레이첼 너머 어딘가에서 불이 탁탁거리며 타올랐다.

레이첼이 매튜에게 설득력 있는 답을 주었다. 몸을 아래로 숙이고 그녀의 입술을 그의 입술에 눌렀다. 키스가 계속될수록 매튜는 점점 달아올랐다.

매튜의 몸이, 결국은 몸의 환상이겠지만 세속의 땅에서 그랬을 것처럼 이 키스에 반응했다. 매튜는 놀라지 않았다. 그는 이미 천국이 천사의 류트로 가득 차 있고, 지옥은 육욕으로 가득 차 있다는 사실을 잘 알고 있었다. 그런 점에 있어서는 어쩌면 여기가 그렇게까지 유쾌하지 못한 곳은 아닐지도 모른다.

레이첼이 뒤로 물러섰다. 그녀의 얼굴은 그의 눈길이 닿는 곳 안에 머물러 있었고, 입술은 젖어 있었다. 그녀의 눈은 빛났고, 불의 그림자가 뺨에 물들어 있었다.

그녀는 뒤로 물러나 앉아 무언가를 풀었다. 갑자기 푸른 구슬이 달린 옷이 그녀에게서 미끄러져 내리더니 바닥에 떨어졌다.

그녀의 손이 돌아와 매튜의 몸에서 매트를 들어 올렸다. 그러더니 단 같은 것에 올라서서, 천천히, 부드럽게, 그녀의 벗은 몸을 그의 몸에 편안히 기댔다. 그녀는 풀로 짠 매트를 두 사람 위로 덮었고 간절함으로 그의 입술에 키스를 했다.

그는 그녀에게 지금 무슨 짓을 하는 건지 아느냐고 묻고 싶었다. 그녀에게 이것이 사랑인지, 아니면 열정인지, 아니면 그를 보면서 대니얼의 얼굴을 보고 있는 것인지 묻고 싶었다.

하지만 그는 그러지 않았다. 대신 그 순간에 굴복했다. 좀 더 정확히 말하자면 그 순간이 그에게 명령을 내렸다. 그는 영혼 깊은 곳에서부터 원하던 키스를 그녀에게 했고, 그녀의 몸은 부인할 수 없는 조급함으로 그의 몸을 눌렀다.

키스를 하는 동안 레이첼의 손은 매튜의 준비된 도구를 찾았다. 그녀의 손가락이 그를 감싸 쥐었다. 그녀의 허벅지가 천천히 움직이면서 그를 그녀 안으로, 그 촉촉하고 따스한 입구로 이끌었다. 그가 들어가는 것을 허락하며 편안히 벌어져 있다가 일단 그가 깊이 들어오자 좀 더 단단히 그것을 죄었다.

매튜는 움직일 수 없었지만 레이첼은 거리낌이 없었다. 그녀의 엉덩이가 가볍게 원을 그리며 움직이다가 더 강렬하게 움직이면서 마무리를 지었다. 믿을 수 없는, 다른 세상에 속한 듯한 감각을 느낀 매튜의 입에서 신음이 터져 나왔고, 레이첼도 자신의 신음으로 맞받았다. 그들은 서로 녹아들고 싶어 하는 것처럼 열렬히 키스를 했다. 나무 타는 연기가 둘의 주위를 맴돌았다. 불이 타오르는 동안 그들의 입술은 서로를 찾았고, 레이첼의 엉덩이가 위로 움직였다가 다시 아래로 내려오면서 그를 더욱 깊이 받아들였다. 매튜는 고통에 가까운 환희의 비명을 질렀다. 매튜는 땀을 흘리며 황홀경의 상태에서 이 움직임은 신과 악마의 합작품일 거라고 생각했다.

그러다가 매튜는 그냥 생각을 멈추고 자연이 지배하도록 몸을 내맡겼다.

레이첼의 움직임이 점점 강해졌다. 그녀의 입술이 그의 귀에 닿았고, 솔잎 향이 나는 머리카락이 그의 얼굴에 닿았다. 그녀는 빠르고 거칠게 숨을 쉬었다. 그의 심장이 쿵쾅거리고, 그녀의 심장이 그의 젖은 가슴 위에서 뛰었다. 그녀는 두 번 더 그를 세차게 밀어붙인 다음 등을 휘었다. 그녀의 머리가 위로 들리고 눈이 질끈 감겼다. 그녀는 몸을 떨면서 입을 벌린 채 길고 부드러운 신음을 내뱉었다. 잠시 뒤 환희의 감각이 하얗게 번쩍이는 고통으로 바뀌면서 격렬한 충격이 매튜의 머리 꼭대기에서 척추를 타고 퍼져 내려갔다. 이 감각들이 일으키는 폭동의 와중에 그는 레이첼의 끈끈한 촉촉함 안에서 그의 것이 터지는 것을 느꼈다. 그 폭발에 그의 얼굴이 일그러지고 입술에서는 비명이 터져 나왔다. 레이첼이 다시 그에게 키스를 했다. 마치 그의 비명을 거머쥐어 그녀의 영혼 한가운데 있을 비밀스러운 황금 상자 안에 영원히 간직하려는 것처럼 열렬한 키스였다.

레이첼이 힘없이 숨을 내쉬며 그의 몸 위에 자리를 잡았다. 하지만 팔꿈치와 무릎으로 몸을 지탱해 그녀의 무게가 전부 그에게 실리지 않도록 했다. 그는 아직도 그녀 안에 있었고, 여전히 단단했다. 그의 동정은 과거 일이 되었고, 그 흘러간 과거가 그에게 달콤한 아픔을 남겼다. 하지만 그의 불꽃은 아직도 꺼지지 않았다. 그리고 분명히 레이첼의 것도 꺼지지 않았다. 그녀는 그의 얼굴을 바라보고, 신비로운 눈을 불빛에 반짝이며 땀에 젖은 채 다시 그의 위에서 움직이기 시작했다.

여기가 정말로 지옥이라면 왜 모든 사람들이 지옥의 한자리를 예약하려고 그렇게 열심인지 놀랄 일도 아니었다.

두 번째는 느리게 진행되었지만 첫 번째보다 더욱 강렬했다. 매튜는 그저 누워서 레이첼의 움직임에 보조를 맞추려 애쓸 수밖에 없었다. 그가 완전히 자유롭게 움직일 수 있었다 해도, 단 한 군데를 제외한 몸의 모든 근육들이 무력해진 덧에 제대로 움직일 수 없었으리라.

마침내 그녀가 그의 위에서 몸을 내리눌렀다. 그는 최대한 참아보려 애썼지만, 다시 한 번 눈이 멀어버릴 듯한 환희와 고통이 뒤섞인 감각이 덮치면서, 두 연인이 그토록 격렬하게 도달하고 싶어 하던 목적지에 이르렀음을 알렸다.

그러고 나서 그 이후의 따스한 촉촉함 안에서 두 사람이 숨을 쉬고 키스를 하며 혀로 장난을 치는 동안, 매튜는 말들이 달려야 할 길을 모두 달렸고 이제는 마차를 창고에 들여놓아야 할 때임을 알았다.

곧 매튜는 눈을 감고 다시 잠이 들었다. 그가 눈을 떴을 때 노란 세 번째 눈을 가진 악마가 그의 옆에 있었다. 악마는 흰 돌로 씨앗과 딸기, 그리고 악취가 진동하는 무언가가 뒤섞인 더러운 갈색 혼합물을 나무 그릇에 담아 으깨고 있었다. 그러고는 그 혼합물에 툴툴거림과 휘파람 소리를 섞어가며 그중 일부를 엄지와 검지로 집어 매튜의 입을 향해 밀어 넣었다.

아하! 매튜는 생각했다. 이제 진정한 고통이 시작되려나 보다! 그의 입에 밀어 넣어진 혼합물은 모양은 딱 개똥 같았고 토사물에서 나는 냄새가 났다. 매튜는 입술을 꽉 닫았다. 툴툴거림과 휘파람 소리에 눈에 띄게 짜증이 섞였다. 악마는 그의 입을 억지로 열었고, 매튜는 끈질기게 받아들이기를 거부했다.

또 다른 형체가 연기 속에서 튀어나와 매튜가 누운 자리 옆에 섰다. 매튜는 여자의 얼굴을 보았다. 여자는 아무 말 없이 그 쓰레기를 두 손가락으로 집어 자기 입안으로 밀어 넣었다. 그러고는 그것이 지닌 가치를 보여주기 위해 그것을 씹었다.

매튜는 자기 눈을 믿을 수가 없었다. 그 여자가 그것을 자발적으로 먹어서가 아니라, 쇼컴의 여관에서 본 여위고 말이 없던 그 소녀였기 때문이다. 그녀의 행동이나 옷차림은 많이 변해 있었다. 머리카락은 깨끗하게 빛이 났는데, 짙은 갈색이라기보다는 밤색에 더 가까웠다. 붉게 염색한 풀로 촘촘하게 짠 왕관처럼 생긴 작은 모자를 썼고, 광대뼈 위에는 불그레한 물감을 바르고 있었다. 그녀의 눈은 더 이상 게슴츠레하거나 약해 보이지 않았고 단호한 의지가 엿보였다. 그리고 옷의 앞자락에 붉은색과 보라색 구슬로 장식을 한 사슴 가죽 옷을 입고 있었다.

"당신은!"

매튜가 말했다.

"여기에서 지금 뭐……."

시궁창 죽을 조금 쥐고 있던 엄지와 검지가 그의 입술 사이로 밀고 들어왔다. 매튜의 첫 번째 반응은 뱉는 것이었지만, 악마가 이미 한 손으로 입을 막고 다른 손으로 그의 목을 주무르고 있었다.

이제 그것을 삼키는 것 외에 달리 도리가 없었다. 이상하고 기름진 질감이 느껴지는 맛이었지만, 매튜는 예전에 그보다 더 고약한 치즈도 먹어본 적이 있었다. 사실 그것은 다양한 맛이 났다. 조금은 시고 조금은 달고 어찌 보면…… 글쎄…… 조금 더 먹고 싶어지는 것 같기도 했다.

소녀는…… 소녀! 매튜가 그녀의 이름을 물었을 때 애브너가 웃으며 말하던 것이 떠올랐다. 소녀는 매튜가 뭘 물어보기도 전에 불이 드리운 그림자 안으로 자리를 옮겼다. 악마는 그릇이 빌 때까지 매튜에게 그것을 계속 먹였다.

"여긴 뭐 하는 곳인가요?"

매튜가 물었다. 그는 혀로 이 사이에 낀 씨앗을 뺐다. 답이 없었다. 악마는 그릇을 들고 물러났다.

"여긴 지옥이죠. 아닌가요?"

"세 합나 타 아미."

악마가 말하고는 혀를 쯧쯧 찼다.

다음 순간에 매튜는 자신이 혼자 남겨진 것을 느꼈다. 이제 매튜는 위쪽으로 보이는 연기 구름을 통해 나무로 엮은 지붕처럼 보이는 것을 파악할 수 있었다. 아니면 아직 껍질이 붙은 작은 소나무들인지도 몰랐다.

눈꺼풀이 무거워지기까지 그리 오래 걸리지 않았다. 잠에는 저항할 수가 없었다. 잠은 마치 초록빛 파도처럼 그를 덮쳤고 알 수 없는 깊이까지 그를 끌어내렸다.

꿈도 없이. 흘러 다녔다. 한 세기 동안의 잠. 완벽한 평화와 고요. 그리고 목소리.

"매튜?"

그녀의 목소리.

"내 말 들려요?"

"아아."

매튜는 한결 편안하게 숨을 쉴 수 있었다.

"눈 뜰 수 있어요?"

그때까지의 휴식이 진정으로 완벽하게 만족스러웠기 때문에 매튜는 아쉬운 마음으로 약간 주저하며 눈을 떴다. 거기에는 레이첼이 있었다. 그녀는 얼굴을 그의 얼굴에 바짝 들이댔다. 그는 깜박거리는 불빛으로 그녀를 분명히 볼 수 있었다. 짙은 연기는 사라지고 없었다.

"사람들이 당신을 일어나게 하려고 애쓰고 있어요."

레이첼이 말했다.

"사람들?"

매튜의 입안에서 타는 재 같은 맛이 느껴졌다.

"누가요?"

악마가 세 번째 눈을 지우고 나타나 레이첼 옆에 섰다. 손을 들어 올리는 동작과 목 뒤쪽에서 울리는 툴툴거림으로 그 의미는 분명해졌다.

매튜를 돌보던 두 여자가 나타났고, 그의 머리 쪽에서 뭔가 작업을 하기 시작했다. 매튜는 뭔가를 자르는 소리를 들었다. 가죽끈일 것이라는 생각이 들었다. 갑자기 매튜는 머리를 자유롭게 움직일 수 있게 되었고, 곧바로 목 근육에 쥐가 났다.

"당신에게 말해줄 게 있어요."

두 여자가 매튜를 소나무 침상에서 자유롭게 풀어주는 동안 레이첼이 말했다.

"당신은 심하게 부상을 입었어요. 그 곰이……."

"그래요. 곰."

매튜가 레이첼의 말을 가로막았다.

"나를 죽였죠. 그리고 당신도요."

레이첼이 눈살을 찌푸렸다.

"뭐라고요?"

"그 곰이. 우리를 죽……."

매튜는 가죽끈이 왼쪽 손목에서 벗겨지고, 오른손도 풀려난 것을 느꼈다. 그는 레이첼이 웨딩드레스를 입고 있는 것을 보고 말을 멈췄다. 옷에는 풀 얼룩이 묻어 있었다. 매튜는 힘겹게 침을 삼켰다.

"우리…… 안 죽었어요?"

"네, 멀쩡히 살아 있어요. 당신은 거의 죽을 뻔했지만요. 이 사람들이 오지 않았다면 당신은 피를 많이 흘려서 죽었을 거예요. 여기 사람들 중 하나가 지혈을 하려고 팔을 묶었어요."

"내 팔."

매튜는 이제 어깨의 끔찍한 고통과 손가락에서 방울져 떨어지던 피를 기억했다. 왼팔의 손가락을 움직일 수도, 심지어는 감각을 느낄 수도 없었다. 속에서 치미는 느낌이 들었다.

"팔이 아직 달려 있나요?"

매튜는 곁눈질하기조차 두려웠다.

"있어요."

레이첼이 진지하게 대답했다.

"하지만…… 상처가 아주 깊어요. 뼈가 드러날 정도로 다쳤어요. 뼈도 부러졌고요."

"그리고요?"

"왼쪽 옆구리요. 끔찍하게 한 방 맞았어요. 갈비뼈가 두 대, 세 대…… 몇 개나 부러졌는지 모르겠어요."

매튜는 오른손을 들어 올렸다. 팔꿈치에 앉은 딱지 말고는 상처가 없었다. 그는 오른팔로 옆구리를 조심스럽게 만져보았다. 뭔가 찐득한 갈색 물질로 붙여놓은 커다란 진흙 덩어리가 옆구리를 덮고 있었다. 덩어리 아래로 불룩하게 튀어나온 것이 상처를 직접 누르고 있었다.

"의사가 습포제를 만들었어요."

레이첼이 말했다.

"약초랑 담뱃잎이랑…… 더 뭘 섞었는지는 모르겠어요."

"무슨 의사요?"

"음."

레이첼은 두 사람을 바라보고 있는 악마를 곁눈질했다.

"이 사람이 그들의 의사예요."

"맙소사!"

매튜는 놀라서 말도 나오지 않았다.

"난 지금 지옥에 있는 거야! 아니라면 도대체 여기가 어디겠어요?"

"우리는 인디언 마을에 온 거예요."

레이첼이 차분하게 대답했다.

"여기가 파운트로열에서 얼마나 먼지는 모르겠어요. 우리는 곰이 당신을 공격했던 곳에서 이곳까지 한 시간 정도를 왔어요."

"인디언 마을? 지금 그 말은…… 내가 인디언의 치료를 받았다는 말인가요?"

이건 상상조차 할 수 없는 일이다! 매튜가 의식이 있었다면 야만인에게 치료를 받느니 차라리 악마 같은 의사를 찾아갔을 것이다.

"그래요. 그리고 치료를 잘 받았고요. 이 사람들은 나에게 아주 친절하게 대해줬어요, 매튜. 이 사람들을 두려워할 이유가 없어요."

"폭!"

의사가 매튜에게 일어서라는 손짓을 하며 말했다. 두 여자가 그의 발목을 묶고 있던 가죽끈을 잘라서 치웠다.

"하파페 폭 포카티!"

그는 매튜의 상체를 덮고 있던 매트를 옆으로 치우고, 매튜를 온 세상 앞에 벌거벗은 모습으로 남겨두었다.

"푸! 푸!"

의사가 환자의 다리를 치며 계속 말했다.

반사적으로 매튜는 자신의 중요 부위를 두 손으로 가렸다. 오른손은 충분히 잽싸게 움직였지만, 왼손은 조금 움직이는 것만으로도 시큰거리는 통증이 어깨를 훑고 지나갔다. 매튜는 이를 악물었다. 땀이 얼굴에 솟았다. 그는 부상당한 부위를 쳐다보았다.

그의 어깨는 팔꿈치까지 모조리 진흙으로 싸여 있었고, 그 소위 말하는 치료제라는 것이 진흙 반창고 아래에서 상처를 누르고 있었다. 진흙은 나무 부목 위에도 발라져 있었고, 팔꿈치는 가볍게 구부린 자세에서 움직이지 못하도록 고정되어 있었다. 진흙 가장자리에서 손가락 끝까지, 살은 흉측한 검은색과 보라색 멍으로 얼룩덜룩했다. 무시무시한 광경이었지만 적어도 팔은 달려 있었다. 매튜는 움직일 수 있는 손을 들어 이마를 만졌다. 그곳에도 진흙 반창고가 붙어 있었고, 끈끈한 풀 같은 물질로 고정되어 있었다.

"머리에도 상처가 났어요."

레이첼이 말했다.

"일어설 수 있겠어요?"

"아마도요. 산산조각 나지만 않는다면."

매튜는 의사를 바라보았다.

"옷! 내 말 알겠어요? 난 옷이 필요해요!"

"푸! 푸!"

의사가 다시 매튜의 다리를 찰싹찰싹 치며 말했다.

매튜는 레이첼에게 부탁하기로 했다.

"옷 좀 가져다줄 수 있어요?"

"없어요."

레이첼이 매튜에게 말했다.

"입고 있던 옷은 전부 피범벅이 됐어요. 이 사람들이 옷가지에 대고 무슨 의식 같은 걸 했어요. 첫날 밤에요. 그러고는 다 태워버렸어요."

레이첼의 말이 창이 되어 그를 꿰뚫었다.

"첫날 밤? 우리가 여기 온 지 얼마나 됐어요?"

"오늘이 닷새째 아침이에요."

나흘을 꼬박 인디언들의 손아귀에 붙잡혀 있었다니! 매튜는 믿을 수가 없었다. 꼬박 나흘. 그러고도 머리가 아직도 붙어 있다니! 인디언들은 레이첼과 매튜를 함께 도살하기 위해 매튜가 충분히 회복되기를 기다리는 것일까?

"여기 영주인지 추장인지 하는 사람이 우리를 부르는 것 같아요. 저도 아직 그 사람은 못 만나봤어요. 하지만 뭔가 특별한 의식이 진행 중이에요."

"푸! 푸!"

의사가 고집했다.

"세 하파페 타 무크!"

"알았어요."

매튜는 피할 수 없는 운명을 직면하기로 했다.

"일어서볼게요."

레이첼의 도움으로 매튜는 자리에서 일어나 더러운 바닥으로 내려갔다. 품위를 지키고 싶었으나 어쩔 수가 없었다. 뻣뻣한 다리가 그를 지탱해주었다. 부러진 팔에 두른 진흙 붕대가 무거웠지만, 팔꿈치에 댄 부목 덕분에 그럭저럭 버틸 만했다. 진흙과 습포제에 묻힌 왼쪽 옆구리의 갈비뼈들에서 통증이 천둥처럼 울렸지만, 숨을 너무 깊이 쉬지만 않으면 참을 만했다.

만일 애꾸눈 잭이 그렇게 노쇠하지만 않았다면 매튜는 그 자리에서 바로 죽었을 것이다. 젊었을 때의 잭을 만났다면 즉각 참수를 당하거나, 아니면 모드의 남편이 그랬던 것처럼 창자가 다 쏟아진 채 괴로워하며 죽었을 것이다.

인디언 의사가 앞장서 걸었다. 의사도 벌거벗은 채 작은 사슴 가죽 가리개와 끈으로 국부만 덮고 있었다. 의사는 매튜가 누워 있던 자리와 비슷한 것이 여러 개 깔려 있는, 나무로 지은 직사각형 방의 반대편 벽 쪽을 향해 걸어갔다. 매튜는 이곳이 그들의 진료소임을 알아차렸다. 타닥거리며 타는 작은 불 주위로 돌을 둥그렇게 둘러 놓았지만, 근처에 있는 엄청난 잿더미로 보아 연기가 솟았던 큰불은 이곳에서 타올랐던 것이 분명했다.

매튜는 다리가 다시 그를 지탱하는 데 익숙해질 때까지 레이첼에게 몸을 기댔다. 그의 마음은 아직도 혼란스러웠다. 레이첼과의 성적인 결합이 실제였는지 아니면 부상으로 인해 열에 들뜬 꿈이었는지 분명하지가 않았다. 레이첼이 죽어가는 남자와 사랑을 나누기 위해 자리 위로 기어 올라올 리는 없다! 두 사람 사이에 무슨 일이 있었다는 표시나 징조 같은 것도 레이첼에게서 보이지 않았다.

하지만 여전히…… 그것은 정말로 일어났던 일일까?

그러나 매튜가 꿈에서 허구라고 상상했던 것 중에 진짜인 것도 있었다. 마루 위, 불가에 놓여 있던 다른 도기 컵들과 나무 그릇들, 무늬를 새긴 뼈로 만든 파이프와 함께 루크리셔 본의 깨진 접시가 있었던 것이다.

쉴즈 선생을 공포로 하얗게 질리게 만들고도 남았을 야만인 치유자는 진료소 입구에 걸린 묵직한 검은 곰 가죽을 옆으로 들췄다.

마루 위로 쏟아져 들어오는 하얀 햇빛에 눈이 부셔서 매튜는 눈을 꼭 감고 비틀거렸다.

"내가 잡고 있어요."

레이첼이 매튜가 넘어지지 않도록 부축하면서 말했다.

바깥에서는 흥분한 사람들의 시끌벅적한 외침과 끽끽거리는 소리, 와 하는 함성, 킥킥 웃는 소리가 한데 어우러져 들려왔다. 웃고 있는 갈색 얼굴들이 앞으로 밀려들었다. 인디언 의사가 소리를 지르기 시작했다. 말은 안 통해도 짜증 섞인 목소리 톤을 들으니 무슨 뜻인지 짐작이 갔다. 뒤로 물러나요. 자리 좀 만들어줘요!

멍하게 서 있는 벌거벗은 매튜를 레이첼이 빛으로 이끌었다.

40

진료소 앞에 모인 대략 여든 명에서 백 명 정도 되는 사람들은 매튜가 나오자 조용해졌다.

의사가 계속 외쳐대자 맨 앞에 있던 사람들이 뒤로 물러섰다. 매튜와 레이첼이 주요 부위만 가린 의사의 뒤를 따르자 인디언들이 그 뒤를 따랐다. 외침과 웃음소리, 그리고 흥분한 목소리가 다시 크게 높아지기 시작했다.

아무리 술독에 빠져 취한대도 온 세상 앞에 이렇게 벌거벗은 모습으로 레이첼의 부축을 받으며 웃고 소리 지르는 인디언 무리를 헤치고 걸어가는 상황은 매튜로서는 상상조차 못할 일이었다. 아직도 밝은 빛에 압도당하긴 했지만, 시야가 천천히 돌아오고 있었다. 둥근 나무 오두막이 스무 채 정도 보였고, 그중 일부는 마른 진흙으로, 다른 것들은 이끼로 덮여 있었다. 지붕 위는 땅과 마찬가지로 풀들이 빽빽하게 자라 있었다. 이곳에 있는 옥수숫대는 파운트로열의 농부들을 무릎 꿇게 만들 정도로 무성했다. 매튜의 다리 주위에서 킁킁거리며 어슬렁거리는 개들을 의사가 소리를 질러 쫓아버렸다. 벌거벗은 갈색 꼬마 네 명이 깔깔 웃으며 창백한 환자에게 다가왔을 때도 의사는 소리를 질렀고, 아이들은 고함을 지르며 껑충껑충 뛰어 달아났다.

그곳의 남자들 대부분은 의사와 마찬가지로 좁은 얼굴형에 마른 몸을 하고 있었고, 정수리만 남기고 머리카락을 모두 밀어버린 모습이었으며 거의 벌거벗고 있었다. 여자들은 사슴 가죽으로 만든 옷이나 밝은색 면직물 옷을 입고 있었다. 하지만 여자들 중 일부는 가슴을 다 드러내고 있었고, 그 광경을 파운트로열의 주민들이 봤다면 기절을 하고도 남을 일이었다. 사람들은 맨발이거나 사슴 가죽 신발을 신고 있었다. 꽤 많은 남자들이 복잡한 무늬의 푸른색 문신으로 장식을 했고, 나이 든 여자들 중에서도 문신을 한 사람이 몇 명 있었다. 문신은 얼굴뿐만 아니라 가슴, 팔, 허벅지 등 온몸에 새겨져 있었다.

축제 분위기였다. 남자와 여자들은 어린아이처럼 즐거워했고, 수많은 아이들이 다람쥐처럼 날래게 움직였다. 가축들도 많이 있었다. 돼지, 닭, 그리고 짖어대는 개들. 의사는 레이첼과 매튜를 마을의 중앙에 있는 오두막으로 이끌었다. 오두막 앞에 이르자 그는 칼로 문양을 새긴 사슴 가죽 덮개를 들춰 안으로 들어갔다. 그리고 그 안의 누군가에게 허락을 구하고, 두 사람을 서늘하고 어두침침한 실내로 안내했다.

기름이 듬뿍 담긴 도기 그릇에서 작은 불꽃이 타오르면서 빛을 발하고 있었다. 한 남자가 나무 막대기를 짚고, 여러 종류의 동물 가죽으로 만든 쿠션에 기대어 책상다리를 한 채 연단 위의 불꽃을 보고 있었다.

매튜는 이 남자를 보고 걸음을 멈췄다. 입이 벌어지고 이가 전부 바닥으로 떨어져 내릴 것 같았다. 그 정도로 충격이 컸다.

이 남자는 분명히 이 마을의 추장, 통치자, 영주, 아니면 뭣이든 이곳 야만인들이 붙인 이름을 가진 그들의 지배자로, 사슴 가죽으로 국부만 간신히 가리고 있었다. 그런 모습은 이제 익숙했다. 매튜를 충격에 빠뜨린 것은 그의 머리에 올라가 있는 것이었다. 추장은 길고 흰 곱슬곱슬한 재판관의 가발을 머리에 얹고 있었다. 그리고 그 가슴에는…….

이건 꿈이야! 매튜가 생각했다. 이런 걸 보다니 나는 지금 제정신이 아닌 거야!

……황금 실로 짠 우드워드 판사의 조끼를 걸치고 있었다.

"파타 네."

의사가 매튜와 레이첼에게 오두막 중심에 그려진 원을 가리킨 뒤 앉으라는 손짓을 했다.

"오하! 오하!"

레이첼이 순순히 말을 따랐다. 매튜가 몸을 굽히자 통증이 갈비뼈를 찔렀다. 그는 진흙 붕대를 거머쥐었다. 얼굴이 굳어졌다.

"우!"

추장이 말했다. 긴 턱과 좁은 얼굴을 가진 그의 양 볼에는 푸른색으로 원 무늬의 문신이 새겨져 있었다. 문신은 푸른 정맥처럼 팔을 따라 내려가 손까지 덮고 있었다. 손가락 끝은 붉은색으로 물들어 있었다.

"세 나 오하! 파 케 네 수 나 오하 사우파파!"

추장의 명령에 의사는 즉시 매튜의 오른팔을 잡아 일으켜 세웠다. 레이첼이 함께 일어서려 하자 의사는 레이첼의 어깨를 잡고 다소 단호하게 눌렀다.

추장이 연단에서 일어섰다. 무릎부터 발까지 이르는 공간에도 문신이 새겨져 있었다. 그는 손을 허리에 얹고, 움푹 들어간 검은 눈으로 매튜를 똑바로 보았다. 추장의 표정은 자신의 권위에 어울리게 진지했다.

"테 테 웨야."

추장이 말했다. 의사가 뒤로 물러서면서 오두막을 나갔다. 다음 말은 매튜를 향한 것이었다.

"우른 타 카 파 페 네?"

매튜는 그저 고개를 저었다. 추장이 우드워드의 값진 조끼를 단추도 채우지 않고 입고 있어서 가슴에도 문신이 새겨져 있는 걸 볼 수 있었다. 다른 인종의 나이를 추정하기란 어려웠지만 매튜는 이 추장이 젊은 남자라고 생각했다. 매튜보다는 대여섯 살 정도 많은 듯했다.

"오움?"

추장이 눈살을 찌푸리며 물었다.

"카 테이나이 칼멧?"

매튜는 그저 고개만 저을 뿐이었다.

추장은 잠시 바닥을 내려다보았다. 그러더니 팔짱을 꼈다. 추장은 한숨을 쉬고 생각에 잠긴 듯했다. 매튜는 이 사람이 자기 포로를 어떻게 죽이는 게 가장 좋을지 심사숙고하는 것 같아 두려웠다.

그러더니 추장은 다시 고개를 들고 말했다.

"Quel chapeau portez-vous?"

매튜는 쓰러질 뻔했다. 인디언이 한 말은 프랑스어였다. 괴상한 질문이긴 했지만 아무튼 프랑스어다. 질문 내용은 이랬다.

'당신은 무슨 모자를 쓰고 있습니까?'

매튜는 잠시 마음을 진정시켰다. 이 문신을 새긴 야만인이 유럽의 고전적인 언어를 말할 수 있다는 사실에 혼란스러웠다. 그 충격에 매튜는 자신이 완전히 벌거벗은 채 그곳에 서 있다는 사실도 잠시 잊을 정도였다.

"Je ne porte pas de chapeau."

매튜가 대답했다. '저는 모자를 쓰고 있지 않습니다'라는 뜻이었다.

"아, 아!"

추장이 진심 어린 미소를 지었다. 그 덕에 방 안 분위기가 환하고 따스해졌다. 추장은 매튜가 이 언어를 이해한다는 사실이 마찬가지로 놀랍고 기쁘다는 듯 손뼉을 쳤다.

"Tous les hommes portent des chapeaux. Mon chapeau est Nawpawpay. Quel chapeau portez-vous?"

매튜는 이제 그 말을 이해했다. 추장은 이렇게 말했다.

'모든 사람은 모자를 쓰고 있습니다. 내 모자는 나파페이입니다. 당신은 무슨 모자를 쓰고 있습니까?'

"오."

매튜는 고개를 끄덕이며 말했다.

"Mon chapeau est Mathieu(내 모자는 매튜입니다)."

"Mathieu(매튜)."

나파페이가 그 단어의 무게를 혀 위에서 가늠하는 듯 되뇌었다.

"Mathieu…… Mathieu."

그는 프랑스어로 말했다.

"이상한 모자입니다."

"그럴 겁니다. 하지만 그건 제가 태어날 때 받은 모자입니다."

"아! 하지만 당신은 이제 다시 태어났습니다. 그러니 새로운 모자를 받아야 합니다. 내가 직접 모자를 주겠습니다. 악마를 죽인 자."

"악마를 죽인 자? 이해가 안 가는데요."

매튜는 레이첼을 흘긋 보았다. 프랑스어를 모르는 레이첼은 두 사람이 무슨 말을 하는지 몰라서 완전히 어리둥절한 표정이었다.

"당신을 거의 죽일 뻔한 악마를 당신이 죽이지 않았습니까? 그 악마가 이 땅을 얼마나 오랫동안 헤매고 다녔는지는…… 오…… 오직 죽은 영혼들만이 알 것입니다. 내 아버지도 죽은 자들 중 하나입니다. 얼마나 많은 형제와 자매들이 그 악마의 앞발과 송곳니에 죽어갔는지 모릅니다. 하지만 우리는 그 짐승을 죽이기 위해 노력했습니다. 네, 우리는 노력했습니다."

추장은 고개를 끄덕거렸다. 그의 표정이 다시 근엄해졌다.

"그리고 우리가 노력했을 때, 그 악마는 우리에게 사악한 짓을 저질렀습니다. 그 몸에 꽂힌 화살 하나하나마다 악마는 저주를 열 개씩 내렸습니다. 우리의 남자 아기들이 죽고, 곡식이 말라 죽고, 물고기 씨가 마르고, 우리의 예언자들이 종말을 꿈꿨습니다. 그래서 우리는 노력을 멈췄습니다. 우리 자신의 목숨을 위해서요. 그랬더니 모든 것이 좋아졌습니다. 하지만 그 짐승은 항상 배가 고팠습니다. 알겠습니까? 우리 중 누구도 그것을 죽이지 못했습니다. 숲의 악마들은 항상 자기 종족을 돌봐왔습니다."

"하지만 그 짐승은 아직 살아 있는데요."

매튜가 말했다.

"아닙니다! 사냥꾼들이 당신들이 여행하는 것을 보고 당신들을 뒤따랐습니다. 그리고 곰이 당신을 쳤지요! 나는 그것이 당신을 어떻게 공격했는지, 그리고 당신이 그 곰 앞에 어떻게 맞섰는지 그리고 얼마나 큰 함성을 질렀는지 얘기를 들었습니다. 아주 볼 만한 광경이었을 겁니다! 사냥꾼들 말이 그 곰이 다쳤다고 했습니다. 나는 사람들을 보냈습니다. 그들이 굴에서 죽어 있는 곰을 발견했습니다."

"아, 어떻게 된 건지 이해했어요. 하지만…… 곰은 늙고 지쳐 있었습니다. 제 생각엔 이미 죽어가고 있었던 것 같은데요."

나파페이는 어깨를 으쓱했다.

"그럴지도 모릅니다, 매튜. 하지만 누가 그 마지막 일격을 가했습니까? 그들이 당신의 칼을 찾았습니다. 아직도 여기에 꽂혀 있습니다."

추장은 턱 아래를 검지로 눌렀다.

"아, 만일 당신이 걱정하는 것이 숲의 악마들이라면, 그들이 우리 종족만을 괴롭힌다는 사실을 알면 마음이 편해질 겁니다. 당신 종족은 그 악마들에게 겁을 줍니다."

"그 문제에 대해선 걱정하지 않습니다."

매튜가 말했다.

레이첼은 더 이상 견딜 수가 없었다.

"매튜! 저 사람이 뭐라는 거예요?"

"이 사람들이 죽은 곰을 찾았는데 내가 그걸 죽였다고 믿고 있어요. 이 사람이 나에게 '악마를 죽인 자'라는 새 이름을 줬어요."

"지금 말하는 게 프랑스어예요?"

"그래요. 나도 어떻게 이 사람이……."

"잠깐만요. 실례합니다."

나파페이가 말했다.

"당신은 어떻게 라피에르 왕의 언어를 알게 되었습니까?"

매튜는 다시 한 번 영어에서 프랑스어로 생각을 옮겼다.

"라피에르 왕?"

"그렇습니다. 프란츠 유로페이의 왕국에서 오신 분입니다. 당신은 그분 부족의 일원입니까?"

"아뇨."

"그렇다면 그분에게서 무슨 말을 들은 것입니까?"

이 말에는 간절함이 배어 있었다.

"그분은 언제 이 땅에 돌아오십니까?"

"음…… 글쎄요……. 확실히 모르겠습니다."

매튜가 말했다.

"그분이 이곳에 언제 마지막으로 오셨는데요?"

"오, 내 할아버지의 아버지의 시절이었습니다. 그분은 우리 가족에게 그분의 언어를 남겨주었습니다. 그것이 왕들의 언어라고 말했습니다. 내가 지금 말을 잘하고 있습니까?"

"네, 아주 잘하십니다."

"아!"

나파페이가 어린아이처럼 활짝 웃었다.

"흥미를 잃지 않도록 계속 연습하고 있었습니다. 라피에르 왕은 우리에게 불이 켜지는 막대기를 보여주셨고, 우리 얼굴을 작은 연못에 담아 보여주기도 했습니다. 그리고…… 노래하는 작은 달도 가지고 있었습니다. 그분이 한 모든 것이 명판에 새겨져 있습니다."

나파페이는 당혹스러운 듯 눈살을 찌푸렸다.

"나는 그분이 돌아오기를 바랍니다. 그래서 나의 할아버지의 아버지처럼 그 놀라운 것들을 직접 보고 싶습니다. 나는 내가 무언가를 그리워한다고 생각합니다. 당신은 그의 가족이 아닙니까? 그렇다면 어떻게 당신은 왕의 언어를 말할 수 있는 것입니까?"

"라피에르 왕 일족의 일원에게서 배웠습니다."

매튜는 결심을 하고 말했다.

"이제 알겠습니다! 언젠가…… 언젠가……."

나파페이는 강조하기 위해 손가락을 들어 올렸다.

"나는 저 물을 건너 구름 배를 타고 프란츠 유로페이에 갈 것입니다. 나는 그 마을을 걷고 라피에르 왕의 오두막에서 나 자신을 찾을 것입니다. 그곳은 분명 거대한 곳일 겁니다! 백 마리의 돼지가 있는!"

"매튜!"

레이첼은 대화에 전혀 참여할 수 없어서 거의 미칠 지경이었다.

"저 사람이 뭐래요?"

"당신의 여자는, 슬프게도 당신이나 나처럼 문명화되지 않았습니다."

나파페이가 조심스럽게 말했다.

"이 여자는 우리가 잡은 흰 물고기처럼 진흙의 언어를 말합니다."

"흰 물고기?"

매튜가 물었다. 그러고는 레이첼에게 조용히 있으라는 신호를 보냈다.

"흰 물고기가 뭔가요?"

"오, 그자는 아무것도 아닙니다. 아무것도 아닌 것보다 더 나쁩니다. 그자는 살인자에 도둑입니다. 내가 지금까지 만난 짐승 중 가장 문명화되지 않은 짐승으로, 그런 자를 만난 것은 불행이었습니다. 자, 나에게 프란츠 유로페이의 마을에 대해서 더 말해주시겠습니까?"

"그곳에 대해 내가 아는 모든 것을 말해주겠습니다."

매튜가 대답했다.

"그 전에 흰 물고기에 대해 먼저 말해주십시오. 당신은…… 지금 입고 있는 그 옷…… 그리고 그 가발…… 그자의 오두막에서 찾았습니까?"

"이거요? 그렇습니다. 아름답지 않습니까?"

나파페이는 금실로 짠 조끼가 잘 보이도록 팔을 벌리고 활짝 웃었다.

"그곳에서 또 무엇을 찾았는지 여쭤도 되겠습니까?"

"여러 가지 것들. 아마 무슨 용도가 있었을 겁니다. 하지만 나는 그냥 보는 것을 좋아합니다. 그리고…… 당연하게도…… 내 여자를 찾았습니다."

"당신의 여자?"

"네, 나의 신부. 나의 공주."

나파페이는 거의 입이 귀에 걸릴 정도로 크게 미소를 지었다.

"조용하고 사랑스러운 여자. 오, 그녀는 내 모든 보물을 함께 갖고 나에게 아들을 오두막 하나 가득히 낳아줄 겁니다! 하지만 그전에 그녀를 살찌게 해야 합니다."

"흰 물고기는요? 그자는 어디에 있습니까?"

"별로 멀지 않은 곳에 있습니다. 다른 물고기가 둘 더 있었는데 늙은 것들이었지요. 그것들은 가버렸습니다."

"가요? 어디로요?"

"온 사방으로."

나파페이가 다시 팔을 활짝 벌리며 말했다.

"바람, 땅, 숲, 하늘. 당신도 아시겠지요."

매튜는 그 말을 이해하기가 두려웠다.

"흰 물고기는 아직 여기 있다고 하셨죠?"

"네, 아직 이곳에 있습니다."

나파페이는 턱을 긁었다.

"당신은 캐묻기 좋아하는 천성을 가졌군요. 그렇지 않습니까?"

"그건…… 내가 그 사람을 아는 것 같아서요."

"문명화되지 않은 짐승들과 똥 독수리들만이 그자를 압니다. 그 자는 더럽습니다."

"네, 저도 동의합니다. 하지만…… 당신은 왜 그자를 살인자에 도둑이라고 말하는 건가요?"

"왜냐하면 그자는 그런 자이기 때문입니다!"

나파페이는 손을 아래로 늘어뜨리고 어린아이처럼 발가락 끝으로 펄쩍펄쩍 뛰기 시작했다.

"그자가 내 사람 중 하나를 죽이고 용기의 태양을 훔쳐갔습니다. 내 사람 중 다른 사람이 그것을 봤습니다. 우리가 그자를 잡았습니다. 그자들을 모두 잡았습니다. 그들은 모두 유죄였습니다. 나의 공주만 빼고요. 그녀는 죄가 없습니다. 내가 그걸 어떻게 아는지 아십니까? 왜냐하면 그녀는 제 발로 이곳에 온 유일한 사람이기 때문입니다."

"용기의 태양?"

매튜는 그것이 금화를 뜻한다는 걸 깨달았다.

"그게 뭔가요?"

"물의 정령이 준 것입니다."

나파페이가 뛰기를 멈췄다.

"원한다면 가서 흰 물고기를 만나보십시오. 그자를 아는지 보세요. 그리고 그자가 무슨 죄를 저질렀는지 말해달라고 해보십시오."

"어디에 가면 찾을 수 있습니까?"

"저쪽으로요."

나파페이가 매튜의 왼쪽을 가리켰다.

"장작더미에서 가장 가까이에 있는 오두막입니다. 가보면 알 것입니다."

"이 사람이 뭘 가리키는 거예요, 매튜?"

레이첼이 물었다.

"우리더러 어디로 가라는 건가요?"

레이첼이 일어서기 시작했다.

"아, 안 돼, 안 돼요!"

나파페이가 서둘러 말했다.

"여자는 내 앞에서 일어서면 안 됩니다."

"레이첼, 그 자리에 가만히 있어요."

매튜가 레이첼의 어깨에 손을 올렸다.

"이건 이 마을의 법칙이에요."

매튜가 나파페이에게 물었다.

"그녀도 나와 함께 흰 물고기를 보러 가도 됩니까?"

"안 됩니다. 그 오두막은 여자의 영역이 아닙니다. 당신 혼자 갔다가 돌아오세요."

"잠깐 어디 좀 갔다 올게요."

매튜가 레이첼에게 말했다.

"당신은 여기 남아 있어야 해요. 괜찮죠?"

"어디 가는데요?"

레이첼이 매튜의 손을 잡았다.

"이곳에 다른 백인 포로가 있어요. 그 사람을 만나봐야 해요. 오래 걸리지는 않을 거예요."

매튜는 레이첼의 손을 꼭 쥐고, 뻣뻣하지만 안심시키려는 미소를 레이첼에게 지어 보였다. 레이첼은 고개를 끄덕이고 마지못해 매튜의 손을 놔주었다.

"오, 한 가지 더 부탁이 있습니다."

매튜가 나파페이에게 말했다.

"옷을 좀 주실 수 있나요?"

"왜요? 오늘처럼 따스한 날에 춥습니까?"

"춥지는 않습니다. 하지만 여기에 바람이 조금 많이 들어서 불편합니다."

매튜는 자신의 드러난 성기와 고환을 가리켰다.

"아, 알겠습니다! 좋아요. 내가 당신에게 선물을 주지요."

나파페이는 자신의 가리개를 벗어 매튜에게 주었다.

매튜는 한 팔만 사용할 수 있는 탓에 세심하게 균형을 잡아 움직이면서 그것을 받았다.

"곧 돌아올게요."

매튜는 레이첼에게 말했다. 그러고 나서 뒷걸음으로 오두막을 나가 밝은 태양 아래로 나섰다.

오두막과 장작더미는 추장의 집에서 오십 걸음도 떨어져 있지 않았다. 어린아이 몇 명이 모여 재잘거리고 키득거리며 웃다가 매튜가 걸어오자 그 그림자에 매달렸다. 그중 두 명은 매튜의 느리고 고통스러운 걸음을 흉내 내며 그의 주위를 돌고 또 돌았다. 하지만 매튜가 오두막에 거의 다다랐을 때, 아이들은 그가 어디로 가는지 알아채고 뒤로 물러나서 달아나버렸다.

나파페이의 말이 맞았다. 매튜는 그곳을 알 수 있었다.

피칠갑이 된 오두막 외벽에는 기독교인이라면 인디언이 악마의 본성을 가지고 있다고 단언할 만큼 기이한 무늬가 그려져 있었다. 파리들이 벽에 칠한 피 위에서 잔치를 벌였고 입구 근처에서 윙윙거렸다. 입구는 검은 곰 가죽으로 가려져 있었다.

매튜는 바깥에 잠시 서서 마음을 단단히 먹었다. 이건 정말로 좋지 않아 보였다. 그는 떨리는 손으로 곰 가죽을 들췄다. 씁쓸한 푸른 연기가 얼굴 위로 밀려왔다. 안에는 희미한 불빛만이 있었는데, 아마도 다 타버린 불의 잔불이 남아 빛나는 것 같았다.

"쇼컴?"

매튜가 불렀다. 아무 대답도 없었다.

"쇼컴, 내 말 들려요?"

아무 소리도 없었다.

연기 속에서 오로지 희미한 형체만 보일 뿐이었다.

"쇼컴?"

매튜는 다시 시도해보았다. 그 뒤로 흐르는 침묵 속에 그는 이 끔찍한 문턱을 넘어야 한다는 사실을 깨달았다.

매튜는 유황 냄새가 나는 연기를 들이마시며 안으로 들어섰다. 곰 가죽이 그의 뒤에서 닫혔다. 매튜는 잠시 동안 그 자리에 서서 눈이 어둠에 익숙해질 때까지 기다렸다. 숨이 막힐 것 같은 지독한 열기 때문에 땀이 땀구멍에서 구슬처럼 솟아올랐다. 그의 오른쪽으로 커다란 진흙 냄비가 있고, 그 안에 활활 타는 석탄이 들어 있었다. 거기에서 빛과 연기가 나오는 것이었다.

매튜의 왼쪽에서 무언가가 움직였다. 느리고 느린 움직임이었다.

"쇼컴?"

매튜가 말했다. 눈이 타는 듯했다. 그는 왼쪽을 향해 움직였고, 연기의 흐름이 눈앞에서 일렁였다.

곧바로, 눈에 힘을 주자, 매튜는 그 물체를 알아볼 수 있었다. 그것은 말리려고 걸어놓은 소의 날고기 덩어리와 비슷해 보였다. 실제로도 그것은 서까래에 걸린 줄에 매달려 있었다.

매튜는 그것에 가까이 다가갔다. 심장이 쿵쾅거렸다.

거기에 걸려 있는 물체가 실제로 무엇이든, 그것은 팔도 다리도 없는, 껍질을 벗긴 평평한 고깃덩어리에 불과했다. 매튜는 걸음을 멈췄다. 연기 줄기가 얼굴을 지나 흘러갔다. 그는 더 이상 앞으로 갈 수가 없었다. 그것이 무엇인지 깨달았기 때문이었다.

아마 매튜가 소리를 낸 모양이었다. 신음이었거나 헉 하고 숨을 들이마셨거나…… 그런 것이었으리라. 그 평평한 고깃덩어리에 달린, 머리 가죽이 벗겨지고 피가 말라붙어 있는 머리가 천천히 움직였다. 그것이 한쪽으로 기울더니 턱이 들어올려졌다.

사람의 눈이 거기 있었다. 흉물스럽게 튀어나와 있는 그것은, 검은 멍이 들고 검은 피가 덕지덕지 붙은 얼굴의 눈구멍에서 불룩 솟아 있었다. 눈꺼풀은 없었다. 코는 입술과 귀와 함께 잘려나간 듯했다. 난타당한 상체에는 수천 개도 넘는 작은 상처들이 나 있었고, 고환은 불에 태우고 상처를 불로 지져놓은 듯 번들거리는 검은 껍질만 남아 있었다. 잘린 팔과 다리도 불로 끔찍하게 지져놓았다. 잔인하게 도끼로 난자해놓은 상처에는 밧줄을 감아 묶어 매듭이 지어져 있었다.

만일 매튜를 덮친 이 온전한 공포를 묘사할 수 있다면, 그것은 오직 가장 불경한 악마와 가장 성스러운 천사만 알 수 있을 것이었다.

그것이 턱을 들어 올리는 동작만으로도 상체가 밧줄 위에서 흔들렸다. 밧줄이 서까래에서 끽끽거리는 소리를 냈다. 마치 쇼컴의 여관에서 성가시게 굴던 쥐들이 내는 소리 같았다.

흔들흔들, 다시 흔들흔들.

입술 없는 입이 열렸다. 인디언들은 그의 혀는 남겨두었다. 그래서 그는 칼이 한 번 그어질 때마다, 손도끼에 찍히고 불의 키스를 당할 때마다 자비를 구걸하며 울 수 있었을 것이다.

그것이 말을 했다. 쥐어짜는 듯한 작은 목소리라서 무슨 말인지 알아듣기 위해서는 어마어마한 집중력을 발휘해야 했다.

"아빠?"

그 단어는 그의 입처럼 심하게 망가져서 들렸다.

"새끼고양이 제가 안 죽였어요. 제이미가 그랬어요."

그의 가슴이 몸서리를 치면서, 비통한 흐느낌이 터져 나왔다. 튀어나온 눈이 허공을 응시했다. 그의 작은 눈은 겁에 질려 칭얼거리는 어린아이의 눈이었다.

"아빠, 제발…… 또 때리지 마세요……."

야수 같은 불한당이 울기 시작했다.

매튜는 몸을 돌렸다. 연기와 눈앞의 광경 때문에 눈이 시큰거렸다. 그는 루크리셔 본의 파이 접시처럼 자기 마음이 깨지기 전에 그 자리를 떴다.

매튜는 밖으로 나왔고, 밝은 빛에 갑자기 앞이 안 보여서 방향감각을 잃었다. 매튜는 비틀거렸다. 벌거벗은 아이들이 더 많이 나와 그를 따르며 경중경중 뛰고 재잘거렸다. 아이들의 웃음소리는 고문의 오두막의 그림자 안에서도 즐겁기만 했다. 매튜는 달아나려 하다가 거의 쓰러질 뻔했다. 균형을 잡기 위해 비틀거리는 그의 움직임을 보고 아이들은 웃으며 소리를 질렀다. 매튜도 자기들과 함께 춤을 추려 한다고 생각한 모양이었다. 식은땀이 얼굴 위로 흘러내렸다. 속에서 무언가가 치밀어 올라 매튜는 몸을 굽히고 바닥에 토했다. 이에 아이들은 새로운 에너지를 얻고 웃으며 뛰어다녔다.

매튜는 계속 비틀거렸다. 한 무리의 난봉꾼들에 이제 귀가 한 개뿐인 갈색 개까지 합류했다. 안개가 머리 위로 내렸다. 매튜는 자기가 맞는 방향으로 가고 있는지 알 수가 없었다. 나이 든 주민들이 매튜가 걸어가는 것을 보고 마치 매튜가 저 태양과 영광을 겨루는 힘 있는 통치자나 귀족이라도 되는 듯 고르던 씨앗과 짜던 바구니를 옆으로 치워두고 즐거운 아이들의 무리에 동참했다. 매튜를 뒤따르는 사람이 점점 늘수록 웃음소리와 고함이 커졌고, 그 소리에 매튜의 공포는 더욱 커져만 갔다. 개들이 매튜의 발뒤꿈치께에서 짖어댔고 아이들은 매튜의 옆으로 달려갔다. 매튜는 갈비뼈 때문에 고통스러워 죽을 것만 같았다. 하지만 고통이란 무엇인가? 몽롱한 상태에 빠진 매튜는 쇼컴이 겪은 일에 비하면 자신은 결코 고통을 경험한 적이 없음을, 눈곱만치도 알지 못함을 깨달았다. 매튜는 갈색 얼굴들의 웃음 너머로 빛나는 태양을 보았다. 갑자기 눈앞에 물이 나타났고, 그는 뼈를 장악하는 고통에도 아랑곳하지 않고 무릎을 꿇어 물속으로 얼굴을 밀어 넣었다.

매튜는 짐승처럼 물을 마시고 짐승처럼 몸을 떨었다. 목이 막히면서 매튜는 거칠게 기침을 했고, 물이 콧구멍에서 쏟아져 나왔다. 매튜는 얼굴에서 물을 뚝뚝 흘리며 바닥에 주저앉았다. 그의 뒤에 선 군중은 계속해서 환호하고 있었다.

매튜가 도착한 곳은 연못의 둑이었다. 이 연못은 파운트로열 호수의 절반 정도 크기였지만 물은 똑같이 푸른빛이었다. 매튜 근처에서 두 여자가 동물 가죽으로 만든 가방에 물을 채우고 있었다. 수면에서 태양이 금빛으로 빛나는 모습을 바라보며, 매튜는 비드웰의 호수에서 그와 똑같은 태양을 보던 날을 떠올렸다.

매튜는 손을 모아 물을 떠서 얼굴에 끼얹었다. 물이 목과 가슴을 타고 흘러내렸다. 마음의 열기가 식고 시야가 선명해졌다.

인디언 마을은 파운트로열의 거울상이라는 것을 매튜는 깨달았다. 파운트로열처럼 이 마을도 분명 누군가에 의해, 물을 가까이에 두고 세워진 것이다. 얼마나 오래되었는지는 누구도 알 수 없겠지만.

매튜는 주변이 조용해진 것을 느꼈다. 그림자 하나가 매튜 위로 드리워졌다.

"나 운후 파 케 네!"

두 남자가 매튜의 상처를 건드리지 않도록 조심하며 매튜를 붙잡아 일으켜 세웠다. 매튜는 말을 한 남자에게로 몸을 돌렸다. 이미 누가 그런 명령을 내렸는지 알고 있었다.

나파페이는 매튜보다 키가 10센티미터 정도 작았지만, 머리에 쓰고 있는 재판관의 가발 때문에 커 보였다. 조끼의 금실이 강렬한 햇빛을 받아 반짝거렸다. 나파페이는 복잡한 문양의 문신뿐만 아니라 당당한 존재감과 사람을 빨아들이는 눈빛도 함께 지니고 있었다. 레이첼은 나파페이의 몇 미터 뒤에 서 있었다. 그녀의 눈도 스페인 금화의 색깔이었다.

"내 사람들을 용서하십시오."

나파페이가 왕들의 언어로 말했다. 그러고는 어깨를 으쓱해 보이고 미소를 지었다.

"우리는 손님들을 즐겁게 하는 일이 별로 없습니다."

매튜는 아직도 어지러웠다. 그는 눈을 천천히 깜박이면서 손을 얼굴 위로 들어 올렸다.

"그게…… 쇼컴에게 하신 일이…… 그 흰 물고기 말입니다……. 재미로 그러신 겁니까?"

나파페이는 충격을 받은 듯했다.

"오, 아뇨! 그럴 리가요! 악마를 죽인 자여, 당신은 뭔가 오해하고 있습니다! 당신과 당신의 여자는 우리의 영예로운 손님입니다. 당신이 나의 사람들을 위해 하신 일 때문에요! 흰 물고기는 더러운 범죄자였습니다!"

"그자가 살인과 도둑질을 해서 그렇게 하신 겁니까? 벌을 내린 다음 자비를 보여주실 수는 없었습니까?"

나파페이는 말을 멈추고 이 말을 생각하는 듯했다.

"자비?"

나파페이가 눈썹을 찌푸렸다.

"자비가 뭡니까?"

자비는 분명히 왕 행세를 하던 프랑스 탐험가가 설명하지 못했던 개념이었을 것이다.

"자비."

매튜가 말했다.

"그것은……."

매튜는 잠시 망설이며 나머지 말을 생각해냈다.

"고통받는 사람이 비참한 상태를 벗어나게 해주는 것입니다."

나파페이의 주름이 더욱 깊어졌다.

"비참? 그건 뭡니까?"

"당신의 아버지가 돌아가셨을 때 당신이 느꼈던 감정입니다."

"아! 그거! 당신 말은 그렇다면 흰 물고기의 배를 가르고 창자를 꺼내서 개들에게 먹이자는 뜻입니까?"

"글쎄요…… 아마 심장에 칼을 찌르는 쪽이 더 빠르겠죠."

"빠른 게 중요한 것이 아닙니다, 악마를 죽인 자여. 중요한 것은 형벌입니다. 그리고 그것을 보는 모든 이들이 범죄자를 어떻게 다루는지 알게 하는 것입니다. 또한, 어린아이들과 노인들은 그자가 밤에 부르는 노래를 아주 즐겨 듣습니다."

나파페이는 연못을 바라보며 생각에 잠겼다.

"자비. 그것은 프란츠 유로페이에서 행해지는 방식입니까?"

"네."

"아, 그렇다면 우리가 모방해야 하는 것이겠군요. 그래도…… 우리는 흰 물고기가 그리울 겁니다."

나파페이는 옆에 서 있던 남자에게 돌아섰다.

"세 오카 파 네하! 누 세 카이도 나 카이 이치시!"

마지막으로 '싯' 소리를 내면서 나파페이는 무언가를 찌르는 동작을 했다……. 그리고 유감스럽게도, 보이지 않는 칼날을 비틀고 잔인하게 가로세로로 베는 동작을 했다. 얼굴이 문신으로 뒤덮인 그 남자는 고함을 지르며 달려갔고, 남자, 여자, 그리고 어린아이로 이뤄진 구경꾼 대부분이 그와 비슷한 소리를 내며 남자의 뒤를 따랐다.

매튜는 기분이 좋아져야 했으나 그렇지 않았다. 그는 좀 더 중요한 다른 주제로 말을 돌렸다.

"용기의 태양 말입니다. 그게 뭡니까?"

매튜가 물었다.

"물의 정령이 준 것입니다. 또한 위대한 신들로부터 내려온 달과 별들입니다."

"물의 정령?"

"네."

나파페이가 연못을 가리켰다.

"물의 정령은 저기에 삽니다."

"매튜?"

레이첼이 그의 옆으로 다가오며 물었다.

"이 사람이 뭐라고 하는 거예요?"

"나도 잘 모르겠어요."

매튜가 레이첼에게 말했다.

"이제 알아보려고……."

"아 아!"

나파페이가 매튜에게 손가락을 흔들었다.

"물의 정령은 진흙의 말을 듣는 것을 불쾌해합니다."

"죄송합니다. 한 가지 물어봐도 되겠습니까? 물의 정령이 어떻게 당신에게 이 용기의 태양을 줍니까?"

그 대답으로, 나파페이는 물속으로 걸어 들어가기 시작했다. 그는 물이 허벅지에 닿을 때까지 계속 걸어 들어갔다. 그러고는 걸음을 멈추고 한 손으로 머리 위의 가발을 잘 잡고, 몸을 숙여 다른 손으로 바닥을 훑었다. 그럴 때마다 그는 한줌의 진흙을 들어 올려 물에 흘려보냈다.

"뭘 찾는 거예요? 조개?"

레이첼이 조용히 물었다.

"아뇨, 아닌 것 같아요."

매튜는 자신이 본 고통을 덜기 위해 레이첼에게 쇼컴에 대해서 말하고 싶었다. 하지만 그런 공포를 함께 나누는 것은 의미가 없었다. 나파페이는 물을 헤치며 다른 장소로 걸어갔다. 조금 더 깊은 곳에서 그는 몸을 굽히고 다시 바닥을 뒤졌다. 우드워드의 조끼 앞자락이 물에 젖었다.

잠시 뒤, 추장은 세 번째 자리로 이동해갔다. 레이첼은 자기 손을 매튜의 손으로 가져갔다.

"여기 같은 곳은 한 번도 본 적이 없어요. 온 마을을 숲이 둘러싸고 있네요. 마치 벽처럼."

매튜는 나파페이를 바라보며 신음했다. 숲으로 친 보호벽은 이 마을과 파운트로열의 또 다른 공통점이었다. 그는 두 마을이 서로 얼마나 떨어져 있는지는 모르겠지만, 아무도 일찍이 생각해본 적 없는 방식으로 연결되어 있다는 느낌을 받았다.

레이첼과 가까이 앉아서 따스한 그녀의 손을 잡고 있으니, 불현듯 그들이 나누었던 사랑이 생각났다. 매튜의 기억 한가운데에서 돌멩이가 하나 구른 것처럼. 하지만 그것은 모두 환상에 불과했다. 그렇지 않겠는가? 물론 그럴 것이다. 레이첼이 죽어가는 남자에게 자신을 바치자고 침상에 기어오를 리가 없다. 그가 그녀의 목숨을 구했다고 해도. 이 땅에서 그의 목숨이 그리 길지 않다고 생각했다 해도.

하지만…… 그냥 짐작컨대…… 그때쯤 그가 회복기에 접어들었다는 것을 알았다면 어땠을까? 그리고 만일…… 의사가 그런 육체적, 감정적 접촉을 권했다면…… 마치 피를 뽑는 것과 비슷하게, 인디언들의 치유 방법이 그런 것이라면?

매튜의 생각이 맞는다면 쉴즈는 배워야 할 게 많다.

"레이첼?"

매튜의 손가락이 부드럽게 레이첼의 손을 어루만지고 있었다.

"당신 혹시……."

매튜는 어떻게 말을 해야 할지 몰라 말을 멈췄다. 그는 우회하는 방법을 택하기로 했다.

"……입을 옷을 받은 적 있어요? 여기…… 저…… 주민들 옷을?"

레이첼은 매튜의 시선을 받았다.

"네."

레이첼이 말했다.

"그 조용한 소녀가 옷을 가져왔어요. 당신 가방에 있던 푸른색 드레스와 맞바꿨죠."

매튜는 말을 멈추고 그녀의 눈을 읽으려 애썼다. 만일 그와 레이첼이 정말로 사랑을 나누었다 해도, 레이첼의 반응은 금방 나타나지 않았다. 그녀의 표정을 읽을 수도 없었다. 그리고 이것이 가장 곤란한 상황이었다. 그녀가 그에게 몸을 주었을 수도 있다. 그녀의 감정을 표현하기 위해. 아니면 의사의 충고를 따른 치유 방법의 일종으로(엑소더스 예루살렘이 할 법한 충고이긴 하지만). 아니면 그가 간절히 바란 나머지 열에 들뜨고 약이 섞인 연기에 취해 환상을 보았을 수도 있다.

무엇이 진실인가? 진실은 레이첼이 여전히 그녀의 남편을 사랑한다는 것이다. 아니면 최소한 남편과의 추억을 사랑하고 있었다. 매튜는 그녀가 말하지 않는 것으로부터 그것을 알 수 있었다. 만일 정말로 뭔가 말할 것이 있었다면 말했을 것이다. 매튜는 레이첼이 자기에게 감정을 품고 있을지도 모른다고 생각했다. 분홍색 카네이션 다발 같은. 하지만 그것은 붉은 장미가 아니었고, 그 점이 가장 중요했다.

그 옷이 무슨 색이었는지 물을 수도 있었다. 자기가 본 옷을 레이첼에게 정확하게 묘사할 수도 있었다. 옷을 묘사하다 보면 레이첼이 그게 아니었다고 말할지도 모른다.

어쩌면 그는 알고 싶지 않은지도 몰랐다. 아니면 정말로 알고 싶은 것인지도 몰랐다. 아마 그런 일들은 말하지 않은 채 남겨두는 편이 최선인지도 몰랐다. 현실과 환상 사이의 경계는 방해받지 않고 곧바로 쭉 뻗어나가게 두는 편이 최선이리라.

매튜는 목청을 가다듬고 다시 연못 쪽을 바라보았다.

"인디언들이 우리를 데리고 이곳까지 한 시간 정도 걸어왔다고 했죠. 어느 방향이었는지 알아요?"

"해가 한동안 우리 왼쪽에 있었어요. 그러더니 우리 뒤쪽에서 비쳤어요."

매튜가 고개를 끄덕였다. 그들은 파운트로열 방향으로 한 시간 정도 걸어온 것이다. 나파페이가 네 번째 장소로 옮기며 외쳤다.

"물의 정령은 속임수를 부립니다! 어떨 때는 그것들을 잔뜩 주면서, 다른 때는 찾고 또 찾아야 하나를 줍니다!"

그는 아이처럼 미소를 지으며 다시 작업에 열중했다.

"놀라워요!"

레이첼이 고개를 저으며 말했다.

"정말이지 놀라워요!"

"뭐가요?"

"당신이 프랑스어를 말하고 저 사람이 그걸 이해할 수 있다는 게요! 저 사람이 라틴어를 알았다고 해도 지금보다 더 놀라지는 않았을 거예요!"

"그래요, 저 사람은 정말이지……."

매튜는 마치 거친 돌로 만든 벽이 그를 덮친 것처럼 갑자기 말을 멈췄다.

"맙소사, 그거였어!"

매튜가 작은 목소리로 외쳤다.

"네?"

"라틴어가 아니야."

매튜의 얼굴이 흥분으로 붉어졌다.

"그로브 신부님이 비드웰의 거실에서 네틀즈 부인에게 했던 말이에요. '라틴어가 아니야.' 그게 열쇠예요!"

"열쇠? 무슨 열쇠요?"

매튜는 레이첼을 바라보았다. 이제 매튜도 어린아이처럼 웃고 있었다.

"당신의 무죄를 증명할 열쇠요! 내가 그토록 찾아다닌 증거요, 레이첼! 거기에 있었어요. 그렇게나 가까이에 있었어요……."

매튜는 비유를 찾으려 애를 쓰며 수염이 돋아난 턱을 만졌다.

"이렇게 손에 닿는 곳에! 그 영리한 여우는 결국……."

"아!"

나파페이가 손목까지 진흙을 묻힌 채 손을 들어 올렸다.

"여기 찾았습니다!"

매튜는 나파페이를 만나러 물을 헤치고 들어갔다. 추장은 손바닥을 펼쳐 은구슬 한 개를 보여주었다. 별것은 아니었지만 파이 접시 조각과 더불어 그거면 충분했다. 매튜는 갑자기 궁금한 생각이 들어, 추장을 지나쳐 허리 높이까지 물이 차는 곳으로 들어갔다.

그리고 그곳에서! 의심이 확인되었다. 매튜는 무릎 주위로 흐르는 물살을 뚜렷이 느꼈다.

"물이 움직여요."

"아, 그렇습니다."

나파페이가 말했다.

"이것은 정령의 숨입니다. 어떨 때는 더 세고, 어떨 때는 약해요. 하지만 항상 숨을 쉽니다. 당신은 물의 정령에 관심이 있습니까?"

"네, 아주 많이요."

"흠."

나파페이는 고개를 끄덕였다.

"당신 종족이 신을 믿는 줄은 몰랐습니다. 당신을 영예로운 손님으로 정령들의 집에 모시고 가겠습니다."

나파페이는 매튜와 레이첼을 연못 근처의 다른 오두막으로 안내했다. 외벽은 푸른 염료로 칠해져 있었고, 입구에는 칠면조와 비둘기 깃털, 토끼 가죽, 머리가 그대로 달린 여우 가죽, 그 밖에 다양한 동물 가죽으로 멋들어지게 짠 장막이 드리워져 있었다.

"안타깝지만 당신의 여자는 이곳에 들어갈 수 없습니다. 정령들은 남자들에게만 말을 걸고, 여자들에게는 남자들을 통해서 말을 합니다. 그렇지 않은 경우는, 여자는 정령의 표지를 받고 태어나 예언자가 됩니다."

나파페이의 말에 매튜는 고개를 끄덕였다. 한 문화에서 '정령의 표지'는 다른 문화에서는 '악마의 표지'가 되는 것이다. 매튜는 레이첼에게 인디언의 풍습에 따라 그들이 안에 들어가 있는 동안 그녀는 밖에서 기다려야 한다고 말했다. 그러고 나서 매튜는 나파페이를 따라 들어갔다.

오두막 안은 무척 어두웠다. 불꽃 하나만이 기름이 가득 든 작은 도기 그릇에서 타오르고 있었다. 하지만 고맙게도 눈이 시큰거리는 연기는 없었다. 매튜가 보는 한 정령의 집 안은 텅 비어 있었다.

"이곳에서는 공손히 말을 해야 합니다."

나파페이가 말했다.

"내 아버지가 이곳을 지으셨고, 수많은 계절들이 지나갔습니다. 나는 이곳에 자주 옵니다. 아버지의 조언을 구하려고요."

"그럼 아버지가 해답을 주시나요?"

"음…… 아닙니다. 하지만 다시, 말해줍니다. 아버지는 내 문제를 들으시고, 항상 이렇게 말해줍니다. 아들아, 네가 스스로 결정해라."

나파페이는 불이 든 도기 그릇을 집어 들었다.

"물의 정령이 준 선물들입니다."

나파페이는 일렁이는 불꽃을 따라 오두막 안으로 더 들어갔고, 매튜는 몇 걸음 뒤에서 그를 따랐다.

여전히 아무것도 없었다. 하나만 빼면. 진흙탕 물이 가득 담긴 아주 큰 그릇이 바닥에 놓여 있었다. 나파페이는 은구슬을 쥔 손을 그 안에 넣었다가 진흙과 물을 뚝뚝 흘리며 손을 다시 꺼냈다.

"우리는 이런 식으로 물의 정령을 존중합니다."

나파페이가 말했다. 매튜가 바라보는 동안 나파페이는 벽으로 다가갔다. 그 벽과 다른 벽들은 소나무로 지은 것이 아니라, 못에서 퍼 올린 갈색 진흙을 두껍게 반죽하여 말린 것이었다.

나파페이는 손에 가득 쥔 진흙과 은구슬을 벽에 누르고 평평해지도록 문질렀다.

"이제 나는 정령에게 말을 해야 합니다."

나파페이가 부드럽게 읊조리기 시작했다.

"파 네 사 네흐라 카이 케 파누. 케 나 페 페 카이루."

나파페이는 읊조리는 동안 도기 그릇에서 타오르는 불을 진흙 벽 주위에서 흔들며 움직였다.

붉은 반짝임이 먼저 보였다. 다음은 푸른빛이었다.

그러더니…… 빨간색…… 황금색…… 더 많은 황금색, 십여 개의 황금색 불빛…… 그리고 은빛…… 그리고 보라색…… 그리고…….

……촛불이 벽을 따라 앞뒤로 움직이면서 빛이 고요하게 폭발했다. 초록의 에메랄드, 붉은 루비, 푸른 사파이어…… 그리고 금, 금, 수천 개의 금화…….

"오."

매튜가 숨을 들이마셨다. 뒷덜미의 머리털이 쭈뼛 섰다.

벽이 보물을 품고 있었다.

해적의 보물이다. 수백 가지의 보석들, 맑은 파란색, 짙은 초록색, 옅은 호박색, 눈부시게 투명한 보석들, 동전들, 금과 은으로 만든 주화들. 프란츠 유로페이의 왕이 횡설수설하고 침을 질질 흘리기에 충분한 보물. 더욱 놀라운 것은 매튜가 벽의 겉면만 보고 있다는 사실이었다. 마른 진흙 반죽의 두께는 적어도 10센티미터는 되어 보였고, 높이는 1.8미터, 폭은 1.2미터가량 되었다.

여기에 있었다. 이 더러운 벽에, 이 오두막에, 이 마을에, 이 황무지에. 신과 악마가 함께 모여 웃는 소리가 매튜에게 들리는 것 같았다.

그는 알았다. 파운트로열의 호수에 집어넣은 것이 지하수의 흐름에 쓸려나갔을 것이다. 물론 시간이 걸렸겠지. 모든 것은 시간이 걸리니까. 비드웰의 호수 깊은 곳 어딘가에 있을 지하 강의 입구는 아마도 직경이 루크리셔 본의 파이 접시 크기 정도밖에 안 될 것이다. 해적이 보석과 동전들을 담은 자루를 내리기 전에 호수의 수심을 측정했다면, 깊이가 12미터임을 알아냈을 것이다. 하지만 그들은 모든 것을 땅 밑으로 쓸어넣는 구멍이 있다는 것은 발견하지 못했을 것이다. 아마 그 물살은 어느 계절에만 특히 세게 흐르거나, 아니면 바다의 조수처럼 달의 영향을 받을지도 모른다. 아무튼 해적들은 배를 약탈할 만큼은 똑똑했지만 전리품을 단단한 상자에 넣어야겠다는 생각을 할 만큼은 현명하지 못해서, 바닥에 있는 깔때기로 보물이 빠져나가는 금고를 고른 것이다.

매튜는 넋이 나간 채 벽으로 다가갔다.

"세 나 카이라 파 파 카이루."

나파페이는 불꽃을 천천히 앞뒤로 움직이며 읊조렸다. 작고 날카로운 반짝임과 반사된 빛의 폭발이 계속 이어졌다.

매튜는 곧이어 마른 진흙에 도자기 조각, 황금 사슬, 은 숟가락 같은 물건들도 함께 묻혀 있는 것을 보았다. 금으로 장식된 칼자루가 벽에서 튀어나와 있었고, 회중시계의 깨진 겉면이 보이기도 했다.

루크리셔 본의 접시가 주술 도구의 일종으로 물의 정령으로부터 의사에게 간 것은 어찌 보면 말이 되었다. 그 접시에 장식된 문양은 따지고 보면 인간의 장기(臟器)이니까.

"나 페 후이다 나 페 카이다."

나파페이가 말했다. 의식이 끝났는지 그는 불을 매튜 쪽으로 들었다.

"용기……."

매튜의 목소리가 갈라졌다. 그는 다시 입을 열었다.

"용기의 태양이요. 그걸 흰 물고기가 훔쳤다고 하셨죠?"

"그렇습니다. 그리고 그것을 가지고 있던 나의 사람을 죽였습니다.”

“당신의 사람이 어떻게 그것을 가질 수 있었는지 여쭤봐도 될까요?”

“상으로 준 것입니다.”

나파페이가 말했다.

“용기의 상으로. 그는 어금니가 큰 야생 돼지에 받혀 피를 흘리는 다른 사람을 구했습니다. 그러고 나서 그 돼지도 죽였습니다. 이것은 나의 아버지로부터 시작된 전통입니다. 하지만 흰 물고기는 나의 사람들을 나쁜 길로 유혹하고, 독한 술로 마음을 병들게 하고, 자신을 위해 개처럼 일을 하게 만들었습니다. 그자를 처벌해야 했습니다.”

“알겠습니다.”

매튜는 쇼컴이 인디언들을 시켜 여관을 지었다고 한 말이 생각났다. 이제 그는 정말로 알았다. 모든 그림이 다 보였고, 복잡한 패턴들이 어떻게 서로 맞물리는지를 이해했다.

“나파페이. 내…… 저…… 내 여자와 나는 이곳을 떠나야 합니다. 오늘 당장, 우리가 왔던 곳으로 되돌아가야 합니다. 바다 근처에 있는 마을을 아시지요?”

“물론 압니다. 우리는 항상 그곳을 지켜봅니다.”

나파페이가 걱정스런 표정을 지었다.

“하지만 악마를 죽인 자여, 당신은 오늘 떠날 수 없습니다! 당신은 그 거리를 여행하기에는 아직 너무 약합니다. 당신은 나에게 프란츠 유로페이에 대해 알고 있는 것을 말해주어야 하고, 나도 당신을 위해 오늘 밤 축하를 할 계획을 세웠습니다. 춤을 추고 잔치를 벌일 겁니다. 그리고 우리는 악마의 머리도 가져다놓았습니다. 당신의 머리에 쓸 수 있도록 잘라놓았습니다."

"음…… 그게…… 저는……."

"아침이 되면 떠나십시오. 그렇게 원한다면 말입니다. 오늘 밤에는 당신의 용기를 찬양하고 악마가 죽은 것을 축하하는 겁니다."

나파페이는 보물이 박힌 벽에 빛을 비추었다.

"자, 악마를 죽인 자여! 당신을 위한 선물입니다. 당신의 손을 이끌기에 충분히 강한 빛을 내뿜는 것을 하나 고르십시오."

정말이지 놀랍다. 매튜는 생각했다. 나파페이는 저 바깥세상에 문명 세계가 있다는 것을, 그 문명이 저 벽의 한 면만이라도 차지할 수 있다면 숲을 뚫고 이곳으로 쳐들어와 마을을 산산조각 낼 수도 있다는 사실을 모르고 있었다. 신이시여, 앞으로도 이 사람을 바깥세상으로부터 보호하소서.

어쨌든 엄청난 가치를 지닌 선물이 주어졌고, 매튜의 손은 그렇게 이끌림을 받았다.

41

해가 지고 밤의 푸른 그림자가 드리워지자, 파운트로열은 이전에 꿈꿨던 그 모습을 꿈꾸며 잠이 들었다.

그것은 미리 겪는 죽음 같은 잠이었다. 빈집들이 서 있고, 빈 창고들이 서 있었다. 허수아비는 빈 밭에 축 늘어져 있고, 검은 새 두 마리가 허수아비 어깨에 앉아 있었다. 밀짚모자가 하모니 거리에 버려진 채 뒹굴다가 마차 바퀴에 짓밟혀 으스러져버렸다. 성문은 열려 있었고, 빗장으로 쓰던 통나무는 마지막으로 마을을 떠난 가족이 옆으로 던져놓은 뒤 계속 먼지 속에 방치되어 있었다. 서른 명 남짓한 사람들이 파운트로열의 죽어가는 꿈 안에 남아 있었는데, 그들 중 누구에게도 문을 다시 제대로 닫아놓을 기력이 없었다. 물론 성문을 열어둔 채로 놔두는 것은 미친 짓이었다. 어느 야만인들이 쳐들어와서 머리 가죽을 벗기고, 사지를 자르고, 약탈을 해갈지 누가 알겠는가?

하지만 사실을 말하자면, 파운트로열 안에 있는 악마가 훨씬 더 나빴고, 문을 닫는다는 것은 어두운 방 안에서 뒷덜미에 숨을 내뿜는 짐승과 함께 갇혀 있는 것을 의미했다.

이제 모든 것이 분명했다. 모든 것이, 주민들에게는 매우 분명했다.

마녀는 마귀 들린 연인의 도움으로 달아났다. 그 청년! 자네도 알지! 그 서기가 마녀한테 홀딱 빠져가지고 말이야. 지옥의 구덩이에 빠져버렸지. 그래서는 간수를 해치우고 그 여자를 감옥에서 꺼냈다고. 그러고는 둘이 달아났어. 저 황무지 쪽으로 말이야. 사탄이 집을 지은 저곳으로. 그래, 그랬다니까. 내가 들었는데 솔로몬 스타일즈가 직접 봤다는 거야! 가서 물어보면 좋았을 텐데, 스타일즈도 이 마을을 영원히 떠나버렸어. 그래도 이건 틀림없는 얘기야. 그러니까 잘 들어봐. 사탄이 저 황무지에 마을을 지었는데 집들은 전부 가시나무로 지었다는구먼. 거기 밭에는 지옥불이 부글부글 끓고 있고, 가장 지독한 독초를 재배하고 있다는 거야. 자네도 판사님이 다시 병에 걸리신 건 알지? 그렇다니까. 죽을병에 걸렸대. 이젠 거의 돌아가실 것 같대. 이건 내가 들은 얘긴데, 저 저택에 있는 사람 중에 마녀나 마법사가 있다는 거야. 그래서 그 가엾은 판사님에게 사탄의 독이 든 차를 먹이고 있대! 그러니까 마시는 것도 조심해야 돼! 아이고…… 생각만 해도 무시무시한 일이지만…… 어쩌면 차에 독이 든 게 아니라 저 물에 들었는지도 몰라. 아이고…… 만일 사탄이…… 호수에 저주를 내리고 독을 풀었으면…… 우리는 전부 자다가 몸부림을 치면서 죽을 거 아닌가. 안 그래?

아이고…… 아이고…….

따스하고 어스름한 저녁 무렵, 산들바람이 파운트로열 위로 불고 있었다. 바람은 호수의 물결을 일렁이게 하고, 불빛이 꺼진 집들의 지붕을 스치며 지나갔다. 바람은 인더스트리 거리를 따라 불었다. 그곳에서 사람들은 쥐 잡는 칼을 들고 목이 찢긴 채 급하게 돌아다니는 귀넷 린치의 환영을 보았다고 했다. 린치가 유령 같은 울음소리로 파운트로열의 마녀들이 더 많은 영혼들을…… 더, 더 많은 영혼들을 원하고 있다고 경고하고 다닌다는 것이다.

바람은 하모니 거리의 먼지를 휘젓고 공동묘지의 먼지에 소용돌이를 일으켰다. 어두운 형체가 주판알을 튕기며 묘비 사이를 걸어 다닌다는 소문이 퍼졌다. 바람은 트루스 거리를 따라 속삭이며 저주받은 감옥과 마녀의 집을 지나갔다. 사람들은 마녀의 집에 가까이 가면 지옥에서 울리는 환호성과 종종걸음 치는 악마의 발소리를 들을 수 있다고 했다.

그렇다. 주민들은 이제 모든 것을 분명히 알고 있었다. 그리고 이 분명한 사실에 대한 응답으로 그들은 달아나고 있었다. 세스 헤이즐턴의 집도 황량하게 버려졌고, 그의 마구간도 텅 비었으며 대장간도 차갑게 식었다. 본 가족이 버리고 간 집의 난로에서는 아직도 구운 빵의 향기가 풍겼지만, 그 버려진 집에서 유일하게 움직이는 것은 말벌뿐이었다. 진료소에는 가방과 상자들이 떠날 준비를 마치고 챙겨져 있었고, 유리로 만든 약병과 병들은 흰 천에 싸여 떠날 날을 기다리고 있었다…….

그냥 기다릴 뿐이었다.

거의 모든 사람들이 떠났다. 충실한 일꾼들 몇 명만이 남아 있었다. 그들은 로버트 비드웰에 대한 충성심 때문에, 혹은 여행을 떠나기 전에 마차를 수리하기 위해서, 아니면 드문 경우이긴 했지만 달리 갈 곳이 없어서 모든 일이 다 잘 풀릴 거라고 스스로를 속이며 남아 있었다. 엑소더스 예루살렘은 마지막까지 투사로 남아 캠프에 머물렀다. 비록 밤 설교의 청중들은 점점 줄어들었지만 그는 남은 양 떼를 위해 사탄과 계속해서 싸웠다. 또한 예루살렘은 남자의 보호를 받지 못하는 한 과부를 알게 되었고, 열띤 설교를 끝내고 난 뒤에는 자신의 강력한 검으로 그녀를 가까이에서 보호해주었다.

하지만 저택에서는 불빛이 여전히 빛났다. 빛은 네 개의 와인 잔 위에서 반짝거렸다.

"파운트로열을 위해."

비드웰이 말했다.

"과거의 파운트로열을 위해. 그리고 미래에 빛날 수도 있었던 파운트로열의 모습을 위해."

윈스턴과 존스톤, 쉴즈는 아무 말 없이 술잔을 비웠다. 그들은 거실에 서서 비드웰이 준비한 가벼운 저녁 식사를 기다리고 있었다.

"일이 이렇게 되어 진심으로 유감입니다."

쉴즈가 말했다.

"당신이 얼마나……."

"쉿."

비드웰이 손을 들어 올렸다.

"오늘 밤엔 눈물을 보이지 말게. 나는 여태껏 슬픔의 길을 걸어왔어. 그러나 이제는 다음 목적지를 향해 계속 나아가기를 원해."

"그럼 뭔가? 영국으로 돌아가려는 건가?"

존스톤이 물었다.

"그래, 몇 주 안에, 일을 좀 마무리 짓고 나서. 그래서 에드워드와 지난 화요일에 찰스타운에 갔다 온 걸세. 여행 준비를 하려고."

비드웰은 와인을 한 모금 더 마시고 방을 둘러보았다.

"맙소사, 이런 바보짓을 어떻게 구제할 수 있을까? 내가 미쳤던 게 분명해. 이런 늪에다 그런 돈을 쏟아붓다니!"

"그렇다면 나도 내 카드를 던져야겠네."

존스톤이 고개를 숙인 채 말했다.

"여기 더 머물러 있어 봐야 의미가 없어. 나도 다음 주엔 떠나야겠네."

"그동안 잘해오셨어요, 앨런."

쉴즈가 말했다.

"파운트로열은 당신의 아이디어와 교육 덕분에 더욱 기품 있는 곳이 되었습니다."

"내가 할 수 있는 일을 했을 뿐이지. 그래도 알아줘서 고맙네. 벤, 자네는…… 자네 계획은 뭔가?"

쉴즈는 와인을 한 모금 마시고 잔을 채우기 위해 디캔터 쪽으로 걸어갔다.

"저는 떠날 겁니다……. 제 환자가 떠나면요. 그때까지는 그분을 편안하게 하기 위해 할 일을 다 해야죠. 그게 제가 할 수 있는 최소한의 일입니다."

"지금 이 시점에서는 쉴즈 씨, 그게 최선인 것 같은데요."

윈스턴이 말했다.

"그래요."

쉴즈는 새로 채운 잔을 반쯤 들이켰다.

"판사님은…… 하루하루를 벼랑 끝에 손톱으로 매달려 있는 거나 마찬가지입니다. 이제는 하루하루가 아니라 시간시간을 매달려 있다고 해야겠네요."

쉴즈는 안경을 밀어 올리고 코를 긁었다.

"할 수 있는 일은 전부 다 했습니다. 약이 듣는다고 생각했는데…… 그리고 잠깐 동안은 정말로 효과가 있었어요. 하지만 그분 몸이 그걸 받아들이질 않았고, 사실상 무너졌죠. 이제 문제는 그분이 돌아가시느냐 마느냐가 아니라 언제 돌아가시느냐가 됐어요."

쉴즈는 한숨을 쉬었다. 표정은 굳었고 눈은 충혈되어 있었다.

"적어도 이제 그분은 편안합니다. 숨도 잘 쉬고 있고요."

"여전히 모르고 계시나요?"

윈스턴이 물었다.

"네, 그분은 마녀가 월요일 아침에 화형을 당했다고 믿고 있어요. 그리고 그분 서기가 가끔 들르고 있다고 알고 있고요. 제가 그렇게 얘기를 했거든요. 그분은 정신력이 아주 약해져서 날짜가 가는 것도 모르고, 서기가 이 집에 없다는 사실도 모릅니다."

"그럼 그분께 진실을 말하지 않을 생각인가?"

존스톤이 지팡이에 몸을 기댔다.

"그건 좀 잔인하지 않은가?"

"우리는…… 나는…… 실제로 무슨 일이 일어났는지를 말씀드리는 게 훨씬 더 잔인하다는 결론을 내렸네."

비드웰이 설명했다.

"판사님에게 서기가 마귀에 들려 자신이 가진 걸 전부 악마에게 던져버렸다는 사실을 곧이곧대로 들이댈 필요는 없잖은가. 그리고 마녀가 화형을 당하지 않았다고 말한다면…… 글쎄, 그건 크게 의미 없는 일이지."

"동의합니다."

윈스턴이 말했다.

"그분은 평화로운 마음으로 세상을 떠나야 해요."

"그 젊은이가 어떻게 그린을 이겼는지 아직도 이해가 안 가!"

존스톤이 들고 있던 와인 잔을 한 번 흔들고는 잔을 비웠다.

"아주 운이 좋았거나 아니면 아주 절박했겠지."

"아니면 초인적인 힘을 가지고 있었거나. 아니면 마녀가 그린에게 저주를 걸어 힘을 빼놓았을 수도 있지. 내 생각은 그래."

비드웰이 말했다.

"실례합니다. 신사분들."

네틀즈 부인이 들어왔다.

"식사가 준비되었습니다."

"아, 좋아요. 곧 가겠소, 네틀즈 부인."

비드웰은 부인이 물러나기를 기다렸다가 조용히 사람들에게 말했다.

"나한테 문제가 하나 있어요. 여러분 모두와 상의해야 할 아주 중요한 문제입니다."

"뭔데요?"

쉴즈가 눈살을 찌푸리며 물었다.

"시장님답지 않은 말씀을 하시네요."

윈스턴이 덧붙였다.

"나답지 않다고."

비드웰이 대답했다.

"사실을 말하자면…… 찰스타운에서 돌아와서 곧 닥칠 실패의 규모를 가늠해보고 난 뒤에, 나는 이전에 한 번도 상상조차 해본 적 없는 상태가 되었어요. 사실을 말하자면 그게 내가 여러분과 상의해야 할 문제입니다. 이리 와요. 목소리가 새어나가지 않도록 도서실로 가서 얘기합시다."

비드웰은 등잔을 들고 앞장섰다.

도서실 안은 이미 촛불 두 개가 환히 불을 밝히고 있었다. 그리고 의자 네 개가 반원형으로 배열되어 있었다. 윈스턴이 비드웰을 따라 안으로 들어갔고, 그 뒤로 쉴즈가, 마지막으로 존스톤이 절룩거리며 문으로 들어섰다.

“이게 다 뭔가, 로버트?”

존스톤이 물었다.

“상당히 비밀스러운 얘기를 할 것처럼 보이는데.”

“앉으십시오, 모두.”

손님들이 자리에 앉자 비드웰은 열린 창문의 창틀에 등잔을 놓고 자신도 의자에 앉았다.

“자, 내가 씨름하고 있는 이 문제는…… 뭐와 관계가 있느냐 하면…….”

비드웰이 근엄하게 말했다.

“질문과 대답이죠.”

도서실 문 쪽에서 목소리가 들렸다. 쉴즈와 존스톤이 순간 문 쪽으로 고개를 돌렸다.

“질문은 던지고, 대답은 찾는 것입니다.”

매튜가 방 안으로 들어오며 말했다.

“신호를 보내주셔서 감사합니다, 비드웰 씨.”

“맙소사!”

쉴즈가 안경 너머로 눈이 휘둥그레져서 벌떡 일어섰다.

“여기서 뭐 하는 거야?”

“사실, 저는 오후 내내 제 방을 지키고 있었습니다.”

매튜는 벽을 등지고 모든 사람들을 마주 볼 수 있는 자리로 걸어갔다. 그는 짙은 푸른색 바지를 입고 깨끗한 흰 셔츠를 입고 있었다. 네틀즈 부인이 왼쪽 소매를 잘라서 진흙 붕대를 밖으로 내놓을 수 있게 해주었다. 매튜는 자기가 언제 면도를 했는지, 멍이 들고 이마에 진흙 반창고를 붙인 얼굴은 언제 봤는지 사람들에게 말하지 않았다. 아까부터 쓸데없이 거울을 흘금거리며 들여다보던 것도 간신히 자제하는 중이었다.

"로버트?"

존스톤의 목소리는 차분했다. 그는 두 손으로 지팡이의 손잡이를 잡고 있었다.

"이건 무슨 속임수인가?"

"속임수가 아닐세, 앨런. 에드워드와 나는 단순히 준비만 도왔을 뿐이야."

"준비? 무슨 준비인지 설명해주겠나?"

"일단 간단히 말씀드리죠."

매튜가 말했다. 그의 얼굴에는 아무런 감정도 드러나 있지 않았다.

"저는 호워스 부인과 함께 2시쯤 이곳에 도착했습니다. 늪을 통해 들어왔어요. 제가…… 음…… 옷차림이 부실했고, 그 모습을 다른 사람들에게 보이고 싶지 않았기 때문에, 저는 구드에게 제가 온 사실을 비드웰 씨에게 알려달라고 부탁했습니다. 존경스럽게도 구드가 신중하게 제 말을 전해주었지요. 그러고 나서 저는 비드웰 씨에게 오늘 밤 여러분을 모두 모이게 해달라고 부탁했습니다."

"무슨 말인지 모르겠군!"

쉴즈가 말했다. 하지만 그는 다시 자리에 앉았다.

"지금 그 말은 자네가 마녀를 이곳에 다시 데려왔다는 건가? 그 여자는 어디 있는데?"

"그 여자는 지금 네틀즈 부인의 방에 머물고 있다네. 아마 저녁 식사 중일 거야."

비드웰이 말했다.

"하지만…… 하지만……."

쉴즈는 고개를 저었다.

"그 여자는 마녀잖아! 오, 하느님! 그렇게 증명이 되었잖아!"

"아, 증명!"

이제 매튜는 가볍게 미소를 지었다.

"그렇습니다, 선생님. 증거가 다른 모든 것 중에서도 가장 중요하지요. 안 그렇습니까?"

"물론 그렇지! 그리고 자네는 지금 자네가 단순히 마귀에 들렸을 뿐만 아니라 마귀 들린 바보라는 사실을 증명하고 있어! 맙소사, 게다가 도대체 무슨 일이 있었던 건가? 마녀의 환심을 사려고 악마와 결투라도 벌인 거야?"

"네, 그랬습니다. 그리고 제가 악마를 죽였답니다. 자, 이제 증거를 원하신다면 제가 기꺼이 그 갈증을 채워드리겠습니다."

매튜는 무의식중에 셔츠 아래로 부러진 갈비뼈를 덮고 있는 진흙 반창고를 긁었다. 이번이 네 번째인가 다섯 번째였다. 그는 열이 약간 있었고 땀을 흘리고 있었지만, 인디언 의사는 오늘 아침에 그에게 여행을 떠나도 좋다고 선언했다. 하지만 악마를 죽인 자는 그 먼 거리를 걸어가지 않아도 되었다. 그와 레이첼은 사다리처럼 생긴 탈것의 가운데에 올라 인디언 안내자들의 안내를 받으며 파운트로열 앞 3킬로미터 지점까지 왔다. 상당히 괜찮은 여행 방법이었다.

"제가 알기로……."

매튜가 말했다.

"우리는 모두 교육을 받고 신을 두려워하는 사람으로서, 마녀는 주기도문을 말하지 못한다는 결론을 내렸습니다. 그렇다면 마술을 행하는 자도 그것을 말하지 못할 거라고 감히 생각합니다. 윈스턴 씨, 주기도문을 외워주시겠습니까?"

윈스턴은 긴 한숨을 내쉬었다.

"물론이지. 하늘에 계신 우리 아버지, 온 세상이 아버지를 하느님으로 받들게 하시며, 아버지의 나라가 오게 하시며, 아버지의 뜻이……."

매튜는 윈스턴의 얼굴을 바라보며 기다렸다. 그는 완벽하게 기도문을 외웠다. 마지막으로 "아멘"이 나오자 매튜가 말했다.

"감사합니다."

매튜는 비드웰에게 시선을 돌렸다.

"비드웰 씨, 주기도문을 외워주시겠습니까?"

"내가?"

즉시 예의 그 분개의 감정이 비드웰의 눈에서 일렁였다.

"내가 왜 그걸 외워야 하는데?"

"왜냐하면 제가 그렇게 해달라고 말씀드렸으니까요."

"나에게 말했다고?"

비드웰의 입에서 허세에 찬 소리가 나왔다.

"나는 누가 나에게 명령했다고 해서 그런 사적인 일을 하지 않아!"

"비드웰 씨?"

매튜는 이를 악물었다. 이 남자는 동맹 관계를 맺었는데도 도무지 견딜 수가 없었다!

"꼭 필요한 일입니다."

"이 모임에는 동의했어. 하지만 그런 강력한 기도를, 무슨 배우들의 대본처럼 명령에 의해서 읊는 것에는 동의하지 않았네! 아니, 난 외우지 않겠어! 그리고 나는 마술을 부리지도 않아!"

"글쎄요. 제가 보기에 비드웰 씨와 레이첼 호워스는 고집스런 천성을 공유하고 계신 것 같군요. 안 그렇습니까?"

매튜는 눈썹을 치켜세웠다. 하지만 비드웰은 더 이상 응하지 않았다.

"그럼 비드웰 씨께는 잠시 뒤에 부탁하도록 하지요."

"백 번을 부탁해봐라. 소용없으니까!"

"쉴즈 선생님?"

매튜가 말했다.

"우리 중 한 명이 이를 거부했으니 말입니다. 저에게 협조를 좀 해주세요. 기도문을 읊어주시겠습니까?"

"글쎄…… 이게…… 도대체 무슨 일인지는 모르겠지만……. 좋다."

쉴즈는 손등으로 입가를 훔쳤다. 윈스턴이 기도문을 외우는 동안 그는 남은 와인을 모두 마신 참이었고, 지금은 빈 잔을 들여다보고 있었다.

"와인을 다 마셨는데. 새로 한 잔 가져와도 될까?"

"기도문을 읊으신 다음에요. 해주시겠습니까?"

"그래, 알겠다."

쉴즈는 눈을 깜박였다. 불그스름한 촛불 빛에 쉴즈의 눈빛이 다소 멍해진 것 같았다.

"알겠어."

그는 다시 말했다.

"하늘에 계신…… 우리 아버지……. 온 세상이 아버지를 하느님으로 받들게 하시며, 아버지의 나라가 오게 하시며, 아버지의…… 뜻이…… 하늘에서와 같이 땅에서도…… 이루어지게 하소서."

쉴즈가 멈췄다. 그는 모래색 웃옷 주머니에서 손수건을 꺼내 얼굴의 땀을 닦았다.

"미안합니다. 여긴 너무 덥네요. 와인을…… 시원한 마실 것이 좀 있어야겠어요."

"쉴즈 선생님?"

매튜가 조용히 말했다.

"계속해주세요."

"이제 충분하잖아. 안 그래? 이게 무슨 미친 짓이냐?"

"왜 기도문을 끝까지 읊지 못하십니까?"

"끝까지 할 수 있어! 젠장, 할 수 있다고!"

쉴즈는 반항적으로 턱을 들어 올렸다. 하지만 눈은 겁에 질려 있었다.

"오늘 우리에게 필요한 양식을 주시고, 우리가 우리에게…… 잘못한 이를 용서하듯이…… 용서하듯이……."

쉴즈는 손으로 입을 가렸고, 이제는 제정신이 아닌 것처럼 보였다. 심지어는 거의 우는 것 같았다. 쉴즈는 신음을 억지로 참았다.

"무슨 일인가, 벤?"

비드웰이 놀라서 물었다.

"맙소사, 그 뒤를 계속하게!"

쉴즈는 고개를 떨구고 안경을 벗은 뒤, 땀에 젖은 이마를 손수건으로 닦았다.

"그래."

쉴즈는 기력이 다한 목소리로 대답했다.

"그래. 말해야겠어……. 하느님을 위해서."

"물을 좀 가져다드릴까요?"

윈스턴이 일어서며 말했다.

"아뇨."

쉴즈가 그에게 다시 앉으라고 손짓했다.

"나는…… 할 수 있을 때…… 말해야겠어요."

"뭘 말인가?"

비드웰이 매튜를 곁눈질했다. 매튜는 무슨 얘기가 나올지 알고 있었다.

"벤?"

비드웰이 재촉했다.

"뭘 말하느냐고?"

"그건…… 내가…… 니콜라스 페인을 죽였습니다."

침묵이 깔렸다. 비드웰의 턱이 모루만큼이나 무거워졌다.

"내가 죽였어요."

쉴즈가 고개를 떨구고 말했다. 그는 손가락으로 이마와 뺨과 눈을 힘없이 두드렸다.

"처형을 했다고 해야 할까요."

쉴즈는 머리를 앞뒤로 천천히 흔들었다.

"아니, 그건 빈약한 변명이에요. 내가 그를 죽였습니다. 그리고 그에 대한 법의 부름에 응할 겁니다……. 왜냐하면 나는 더 이상 나 자신이나 신에게 대답할 수가 없기 때문이에요. 신께서는 내게 그렇게 하도록 명하고 계십니다. 매일 낮이나 밤이나 그분은 말씀하세요. 그분이 속삭이고 있어요……. 벤…… 이제 다 됐다……. 그 오랜 시간 끝에, 이제는 끝났다……. 너는 네가 이 세상에서 가장 혐오하는 행위를 너 자신의 손으로 저질렀다……. 사람을 짐승으로 만드는 행위……. 네가 어떻게 치유자로서의 삶을 계속 살 수 있겠느냐?"

"자네…… 정신 나갔나?"

비드웰은 자기 친구가 자기 눈앞에서 정신이 붕괴되는 고통을 겪고 있다고 생각했다.

"지금 무슨 소리를 하는 거야?"

쉴즈가 고개를 들었다. 눈은 붉게 부어올랐고 입은 헤벌어져 있었다. 침이 입가에 고여 있었다.

"니콜라스 페인은 내 큰아들을 죽인 노상강도였습니다. 내 아들을 쐈어요……. 보스턴 외곽의, 필라델피아 우편수송로에서 강도짓을 하다가요. 팔 년 전 일입니다. 우리 아이는 총에 맞고서도 조금 더 살아서 그 남자에 대해 얘기를 해주었습니다……. 그 아이가 말하기를 자기가 피스톨로 강도를 쏴서 종아리를 맞췄다고 했어요."

쉴즈는 씁쓸한 유령 같은 미소를 지었다.

"장전된 피스톨이 없으면 절대 그 길로 다니지 말라고 했던 게 접니다. 사실…… 그 총은 제가 그 아이에게 생일 선물로 준 것이었어요. 아들놈은 배를 맞았고…… 할 수 있는 일이 없었습니다. 나는…… 나는 미쳐갔던 것 같아요. 아주 오랫동안 서서히."

쉴즈는 와인 잔이 비었다는 사실을 잊고 잔을 들었다. 그리고 잔을 입으로 가져갔다가 그것이 헛된 일이라는 걸 깨달았다.

쉴즈는 몸서리를 치며 긴 숨을 들이마시고는 다시 내쉬었다. 사람들의 눈이 모두 그를 향해 있었다.

"비드웰 씨……. 식민지의 보안관들이 어떤지 잘 아시지요? 느리고. 미숙하고. 멍청하고. 저는 그자가 종적을 감추리라는 걸 알았고, 그가 내게 한 짓을 그자의 아버지에게 하기 전까지는…… 절대 만족할 수 없었어요. 그래서 시작했습니다. 먼저…… 그자를 치료했을 만한 의사를 찾아다녔어요. 보스턴의 싸구려 술집과 창녀촌은 모조리 뒤졌어요……. 그리고 마침내 의사를 찾아냈죠. 그 의사라는 자는 술에 취한 괄태충 같은 인간으로, 창녀들을 치료해주는 사람이었습니다. 그 의사가 그자를 알았고 어디에 사는지도 알고 있었어요. 그 의사는 또…… 바로 얼마 전에 그 남자의 아내와 아직 아기였던 딸을 묻어주었다더군요. 아내는 발작으로 죽었고, 딸아이는 바로 그 뒤를 따라 죽었다고 했어요."

쉴즈는 다시 손수건으로 얼굴을 훔쳤다. 손이 떨렸다.

"나는 니콜라스 페인에게 동정심을 전혀 느끼지 않았습니다. 단지…… 그자를 없애고 싶었습니다. 그자가 내 영혼 안의 무언가를 없애버린 것처럼. 그래서 그자를 뒤쫓기 시작했습니다. 이곳에서 저곳으로. 마을에서 소도시로, 대도시로, 그리고 다시 마을로. 항상 근처까진 갔지만, 한 번도 찾지는 못했습니다. 그러다가 그자가 찰스타운에서 말들을 거래하고 있다는 얘기를 들었고, 마구간 관리인에게 그자의 행선지를 들은 겁니다. 그때까지 팔 년이 걸렸어요."

쉴즈는 비드웰의 눈을 바라보았다.

"내가 그자를 죽이고 난 바로 직후에, 뭘 깨달았는지 아십니까?"

비드웰은 대답하지 않았다. 아무 말도 할 수가 없었다.

"나는…… 내가 나 자신도 죽였다는 걸 깨달았습니다. 팔 년 전에. 개업의 일도 포기했고, 아내와 둘째 아들에게 등을 돌렸습니다……. 둘 다 그 어느 때보다도 나를 필요로 했는데 말입니다. 나는 그들을 저버렸어요. 어떤 의미로 보더라도 한참 전에 이미 죽어 있던 남자를 죽이기 위해서. 그리고 이제 그 일을 끝냈습니다……. 나는 그 일에 아무런 자부심도 느끼지 못했어요. 무슨 일에도 더 이상 자부심을 느끼지 못합니다. 하지만 그자는 죽었어요. 그자는 내 심장이 피를 흘렸던 것처럼 피를 흘렸습니다. 그리고 가장 끔찍한 일은…… 가장 끔찍한 일은요, 비드웰 씨……. 그건…… 니콜라스가 그때 내 아들에게 방아쇠를 당겼던 그자와 같은 사람이 아닌 것 같다는 겁니다. 나는 그자가 피도 눈물도 없는 잔인한 살인자이기를 바랐는데……. 하지만 니콜라스는 전혀 그런 사람이 아니었습니다. 하지만 나는…… 나는 언제나 그 모습 그대로였어요. 다만 훨씬, 훨씬 더 나쁜 놈이 되었지요."

쉴즈는 눈을 감고 머리를 계속 움직였다.

"이제 빚을 갚을 준비가 되었습니다."

쉴즈가 조용히 말했다.

"그것이 얼마가 됐든. 나는 지쳤어요, 비드웰 씨. 완전히 지쳤어요."

"제 생각은 다릅니다, 선생님."

매튜가 말했다.

"해야 할 일이 있습니다. 우드워드 판사님의 마지막 시간을 편안하게 해주셔야죠."

이 말을 하기란 목에 단검이 꽂히는 것처럼 고통스러웠지만, 그것이 현실이었다. 우드워드의 상태는 매튜가 떠난 바로 그날 아침에 이미 무너져 있었다. 이제 곧 끝이 올 것이라는 사실이 자명했다.

"솔직하게 말씀해주신 데 대해, 분명 여기 모인 모두가 감사를 드릴 것입니다. 선생님의 감정을 허심탄회하게 밝히신 것에 대해서도요. 하지만 의사로서의 의무가 법 앞에서의 의무보다 앞섭니다. 비드웰 씨가 이 마을의 시장으로서 어떻게 결정하시든 상관없이요."

"뭐?"

쉴즈가 고백하던 내내 창백해져 있던 비드웰이 이제는 충격을 받은 듯했다.

"그걸 나한테 맡긴단 말이냐?"

"저는 판사가 아닙니다, 비드웰 씨. 저는 비드웰 씨가 그토록 빈번히 그리고 혹독하게 일깨워주셨던 것처럼, 일개 서기에 불과합니다."

"음, 무슨 이런 일이 다 있담."

비드웰이 숨을 내쉬었다.

"저주와 구원은 다만 다른 방향으로 여행하고 있는 형제들입니다."

매튜가 말했다.

"적절한 때가 오면 어느 길로 나가는 것이 적절할지 알게 되겠지요. 자, 이제 계속해볼까요?"

매튜는 시선을 존스톤에게로 돌렸다.

"존스톤 씨, 주기도문을 읊어주시겠습니까?"

존스톤은 매튜를 뚫어져라 바라보았다.

"이게 무슨 목적을 위한 것인지 물어봐도 되겠나, 매튜? 우리 중 하나가 마법을 행하고 있는데, 기도문을 외우지 못하면 그 사람이 마법사라는 게 드러난다는 뜻인가?"

"바로 그렇습니다, 존스톤 씨. 맞아요."

"완전히 말도 안 되는 짓이야! 그런 허점투성이의 논리라면, 비드웰이 이미 자신의 정체를 드러내지 않았는가?"

"비드웰 씨께는 잠시 뒤에 다시 기회를 드린다고 하지 않았습니까. 저는 지금 선생님께 기도문을 읊어달라고 부탁드리는 겁니다."

존스턴은 거친 비웃음을 날렸다.

"매튜, 자네가 이렇게 어리석은 친구는 아닐 텐데! 지금 무슨 게임을 하고 있는 건가?"

"분명히 말씀드리지만 이건 게임이 아닙니다. 기도문 읊기를 거부하시는 겁니까?"

"그럼 내가 마법사가 되는 건가? 그렇다면 이 방 안에 마법사가 두 명이 있는 건가?"

존스톤은 매튜의 정신 상태를 불쌍히 여기는 듯 고개를 저었다.

"글쎄, 그럼 내가 자네의 걱정을 덜어주어야겠군."

존스톤은 매튜의 눈을 바라보았다.

"하늘에 계신 우리 아버지, 온 세상이 아버지를 하느님으로 받들게 하시며, 아버지의 나라가 오시며, 아버지의 뜻이 하늘에서와 같이 땅에서도……."

"아, 잠시만요!"

매튜가 손가락을 들어 아랫입술을 두드렸다.

"선생님 같은 경우에는요. 선생님은 옥스퍼드에서 교육을 받지 않으셨나요? 그러니 선생님은 교육받은 사람들의 언어로 주기도문을 외우시는 게 좋겠습니다. 라틴어로요. 처음부터 다시 시작해 주시겠습니까?"

침묵.

그들은, 서기와 여우는 서로를 바라보았다.

매튜가 말했다.

"아, 알겠습니다. 아마 라틴어를 배웠다는 것을 잊고 계셨나 보군요. 하지만 분명히 금방 기억이 되살아날 겁니다. 라틴어는 옥스퍼드에서 공부하려면 가장 중요한 언어니까요. 선생님은 라틴어에

정통하셨을 겁니다. 우드워드 판사님처럼요. 그 신성한 대학에 입학하려면 그러셔야 했겠죠. 그러니 제가 조금 도와드리겠습니다. Pater noster, qui es in caelis, Sanctificetur nomen tuum, Adventiat regnum tuum……. 자, 이제 나머지는 선생님께서 마무리해주십시오."

침묵. 완전하면서도 죽음 같은 침묵.

매튜가 생각했다. 이제 잡았어.

"라틴어를 모르는 게 아닙니까? 사실 한마디도 이해하거나 말하지 못하시는 거죠? 말씀해보세요. 도대체 옥스퍼드를 나와서 교육자가 되신 분이 어떻게 라틴어를 모를 수 있는지 말입니다."

존스톤의 눈이 아주 작아졌다.

"그럼 이제부터 제가 사실이라고 믿는 것을 설명해보겠습니다."

매튜는 다른 사람들을 한 번 둘러보았다. 그들은 모두 새롭게 드러난 사실에 충격을 받고 침묵에 빠져 있었다. 매튜는 창가의 체스판으로 걸어가 비숍을 집어 들었다.

"그로브 신부님은 체스를 즐기셨습니다. 이것은 그분의 체스판이죠. 비드웰 씨가 저에게 그 사실을 알려주셨어요. 신부님이 라틴어 학자였다는 사실과 체스를 두면서 말을 움직일 때마다 라틴어를 말해서 비드웰 씨의 화를 북돋우셨다는 얘기도 해주셨고요."

매튜는 비숍을 등불에 비추고 자세히 들여다보았다.

"어느 집에 불이 났던 밤에, 존스톤 씨는 저에게 윈스턴 씨와 체스를 즐겨 둔다고 하셨습니다. 그렇다면 존스톤 선생님, 체스 두는 사람이 드물고 게다가 라틴어 학자는 더욱 드문 이 마을에서, 그로브 신부님이 선생님과 체스를 두지 않으셨을까요?"

비드웰이 존스톤을 바라보며 대답을 기다렸다. 하지만 존스톤에게서는 아무런 대답도 나오지 않았다.

"그렇지 않았을까요?"

매튜가 말을 이었다.

"그로브 신부님은 선생님이 라틴어를 잘 알 거라고 생각하셨겠지요. 그렇다면 게임을 하던 중에 선생님에게 라틴어로 말을 걸지 않았을까요? 물론 선생님은 신부님이 선생님에게 말을 거는지 아니면 말의 움직임을 선언한 것인지 알 수 없었을 겁니다. 어떤 경우이든 선생님은 제대로 대답을 할 수가 없었겠죠. 안 그렇습니까?"

매튜는 존스톤 쪽으로 몸을 돌렸다.

"왜 그러십니까? 악마가 선생님의 혀를 붙들고 있기라도 한가요?"

존스톤은 그저 똑바로 앞만 보았다. 지팡이 손잡이를 잡고 있는 그의 손가락 관절이 하얗게 질려 있었다.

"이분은 생각중입니다, 신사분들."

매튜가 말했다.

"언제나 생각중이죠. 이분은 굉장히 영리한 분입니다. 그 사실은 의심하지 않아요. 그러려고 마음만 먹었다면 진짜 교사가 되었을지도 모릅니다. 당신의 진짜 정체가 뭡니까, 존스톤 씨?"

여전히 아무 대답도 반응도 없었다.

"당신이 살인자라는 사실은 압니다."

매튜가 비숍을 체스판에 돌려놓았다.

"네틀즈 부인이 말해주더군요. 그로브 신부님이 살해당하기 얼마 전, 무슨 일 때문인지 굉장히 걱정스러운 얼굴이었다고요. 부인은 그분이 혼자 생각에 잠겨서는, 뭔가를 말씀하셨다고 했습니다. 그것은 **'라틴어가 아니야'** 라는 말이었습니다. 그분은 옥스퍼드 졸업생이 라틴어를 모르는 이유를 알아내려 하셨던 겁니다. 그분이 당신에게 그 이유를 물어봤습니까, 존스톤 씨? 그분이 그 사실을 비드웰 씨에게 말하고 당신이 사기꾼인 걸 밝히려 했습니까? 그래서 그로브 신부님이 첫 번째 희생자가 되었습니까?"

"잠깐, 악마가 그로브 신부님을 죽였잖아! 목을 자르고 앞발로 가격해서!"

쉴즈가 끼어들었다. 갈피를 잡지 못하는 얼굴이었다.

"악마는 이 방에 앉아 있어요, 쉴즈 씨. 그리고 그의 이름은, 이게 실제 이름이라면, 앨런 존스톤입니다. 물론 혼자가 아니었지요. 존스톤은 쥐잡이꾼의 도움을 받았습니다. 그 사람은……."

매튜는 잠시 말을 멈추고 희미하게 미소를 지었다.

"아하! 존스톤 씨! 당신도 무대 경험이 있는 건가요? 비드웰 씨, 왜 이 사람이 가짜 무릎을 달고 있는지 아시겠지요. 이 사람은 측량사인 척하고 이미 파운트로열을 방문했던 적이 있기 때문입니다. 수염은 아마 진짜였을 거예요. 그 무렵엔 굳이 변장을 할 필요가 없었으니까요. 이 사람은 알고자 했던 것을 확인했고, 나중에 다시 방문했을 때는 적당한 변장이 필요했을 겁니다. 존스톤 씨, 만일 당신이 정말로 배우였다면, 아니, 배우라면, 학교 선생님 역을 맡아 연기한 적이 있었던 건가요? 그래서 이미 익숙한 역으로 하기로 결정했던 겁니까?"

"너."

존스톤이 거친 목소리로 내뱉듯이 말했다.

"넌 정말…… 진짜로…… 미쳤어."

"제가요? 그럼 무릎을 보여주세요! 잠깐이면 되니까요."

본능적으로, 존스톤의 오른손이 불룩 튀어나온 무릎으로 내려갔다.

"알겠습니다."

매튜가 말했다.

"보조기는 차고 있네요. 그건 아마 찰스타운에서 샀겠죠? 그런데 판사님께 보여드렸던 그 장치는 오늘은 하지 않으셨나요? 하긴 굳이 그럴 필요가 없지요. 저는 멀리 가버렸고, 당신 무릎을 의심한 사람은 저뿐이었으니 말입니다."

"하지만 내가 직접 봤는데! 끔찍하게 비틀려 있었다고!"

윈스턴이 입을 열었다.

"아뇨, 끔찍하게 비틀린 것처럼 보였을 뿐입니다. 그걸 어떻게 만드셨나요, 존스톤 씨? 어서요. 당신의 재능에 겸손해하지 마세요! 당신은 악한 재능이 정말 많습니다! 만일 제가 그런 가짜 무릎을 만들고 싶었다면, 저라면…… 아…… 진흙과 촛농을 썼겠네요. 슬개골을 덮을 만한 걸 만들어서 기형으로 보이게 하는 거죠. 그리고 제가 불행히도 다른 곳에 잡혀 있었을 때, 그때를 틈타 그 무릎을 공개한 겁니다."

매튜는 시선을 쉴즈에게로 돌렸다.

"쉴즈 씨, 쉴즈 씨는 존스톤 씨에게 무릎의 통증을 덜어줄 연고를 팔았습니다. 맞죠?"

"그랬지. 돼지기름이 주원료인 연고야."

"그 연고는 지독한 냄새가 납니까?"

"글쎄…… 별로 좋은 냄새는 아니지만 참을 만하지."

"돼지기름을 뜨거운 열 위에 올려놓거나, 바르기 전에 상하게 하면 어떨까요? 윈스턴 씨, 판사님이 제게 말씀하신 바로는 윈스턴 씨가 냄새 때문에 뒤로 물러났다고 하던데요. 그 말이 맞나요?"

"그래, 아주 잽싸게 물러났지."

"그건 보호 장치였습니다. 사람들이 가짜 무릎을 너무 가까이에서 들여다보거나, 그럴 리는 없겠지만 만져보는 것을 방지하기 위한 장치였지요. 그렇지 않습니까, 존스톤 씨?"

존스톤은 마루를 내려다보았다. 그는 불룩 튀어나온 무릎을 문질렀다. 관자놀이에서 맥박이 뛰었다.

"보조기가 썩 편하지는 않을 것 같네요. 일부러 절뚝거리기 위한 용도인가요? 확실히 그걸 차고 계단을 오르지는 못하겠군요. 그렇죠? 그러니 금화를 보기 위해 계단을 오를 때는 그것을 벗고 있었겠죠? 원래부터 금화를 훔치려는 목적이었나요? 아니면 그냥 현장에서 들켜서 놀랐던 건가요? 그 탐욕스런 손으로 아무거나 낚아채는 건 놀랄 때의 일반적인 반응인가요?"

"잠깐."

쉴즈가 말했다. 그는 이야기를 따라잡으려 애쓰고 있었다. 쉴즈의 머릿속은 이미 자신의 가혹한 고백만으로도 터질 지경이었기 때문이다.

"지금 그 말은…… 앨런 씨가 옥스퍼드에 다녔던 적이 없다는 말인가? 하지만 판사님과 옥스퍼드에 관해 나누는 대화를 내가 직접 들었는데! 그곳을 아주 잘 아는 것 같았다고!"

"아는 것 같았다, 네, 그 표현이 정확할 겁니다. 제 생각엔 이 사람이 어느 연극에서 학교 선생님 역을 맡아 연기했을 때 조금 정보를 얻은 것 같아요. 옥스퍼드 졸업생 행세를 함으로써 온 마을이 전직 교사인 척 애쓰는 남자의 노력을 기꺼이 눈감아줄 수 있었던 거죠."

"하지만 마가렛은? 존스톤 씨의 부인 말이야."

윈스턴이 물었다.

"그 여자가 정신이 약간 돈 건 알고 있었지만…… 그 여자는 이 사람이 진짜 교사가 아니라는 사실을 알고 있지 않았을까?"

"부인이 있었어요?"

매튜가 처음 듣는 이야기였다.

"파운트로열에서 결혼을 한 건가요? 아니면 이곳에 도착할 때 부인을 데리고 왔나요?"

"부인과 함께 왔지."

윈스턴이 말했다.

"그 여자는 처음부터 파운트로열과 우리 모두를 경멸하는 것 같았어. 여길 너무 싫어해서 결국 이 사람이 그 여자를 영국에 있는 친정으로 데려다주었다니까."

윈스턴은 존스톤을 어두운 시선으로 쏘아보았다.

"그게 적어도 이 사람이 우리에게 했던 얘기였어."

"아, 이제 윈스턴 씨도 이 사람이 한 얘기가 전부 사실은 아니라는 걸 이해하기 시작하셨군요. 아마 진실인 얘기는 얼마 없을 겁니다. 존스톤 씨, 그 여자는 어떻게 된 겁니까? 그 여자는 누구예요?"

존스톤은 계속 마루만 내려다보았다.

"그 여자가 누구든 정말로 당신과 결혼을 했는지는 의심스럽군요. 하지만 현명한 책략이었어요. 덕분에 좀 더 점잖은 학교 선생님으로 변장할 수 있었을 테니까요."

갑자기 햇빛이 깃들듯 한 가지 생각이 매튜의 머리에 떠올랐다. 그는 여우를 바라보면서 가볍게 미소를 지었다.

"그래서. 당신은 그 여자를 영국의 가족에게 돌려보냈군요. 맞습니까?"

물론 대답은 없었다.

"비드웰 씨, 존스톤 씨가 영국으로 돌아가고 난 뒤 얼마나 있다가 쥐잡이꾼이 이곳에 도착했나요?"

"글쎄다……. 잘 모르겠는데……. 아마 한 달 정도. 삼 주였나. 기억이 안 난다."

"삼 주가 채 안 됐었습니다."

윈스턴이 말했다.

"린치가 도착해서 일을 하겠다고 했던 날을 기억해. 그 사람을 만나서 아주 기뻤거든. 쥐들이 들끓던 터라."

"존스톤 씨?"

매튜가 말을 이었다.

"당신은 배우의 입장에서 존 랭커스터가 공연을 하는 걸 본 적이 있었나요? 존 랭커스터가 쥐잡이꾼의 진짜 이름이죠. 당신이 속해 있던 극단이 영국을 여행하는 동안 랭커스터의 자기 능력에 관해 들어본 적이 있었나요? 당신은 이미 그를 알고 있었던 거겠죠?"

존스턴은 여전히 멍하니 마루만 내려다보았다.

"어찌 되었든 간에……."

매튜가 위엄 있는 목소리로 말을 이었다.

"당신이 영국에 갔던 이유는 그 아내라는 사람을 가족에게 돌려보내기 위해서가 아니었습니다. 영국에 가서 계획을 실행하는 데 도움이 될 만한 사람을 찾으려 했던 겁니다. 당신은 성공을 위해 그런 사람이 필요하다는 것을 알고 있었죠. 그 무렵 당신은 이미 누구를 희생자로 삼을지 결정했을 겁니다. 그로브 신부님을 죽인 건 당신의 거짓말을 숨기기 위해서였겠죠. 당신은 대중의 환상으로부터 인지 가능한 진실을 만들어낼 수 있는 특별한 능력을 가진 사람이 필요했죠. 그리고 그런 사람을 찾았어요. 아닌가요?"

"미쳤어."

존스톤의 목소리는 잔뜩 쉬어 있었다.

"미쳤어⋯⋯ 아주 지독하게 미쳤어⋯⋯."

"당신은 그 사람을 설득해서 당신의 계획에 동참시킵니다."

매튜가 이야기를 계속했다.

"그자에게 증거로 보여줄 장신구를 한두 개 정도 가지고 있었을 것 같은데요? 그자에게 브로치를 주었나요? 그건 당신이 측량사로 분장했던 그 밤에 호수에서 찾은 것들 중 하나였겠죠? 비드웰 씨가 방을 하나 내주겠다는 제안을 했지만 거절하고, 호수 바로 옆에 텐트를 쳐서 사람들의 눈에 띄지 않고 수영을 했겠죠. 거기에서 또 뭘 찾았나요?"

"나는⋯⋯."

존스톤이 일어서려고 몸부림을 쳤다.

"이런 미치광이의 중상모략은 더 이상 못 듣겠다!"

"이 사람이 자기 배역을 어떻게 연기하는지 보세요!"

매튜가 말했다.

"우리가 처음 만났던 밤에 당신이 배우라는 걸 알아차렸어야 했는데! 얼굴에 바른 파우더를 보고 알았어야 했어요. 배우들과의 저녁 식사에서도 분장을 하고 있었던 걸 파악했어야 했어요. 배우는 새로운 관중 앞에서 분장을 하지 않고서는 진정으로 편안할 수 없다는 사실을 말이에요."

"난 가겠소!"

존스톤이 일어섰다. 그는 땀을 흘리며 누렇게 뜬 얼굴을 문 쪽으로 돌렸다.

"앨런? 나도 존 랭커스터에 대해 전부 알고 있어."

존스톤은 다리를 절뚝거리며 걷다가 다시 얼어붙었다. 비드웰의 목소리는 조용하면서도 힘이 있었다.

"그 사람의 능력에 대해 전부 알고 있지. 완전히 이해하지는 못하겠지만 말이야. 하지만 랭커스터가 어디서 세 악령의 아이디어를 얻었는지는 알겠더군. 바로 랭커스터가 만났던 기인들이었지. 데이빗 스마이스의 아버지가 고용되었던 서커스의 괴물들."

존스톤은 움직이지 않고 서서, 매튜에게 등진 채 문 쪽을 바라보고 있었다. 여우는 사냥개들에 의해 갈가리 찢길 것을 깨닫고 떨고 있는 듯했다.

"자네도 알겠지만, 앨런."

비드웰이 계속 이야기했다.

"나는 매튜가 판사에게 남기고 간 편지를 열어보았네. 그걸 읽고…… 이 마귀 들린 소년이 도대체 왜 그렇게 내 안위를 걱정하는지 궁금해지기 시작했지. 내 안전을. 내가 자기를 그토록 모욕하고 비아냥거렸는데도. 그래서 생각해봤지……. 윈스턴을 데리고 찰스타운에 가서 레드불 극단을 찾아보는 게 좋지 않을까 하고. 그 사람들은 남쪽에서 캠프를 치고 있더군. 나는 스마이스를 찾았고, 편지에서 지시한 대로 그 사람에게 질문을 했어."

존스톤은 비드웰이 말하는 동안 움직이지 않았고 지금도 여전히 움직이지 않았다.

"앉아."

비드웰이 명령했다.

"이름이 뭔지는 모르겠지만, 이 개자식아."

42

매튜와 사람들은 변신을 목격했다.

비드웰의 명령에 순순히 따르는 대신, 진실의 철퇴 아래 주저앉는 대신, 앨런 존스톤은 천천히 허리를 폈다. 몇 초 만에 키가 3, 4센티미터는 커진 듯했다. 존스톤의 어깨는 짙은 푸른색 재킷 아래에서 넓어지고 있었다. 마치 비밀스러운 무언가를 에워싸듯 꽁꽁 웅크리고 있었던 것 같았다.

존스톤이 다시 매튜를 향해 몸을 돌렸을 때, 그 태도에는 서두르지 않는 우아함이 있었다. 존스톤은 미소를 짓고 있었지만, 진실에 한 대 얻어맞은 후였다. 존스톤의 얼굴은 땀에 젖어 있었고, 눈은 충격을 받아 푹 꺼져 있었다.

"신사분들."

존스톤이 말했다.

"친애하는 신사분들, 고백할 게 있는데…… 나는 옥스퍼드를 다닌 적이 없습니다. 오, 정말 창피하군요. 정말로요. 나는 웨일즈에 있는 작은 학교에 다녔습니다. 나는…… 광부의 아들입니다. 어릴 때 이미 깨달았어요……. 위로 올라가고 싶지만…… 내가 만일 나의…… 음…… 불행하고 불미스러운 가족사를 숨기려 하지 않는다면 어떤 문들은 열리지 않으리라는 것을요. 그래서 나는……."

"거짓말을 지어냈겠죠. 지금 하고 있는 것처럼."

매튜가 말을 잘랐다.

"당신은 진실을 말하는 게 불가능한가요?"

존스톤의 입이 다음 거짓말을 하려고 열렸다가 천천히 닫혔다. 미소는 사라졌고, 그의 얼굴은 회색 돌처럼 단단히 굳었다.

"이 사람은 거짓말을 마치 옷처럼 너무 오래 입고 지냈어요. 거짓말이 없으면 세상 앞에 벌거벗은 느낌이 들 정도로요."

매튜가 말했다.

"하지만 당신은 옥스퍼드에 대해서는 아주 많이 공부했잖아요. 안 그래요? 영국에 돌아갔을 때 혹시나 필요한 경우를 대비해서 실제로 옥스퍼드에 가서 둘러보지 않았나요? 대본에 세부적인 내용을 추가해서 나쁠 건 없으니까요. 그렇죠? 그리고 그 사교 모임에 관한 애기들!"

매튜는 고개를 저으며 혀를 찼다.

"러스킨스라는 클럽이 실제로 있기는 한가요? 아니면 혹시 그게 당신의 진짜 이름인 거 아녜요? 바로 그날 밤에 당신이 한 거짓말의 증거를 잡았어야 했어요. 판사님이 자신이 속해 있던 사교 모임의 표어를 말씀하셨을 때, 그분은 라틴어로 말씀하셨어요. 옥스퍼드 동문인 당신에게는 따로 번역이 필요 없다고 생각하시고요. 하지만 당신은 러스킨스의 표어를 영어로 말했어요. 사교 모임의 표어를 영어로 짓는 경우가 있나요? 말해보세요. 그 자리에서 즉석으로 표어를 지어낸 건가요?"

존스톤은 웃기 시작했다. 하지만 그 웃음은 꽉 다문 이 사이로 억눌려 있었고, 따라서 즐겁기보다는 오히려 괴기스러웠다.

"당신의 아내라는 그 여자."

매튜가 말했다.

"그 여자는 누구였나요? 찰스타운에서 데려온 정신 나간 가엾은 여자였나요? 아니, 아니죠. 최소한 당신이 조종할 수 있을 것 같은 사람을 찾아야 했을 거예요. 그럼 그 여자는 창녀였나요? 협조해주면 장래에 부자로 만들어주겠다고 약속했나요?"

존스톤의 웃음소리가 점점 엷어지더니 사라졌다. 하지만 미소는 여전히 남아 있었다. 수척해지고 핼쑥해진 데다가 눈구멍이 점점 줄어들어 사라져버릴 것 같은 얼굴은, 이제 정말로 악마의 가면처럼 변해가고 있었다.

"제 생각엔 그 여자를 아주 손쉽게 얻었을 것 같은데요. 당신이 찰스타운을 벗어나자마자요."

매튜가 과감하게 말했다.

"그 여자는 당신이 자기를 비둘기의 횃대로 돌려보내줄 거라고 믿었나요?"

존스톤이 갑자기 몸을 돌려 빠르게 절룩거리며 문 쪽으로 향했다. 그 덕에 무릎의 보조기는 단지 가짜 불구인 다리를 더욱 그럴싸하게 만들어주는 도구였을 뿐임이 증명되었다.

"그린 씨?"

매튜가 불쑥 외쳤다. 그러자 곧바로 손에 피스톨을 든 빨간 머리의 거인이 문을 막아섰다.

"저 무기는 장전되어 있습니다, 존스톤 씨."

매튜가 말했다.

"당신이 엄청난 폭력을 휘두를 수 있는 사람이라는 걸 의심하지 않아요. 그러니 그에 대한 대비책도 세워둘 필요가 있었지요. 자리로 돌아오시겠어요?"

존스톤은 대답하지 않았다.

"코빗 씨의 말을 따르는 게 좋을걸."

그린이 말했다. 거인의 앞니가 있던 자리에서 바람 소리가 새어 나왔다.

"좋아. 그렇다면!"

존스톤이 매튜를 향해 배우처럼 화려한 동작으로 몸을 돌렸다. 그는 죽음의 해골에 있는 힘껏 미소를 띠고 있었다.

"자리에 앉아서 이 미치광이의 난리법석을 기꺼이 들어야겠군요. 지금은 갇힌 것 같으니! 너도 알겠지만, 너는 마귀가 들렸어! 여러분 모두 다!"

그는 의자로 돌아와 중앙 무대와 다를 것 없는 곳에 자리를 잡았다.

"신께서 우리 영혼을 도와 이런 사악한 힘에 맞설 수 있기를! 저 아이를 보십시오!"

존스톤은 매튜를 가리켰다. 그 손이 떨리는 것을 보고 매튜는 흐뭇했다.

"저 아이는 악의 구덩이에서 기어 나온 것 중 가장 사악한 악령과 함께 있어요! 하느님, 악령의 존재 안에서 우리를 도우소서!"

존스톤은 손바닥을 위로 하고 손을 들어 올려 애원하는 자세를 취했다.

"나는 여러분의 상식에 내 몸을 맡깁니다, 신사분들! 여러분의 합리적인 이성과 동료 인간을 사랑하는 마음 앞에! 신께서도 아십니다. 이런 일들은 악마가 파괴를 시작할 때……."

탁! 존스톤이 내민 손바닥 위로 책 한 권이 떨어졌다. 존스톤은 비틀거리며 영국 희곡에 관한 책을 들여다보았다. 매튜가 읽던 책이었다.

"〈가엾은 톰 풀러리〉인가요?"

매튜가 말했다.

"그 책 117페이지 부근에 지금 말씀하신 것하고 비슷한 대목이 나와요. 정확히 알고 싶어 하실 것 같아서요."

그 순간 무언가가 존스톤의 얼굴을 스쳐 지나갔다. 무언가 여우처럼 사악한 것이. 그는 매튜의 시선을 맞받았다. 마치 짐승이 자기 굴에서 끌려 나와 순식간에 모습을 드러내는 것 같았다. 그러더니 그 순간이 지나고, 모습은 없어졌다. 존스톤의 얼굴은 다시 돌처럼 아무 표정을 드러내지 않았다. 그는 경멸하듯 손을 뒤집어 책을 바닥에 떨어뜨렸다.

"앉으세요."

매튜가 단호하게 말했다. 그린은 문을 지키고 있었다. 천천히, 스스로를 가릴 수 있을 만큼 충분히 위엄을 지키며, 존스톤은 자리로 돌아가 앉았다.

매튜는 뒤쪽 벽에 걸려 있는 파운트로열의 가상의 지도로 다가갔다. 그는 검지로 호수를 가리켰다.

"신사분들, 이것이 바로 이번 사기의 이유입니다. 과거의 언젠가, 아마 몇 년 전이었던 것 같아요. 비드웰 씨가 적당한 땅을 알아보기 위해 정찰대를 보내기 전이겠죠. 이 호수는 해적의 보물 금고로 이용되었습니다. 스페인 금화와 은화뿐이 아니었어요. 보석과 은제품들, 접시들…… 해적이 얻었던 전부를 말하는 겁니다. 해적은 호수를 신선한 물의 공급원뿐만 아니라, 다른 용도로도 사용하기로 결심했습니다. 존스톤 씨, 그 사람의 이름을 아시나요?"

답이 없었다.

"글쎄요. 저는 그 사람이 영국인이었을 것 같습니다. 스페인 상선을 공격했던 것 같거든요. 아마 그자는 보물을 잔뜩 가진 스페인 해적도 공격했을 겁니다. 아무튼 그는 엄청난 보물을 손에 넣었어요…… 그러나 물론, 누군가로부터 공격을 받을까봐 항상 두려웠겠죠. 그래서 그는 자신의 전리품을 숨겨둘 안전한 장소가 필요했습니다. 제가 추측한 내용에 잘못이 있으면 바로잡아주세요, 존스톤 씨."

존스톤이 노려보는 눈빛 때문에 두 사람 사이의 공기가 전부 타버릴 것 같았다.

"오, 한 가지 말씀드려야겠군요."

매튜가 말했다.

"존스톤 씨가 손에 넣으려던 보물은 이제 거의 없어졌습니다. 제가 호수를 수색했을 때, 거기에서 땅 밑으로 물이 흐르는 입구를 발견했어요. 작은 입구지만 유감스럽게도 물이 흐르기에는 충분했죠. 전리품 대부분은 오랜 시간에 걸쳐 그 구멍으로 사라졌어요. 아마 몇 개는 남아 있을 겁니다. 동전이나 도자기 조각 같은 것들이. 하지만 그 금고는 금고의 진정한 소유주인 대자연의 섭리에 의해 텅 비었습니다."

매튜는 존스톤의 얼굴이 진정한 고통으로 꿈틀거리는 것을 보았다. 매튜의 말에 깊이 충격을 받은 듯했다.

"당신이 측량사인 척하고 다닐 때 물건 몇 개는 찾았을 거예요. 그리고 그것으로 학교 선생님이 입을 옷을 샀겠죠. 마차와 말도 샀나요? 가짜 아내의 옷가지들도? 그렇다면 아마 영국 왕복 비용도 그 물건들로 치렀겠네요. 그리고 랭커스터에게 앞으로 이런 물건들을 갖게 될 거라며 보여주었을 거고요. 그자의 목을 벤 칼도 함께 보여주었나요?"

"맙소사!"

쉴즈가 경악하며 말했다.

"나는…… 항상 앨런이 부유한 집안 출신이라고 생각했어! 손에 낀 금반지도 보았고…… 루비가 박힌 반지였는데! 이니셜이 새겨진 금 회중시계도 가지고 있었고!"

"그래요? 그 반지는 그가 찾은 물건들 중 하나라고 말하겠습니다. 어쩌면 회중시계는 이곳에 오기 전에 찰스타운에서 샀을지도 모르죠. 자신의 가짜 정체를 계속 유지하기 위해 이니셜을 새기고요."

매튜의 눈썹이 치켜 올라갔다.

"아니면 그 시계를 얻으려고 전에 누군가를 죽인 건 아닌가요? 그리고 그 시계에 새겨진 이니셜에 따라 당신 이름을 정했나요?"

"너,"

존스톤의 입술이 비틀어졌다.

"너는 진짜 바보야."

"그 얘기는 많이 들었습니다. 하지만 제가 바보처럼 속았다고는 말하지 마세요. 적어도 그렇게 오래 속지는 않았거든요. 당신은 영리한 사람이에요. 제가 장담합니다. 제가 만일 그린 씨에게 당신을 붙들고 있어달라고 부탁하고, 비드웰 씨와 윈스턴 씨를 데리고 당신 집을 샅샅이 뒤진다면 그곳에서 사파이어 브로치를 찾을 수 있을까요? 고대 이집트에 관한 책도? 쥐잡이꾼의 다섯 개의 날이 달린 도구도 찾을 수 있을까요? 아시겠지만, 그건 정말로 최고의 한 수였어요! 앞발로 할퀸 자국! 재능 있는 배우만이 짤 수 있는 사기극이죠! 그리고 존 랭커스터를 쥐잡이꾼으로 창조한 것도…… 기발한 생각이었어요. 그자가 쥐를 훈련시킨 경험이 있는 걸 알고 있었나요? 그자가 하는 서커스 공연을 본 적 있어요? 당신은 파운트로열에 쥐잡이꾼이 필요하다는 걸 알고 있었죠……. 따라서, 마을 사람들이 즉시 그를 받아들여주리라는 것도요. 인형을 만든 사람은 당신인가요, 랭커스터였나요? 그것도 상당히 설득력 있었어요. 진짜처럼 보이기에 충분할 만큼 조악했지요."

"나는…… 네 얘기를 계속 듣고 있다간 정신이 나가겠다."

존스톤이 말했다. 그는 천천히 눈을 깜박였다.

"벌써…… 정신이 나가버린 것 같기도 하고."

"당신은 레이첼이 마녀의 조건을 완벽하게 충족시킨다고 판단했어요. 당신은 다른 사람들과 마찬가지로 세일럼에서 있었던 일을 들었어요. 청중을 마음대로 조작할 수 있는 훌륭한 재능을 가진 당신은, 그런 집단 공포가 어떻게 형성되고 거듭될 수 있는지 깨달은 거죠. 단 하나의 문제는 당신이 군중의 마음을 움직일 수는 있지만, 개인을 움직일 수 있는 사람이 따로 필요했다는 거예요. 몇 명을 선택해 파운트로열에 공포의 씨앗을 뿌리고, 마을을 황폐하게 만들어 결국 망하게 만들어야 했으니까요. 그런 뒤에 당신과 랭커스터 둘이서…… 아, 랭커스터는 적어도 그렇게 믿었겠죠. 그 둘이서 보물을 전부 꺼내는 걸로."

존스톤은 손을 들어 이마를 만졌다. 그는 의자에 앉아 천천히 앞뒤로 몸을 흔들었다.

매튜가 말했다.

"대니얼 호워스를 죽일 때, 당신은 그 사람에게 만나자고 미리 약속을 정해 집 밖으로 유인했던 거죠? 레이첼에게 말할 수 없는 어떤 문제가 있다고 해서? 레이첼이 나에게 남편이 죽던 날 밤 자기를 사랑하느냐고 묻더라고 말해주었어요. 레이첼은 남편이…… 그런 걸 물어보는 게 굉장히 드문 일이라고 했고요. 대니얼 호워스는 니콜라스 페인이 레이첼에게 관심을 갖고 있는 것에 대해 걱정하고 있었죠. 당신이 그 걱정을 부채질했나요? 레이첼도 페인에게 감정이 있을지도 모른다고 넌지시 말하면서? 대니얼 호워스에게 남들이 들으면 안 되는 얘기니까 은밀한 장소에서 만나자고 했나요? 물론 그 사람은 당신이 무슨 계획을 세웠는지 몰랐겠죠. 남을 설득하는 탁월한 능력을 지니셨으니, 대니얼은 당신이 선택한 장소와 시간에 순순히 응했을 거예요. 그런 다음 누가 대니얼의 목을 잘랐나요? 당신? 아니면 랭커스터?"

존스톤이 대답하지 않자 매튜가 말했다.

"당신이겠죠. 그러고 나서 대니얼의 시체에, 아니면 죽어가는 몸 위에 다섯 개 날이 달린 도구를 휘둘렀겠죠? 랭커스터는 자신이 대니얼과 똑같은 종말을 맞이하게 되리라고는 전혀 상상하지 못했을 겁니다. 랭커스터는 자신의 정체가 드러난 것을 알고 공황상태에 빠졌겠죠. 안 그래요? 그래서 그 사람이 떠나려고 했나요?"

매튜는 잔인하게 미소를 지었다.

"하지만, 아뇨. 그럴 수 없었어요. 그렇죠? 당신은 랭커스터를 보내줄 수 없었어요. 그자가 뭘 알고 있는지 뻔히 아니까. 랭커스터를 살해하기로 원래부터 마음먹고 있었나요? 랭커스터의 도움을 받아 보물을 찾고 파운트로열이 당신의 개인 요새가 되고 난 뒤에?"

"이 개자식."

얼굴이 시뻘게진 비드웰이 존스톤에게 말했다.

"네 눈과 심장과 영혼 모두 저주받아라. 저주받아서 천천히 죽어라. 넌 나까지 살인자로 만들 뻔했어!"

"진정하세요."

매튜가 충고했다.

"저 사람은 저주를 받을 겁니다. 식민지의 감옥은 지옥의 구덩이와 똥 무더기 바로 전 단계라고 들었어요. 그곳에서 존스톤 씨는 목을 매달 때까지 살게 될 겁니다. 제가 아는 한에서는 그래요."

"그 말은, 맞아."

존스톤이 가냘프게 말했다. 매튜는 남자가 이제 말을 할 생각이 들었다는 걸 감지했다.

존스톤이 말을 이었다.

"하지만 나는 뉴게이트 교도소에서도 살아남았지. 그러니 많이 불편하리라고는 생각지 않아."

"아아!"

매튜가 고개를 끄덕였다. 그는 존스톤의 맞은편에 있는 벽에 등을 기댔다.

"옥스퍼드가 아니라 뉴게이트 출신이었군요! 그런 학교에는 어쩌다 가게 됐죠?"

"빚. 정치 활동. 그리고 친구들."

존스톤이 마루를 내려다보며 말했다.

"칼을 가진 친구들이었지. 내 삶은 엉망이 됐어. 그럭저럭 괜찮게 살고 있었는데. 오…… 내가 주인공이었던 건 아니고. 하지만 야망이 있었지. 나는…… 언젠가는…… 내 극단에 투자할 만큼 충분한 돈을 벌고 싶었어."

그는 무겁게 한숨을 쉬었다.

"내 촛불은 질투심 많은 동료들이 꺼버렸지. 하지만 나는…… 내 연기가 꽤 괜찮지 않았나?"

그는 땀이 번들거리는 얼굴을 들어 매튜를 향해 희미하게 미소를 지었다.

"박수갈채를 받을 만해요. 적어도 교수형 집행인에게서는."

"찬사를 돌려 말한 것으로 받아들이마. 나도 한마디 할까. 너는 그럭저럭 괜찮은 생각을 가지고 있어. 어쩌면 사상가가 될 수도 있겠다."

"그 말씀 고려해볼게요."

"이 괴물."

존스톤이 손을 다리 위의 불룩한 혹에 얹었다.

"정말이지 아파. 적어도 여기에 대해서는, 이제 이걸 벗어버리고 영원히 차지 않아도 된다고 생각하니 기쁘군."

그는 바지의 무릎께에 있는 단추를 풀고 양말을 말아 내린 뒤, 가죽 보조기를 벗기 시작했다. 모든 이들이 완벽한 모습의 슬개골을 볼 수 있었다.

"네 말이 맞다. 촛농이었어. 이 빌어먹을 것을 그럴싸하게 만들려고 온밤을 지새웠지. 자, 너에게 주는 상이다."

그는 보조기를 매튜의 발 앞 마룻바닥에 던졌다.

매튜는 전날 밤 인디언들의 축하연에서 지독한 냄새가 나는 곰 머리를 선물로 받았는데, 그것보다는 지금 이 보조기가 자신의 취향에 훨씬 더 맞는다고 생각했다. 게다가 더 만족스럽기도 했다.

존스톤은 다리를 똑바로 뻗어 열심히 무릎을 주물렀다.

"요전날 밤에는 근육에 경련이 일어났는데, 바닥에 쓰러질 정도로 괴로웠어. 이것하고 비슷하게 생긴 기구를 착용하고 연기를 했던 적이 있었는데…… 그게…… 한 십 년 됐나. 패러다임 극단에서의 거의 마지막 역할이었지. 코미디였는데 불행하게도 하나도 안 웃겼어. 관객들이 무대로 토마토와 말똥을 집어 던진 걸 유머로 치지 않는다면 말이야."

"맙소사, 내가 네 목을 직접 졸라주마! 그래서 교수형 집행인이 밧줄을 아끼게 해주겠어!"

비드웰의 분노가 폭발했다.

"그럴 거면 그 참에 당신 목도 같이 조르시지. 당신은 그 여자를 화형에 처하려고 제일 앞장섰던 사람이잖아."

존스톤이 말했다.

상당히 퉁명스럽게 던져진 이 말은 비드웰의 등을 부러뜨린 마지막 지푸라기가 되었다. 망해버린 마을의 영주는 욕설을 퍼부으며 의자에서 일어나 존스톤에게 돌진했다. 그러고는 두 손으로 배우의 멱살을 잡았다.

두 사람은 마룻바닥에서 뒤엉켜 싸웠다. 매튜와 윈스턴이 즉시 달려들어 둘을 떼어놓으려 했고, 그린은 자신의 위치에서 문을 지키며 구경했다. 쉴즈는 그저 자기 의자에 앉아 있었다. 간신히 비드웰을 존스톤에게서 떼어냈지만, 그전에 비드웰이 존스톤에게 주먹을 두 방 날리는 바람에 배우의 코는 피로 물들었다.

"앉으세요."

매튜가 분노에 차서 주먹을 휘두르는 비드웰에게 말했다. 윈스턴이 존스톤의 의자를 바로 세우고 존스톤을 부축해 의자에 앉혔다. 그러나 곧 존스톤에게 손을 대면 자신이 더럽혀질까 두려운 듯 방 한구석으로 물러났다. 존스톤은 코에서 흐르는 피를 소매로 닦고, 마룻바닥에 떨어져 있던 지팡이를 집었다.

"널 죽일 거야!"

비드웰이 목에 혈관이 팽팽해진 채 소리를 질렀다.

"널 발기발기 찢어버리겠어! 네가 한 짓을 생각하면!"

"법이 저 사람을 처리할 겁니다, 비드웰 씨. 이제 제발…… 앉아서 품위를 지키세요."

매튜가 말했다.

비드웰은 마지못해 자기 자리로 돌아와 큰 소리를 내며 앉았다. 그는 앞을 똑바로 노려보았다. 복수에 대한 생각이 아직도 비드웰의 마음속에서 불꽃처럼 튀고 있었다.

"자, 이제 아주 만족스럽겠군."

존스톤이 매튜에게 말했다. 그는 머리를 뒤로 기대고 코를 훌쩍거렸다.

"오늘의 영웅이야. 아주 끝내주는군. 네가 법복을 입는 데 내가 디딤돌이 되어준 건가?"

매튜는 존스톤이 아직도 사람을 조종하는 작업을 하고 있다는 사실을 깨달았다. 매튜는 방어적 자세를 취했다.

"그 보물에 대해, 어떻게 알게 됐어요?"

매튜가 존스톤의 말을 무시하고 물었다.

"코가 부러진 것 같은데."

"보물이요."

매튜가 고집했다.

"지금은 게임을 할 시간이 아니에요."

"아, 그 보물! 그래, 그거."

존스톤은 눈을 감고 피가 흐르는 코를 훌쩍였다.

"말해봐, 매튜. 한번이라도 뉴게이트 교도소에 발을 들여놓은 적이 있나?"

"아뇨."

"그럴 일이 없게 해달라고 신께 기도하는 게 좋을 거다."

존스톤이 눈을 떴다.

"나는 그곳에 일 년 삼 개월 그리고 이십팔 일을 있었어. 내 빚에 대한 대가로. 죄수들이 그곳을 운영했지. 간수가 있긴 해. 그렇고 말고. 하지만 간수들은 자기 목숨을 부지하기 위해 한 발 뒤로 물러나 있어. 빚쟁이, 도둑, 주정뱅이, 정신병자, 살인자, 어린아이를 강간한 놈들, 자기 엄마를 덮친 놈들…… 그런 놈들이 모두 한데 섞여 있지. 마치 구덩이에 짐승들을 몰아넣은 것처럼. 그리고…… 살아남기 위해서는 뭐든 하지……. 진짜야……. 왠지 아나?"

그는 얼굴을 앞으로 내밀고 매튜를 향해 웃어 보였다. 그러자 붉은 피가 양쪽 콧구멍에서 다시 흘러나왔다.

"왜냐하면 아무도…… 아무도…… 자기 자신 말고는 아무도 누가 죽든지 살든지 신경 쓰지 않거든. 자기 자신 말고는 아무도."

존스톤은 코웃음을 쳤다. 다시 여우 같은, 잔인한 그림자가 얼굴 위를 순식간에 스쳐 지나갔다. 그는 고개를 끄덕인 뒤 흘러내리는 피를 혀로 핥았다.

"그자들이 한 번에 서넛씩 달려들어서 몸을 붙들면 분명히 좋은 일이 벌어지려고 하는 건 아니지. 나는 사람을 그런 식으로 죽이는 걸 봤어. 너덜너덜해질 때까지 계속 때려서 죽이는 거야. 죽었는데도 계속 때려. 시체가 아직 식지 않았으니까. 그런 일이 계속되는 거지. 그러면 무조건 그자들의 수준까지 내려앉아야 하고, 그자들과 섞여야 하는 거야. 다음 날을 살아가야 하니까. 거기서는 짐승처럼 소리치고 비명을 지르고 울부짖어야 해. 그리고 치고받고…… 그리고 죽이고 싶어 해야 해……. 만일 조금이라도 약한 모습을 보이게 되면 그들은 등을 돌릴 테고, 엉망이 된 시체가 되어 첫 동이

틀 때 쓰레기 더미에 던져지게 되니까."

여우는 자신을 포획한 자를 향해 몸을 기울였다. 흐르는 코피는 이제 신경 쓰지 않았다.

"거기서는 바닥 아래로 하수가 흐르거든. 하수구가 넘쳐서 똥물이 발목까지 차면 밖에 비가 오는지 아닌지, 비가 오면 얼마나 심하게 내리는지 알 수 있지. 나는 두 남자가 카드 한 벌을 놓고 죽을 때까지 싸우는 모습도 봤어. 그 싸움은 한 사람이 차마 입에 담기도 힘든 그 더러운 진창에 상대방을 빠뜨려 익사시키면서 끝났지. 인생을 마치는 방법으로 꽤 멋지지 않나, 매튜? 사람 똥에 빠져서 죽다니?"

"이 이야기에 의미가 있나요?"

"오, 물론 있지!"

존스톤이 환하게 웃었다. 입술에 묻은 피를 핥는 그의 빛나는 눈에 광기가 어른거렸다.

"뉴게이트 교도소는 어떤 사악한 말로도 충분히 설명할 수 없어. 어떤 말로도 그 잔인함의 무게를 다 싣지 못해. 하지만 나는 네가 그곳을 이해하길 바라. 내가 자아를 발견한 그곳을. 그곳에서 보낸 날들은 지독히도 끔찍했지……. 하지만 그러다가 밤이 찾아왔어! 오, 기쁜 축복의 어둠이여! 지금도 그걸 느낄 수 있어! 들어봐!"

존스톤이 속삭였다.

"저 소리가 들려? 몸을 뒤척이기 시작하지? 매트리스 위에서 몸을 굴리는 소리와 환상적인 밤이 찾아오는 소리가! 들려? 침대 프레임이 삐걱대고…… 저기에서도! 아, 들어봐……. 누군가 울고 있어! 누군가 하느님을 부르고 있어……. 하지만 언제나 대답하는 건 악마지."

존스톤의 잔인한 미소가 흔들리더니 점차 사라졌다.

"그곳이 그렇게 끔찍한 곳이었다지만 당신은 살아남았잖아요."

"내가?"

존스톤은 한동안 말이 없었다. 그는 일어섰다. 보조기를 푼 무릎에 체중이 실리자 그는 몸을 움찔했다.

"그 빌어먹을 보조기를 찬 대가를 치르고 있어. 네가 봐도 알겠지. 그래. 나는 뉴게이트 교도소에서 살아남았어. 한데 모인 짐승들에게 대학살 말고 무언가 즐길 거리를 제공해야겠다고 깨달았거든. 그래서 그들에게 연극을 보여줬어. 아니, 실은 그냥 연극의 장면들이지. 난 모든 역을 다 맡아서 했어. 목소리도 꾸미고 사투리도 쓰면서, 모르는 부분은 내가 지어냈지. 어차피 사람들은 뭐가 다른지도 모르고 신경도 안 썼어. 그자들은 특히 법정의 관리들이 망신을 당하거나 수모를 당하는 장면이 나오면 좋아했어. 그런 장면들은 연극에 조금밖에 등장하지 않았기 때문에 내가 직접 이야기를 지어내서 연기를 했지. 갑자기 나는 아주 인기가 많아졌어. 폭도들 사이에서 유명인이 된 거야."

존스톤은 두 손으로 지팡이를 짚고 일어섰다. 그리고 매튜는 존스톤이 다시 관중 앞에서 무대를 장악했다는 것을 깨달았다.

"그러다가 아주 몸집이 크고 아주 잔인한 남자의 마음에 들었지. 우리는 그자를 '고기분쇄기'라고 불렀어. 그자는…… 음…… 자기 마누라의 시체를 그걸로 처리했거든. 하지만, 자, 보시라! 그자는 내 연극의 팬이 되었단 말이지! 나는 어전(御前) 공연의 배우로 신분이 상승했고, 또한 신변의 위협으로부터 보호를 받게 되었어."

이미 예상은 했지만, 이제 존스톤은 방 안의 다른 사람들을 전부 보기 위해, 혹은 사람들이 배우의 표정을 전체 각도에서 모두 볼 수 있게 하기 위해 조금씩 몸을 회전시키고 있었다.

"내 형기가 끝나갈 무렵에…….”

존스톤이 말을 이었다.

"……어떤 사람을 알게 되었지. 그 사람은 내 또래였지만 훨씬 늙어 보였어. 병들어 있었지. 기침할 때 피를 토했어. 글쎄, 두말할 필요도 없겠지만, 뉴게이트 교도소의 환자란 늑대들에게 따뜻한 간 조각 같은 존재야. 사실 지켜보면 꽤 재미있어. 사람들은 그 환자가 쉬운 상대라서 때리고, 또한 자기들에게 병을 옮길까봐 빨리 죽으라고 때리기도 해. 내가 말했지. 뉴게이트에서는 인간에 관해서 상당히 많은 것을 배울 수 있어. 너도 하룻밤쯤은 그곳에 들어가서 공부를 하는 게 좋을 거야."

"분명히 그곳보다 위험하지 않은 학교들이 많이 있을 거예요."

"그래. 하지만 뉴게이트처럼 빨리 가르쳐주는 곳은 없지."

날카로운 미소가 존스톤의 얼굴에 스쳐 지나갔다.

"게다가 상당히 제대로 배울 수 있거든. 어쨌든 내가 말하려는 건 그 남자에 관해서야. 그 사람은 우리의 작은 공동체 안에서 고기분쇄기가 가진 힘을 깨달았지만, 고기분쇄기는…… 글쎄, 그자는 남이 내쉬는 숨 냄새를 맡느니 차라리 죽여버리는, 그런 사람이라고 해두지. 그래서 항상 두들겨 맞고 다니는 이 병약한 사람이 나에게, 자신을 위해 신사로서 중재를 좀 서달라고 부탁했어. 그는 사실 높은 수준의 교육을 받은 사람이었어. 한때는 런던에서 골동품상을 했다고 하더군. 그 사람은 나에게 자기가 더 이상 구타당하지 않고 치욕을 당하지 않도록 중재를 해서 자기를 구원해달라고 부탁했어……. 그 대신 대서양 너머 작은 물웅덩이에 관한 대단히 흥미로운 정보를 주겠다고 했지."

"아."

매튜가 말했다.

"그 사람이 보물에 대해 알고 있었군요."

"그냥 아는 정도가 아냐. 보물을 그곳에 두는 데 참여했던 사람이었어. 선원의 일원이었지. 그 사람이 나에게 전부 다 말해줬어. 아주 세세한 내용까지 말이야. 그 얘기는 누구에게도 한 적이 없다고 했어. 자기가 언젠가 그걸 가지러 갈 생각이었다는 거야. 언젠가. 내가 자기 목숨을 보호해주면, 내 몫을 좀 나누어주겠다고 했지. 호수의 깊이는 12미터 정도고, 보물은 고리버들 바구니와 삼베자루에 넣어서 물속으로 내렸다고 하더군……. 희망도 없고, 가족도 없고, 당신들이 신이라고 부르는 밀짚 인형에 대한 믿음도 전혀 없는, 가난하고 굶주린 전직 배우의 마음에 바다 항해의 꿈을 불어넣기에 충분한 얘기들을 해준 거지."

존스톤은 다시 날카로운 미소를 지었다.

"그 사람…… 그 선원은…… 바다에서 폭풍을 만났다고 했어. 그래서 배가 침몰했다고. 대여섯 명의 선원들이 살아남아서 어느 섬에 도착했다더군. 어차피 해적들이었으니까, 내 생각엔 돌멩이와 코코넛이 칼과 피스톨의 역할을 했던 것 같아. 마침내 한 사람이 살아남았고, 그 사람이 지나가는 영국 군함에게 연기를 피워 구조를 요청한 거지."

존스톤이 어깨를 으쓱했다.

"내가 잃을 게 뭐가 있겠어? 오…… 그 사람은 문양이 새겨진 금시계를 자기 매트리스 사이에 숨겨두고 있었는데, 그것도 나에게 주었어. 이제 알겠나. 그 사람 이름이 앨런 존스톤이었어."

"그럼 당신 이름은 뭐야?"

비드웰이 물었다.

"줄리우스 시저. 윌리엄 셰익스피어. 어중이떠중이 경. 맘대로 고르시게. 무슨 상관인가?"

"그래서 진짜 앨런 존스톤에게는 무슨 일이 있었나요?"

매튜는 이미 알 것 같았지만 그래도 물었다. 그러면서 갈대를 주식으로 하는 거북들이, 아마도 그 바구니와 자루를 두고 한바탕 잔치를 벌였으리라는 생각을 했다.

"구타는 멈췄어. 내가 지닌 가치를 그의 앞에서 증명해 보인 거야. 그 사람은 잠깐은 살 수 있었지. 하지만 그는 병에 걸려 아주, 아주 아프더라고. 진짜 죽을 정도로 아팠지. 나는 그 호수의 위도와 경도 좌표를 그 사람에게서 알아낼 수 있었어……. 과하게 요구하는 것처럼 보이지 않게 하면서 한 달 정도를 계속 노력했어. 그랬는데 바로 그날 밤에 누군가가…… 누군가의 작은 그림자가…… 그 사람이 구석에서 피를 토하며 기침을 한다고 고기분쇄기에게 말해 버렸어……. 글쎄, 그건 모두에게 위험한 일이었지. 그런 병은 우리 작은 공동체를 휩쓸어버릴 테고, 우리는 우리 공동체를 아주 좋아했거든. 아침에, 아, 슬프게도 나의 파트너는 마지막 여행을 떠났어. 혼자서. 그 누구의 애도도 없이."

"맙소사."

매튜가 나지막이 내뱉었다. 속이 뒤틀리는 것 같았다.

"당신이 마녀 이야기를 꾸민 것이 놀랍지도 않네요. 당신은 일상적으로 사탄의 말을 하고 있잖아요. 안 그래요?"

존스톤은 조용히 웃었다. 그는 눈을 빛내며 고개를 뒤로 젖히더니 더 크게 웃었다.

희미하게 찰칵 하는 소리가 났다.

그리고 갑자기, 지금까지 뻣뻣하게 움직이던 그 다리를 엄청난 속도로 움직이면서 존스톤이 앞으로 돌진했다. 그는 지팡이의 손잡이에 숨겨져 있던 12센티미터짜리 단검의 뾰족한 끝을 매튜의 목에 대고 눌렀다.

"움직이지 마!"

존스톤이 외쳤다. 그의 눈은 매튜의 눈을 뚫어질 듯 바라보았다. 비드웰과 윈스턴, 쉴즈가 모두 자리에서 일어섰다.

"움직이지 마! 전부 다!"

그린이 피스톨을 들고 방 안으로 들어왔다. 존스톤이 손을 뻗어 매튜의 셔츠를 잡고 매튜의 몸을 돌렸다. 그러고는 자기 등이 벽 쪽으로, 그리고 매튜의 등을 그린을 향하게 했다. 그린이 행여 허둥대기라도 하면 매튜가 꼼짝없이 총에 맞을 지경이었다.

"아니, 아니지! 그린, 그 자리에 가만히 서 있어."

존스톤이 다루기 힘든 학생을 야단치듯이 말했다.

붉은 수염의 거인이 걸음을 멈췄다. 칼날은 위태롭게 매튜의 살갗을 파고들었다. 속으로는 떨렸지만 매튜는 침착한 표정을 유지했다.

"이런 짓 해봐야 소용없어요."

"교도소로 가서 목에 밧줄을 거는 것보다야 소용이 있겠지!"

존스톤의 얼굴은 땀에 젖어 있었고, 맥박이 관자놀이에서 빠르게 뛰고 있었다. 코와 윗입술에는 여전히 피가 묻어 있었다.

"아니, 난 그럴 수 없어. 교도소는 안 가. 지옥에서는 그만큼 지냈으면 충분해."

존스톤은 단호하게 고개를 저었다.

"당신에게는 선택의 여지가 없어요. 제가 말했듯이, 이런 짓 해봐야…….”

“비드웰!”

존스톤이 외쳤다.

“마차 준비시켜! 어서! 그린, 피스톨 돌려 잡아. 그리고 이쪽으로 와……. 천천히……. 그리고 그거 나한테 넘겨.”

“신사분들, 두 가지 요구 모두 무시하길 바랍니다.”

매튜가 말했다.

“네 목에 칼을 겨누고 있어. 느껴져?”

존스톤이 조금 힘을 주어 눌렀다.

“어때? 더 뾰족한 맛을 보고 싶어?”

“그린 씨.”

매튜가 여우의 난폭한 눈을 보며 말했다.

“자리를 잡으세요. 그리고 피스톨을 존스톤 씨의 머리에 겨누세요.”

“맙소사, 뭐가 어째?”

비드웰이 외쳤다.

“그린, 안 돼! 저 꼬마가 미쳤어!”

“이제 영웅 놀이는 그만해라.”

존스톤이 엄하게 말했다.

“지금까지 거들먹거리면서 있는 대로 뽐을 내고, 결국 나에게 큰걸로 한 방 먹였잖아. 그러니 이제 목숨은 아껴놔. 나는 저 문 밖으로 나갈 거니까! 이 세상의 그 누구도 나를 다시 그 빌어먹을 교도소로 보내지는 못해!”

“법의 심판을 피하려는 당신 마음은 이해합니다. 하지만 정문 밖에 두 남자가 도끼를 들고 기다리고 있어요.”

"두 남자? 거짓말 마!"

"창틀에 올려놓은 등잔 보이시죠? 비드웰 씨가 그 두 사람에게 위치를 잡으라는 신호로 저기 놓아두신 겁니다."

"이름을 대봐!"

"하이럼 애버크롬비일세. 다른 한 명은 맬컴 제닝스고."

비드웰이 대답했다.

"음, 그 바보들은 도끼로 말대가리도 못 칠걸! 그린, 피스톨 달라니까!"

"그 자리에 그냥 계세요, 그린 씨."

매튜가 말했다.

"매튜! 바보같이 굴지 마!"

윈스턴이 소리쳤다.

"이 사람 손에 피스톨을 쥐여주면 누군가가 죽게 돼요."

매튜는 존스톤의 눈을 바라보았다. 사냥개와 여우가 의지력의 결투를 벌이는 중이었다.

"총알 하나에 사람 하나가 죽어요. 제가 장담해요."

"피스톨 달라고! 꾸물거리면 목을 베어버리겠어!"

"아, 이게 살인 도구인가요?"

매튜가 물었다.

"바로 이건가요? 찰스타운에서 사신 것 같은데, 맞죠?"

"이런 제길. 넌 너무 말이 많아, 이 새끼야!"

존스톤이 칼끝을 매튜의 목으로 찔러 넣었다. 통증이 매튜의 무릎까지 전해 내려왔고, 그 덕에 눈에 눈물이 핑 돌면서 무의식중에 이를 악물었다. 전신이 뻣뻣이 굳었다. 하지만 울거나 아픔을 내색할 수는 없었다. 칼날은 거의 몇 밀리미터 정도까지 박혔고, 그 정도면 따뜻한 피가 솟아나 바닥으로 떨어지기에 충분한 깊이였다. 하지만 동맥을 베지는 않았다. 존스톤은 단순히 게임의 긴장감을 고조시키고 있었던 것이다.

"어때, 좀 더 해줄까?"

옆쪽에 서 있던 비드웰이 피를 봤다.

"하느님 맙소사! 그린! 피스톨을 내줘!"

비드웰이 소리쳤다.

매튜가 말리기도 전에 그린의 묵직한 부츠 발소리가 뒤에서 들리더니 피스톨의 손잡이가 존스톤에게 내밀어졌다. 존스톤은 피스톨을 곧장 받아 들었지만, 단검은 여전히 피를 묻힌 채 그 자리에 그대로 남아 있었다.

"마차, 비드웰!"

존스톤은 피스톨을 매튜의 몸통에 겨누었다.

"얼른 준비시켜!"

"그래요. 준비시키세요."

매튜는 힘을 들여 말했다. 목에 칼을 박은 채 말하는 것이 매일 있는 일은 아니었다.

"그리고 마차 바퀴에 손을 써서 두 시간 정도 달리면 마차에서 빠지게 해두세요. 그럴 게 아니라 그냥 말을 한 마리 타고 가지 그래요, 존스톤? 그러면 말이 어두운 길을 달리다가 바퀴자국에 발이 빠져서 당신을 던져버릴 테고, 목이 부러져서 모든 게 다 끝날 텐데요. 아…… 잠깐만요! 아예 그냥 늪지대 쪽으로 빠져나가보세요! 거기 늪들이 아주 기가 막히거든요. 당신 부츠를 순식간에 삼킬 거예요."

"닥쳐! 난 마차를 원해! 마차가 필요하다고! 너와 같이 갈 거니까!"

"오호!"

억지로 웃음을 짓기 위해 매튜는 더 많은 노력을 기울여야 했다.

"당신은 어쨌든 정말 훌륭한 코미디언이군요!"

"이게 재미있어?"

존스톤의 얼굴은 분노로 일그러졌고, 입에서는 침이 튀었다.

"목에 칼집을 내거나 배에 구멍을 뚫으면 더 크게 웃을 거냐?"

"진짜로 물어봐야 할 건 이거죠. 당신이 붙잡은 인질을 마루에 쓰러뜨리고 피스톨이 텅 빈 후에도 당신이 계속 웃을까요?"

존스톤의 입이 벌어졌다. 아무 소리도 나오지 않았지만, 침이 은색 줄을 이루며 아랫입술에서 흘러나와 거미줄처럼 아래로 떨어졌다.

조심스럽게 매튜는 뒤로 물러섰다. 칼끝이 목에서 미끄러졌다.

"당신의 문제는요."

매튜는 손가락으로 작은 상처를 누르며 말했다.

"친구들이나 동료들이 다 일찍 죽는다는 거예요. 만일 내가 마차에 올라 당신과 동행한다면 내 수명도 극적으로 짧아지게 되겠죠. 저는 죽는 건 싫지만…… 아, 정말 싫어요……. 하지만 당신이 바라는 대로 어딘가에서 죽어야 한다면 여기에서 죽는 편이 더 나을 것 같아요. 그러면 적어도 이 방 안에 계신 품위 있는 신사분들이 당신에게 달려들 테고, 당신이 지금 붙들고 있는 가망 없는 탈주에 대한 환상도 끝이 나겠죠. 그런데 사실 당신이 달아난다고 해도 아무도 신경 쓰지 않을 것 같아요. 그냥 가세요. 정문으로 나가요. 저는 조용히 있을게요. 물론 비드웰 씨도 그린 씨도 도끼를 든 사람들에게 소리쳐 경고하실 거예요. 네틀즈 부인도 그러겠죠. 저기 복도에 서 있는 게 보이는데. 잠깐 생각을 해볼까요."

매튜는 눈살을 찌푸렸다.

"도끼 두 개. 그에 맞설 칼 하나와 총알 하나. 그래요. 당신은 두 사람은 지나갈 수 있겠어요. 그다음 당신은…… 자, 어디로 가실 건가요, 존스톤 씨? 아시겠죠. 이게 가장 골치 아픈 부분이에요. 어디로 가실 건가요?"

존스톤은 아무 말도 하지 않았다. 그는 여전히 피스톨과 칼을 겨누고 있었지만, 눈빛은 한겨울 호수 위의 안개처럼 부옇게 흐려져 있었다.

"아!"

매튜는 강조하기 위해 고개를 끄덕였다.

"숲으로 가로질러 가면 되겠네요! 인디언들이 안전한 여행을 보장해줄 거예요. 그런데 지금 제 몰골이 보이시나요? 불행히도 곰을 만나서 거의 죽을 뻔했답니다. 그러면 다시, 당신에게는 칼 한 자루와 총알이 하나 있어요. 하지만…… 아…… 식량은 어떻게 하실 거예요? 글쎄요. 당신에게는 칼과 총알이 있으니까요. 성냥을 챙기시는 게 좋아요. 그리고 등잔도. 집에 가서 여행 짐을 싸세요. 우리는 성문에서 기다리고 있다가 작별 인사를 해드릴게요. 자, 그럼 가세요!"

존스톤은 움직이지 않았다.

"저런."

매튜가 조용히 말했다. 그는 피스톨을 본 후 칼을, 그리고 다시 피스톨을 보았다.

"옷도 다 갖춰 입으셨는데 갈 데가 없다니."

"나는…… 나는……."

존스톤이 심각한 상처를 입은 짐승처럼 고개를 가로저었다.

"나는…… 끝나지 않았어. 아니야."

"흠."

매튜가 말했다.

"극장을 생각해보세요. 박수갈채가 터지고 인사를 해요. 관중은 집으로 돌아가고요. 무대의 조명은 천천히 꺼져요. 무대 조명은 아름다운 꿈결 같은 빛을 줬지요. 그렇지 않나요? 무대 장치는 해체되고, 의상은 차곡차곡 정리해서 집어넣어요. 누군가 와서 무대를 청소할 테고, 어제의 먼지도 쓸어가버리죠."

매튜는 존스톤의 가슴이 거칠게 오르락내리락하는 걸 보았다.

"연극은, 끝났어요."

매튜가 말했다. 위태로운 침묵이 깔리고, 누구도 감히 그 침묵을 깨려 들지 않았다.

마침내 매튜는 조치를 취해야겠다고 결심했다. 그는 칼날에 작은 톱날이 달려 있는 것을 보았다. 날이 달린 그런 칼이라면, 희생자의 뒤에 서서 한 손으로 입을 잡고 머리를 뒤로 젖힌 뒤 한두 번 재빨리 휙 긋기만 해도 동맥이나 성대를 끊어놓을 것이다. 아마 존스톤이 맨 처음 파운트로열에 가지고 왔던 지팡이는 아닐 테고, 어떤 방법으로 살인할지를 결정한 뒤에 찰스타운이나 영국에서 만들었을 것이다.

매튜는 칼에 찔릴 위험을 무릅쓰고 손을 내밀었다.

"피스톨을 저에게 주시겠어요?"

속에서 끓어오르는 압력 때문에 존스톤의 얼굴이 부드러워지면서도 부풀어 오르는 것 같았다. 그는 매튜가 무슨 말을 했는지 제대로 이해하지 못하고, 그저 허공만 노려보고 있었다.

"존스톤 씨?"

매튜가 다그쳤다.

"피스톨은 필요 없을 것 같은데요."

"어."

존스톤이 말했다.

"어."

그의 입이 열렸다 닫히고, 다시 열렸다. 뭍에 나온 물고기가 헐떡이는 소리였다. 그러고는 맥박이 한 번 뛰는 사이에 의식과 분노가 존스톤의 눈을 다시 한 번 휩쓸더니, 거의 벽에 등이 닿을 만큼 뒤로 물러섰다. 존스톤의 뒤로는 파운트로열의 가상의 지도가, 그 우아한 거리와 줄지어 늘어선 집들, 반듯이 정리된 농장들, 엄청난 규모의 과수원, 정밀한 해군 기지와 부두, 그리고 마을 중심에 생명을 주는 호수가 그려진 지도가 걸려 있었다.

"아니, 안 줘."

존스톤이 말했다.

"잘 들어!"

비드웰이 외쳤다.

"이래 봤자 소용없어! 매튜 말이 맞아. 당신은 갈 데가 없어!"

"아니야."

존스톤이 반복했다.

"아니야. 교도소에는 안 가. 아니, 절대."

"불행히도……."

매튜가 말했다.

"……그 문제에 있어서는 선택권이 없어요."

"드디어!"

존스톤이 미소를 지었다. 하지만 그 미소는 끔찍한 해골의 찡그림에 불과했다.

"드디어 네가 틀린 말을 하는구나! 그러니 너는 네가 생각하는 것처럼 영리한 건 아니야. 안 그래?"

"네?"

"틀린 말을 했다고."

존스톤이 다시 말했다. 그의 목소리가 가라앉았다.

"말해봐라. 내가 비록…… 내 대본에 결함이 있었던 건 알지만…… 적어도 연기는 제대로 했지?"

"그래요. 특히 학교 건물에 불이 났던 날 밤엔. 당신의 슬픔에 마음이 움직였어요."

존스톤은 진심으로 씁쓸하게 웃었다. 어쩌면 살짝 눈물의 영역에 속하는 것 같기도 한 웃음이었다.

"그땐 유일하게 연기하지 않고 있었던 때였어, 꼬마야! 학교가 불에 타는 모습을 보면서 내 영혼도 함께 죽었어."

"네? 그게 정말로 당신에게 그렇게 중요했나요?"

"넌 모른다. 너는…… 난 실제로 선생 노릇을 하는 게 즐거웠다. 그건 어떤 의미로는 무대 위에 서는 것과 비슷했지. 하지만…… 그 안에는 위대한 가치가 있었어. 청중들은 언제나 고마워했고. 나는 스스로에게 늘 말하곤 했어……. 내가 찾은 것 말고 더 이상의 보물을 찾을 수 없다면…… 여기에 머물면서, 학교 선생 앨런 존스톤이 될 수도 있겠다고. 내 남은 삶 동안 말이야."

그는 손에 든 피스톨을 바라보았다.

"그런 생각을 하고 오래지 않아 루비 반지를 찾았어. 그리고 그게 다시 내 안에 불을 지폈지……. 내가 이곳에 와 있는 진짜 이유가 뭔지에 대해서."

존스톤은 고개를 들어 매튜를 보았다. 그러고는 윈스턴, 쉴즈, 비드웰을 모두 순서대로 바라보았다.

"제발 그 피스톨을 옆으로 치우세요. 이제는 때가 된 것 같아요."

매튜가 말했다.

"때. 맞아."

존스톤이 고개를 끄덕이며 되뇌었다.

"지금이 그때야. 나는 교도소로 돌아갈 수는 없어. 이해하겠니?"

"네?"

매튜는 이 남자가 무슨 생각을 하는지 깨닫고 충격에 빠졌다.

"그럴 필요 없어요!"

"나는 필요해."

존스톤은 칼을 바닥에 떨어뜨리고 발로 밟았다.

"적어도 네가 옳은 부분은 있었어, 매튜. 나에게 피스톨을 주면……."

존스톤은 멈췄다. 그의 발이 마치 정신을 잃을 것처럼 떨리기 시작했다.

"누군가가 죽어야 해."

갑자기 존스톤이 피스톨을 자신의 얼굴을 향해 겨눴다. 비드웰은 충격에 빠져 숨을 들이쉬었다.

"봐, 나한테도 선택권이 있지."

존스톤 뺨 위의 땀이 붉은 촛불 빛에 비쳐 번들거렸다.

"너희 모두 지옥에나 떨어져. 거기서 내가 두 팔 벌리고 기다리고 있을 테니. 자, 이제."

존스톤은 고개를 살짝 앞으로 기울였다.

"배우는 퇴장합니다."

그는 입을 벌리고 피스톨의 총신을 입에 집어넣은 뒤, 눈을 질끈 감고 방아쇠를 당겼다.

바퀴식 방아쇠가 맞물리면서 금속성 소리가 크게 찰칵 났다. 불꽃이 소나기처럼 날리면서 작은 혜성처럼 존스톤의 얼굴에 떨어졌다.

하지만 피스톨은 발사되지 않았다.

존스톤은 눈을 뜨고 공포 어린 표정을 지었다. 매튜는 그런 얼굴은 다시는 보고 싶지 않았다. 존스톤은 총을 입에서 빼냈다. 무기 안에 있는 무언가가 째깍거리는 귀뚜라미 소리를 내고 있었다. 푸른 연기 줄기가 존스톤의 얼굴 주위에서 맴돌았다. 그는 총의 총신을 들여다보았다. 다시 스파크가 튀었다. 환한 금화 같은 스파크가.

철컥! 총알이 나갔다. 마치 나무망치가 널빤지를 두드리듯이.

존스톤의 머리가 뒤로 꺾였다. 충격에 빠진 그의 축축한 눈이 크게 떠졌다. 매튜는 피와 불그죽죽한 조각들이 존스톤의 머리 뒤 벽에 매달리는 것을 보았다. 비드웰의 파운트로열 지도 위로 피와 뇌수가 흩뿌려졌다.

무릎이 꺾이며 존스톤이 쓰러졌다. 결국 그는 쓰러지기 바로 직전, 거만한 마지막 인사를 남긴 것인지도 몰랐다.

그의 머리가 마룻장을 때렸다. 이마에 난 작고 깔끔한 구멍의 바로 뒤쪽, 뒤통수에 난 섬뜩한 구멍을 통해 육체의 물질들이 흘러나오기 시작했다. 배우의 기억, 계획, 연기 능력, 지성, 자존심, 교도소에 대한 두려움, 열망, 악의, 그리고…….

그렇다. 교직에 대한 애정까지도. 그것마저도. 이제는 그저 갈색 액체가 되어버렸다.

43

멀리서 개가 짖었다. 쓸쓸하면서도 매서운 느낌이었다. 매튜는 우드워드의 방 창가에서 어두워진 마을을 내려다보면서, 개들도 파운트로열의 파멸을 알고 있다고 생각했다.

앨런 존스톤이 자살한 지 다섯 시간이 지났다. 매튜는 상황이 정리된 후 대부분의 시간을 이곳에서, 우드워드의 침대 옆 의자에 앉아 침통한 등불 아래에서 성경을 읽으며 보냈다. 특별히 어느 장이 아니라 여기저기 조금씩 위안을 주는 부분을 읽었다. 사실 매튜는 대부분의 구절을 눈으로만 훑었고, 그러다 깊은 뜻을 이해하기 위해 다시 반복해서 읽어야 했다. 단단한 질감의 책이었고, 손에서 느껴지는 감촉이 좋았다.

판사는 죽어가고 있었다. 쉴즈는 우드워드가 아침까지 견디지 못할 것이라고 말했다. 그러니 매튜가 가까이에 있는 것이 최선이었다. 비드웰과 윈스턴은 거실에서, 영혼을 뒤흔들었던 전투의 생존자들처럼 사건에 대해 얘기를 나누고 있었다. 의사는 매튜의 방에서 잠을 청했고, 네틀즈 부인은 이 한밤중에 부엌에서 차를 만들고 은식기에 광을 내는 등 자질구레한 일들을 하고 있었다. 부인은 매튜에게 그동안 미뤄뒀던 일들을 하는 거라고 했지만, 매튜는 그녀도 판사의 임종을 지켜보고 있음을 알았다. 그러나 네틀즈 부인이 잠을 이루지 못하는 게 이상할 것은 없었다. 비록 그린이 자청해서 뇌수와 뼈 조각들을 삼베 자루에 담아 처리하긴 했지만, 도서실의 피는 네틀즈 부인이 전부 닦아냈어야 했기 때문이다.

레이첼은 아래층 네틀즈 부인의 방에서 자고 있었다. 아마 그럴 것이라고 매튜는 생각했다. 레이첼은 총성을 듣고 도서실로 왔다. 그리고 남편을 죽인 남자의 얼굴을 보게 해달라고 부탁했다. 매튜는 거부할 입장이 아니었다. 매튜가 레이첼에게 살인이 어떻게 이루어졌는지, 누가 무슨 이유로 그랬는지, 그리고 그 밖의 모든 것을 설명했지만 레이첼은 여전히 존스톤을 직접 두 눈으로 보려 했다.

레이첼은 윈스턴, 쉴즈, 비드웰에게는 눈길도 주지 않고 걸어갔다. 총소리를 듣고 도끼를 들고 뛰어온 하이럼 애버크롬비와 맬컴 제닝스도 무시했다. 붉은 수염에 이가 빠진 거인 그린의 옆을 지날 때는 그가 투명인간인 것처럼 지나쳤다. 레이첼은 죽은 남자의 시선 없는 부릅뜬 눈을 내려다보았다. 매튜는 존스톤의 죽음을 보는 레이첼을 바라보았다. 마침내, 레이첼은 조용히 입을 열었다.

"나는…… 감방에서 보냈던 그 긴 시간을, 앞으로 악을 쓰며 견뎌야만 하는데……. 그런데 이 사람은 떠났군요. 하지만……."

레이첼은 매튜의 얼굴을 보았다. 그녀의 눈에 눈물이 고여 넘쳤지만, 그녀는 그것이 흐르게 내버려두었다.

"사악한…… 비참한 자는…… 스스로 만든 우리에 갇혀 있었어요. 자기 생의 모든 날들을. 안 그런가요?"

"그랬죠."

매튜가 말했다.

"빠져나올 열쇠를 찾았다는 걸 알았으면서도, 그는 더 깊은 지하 감옥으로 들어가버렸어요."

그린이 한때 니콜라스 페인의 것이던 피스톨을 다시 챙겼다. 매튜는 문득 우드워드와 도착했던 첫날 밤에 만났던 사람들이 모두 이 방에 모였다는 사실을 깨달았다.

"도와주셔서 감사합니다, 그린 씨. 정말 대단했어요."

매튜가 말했다.

"도와줄 수 있어서 내가 기뻤죠. 뭐든 도울 일이 있으면 부탁해도 좋아요."

그린은 전과 다르게 매튜가 위대한 인물이라도 되는 듯 정중하게 대꾸했다.

"나는 아직도 어떻게 당신이 그런 주먹을 휘두를 수 있었는지 믿어지지가 않아요!"

그린은 그때를 기억하며 턱을 문질렀다.

"주먹을 뒤로 빼는 건 봤는데, 그러더니…… 오 주님, 별들이!"

그린은 툴툴거리며 레이첼을 쳐다보았다.

"날 때려눕히다니 아주 제대로 된 수호자였어요. 진짜로!"

"음…… 그래요."

매튜는 옆에 서서 대화를 듣는 네틀즈 부인을 잽싸게 곁눈질했다. 그녀의 얼굴은 화강암으로 깎은 무표정한 조각상 같았다.

"글쎄, 누가 어디서 어떻게 필요한 힘을 이끌어낼지는 사실 아무도 모르는 법이죠."

매튜가 말했다.

제닝스와 애버크롬비가 시체를 들어 올렸다. 시체에서 다른 것이 더 쏟아지지 않도록 얼굴을 아래로 해서 사다리 위에 얹고, 그 위에 시트를 덮었다. 비드웰은 시체를 노예 구역에 있는 창고로 보내라고 지시했다. 그러고는 내일 시체를(정확히는 '나쁜 개자식'이라고 비드웰은 말했다) 늪지대의 진흙 구덩이에 던져버리라고 했다. 그곳에서 까마귀와 독수리들이 그의 연기에 박수를 보낼 것이다.

쇼컴의 여관에서 배설물 더미에 파묻혀 있던 죽은 이들처럼 종말을 맞이하는구나. 매튜는 생각했다. 그렇다. 먼지에서 먼지로, 재에서 재로, 그리고 진흙에서 진흙으로.

이제 그의 앞에 또 다른 죽음이 있었다. 쉴즈는 기운을 북돋는 약이 마침내 한계에 이르렀으며, 우드워드의 몸이 그냥 무너져버렸다고, 그리고 그 과정을 되돌릴 수 있는 것은 아무것도 없다고 얘기했다. 매튜는 쉴즈를 원망하지 않았다. 그는 자기가 가진 몇 안 되는 약으로 최선을 다했다. 어쩌면 피를 과하게 흘렸을지도 모르고, 어쩌면 그렇게 아픈데도 판사로서의 의무를 다하도록 한 것이 통탄할 만한 실수였을지도 모르고, 어쩌면 무언가를 했을지도, 또는 안 했을지도……. 하지만 오늘 매튜는 힘들고도 냉정한 진실을 받아들이기로 했다.

계절이 바뀌고 세기가 바뀌듯, 사람도 악인이나 선인이나 똑같이 몸이 쇠하면…… 떠나야 한다.

밤의 새가 지저귄다.

저 밖에서. 호숫가에 서 있는 나무 중 하나에서. 그것은 한낮의 노래였고, 곧바로 다른 새가 날아들었다. 저 새들에게 밤은 슬픈 기다림과 외로움과 두려움의 시간이 아니었다. 저 새들에게 밤은 그저 더 많이 노래할 수 있는 기회였다.

온 땅이 잠들고, 광활한 검은 벨벳 안에서 별들이 콧노래를 부를 때 새들의 지저귐을 듣는 이 달콤함. 가장 어두운 시간에도 느낄 수 있는 즐거움이 여전히 존재하고 있음을 깨닫는 이 달콤함.

"매튜."

매튜는 희미한 숨소리를 듣고 즉시 침대로 고개를 돌렸다.

우드워드를 바라보기란 굉장히 괴로운 일이었다. 예전의 그의 모습을 기억하면서, 그가 지난 육 일 동안 어떻게 변해갔는지를 바라보기란. 시간은 무자비하고 굶주린 짐승이었다. 시간은 판사를 뼛속까지 구석구석 집어삼켰다.

"네, 판사님. 저 여기 있습니다."

매튜는 의자를 침대 가까이로 당겼다. 그리고 등잔도 더 가까이 옮겼다. 매튜는 의자에 앉아 뼈만 남은 판사에게 가까이 다가갔다.

"저 여기 있어요."

"아, 그래. 보인다."

우드워드의 눈은 푹 꺼져 있었다. 한때는 기운이 넘치는 차가운 푸른색이었던 그 눈은 흐릿하고 누르스름한 회색으로 변해 있었다. 이 마을에 오기 위해 지나야 했던 안개와 비의 색깔이었다. 사실, 판사의 몸에서 회색이 아닌 부분은 정수리에 난 불그스름한 검버섯들뿐이었다. 질투심 많은 검버섯들은 우드워드의 나머지 부분들이 무너져 내리고 있는 동안에도 자기들의 위신을 지키고 있었다.

"내⋯⋯ 손 좀 잡아주겠니?"

우드워드가 말했다. 그리고 위안을 찾아 손을 뻗었다. 매튜가 그 손을 잡았다. 깨질 듯 약하고 떨리는, 그리고 무자비한 열 때문에 뜨거운 손을.

"소리를 들었다."

우드워드가 베개에 머리를 누인 채 속삭였다.

"천둥소리. 비가 오느냐?"

"아뇨."

아마 총소리를 들은 모양이라고 매튜는 생각했다.

"아직 안 옵니다."

"아, 그래, 그럼."

우드워드는 더 이상 말하지 않고 매튜 너머 등잔 쪽을 바라보았다.

매튜가 이 방에 들어온 뒤로 우드워드가 잠의 수면 위로 나온 것은 처음이었다. 매튜는 몇 번이나 이 방에 왔었지만, 가벼운 웅얼거림이나 힘겹게 삼키는 소리 말고는 우드워드는 내내 반응이 없었다.

"밖이 어둡구나."

우드워드가 말했다.

"네, 판사님."

우드워드가 고개를 끄덕였다. 코 주변에는 숨을 잘 쉬게 하려고 발라놓은 송진 연고가 번들거렸다. 깡마르고 푹 꺼진 가슴에도 역시 연고를 바른 붕대가 감겨 있었다. 우드워드가 매튜의 팔에 두른 진흙 붕대와 앞으로 영원히 흉터가 남을 이마의 상처를 눈치챘는지는 모르겠지만, 어쨌든 우드워드는 거기에 대해 아무 말도 하지 않았다. 매튜는 판사가 매튜의 얼굴을 희미한 형체 이상으로 알아볼 수 있는 건지조차 의심스러웠다. 열이 판사의 시력을 거의 다 망가뜨렸던 것이다.

우드워드의 손가락에 힘이 들어갔다.

"그럼, 그 여자는 갔느냐."

"네?"

"마녀. 죽었느냐."

"네, 판사님."

매튜는 거짓말을 한다는 생각은 들지 않았다.

"마녀는 죽었어요."

우드워드가 한숨을 쉬었다. 눈꺼풀이 떨렸다.

"나는…… 그걸 보지 않아서…… 기쁘다. 나는…… 판결은 내려야…… 했지만…… 형을 집행하는 걸…… 볼 필요는 없지. 오오, 목이! 내 목이! 점점 막히고 있어!"
"쉴즈 선생님을 데려올게요."
매튜가 일어서려 했다. 하지만 우드워드는 매튜의 손을 놓지 않았다.
"아니!"
고통의 눈물이 우드워드의 뺨을 타고 흘렀다.
"앉아 있어라. 그냥…… 들어."
"말씀하려 하지 마세요. 무리하면 안 돼요."
"안 된다고!"
우드워드가 버럭 고함을 질렀다.
"하면 안 되고…… 할 수 없고…… 해서는 안 되고! 그런 말들이…… 사람을…… 죽게 만드는 거다!"
매튜는 다시 자리에 앉았다. 손은 여전히 판사의 손을 잡고 있었다.
"말씀을 삼가셔야 합니다."
암울한 미소가 우드워드의 입가에 떠올랐다가 순식간에 사라졌다.
"그럴 거다. 삼갈 시간은…… 많으니까. 내 입에…… 흙이 가득 차면."
"그런 말씀 마세요!"
"왜? 사실인데…… 안 그러냐? 매튜, 나에게 주어진 줄이…… 어찌나 짧은지!"
우드워드는 눈을 감고 잠깐씩 숨을 쉬었다. 매튜는 판사가 다시 잠이 들었다고 생각했지만, 꼭 쥔 손의 힘은 풀리지 않았다. 우드워드가 눈을 감은 채 다시 말했다.

"마녀."
우드워드가 속삭였다.
"그 사건 때문에…… 힘들다. 아직도 힘들어."
그의 안개빛 눈이 떠졌다.
"내가 옳았느냐, 매튜? 말해보아라. 내가 맞았어?"
"판사님이 옳으셨습니다."
"아아."
우드워드는 안도의 탄성을 내뱉었다.
"고맙다. 나는…… 그 말을 들어야만 했어. 너에게서."
그는 매튜의 손을 좀 더 단단히 잡았다.
"이제, 잘 들어라. 내 모래시계는…… 깨졌다. 모래가 전부 빠져나갔어. 난 곧 죽을 거다."
"말도 안 돼요!"
매튜의 목소리가 갈라지며 속마음을 드러냈다.
"좀 지치신 것뿐이에요. 그뿐이에요!"
"그래. 그리고 나는…… 곧 잠이 들 거다……. 아주 오랫동안. 부탁이다……. 나는 죽어가지만…… 바보가 되지는 않았어. 이제…… 조용히 하고…… 내 말 들어라."
우드워드는 일어나 앉으려 했지만 몸이 그것을 허락하지 않았다.
"맨해튼에……."
우드워드가 말했다.
"……가서…… 파워스 판사를 만나라. 너대니얼 파워스. 아주…… 아주 좋은 사람이야. 날 잘 알지. 가서 말해라. 그럼 너의 자리를 마련해줄 거야."
"제발요. 판사님. 이러지 마세요."

"달리…… 길이 없구나. 저 높은…… 아주아주 높은 법정에서…… 판결이 내려왔어. 내가 주재했던 어떤 법정보다도 훨씬 더 높은 곳에서. 너대니얼 파워스 판사야. 맨해튼에 있는. 알겠니?"

매튜는 대답하지 않았다. 몸 안의 피가 혈관을 두들겨댔다.

"이게 나의…… 마지막 명령이 되겠구나."

우드워드가 말했다.

"네, 라고 대답해라."

매튜는 거의 시력을 잃은 판사의 눈을 들여다보았다. 그가 보고 있는 동안에도 우드워드의 얼굴은 나이를 먹어 바스러지고 있는 것 같았다.

계절, 그리고 세기, 그리고 사람. 나쁜 사람과 좋은 사람. 쇠한 몸.

모두 떠나야 한다. 모두.

밤의 새가, 밖에서 노래한다. 어둠 속에서. 한낮의 노래를 부르고 있다.

한 마디를, 아주 단순한 그 한 마디를, 말하기가 거의 불가능했다.

하지만 판사는 기다리고 있었고, 매튜는 그 말을 해야 했다.

"네."

매튜의 목이 죄어드는 것 같았다.

"판사님."

"그래야 착한 아이지."

우드워드가 속삭이듯 말했다. 그의 손가락이 매튜의 손을 놓았다. 그는 천장을 보았다. 입가에는 반쯤 미소가 지어져 있었다.

"아버지…… 생각이 나는구나."

우드워드는 잠시 회상에 잠겼다.

"아버지는 춤추는 걸 좋아하셨어. 집 안에서…… 벽난로 앞에서…… 춤을 추시곤 했지. 음악도 없이. 그리고 아버지는…… 콧노래를 흥얼거리셨어. 어머니에게 춤을 청하시고. 어머니를 빙글빙글 돌리면서……. 어머니는 웃으셨어. 그러니…… 음악이 있었던 셈이지."

매튜는 밤의 새 소리를 듣고 있었다. 부드러운 노랫소리가 우드워드의 기억을 깨운 모양이었다.

"아버지는……."

우드워드가 말했다.

"……병이 드셨어. 나는 아버지가…… 침대에 누운 걸…… 지켜보았다. 지금처럼. 아버지가 꺼져가는 걸 바라보았어. 하루는…… 어머니에게 물었지……. 왜 아버지가 일어서지 않느냐고. 침대에서 일어나 지그를 추시면…… 기분이 더 좋아지실 텐데. 나는 항상 말했어……. 스스로에게 항상 말했어……. 내가 늙으면…… 아주 늙으면…… 누워서 죽어가게 되면. 나는 일어설 거라고. 지그를 추고, 그래서…… 기분이 좋아질 거라고. 매튜?"

"네, 판사님."

"내가 만일…… 춤출 준비가 되었다고 하면…… 이상한 소리처럼 들리겠지?"

"아뇨, 판사님. 그렇지 않아요."

"됐다. 난. 준비가. 됐어."

"판사님?"

매튜가 말했다.

"드릴 게 있어요."

매튜는 침대 밑으로 손을 뻗어 그날 오후에 넣어두었던 꾸러미를 꺼냈다. 네틀즈 부인이 갈색 포장지를 찾아서 포장을 하고 노란 노끈으로 장식을 해주었다.

"여기요."

매튜는 꾸러미를 판사의 손에 쥐여주었다.

"푸실 수 있겠어요?"

"해보마."

잠깐 애를 썼지만 우드워드는 종이를 찢지 못했다.

"글쎄다."

우드워드가 눈살을 찌푸렸다.

"내가…… 생각했던 것보다 더…… 모래가 바닥났구나."

"제가 할게요."

매튜가 침대 위로 몸을 굽혀 다치지 않은 손으로 종이를 찢고, 그 안에 든 것을 꺼내 불빛에 비춰 보였다. 황금색 실이 불빛을 반사해 판사의 얼굴 위에 줄무늬를 드리웠다.

우드워드의 손이 달콤한 프랑스 초콜릿 같은 갈색 옷을 잡고 끌어당겼다. 죽어가는 눈에서 눈물이 흘렀다.

그것은 정말로 굉장한 선물이었다.

"어디에서?"

우드워드가 속삭였다.

"어떻게?"

"쇼컴을 찾았어요."

매튜가 말했다. 더 자세히 말할 필요는 없었다.

우드워드는 조끼를 얼굴에 가져다댔다. 지나간 세월의 향기를 맡으려는 듯. 매튜는 판사가 미소 짓는 모습을 보았다. 그가 초록색 이탈리아 타일로 만든 분수와 우아한 정원에 내리쬐는 햇볕을 느끼지 못한다고 누가 말하겠는가? 그가 앤이라는 이름의 젊고 아름다운 여인의 얼굴 위에 황금빛으로 빛나는 촛불 빛을 보지 못한다고, 따스한 일요일 오후의 소프라노 소리를 듣지 못한다고 누가 말하겠는가? 아들의 작은 손을 느끼지 못한다고, 인자한 아버지의 손이 아들의 손을 잡은 것을 느끼지 못한다고 누가 말하겠는가?

매튜는 우드워드가 그랬다고 믿었다.

"나는 늘 네가 자랑스러웠다."

우드워드가 말했다.

"늘. 처음부터 알고 있었어. 널 그 고아원에서…… 봤을 때부터. 네 자세는, 무언가…… 달랐어…… 설명하기는 힘들지만. 하지만 특별했지. 너는 성공할 거야. 어디서든. 너는…… 다른 사람과는 많이 달라……. 그냥 네 자신의 모습만으로도."

"감사합니다."

매튜가 할 수 있는 한 온 힘을 다해 대답했다.

"저도…… 저에게 베풀어주신 보살핌에 감사해요. 판사님은…… 늘 저에게 온화하고 공정하게 대해주셨어요."

"그러려고 했지."

우드워드가 말했다. 눈에는 눈물이 고여 있었지만 입가에는 미소를 지으려고 애를 썼다.

"나는 판사니까."

우드워드는 매튜에게 손을 뻗었고 매튜는 그 손을 잡았다. 두 사람은 말없이 함께 앉아 있었다. 창문 너머로 밤의 새가 절망에서 건져낸 기쁨을 노래하고, 끝에 다다른 새로운 희망을 노래했다.

새벽이 오면서 하늘이 밝아지기 시작했다. 우드워드의 몸이 마지막 몇 시간의 고통 끝에 점점 굳어갔다.

"가시는구나."

쉴즈가 말했다. 그의 안경 렌즈가 불빛을 반사했다. 비드웰은 침대 발치에 서 있었고, 윈스턴은 방 안에 막 들어온 참이었다. 매튜는 여전히 우드워드의 손을 잡고, 고개를 떨군 채 성경을 무릎 위에 올려놓고 앉아 있었다.

여행의 마지막 길에 우드워드가 고통 속에서 했던 말들은 거의 알아들을 수 없는 말이었다. 대부분은 그의 육신이 변해가는 중에 나오는 고통의 웅얼거림이었다. 하지만 이제, 정적이 흐르자 죽어가는 남자는 알 수 없는 문을 향해 몸을 쭉 뻗는 것 같았다. 그가 입은 금실로 짠 조끼는 가슴 위에서 빛났다. 그의 머리는 베개를 누르고 있었다. 그리고 그는 차마 놓칠 수 없는 세 마디를 말했다.

왜? 왜?

우드워드가 내뱉었다. 두 번째 소리는 첫 번째 소리보다 더 희미했다. 그리고 가장 마지막에 가장 희미한, 거의 숨결 같은 소리가 들렸다.

왜…….

멋진 질문을 던지셨군요. 매튜는 생각했다. 다른 사람과 공유할 수 없는 새로운 세계를 향해, 돌아오지 못할 여행을 떠나는 탐험가만이 던질 수 있는 궁극의 질문.

우드워드의 몸이 긴장을 풀지 않은 채…… 그대로 있다가…… 그대로 있다가…… 그러다가 마침내 답이 주어진 것 같았다.

그리고 그는 이해한 것 같았다.

우드워드는 부드러운, 거의 느낄 수도 없는 한숨을 내쉬었다. 분명히 휴식의 한숨이리라.

우드워드의 텅 빈 육신이 가라앉았다. 그의 손이 풀렸다.

밤이 지나갔다.

44

매튜가 서재의 문을 노크하자 비드웰이 대답했다.

"들어오게!"

매튜는 문을 열었다. 비드웰은 거대한 마호가니 책상 앞에 앉아 있었고, 윈스턴은 맞은편 의자에 앉아 있었다. 열린 덧문으로 따스한 산들바람과 이른 오후의 햇빛이 방 안에 흘러들었다.

"비드웰 씨가 절 찾는다고 네틀즈 부인이 말해주던데요."

"맞아. 이리 들어오게! 의자를 하나 가져오고."

비드웰은 방 안에 있던 다른 의자를 가리켰다. 매튜는 의자에 앉았다. 플로리다 지도가 걸려 있던 벽이 텅 비어 있는 것이 눈에 띄었다.

"우리는 이런저런 일들을 따져보고 있었네. 에드워드와 내가 말이야."

비드웰이 말했다. 그는 공작새처럼 붉은 옷에 주름 잡힌 셔츠를 입었지만, 풍성한 가발을 쓰는 것은 포기한 모양이었다. 책상 위에는 가로 20센티미터, 세로 17센티미터쯤 되어 보이는 직사각형의 나무 상자가 놓여 있었다.

"계속 자넬 찾았네. 밖에 산책이라도 나갔었나?"

"네, 그냥 걸으면서 생각을 좀 했어요."

"그래. 산책하기엔 좋은 날씨지."

비드웰이 손을 포개어 앞에 놓고 매튜를 진정으로 걱정하는 눈으로 바라보았다.

"괜찮나?"

"네. 아니…… 곧 괜찮아질 겁니다."

"좋아. 자넨 젊고 힘이 세고 건강하니까. 그리고 이 말은 해야겠는데, 자네는 내가 지금까지 본 사람 중에 가장 튼튼한 체질이야. 다친 곳은 좀 어때?"

"갈비뼈는 여전히 아프지만 참을 만해요. 팔은…… 마비된 상태 그대로고요. 쉴즈 씨가 감각은 곧 되살아날 거라고 그러는데 겉모습은 어찌 될지 모르겠다고 하네요."

매튜는 한쪽 어깨를 으쓱했다.

"쉴즈 씨 말이 뉴욕에 있는 의사를 한 명 알고 있는데, 새로운 외과 기술로 손상된 팔다리에 놀라운 일을 하는 사람이라더군요. 그러니…… 누가 알겠습니까?"

"그래. 나도 뉴욕의 의사들의 실력이…… 음…… 끝내준다고는 들었어. 그리고 끝내주는 가격을 부르고 말이야. 머리의 상처는 어떤가?"

매튜는 쉴즈가 아침에 새로 갈아준 반창고를 어루만졌다. 쉴즈는 담뱃잎과 약초를 치료에 사용하는 인디언들의 방법에 경악했다. 하지만 동시에 긍정적인 진전에 호기심을 보이기도 했다.

"이 상처는 불행하게도 제 남은 생의 이야깃거리가 될 것 같습니다."

"그렇겠군."

비드웰은 의자에 등을 기댔다.

"아, 하지만 여자들은 그런 근사한 흉터를 좋아하거든! 분명히 자네 손자들도 좋아할 거야."

매튜는 비드웰이 추켜세우는 말에 조심스럽게 미소를 지었다.

"제가 생각할 수 있는 것보다 훨씬 더 먼 미래로 건너뛰시네요."

"미래 얘기가 나와서 말인데."

윈스턴이 말했다.

"앞으로 계획은 있나?"

"아직 그 생각은 하지 않았습니다."

매튜는 순순히 인정했다.

"일단 찰스타운으로 돌아가야죠. 판사님이 맨해튼에 있는 동료 판사님의 이름을 알려주셨어요. 그리고 그분 밑에서 일자리를 구하라고 하셨죠. 하지만…… 결심은 못했습니다."

비드웰이 고개를 끄덕였다.

"이해하네. 아직은 생각이 복잡하겠지. 그건 그렇고. 내가 판사님의 묏자리로 잡은 곳은 괜찮은가?"

"네, 비드웰 씨. 솔직히 말씀드리면 방금 그곳에 다녀왔어요. 아주 멋지던데요. 그늘도 있고."

"좋아. 그럼 자네는 판사님이…… 음…… 공동묘지의 다른 사람들과 떨어져서 잠들더라도 못마땅해하지 않으실 거라고 생각하는 거지?"

"전혀요. 그분은 늘 혼자 계시길 좋아하셨죠."

"앞으로 언젠가, 그 주위에 울타리를 두르고 그분이 파운트로열을 위해 해주신 위대한 업적에 대해 적당한 표지를 세우도록 하겠네."

매튜는 충격을 받았다.

“잠깐만요.”

매튜가 말했다.

“그 말은…… 이곳에 남겠다는 뜻인가요?”

“그래. 윈스턴은 영국으로 돌아갈 거야. 그곳 사무실에서 일할 걸세. 나도 상황에 따라 오갈 거고. 하지만 나는 파운트로열을 되살리기로 결심했어. 계획했던 대로 이 마을을 거대하게, 아니, 예전 계획보다 세 배는 더 거대하게 만들 거야.”

“하지만…… 이 마을은 끝났잖아요. 이제 여기에는 스무 명도 남지 않았다고요!”

“주민 스무 명!”

비드웰이 책상을 내리쳤다. 그의 눈은 새로운 목적으로 빛났다.

“그럼 끝난 건 아니지. 안 그래?”

“그렇기는 합니다. 하지만 제가 볼 때는…….”

“그렇다면 안 끝난 거야!”

비드웰이 다시금 예의 무뚝뚝한 모습을 보이며 말을 잘랐다. 그는 자신이 잠깐 감정을 숨기지 못했음을 깨닫고, 곧바로 열을 가라앉혔다.

“내 말은 파운트로열을 포기하지 않겠다는 거지. 이 사업에 그렇게나 많은 돈을 쏟아부었는데. 특히 나는 최남단 해군 기지는 실용적일 뿐만 아니라, 식민지의 미래에 핵심이 될 거라고 굳게 믿고 있어.”

“그럼 어떻게 마을을 되살리실 건가요?”

“처음에 시작했던 것과 똑같이. 찰스타운과 해안 지역의 다른 도시들에 광고판을 설치해야지. 런던에도 광고를 할 거야. 조만간 말이야. 내 가족이 경쟁자로 나서려고 하고 있거든!”

"경쟁자요? 어떻게요?"

매튜가 물었다.

"내 막내 여동생이 말이다! 항상 골골거려서 내가 늘 약을 사다 줬던 그 아이가!"

비드웰이 얼굴을 찌푸렸다.

"윈스턴과 찰스타운에 배우들을 찾으러 갔다가 항구에 물자가 들어오는 걸 봤어. 무슨 일인가 알아보러 갔더니 산더미 같은 물품들이 쌓여 있는데, 그 개자식들이 그걸 나한테 숨기더라고! 다행히 윈스턴이 파수꾼 하나를 구워삶아서 그중 하나를 열어보게 했지. 그 상자들에 전부 내 이름이 쓰여 있는 걸 발견하고 내가 얼마나 놀랐을지 상상해봐! 어쨌든 편지를 한 통 입수할 수 있었어."

비드웰은 메스꺼운 표정을 지었다.

"이 친구한테 얘기 좀 해줘, 에드워드! 나는 생각만 해도 못 견디겠으니!"

"비드웰 시장님의 여동생은 토지 투기꾼과 결혼을 했었어."

윈스턴이 말했다.

"편지에 시장님의 매제가 이곳과 플로리다 사이에 어마어마한 면적의 땅을 구입했으며, 정착지를 세우려 한다고 쓰여 있었지."

"설마요!"

매튜가 말했다.

"아니, 사실이야!"

비드웰이 주먹으로 책상을 내리쳤다. 그러더니 그런 행동은 그가 맞이할 새 시대의 광영에 어울리지 않는다고 생각했는지 곧 동작을 멈췄다.

"절대 안 될 거야. 당연하지. 저 아래 늪지대에 비하면 우리 마을은 잘 손질된 공원 같아 보일걸. 그리고 스페인 사람들이 가만히 앉아서 그 덜떨어진 족제비 같은 투기꾼이 자기네 플로리다 땅을 위협하도록 두고 볼 것 같아? 절대 아니지! 그놈은 사업 감각이 없어! 서배너가 그놈과 결혼할 때 내가 그 웨딩드레스에 달린 진주만큼 눈물방울을 흘리게 될 거라고 말했건만!"

비드웰은 마치 칼날을 휘두르듯 허공에다 손가락을 찔러댔다.

"내 말대로 진짜 그렇게 될걸. 그 아이는 그런 바보짓을 벌인 것을 후회하게 될 거야!"

"저…… 마실 것을 좀 가져다드릴까요? 흥분을 좀 가라앉히시게요."

윈스턴이 물었다. 그러고는 매튜에게 털어놓았다.

"비드웰 시장님의 여동생은 다른 사람의 적대심을 사는 데 한 번도 실패한 적이 없지."

"아니, 아니야! 난 괜찮아. 잠깐 숨 좀 쉬게 해줘. 오, 내 심장이 야생마처럼 뛰고 있어."

비드웰은 잠시 동안, 느리고 안정적으로 깊은 숨을 쉬는 연습을 했다. 그러자 뺨에 올라와 있던 붉은 소용돌이가 차츰 가라앉았다.

"자네를 보자고 한 건 말이야, 매튜."

비드웰이 말했다.

"나와 함께 일해보지 않겠느냐고 제안하려고."

매튜는 대답하지 않았다. 솔직히 말하면 대답을 하기엔 충격이 너무 컸다.

"절대 작은 일을 맡기려는 건 아니야."

비드웰이 말했다.

"찰스타운에 선량하고 성실한 사람이 하나 필요해. 물자를 계속 공급하고, 과거에 내가 당했던 그런 더러운 일이 또 일어나지 않게 해줄 사람. 그러니까…… 음…… 사설 조사원이라고 하면 좋을까. 어때, 관심 있나?"

매튜가 목소리를 찾기까지는 조금 시간이 걸렸다.

"제안해주신 건 감사합니다, 비드웰 씨. 진심으로요. 하지만 정말 솔직하게 말씀드리자면, 비드웰 씨와 저는 결국 서로 주먹을 날리게 될 거예요. 우리는 한번 싸우면 지축이 기울어질 정도로 싸울 거고요. 그러니 그 제안은 거절하겠습니다. 인류의 종말에 책임을 지기는 싫으니까요."

"아, 그래. 그거 말 잘했네."

비드웰은 무척 안도감을 느끼는 듯했다.

"나는 적어도 자네한테 뭔가 장래를 제시해야 한다고 느꼈어. 내가 저지른 바보 같은 짓 때문에 지금 자네 처지가 상당히 위태로워졌으니 말이야."

"저에겐 미래가 있습니다."

매튜가 단호하게 말했다.

"뉴욕에 말이죠. 그리고 그런 결론을 내리게 도와주신 것에 감사합니다."

"자! 그 얘긴 끝났고!"

비드웰이 크게 숨을 들이쉬었다.

"자네에게 보여줄 게 있어."

비드웰은 나무 상자를 책상 너머 매튜가 있는 쪽으로 밀었다.

"그 개자식의 집을 샅샅이 뒤졌어. 자네가 말한 대로. 그리고 거기 있을 거라고 한 것들을 모두 찾았지. 칼날 다섯 개 달린 그 도구는 피가 말라붙어 있어서 고약스럽더군. 그리고 고대 이집트에 관한 책도 찾았지. 이건 트렁크 밑바닥에 있던 상자야. 보고 싶으면 열어보게."

매튜는 몸을 앞으로 숙여 뚜껑을 열었다. 경첩에 기름칠을 해두었는지 뚜껑이 부드럽게 열렸다.

상자 안에는 목탄 연필 세 자루, 편지지 묶음, 접어놓은 종이, 지우개…… 그리고…….

"그자가 호수에서 찾은 것들이야."

비드웰이 말했다.

정말 그랬다. 사파이어 브로치와 루비 반지가 있었었고, 그 옆에 사슬을 두른 금 십자가상, 금화 일곱 개, 그리고 작은 검은색 벨벳 주머니가 있었다.

"그 주머니 안에 든 것이 흥미로울 거야."

비드웰이 말했다.

매튜는 주머니를 꺼내서 책상 위에 내용물을 쏟았다. 창문을 통해 흘러드는 햇빛에 방 안은 갑자기 보석들이 내뿜는 빛으로 가득해졌다. 짙은 초록빛 에메랄드 네 개, 깊은 보랏빛 자수정 두 개, 진주 두 개, 그리고 호박(琥珀) 한 개였다. 모두 원석이었고 전문가의 가공을 거쳐야 했지만, 그래도 품질이 훌륭했다. 매튜는 열대 광산과 시장 사이를 오가던 선박에서 약탈당한 보석이리라고 추측했다.

"접은 종이도 한번 보게나."

비드웰이 말했다.

매튜는 종이를 펼쳤다. 그것은 목탄 연필로 그린 건물 그림이었다. 세세한 부분을 그리느라 시간이 꽤 들었을 것 같았다. 건물의 벽돌과 창문 그리고 종탑이 보였다.

"그 개자식이…… 학교를 불에 잘 타지 않는 자재로 새로 지을 생각이었나 봐."

비드웰이 말했다.

"그렇군요."

매튜는 그림을 가만히 바라보았다. 슬픈 그림이었다. 정말로. 매튜는 종이를 접어 다시 상자에 넣었다.

비드웰이 보석들을 주머니에 집어넣었다. 그는 상자에서 목탄 연필, 편지지 묶음, 지우개, 그리고 새 학교 건물 그림을 꺼냈다.

"호수는 물론 내 소유지."

비드웰이 말했다.

"그 물과 진흙도 내 소유야. 주인의 권리로, 그리고 내가 지금껏 겪은 지옥 같은 나날들에 대한 보상으로 이 보석들에 대해서도 내 권리를 주장할 수 있어. 다 그 진흙에서 나온 거니까. 동의하나?"

"저는 상관없습니다. 원하시는 대로 하세요."

"그럴 테지."

비드웰은 주화들과 브로치, 반지, 그리고 사슬을 두른 금 십자가상과 체인과 보석이 든 작은 주머니를 상자에 넣고 뚜껑을 닫았다. 그러고는 상자를 매튜 쪽으로 밀었다.

"날 위해서…… 나보다 더 심한 지옥에서 괴로워했던 사람에게 이걸 전해줬으면 하네."

매튜는 자신이 들은 말을 이해할 수 없었다.

"뭐라고요?"

"제대로 들은 거야. 이걸 가져가서……."

비드웰은 잠시 말을 멈추고 손에 쥔 첫 번째 목탄 연필을 부러뜨렸다.

"그 여자에게 줘. 이건 내가 할 수 있는 최소한의 보상이야. 이런

다고 그 여자의 남편을 돌려줄 수도 없고 감옥에서 보낸 시간들을 되돌릴 수도 없겠지만."

비드웰의 의도는 선했으나, 탐욕 어린 눈으로 상자를 바라보는 것만은 어쩔 수 없는 듯했다.

"얼른 가. 가져가라고."

그러고는 두 번째 목탄 연필을 집어 들어 부러뜨렸다.

"내가 제정신이 들기 전에."

"직접 가져다주지 그러세요? 그 편이 훨씬 더 의미 있을 텐데요."

"의미 없어."

비드웰이 말했다.

"그 여자는 날 미워해. 그 여자에게 계속 얘기를 해보려고 했어. 내 입장을 설명하려고……. 하지만 매번 등을 돌리더군. 그러니 자네가 상자를 가져다주게."

딱, 세 번째 목탄 연필이 부러졌다.

"그걸 자네가 찾았다고 말해."

비드웰이 정말 인간애로 반쯤 미쳐서, 이 보물들을 손가락 사이로 흘려보내려 한다는 사실을 깨달은 매튜는 상자를 집어 품에 안았다.

"레이첼에게 직접 가져다주겠어요. 어디 있는지 아세요?"

"한 시간쯤 전에 봤어. 물을 긷고 있던데."

윈스턴이 말했다.

매튜가 고개를 끄덕였다. 어디에 가면 찾을 수 있을지 알 것 같았다.

"이곳을 원래대로 되돌려놓아야 해."

비드웰이 존스톤이 그린 그림을 집어 들었다. 그만이 꿈꾸던 옥스퍼드였다. 비드웰은 그것을 꼼꼼하게 조각조각 찢었다.

"우리도 되돌아가야지. 그리고 내 마을이 덮어쓴 이 수치스러운…… 정신 나간…… 오점을 쓰레기 더미로 보내버리겠어. 그 여자에 대해서는 내가 오늘 한 것 이상으로 해줄 게 없어. 그리고 자네에게도 마찬가지야. 그러니 이제 묻겠네. 자네는 언제까지 이곳에 머물 계획인가?"

"사실을 말하자면, 이제 제 삶을 살아나갈 때라고 생각했어요. 아침에 떠나겠습니다. 해가 뜨자마자요."

"그린에게 찰스타운까지 마차로 바래다주도록 얘기해두겠네. 6시면 준비가 되겠는가?"

"그럴 겁니다."

매튜가 말했다.

"말 한 마리와 안장과 마구, 음식을 좀 주셨으면 합니다. 그럼 저 혼자 찰스타운에 가겠습니다. 환자도 아닌데 환자처럼 마차에 실려 가기는 싫습니다."

"말을 달라고?"

비드웰이 매튜를 노려보았다.

"말이 얼마나 비싼지 알아? 그리고 안장이 무슨 나무에서 뚝 떨어지는 건 줄 아나!"

"안장 나무가 있으면 참 좋겠네요."

매튜가 비드웰에게 되받아쳤다.

"비드웰 씨의 농부들이 이곳에서 재배할 수 있는 유일한 작물이 될 테니까요!"

"고맙지만 우리 작물에 대해서는 자네가 걱정할 필요 없어! 그리고 한 가지 알아둘 게 있는데, 이곳에 식물학자를 초빙했어! 엄청난 돈을 들여서 말이야. 농업을 제대로 해보려고! 그러니 자네의 그 빌어먹을 가설 같은 건 집어치우고…….”

“실례합니다, 두 분!”

윈스턴이 침착하게 끼어들었다. 그러자 다투던 두 사람은 조용해졌다.

“제가 기꺼이 말과 안장을 사서 코빗 군에게 드리겠습니다. 물론 동반자 없이 여행하는 건 현명한 것 같진 않지만요. 하지만 코빗 군의 앞날에 성공이 있기를 바라는 마음으로 제공하겠습니다.”

“그래, 성공하면 저 친구에게 연애편지나 보내줘!”

비드웰이 매튜에게 열을 내뿜었다.

“감사합니다.”

매튜가 말했다.

“혼자 여행해도 위험한 일은 없으리라고 확신합니다.”

쇼컴과 애꾸눈 잭이 죽고 난 뒤, 남부 식민지의 뒷길들은 이제 적어도 맨해튼의 부두보다는 안전해졌을 것이다.

“아, 그동안 생각하던 게 있는데요, 비드웰 씨. 이 사건에서 아직 풀리지 않은 마지막 밧줄이 있어요.”

“쉴즈 얘기냐?”

비드웰이 존스톤의 그림을 주먹 안에서 구겼다.

“아직 그를 어떻게 해야 할지는 결정하지 못했어. 그러니 재촉하지 마라!”

“아뇨, 쉴즈 씨 얘기가 아닙니다. 학교 건물의 화재 사건과 다른 화재들에 누가 책임이 있는가 하는 문제죠.”

“뭐?”

윈스턴의 얼굴이 하얗게 질렸다.

"그게 말이죠. 분명한 건 화재를 저지른 사람이 존스톤은 아니었어요."

매튜가 설명했다.

"비드웰 씨가 존스톤에게 그렇게 분개하고는 있지만 화재 사건의 범인이 그자가 아니란 건 알고 계실 거예요. 그리고 때가 되면 범인이 누군지 궁금해지겠죠. 존스톤이 그랬듯이요."

"네 말이 맞다!"

비드웰은 눈을 가늘게 떴다.

"어떤 개새끼가 내 마을을 불지르려고 했단 말이냐?"

"오늘 아침 일찍 저는 그 화재 사건에 대해서 생각해봤어요. 그리고 랭커스터의 집으로 갔죠. 아시겠지만 그 집은 아직도 엉망이에요. 혹시 그 집을 뒤져본 사람이 있나요?"

"그 저주받은 살인 현장 100미터 안으로 발을 들여놓을 사람은 아무도 없을 거다!"

"제 생각도 그래요. 그래도 저는 시체가 그런 식으로 발견되어서 다행이라고 생각했어요. 아무튼, 저는 조금 더 자세히 찾아보자는 생각을 했습니다……. 그리고 그 잔해 더미 속에서 아주 이상한 양동이를 발견했어요. 분명히 존스톤은 그것에 대해선 신경 쓰지 않았던 모양이에요. 그냥 보통 양동이처럼 생겼거든요. 어쩌면 그것이 쥐약이나 뭐 그런 것일 거라고 생각했겠죠."

"그래서? 그 안에 뭐가 들었는데?"

"확실히는 모르겠어요. 겉보기엔 타르처럼 생겼고요. 유황 냄새가 났어요. 일단 그건 처음 발견한 곳에 그대로 두기로 결정했어요……. 그게 불에 타거나 폭발하는 물질일지도 모르고, 심하게 움직였다가 무슨 일이 일어날지도 모르니까요."

"타르? 유황 냄새?"

비드웰은 놀라서 윈스턴을 쳐다보았다.

"맙소사, 듣기만 해도 기분이 언짢아지는구나!"

"가서 가져오실 가치가 있는 건 확실합니다."

매튜가 말을 이었다.

"아니면 윈스턴 씨가 가서 보셔도 좋겠죠. 그러고 나서…… 모르겠네요. 묻어버리거나 그러셔야겠죠. 가서 보시면 그게 뭔지 알아보실 수 있겠죠, 윈스턴 씨?"

"아마 그럴 거다."

윈스턴이 대답했다. 잔뜩 긴장한 목소리였다.

"하지만 지금이라도 알 것 같다……. 자네가 묘사한 대로라면, 그 물질은…… 아마도…… 지옥의 불 같은데?"

"지옥의 불? 오, 하느님!"

비드웰은 책상을 두드렸다.

"그러니까 불을 지른 게 랭커스터였구먼! 그런데 그런 물건을 어디에서 구했을까?"

"그자는 아주 유능한 사람이었어요."

매튜가 말했다.

"아마도 쥐약이나 양초 만드는 데 쓰려고 유황을 갖고 있었을 거예요. 어쩌면 타르를 만들어서 직접 섞었을 수도 있죠. 랭커스터는 공범에게는 숨긴 채 사람들이 하루라도 더 빨리 달아나게 하려고 했던 것 같아요. 그 이유야 누가 알겠어요?"

매튜는 어깨를 으쓱했다.

"도둑들 사이에 명예란 없죠. 심지어 살인자들끼리니 뭐."

"그럴 수가!"

비드웰은 배에 묵직한 주먹을 한 대 얻어맞은 것처럼 보였다.

"그들의 배반에는 끝이 없단 말인가? 심지어 서로에게까지?"

"양동이에 든 물질은 위험해 보였어요, 윈스턴 씨."

매튜가 말했다.

"정말로, 정말로 위험해요. 저라면 폭발할지도 모를 그런 물질을 이 저택에 가지고 오는 짓은 하지 않을 거예요. 그냥 샘플만 조금 갖다가 비드웰 씨에게 보여드리세요. 그리고 무슨 수를 써서든 그걸 묻어버리고, 어느 자리에 삽을 떴는지 완전히 잊어버리세요."

"멋진 충고로군."

윈스턴이 가볍게 고개를 숙였다.

"그건 오늘 오후에 제가 처리하겠습니다. 그리고 이 특별한 밧줄의 매듭을 남겨두지 않은 것에 대해 자네에게 진심으로 감사하네."

"윈스턴 씨는 유능한 분이에요."

매튜가 비드웰에게 말했다.

"이런 사람을 옆에 두신 것을 기뻐하셔야 할 겁니다."

비드웰은 볼을 불룩하게 부풀렸다가 푹 꺼뜨렸다.

"휴우! 내가 그걸 모를 것 같아?"

매튜가 몸을 돌려 보물 상자를 챙기자, 파운트로열의 주인은 마지막 질문을 던졌다.

"매튜? 음…… 있잖나. 혹시…… 혹시라도…… 보물을 되찾을 방법이 있을까?"

매튜는 생각하는 척했다.

"보물은 강물을 따라 지구의 중심으로 흘러 들어갔으니까…… 찾을 수 있는 가능성은 절대 없다고 생각되는데요. 혹시 숨을 얼마나 오랫동안 참고 계실 수 있으세요?"

"하!"

비드웰이 사나운 미소를 지었다. 하지만 거기에는 후련하다는 느낌이 깃들어 있었다.

"내가 배를 만들고 이곳에 거대한 해군 기지를 지을 거라고 해서…… 수영을 할 수 있다는 뜻은 아냐. 이제 가게. 만일 에드워드가 자네에게 공짜 말과 안장을 주라고 나를 설득할 수 있을 거라 생각한다면, 그건 큰 착각이야!"

매튜는 저택을 나와 맑은 물이 고인 호수를 지나고 교차로를 향해 걸어갔다. 하지만 트루스 거리에서 방향을 틀기 전에 검은 옷과 검은 삼각 모자를 쓴 호리호리한, 그야말로 혐오스러운 인물이 다가오는 모습이 눈에 들어왔다.

"어이, 이봐!"

엑소더스 예루살렘이 손을 들며 매튜를 불렀다. 거리가 황량하다 보니 그 소리는 상당히 쩌렁쩌렁하게 울렸다. 매튜는 뛰고 싶은 마음이 간절했으나 목사는 곧 매튜를 따라잡았다. 엄밀히 말하면 길을 막아선 것이었지만.

"왜요?"

매튜가 물었다.

"이젠 휴전하지."

예루살렘이 두 손을 들어 보였다. 매튜는 무의식적으로 보물 상자를 좀 더 단단히 끌어안았다.

"이제 짐도 다 쌌고 떠날 준비가 끝났어. 비드웰 씨한테 인사를 하러 가던 길이야."

"그대가요?"

매튜는 눈썹을 치켜세웠다.

"그대가 말씀하시는 방식이 갑자기 너무 평범해졌는데요, 목사님. 왜 그렇죠?"

"내 말이? 오……!"

예루살렘이 활짝 웃었다. 햇살 아래 그의 얼굴은 주름으로 그득했다.

"설교를 계속해나가기 위한 노력의 일환이지. 하루에 '그대들'이라고 너무 많이 말하다보면 입술이 거의 떨어져나갈 것 같거든. 그래서 잠시 쉬는 거야."

"당신 연극의 일부라는 건가요?"

"아니, 내가 하는 말들은 전부 진실이야. 내 아버지도 그런 방식으로 말씀하셨지. 그리고 아버지의 아버지도. 그리고 내 아들도 아마 그런 방식으로 말하겠지. 나한테 아들이 있다면 말이야. 래시터 부인이 그런 말투를 싫어해. 물론 부인은 나에게 완곡하게 표현하지. 남편을 여읜 여잔데, 아주 부드럽고 아주 따스하고 아주 나긋나긋해."

"래시터 부인? 가장 최근의 정복 대상인가요?"

"가장 최근의 선교지."

그가 정정했다.

"거기엔 큰 차이가 있어. 아, 그래. 그 여자는 정말 근사할 정도로 따스한 여자야. 당연히 따스하겠지. 몸무게가 거의 90킬로그램이나 나가니까. 하지만 얼굴도 귀엽게 생긴 데다가 셔츠도 잘 고쳐줘!"

예루살렘은 매튜 쪽으로 좀 더 가까이 몸을 굽히고 음흉하게 웃었다.

"그리고 그 여자는 치맛자락 안에 엄청난 걸 가지고 있다고. 내 말 알지!"

"알고 싶지 않은데요."

"글쎄, 우리 아버지가 늘 말씀하셨듯 아름다움이란 보는 사람의 눈에 달린 거야. 애꾸눈은 그만큼 조금만 보는 거고."

"당신은 정말 대단한 사람이에요. 안 그래요?"

매튜가 그의 뻔뻔함에 경탄하며 말했다.

"모든 생각을 그 은밀한 부분과 연관시키나요?"

"우리 친구가 되자고. 따뜻한 태양 아래 형제가 되는 거야. 자네의 승전보는 이미 다 들었어. 그런 일이 어떻게 가능했는지 아직도 완전히 이해가 가지는 않아. 그 사탄의 연극 말일세. 그러나 정의롭고 무고한 여인이 누명을 벗은 것을 알게 돼서, 또 자네도 죄가 없다는 것이 밝혀져서 아주 감사하게 생각한다네. 게다가 그런 매력적인 여자가 불에 탄다는 건 엄청난 죄악 아닌가! 안 그래?"

"실례하겠습니다. 안녕히 가세요."

"아, 잘 가라는 인사를 하는군. 하지만 작별을 고하지는 말게, 젊은이! 아마 우리는 다시 만나게 될 거야. 인생이라는 꼬인 길을 걸어가다 보면."

"만나게 되겠지요. 다만 그때 저는 판사가 되어 있을 테고 당신은 꼬인 밧줄 끝에 매달려 있을 거예요."

"하, 하! 멋진 농담인데!"

하지만 주름진 얼굴에는 심각한 기운이 깃들었다.

"진심으로 말하는데 판사님 일은 정말 유감이야. 마지막까지 죽음과 싸우신 걸로 아네."

"아뇨."

매튜가 말했다.

"마지막에 그분은 받아들이셨습니다. 저도 그랬고요."

"그래. 물론 그러셨겠지. 자네도. 하지만 그분은 품위 있는 분 같았는데. 이런 곳에서 돌아가시다니 참 안된 일이야."

매튜는 땅바닥만 내려다보았다. 턱의 근육이 실룩거렸다.

"자네만 괜찮다면, 떠나기 전에 그분 무덤에 가서 영원불멸할 그분의 영혼을 위해 몇 마디 남기고 갔으면 하는데."

"목사님."

매튜가 목이 졸린 듯한 목소리로 말했다.

"영원불멸할 그분의 영혼은 잘 계십니다. 제가 충고하는데, 지금 바로 비드웰 씨를 찾아가서 인사를 하고, 당신의 그 어리석은 여편네와 함께 마차에 올라 어디로든 가고 싶은 곳으로 가요. 제 눈앞에서 꺼지라고요."

매튜는 예루살렘에게 성난 눈빛을 던졌고, 목사는 움찔했다.

"그리고 미리 말해두지만 만일 당신이 우드워드 판사님의 무덤 쪽으로 걸어가는 게 제 눈에 띄면, 하느님과 인간의 법 따위는 모조리 잊어버리고 있는 힘을 다해 내 부츠를 당신 엉덩이에 날릴 겁니다. 당신 이빨이 모조리 밖으로 튀어나오도록. 내 말 알아들었어요?"

예루살렘이 뒷걸음질쳤다.

"그냥 생각만 해본 거였어!"

"좋은 하루 보내십시오. 안녕히 가세요. 그리고 앞으로 못 보게 되어서 속이 시원하군요."

매튜는 예루살렘을 피해 가던 길로 계속 걸어갔다.

"오오, 영원한 안녕은 아니야!"

예루살렘이 말했다.

"잘 가라고만 해두지! 하지만 안녕은 아닐세! 나는 그대가 앞으로 어느 미래에, 그대의 눈길을 나에게 두게 되리라는 예감이 강하게 들어. 신을 섬기지 않는, 타락한 그리고 부패한 이 땅을 내가 거듭거듭 여행하며 사탄의 악한 씨앗과 전쟁을 벌이는 동안 말이야! 그러니 형제여, 나는 그대에게 잘 가라고 말하겠네……. 하지만 안녕은 절대 아니야!"

예루살렘이 정말 제대로 소리를 내질렀다면 목재에 바른 페인트도 벗겨버릴 수 있겠다고 매튜는 생각했다. 그 목소리는 매튜가 트루스 거리로 방향을 틀자 뒤에서 점점 사라져갔다. 매튜는 뒤를 돌아보지 않았다. 오늘은 소금 기둥이 되고 싶지 않으니까.

매튜는 감옥을 지나쳤다. 그는 그 혐오스러운 장소에 눈길 한번 주지 않았다. 하지만 감옥의 그림자를 밟으며 지나갈 때 그의 배 속이 팽팽해졌다.

그리고 그는 그녀의 집에 도착했다.

레이첼은 바쁘게 움직이고 있었다. 마당에 가구를 몽땅 끄집어내놓고, 비눗물이 담긴 욕조를 준비해 거기에 옷, 시트, 매트리스, 주전자와 냄비, 신발, 그 밖의 가재도구들을 넣어 씻은 다음 전부 다 꺼내서 모든 것을 정화하는 태양 아래 펼쳐놓았다.

문과 덧문들은 활짝 열려 있었다. 환기를 시키는 듯했다. 다시 저 집에 들어가서 살 모양이었다. 정말로, 레이첼의 고집은 매튜가 생각했던 것보다 훨씬 더 비드웰과 많이 닮아 있었다. 바보 같은 고집스러움이라고 할 만도 했다. 그래도 그런 힘든 노동을 통해 이 쥐들의 소굴을 살 만한 집으로 변신시킬 수 있다면, 그녀는 자신만의 저택을 가지게 되는 것이었다.

매튜는 겹겹이 쌓인 물건들 사이로 구불구불 걸으며 마당을 건너갔다. 갑자기 작은 밤색 개 한 마리가 그의 걸음을 방해했다. 개는 욕조 뒤에서 졸고 있다가 갑자기 튀어나와 위협적인 자세를 취하더니, 목사의 어마어마한 목청에 겨뤄도 될 만큼 큰 소리로 짖어대기 시작했다.

레이첼이 누가 왔는지 보러 밖으로 나왔다.

"조용!"

레이첼이 명령했다.

"조용!"

그녀는 손뼉을 쳐 개의 주의를 끌었다. 개는 짖기를 멈추고, 꼬리를 한 번 잽싸게 흔들더니 입을 쩍 벌리며 하품을 하고는 햇볕이 따뜻한 마당에 다시 주저앉았다.

"와!"

매튜가 말했다.

"보초를 세워두었군요."

"이 개가 오늘 아침에 저한테 왔어요."

레이첼이 더러운 손을 누더기에 문질러 닦았다.

"네틀즈 부인이 만들어준 햄 비스킷을 한 조각 주고 난 뒤로 우리는 자매가 되었답니다."

매튜는 가구와 다른 물건들을 둘러보았다.

"눈앞에 일을 잔뜩 벌여놓았네요."

"그렇게 나쁘진 않을 거예요. 일단 집 안을 다 닦고 나면."

"레이첼! 정말 이곳에서 살 생각은 아니죠? 그렇죠?"

"여긴 내 집이에요."

레이첼은 진중한 호박색 눈으로 매튜를 뚫어질 듯 바라보았다. 그녀는 무늬가 있는 푸른색 스카프를 머리에 두르고 있었다. 얼굴에는 먼지가 앉아 더러웠고, 입고 있는 회색 치마와 흰 앞치마도 마찬가지로 더러웠다.

"내가 왜 이곳을 떠나야 하나요?"

"왜냐하면……."

매튜는 망설이다가, 그녀에게 상자를 보여주었다.

"왜냐하면 내가 당신에게 줄 게 있거든요. 들어가도 될까요?"

"네, 좀 지저분하지만요."

매튜가 문으로 다가가자 뒤에서 바람이 움직이는 소리가 났다. 매튜는 그 튼튼한 보초가 자신의 발뒤꿈치를 물기로 작정한 건가 싶었다. 잠시 후 뒤를 돌아보니 마당을 가로질러 간 갈색 개가 무언가를 갈기갈기 찢고 있었다. 개가 쥐를 한두 마리 잡아서 입에 물고 바스러뜨리고 있었다.

"쥐를 쫓아다니길 좋아해요."

레이첼이 말했다.

텅 빈 집 안에 들어서자, 매튜는 레이첼이 도끼날로 마룻바닥에서 노란 이끼를 긁어내고 있었다는 걸 알 수 있었다. 곰팡이가 벽면 전체에 퍼져 기이한 보라색과 초록색으로 얼룩져 있었다. 현실이 아니라면 열병 환자의 꿈에서나 볼 법한 광경이었다. 하지만 햇빛이 닿는 곳의 곰팡이들은 잿빛으로 변해 있었다. 빗자루가 벽에 기대어 세워져 있었고, 그 옆으로는 먼지와 쓰레기, 쥐똥, 뼈 조각들이 쌓여 있었다. 그 근처에는 비눗물이 담긴 양동이가 있었고, 그 안에 청소용 솔이 담겨 있었다.

"당신도 알겠지만, 이곳에는 살 만한 집들이 많이 비어 있어요."

매튜가 말했다.

"정말로 이곳에 남겠다고 고집을 부린다면, 최근에 버려진 집 가운데 하나로 옮겨요. 그럼 이런 일을 하지 않아도 돼요. 사실 제가 아주 아늑한 집을 알고 있거든요. 거기서는 그냥 말벌 집만 떼어내면 돼요."

"여기가 내 집이에요."

레이첼이 대답했다.

"음…… 그래요……. 하지만 그래도, 당신은……."

레이첼은 매튜에게서 몸을 돌려 바닥에 굴러다니는 핀을 집고, 벽으로 걸어가더니 귀를 댔다. 레이첼이 벽을 세게 세 번 치자 그 안에서 겁에 질린 찍찍거리는 소리와 허둥대는 발소리가 들렸다.

"저것들이 나를 거역해요."

레이첼이 말했다.

"대부분은 쫓아냈거든요. 하지만 바로 저기에 있는 것들이 나한테 반항을 해요. 저것들도 꼭 쫓아낼 거예요. 마지막 한 마리까지."

그리고 그 순간 매튜는 이해했다.

레이첼은 여전히 충격에 빠진 상태였다. 누가 그녀를 나무랄 수 있겠는가? 그녀는 남편을 잃고, 집을 잃고, 자유를 잃었다. 심지어 한때, 화형을 당할 준비를 하던 때에는 삶의 의지도 잃었다. 그래서 이제 이 벅찬, 어찌 보면 불가능한 재건의 임무를 놓고, 그녀는 다시 평범한 자신으로 돌아가는 데 마지막 장애라고 여겨지는 것들을 끈질기게 물리쳐야 하는 것이다.

하지만 불길을 뚫고 나온 사람이 어떻게 자신의 몸이 타버리던 기억을 지울 수 있겠는가?

"아무것도 내올 게 없어서 유감이에요."

레이첼이 말했다. 매튜는 다 타버리고 난 공허함을 그녀의 눈에서 볼 수 있었다.

"선반을 채우려면 시간이 좀 걸릴 거예요."

"그래요."

매튜는 그녀에게 슬프지만 부드러운 미소를 보냈다.

"알겠어요. 하지만…… 아무튼, 곧 채울 거잖아요. 안 그래요?"

"그건 믿어도 좋아요."

레이첼이 대답했다. 그러더니 그녀는 다시 귀를 벽에 댔다.

"내가 가져온 걸 보여줄게요."

매튜는 레이첼에게 다가가 상자를 내밀었다.

"이걸 열어봐요."

레이첼은 핀을 바닥에 놓고, 상자를 건네받아 뚜껑을 열었다.

레이첼이 동전이며 다른 것들을 보는 동안, 매튜는 그녀의 얼굴에서 아무런 반응도 읽지 못했다.

"작은 주머니요. 그것도 열어봐요."

레이첼은 보석들을 상자에 쏟았다. 여전히 아무 반응이 없었다.

"존스톤의 집에서 찾은 거예요."

매튜는 이미 레이첼에게 사실을 말하기로 결심하고 있었다.

"비드웰 씨가 당신에게 가져다주라고 부탁했어요."

"비드웰 씨."

레이첼이 아무런 감정 없이 되뇌었다. 그녀는 뚜껑을 덮고 상자를 내밀었다.

"당신이 가져요. 나는 이미 비드웰한테 내가 견딜 수 있는 선물은 전부 받았어요."

"내 말 들어요, 제발. 당신이 어떤 기분일지 알아요. 하지만……."

"아뇨, 당신은 몰라요. 절대 알 수 없을 거예요."

"물론 당신 말이 맞아요."

매튜가 고개를 끄덕였다.

"하지만 당신이 진짜 보물을 손에 넣었다는 사실을 깨달아야 해요. 감히 말하지만 찰스타운에서 이걸 팔아서 돈으로 바꾸면, 사람이 많이 사는 더 큰 도시에서 비드웰처럼 살 수 있어요."

"그 사람이 어떻게 사는지는 나도 알아요."

레이첼이 받아쳤다.

"그리고 난 그 모습을 싫어해요. 상자를 가져가요."

"레이첼, 한 가지만 얘기할게요. 비드웰 씨는 당신 남편을 죽이지 않았어요. 그런 계획을 세운 사람도 아니에요. 나도 그 사람의…… 음…… 동기가 딱히 마음에 드는 건 아니지만, 그 사람은 파운트로열이 무너질 거라는 위기에 대응한 것뿐이에요. 그런 점에서는……."

매튜가 말했다.

"……그는 적절하게 처신했어요. 당신도 알겠지만, 그 사람은 판사를 기다리지 않고 당신을 교수형에 처할 수도 있었어요. 그렇게 하고서도 어떻게든 정당화시킬 수 있었을 거예요."

"그래서 당신이 그 사람을 정당화해주는 건가요?"

"그 사람이 전적으로 책임질 필요가 없는 비극에 대해서 당신이 유죄 판결을 내리니까……."

매튜가 말했다.

"……저는 단순히 그 사람을 변호해주는 것뿐이에요."

레이첼은 여전히 상자를 매튜에게 내민 채 말없이 매튜를 바라보았다. 매튜는 움직이지 않았다.

"대니얼은 떠났어요."

매튜가 레이첼에게 말했다.

"그리고 그를 죽인 두 남자도 떠났어요. 하지만 파운트로열은, 변변치는 않겠지만 여전히 이곳에 있고, 비드웰 씨도 그래요. 그 사람은 이 마을을 재건하기 위해 최선을 다할 거예요. 그게 그 사람의 가장 큰 관심사예요. 당신도 그럴 것 같은데요. 둘의 공통의 관심사가 증오보다 더 크다고 생각하진 않아요?"

레이첼이 조용히 말했다.

"매튜, 이 상자를 당신이 받지 않겠다면 호수에 던져버릴 거예요."

"그럼 그렇게 해요."

매튜가 대답했다.

"나는 안 받을 거니까. 아. 금화 하나만 빼고요. 존스톤이 내 방에서 훔쳐갔던 금화요. 당신이 당신의 보물과 미래를 호수에 던져 가난과 고통 속에서 지내며 대니얼에 대한 애정을 증명하기 전에, 금화 한 닢은 내가 가져갈게요."

레이첼에게서는 아무 반응도 없었지만, 아마도 조금 움찔한 것 같았다.

"난 비드웰 씨의 입장을 이해해요."

매튜가 말했다.

"당신에게 불리한 증거들이 너무 압도적이었어요. 만일 마녀에 대해 믿었다면 나도 당신을 처형하자고 주장했을 거예요. 그리고…… 당신을 사랑하게 되지 않았다면."

레이첼이 눈을 깜박였다. 그녀의 눈은, 방금 전까지 그토록 강렬하던 그 눈은 멍해졌다.

"물론 당신도 눈치챘겠죠. 그러나 당신은 날 원하지 않았어요.

당신은 나에게, 당신 말을 그대로 옮기면 내 인생을 살라고 했죠. 당신은 감옥에서, 내가 판사님의 판결문을 읽은 다음에, 현실을 포용할 시간이 왔다고 말했어요."

매튜는 자신의 우울한 감정을 희미한 미소로 감췄다.

"그 시간이 이제 우리 둘에게 왔네요."

레이첼은 바닥을 내려다보았다. 그녀는 두 손으로 상자를 잡고 있었고, 매튜는 집채만 한 파도 같은 것이 그녀의 얼굴에 일렁이는 것을 보았다.

매튜가 말했다.

"나는 내일 아침 떠나요. 몇 주 동안은 찰스타운에 있을 거예요. 그런 다음 뉴욕으로 갈 것 같아요. 당신이 나를 필요로 할 때쯤에는, 아마 너대니얼 파워스 판사님이라는 분을 만나고 있을 거예요."

레이첼은 고개를 들어 매튜의 눈을 바라보았다. 그녀의 눈이 젖어서 반짝였다.

"살면서 당신에게 빚을 다 갚지 못하겠네요, 매튜. 시작이나 할 수 있을까요?"

"아, 그건…… 금화 한 닢이면 될 것 같은데요."

레이첼은 상자를 열었고 매튜는 금화를 집었다.

"더 가져가요."

레이첼이 말했다.

"원하는 만큼 가져가요. 보석도."

"금화 한 닢. 그게 내 몫이에요."

매튜는 앞으로 절대 쓸 일이 없을 금화를 주머니에 넣었다. 그는 집을 둘러보고 한숨을 내쉬었다. 일단 쥐들을 쫓아내고 이 집이 다시 진정한 레이첼의 집이 된다면, 그녀는 더 나은 집으로 옮겨가야 할 현실을 받아들이리라는 생각이 들었다. 그 끔찍한 감옥에서 좀 더 멀리 떨어진 곳으로.

레이첼이 한 발 앞으로 다가섰다.

"내가 늙어서, 노파가 되어서도 당신을 기억하겠다고 한다면…… 내 말을 믿어줄 건가요?"

"믿어요. 부디 절 기억해주세요. 그때는 더 젊은 남자와의 즐거움을 찾고 있다고 해도."

레이첼은 슬픈 미소를 지었다. 그러더니 매튜의 턱을 부드럽게 잡고 몸을 앞으로 기울여…… 매튜의 이마에 아주 부드럽게, 그의 손자들이 좋아할 이야깃거리가 될, 흉터를 덮고 있는 반창고 밑에 키스를 했다.

지금이 그 순간이라고, 매튜는 깨달았다. 지금이 아니면 영원히 못 한다.

물어보는 거다. 그녀는 정말로 연기 자욱한 진료소에 들어왔었나? 아니면 그것은 단지 열에 들뜬 환자가 간절히 바라던 환상에 불과한가?

그는 여전히 동정인가, 아닌가?

매튜는 어떻게 해야 할지 결정을 내렸고, 그것이 옳은 결정이라고 생각했다.

"왜 그렇게 웃고 있어요?"

레이첼이 물었다.

"아…… 내가 꾼 꿈을 떠올리고 있었어요. 한 가지만 더 말할게요. 당신은 언젠가 나에게 당신의 심장이 텅 비었다고 말했었죠."

매튜는 레이첼의 먼지 묻은 단호한 얼굴을 보며, 그녀의 특별한 몸과 마음의 아름다움을 그의 기억 금고 안에 넣고 영원히 잠갔다.

"아마…… 당신은 이제 선반만 채우면 될 것 같아요."

매튜는 몸을 앞으로 기울여 레이첼의 뺨에 키스를 했다. 이제 가야 했다.

가야 한다.

매튜가 집을 나서자 레이첼이 문 앞까지 매튜를 배웅했다. 그녀는 그곳에, 자신의 집 문턱에, 자신의 새로운 시작에 서 있었다.

"잘 가요!"

레이첼이 말했다. 어쩌면 그녀의 목소리는 떨리는 것도 같았다.

"잘 가요!"

매튜는 뒤를 돌아보았다. 눈이 따가웠다. 그녀가 흐릿하게 보였다.

"안녕!"

매튜가 대답했다. 그리고 그는 계속 걸었다. 레이첼의 새 보초가 그의 신발 냄새를 맡더니 다시 쥐를 쫓는 일로 돌아갔다.

매튜는 그날 밤 평화의 의미를 다시 깨달은 사람처럼 푹 잤다.

5시 반에, 매튜가 부탁한 대로 네틀즈 부인이 와서 그를 깨웠다. 아직 마을에 남아 있는 닭들이 이미 제 역할을 수행하긴 했지만. 매튜는 면도를 하고, 얼굴을 씻고, 계피 색깔 바지와 왼쪽 소매를 잘라낸 깨끗한 흰 셔츠를 입었다. 흰 양말을 신고 앞코가 네모난 구두에 발을 밀어 넣었다. 만일 비드웰이 매튜에게 빌려준 옷들을 돌려받길 원한다면, 이젠 직접 와서 벗겨가야 할 것이다.

마지막으로 계단을 내려가기 전에, 매튜는 판사의 방으로 들어갔다. 아니, 틀렸다. 그 방은 이제 다시 비드웰의 것이 되었다. 매튜는 완벽하게 정리된 침대를 바라보며 그곳에 잠시 서 있었다. 그는 양초 도막과 등잔을 보았다. 의자 등받이에 걸어놓은, 우드워드가 입었던 옷도 보았다. 판사와 함께 미지의 세계로 떠나버린 금실로 짠 조끼 말고는 모두 그곳에 있었다.

어제 무덤에서, 매튜는 괴로워하다가 우드워드가 몸도 마음도 더 이상 괴롭지 않게 되었다는 사실을 깨달았다. 아마도 좀 더 완벽한 곳에서, 정의로운 자들은 그들이 겪은 고난에 대해 큰 상을 받을 것이다. 아마도 그곳에서는 아버지가 잃어버린 아들을 찾고, 함께 집 뒤의 정원으로 걸어갈 것이다.

매튜는 고개를 숙이고 눈물을 훔쳤다.

그리고 그는 자신의 슬픔을 놓아주었다. 밤의 새를 날려 보내듯.

네틀즈 부인은 아래층에 매튜를 위한 아침 식사를 준비해놓았다. 매튜가 타고 갈 말이 힘에 부쳐 다리를 절룩거리게 만들 만큼 엄청난 양이었다. 비드웰은 없었다. 분명히 서기와 식사를 함께하느니 늦잠을 자는 편이 낫겠다고 생각했을 것이다. 그러나 식사를 끝내고 차를 마시고 있을 때, 네틀즈 부인은 매튜에게 봉투를 하나 가져다주었다. 봉투 위에는 '변호사 매튜 코빗 씨의 기질과 능력에 관하여'라고 쓰여 있었다. 봉투를 뒤집어보니 동그란 붉은 밀랍으로 봉인이 되어 있고 그 안에 황실의 글씨체로 'B'라고 찍혀 있었다.

"코빗 씨에게 가져다주라고 부탁하셨어요."

네틀즈 부인이 설명했다.

"앞으로 필요할 추천서라고 말씀하시더군요. 대단히 기쁜 일이에요. 비드웰 시장님이 누굴 칭찬하는 건 지옥에서 눈 뭉치를 보는 것만큼이나 드문 일이거든요."

"저도 기쁩니다."

매튜가 말했다.

"그분의 친절에 대단히 감사드린다고 전해주세요."

아침 식사를 마치고, 네틀즈 부인은 매튜와 함께 밖으로 걸어 나왔다. 해가 높이 떠 있었고, 하늘은 푸르렀다. 레이스 같은 구름이 비드웰이 미래의 항구에 띄우고 싶어 하는 범선처럼 두둥실 흘러갔다. 존 구드가 밤색에 흰 털이 섞인 잘생긴 말 위에 안장을 얹어 왔다. 이곳에서 찰스타운까지 타고 가는 동안 엉덩이에 물집이 생기지 않도록 잘 만들어진 안장이었다. 네틀즈 부인이 안장에 달린 가방을 열어 매튜를 위해 챙겨 넣은 음식과 가죽 물주머니를 보여주었다. 매튜는 이제 파운트로열의 주인에게는 자신의 효용 가치가 없어졌기에 자신을 배웅하는 일은 전적으로 하인들이 맡고 있는 게 아닌가 하는 생각을 했다.

매튜는 구드와 악수를 했고, 구드는 그 '폭탄'을 그의 집에서 치워준 데 대해 감사 인사를 했다. 매튜는 다시 구드에게 그렇게 훌륭한 거북 수프를 맛볼 수 있는 기회를 준 데 대해 감사를 했다.

네틀즈 부인은 매튜가 말에 오르는 걸 도왔다. 매튜는 자리를 잡고 고삐를 쥐었다. 이제 준비가 되었다.

"코빗 씨? 제가 충고 한마디 해도 될까요?"

네틀즈 부인이 말했다.

"물론이죠."

"착하고 힘센 스코틀랜드 아가씨를 찾아봐요."

매튜는 미소를 지었다.

"꼭 고려해볼게요."

"행운을 빌어요. 앞으로 잘 살아요."

부인이 말했다.

매튜는 말을 성문 쪽으로 몰아 여행을 시작했다. 그가 호수를 지나칠 때, 초록색 보닛을 쓴 여자가 벌써 나와 그날 쓸 물을 긷고 있었다. 밭에서는 농부가 나무 괭이로 밭을 갈고 있었다. 또 다른 농부는 새로 만든 고랑 사이를 걸으며 이쪽에서 저쪽으로 씨를 뿌리고 있었다.

파운트로열에게 행운이 있기를! 그리고 이곳에 사는 모든 이들의 오늘과 내일에 축복이 있기를.

성문에서 그린이 기다리고 있다가 통나무 빗장을 열어주었다.

"안녕히 가십시오!"

그린이 외쳤다. 그리고 이 빠진 자리를 드러내며 웃었다.

매튜는 말을 달렸다. 그는 햇살이 비치는 길을 따라가다가 너무 멀리 가기 전에 말의 고삐를 잡고 잠시 멈춰 뒤를 돌아보았다. 성문이 닫히고 있었다. 천천히, 천천히…… 닫혔다. 숲에서 노래하는 새들의 노랫소리 위로, 빗장이 제자리에 맞물려 들어가는 소리가 들렸다.

그에게는 분명한 목적지가 있었다.

뉴욕이다. 하지만 단순히 그곳에 너대니얼 파워스 판사가 있기 때문은 아니었다. 그곳에는 고아원도 있고, 교장 에벤 오즐리도 있다. 매튜는 아이들을 짐승처럼 대하던 그 음흉한 악당이 오 년 전 그에게 했던 말을 떠올렸다. '진짜 세상에 대한 공부를 더 많이 한 거라고 생각해. 판사에게 최선을 다해 봉사하고, 쾌활하고 착하게 굴면서 오래오래 행복하게 살아라. 그리고 절대, 절대로, 이길 가망이 없는 싸움은 시작도 하지 마. 내 말 알아들었어?'

글쎄. 매튜는 생각에 잠겼다. 아마도 오 년 전의 그 소년이라면 싸움을 시작도 못했고 이기지도 못했을 것이다. 하지만 오늘의 그는 오즐리의 공포정치를 끝낼 방법을 찾을 수 있을 것이다.

생각을 실행으로 옮겨볼 만한 가치가 있는 일이다. 그렇지 않은가?

매튜는 닫힌 성문과, 그 너머에 누워 있는 시작과 끝을 잠시 바라보았다. 그리고 그는 말머리를, 그의 얼굴을, 그의 정신을 새로운 경이의 세기로 향했다.

끝

일찍이 작가 로버트 매캐먼은 전작 《소년시대》에서 코리의 입을 빌어 자신의 정체성을 작가가 아닌 '이야기꾼'으로 정의했었다. 이 책 《밤의 새가 말하다》처럼 이야기꾼으로서의 그의 재능을 한껏 선보인 작품이 또 있을까? 원서 총 800페이지의 두툼한 책을(편집자와는 농담 삼아 '목침'이라고 부르기도 했다) 어디 하나 비는 곳 없이 흥미진진한 이야기로 꽉 채우는 재능에 감탄이 절로 나온다.

영국 식민지 시대 개척지 미국의 작은 마을에서 벌어지는 사건을 다루는 이 소설은 우리에게는 잘 알려지지 않은 시대와 공간을 배경으로 한다. 아직 영국으로부터 독립을 하기 이전이라 한국 독자들은 고사하고 영미 독자들에게도 익숙하지 않은 내용이 많다. 이 미지의 시대를 작가는 한 폭의 풍속화를 그리듯 치밀한 묘사로 그려내고 있다. 마을에서 마을로 돌아다니며 법률 행정을 처리하는 치안판사나, 복음을 전하는 떠돌이 목사의 존재는 미국 개척 시대의 한 단면을 보여주는 듯해 흥미롭다. 당시의 음식이나 옷차림, 지금과는 많이 다른 여러 풍습과 일상의 모습을 고스란히 재현해 놓은 부분에서도 작가의 열의를 엿볼 수 있다. 그런 섬세한 묘사로 인해 우리가 전혀 경험해 보지 못한 시대와 공간의 사건도 정말로 있었던 일처럼 생생하게 다가온다.

특히나 놀라웠던 부분은 이미 우리에게는 익숙한 것들, 예를 들어 동물자기(動物磁氣)나 부항(부항이 수백 년 전에 아시아 지역뿐만 아니라 유럽에서까지 성행했었다는 사실은 개인적으로 상당히 놀라웠다) 등을 이질적인 시대에 배치함으로써, 일반적인 미스터리 소설과는 반대로 독자들은 명백하게 잘 알고 있지만 작품 속 인물들만 모르는 기묘한 상황을 연출했다는 점이다. 그로 인해 형성되는 묘한 긴장감은 다른 책에서는 쉽게 만날 수 없는 특이한 경험이다.

시대는 낯설지만, 그 낯선 시대를 살아가는 사람들의 모습은 어딘지 익숙하다. 낯선 이를 두려워하여 마녀로 몰아붙이고 처단하려 드는 군중의 모습은 이방인을 대하는 우리의 모습을 다시 생각해보게 만든다. 그 시절의 기득권층 역시 새로운 지식을 받아들이기보다 자기가 가지고 있는 지식에 안주하는 모습을 보인다. 탐욕, 시기, 사랑, 야심을 가진 인간들의 드라마는 배경만 다를 뿐 오늘날의 우리와 크게 다르지 않다. 낯선 시대적 배경을 살아가는 사람들의 모습에 깊이 공감할 수 있다는 점에서도 작가의 남다른 필력을 느끼게 된다. 생동감 넘치게 묘사된 인물들, 절대적인 선인도 악인도 아닌, 마음 한 켠에 따스함을 간직하고 있는 사람들의 모습을 보면 어쩔 수 없이 작가의 전작《소년시대》의 마을 주민들이 떠오른다. 사람 사는 모습은 몇 백 년의 시간이 흐르더라도 다를 바가 없다는 해묵은 진리를 새삼 깨닫게 된다.

이 소설은 마녀재판을 주제로 한 미스터리지만, 동시에 제노포

비아에 관한 이야기로, 아니면 남녀의 사랑, 그중에서도 어린 소년의 첫사랑 이야기로, 아버지의 품을 떠나는 아들과 그런 아들을 그리워하는 아버지의 이야기로, 또 어떻게 보면 소년에서 남자로 성장하는 매튜 코빗의 성장기로도 읽을 수 있다. 상당한 분량의 이야기 안에 다양한 인간의 모습을 빼곡히 담아놓아 어느 방향에서 어떻게 접근하더라도 실망하지 않을 만한 소설이다. 여러 얼굴을 하고 있는 이 소설을 어떻게 읽을 것인지는 독자의 몫으로 남는다. 매캐먼의 신작을 오랫동안 기다렸을 독자들에게는 훌륭한 선물이 될 작품이다.

어지간해서는 감정에 휘둘리는 일이 별로 없이 냉정한 편이지만, 이 책만큼은 꽤 힘들게 작업을 해서인지 마무리를 지으며 감회가 남다르다. 앞으로 일을 하면서 이런 기분을 느낄 일이 다시 있을까 싶다. 본인도 바쁘면서 틈날 때마다 팔 걷어붙이고 집안일을 도와준, 옆에서 항상 열렬한 응원과 지원을 보내준 남편과, 가을에서 겨울로, 다시 봄으로 이어진 긴 작업 기간 동안 감기 한 번 걸리지 않고 의젓한 유치원생으로 자라준 아들놈에게 고맙다는 말을 전하고 싶다. 언젠가 나중에 아들놈이 이 책을 읽을 수 있게 되면, 아들놈과 함께 페이지를 펄럭펄럭 넘겨가며 다시 한 번 재미있게 읽고 싶다.

배지은

옮긴이 **배지은**

서강대학교 물리학과와 동대학원을 졸업하고, 휴대전화를 만드는 엔지니어로 일했다. 그후 이화여자대학교 통역번역대학원을 졸업하고, 장르문학과 과학기술서적을 번역하는 프리랜서 번역가로 일하고 있다. 번역한 책으로 《샴 쌍둥이 미스터리》《Make: 아두이노 DIY 프로젝트》가 있다.

밤의 새가 말하다 2

2013년 12월 16일 초판 1쇄 발행
2021년 8월 13일 초판 2쇄 발행

지은이 | 로버트 매캐먼
옮긴이 | 배지은
발행인 | 윤호권 박헌용
본부장 | 김경섭

발행처 | (주)시공사
출판등록 | 1989년 5월 10일(제3-248호)

주소 | 서울특별시 성동구 상원1길 22 7층(우편번호 04779)
전화 | 편집 (02)2046-2869 · 마케팅 (02)2046-2800
팩스 | 편집 · 마케팅 (02)585-1755
홈페이지 | www.sigongsa.com

ISBN 978-89-527-7068-4(04840)
978-89-527-7066-0(set)

검은숲은 (주)시공사의 브랜드입니다.